BESTSELLER

Julia Navarro (Madrid, 1953) es periodista y ha trabajado a lo largo de su carrera en diferentes medios de comunicación escrita. En la actualidad es analista política de la Agencia OTR/Europa Press y colabora en distintos medios de comunicación. Es autora de los libros *1982-1996, entre Felipe y Aznar*; *Nosotros, la transición*; *La izquierda que viene*; *Señora presidenta* y *El nuevo socialismo: la visión de José Luis Rodríguez Zapatero*.

Su primera obra de ficción, *La Hermandad de la Sábana Santa*, fue, indiscutiblemente, la novela revelación de un escritor español de 2004 con veinte ediciones hasta la fecha y quinientos mil ejemplares vendidos. Se ha traducido a diecisiete lenguas (inglés, alemán, italiano, portugués, japonés…), siendo una de las novelas más destacadas por editores internacionales en la Feria del Libro de Frankfurt 2004. Filmax ha adquirido los derechos de la novela para su adaptación al cine. *La Biblia de Barro* es su segunda novela.

Visite la web de la autora: *www.julianavarro.es*

Biblioteca

JULIA NAVARRO

La Biblia de Barro

DeBOLS!LLO

Diseño de la portada: Departamento de diseño de Random
    House Mondadori
Ilustración de la portada: © Stapleton Collection/Corbis

Séptima edición en DeBOLS!LLO: noviembre, 2006

Printed in Spain – Impreso en España

ISBN: 84-9793-889-5 (vol. 608/2)
Depósito legal: B. 52.065 - 2006

Fotocomposición: Fotocomp/4, S. A.

Impreso en Novoprint, S. A.
Energia, 53. Sant Andreu de la Barca (Barcelona)

P 838895

Para Fermín y Alex, siempre,
y para mis amigos, los mejores que se puedan soñar

1

Llovía sobre Roma cuando el taxi se detuvo en la plaza de San Pedro. Eran las diez de la mañana.

El hombre pagó la carrera y sin esperar el cambio, apretando bajo el brazo un periódico, se acercó con paso muy vivo hasta el primer control en el que rutinariamente se comprobaba si los visitantes entraban en la basílica correctamente vestidos. Nada de pantalones cortos, minifaldas, *tops* o bermudas.

Ya en el interior del templo, el hombre ni siquiera se detuvo ante la *Piedad* de Miguel Ángel, la única obra de arte que entre las muchas que atesora el Vaticano lograba conmoverle. Dudó unos segundos hasta orientarse y después se dirigió hacia los confesionarios, donde a esa hora sacerdotes de distintos países escuchaban en su lengua materna a fieles llegados de todas partes del mundo.

De pie, apoyado en una columna, aguardó impaciente a que otro hombre acabara su confesión. Cuando le vio levantarse, se dirigió hacia el confesionario. Un letrero informaba de que aquel sacerdote ejercía su ministerio en italiano.

El sacerdote esbozó una sonrisa al contemplar la figura enjuta de aquel hombre enfundado en un traje de buen corte; tenía el cabello blanco cuidadosamente peinado hacia atrás y el ademán impaciente de quien está acostumbrado a mandar.

—Ave María Purísima.

—Sin pecado concebida.

—Padre, me acuso de que voy a matar a un hombre. ¡Que Dios me perdone!

Tras decir estas palabras, el anciano se incorporó y, ante los ojos atónitos del sacerdote, se perdió veloz entre el enjambre de turistas que abarrotaban la basílica. Junto al confesionario, tirado en el suelo, dejó un periódico arrugado. El religioso tardó unos minutos en recuperarse. Otro hombre se había arrodillado y le preguntaba impaciente:

—Padre, padre…, ¿se encuentra bien?

—Sí, sí… no, no… perdone…

Salió del confesionario y recogió el periódico. Recorrió con la mirada la página en la que estaba abierto: concierto de Rostropovich en Milán; éxito de taquilla de una película sobre dinosaurios; congreso en Roma de arqueología con la participación de reputados profesores y arqueólogos: Clonay, Miller, Smidt, Arzaga, Polonoski, Tannenberg, apareciendo este último nombre rodeado por un círculo rojo…

Dobló el periódico y, con la mirada perdida, abandonó el lugar, dejando con la palabra en la boca a aquel hombre que seguía de rodillas esperando para confesar sus pecados y penas.

* * *

—Quiero hablar con la señora Barreda.

—¿De parte de quién?

—Soy el doctor Cipriani.

—Un momento, doctor.

El anciano se pasó una mano por el cabello y sintió un ataque de claustrofobia. Respiró hondo intentando tranquilizarse, mientras dejaba vagar la mirada por aquellos objetos que le habían acompañado en los últimos cuarenta años. Su despacho olía a cuero y a tabaco de pipa. Sobre su mesa reposaba un marco con dos fotos, la de sus padres y la de sus tres hijos. Había colocado la de sus nietos sobre la repisa de la chimenea. Al fondo, un sofá y un par de sillones de oreja, una lámpara de pie con tulipa color crema; los estantes de caoba que recubrían las paredes y albergaban miles de libros, las alfombras persas... aquél era su despacho, estaba en su casa, tenía que tranquilizarse.

—¡Carlo!

—Mercedes, ¡le hemos encontrado!

—Carlo, ¿qué dices?...

La voz de la mujer delataba mucha tensión. Parecía desear y temer, con igual intensidad, la explicación que estaba a punto de escuchar.

—Entra en internet, busca en la prensa italiana, en cualquier periódico, en las páginas de cultura, ahí está.

—¿Estás seguro?

—Sí, Mercedes, estoy seguro.

—¿Por qué en las páginas de cultura?

—¿No recuerdas lo que se decía en el campo?

—Sí, claro, sí... Entonces él... Lo haremos. Dime que no te vas a echar atrás.

—No, no lo haré. Tú tampoco, ellos tampoco, les voy a llamar ahora. Tenemos que vernos.

—¿Queréis venir a Barcelona? Tengo sitio para todos...

—Da lo mismo dónde. Luego te llamo, ahora quiero hablar con Hans y con Bruno.

—Carlo, ¿de verdad es él? ¿Estás seguro? Debemos comprobarlo. Ponle bajo vigilancia, no puede volver a perderse, no importa lo que cueste. Si quieres te mando ahora mismo una transferencia, contrata a los mejores, que no se pierda...

—Ya lo he hecho. No le perderemos, descuida. Te volveré a llamar.

—Carlo, me voy al aeropuerto, cojo el primer avión que salga para Roma, no me puedo quedar aquí...

—Mercedes, no te muevas hasta que te llame, no podemos cometer errores. No escapará, confía en mí.

Colgó el teléfono sintiendo la misma angustia que había notado en la mujer. Conociéndola, no descartaba que en dos horas le llamara desde Fiumicino. Mercedes era incapaz de quedarse quieta y esperar, y en aquel momento menos que nunca.

Marcó un número de teléfono de Bonn y esperó impaciente a que alguien respondiera.

—¿Quién es?

—¿El profesor Hausser, por favor?

—¿Quién le llama?

—Carlo Cipriani.

—¡Soy Berta! ¿Qué tal está usted?

—¡Ah, querida Berta, qué alegría escucharte! ¿Cómo están tu marido y tus hijos?

—Muy bien, gracias, con ganas de volver a verle, no se olvidan de las vacaciones que pasamos hace tres años en su casa de la Toscana, nunca se lo agradeceré bastante, nos invitó en un momento en que Rudolf estaba al borde del agotamiento y...

—Vamos, vamos, no me des las gracias. Estoy deseando volver a veros, estáis siempre invitados. Berta, ¿está tu padre?

La mujer percibió el apremio en la voz del amigo de su padre e interrumpió la charla no sin cierta preocupación.

—Sí, ahora se pone. ¿Está usted bien? ¿Pasa algo?

—No, querida, nada, sólo quería charlar un rato con él.

—Sí, ahora se pone. Hasta pronto, Carlo.

—¡*Ciao*, preciosa!

No pasaron más que unos breves segundos antes de que la voz fuerte y rotunda del profesor Hausser le llegara a través de la línea telefónica.

—Carlo…

—Hans, ¡está vivo!

Los dos hombres se quedaron en silencio, cada uno escuchando la respiración cargada de tensión del otro.

—¿Dónde está?

—Aquí, en Roma. Le he encontrado por casualidad, hojeando un periódico. Sé que no te gusta internet, pero entra y busca cualquier periódico italiano, en las páginas de cultura, allí le encontrarás. He contratado a una agencia de detectives para que le vigilen las veinticuatro horas y le sigan vaya a donde vaya si deja Roma. Nos tenemos que ver. Ya he hablado con Mercedes, ahora llamaré a Bruno.

—Iré a Roma.

—No sé si es buena idea que nos veamos aquí.

—¿Por qué no? Él está ahí y tenemos que hacerlo. Vamos a hacerlo.

—Sí. No hay nada en el mundo que pueda impedírnoslo.

—¿Lo haremos nosotros?

—Si no encontramos a alguien sí. Yo mismo. He pensado en ello durante toda mi vida, en cómo sería, qué sentiría… Estoy en paz con mi conciencia.

—Eso, amigo mío, lo sabremos cuando haya acabado todo. Que Dios nos perdone, o que al menos nos comprenda.

—Espera, me llaman por el móvil… es Bruno. Cuelga, te volveré a llamar.

—¡Carlo!

—Bruno, te iba a llamar ahora…

—Me ha llamado Mercedes…, ¿es verdad?

—Sí.

—Salgo inmediatamente de Viena para Roma, ¿dónde nos vemos?

—Bruno, espera…

—No, no voy a esperar. Lo he hecho durante más de sesenta años y si él ha aparecido no voy a esperar ni un minuto más. Quiero participar, Carlo, quiero hacerlo…

—Lo haremos. De acuerdo, venid a Roma. Llamaré otra vez a Mercedes y a Hans.

—Mercedes se ha ido ya al aeropuerto, y mi avión sale de Viena dentro de una hora. Avisa a Hans.

—Os espero en casa.

Era mediodía. Pensó que aún le quedaba tiempo para pasar por la clínica y pedir a su secretaria que le anulara todas las citas de los próximos días. A la mayoría de sus pacientes ya les atendía su hijo mayor, Antonino, pero algunos viejos amigos insistían en que fuera él quien dijera la última palabra sobre su estado de salud. No se quejaba, porque eso le mantenía activo y le obligaba a seguir estudiando todos los días la misteriosa maquinaria del cuerpo humano. Aunque él sabía que lo que de verdad le mantenía vivo era el doloroso deseo de saldar una cuenta. Se había dicho a sí mismo que no podía morir hasta hacerlo, y esa mañana en el Vaticano, mientras se dirigía al confesionario, le iba dando gracias a Dios por haberle permitido vivir hasta aquel día.

Sintió un dolor agudo en el pecho. No, no era el aviso de un infarto: era angustia, sólo angustia y rabia contra ese Dios en el que no creía pero al que rezaba e increpaba, seguro de que no le oía. Se puso de peor humor al encontrarse de nuevo pensando en Dios. ¿Qué tenía él que ver con Dios? Nunca se había ocupado de él. Nunca. Le había abandonado cuando más le necesitaba, cuando creía inocentemente que bastaba con tener fe para salvarse, escapar del horror. ¡Qué estúpido había sido! Seguramente ahora pensaba en Dios porque a los setenta y cinco años uno sabe que está más cerca de la muerte que de la vida y en el centro del alma, ante el viaje inevitable hacia la eternidad, se encienden las alarmas del miedo.

Pagó el taxi, y esta vez sí que recogió el cambio. La clínica, situada en Parioli, un barrio tranquilo y elegante de Roma, era un edificio de cuatro pisos en el que trabajaban una veintena de especialistas, además de otros diez facultativos de medicina general. Era su obra, fruto de la voluntad y el esfuerzo. Su padre se habría sentido orgulloso de él, y su madre... notó que se le humedecían los ojos. Su madre le habría abrazado con fuerza, susurrándole que no había nada que él no pudiera alcanzar, que la voluntad lo puede todo, que...

—Buenos días, doctor.

La voz del portero de la clínica le devolvió a la realidad. Entró con paso firme, erguido, y se encaminó hacia su despacho, situado en la primera planta. Fue saludando a otros médicos y estrechando la mano de algún paciente que le paraba al reconocerlo. Sonrió al verla. Al fondo del pasillo se dibujaba la silueta esbelta de su hija. Lara escuchaba pacientemente a una mujer temblorosa que agarraba con fuerza la mano de una adolescente. Hizo un gesto de cariño a la jovencita y se despidió de la mujer. No le había visto y él no hizo nada para hacerse notar; más tarde se pasaría por su consulta.

Entró en la antesala de su despacho. Maria, su secretaria, levantó los ojos del ordenador.

—Doctor, ¡qué tarde viene hoy! Tiene un montón de llamadas pendientes, y además está a punto de llegar el señor Bersini; ya han terminado de hacerle todas las pruebas y, aunque le han dicho que tiene una salud de hierro, insiste en que le vea usted y...

—Maria, veré al señor Bersini en cuanto él llegue, pero después anule todas las citas. Durante unos días puede que no aparezca por la consulta; vienen de fuera viejos amigos y he de atenderles...

—Muy bien, doctor. ¿Hasta cuándo no debo de apuntarle nuevas citas?

—No lo sé, ya se lo diré; puede que una semana, como mucho dos… ¿Está mi hijo?

—Sí, y su hija también.

—Sí, ya la he visto. Maria, estoy esperando una llamada del presidente de Investigaciones y Seguros. Pásemela aunque esté con el señor Bersini, ¿entendido?

—Entendido, doctor, así lo haré. ¿Quiere que le ponga con su hijo?

—No, no, déjele, debe de estar en el quirófano; ya le llamaremos después.

Encontró los periódicos perfectamente ordenados encima de la mesa del despacho. Cogió uno de ellos y buscó en las páginas del final. El titular rezaba: «Roma: capital de la arqueología mundial». La noticia daba cuenta de un congreso sobre los orígenes de la humanidad auspiciado por la Unesco. Y allí, en la lista de asistentes, estaba el apellido del hombre al que llevaban más de medio siglo buscando.

¿Cómo era posible que de repente estuviera allí, en Roma? ¿Dónde había estado? ¿Acaso nadie tenía memoria? Le costaba entender que aquel hombre pudiera participar en un congreso mundial promovido por la Unesco.

Recibió a su antiguo paciente Sandro Bersini e hizo un esfuerzo indecible para escuchar sus achaques. Le aseguró que tenía una salud de hierro, lo que además era verdad, pero por primera vez en su vida no tuvo reparos en no mostrarse solícito y le invitó amablemente a marcharse con la excusa de que tenía otros pacientes esperándole.

El timbre del teléfono le sobresaltó. Instintivamente supo que la llamada era de Investigaciones y Seguros.

El presidente de la agencia le explicó escuetamente el resultado de aquellas primeras horas de investigación. Tenía a seis de sus mejores hombres dentro de la sede del congreso.

La información que le transmitió sorprendió a Carlo Cipriani. Tenía que haber algún error, salvo que…

¡Claro! El hombre al que buscaban era mayor que ellos, y habría tenido hijos, nietos…

Sintió una punzada de decepción y de rabia; se sentía burlado. Había llegado a creer que aquel monstruo había aparecido de nuevo y ahora se encontraba con que no era él. Pero algo en su interior le decía que estaban cerca, más de lo que habían estado nunca. De manera que pidió al presidente de Investigaciones y Seguros que no dejaran la vigilancia, daba lo mismo hasta dónde tuvieran que llegar y cuánto costara.

—Papá…

Antonino había entrado en el despacho sin que él se hubiera dado cuenta. Hizo un esfuerzo por recomponer el gesto porque sabía que su hijo le observaba preocupado.

—¿Qué tal va todo, hijo?

—Bien, como siempre. ¿En qué pensabas? Ni te has dado cuenta de que he entrado.

—Sigues con la misma mala costumbre que tenías de niño: no llamas a la puerta.

—¡Vamos, papá, no lo pagues conmigo!

—¿Qué estoy pagando contigo?

—Lo que sea que te contraría… Te conozco y sé que hoy no te han salido las cosas como esperabas. ¿Qué ha sido?

—Te equivocas. Todo va bien. ¡Ah! Puede que durante unos días no venga a la clínica; ya sé que no hago falta, pero es para que lo sepas.

—¿Cómo que no haces falta? ¡Uy, cómo estás hoy! ¿Se puede saber por qué no vas a venir? ¿Vas a algún sitio?

—Viene Mercedes, y también Hans y Bruno.

Antonino torció el gesto. Sabía lo importantes que eran los

amigos para su padre, aunque éstos le inquietaban. Parecían unos viejos inofensivos, pero no lo eran. Al menos a él siempre le habían infundido un sentimiento de temor.

—Deberías casarte con Mercedes —bromeó.

—¡No digas tonterías!

—Mamá murió hace quince años y con Mercedes pareces estar a gusto, ella también está sola.

—Basta, Antonino. Me voy, hijo…

—¿Has visto a Lara?

—Pasaré a verla antes de irme.

* * *

A sus sesenta y cinco años, Mercedes Barreda aún conservaba mucho de la belleza que había sido. Alta, delgada, morena, de porte elegante y ademanes rotundos, imponía a los hombres. Quizá por eso no se había casado nunca. Se decía a sí misma que jamás había encontrado un hombre a su medida.

Era propietaria de una constructora. Había hecho fortuna trabajando sin descanso y sin quejarse jamás. Sus empleados la consideraban una persona dura pero justa. Nunca había dejado a un obrero en la estacada. Pagaba lo que tenía que pagar, les tenía a todos asegurados, se preocupaba de respetar escrupulosamente sus derechos. La fama de dura seguramente le venía porque nadie la había visto reír, ni siquiera sonreír, pero tampoco la habían podido acusar nunca de tener un gesto autoritario ni de haber dicho una palabra más alta que otra. Sin embargo, había algo en ella que imponía a los demás.

Vestida con un traje de chaqueta color beis, y como única joya unos pendientes de perlas, Mercedes Barreda atravesaba con paso veloz los pasillos interminables de Fiumicino, el aeropuerto de Roma. Una voz anunciaba la llegada del vuelo de Viena en el que viajaba Bruno, de manera que podían ir juntos a casa de Carlo. Hans había llegado hacía una hora.

Mercedes y Bruno se fundieron en un abrazo. Hacía más de un año que no se veían, aunque hablaban por teléfono con frecuencia y se escribían por internet.

—¿Y tus hijos? —preguntó Mercedes.

—Sara ya es abuela. Mi nieta Elena ha tenido un niño.

—O sea, que eres bisabuelo. Bueno, no estás mal para ser un vejestorio. ¿Y tu hijo David?

—Un solterón empedernido, como tú.

—¿Y tu mujer?

—He dejado a Deborah protestando. Llevamos cincuenta años peleándonos por lo mismo. Ella quiere que olvide; no comprende que eso no podremos hacerlo jamás. No quería que viniera. Sabes, aunque no quiere reconocerlo tiene miedo, mucho miedo.

Mercedes asintió. No culpaba a Deborah por sus temores, tampoco el que quisiera retener a su marido. Sentía simpatía por la esposa de Bruno. Era una buena mujer, amable y silenciosa, siempre dispuesta a ayudar a los demás. Deborah en cambio no la correspondía con el mismo afecto. Cuando en alguna ocasión había visitado a Bruno en Viena, Deborah la había recibido como una buena anfitriona pero no podía ocultar el temor que le inspiraba «la Catalana», como sabía que la llamaba.

En realidad era francesa. Su padre había huido de Barcelona cuando estaba a punto de terminar la Guerra Civil española. Era anarquista, un hombre bueno y cariñoso. En Francia, como tantos otros españoles, cuando los nazis entraron en París se incorporó a la Resistencia; en ella conoció a la madre de Mercedes, que hacía de correo, y se enamoraron; su hija nació en el peor momento y en el peor lugar.

Bruno Müller acababa de cumplir setenta años. Tenía el cabello blanco como la nieve y la mirada azul. Cojeaba, por lo que se ayudaba de un bastón con el mango de plata. Había nacido en Viena. Era músico, un pianista extraordinario, como también lo había sido su padre. La suya era una familia que vivía por y para la música. Cuando cerraba los ojos, veía a su madre sonriendo mientras tocaba el piano a cuatro manos con su hermana mayor. Hacía tres años que se había retirado; hasta entonces Bruno Müller había sido considerado uno de los mejores pianistas del mundo. También su hijo David se había entregado en cuerpo y alma a la música; su vida era el violín, aquel delicado Guarneri del que jamás se separaba.

Media hora antes Hans Hausser había llegado a casa de Carlo Cipriani. A sus sesenta y siete años el profesor Hausser aún imponía por su altura. Medía más de uno noventa, y su extrema delgadez le hacía parecer un hombre frágil. No lo era.

En los últimos cuarenta años había estado dando clases de Física en la Universidad de Bonn, teorizando sobre los misterios de la materia, escudriñando los secretos del Universo.

Como Carlo, también él era viudo, y se dejaba cuidar por su única hija, Berta.

Los dos amigos degustaban una taza de café cuando el ama de llaves introdujo a Mercedes y Bruno en el despacho del doctor. No perdieron el tiempo en formalidades. Se habían reunido para matar a un hombre.

—Bien, os contaré cómo están las cosas —comenzó Carlo Cipriani—. Esta mañana me encontré en el periódico con el apellido Tannenberg. Antes de llamaros, para no perder tiempo, llamé a Investigaciones y Seguros. En el pasado también les encargué que buscaran el rastro de Tannenberg, no sé si os acordáis… Bien, el presidente, que ha sido paciente mío, me llamó hace unas horas para decirme que efectivamente hay un Tannenberg en el congreso de arqueólogos que se está celebrando en Roma, en el Palazzo Brancaccio. Pero no es nuestro hombre; se trata de una mujer que se llama Clara Tannenberg de nacionalidad iraquí. Tiene treinta y cinco años y está casada con un iraquí, un hombre bien relacionado con el régimen de Sadam Husein. Es arqueóloga. Ha estudiado en El Cairo y en Estados Unidos y, a pesar de su juventud, seguramente gracias a la influencia de su marido, que también es arqueólogo, dirige una de las pocas excavaciones que aún subsisten en Irak. El marido estudió en Francia e hizo el doctorado en Estados Unidos, donde vivió una larga temporada; allí se conocieron y se casaron antes de que los norteamericanos decidieran convertir a Sadam en el demonio. Éste es su primer viaje a Europa.

—¿Tiene algo que ver con él? —preguntó Mercedes.

—¿Con Tannenberg? —respondió Carlo—. Es una posibilidad, podría ser su hija. Y si es así espero que a través de ella lleguemos hasta él. Como vosotros, no creo que esté muerto, por más que en aquel cementerio hubiera una lápida con su nombre y el de sus padres.

—No, no está muerto —afirmó Mercedes—, yo sé que no está muerto. He sentido durante todos estos años que el monstruo vivía. Como dice Carlo, podría ser su hija.

—O su nieta —terció Hans—. Él debe de estar cerca de los noventa años.

—Carlo, ¿qué vamos a hacer? —preguntó Bruno.

—Seguirla no importa donde vaya. Investigaciones y Seguros puede desplazar a algunos hombres a Irak, aunque nos costará una pequeña fortuna. Pero tengamos claro que si al final ese loco de George Bush invade Irak, tendremos que buscarnos otra compañía.

—¿Por qué? —El tono de Mercedes reflejaba impaciencia.

—Pues porque para ir a un país en guerra se necesita un tipo de hombres que sean algo más que investigadores privados.

—Tienes razón —convino Hans—. Además, tenemos que tomar una decisión. ¿Qué pasa si le encuentran, si realmente esta Clara Tannenberg tiene algo que ver con él? Yo os lo diré: necesitamos a un profesional… alguien a quien no le importe matar. Si él vive aún, debe morir, y si no…

—Y si no que mueran sus hijos, sus nietos, cualquiera que lleve su sangre.

La voz de Mercedes sonó repleta de rabia. No estaba dispuesta a ceder al más leve sentimiento de piedad.

—Estoy de acuerdo —asintió Hans—, ¿y tú, Bruno?

El concertista de piano más admirado del último tercio del siglo XX no dudó en responder con otro sí.

—Bien. ¿Sabemos de alguna compañía de esas que cuentan con mercenarios para este tipo de encargos? —preguntó Mercedes dirigiéndose a Carlo.

—Mañana me darán dos o tres nombres. Mi amigo, el presidente de Investigaciones y Seguros, asegura que hay un par de compañías británicas que contratan a ex miembros del SAS, y a otros hombres de fuerzas especiales de ejércitos de medio mundo. También hay una compañía norteamericana, una multinacional de seguridad, bueno lo de la seguridad es un eufemismo. Disponen de soldados privados para enviar a cualquier lugar y luchar por cualquier causa bien remunerada, creo que se llama Global Group. Mañana decidiremos.

—Bien, pero ¿tenemos todos claro que los Tannenberg deben morir, no importa que sean mujeres, incluso niños…? —volvió a inquirir Hans.

—No insistas —terció Mercedes—, llevamos toda la vida preparándonos para este momento. No me importaría matarlos personalmente.

La creyeron. Ellos también sentían el mismo odio. Un odio

que había crecido con una violencia irrefrenable cuando los cuatro vivían en el infierno.

* * *

—Tiene la palabra la señora Tannenberg.

El director de la ponencia sobre la «Cultura en Mesopotamia» dejó libre el estrado a la mujer menuda y decidida que, apretando unos cuantos folios contra su pecho, se dispuso a tomar la palabra.

Clara Tannenberg estaba nerviosa. Sabía cuánto se jugaba en aquel momento. Con los ojos buscó entre el público a su marido, que le sonreía para darle ánimos.

Durante unos instantes se desconcentró pensando en lo guapo que era Ahmed. Alto, delgado, con el cabello negro como la noche y los ojos de un negro más intenso aún. Era mayor que ella, le llevaba quince años, pero compartían una misma pasión: la arqueología.

—Señoras y señores, hoy es un día muy especial para mí. He venido a Roma a pedirles ayuda, a suplicarles que alcen la voz para evitar la catástrofe que se puede cernir sobre Irak.

Un rumor se extendió por la sala. Los allí presentes no estaban dispuestos a escuchar un mitin de una arqueóloga desconocida cuyo principal mérito parecía ser el estar casada con un miembro del clan de Husein que casualmente era el director del departamento de Excavaciones. En el rostro de Ralph Barry, director de la ponencia sobre Mesopotamia, se dibujó un gesto de fastidio. Sus temores parecían confirmarse; sabía que la presencia de Clara Tannenberg y de su marido Ahmed Huseini traería problemas. Había intentado impedirlo por todos los medios, que eran muchos habida cuenta que trabajaba para un hombre poderoso, el presidente ejecutivo de la fundación Mundo Antiguo, que corría con buena parte de los gastos del congreso. En Estados Unidos nadie que se dedicara a la arqueología llevaba la contraria a su jefe, Robert Brown. Pero se hallaban en Roma, donde su influencia era más limitada.

Robert Brown era un gurú del mundo del arte. Había surtido de objetos únicos a museos de todo el mundo. La colección de tablillas mesopotámicas, que exponía en varias salas de la fundación, estaba considerada como la mejor del mundo.

Brown había hecho del arte su vida y su gran negocio. Una noche a finales de los años cincuenta, cuando contaba con apenas treinta años e intentaba abrirse camino como marchante en Nueva York, conoció a alguien en una fiesta en casa de un pintor de vanguardia donde había gente de todas clases. A la mañana siguiente, aquel hombre le hizo una proposición que le cambió la vida, pues reorientó su profesión y le ayudó a poner en marcha un negocio más lucrativo: convencer a importantes compañías multinacionales de que aportaran fondos a una fundación privada para financiar excavaciones e investigaciones en todo el mundo. De esa manera las multinacionales lograban un doble objetivo: desgravaban impuestos y adquirían cierta respetabilidad ante los siempre recelosos ciudadanos. Guiado por su Mentor, un hombre tan rico como poderoso e influyente en Washington, puso en marcha la fundación Mundo Antiguo. Se constituyó un patronato del que formaban parte banqueros y hombres de negocios, que a la postre eran los que ponían el dinero; se reunía un par de veces al año con ellos, primero para que aprobaran el presupuesto y después para rendir cuentas del mismo. Precisamente a finales de ese mes de septiembre tenían una reunión. Robert Brown hizo de Ralph Barry su mano derecha. Barry tenía lustre en el mundo académico. Era un reputado profesor. En cuanto a su Mentor, George Wagner, el hombre que le había situado en la cumbre, le guardaba una fidelidad perruna y ocultaba celosamente el secreto de su nombre; durante todos estos años había ejecutado sus órdenes sin rechistar, había hecho lo que jamás pensó que haría, era una marioneta en sus manos. Pero se sentía feliz de serlo.

Todo cuanto era, todo lo que tenía, se lo debía.

Brown había dado instrucciones precisas a Ralph Barry, director del departamento de Mesopotamia de la fundación Mundo Antiguo y ex profesor de Harvard: debía impedir que Clara Tannenberg y su marido participaran en el congreso y, de no poder hacerlo, al menos tenía que evitar que hablara.

A Barry le habían extrañado las instrucciones de Brown porque sabía que su jefe conocía a la pareja, pero ni por un momento se le pasó por la cabeza desobedecer sus órdenes.

Clara era consciente de la animadversión del auditorio. Enrojeció de rabia. El «tío» Robert pagaba aquel congreso, y ella entraba en el paquete. Tragó saliva antes de continuar.

—Señores, no vengo a hablar de política sino de arte. Vengo a pedir que salvemos el legado artístico de Mesopotamia. Allí comenzó la historia de la humanidad y, si hay guerra, puede desaparecer. También vengo a pedirles otro tipo de ayuda. No se trata de dinero.

Nadie le rió el chiste, y Clara se sintió peor, pero estaba decidida a continuar por más que sintiera en la piel la intensa irritación del auditorio.

—Hace muchos años, más de medio siglo, mi abuelo, que formaba parte de una misión arqueológica cerca de Jaran, encontró un pozo recubierto con restos de tablillas. Ustedes saben que eso era común. Aun hoy encontramos tablillas que fueron utilizadas por los campesinos para construir sus casas.

»Las tablillas con que se había recubierto el pozo consignaban la superficie de determinados campos y el volumen de cereales de la última cosecha. Había cientos de tablillas, pero dos de ellas parecían no pertenecer al mismo grupo que las otras, no sólo por el contenido sino por los trazos con que habían sido escritas, como si el redactor de las mismas, al hacer las incisiones en el barro, aún no manejara con suficiente destreza la caña.

La voz de Clara adquirió un tinte de emoción. Estaba a punto de desvelar la razón de su vida, aquello en lo que no había dejado de soñar desde que tuviera uso de razón, por lo que se había hecho arqueóloga, que era más importante para ella que nada y que nadie, incluso que Ahmed.

—Durante más de sesenta años —prosiguió— mi abuelo ha guardado esas dos tablillas en las que alguien, seguramente un aprendiz de escriba, cuenta que su pariente Abraham* le iba a contar cómo se había formado el mundo y otras historias fantásticas sobre un Dios que todo lo puede y que todo lo ve, y que en una ocasión, enfadado con los hombres, inundó la tierra. ¿Se dan cuenta de lo que esto significa?

»Todos sabemos de la importancia que para la arqueología y la historia, pero también para la religión, tuvo el descubrimiento de los poemas acadios de la Creación, el *Enuma Elish*, el relato de Enki y Ninhursag o del Diluvio en el Poema de Gilgamesh. Pues bien, según esas tablillas que encontró mi abuelo, el patriarca Abraham añadió su propia visión de la creación del mundo, influida sin duda por los poemas babilónicos y acadios sobre el paraíso y la creación.

»Hoy también sabemos, porque la arqueología así lo ha demostrado, que la Biblia se escribió en el siglo VII antes de Cristo, en un momento en el que los gobernantes y sacerdotes israelitas tenían necesidad de fundamentar la unidad del pueblo de Israel, para lo que necesitaban una historia común, una

---

* En la Biblia, al patriarca Abraham se le llama «Abrán», y a su esposa «Saray». Sus nombres cambian a los de Abraham y Sara cuando Dios le promete que tendrá descendencia. Abrán y Abraham son dos formas dialectales del mismo nombre; Abraham se explica por la asonancia con Ab Hamôn: «padre de multitud».

epopeya nacional, un documento que sirviera para sus propios fines políticos y religiosos.

»En su empeño por contrastar lo que se describe en la Biblia, la arqueología ha descubierto verdades y mentiras. Aun hoy es difícil separar la leyenda de la historia porque están entremezcladas. Pero lo que parece claro es que los relatos son recuerdos de un pasado, historias antiguas que aquellos pastores que emigraron de Ur a Jaran llevaron posteriormente hasta Canaán…

Clara guardó silencio esperando la reacción de sus colegas, que la escuchaban en silencio: unos con desgana, otros con cierto interés.

—… Jaran… Abraham…, en la Biblia encontramos una genealogía minuciosa de los «primeros hombres», desde Adán; ese recorrido llega a los patriarcas posdiluvianos, a los hijos de Sem de los que uno de sus descendientes, Téraj, engendró a Najor, a Haran y a Abrán, que más tarde transformó su nombre en Abraham, padre de todas las naciones.

»Salvo el relato minucioso de la Biblia en que Dios le ordena a Abraham dejar su tierra y su casa, para dirigirse a Canaán, no se ha podido demostrar que hubiera habido una primera emigración de semitas desde Ur a Jaran antes de llegar a su destino, fijado por Dios, en la tierra en Canaán. Y el encuentro entre Dios y Abraham tuvo que producirse en Jaran, donde mantienen algunos biblistas que el primer patriarca habría vivido hasta la muerte de su padre, Téraj.

»Seguramente, cuando Téraj se desplazó a Jaran, lo hizo no sólo con sus hijos Abraham y la esposa de éste, Sara, y Najor y su mujer Milca. También les acompañó Lot, el hijo de su hijo Haran, muerto en la juventud. Sabemos que entonces las familias formaban tribus que se desplazaban de un lugar a otro con sus rebaños y enseres, y que se asentaban periódicamente en lugares donde cultivaban un pedazo de tierra para cubrir sus necesidades de subsistencia. De manera que Téraj, al dejar Ur para asentarse en Jaran, lo hizo acompañado por otros familiares, parientes en grado más o menos próximo. Pensamos... mi abuelo, mi padre, mi marido Ahmed Huseini y yo pensamos que un miembro de la familia de Téraj, seguramente un aprendiz de escriba, pudo tener una relación estrecha con Abraham y que éste le explicó sus ideas sobre la creación del mundo, su concepción de ese Dios único y quién sabe cuántas cosas más. Durante años hemos buscado en la región de Jaran otras tablillas del mismo autor. El resultado ha sido nulo. Mi abuelo ha dedicado su vida a investigar cien kilómetros a la redonda de Jaran y no ha encontrado nada. Bueno, el trabajo no ha sido estéril: en el museo de Bagdad, en el de Jaran y en el de Ur y en tantos otros hay cientos de tablillas y objetos que mi familia ha ido desenterrando, pero no encontrábamos esas otras tablillas con los relatos de Abraham que...

Con gesto malhumorado, un hombre levantó la mano y la agitó, lo que desconcentró a Clara Tannenberg.

—Sí..., ¿quiere decir algo?

—Señora, ¿está usted afirmando que Abraham, el patriarca Abraham, el Abraham de la Biblia, el padre de nuestra civilización, le contó a no sé quién su idea de Dios y del mundo, y este no sé quién lo escribió, como si de un periodista cualquiera se tratara, y que su abuelo, que por cierto ninguno de nosotros tenemos el gusto de conocer, ha encontrado esa prueba y se la ha guardado durante más de medio siglo?

—Pues sí, eso es lo que estoy diciendo.

—¡Ah! Y dígame, ¿por qué no informaron de nada hasta ahora? Por cierto, ¿sería tan amable de explicarnos quién es su abuelo y su padre? De su marido ya sabemos algo. Aquí nos conocemos todos y siento decirle que para nosotros usted es una ilustre desconocida a la que, por su intervención, calificaría de infantil y fantasiosa. ¿Dónde están esas tablillas de las que habla? ¿A qué pruebas científicas las ha sometido para garantizar su autenticidad y datar la época a la que dice pertenecen? Señora, a los congresos se viene con trabajos solventes, no con historias de familia, de familia de aficionados a la arqueología.

Un murmullo recorrió toda la sala mientras Clara Tannenberg, roja de ira, no sabía qué hacer: si salir corriendo o insultar a aquel hombre que la estaba ridiculizando y ofendiendo a su familia. Respiró hondo para darse tiempo, y vio cómo Ahmed se ponía en pie mirándola furioso.

—Querido profesor Guilles…, sé que ha tenido miles de alumnos en su larga vida como docente en la Sorbona. Yo fui uno de ellos; por cierto, a lo largo de la carrera usted me dio siempre matrícula de honor. En realidad, obtuve matrícula de honor en todas las asignaturas, no sólo en la suya, y creo recordar que en la Sorbona se hizo una mención especial a «mi caso», porque, insisto, durante cinco años la nota de todas las asignaturas era matrícula de honor y me licencié con sobresaliente *cum laude*. Después, profesor, tuve el privilegio de acompañarle en sus excavaciones en Siria, también en Irak. ¿Recuerda los leones alados que encontramos cerca de Nippur en un templo dedicado a Nabu? Lástima que las figuras no estuvieran intactas, pero al menos tuvimos suerte al dar con una colección de sellos cilíndricos de Asurbanipal… Sé que no tengo ni sus conocimientos ni su reputación, pero llevo años dirigiendo el departamento de Excavaciones Arqueológicas de Irak, aunque hoy es un departamento muerto; estamos en guerra, una guerra no declarada, pero guerra. Llevamos diez años sufriendo un cruel bloqueo y el programa de petróleo por alimentos apenas nos da para subsistir como pueblo. Los niños iraquíes se mueren porque en los hospitales no hay medicinas y porque sus madres no alcanzan a poder comprarles comida, de manera que poco dinero podemos dedicar a excavar en busca de nuestro pasado, en realidad del pasado de la civilización. Todas las misiones arqueológicas han abandonado su trabajo en espera de tiempos mejores.

»En cuanto a mi esposa, Clara Tannenberg, lleva años siendo mi ayudante; excavamos juntos. Su abuelo y su padre han sido hombres apasionados por el pasado que en su momento ayudaron a financiar algunas misiones arqueológicas...

—¡Ladrones de tumbas! —clamó alguien del público.

Aquella voz y el estruendo de la risa nerviosa de algunos asistentes se le clavaron como cuchillos a Clara Tannenberg. Pero Ahmed Huseini no se inmutó y continuó hablando como si no hubiera escuchado nada ofensivo.

—Pues bien, estamos seguros de que el autor de esas dos tablillas que guardó el abuelo de Clara llegó a trasladar a ellas los relatos que asegura le contó Abraham. Efectivamente, podemos estar hablando de un descubrimiento transcendental en la historia de la arqueología, pero también de la religión y de la tradición biblista. Creo que deberían permitir que la doctora Tannenberg continuara. Clara, por favor...

Clara observó agradecida a su marido, respiró hondo y, temerosa, se dispuso a continuar. Si algún otro vejestorio la interrumpía y trataba de humillarla gritaría y le insultaría, no se iba a dejar pisotear. Su abuelo se sentiría decepcionado si hubiese visto la escena que estaban viviendo. Él no quería que pidiera ayuda a la comunidad internacional. «Son todos unos arrogantes hijos de puta que se creen que saben algo.» Su padre tampoco le hubiese permitido venir a Roma, pero su padre estaba muerto y su abuelo...

—Durante años nos concentramos en Jaran buscando restos de esas otras tablillas que estamos seguros de que existen. No encontramos ni rastro. Precisamente en la parte superior de las dos que encontró mi abuelo aparecía el nombre de Shamas. En algunos casos los escribas solían poner su nombre en la parte superior de la tablilla, así como el del supervisor de la misma. En el caso de estas dos tablillas sólo aparecía el de Shamas. ¿Quién es Shamas, se preguntarán?

»Desde que Estados Unidos declaró a Irak su peor enemigo, han sido frecuentes las incursiones aéreas.

»Recordarán que hace un par de meses unos aviones norteamericanos que sobrevolaban Irak dijeron ser atacados por misiles desde tierra, a lo que respondieron soltando una carga de bombas. Pues bien, en la zona bombardeada, entre Basora y la antigua Ur, en una aldea llamada Safran, quedaron al descubierto los restos de una edificación y una muralla cuyo perímetro calculamos en más de quinientos metros.

»Dada la situación de Irak, no ha sido posible prestar la atención merecida a esa edificación, por más que mi esposo y yo, junto con un pequeño contingente de obreros, comenzamos a excavar con más voluntad que medios. Creemos que el edificio pudo ser el almacén de una casa de las tablillas u otro anexo de un templo. No lo sabemos a ciencia cierta. Hemos encontrado restos de tablillas y la sorpresa fue que entre estos restos encontramos una con el nombre de Shamas. ¿Es el mismo Shamas relacionado con Abraham?

»No lo sabemos, pero pudiera ser que sí. Abrán emprendió el viaje a Canaán con la tribu de su padre. Existe la creencia de que el patriarca se quedó en Jaran hasta que su padre murió, que entonces fue cuando inició el viaje a la Tierra Prometida. ¿Shamas formaba parte de la tribu de Abraham? ¿Le acompañó a Canaán?

»Quiero pedirles que nos ayuden, nuestro sueño sería que se creara una misión arqueológica internacional. Si encontráramos esas tablillas… Durante años me he preguntado en qué momento Abraham dejó de ser politeísta, como sus contemporáneos, y pasó a creer en un solo Dios.

El profesor Guilles volvió a levantar la mano. El viejo profesor de la Sorbona, uno de los más reputados especialistas mundiales sobre la cultura mesopotámica, parecía dispuesto a amargarle el día a Clara Tannenberg.

—Señora, insisto en que nos muestre las tablillas de las que habla. De lo contrario, permítanos debatir a los que estamos aquí y tenemos algo que aportar.

Clara Tannenberg no aguantó más. Un rayo de ira atravesó sus ojos azules.

—¿Qué le pasa, profesor? ¿No soporta que alguien que no sea usted pueda saber algo sobre Mesopotamia e incluso hacer un descubrimiento? ¿Tanto sufre su ego…?

Guilles se levantó con parsimonia y se dirigió al auditorio:

—Regresaré a la ponencia cuando se vuelva a hablar de cosas serias.

Ralph Barry se creyó obligado a intervenir. Carraspeó y se dirigió a la veintena de arqueólogos que asistían malhumorados a la escena protagonizada por aquella desconocida colega.

—Siento lo que está pasando. No entiendo por qué no somos un poco más humildes y escuchamos lo que nos cuenta la doctora Tannenberg. Es arqueóloga como nosotros, ¿por qué tantos prejuicios? Está exponiendo una teoría; escuchémosla y luego opinemos, pero descalificarla a priori no me parece muy científico.

La profesora Renh, de la Universidad de Oxford, una mujer de mediana edad con el rostro curtido por el sol, levantó la mano solicitando hablar.

—Ralph, aquí nos conocemos todos… La señora Tannenberg se ha presentado contando algo sobre unas tablillas que no ha mostrado, ni siquiera en fotografía. Ha hecho un alegato, al igual que su marido, sobre la situación política de Irak, que yo personalmente lamento, y ha expuesto una teoría sobre Abraham que francamente parece más fruto de la fantasía que de un trabajo científico.

»Pero estamos en un congreso y mientras en otras salas nuestros colegas de otras especialidades están presentando trabajos y conclusiones, nosotros… nosotros, tengo la impresión de que estamos perdiendo el tiempo.

»Lo siento, pienso como el profesor Guilles. Me gustaría que nos pusiéramos a trabajar.

—¡Eso es lo que estamos haciendo! —gritó indignada Clara.

Ahmed se levantó y mientras se ajustaba la corbata se dirigió a los presentes sin mirar a nadie en particular.

—Les recuerdo que los grandes descubrimientos arqueológicos vinieron de la mano de hombres que supieron escuchar y buscar entre las brasas de las leyendas. Pero ustedes no quieren ni siquiera considerar lo que les estamos exponiendo. Esperan. Sí, esperan a ver qué pasa, el momento en que Bush ataque Irak. Ustedes son ilustres profesores y arqueólogos de los países «civilizados», de manera que porque tengan más o menos simpatía por Bush tampoco se van a jugar el pellejo defendiendo un proyecto arqueológico que suponga acudir a Irak. Puedo entenderlo, pero lo que no comprendo es por qué esa actitud cerrada que les impide siquiera escuchar e intentar averiguar si algo de lo que les decimos es o puede ser verdad.

La profesora Renh volvió a alzar la mano.

—Profesor Huseini, insisto en que nos presente alguna prueba de lo que dice. Deje de juzgarnos y sobre todo deje de darnos un mitin. Somos mayores y estamos aquí para discutir de arqueología, no de política. No haga trampas presentándose como una víctima. Exponga alguna evidencia de lo que plantean.

Clara Tannenberg se levantó y comenzó a hablar sin dar tiempo a Ahmed a que replicara a la mujer.

—No tenemos las tablillas aquí. Ustedes saben que, dada la situación de Irak, no nos las dejarían sacar. Disponemos de unas fotos, no son de buena calidad pero al menos pueden comprobar que las tablillas existen. Estamos pidiéndoles ayuda, ayuda para excavar. No disponemos de medios suficientes para hacerlo. En el Irak de hoy la arqueología es la última preocupación de todos, bastante tenemos con subsistir.

Un silencio espeso acompañó esta vez sus palabras. Después los asistentes se levantaron y abandonaron la sala.

Ralph Barry se acercó a Ahmed y a Clara con gesto en apariencia compungido.

—Lo siento, he hecho lo que he podido, pero ya les dije que éste no me parecía el mejor momento para que ustedes intervinieran en el congreso.

—Usted ha hecho lo inimaginable para que no pudiéramos hacerlo —le respondió Clara con tono desafiante.

—Señora Tannenberg, la coyuntura internacional nos afecta a todos. Usted sabe que en el mundo de la arqueología siempre procuramos mantenernos separados de la política. De lo contrario sería impensable que hubiera misiones arqueológicas en determinados países. Ahmed, sabes que es imposible que ahora encontréis ayuda. Dada la situación política, a la fundación no le es factible considerar una excavación en Irak. El presidente sería reprobado por ello y el consejo de administración de la fundación no lo permitiría. Les he explicado que, dadas las circunstancias, lo mejor era que su presencia en el congreso fuera discreta, pero se han empeñado en lo contrario. En fin, esperemos que lo que ha pasado esta tarde no termine convirtiéndose en un escándalo…

—No somos políticamente correctos y parece que contaminamos —le espetó furiosa Clara.

—¡Por favor! Le he expuesto sinceramente las circunstancias; ustedes las conocen igual que yo. Aun así, no pierdan la esperanza. He observado que el profesor Yves Picot les escuchaba con atención, es un hombre peculiar, pero también es una autoridad en la materia.

Ralph Barry se arrepintió de haberles hablado de Picot. Pero era cierto. El excéntrico profesor había escuchado a Clara con interés. Aunque con los antecedentes de Picot el interés podía ser no sólo académico.

Llegaron al hotel exhaustos. Incómodos consigo mismos y entre ellos. Clara sabía que se avecinaba una tormenta. Ahmed la había defendido, sí, pero estaba segura de que se sentía disgustado por su forma de plantear las cosas. Le había pedido encarecidamente que no mencionara a su abuelo ni a su padre, que circunscribiera el descubrimiento a la actualidad; dada la situación de Irak, nadie acudiría a comprobar lo que habían dicho. Pero ella había querido rendir un homenaje a su abuelo y a su padre, a los que adoraba y de quienes había aprendido cuanto sabía. No decir que su abuelo era el descubridor de las tablillas habría sido como robarle.

Entraron en la habitación en el momento en que la camarera acababa de arreglarla. Siguieron sin decir palabra esperando a que la camarera saliera.

Ahmed buscó un vaso en la nevera y se sirvió un whisky con hielo. No le ofreció nada, de manera que ella misma se sirvió un Campari. Se sentó aguardando que estallara la tormenta.

—Te has puesto en ridículo —afirmó con dureza Ahmed—. Resultabas patética hablando de tu padre, de tu abuelo y de mí. ¡Por Dios, Clara, somos arqueólogos, no estamos jugando a los arqueólogos, ni eso era la fiesta de fin de graduación de la universidad, donde hay que agradecerle a papá lo bueno que es! Te dije que no mencionaras a tu abuelo, te lo repetí, pero tú tenías que hacer lo que te viniera en gana sin medir las consecuencias, sin darte cuenta lo que estabas desencadenando, lo que puedes desencadenar. Ralph Barry nos pidió discreción, nos dejó claro que su «jefe» Robert Brown quiere que excavemos, pero no nos pueden ayudar directamente, se jugarían el cuello. No le puede decir a sus amigos de la administración que tiene interés en una arqueóloga desconocida, nieta de un viejo amigo y casada con un iraquí bien visto por el régimen, y que les va a ayudar. Ralph Barry lo ha dicho alto y claro: Robert Brown cavaría su propia tumba. ¿Qué pretendías, Clara?

—¡No voy a robar a mi abuelo! ¿Por qué no puedo hablar de él ni de mi padre, ni de ti? No tengo nada de que avergonzarme. Ellos eran anticuarios y han gastado fortunas ayudando a excavar en Irak, en Siria, en Egipto..., en...

—¡Despierta, Clara, entérate! Tu abuelo y tu padre son simples comerciantes. ¡No son ningunos mecenas! ¡Crece, hazte una mujer, deja de subirte a las rodillas del abuelo!

Ahmed se calló de golpe. Se sentía cansado.

—La *Biblia de Barro*, así la llamaba mi abuelo. El Génesis contado por Abraham... —musitó Clara en voz baja.

—Sí, la *Biblia de Barro*. Una Biblia escrita en barro mil años antes que en papiro.

—Un descubrimiento trascendental para la humanidad, una prueba más de la existencia de Abraham. ¿No creerás que estamos equivocados?

—Yo también quiero encontrar la *Biblia de Barro*, pero hoy, Clara, has desaprovechado la mejor oportunidad que teníamos para hacerlo. Esa gente forma parte de la élite de la arqueología mundial. Y nosotros tenemos que hacernos perdonar ser quienes somos.

—¿Y quiénes somos, Ahmed?

—Una arqueóloga desconocida casada con el director del departamento de Excavaciones de un país con un régimen dictatorial cuyo dirigente ha sido condenado porque ya no sirve a los intereses de los poderosos. Hace años, cuando vivía en Estados Unidos, ser iraquí no era un hándicap, todo lo contrario. Sadam combatía a Irán porque eso servía a los intereses de Washington. Asesinaba kurdos con las armas que le vendían los norteamericanos, armas químicas prohibidas por la Convención de Ginebra, las mismas armas que ahora están buscando. Es todo mentira, Clara, y por tanto hay que seguir las normas. Pero a ti nada de lo que sucede a tu alrededor te importa; te da lo mismo Sadam, Bush y quien pueda morir por culpa de ambos. Tú mundo se circunscribe a tu abuelo, nada más.

—¿De qué lado estás?

—¿Cómo?

—Atacas al régimen de Sadam, pareces comprender a los norteamericanos, otras veces parece que les aborreces... ¿Con quién estás?

—Con nadie. Estoy solo.

La respuesta sorprendió a Clara. Le impresionó la sinceridad de Ahmed, al tiempo que le dolía descubrir ese sentimiento de desarraigo de su marido.

Ahmed era un iraquí demasiado occidentalizado. Había ido perdiendo sus raíces a lo largo y ancho del mundo. Su padre había sido diplomático, un hombre afecto al régimen de Sadam, premiado con distintas embajadas: la de París, Bruselas, Londres, México, el consulado de Washington... La familia Huseini había vivido bien, muy bien, y los hijos del embajador se habían convertido en perfectos cosmopolitas: estudiaron en los mejores colegios europeos, aprendieron varios idiomas y accedieron a las más exclusivas universidades norteamericanas. Sus tres hermanas se habían casado con occidentales, no habrían soportado volver a vivir en Irak. Habían crecido libres en países democráticos. Y él, Ahmed, también había mamado la democracia en cada nuevo destino al que era enviado su padre, de manera que Irak le resultaba asfixiante, a pesar de que cuando regresaba vivía con los privilegios inherentes a los hijos del régimen.

Se hubiera quedado a vivir en Estados Unidos, pero había conocido a Clara y su abuelo y su padre la reclamaban junto a ellos en Irak. De manera que decidió regresar.

—¿Y ahora qué hacemos? —preguntó Clara.

—Nada. Ya no podemos hacer nada. Mañana llamaré a Ralph para que nos explique las dimensiones del desastre que has provocado.

—¿Regresamos a Bagdad?

—¿Se te ocurre alguna otra genialidad?

—¡No seas cáustico! He hecho lo que creía que debía hacer, se lo debo a mi abuelo. De acuerdo, él era un hombre de negocios, pero ama Mesopotamia más que nadie, y se lo inculcó a mi padre y a mí. Podría haber sido un gran arqueólogo pero no tuvo la suerte de poder dedicarse a su vocación. Pero fue él y sólo él quien descubrió esas dos tablillas, quien las ha guardado durante más de medio siglo, quien ha gastado su dinero para que otros excavaran buscando el rastro de Shamas... Te recuerdo que los museos de Irak están llenos de piezas y tablillas de las excavaciones financiadas por mi abuelo.

Una mueca de desprecio se dibujó en el rostro de Ahmed. Ella se sobresaltó. De repente su marido le pareció un extraño.

—Tu abuelo siempre ha sido un hombre discreto, Clara, tu padre también lo fue. Jamás han hecho exhibiciones gratuitas. Tu actuación de hoy les habría decepcionado. No es eso lo que te enseñaron.

—Me inculcaron el amor a la arqueología.

—Te obsesionaron con la *Biblia de Barro*, eso ha pasado.

Se hizo el silencio. Ahmed se bebió el whisky de un trago y cerró los ojos. Ninguno de los dos quería seguir hablando.

Clara se metió en la cama pensando en Shamas y le imaginó con una caña fina en la mano dibujando en el barro...

2

—¿Quién hizo la primera cabra?

—Él.

—¿Y por qué una cabra?

—Por la misma razón que hizo a todos los seres que habitamos la Tierra.

El niño conocía estas respuestas, pero le gustaba provocar a su tío Abrán.* Éste había cambiado mucho. Hacía tiempo que se había convertido en un hombre extraño, que buscaba la soledad y se alejaba de los suyos diciendo que necesitaba pensar.

—Pues no entiendo la razón. ¿Para qué quiere a las cabras? ¿Para que nosotros las cuidemos? Y a nosotros, ¿para qué nos quiere, para hacernos trabajar?

—A ti, para que aprendas.

Shamas se calló. Su tío le recordaba que a esa hora debería estar en la casa de las tablillas haciendo sus tareas. Su otro tío el *um-mi-a*** volvería a quejarse de él a su padre y éste le volvería a reprender.

Esa mañana camino de la casa de las tablillas había visto a

---

   * En las conversaciones entre Shamas y el Patriarca se ha optado por utilizar la primera acepción: Abrán.

   ** Maestro.

su tío Abrán caminar entre las cabras en busca de pastos verdes y le había seguido, aun sabiendo que su tío prefería estar solo y no hablar con nadie. Pero siempre se mostraba paciente con él. En realidad no era su tío directo, sino un familiar lejano de su madre pero pertenecían a la misma tribu; todos reconocían la autoridad de Téraj, el padre de Abrán, aunque el prestigio del hijo corría paralelo al del padre y muchos hombres de la tribu acudían a Abrán en busca de consejo y de guía. Téraj no se ofendía, porque ya había entrado en la ancianidad y dormitaba buena parte del día. A su muerte sería Abrán quien se encargaría de todos.

—Me aburro —explicó el niño a modo de excusa.

—¿Ah, sí? ¿Y de qué te aburres?

—El *dub-sar** que nos enseña no es muy alegre, seguramente porque aún no domina la caña como le gustaría al *ses-gal*** o al *um-mi-a* Ur-Nisaba. Al *dub-sar* Ili, que es quien se encarga de nosotros, no le gustan los niños, se impacienta, y nos hace repetir las mismas frases hasta que a su juicio están perfectas. Luego, cuando a mediodía nos exige decir la lección en voz alta se enfada si vacilamos y no tiene piedad a la hora de encargarnos ejercicios de escritura y matemáticas.

Abrán sonrió. No quería que el pequeño Shamas se envalentonara aún más si le manifestaba comprensión ante la rigidez de su maestro. Shamas era el niño más inteligente de la tribu y su misión era estudiar y convertirse en escriba o sacerdote. Se necesitaban hombres sabios para realizar los cálculos para construir canales que llevaran el agua a la tierra seca. Hombres que supieran poner orden en los graneros, controlar la distribución del trigo, otorgar préstamos; hombres que guardaran el conocimiento de las plantas y animales, de las matemáticas,

* Escriba.
** Gran hermano.

que supieran leer en las estrellas, capaces de pensar en algo más que en dar de comer a su prole.

El padre de Shamas había sido un gran escriba, un maestro, y el pequeño, como otros muchos hombres de su familia, había sido favorecido con el don de la inteligencia. No podía desperdiciarla, porque la inteligencia era un don que Él otorgaba a algunos hombres para hacer más fácil la existencia de los otros, y para combatir a quienes, siendo igualmente inteligentes, se dejaban inspirar por el Mal.

—Debes irte antes de que empiecen a buscarte y tu madre se preocupe.

—Mi madre ha visto que te seguía. Está tranquila, sabe que contigo no me pasará nada.

—Pero eso no le evita un disgusto, porque es consciente de que no estás aprovechando la oportunidad de aprender.

—Tío, el *dub-sar* Ili nos hace invocar a Nidaba, la diosa de los cereales, y asegura que es ella quien nos ha inspirado el conocimiento de los signos.

—Debes aprender lo que te enseña el *dub-sar*.

—Ya, pero ¿tú crees que quien nos inspira es Nidaba?

Abrán guardó silencio. No quería confundir la mente del pequeño, pero tampoco dejar de decir lo que pensaba, cómo había sentido, hasta llegar a convertirlo en certeza, que esos dioses a los que adoraban no estaban insuflados por ningún espíritu, eran simplemente barro. Él lo sabía bien porque su padre Téraj modelaba la arcilla y surtía a los templos y palacios de esos dioses salidos de sus manos.

Aún recordaba el dolor que le provocó a su padre el día en que éste le encontró en su taller rodeado de los añicos en que había convertido las figuras que aún estaban secándose antes de convertirse definitivamente en dioses.

No sabía por qué había actuado así, pero cuando entró en el taller de su padre sintió un impulso irrefrenable de destruir aquellas piezas de barro ante las cuales los hombres doblaban estúpidamente la cerviz, convencidos de que las desgracias y los dones llegaban por igual desde esas figuras nacidas de las manos de su padre.

Las tiró al suelo y las pisoteó; luego se sentó para esperar las consecuencias de su acción. No había nada en esas figuras; si fueran dioses habrían desencadenado su furia contra él, le habrían castigado. No sucedió nada, y sólo conoció la ira de su padre al ver el fruto de su trabajo hecho añicos.

Su padre le recriminó su comportamiento sacrílego, pero Abrán le respondió irónico que Téraj sabía mejor que nadie, puesto que las construía, que en esas figuras no había otra cosa que barro, y le invitó a que pensara.

Más tarde le pidió perdón por destruir el fruto de su trabajo, limpió los restos del barro destrozado e incluso se puso a amasar arcilla para ayudarle a construir otros dioses para vender.

—Shamas, debes de aprender lo que te enseña Ili, porque eso te ayudará a discernir, llegará el día en que tú solo separes el grano de la paja, pero hasta entonces no desprecies ningún conocimiento.

—El otro día les hablé de Él e Ili se enfadó. Me dijo que no debía ofender a Istar, a Isin, a Innama, a…

—¿Y por qué les hablaste de Él?

—Porque no dejo de pensar en lo que me dices. Sabes, yo no creo que haya ningún espíritu dentro de la figura de Istar. A Él no le puedo ver, así que seguramente existe.

A Abrán le sorprendió el razonamiento del pequeño: creía en lo que no veía precisamente porque no lo veía. Pero también sabía de la admiración que el pequeño le profesaba porque, debido a la ancianidad de Téraj, era de hecho el jefe de la tribu y su palabra era ley.

—Aprende, Shamas, aprende. Ve a la escuela y déjame pensar.

—¿Él te habla?

—Siento que sí.

—Pero ¿te habla con palabras, como hablamos tú y yo…?

—No, así no, pero le escucho con tanta claridad como si te escuchara a ti. Pero no se lo digas a nadie.

—Te guardaré el secreto.

—No es ningún secreto, pero en la vida hay que aprender a ser discreto. Anda, ve a la escuela y no hagas rabiar más a Ili.

El niño se levantó de la piedra donde estaba sentado y acarició el pescuezo de una cabra blanca que, indiferente a cuanto sucedía a su alrededor, triscaba la hierba con evidente placer.

Shamas se mordió el labio y, esbozando una sonrisa, le hizo una petición a Abraham.

—Me gustaría que me contaras cómo nos inventó Él y por qué lo hizo. Si lo hicieras, yo lo escribiría, utilizaría la caña de hueso que me regaló mi padre. Sólo la utilizo cuando el maestro me manda algo importante… Me serviría de práctica…

Abrán fijó la mirada en Shamas sin responder a la petición del niño. Tenía diez años. ¿Sería capaz de comprender la complejidad de ese Dios que se le revelaba? Tomó una decisión.

—Te contaré lo que me pides, lo escribirás en tus tablillas y las guardaras cuidadosamente. Sólo las enseñarás cuando yo te lo diga. Tu padre ha de saberlo, tu madre también, pero nadie más. Hablaré con ellos. Pero la condición es que no vuelvas a faltar a la escuela. No discutas con tu maestro, escucha y aprende.

El pequeño asintió satisfecho y salió corriendo. Ili se iba a enfadar con él por llegar tarde, pero no le importaba. Abraham le iba a contar secretos de su Dios, un Dios que no era de barro.

Ili torció el gesto cuando vio entrar a un sudoroso Shamas agitado aún por la carrera.

—Hablaré con tu padre —le amenazó el escriba.

El escriba continuó con la lección. Pretendía que los niños se familiarizaran con las tablas de cálculo y, sobre todo, que entendieran la magia de los números y las abreviaturas con que se dibujaban las decenas.

Shamas deslizaba la caña por la arcilla escribiendo cuanto Ili explicaba para después leérselo a su padre y asombrar a su madre.

—Padre, ¿podrías darme unas cuantas tablillas para mí? —preguntó Shamas.

Su padre levantó el rostro de la tablilla que tenía entre las manos, asombrado por la petición de su hijo. Estaba anotando las observaciones que hacía del cielo desde hacía años. De los ocho que tenía, Shamas era su hijo favorito, pero también el que más le preocupaba por su extremada inteligencia. Su primo Abrán también le había ponderado al pequeño.

—¿Ili te ha mandado tarea para casa?

—No, no es eso. El tío Abrán me va a contar por qué Él hizo el mundo.

—¡Ah!

—Me dijo que hablaría contigo…

—Aún no lo ha hecho.

—¿Me lo permitirás, padre?

El hombre suspiró. Sabía que resultaría del todo inútil no permitir a Shamas que escuchara las historias de Abrán. Su hijo sentía devoción por su pariente. Además, Abrán era un hombre limpio de corazón, demasiado inteligente para creer que un trozo de barro era un dios. Él tampoco lo creía, aunque callaba. Tanto le daba mientras pudiera seguir estudiando el día y la noche, la corriente del agua, el espesor de la tierra… Abrán creía en un Dios principio y final de todas las cosas. Prefería que Shamas conociera a ese Dios a que modelaran su mente haciéndole creer que un trozo de arcilla estaba dotado de poder.

—¿Se lo has dicho a Ili?

—No. ¿Por qué he de hacerlo? ¿Podré, padre?

—Sí. Escribe cuanto te cuente Abraham.

—Guardaré las tablillas conmigo.

—¿No quieres llevarlas a la casa de las tablillas?

—No, padre, Ili no comprendería lo que me cuenta Abrán.

—¿Estás seguro? —le preguntó burlón su padre—. Ili es inteligente, aunque tiene poca paciencia para enseñar. No lo olvides, Shamas, y respétale.

—Le respeto, padre. Pero Abraham me ha dicho que es él quien decide a quién y cómo habla de Dios.

—Haz lo que te ha dicho Abraham.

—Gracias, padre. Pediré a madre que me cuide las tablillas y que no permita que nadie las toque.

Dando brincos, el niño salió de la casa en busca de su madre. Después buscaría arcilla en el pequeño depósito donde su padre hacía sus propias tablillas. Estaba ansioso por empezar. Al día siguiente se reuniría con Abraham. Éste salía con las cabras antes de que despertara el alba, porque, le había explicado, era la mejor hora para pensar.

A Shamas le costaba madrugar, pero no le importaba hacerlo si era para escuchar a Abrán.

El niño estaba impaciente por comenzar, seguro de que su tío estaba a punto de desvelarle grandes secretos. Algunas noches no lograba conciliar el sueño preguntándose de dónde había salido el primer hombre y la primera mujer, la primera gallina, el primer toro, quién había desvelado el secreto del pan, y cómo habían descubierto los escribas la magia de los números. Se desesperaba intentando buscar respuestas hasta que se dormía exhausto, pero desasosegado por no ser capaz de encontrarlas.

Los hombres aguardaban expectantes sentados a la puerta de la casa de Téraj. El anciano les había convocado. En realidad era Abraham quien quería dirigirse a los padres de familia, pero el jefe de la tribu era su padre Téraj y le había pedido a este que llamara a los hombres.

—Debemos dejar Ur —les dijo Téraj—, mi hijo Abraham os explicará por qué. Ven, Najor, siéntate a mi lado mientras tu hermano habla.

Los murmullos se fueron apagando mientras Abrán, en pie, les miraba uno a uno. Luego, con una voz no exenta de emoción, les anunció que Téraj les conduciría hasta Canaán, una tierra bendecida por Dios donde se asentarían y nacerían sus hijos y los hijos de sus hijos. Les invitó a prepararse para partir en cuanto estuvieran dispuestos.

Téraj respondió a las inquietudes de los hombres y su hijo Najor se mostró animoso ante todos ellos. Abandonar la tierra de Ur no iba a resultarles fácil. Allí habían nacido sus padres y los padres de sus padres. Allí pastaban sus rebaños y tenían sus quehaceres. Canaán se les antojaba muy lejos; pese a ello, en todos prendió con fuerza la esperanza de una vida mejor en una tierra preñada de frutos, con pastos abundantes y ríos caudalosos en los que apagar la sed.

En Ur luchaban contra el desierto cavando canales para desviar las aguas del Éufrates y regar la tierra para que les diera trigo con el que amasar el pan. No era la suya una existencia regalada, por más que en la tribu de Téraj algunos de sus hombres fueran escribas y contaran con la protección del Templo y del Palacio. También había entre ellos buenos artesanos y disponían de rebaños abundantes. Las cabras y las ovejas les surtían de leche y carne, pero aun así pasaban buena parte de la existencia mirando al cielo, a la espera de que los dioses les regalaran lluvia que empapara el suelo y llenara las albercas.

Reunirían todas sus pertenencias y, conduciendo a sus rebaños, emprenderían viaje siguiendo el curso del Éufrates hacia el norte. Tardarían días en prepararse y en despedirse de otros familiares y amigos. Porque no todos podrían viajar: los enfermos y los ancianos que apenas podían caminar quedarían bajo el cuidado de otros miembros más jóvenes de la familia, los cuales algún día serían llamados a Canaán, pero que hasta entonces permanecerían en Ur. Cada familia debía decidir quién emprendía el viaje y quién se quedaba.

Yadin, el padre de Shamas, reunió a su esposa, a sus hijos y a las esposas de éstos, a sus tíos directos y a los hijos de sus tíos, los cuales acudieron también con sus hijos; así, todos los miembros de su familia más directa se juntaron al amanecer en su casa, donde se resguardaron del fresco tras los muros de adobe.

—Acompañaremos a Téraj hasta la tierra de Canaán. Algunos de vosotros os quedaréis aquí, al cuidado de lo que dejamos; los enfermos también quedarán bajo vuestra protección. Tú, Josen, serás el jefe de la familia en mi ausencia.

Josen, el hermano menor de Yadin, asintió aliviado. No quería marcharse: vivía en el templo, donde tenía la responsabilidad de redactar cartas y contratos comerciales, y no ambicionaba más que continuar desentrañando el misterio que encerraban los números y los astros.

—Nuestro padre —continuó diciendo Yadin— es demasiado anciano para acompañarnos. Sus piernas apenas le sostienen en pie, y hay días en que la mirada se le pierde en el horizonte y no logra articular palabra. Tú, Josen, procurarás que no le falte nada; y de nuestras hermanas se quedará Jamisal, que al estar viuda y no tener hijos podrá cuidar de nuestro padre.

Shamas escuchaba fascinado las disposiciones de su padre. Sentía un cosquilleo en el estómago, fruto de la impaciencia. Si por él fuera, ya se habría puesto en marcha en busca de esa tierra de la que hablaba Abrán. De repente sintió una punzada de preocupación: si se iban no podría escribir la historia del mundo que Abraham prometió contarle.

—¿Cuánto tardaremos en llegar?

La pregunta del pequeño sorprendió a Yadin porque era una osadía que un niño se atreviera a interrumpir a sus mayores. La mirada severa del padre hizo enrojecer al niño que bajó los ojos al suelo musitando un perdón.

No obstante, Yadin respondió a la inquietud de Shamas.

—No sé cuánto tardaremos en llegar a Canaán ni si tendremos que quedarnos algún tiempo en algún otro lugar. ¿Quién sabe lo que sucede cuando se inicia un viaje? Preparaos para estar listos en cuanto Téraj dé la señal de partida.

Shamas vio recortarse en el horizonte la figura recia de Abrán y corrió hacia él. Llevaba dos días intentando hacerse el encontradizo con su tío y ahora se le presentaba la oportunidad.

Abraham sonrió al ver a Shamas corriendo, con el rostro enrojecido por el calor y el esfuerzo. Clavó el cayado en que se apoyaba y aguardó a que el pequeño llegara hasta él mientras buscaba con la mirada algún árbol donde refugiarse de los últimos rayos de sol.

—Descansa —le dijo a Shamas—; ven, sentémonos al lado de aquella higuera, junto al pozo.

—¿Cuándo comenzarás a contarme la historia del mundo?

—¡Ah, es eso lo que te preocupa!

—Si nos vamos no podremos cocer arcilla para hacer tablillas… mi padre no me dejará cargar más de lo necesario.

—Shamas, escribirás la historia de la Creación porque le

eres grato al Señor. De manera que no debes preocuparte. Él decidirá cómo y cuándo.

El niño no pudo ocultar una mueca de decepción. No quería esperar, sentía la necesidad de escribir esa historia, de comprender por qué Él había decidido complicarse creando el mundo, porque, por más que le daba vueltas, no entendía para qué lo hizo, salvo que se aburriera y quisiera jugar con los hombres lo mismo que sus hermanas jugaban con sus cuentas y muñecas. Pero a pesar de su intenso deseo tenía que hacer una confesión a Abraham.

—¿Ili vendrá?

—No.

—Le echaré de menos, a veces pienso que tiene razón para enfadarse conmigo porque no atiendo a sus explicaciones y…

El niño dudó si debía continuar hablando. Abrán no le preguntó y aguardó a que el pequeño se decidiera.

—Soy el que peor escribe de la escuela, mis tablillas de ejercicios tienen errores… Hoy me he equivocado en un ejercicio de cálculo… He prometido a mi padre y a Ili que voy a mejorar, que nunca más tendrán que llamarme la atención, pero tú debes saberlo porque puede que quieras que sea otro el que escriba la historia del mundo, alguien que no cometa errores con el cálamo de caña…

Shamas calló aguardando la sentencia de Abraham. El niño se mordía el labio nervioso, arrepentido de no ser mejor estudiante. Ili le reprochaba que perdiera el tiempo especulando y haciendo preguntas absurdas. Se había quejado a su padre y éste le había regañado, pero lo peor había sido que le dijera que estaba decepcionado. Ahora temía la decepción de Abrán y que éste pusiera fin a su sueño de escribir la historia del mundo.

—No te esfuerzas lo suficiente en la escuela.

—No —respondió temeroso el niño.

—¿Y aun así crees que si te cuento la historia de la Creación la escribirás sin errores?

—Sí, sí, bueno, al menos lo intentaré. He pensado que es mejor que me la vayas contando poco a poco y luego en casa despacio yo la escribiré, manejando la caña con cuidado. Cada día te enseñaré lo que haya escrito y, si lo hago bien, sigues contándome la historia…

Abraham le miró fijamente. Poco le importaba que la impaciencia del niño le llevara a cometer errores sobre la tablilla o que su mente especulativa le llevara a hacer preguntas que Ili el maestro no sabía responder, o que el ansia de libertad de Shamas le llevara a no prestar atención a las explicaciones del escriba.

Shamas tenía otras virtudes, la principal, que era capaz de pensar. Cuando hacía una pregunta esperaba una respuesta lógica, no se conformaba con las respuestas que se suelen dar a las preguntas que hacen los niños.

Los ojos de Shamas brillaban con intensidad, y Abraham pensó que de cuantos formaban parte de su tribu aquel niño era el que mejor comprendería los designios de Dios.

—Te contaré la historia de la Creación. Empezaré por el día en que Él decidió separar la luz de las tinieblas. Pero ahora regresa a tu casa. Yo te avisaré cuando llegue el momento.

3

Fuera hacía un calor infernal; a esa hora, en Sevilla, el termó-
metro marcaba cuarenta grados. El hombre se pasó la mano
por la cabeza, en la que ya no le quedaba ni un solo cabello. Sus
ojos azules, hundidos en las cuencas pero con el brillo duro del
acero, estaban clavados en la pantalla del ordenador. A pesar
de sus más de ochenta años le apasionaba internet.

El timbre del teléfono le sobresaltó.

—Al habla.

—Enrique, me acaba de llamar Robert Brown. Ha sucedido lo que nos temíamos: la chica habló en el congreso de
Roma.

—Y ha dicho…

—Sí…

—¿Has hablado con Frank?

—Hace un minuto.

—George, ¿qué vamos a hacer?

—Lo que habíamos previsto. Alfred estaba advertido.

—¿Ya has puesto en marcha el plan?

—Sí.

—¿Robert lo sabrá hacer?

—¿Robert? Es listo, ya lo sabes, y obedece bien. Hace lo
que le mando y no pregunta.

—De niño eras el que mejor manejaba los hilos de las marionetas que nos regalaron en Navidad.

—Es un poco más complicado manejar los hilos de los hombres.

—No para ti. En todo caso, ha llegado el momento de poner punto final. ¿Y Alfred? ¿No se ha vuelto a poner en contacto contigo?

—No, no lo ha hecho.

—Deberíamos hablar con él.

—Hablaremos, pero es inútil; quiere seguir su propio juego, y eso no lo podemos consentir. Ahora no tenemos más remedio que pegarnos a los talones de su nieta. No podemos permitir que se quede con lo que es nuestro.

—Tienes razón, pero no me gusta que nos enfrentemos con Alfred, tiene que haber algún medio de que entre en razón.

—Después de tantos años ha decidido jugar solo. Lo que se propone es una traición.

—Debemos hablar con él. Intentémoslo.

Acababa de colgar el teléfono cuando el ruido de unos pasos presurosos le alertaron. Como un huracán entró en el cuarto un joven alto, delgado y bien parecido, vestido con traje de montar.

—Hola, abuelo, vengo sudando.

—Ya te veo, no me parece muy inteligente que hayas salido a montar con este calor.

—Álvaro me invitó a ver los chotos que han comprado.

—No habrás estado rejoneando, ¿verdad?

—No, abuelo, te prometí que no lo haría.

—Como si cumplieras las promesas… ¿Dónde está tu padre?

—En el despacho.

—¿Me dejarás trabajar?

—¡Pero, abuelo, que ya no tienes edad de trabajar! Deja lo que estés haciendo y vamos a almorzar al club.

—Sabes que aborrezco a los del club.

—En realidad aborreces a toda Sevilla. No vas a ningún sitio, la abuela tiene razón: eres un aburrido.

—La abuela siempre tiene razón, soy un aburrido, pero toda esa gente me marea.

—Eso se debe a tu educación británica.

—Será por eso, pero ahora déjame, tengo que pensar. ¿Dónde está tu hermana?

—Se ha ido a Marbella, está invitada en casa de los Kholl.

—Y no me ha dicho ni adiós… Cada día sois más maleducados.

—¡Pero abuelo, no scas antiguo! Además, a Elena no le gusta estar aquí, en el campo. Sólo a ti, a papá y a mí nos gusta el cortijo, pero ni a la abuela ni a mamá ni a Elena les gusta. Se ahogan entre tanto toro y tanto caballo. Bueno, ¿te vienes al club o no?

—No. Me quedo. No tengo ganas de salir con el calor que hace.

Cuando el anciano se quedó solo, sonrió para sus adentros. Su nieto era un buen muchacho, menos atolondrado que su hermana. Lo único que les reprochaba es que a ambos les gustara mucho hacer vida social. Él siempre había procurado relacionarse poco. Su mujer, Rocío, había sido una bendición. Se habían conocido en aquellas circunstancias… se enamoraron y ella se empeñó en casarse. El padre de ella se opuso al principio, pero luego entendió que era inevitable y, al fin y al cabo, él tenía buenos avales. De manera que se casó con la hija de un delegado provincial del régimen de Franco que se había enriquecido después de la guerra gracias al estraperlo. Su suegro le metió en el negocio, aunque más tarde se dedicó a la importación y exportación y se convirtió en un hombre muy rico. Pero Enrique Gómez Thomson siempre había procurado ser discreto y no llamar la atención más de lo imprescindible. La suya era una respetable familia sevillana, bien relacionada, respetada, que jamás había dado pie a habladurías ni escándalos.

Siempre le estaría agradecido a su mujer. Sin ella no habría podido salir adelante.

Pensó en Frankie y en George. Ellos también habían tenido suerte, aunque en realidad nadie les había regalado nada. Sencillamente, habían sido más listos que los demás.

* * *

Robert Brown dio un puñetazo en la mesa y sintió un dolor agudo en la mano. Llevaba más de una hora al teléfono. Primero le había llamado Ralph para contarle la intervención de Clara, lo que le había provocado un fuerte dolor de estómago. Luego había tenido que informar a su Mentor, George Wagner, que le había reprochado que no hubiese sido capaz de evitar la intervención de la chica.

Clara era una caprichosa, siempre lo había sido. ¿Cómo era posible que Alfred hubiera tenido semejante nieta? Helmut era distinto. El chico nunca le dio un disgusto a Alfred. Lástima que muriera tan pronto.

El hijo de Alfred resultó un hombre inteligente; jamás había sido indiscreto, su padre le enseñó a ser invisible y el chico había aprendido la lección, pero Clara… Clara se comportaba como una niña mimada. Alfred le había consentido lo que no había consentido a Helmut. Babeaba con esa nieta mestiza.

Helmut se había casado con una iraquí de cabello negro y piel de marfil. Alfred había aprobado aquella boda, que a él se le antojaba ventajosa porque, decía, su hijo había entrado a formar parte de una vieja familia iraquí. Una familia influyente y rica, muy rica, con amigos poderosos en Bagdad, en El Cairo, en Ammán, de manera que eran respetados y tenidos en cuenta dondequiera que fueran. Además, Ibrahim, el padre de Nur, la esposa de Helmut, era un hombre culto y refinado.

Pensó en Nur. Nunca se destacó por nada excepto por su belleza, y Helmut parecía encantado con ella. Aunque a lo mejor aquella mujer era más inteligente de lo que parecía. Con las musulmanas nunca sabías a qué atenerte.

Alfred había perdido a su hijo y a su nuera cuando Clara era adolescente y había malcriado a su nieta. A él nunca le había gustado Clara. Le ponía nervioso que le llamara tío Robert, le fastidiaba su seguridad, que rozaba la insolencia, y además le aburría el parloteo estúpido con el que le martirizaba cada vez que se veían.

Cuando Alfred la envió a Estados Unidos, pidiéndole que cuidara de ella, no podía imaginar lo cansado que iba a resultarle el encargo, y eso que procuró tenerla lo más lejos posible de Washington. Pero él no podía contrariar a Alfred; al fin y al cabo era su socio y un amigo muy especial de su Mentor George Wagner. Así que la matriculó en una universidad de California. Afortunadamente se había enamorado de ese Ahmed, un hombre inteligente con el que se podía tratar. Casarla con Ahmed Huseini había sido un acierto. Con Huseini se podía hacer negocios. Alfred y él se habían entendido a la perfección con Ahmed; el problema era Clara.

La conversación que acababa de mantener con Ralph Barry le había amargado el día; le produjo un fuerte dolor de cabeza justo cuando tenía que almorzar con el vicepresidente y un grupo de amigos, todos hombres de negocios interesados en conocer la fecha en que se iba a bombardear Irak. Pero la conversación que acababa de mantener con su Mentor había sido aún peor. El hombre le había instado a que se hiciera con las riendas de la situación y, si no había más remedio, incluso que ayudara a la pareja. Ya que se había desvelado la existencia de la *Biblia de Barro*, no podían permitir que Alfred y su nieta se quedaran con ella. Las órdenes habían sido tajantes: hacerse con la *Biblia de Barro*, si es que aparecía, claro.

—Smith, póngame de nuevo con Ralph Barry.

—Sí, señor Brown. Por cierto, acaba de llamar la asistenta del senador Miller para confirmar si asistirá usted al picnic que ha organizado la esposa del senador para este fin de semana.

«Otra estúpida —pensó Brown—. Todos los años organiza la misma farsa: una fiesta campestre en su finca de Vermont donde nos obliga a tomar limonada y emparedados sobre mantas de cachemir dispuestas en el suelo.» Pero Brown sabía que tendría que ir porque Frank Miller era más que un senador: era un texano con intereses en el sector del petróleo. Al maldito picnic asistirían los secretarios de Defensa y de Justicia, el secretario de Estado, la consejera de Seguridad Nacional, el director de la CIA… y también su Mentor. Era una ocasión ideal para hablar a solas sin que nadie les prestara atención, precisamente porque lo harían ante cientos de ojos. Lo peor era el numerito de estar todos tirados por el suelo comiendo bocadillos y haciendo como que lo pasaban bien. Cada septiembre el famoso picnic se convertía para él en una pesadilla.

El timbre del teléfono y la voz de Ralph Barry le sacaron de sus pensamientos.

—Dime, Robert…

—Ralph, ¿alguien relaciona a la señora Tannenberg con nosotros?

—No, en absoluto. Ya te he dicho que no te preocupes. A pesar de las protestas de algunos profesores, era difícil impedir que participaran. Durante años Ahmed Huseini ha tratado con muchos arqueólogos. No se podía excavar en Irak sin su visto bueno.

—Bien, mejor así, pero tenías que habérselo impedido.

—Robert, no era posible. Nadie podía evitar que se inscribieran en la ponencia sobre Mesopotamia y mucho menos que pretendiera intervenir. No hubo manera de convencerla. Me aseguró que contaba con el consentimiento de su abuelo y que eso te debería bastar a ti.

—Alfred chochea.

—Puede ser; en todo caso, su nieta está obsesionada con la *Biblia de Barro*... ¿De verdad crees que existe?

—Sí. Pero no debería haber desvelado su existencia, ahora no. En fin, la encontraremos y será nuestra.

—Pero ¿cómo?

—No tendremos más remedio que ayudarles a encontrarla y cuando la encuentren... En vista de lo sucedido, sólo nos queda cambiar de planes. ¿Serán capaces de formar un grupo de arqueólogos para planificar la excavación? Tendremos que encontrar la manera de que dispongan de financiación. Tendremos que pensar en algo.

—Robert, la situación en Irak no está para organizar excavaciones. Todos los gobiernos europeos, además del nuestro, aconsejan no viajar a la zona. Sería un suicidio ir allí ahora. Deberíamos esperar.

—¿Te estoy escuchando bien, Ralph? Entérate de que ahora es el mejor momento para ir a Irak. Estaremos allí, pero lo haremos a mi manera. Irak se ha convertido en la tierra de las oportunidades, sólo un tonto no sabría verlo.

—El profesor Yves Picot es el único que parece interesado en lo que contó Clara. Me ha dicho que le gustaría hablar con Ahmed, ¿qué debo de hacer?

—Que hablen. Confío en Ahmed. Él sabe lo que tiene que hacer, pero antes pídele que mande a su esposa a Bagdad o al infierno, pero que se vaya antes de que termine con todos nosotros.

Ralph rió entre dientes. La misoginia de Robert Brown era casi enfermiza. Aborrecía a las mujeres, se sentía incómodo con ellas. Era un solterón empedernido al que no se le conocían relaciones sentimentales de ninguna índole. Incluso con las esposas de sus amigos le costaba ser amable. Ni siquiera tenía una secretaria, como todo el mundo, porque Smith era un sexagenario políglota y estirado que llevaba toda su vida junto a Robert Brown.

—De acuerdo, Robert, veré lo que puedo hacer para que Clara regrese a Bagdad. Hablaré con Ahmed. Pero no es una mujer fácil, es orgullosa y testaruda.

«Como su padre, y su abuelo —pensó Brown—, pero sin su inteligencia.»

* * *

Al asesor del presidente le gustaba la comida española, de manera que les había invitado a almorzar cerca del Capitolio, en un restaurante español.

Robert Brown llegó el primero. Siempre era extremadamente puntual. Le enfurecía esperar y que le hicieran esperar. Confiaba en que al asesor presidencial no le retrasara ninguna emergencia de última hora.

Poco a poco fueron llegando todos los comensales: Dick Garby, John Nelly y Edward Fox. El hombre de la Casa Blanca fue el último y traía un humor de perros.

Les explicó que se estaban complicando las negociaciones con los europeos para que el Consejo de Seguridad de Naciones Unidas avalara la acción militar contra Irak.

—Hay estúpidos en todas partes. Los franceses van a lo suyo, como siempre; se creen que aún son algo y son una mierda. Lo de los alemanes es una traición; Alemania tiene la obligación moral de apoyarnos, pero ese gobierno rojiverde está más preocupado en conseguir aplausos de la prensa liberal que en cumplir con sus compromisos.

—Siempre contamos con el Reino Unido —apostilló Dick Garby.

—Sí, pero no es suficiente —respondió con gesto grave el asesor de Bush—. También tenemos a los italianos, españoles, portugueses, polacos y no sé cuántos países más, pero no cuentan, hacen bulto pero no cuentan. Los mexicanos también nos están haciendo un plante, y los rusos y los chinos se frotan las manos viendo nuestras dificultades.

—¿Cuándo atacamos? —preguntó directamente Robert Brown.

—Los preparativos están en marcha. En cuanto los chicos del Pentágono nos digan que están listos, bombardearemos Irak en serio. Calculo que en unos cinco o seis meses como mucho. Estamos en septiembre, pongamos que para la primavera. Ya os avisaré.

—Habría que empezar a poner en marcha el Comité para la Reconstrucción de Irak —dijo Edward Fox.

—Sí, ya lo hemos pensado. En tres o cuatro días os llamarán. La tarta es grande, pero hay que estar los primeros para aprovechar los mejores bocados —respondió el vicepresidente—. Pero decidme qué queréis e iremos adelantando.

Mientras degustaban bacalao al pil-pil, un plato típico del norte de España, los cuatro hombres sentaban las bases de los futuros negocios que harían en Irak. Todos tenían intereses en empresas de construcción, petróleo, bienes de equipo; era tanto lo que se iba a destruir y tanto lo que luego habría que levantar…

El almuerzo les resultó provechoso a los cuatro. Volverían a verse durante el fin de semana en el picnic de los Miller. Allí continuarían hablando, siempre que sus esposas les dejaran.

Robert Brown regresó a la fundación, situada en un edificio de acero y cristal no lejos de la Casa Blanca. Las vistas eran agradables, pero a él nunca le había terminado de gustar Washington. Prefería Nueva York, donde la fundación conservaba un pequeño edificio situado en el Village. Era una casona de finales del siglo XVIII construida por un emigrante alemán que se había hecho rico vendiendo telas que importaba de Europa. Fue la primera sede de la fundación y, pese a que ya no tenía ninguna utilidad, nunca se había querido desprender de ella. Cuando estaba en Nueva York tenía las citas importantes en el despacho de su casa, un espléndido dúplex sobre Central Park. Había acondicionado la parte de abajo para poder trabajar, y en el piso de arriba había instalado un salón, además del dormitorio.

A Ralph Barry también le gustaba la casona del Village; él sí que trabajaba allí cuando tenía que ir a Nueva York. Ésa era también una excusa que se daba Brown para no desprenderse de la casa. Al fin y al cabo, Barry era su segundo, el motor de la fundación.

—Smith, quiero hablar con Paul Dukais. Ahora.

No había transcurrido un minuto cuando pudo escuchar la voz ronca de Dukais al teléfono.

—Paul, amigo mío, me gustaría que cenáramos juntos.

—Claro, Robert, ¿cuándo te viene bien?

—Esta noche.

—¡Uf, imposible! Mi mujer me lleva a la ópera. Tendrá que ser mañana.

—No queda mucho tiempo, Paul. Estamos a punto de iniciar una guerra, déjate de óperas.

—Con guerra o sin ella, tengo que ir a la ópera. Para hacer la guerra necesito tener el frente doméstico en paz, y Doris se queja de que no la acompaño a los actos sociales que dice nos dan respetabilidad. Se lo he prometido, Robert, a ella y a mi hija, de manera que aunque declaremos la tercera guerra mundial, esta noche iré a la ópera. Podemos cenar mañana.

—No, pasemos de la cena, nos veremos a primera hora. Te

invito a desayunar en mi casa. Es mejor que ir a mi despacho o al tuyo. ¿Te parece bien a las siete?

—Robert, no exageres, estaré en tu casa a las ocho.

Brown se encerró en su despacho. A las siete y media Smith tocó suavemente en la puerta.

—¿Me necesita, señor Brown?

—No, Smith, vete. Nos veremos mañana.

Continuó trabajando un rato más. Había diseñado un minucioso plan de lo que haría en los próximos meses. La guerra estaba a punto de comenzar y él quería tenerlo todo previsto.

* * *

Ralph Barry se cruzó en la puerta del Palacio de Congresos con un hombre joven, de cabello castaño, delgado y nervioso, que discutía con un guardia de seguridad para que le dejaran entrar.

A Barry le llamó la atención la insistencia del joven. No, no era arqueólogo, ni periodista, ni historiador; se negaba en redondo a decir quién era, pero se empeñaba en entrar. En ese momento llegó el taxi que había pedido, por lo que no supo cómo terminaba el forcejeo dialéctico entre el guardia y el joven.

El sol iluminaba el obelisco de la Piazza del Popolo. Ralph Barry y Ahmed Huseini almorzaban juntos en La Bolognesa. Como siempre, el restaurante estaba lleno de turistas. Ambos lo eran.

—Explíqueme la situación exacta del lugar donde están los restos del edificio. El señor Brown ha insistido en que me dé esas coordenadas. También quiero saber con qué medios podrían arreglarse para hacerlo solos. No podemos intervenir. Sería un escándalo que una fundación norteamericana invirtiera un dólar en una excavación en Irak. Otra cosa, su esposa, Clara. ¿Puede controlarla? Es... perdóneme el adjetivo, pero es demasiado indiscreta.

Ahmed se sintió incómodo por la alusión a Clara. En eso sí era iraquí. De las mujeres no se hablaba, y menos de las mujeres de uno.

—Clara se siente orgullosa de su abuelo.

—Muy loable, pero el mejor servicio que puede hacer a su abuelo es no ponerle en evidencia. Alfred Tannenberg ha basado el éxito de sus negocios en la discreción, usted sabe bien lo puntilloso que siempre ha sido al respecto. Por eso no entendemos a qué viene en estos momentos anunciar la existencia de la *Biblia de Barro*. Dentro de unos meses, una vez que Estados Unidos se haya hecho con Irak podríamos haber organizado una misión para excavar. Quizá si usted le pidiera a Alfred que hablara con Clara, que le explicara algunas cosas…

—Alfred está enfermo. No le voy a aburrir con la lista de sus achaques; tiene ochenta y cinco años y le han encontrado un tumor en el hígado. No sabemos cuánto vivirá; afortunadamente la cabeza le funciona a la perfección. Continúa teniendo un genio de mil demonios y está encima de todo, no suelta las riendas del negocio. En cuanto a Clara, es su niña, y nada de lo que ella haga o diga le parece mal. Él ha decidido que era el momento de sacar a la luz la *Biblia de Barro*, sé que es la primera vez que George Wagner y Robert Brown no están de acuerdo con él, pero ya le conoce, es difícil torcer su voluntad. Ah, Ralph, olvídese de que la presencia norteamericana en Irak vaya a ser un paseo militar. No servirá de nada.

—No sea pesimista. Ya verá como las cosas cambian. Sadam es un problema para todos. Y a ustedes no les pasará nada; el señor Brown se encargará de que puedan regresar a Estados Unidos. Hable con Alfred.

—Sería inútil. ¿Por qué no lo hace el señor Wagner o el señor Brown? Es más fácil que Tannenberg les escuche a ellos.

—El señor Brown no puede hablar con Irak. Usted sabe que las comunicaciones están intervenidas, que cualquier llamada a Irak es registrada. En cuanto a George Wagner... es Dios, y yo no formo parte de su corte celestial. Sólo soy un empleado de la fundación.

—Entonces no se preocupe de Clara, ella no representa ningún problema en Irak. Le diré lo que necesitamos, pero me pregunto si será posible que nos pongamos a excavar cuando mi país está sufriendo un bloqueo, y la última de las preocupaciones de Sadam es encontrar más tablillas cuneiformes. Puede que no encontremos gente suficiente para trabajar, y los que encontremos tendríamos que pagarles cada día.

—Dígame la cantidad; procuraré que se lo lleve.

—Usted sabe que nuestro problema no es el dinero, sino los medios. Necesitamos más arqueólogos, los aparatos y el material los puede comprar Alfred, pero los expertos están en Europa, en Estados Unidos. Mi país está quebrado, a duras penas somos capaces de conservar el patrimonio de nuestros museos.

—Alfred no debe de financiar esta misión, al menos directamente. Llamaría mucho la atención. Hay miles de ojos en Irak, de manera que sería más práctico encontrar financiación exterior, alguna universidad europea. El profesor Yves Picot está interesado en hablar con usted. Es alsaciano, un hombre muy especial. Dio clases en Oxford y...

—Sé quién es Picot; desde luego, no es mi arqueólogo favorito, es un tanto heterodoxo, y las malas lenguas dicen que le invitaron a abandonar Oxford por una relación sentimental con una alumna, algo que está tajantemente prohibido en esa institución. Es un hombre que se aparta de las normas.

—No me dirá que, dada la situación, a usted le preocupan las normas. Picot cuenta con un grupo de antiguos alumnos que le adoran. Es rico. Su padre tiene un banco en las islas del Canal; en realidad era de la familia de la madre de Picot, y allí trabaja toda la familia a excepción de él. Es insoportable, pedante, déspota. Yo diría que es un arqueólogo con suerte, con la suerte de haber contado con una familia de dinero. Sí, ya sé que no es un mirlo blanco, pero es el único que se ha interesado por esas dos tablillas que encontró Alfred. Usted decide si quiere hablar con él. Picot es el único lo suficientemente loco como para irse a excavar a Irak.

—Hablaré con él, pero no me gusta como opción.

—Ahmed, usted no tiene ninguna otra opción. Siento decirlo así. Por cierto, Robert quiere que lleve una carta suya a Alfred. La enviará mañana. Vendrá una persona con ella desde Washington, me la dará a mí y yo se la entregaré a usted. Ya sabe que ambos han preferido siempre comunicarse a través de correos personales. La respuesta de Alfred la recogeremos está vez en Ammán, en vez de en El Cairo.

—¿Sabe una cosa? Yo también me pregunto por qué precisamente ahora Alfred ha decidido hacer pública la existencia de esas tablillas y por qué el señor Brown después de su enfado ha decidido ayudarnos.

—¿Sabe, Ahmed? Yo tampoco lo sé, pero ellos nunca se equivocan.

4

—Come, Mercedes.

—No tengo hambre, Carlo.

—Pues haz un esfuerzo y come —insistió Carlo.

—¡Estoy harta de esta espera, deberíamos hacer algo! —exclamó Mercedes contrariada.

—Nunca dejarás de ser impaciente —sentenció Hans Hausser.

—No creas, el paso del tiempo me ha obligado a controlar mi impaciencia. La gente que trabaja conmigo te diría que soy impasible —respondió Mercedes.

—¡No te conocen! —dijo riendo Bruno Müller.

Los cuatro amigos cenaban en casa de Carlo Cipriani. Esperaban que el presidente de Investigaciones y Seguros les enviara un dossier con las últimas novedades. De un momento a otro escucharían el timbre de la puerta y, unos segundos más tarde, el ama de llaves de Carlo entraría en el comedor para entregarles un sobre de papel manila como el que les había llegado por la mañana. Hacía una hora que el sobre tendría que estar allí, y Mercedes estaba intranquila.

—Carlo, llámale, a lo mejor ha pasado algo.

—Mercedes, no ha pasado nada, simplemente tienen que

poner por escrito todo el trabajo del día; y eso lleva su tiempo, y mi amigo querrá echar un vistazo antes de enviárnoslo.

Por fin escucharon el sonido lejano del timbre y unos pasos acercándose al comedor.

—¡No viene sola! —aseguró Mercedes.

Los tres hombres la miraron extrañados. Dos segundos más tarde el ama de llaves abría la puerta del comedor e introducía a un hombre. El presidente de Investigaciones y Seguros traía el sobre color manila en la mano.

—Carlo, siento el retraso, imagino que estaríais impacientes.

—Pues sí —respondió Mercedes—, lo estábamos. Encantada de conocerle.

Mercedes Barreda tendió la mano a Luca Marini, presidente de Investigaciones y Seguros, un sesentón bien conservado, elegantemente vestido y con un tatuaje en la muñeca, discretamente tapado por un reloj de acero y oro.

«El traje le queda un poco estrecho —pensó Mercedes—. Éste es de los que creen que si se visten con una talla menos parecen menos gruesos. Tiene michelines.»

—Luca, siéntate. ¿Has cenado? —preguntó solícito Carlo Cipriani.

—No, no he cenado, vengo del despacho. Y sí, te aceptaré algo, pero sobre todo me vendría bien una copa.

—Muy bien, cenarás con nosotros. Te presento a mis amigos el profesor Hausser y el profesor Müller. Mercedes ya se ha presentado sola.

—Señor Müller, supongo que está acostumbrado a que se lo digan, pero soy un gran admirador suyo —dijo Marini.

—Gracias —susurró Bruno Müller incómodo.

El ama de llaves colocó un plato y cubiertos en la mesa y ofreció a Luca Marini una fuente con canelones. Se sirvió generosamente haciendo caso omiso de la impaciencia de Mercedes, que le miraba furiosa por haberse sentado a cenar en vez de informarles del contenido del sobre color manila.

Mercedes decidió que no le gustaba Marini. En realidad no le gustaba nadie que fuera premioso, y el presidente de Investigaciones y Seguros lo era. Le parecía el colmo de la desconsideración que estuviera dando buena cuenta de los canelones mientras ellos esperaban.

Carlo Cipriani hizo alarde de exquisita paciencia. Aguardó a que su amigo terminara de cenar introduciendo temas generales: la situación en Oriente Próximo, la pelea en el Parlamento entre Berlusconi y la izquierda, el tiempo.

Cuando Luca Marini acabó el postre, Carlo les propuso tomar una copa en su despacho, donde podrían hablar con tranquilidad.

—Te escuchamos —le apremió Carlo.

—Bien, la chica no ha ido hoy al congreso.

—¿Qué chica? —preguntó Mercedes, irritada por el tono entre machista y paternalista utilizado por Marini.

—Clara Tannenberg —respondió Marini, también irritado.

—¡Ah, la señora Tannenberg! —exclamó Mercedes con ironía.

—Sí, la señora Tannenberg hoy ha preferido dedicarse a las compras. Se ha gastado más de cuatro mil euros entre Via Condotti y la Via de la Croce, es una compradora compulsiva. Ha almorzado sola en el café Il Greco, un sándwich, un dulce y un capuchino. Luego se ha ido al Vaticano y ha estado en el museo hasta la hora del cierre. Cuando yo venía para aquí me han avisado de que acaba de entrar en el Excelsior. Si no me han llamado, es que aún no ha salido.

—¿Y su marido? —preguntó el profesor Hausser.

—Su marido ha salido tarde del hotel y ha paseado sin rumbo por Roma hasta las dos, en que se ha reunido para almorzar en La Bolognesa con Ralph Barry, el director de la fundación Mundo Antiguo, un hombre influyente en el mundillo de la arqueología. Barry ha sido profesor en Harvard, y es respetado en todos los círculos académicos. Aunque este congreso se ha celebrado bajo los auspicios de la Unesco, la fundación Mundo Antiguo ha sido, junto con otras fundaciones y empresas, quien ha corrido con los gastos.

—¿Y por qué han almorzado juntos el señor Barry y el señor Huseini? —quiso saber Bruno Müller.

—Dos de mis hombres se pudieron sentar cerca, y consiguieron captar algunos detalles de la conversación. El señor Barry parecía desolado por el comportamiento de Clara Tannenberg, y el marido estaba cabreado. Hablaron de un tal Yves Picot, uno de los profesores que asistieron al congreso, que al parecer podría estar interesado en esas dos tablillas que se mencionan en el informe de la mañana. Pero Ahmed Huseini parece que no confía demasiado en Picot. Encontrarán en el sobre un currículum del personaje, e información de algunas de sus andanzas. Es mujeriego y bastante pendenciero.

»Ahmed Huseini le ha asegurado al señor Barry que no tiene problemas de dinero sino que les faltan arqueólogos, gente preparada para trabajar. Y lo más interesante: Ralph Barry le ha anunciado a Huseini que mañana o pasado le entregará una carta de Robert Brown, el presidente de la fundación Mundo Antiguo, para que se la entregue a un hombre, un tal Alfred, al parecer el abuelo de la chica, y…

—¡Es él! —gritó Mercedes—. ¡Le tenemos!

—Cálmate, Mercedes, y deja que el señor Marini termine, luego hablaremos.

El tono de voz de Carlo Cipriani no admitía réplicas y Mercedes se quedó en silencio. Su amigo tenía razón. Hablarían cuando se fuera Marini.

—En el informe está todo, pero mis hombres han creído entender que ese Alfred y el señor Brown llevan años comunicándose por cartas que se envían a través de intermediarios, y que la respuesta del tal Alfred la recogerán en Ammán.

»Huseini desayunará mañana con Picot; luego, si no hay cambios, el matrimonio viajará a Ammán. Tienen reserva en las líneas aéreas jordanas para las tres de la tarde. Ustedes han de decidir si quieren que envíe a mis hombres en ese avión o si cerramos el caso.

—Que les sigan, vayan donde vayan —ordenó Cipriani—. Manda un buen equipo, no importa cuántos hombres tengas que desplazar, pero quiero saberlo todo de ese Alfred: si es el abuelo de Clara Tannenberg, dónde vive, con quién, a qué se dedica. Necesitamos fotos, es importante que consigas fotos y, a ser posible, un vídeo en el que se le vea lo mejor posible. Luca, queremos saberlo todo.

—Os va a costar una fortuna —aseguró Luca Marini.

—No se preocupe por nuestra fortuna —apostilló Mercedes— y procure no perder de vista a Clara Tannenberg y a su marido.

—Dispón lo necesario, Luca, pero no les pierdas.

El tono grave de Carlo Cipriani impresionó al presidente de Investigaciones y Seguros.

—A lo mejor tengo que contratar a gente de allí —insistió Marini.

—Haz lo que tengas que hacer, ya te lo hemos dicho. Y ahora, querido amigo, si no te importa nos gustaría leer tu informe…

—De acuerdo, Carlo, me voy. Si necesitas alguna aclaración, no dudes en llamarme, estaré en casa.

Carlo Cipriani acompañó a Marini a la puerta mientras Mercedes, impaciente, rasgaba el sobre y se ponía a leer sin despedirse del investigador.

—El traje y el reloj no ocultan lo que es —murmuró la Catalana.

—Mercedes, no tengas prejuicios —la regañó Hans Hausser.

—¿Prejuicios? Es un nuevo rico con traje a la medida, nada más. Por cierto, el traje le está estrecho.

—También es inteligente —dijo Carlo, que en ese momento regresaba al despacho—. Fue un buen policía, pasó muchos años en Sicilia combatiendo a la Mafia, vio morir asesinados a muchos de sus hombres y de sus amigos e incluso su mujer le dio un ultimátum: o él dejaba a la policía o ella le dejaba a él, así que se jubiló anticipadamente y montó esta empresa, que le ha hecho rico.

—Aunque la mona se vista de seda, mona se queda… —insistió Mercedes.

—¿Qué dices? —le preguntó Bruno que no entendía lo que su amiga le decía.

—Nada, es un refrán español, que quiere decir que no importa que uno se ponga un buen traje y se haga pasar por un señor, porque siempre se le notará de dónde viene.

—¡Mercedes! —El tono de Hans era de reproche.

—Bueno, no hablemos más de Luca —terció Carlo—. Es eficaz y eso es lo que importa. Veamos qué hay en el informe.

Luca Marini había preparado cuatro copias, de manera que cada uno dispuso de la suya. En silencio fueron leyendo y releyendo todos los detalles concernientes a Clara Tannenberg y su marido Ahmed Huseini.

Mercedes rompió el silencio en el que se habían instalado para la lectura.

Su voz sonó grave y no exenta de emoción.

—Es él. Le hemos encontrado.

—Sí —asintió Carlo—, yo también lo creo. Me pregunto por qué se ha hecho visible después de tantos años.

—No ha sido voluntariamente —terció Bruno Müller.

—Creo que sí —insistió Carlo—. ¿A qué viene que su nieta participe en este congreso y solicite ayuda internacional para excavar? Ha puesto el foco sobre ella, y ella se llama Tannenberg.

—Supongo que no era ésa su intención —terció el profesor Hausser.

—¿Por qué? —preguntó Mercedes—, ¿cómo sabemos lo que pretende exponiendo a su nieta?

—Según este informe, Ahmed Huseini asegura que Alfred Tannenberg adora a su nieta —respondió Müller—, de manera que tiene que haber una razón poderosa para dejarla al descubierto. Ha sido invisible durante los últimos cincuenta años.

—Sí, tiene que haber una razón para hacer lo que ha hecho —dijo Carlo—, pero a mí me intriga su relación con ese Robert Brown, al parecer un respetabilísimo norteamericano perteneciente a la élite, amigo personal de casi todos los miembros de la Administración Bush, presidente de una fundación con prestigio internacional. No sé, pero algo no encaja.

—Tampoco sabemos a lo que se dedica Tannenberg —dijo Müller.

—A las antigüedades, según dice el informe —señaló el profesor Hausser.

—Eso es tan ambiguo… pero ¿cómo ha podido ser invisible durante esos años con estas amistades? —se preguntó Mercedes en voz alta.

—Tendríamos que obtener información sobre ese Robert Brown. Supongo que Luca podrá conseguirla. Pero ahora debemos decidir qué hacemos nosotros, ¿no os parece?

Estuvieron de acuerdo con Carlo. Era el momento de decidir qué pasos debían dar. Acordaron que Mercedes, Hans y Bruno se quedarían dos o tres días más en Roma a la espera de recibir noticias desde Ammán. También pedirían a Marini que, bien su compañía u otra que les recomendase, les hiciera un buen informe sobre Robert Brown.

—Bien, pongamos que Alfred Tannenberg es quien buscamos. ¿Cómo le mataremos y cuándo? —preguntó Mercedes.

—Luca me habló de determinadas agencias que hacen todo tipo de trabajos, ya os lo dije —apuntó Carlo.

—Pues busquemos ya una de ellas y contratemos a un hombre —insistió Mercedes—. Tenemos que estar preparados para cuando nos confirmen la identidad de Tannenberg. Cuanto antes terminemos, mejor. Llevamos toda nuestra vida esperando este momento. El día que el monstruo esté muerto dormiré tranquila.

—Le mataremos, Mercedes, de eso no te quepa ninguna duda —afirmó con rotundidad Bruno Müller—, pero tenemos que hacerlo bien. Supongo que uno no se presenta en una de estas agencias diciendo que quiere contratar a un asesino. Me parece, Carlo, que, abusando de tu amistad con Luca Marini, debería ser él quien nos oriente sobre cómo contratar a un asesino.

Estuvieron hablando hasta la madrugada. No querían dejar un detalle por pensar, por comentar. Sentían cerca el final; por fin iban a cumplir el juramento que habían hecho tantos años atrás. Ninguno de ellos pensaba que había llegado demasiado tarde la venganza. Les era suficiente con cumplirla.

Se repartieron el trabajo, y acordaron librar un fondo para pagar a Luca Marini y al hombre que aceptara asesinar a Tannenberg.

* * *

En el café Il Greco de Via Condotti apenas había gente. Carlo Cipriani y Luca Marini tomaban un capuchino. Hacía calor para ser septiembre, y los turistas aún no habían tomado la plaza de España. Tampoco las elegantes tiendas de Via Condotti habían abierto sus puertas. A esa hora Roma aún se desperezaba.

—Carlo, hace años me salvaste la vida. Aquel tumor... No te voy a reprochar nada de lo que vayas a hacer, pero dime, ¿qué hay detrás de todo esto?

—Amigo mío, hay cosas que no se pueden explicar. Sólo quiero el nombre y un contacto de alguna de esas agencias que tienen hombres acostumbrados a todo.

—Cuando dices «a todo», ¿a qué te refieres?

—Lo que queremos es alguien que sepa defenderse, porque puede que tenga que meterse en la boca del lobo. Viajar a Oriente Próximo ahora no es ir a Euro Disney. Dependiendo de lo que tú averigües, el destino puede ser Irak. ¿Cuánto crees que vale la vida en Irak hoy?

—Me estás engañando. Aún no he perdido mi olfato de policía.

—Luca, quiero que me pongas en contacto con una de esas agencias, nada más. Y quiero contar con tu discreción, con que mantendrás el debido secreto profesional. Tú mismo me dijiste que si había guerra no podrías tener allí a tus hombres, fuiste tú quien me sugirió que contratáramos a una de esas agencias.

—Hay un par de agencias formadas por ex miembros del SAS. Los británicos son muy profesionales, yo les prefiero a los norteamericanos. A mi juicio, la mejor es Global Group. Toma —añadió, dándole un tarjetón—, ésta es la dirección y los teléfonos. Tiene la central en Londres. Puedes preguntar por Tom Martin. Nos conocimos hace tiempo. Es un buen tipo, duro, descreído, pero buen tipo. Le llamaré para decir que te dé trato de amigo. Cobra una barbaridad.

—Gracias, Luca.

—No me des las gracias porque estoy preocupado; no sé bien qué queréis hacer tú y esos amigos tuyos. La que más miedo me da es esa mujer, Mercedes Barreda. En sus ojos no hay una brizna de piedad.

—Te equivocas con ella. Es una mujer excelente.

—Intuyo que te puedes meter en un lío. Si es así, te ayudaré hasta donde pueda, aún tengo buenos contactos en la policía. Procura ser prudente y no te fíes de nadie.

—¿Ni siquiera de tu amigo Tom Martin?

—De nadie, Carlo, de nadie.

—Bueno, tendré en cuenta tu consejo. Ahora quiero pedirte otro informe sobre Robert Brown, un informe detallado. Queremos saberlo todo sobre ese mecenas.

—De acuerdo, no hay problema. ¿Para cuándo lo quieres?

—Ya.

—Me lo imaginaba. Pongamos tres o cuatro días, ¿qué te parece?

—Si no hay otro remedio…

—Es lo mínimo…

A esa misma hora, en la cafetería del hotel Excelsior Ahmed Huseini e Yves Picot también se disponían a desayunar.

Ambos tenían más o menos la misma edad. Eran arqueólogos, cosmopolitas, pero el destino les había convertido en un par de parias.

—Fue muy interesante lo que contaron usted y su esposa.

—Me alegro de que lo crea así.

—Señor Huseini, a mí no me gusta perder el tiempo y supongo que tampoco a usted, de manera que iré al grano. Enséñeme, si es que las tiene, las fotos de ese par de tablillas extraordinarias de las que hablaron usted y su esposa.

Ahmed sacó las fotos de una vieja cartera de cuero y se las dio a Picot, quien las examinó cuidadosamente durante un buen rato sin decir palabra.

—Y bien, ¿qué piensa? —le preguntó con cierta impaciencia Ahmed.

—Interesantes, pero tendría que verlas para hacer un juicio solvente. ¿Qué es lo que quieren?

—Que una misión arqueológica internacional nos ayude a excavar los restos de ese edificio. Tenemos la impresión de que puede ser una casa de tablillas anexa a un templo, o quizá una dependencia del mismo templo. Necesitamos material moderno y arqueólogos con experiencia.

—Y dinero.

—Sí, claro, usted sabe que no es posible excavar sin dinero.

—¿Y a cambio?

—¿A cambio de qué?

—De un equipo humano, material y dinero.

—La gloria.

—¿Está de broma? —respondió Yves Picot molesto.

—No, no lo estoy. Si encontramos unas tablillas donde se cuente el Génesis* dictado por Abraham, el descubrimiento de Troya o de Cnossos serán *pecata minuta*.

—No exagere.

—Usted sabe igual que yo el alcance de un descubrimiento de esa índole. Tendría una trascendencia histórica, además de religiosa y política.

—¿Y ustedes qué ganan? Llama la atención su empeño teniendo en cuenta la situación de su país. Resulta frívolo que estén pensando en excavar cuando dentro de poco les van a bombardear. Además, su patrón Sadam ¿está dispuesto a permitir que una misión arqueológica extranjera se ponga a excavar o haría una de las suyas, por ejemplo detenernos a todos acusándonos de espías?

---

* «Cayó Abrán rostro en tierra y Dios le habló así: "Por mi parte he aquí mi alianza contigo: serás padre de una muchedumbre de pueblos. No te llamarás más Abrán, sino que tu nombre será Abraham, pues padre de muchedumbre de pueblos te he constituido".» Génesis 17, 5 (Biblia de Jerusalén).

—No me haga repetir algo que sabe mejor que yo: sería el descubrimiento arqueológico más importante de los últimos cien años. En cuanto a Sadam, no impedirá que viajen a Irak arqueólogos europeos, le servirá de propaganda. No habrá problemas.

—Salvo que los yanquis les va a bombardear y no creo que les preocupe mucho la arqueología. Seguramente no saben ni dónde está Ur.

—Usted decide.

—Lo pensaré. Dígame cómo localizarle.

Ahmed Huseini le dio su tarjeta. Los dos hombres se despidieron con un apretón de manos. Otro hombre sentado en la mesa de al lado que leía distraídamente el periódico había logrado grabar toda la conversación.

5

Robert Brown vivía solo. Aunquc no era así exactamente, ya que Ramón González vivía también en la casa de dos plantas situada a las afueras de Washington.

La casa era grande. Cinco habitaciones, tres salones, un comedor y el despacho, más la zona de servicio, donde Ramón tenía su propio apartamento privado.

El mayordomo llevaba más de treinta años al servicio de Brown. Le ayudaban en las tareas de la casa una mujer hispana como él, que acudía diariamente a hacer el trabajo duro, y el jardinero, un italoamericano parlanchín.

Ramón González era dominicano. De la mano de su hermana había emigrado a Nueva York cuarenta años atrás. Ambos habían encontrado trabajo en casa de un *broker* que vivía en la Quinta Avenida. Allí había aprendido el oficio de servir. Después de trabajar en un par de casas, había conocido a Robert Brown y desde entonces no se había movido de su lado.

Brown era un jefe exigente, pero que pasaba la mayor parte del tiempo fuera de casa. Apenas hablaba, exigía una estricta discreción, pagaba generosamente y les dejaba mucho tiempo libre.

González le era absolutamente fiel y disfrutaba de la comodidad de no tener que ocuparse más que del viejo solterón.

Había dispuesto el desayuno en el salón pequeño, en el que a esa hora el ventanal dejaba filtrar pálidos rayos de sol.

Brown estaría a punto de bajar; faltaban dos minutos para las ocho. Sonó el timbre de la entrada y Ramón González se apresuró a recibir al invitado del señor Brown.

—Buenos días, señor Dukais.

—Buenos días, Ramón, aunque frescos. Necesito un café bien cargado, corto de agua, y me muero de hambre; para venir a tiempo he salido de casa sin probar bocado.

Ramón no hizo ningún comentario; sólo esbozó una sonrisa a modo de respuesta y condujo a Paul Dukais al salón. Allí le estaba esperando Robert Brown. Ramón sirvió el desayuno y salió cerrando la puerta para que los dos hombres pudieran hablar tranquilos.

Brown no era de los que perdía el tiempo y menos con alguien como Dukais. Al fin y al cabo, como en tantas otras empresas, él tenía un importante paquete de acciones de Planet Security. A Dukais le había conocido cuando era un aduanero corrupto de los muelles de Nueva York.

—Necesito que envíes hombres a Irak.

—Tengo unos cuantos miles de hombres preparados. En cuanto empiece la guerra, allí se va a necesitar seguridad. Ayer me llamó mi contacto del Departamento de Estado; quieren que mis hombres cubran determinados puntos una vez que nuestras tropas estén en Bagdad. Hace meses que estoy contratando hombres, los tengo de todas partes.

—Ya sé cómo funciona el negocio, no me lo cuentes, Paul, y escucha. Quiero que mandes a varios grupos, unos vía Jordania, otros por Kuwait, Arabia Saudí y Turquía. Parte de los hombres se quedarán en distintos puntos de las fronteras, donde esperarán hasta que reciban órdenes.

—¿Qué órdenes?

—No me hagas preguntas estúpidas.

—Supongo que los iraquíes deben de estar sellando sus fronteras, y si no lo están haciendo ellos, lo harán los turcos, o los kuwaitíes o qué sé yo. Tú quieres hombres en las fronteras y además dentro de Irak. ¿No puedes esperar como todo el mundo?

—No te estoy diciendo que los mandes mañana, te estoy pidiendo que organices varios grupos y los tengas preparados para cuando yo te dé la orden. Procura buscar hombres que puedan confundirse con el paisaje.

—Es peligroso meter hombres antes de tiempo. Nuestros amigos de la Secretaría de Defensa están organizando una buena traca para dentro de unos meses, me han dicho que en primavera; no cometamos errores porque eso perjudicaría al negocio.

—Te repito que no hace falta que lleguen con demasiada antelación; ya te diré la fecha exacta en que deben de estar dentro. Luego saldrán tan rápido como hayan entrado; no estarán más de tres o cuatro días desde que comiencen los bombardeos.

—¿Qué nos vamos a llevar?

—La historia de la humanidad.

—¿Qué tontería estás diciendo?

—Tus hombres se pondrán a las órdenes de otros hombres que les estarán esperando. No me jodas con tus preguntas.

La mirada de Robert Brown asustó a Paul Dukais. Sabía que con aquel hombre no se jugaba. Había tardado en conocerle, en saber qué había detrás de sus ademanes elegantes, y lo que había descubierto le daba miedo, un miedo profundo. De manera que decidió no seguir provocándole. A él tanto le daba lo que quisiera hacer en Irak.

—Ahora quiero que llevéis una carta a Roma para entregársela a Ralph Barry. Dentro de quince días me traeréis la respuesta desde Ammán.

—Bien.

—Paul, no puede haber fallos, es la operación de más envergadura que hayamos hecho nunca. Tenemos una oportunidad única, no cometas errores.

—¿Los he cometido hasta ahora?

—No, no lo has hecho. Por eso eres rico.

«Y estoy vivo», pensó Dukais. No se engañaba respecto a su relación con Robert Brown, ese hombre de modales exquisitos y discreto sería capaz de cualquier cosa. Él lo sabía bien, eran socios desde hacía demasiados años.

—Cuando tengas el plan hecho y los hombres elegidos quiero que me lo expliques.

—No te preocupes, lo haré.

—Paul, no hace falta que te diga que esta conversación no ha existido, que nadie debe conocer este encargo. Yo respondo ante el consejo de administración del patronato de la fundación, y ellos no deben saber nada de esto. Te lo aviso porque pudiera ser que coincidieras con alguno de los miembros del consejo y se te fuera la lengua.

—He dicho que no te preocupes.

* * *

El hombre dio por terminada la reunión del consejo de administración. Ya era la hora del almuerzo, que él aprovechaba para echar una cabezada en la quietud de su despacho. El ruido de la calle no llegaba hasta el piso vigésimo del edificio neoyorquino desde el que dirigía su imperio.

Los años no pasaban en balde y se sentía cansado. Madrugaba porque no dormía bien durante la noche, y ocupaba las horas leyendo y escuchando a Wagner. Cuando mejor descansaba era a mediodía, cuando se aflojaba la corbata, colgaba la chaqueta y se tumbaba en el sofá.

Su secretaria tenía órdenes terminantes de no pasarle ninguna llamada ni de entrar a molestarle pasara lo que pasara.

Sólo había un teléfono que podía arrancarle del sueño reparador. Un pequeño móvil que siempre llevaba con él, del que no se separaba ni siquiera cuando, como en esos momentos, se disponía a dormir.

Se acababa de tumbar cuando el pitido casi imperceptible del móvil le sobresaltó.

—Sí.

—George, soy Frankie. ¿Te habías dormido?

—Estaba a punto, ¿qué sucede?

—Ya he hablado con Enrique. Podríamos ir a Sevilla a pasar unos días con él o encontrarnos en un lugar de la costa, en Marbella, que está llena de viejos como nosotros. En España, en septiembre, aún hace calor.

—¿Ir a España? No, no lo veo necesario. Hemos echado demasiados anzuelos, no vayamos a enredarnos también nosotros.

—Y Alfred…

—Se ha vuelto un viejo estúpido, ya no controla nada.

—No seas injusto. Alfred sabe lo que se trae entre manos.

—No, ya no lo sabe. Acuérdate de la que armó. Se empeñó en tirar de los hilos que no debía y ahora está haciendo lo mismo.

—Era su hijo, tú hubieras hecho lo mismo.

—Yo no he tenido hijos, de manera que no lo sé.

—Pero yo sí tengo hijos y entiendo que no se conforme.

—Debería hacerlo, debería aceptar las cosas como son. No puede devolver la vida a Helmut. El chico se pasó de listo. Alfred conoce las reglas, sabía lo que podía suceder. Y ahora vuelve a equivocarse a cuenta de esa nieta caprichosa.

—Yo no creo que se haya vuelto un peligro. Él sabe lo que está en juego y su nieta es una mujer inteligente.

—Que le tiene sorbido el seso y por la que lleva tiempo cometiendo errores. Le dijimos que le explicara la verdad. No ha querido, prefiere continuar con la pantomima delante de ella. No, Frankie, no podemos quedarnos sin hacer nada. No hemos llegado hasta aquí para que un viejo sentimental se lo cargue todo.

—Nosotros también somos viejos.

—Y yo quiero seguir siéndolo. Acabo de terminar una reunión del consejo de administración; debemos de prepararnos para la guerra. Vamos a ganar dinero, Frankie.

—Ni a ti ni a mí nos importa ya el dinero, George.

—No, tienes razón, no es el dinero. Es el poder, el saber que estamos entre quienes mueven los hilos. Ahora, si no te importa, necesito dormir.

—Ah, se me olvidaba. La próxima semana iré a Nueva York.

—Entonces, viejo amigo, encontraremos la manera de vernos.

—Quizá podríamos decir a Enrique que viniera a Nueva York.

—Prefiero verle en Nueva York que en Sevilla. No me gusta ir allí, no estoy tranquilo.

—Siempre has sido un poco paranoico, George.

—Lo que soy es prudente, por eso hemos llegado hasta aquí. Te recuerdo que otros muchos han caído por haber cometido errores. Yo también tengo ganas de ver a Enrique, pero prefiero no hacerlo si eso nos pone en peligro.

—Ya somos viejos, nadie sabe…

—¡Calla! Te repito que quiero seguir siendo viejo. Ya te avisaré si es posible que nos veamos en Nueva York.

Frank apuró un whisky mientras colgaba el teléfono. George, el cauteloso y desconfiado George, siempre había demostrado tener razón.

Tocó una campanilla de plata que tenía sobre la mesa del despacho y un segundo después entró un hombre uniformado de blanco.

—¿Me necesita, señor?

—José, ¿han llegado los señores que esperaba?

—Aún no, señor. La torre de control nos avisará en cuanto la avioneta se acerque.

—Bien, hágamelo saber.

—Sí, señor.

—¿Y mi esposa?

—La señora está descansando; le dolía la cabeza.

—¿Y mi hija?

—La señora Alma se marchó esta mañana temprano con su esposo.

—Es verdad… Tráigame otro whisky y algo de comer.

—Sí, señor.

El criado salió silencioso. A Frank le caía bien José. Era discreto, poco hablador y eficaz. Le cuidaba mejor de lo que nunca le había cuidado su caprichosa mujer.

Emma era demasiado rica. Ése había sido su principal defecto, aunque para él había supuesto una ventaja. Bueno, también su falta de belleza le había pesado como una losa.

Con tendencia a engordar, de pequeña estatura y morena, muy morena. El color de la piel de Emma era casi negro, una piel apagada, carente de suavidad. No se parecía a Alicia.

Alicia era negra. Totalmente negra y bella, escandalosamente bella. Llevaban quince años juntos. La había conocido en el bar de aquel hotel de Río mientras esperaba a uno de sus socios. La chica había ido al grano, ofreciéndose sin tapujos. Se la había quedado para siempre. Era suya, le pertenecía, y ella sabía la suerte que podía correr si se atrevía a engañarle con otro.

Él era un viejo, sí, y por eso le pagaba espléndidamente. Cuando él muriera, Alicia podría gastarse la fortuna que iba a dejarle en herencia, además del hermoso ático de Ipanema y las joyas que le había ido regalando.

Cuando la conoció, Alicia acababa de cumplir veinte años; era casi una niña de piernas largas y cuello interminable; él era un hombre de setenta que no asumía su ancianidad. Podía permitirse una chica como ésa: tenía suficiente dinero para que algunas mujeres hicieran la pantomima de considerarle aún un hombre.

Llamaría a Alicia e iría a visitarla a Río. Que estuviera preparada.

En realidad, no le gustaba salir demasiado de la inmensidad de su hacienda, situada en los límites de la selva. Allí se sentía seguro, con sus hombres recorriendo día y noche los muchos kilómetros del perímetro, protegido además por un sofisticado sistema de sensores y otros artilugios que hacían imposible la irrupción de intrusos.

Pero pensar en Alicia le había producido una sacudida de vitalidad y a su edad eso era impagable. Además, tenía que ir a Nueva York, así que de todas maneras tenía que pasar por Río.

6

Clara Tannenberg y Ahmed Huseini esperaban impacientes un taxi en la puerta del Excelsior. Ninguno de los dos prestó atención a un hombre delgado, con el cabello castaño que, nervioso, se bajaba de otro taxi y entraba como una exhalación en el hotel.

Su taxi llegó un minuto después, de manera que tampoco vieron a ese mismo hombre salir corriendo del Excelsior gritando en dirección al taxi que les transportaba.

El hombre volvió a entrar y se dirigió a la recepción.

—Se han ido, ¿les importaría decirme si iban al aeropuerto, si dejaban Roma?

El recepcionista le miró con desconfianza a pesar de que el aspecto del hombre sólo delataba normalidad. Rasgos amables, pelo cortado a navaja, porte elegante, a pesar de ir vestido de sport...

—Señor, yo no le puedo dar esa información.

—Es muy importante que hable con ellos.

—Entiéndame, señor, nosotros no sabemos dónde van nuestros clientes cuando dejan el hotel.

—Pero al pedir un taxi habrán dicho para dónde... Por favor, se lo ruego, es muy importante.

—Verá, yo no sé qué decirle, déjeme consultar...

—Si usted fuera tan amable de decirme sólo si se dirigían al aeropuerto…

Algo en la voz y en la mirada del hombre llevó al veterano recepcionista a romper su código profesional.

—De acuerdo, iban al aeropuerto. Esta mañana cambiaron la fecha del vuelo a Ammán, su avión sale dentro de una hora. Llegaban tarde, la señora se retrasó y…

El hombre de nuevo corría en dirección a la entrada, donde se metió en el primer taxi que pasaba.

—¡Al aeropuerto, rápido!

El taxista, un viejo romano, miró a través del retrovisor. Seguramente era el único taxista de toda Roma que no se contagiaba por la prisa de los clientes, así que condujo con toda parsimonia hasta Fiumicino, a pesar de la desesperación que vería reflejada en el rostro de su pasajero.

Una vez en el aeropuerto, buscó un monitor con la salida de los vuelos a Ammán y se dirigió veloz hacia la puerta por donde debían embarcar los pasajeros con destino a Jordania.

Demasiado tarde. Todos los pasajeros habían pasado ya la aduana y el *carabiniere* se negó a dejarle pasar.

—Son unos amigos, no he podido despedirme de ellos, es un minuto. ¡Por Dios, déjeme pasar!

El *carabiniere* se mostró irreductible y le pidió que se marchara.

Comenzó a caminar por el aeropuerto sin rumbo, sin saber qué hacer ni en quién confiar. Sólo sabía que debía hablar con aquella mujer fuera donde fuese, le costara lo que le costase, aunque la tuviera que seguir al fin del mundo.

* * *

En la escalerilla del avión sintieron el golpe de calor mezclado con aroma de especias. Volvían a casa, volvían a Oriente.

Ahmed bajaba por la escalerilla del avión delante de Clara, cargado con una bolsa de Vuitton. Detrás de ella, un hombre no la perdía de vista aunque intentaba pasar inadvertido.

No tuvieron ningún problema para pasar la aduana. Los pasaportes diplomáticos les abrían todas las puertas y Ammán, por más que juraba lealtad a Washington, tenía su propia política, y ésta no pasaba por plantar cara a Sadam, por poco que le gustara el dictador iraquí. Pero Oriente es Oriente, y la muy occidentalizada familia real jordana era experta en la diplomacia más sutil.

Un coche que esperaba a Clara y Ahmed a la salida del aeropuerto les condujo al Marriot. Ya era tarde, de manera que cenaron en la habitación. Continuaba la tensión entre ellos.

—Voy a llamar a mi abuelo.

—No es una buena idea.

—¿Por qué? Estamos en Ammán.

—Con los norteamericanos vigilando por todas partes. Mañana cruzaremos la frontera. ¿No puedes esperar?

—Realmente no; tengo ganas de hablar con él.

—¿Sabes?, estoy cansado de tu comportamiento caprichoso.

—¿Te parece un capricho que quiera hablar con mi abuelo?

—Deberías ser más prudente, Clara.

—¿Por qué? Llevo toda la vida escuchando que debo de ser discreta y prudente, ¿por qué?

—Pregúntaselo a tu abuelo —respondió Ahmed malhumorado.

—Te lo estoy preguntando a ti.

—Eres inteligente, Clara, caprichosa pero inteligente, y supongo que a lo largo de los años habrás sacado tus propias conclusiones por más que tu abuelo te siga tratando como a una niña.

Clara quedó en silencio. En realidad, no sabía si quería que le dijeran todo lo que intuía. Pero había tantos cabos sueltos... Había nacido en Bagdad, como su madre, y pasado su infancia y adolescencia entre El Cairo y Bagdad. Amaba ambas ciudades por igual. Le costó mucho convencer a su abuelo para que le permitiera terminar sus estudios en Estados Unidos. Al final lo logró, sabiendo que a su abuelo le causaba una gran inquietud.

Lo había pasado bien en California, San Francisco era la ciudad en la que se había convertido en una mujer, pero siempre supo que no se quedaría a vivir allí. Echaba de menos Oriente, el olor, los sabores, el sentido del tiempo... y hablar árabe. Ella pensaba en árabe, sentía en árabe. Por eso se enamoró de Ahmed. Los chicos norteamericanos le parecían insulsos por más que le habían descubierto todo lo que en Oriente le estaba vedado por ser mujer.

—De todas maneras le llamaré.

Pidió a la telefonista que le pusiera con Bagdad. Tardó unos minutos en escuchar la voz de Fátima.

—¡Fátima, soy Clara!

—¡Mi niña, qué alegría! Enseguida aviso al señor.

—¿No estará dormido?

—No, no; está leyendo en su estudio, se pondrá contento de hablar con usted...

A través del teléfono le llegaba la voz de Fátima llamando a Ali, el criado de su abuelo, para que avisara a éste.

—Clara, querida...

—Abuelo...

—¿Estáis en Ammán?

—Acabamos de llegar. Tengo ganas de verte, de estar en casa.

—¿Qué te ha pasado?

—¿Por qué me lo preguntas? ¿Te extraña que quiera verte?

—No, pero te conozco. De pequeña siempre corrías a refugiarte en mí cuando te pasaba algo, aunque no me dijeras de qué se trataba.

—No ha ido bien lo de Roma.

—Ya lo sé.

—¿Lo sabes?

—Sí, Clara, lo sé.

—Pero ¿cómo lo sabes?

—¿Te vas a poner a hacerme preguntas ahora?

—No, pero…

El hombre suspiró cansado.

—¿Y Ahmed?

—Está aquí.

—Bien, he dispuesto todo para que tengáis un buen regreso a casa. Di a tu marido que se ponga.

Clara tendió el teléfono a Ahmed y éste conversó brevemente con el abuelo de su esposa. Les quería cuanto antes en Bagdad.

A primera hora de la mañana, Clara y Ahmed estaban en el vestíbulo aguardando el coche que iba a trasladarles a Irak. Ninguno de los dos se dio cuenta de que cuatro hombres, que aparentemente no se conocían entre ellos, les vigilaban. La noche anterior habían enviado su informe a Marini. Hasta ese momento no se había producido ninguna novedad.

Cruzar la frontera no supuso ningún problema para Ahmed y Clara, pero sí para los hombres de Marini. Se habían dividido de dos en dos, y pagado para que expertos conductores les trasladaran al otro lado. No había sido fácil, porque nadie que no tuviera familia en Irak o se dedicara al contrabando, tenía mayor interés en cruzar la frontera.

Lo habían conseguido pagando con generosidad a sus chóferes recomendados por el hotel de Ammán a los que habían dado una prima para no perder de vista a un Toyota todoterreno de color verde que iba delante de ellos.

No había mucho tráfico en la carretera hasta Bagdad, pero sí el suficiente para darse cuenta de que por allí salía y entraba de todo.

Cuando llegaron a Bagdad ya era de noche,. Uno de los coches siguió al Toyota hasta un barrio de la ciudad y el otro se dirigió al hotel Palestina. Les habían dicho que allí era donde estaban la mayoría de los occidentales, y al fin y al cabo ellos se presentaban como hombres de negocios, por mucho que resultara cuando menos sospechoso afirmar que en esas circunstancias políticas iban a hacer negocios a Bagdad.

El Toyota frenó al lado de una verja y aguardó a que ésta se abriera. Los hombres de Marini no se pararon. Ya sabían dónde vivía Clara Tannenberg. Al día siguiente irían a dar un vistazo.

La casa de dos plantas, custodiada por unos invisibles hombres armados, estaba en medio de un jardín muy cuidado. La Casa Amarilla, como era conocida por el color dorado con que siempre estaba primorosamente pintada, estaba situada en un barrio residencial. Anteriormente había sido residencia de un comerciante británico.

Fátima esperaba en el vestíbulo, sentada en una silla y dormitando. El ruido de la puerta la despertó. Clara se fundió en un abrazo con ella. La mujer era shií y había cuidado a Clara desde pequeña. Al principio le daban miedo los ropajes negros de Fátima, pero se había acostumbrado y más tarde encontró en ella la dulzura que le faltaba a su madre.

Fátima se había quedado viuda muy joven. Tuvo que vivir en casa de su suegra, donde nunca fue ni bien recibida ni bien tratada. Pero aguantó su destino sin decir una palabra, mientras criaba a su único hijo.

Un día su suegra la envió a aquella casa donde vivía un extranjero con su joven esposa, una egipcia, la señora Alia. Y allí se quedó para siempre. Sirvió a Alfred Tannenberg y a su esposa, los acompañó en sus desplazamientos a El Cairo, donde la pareja tenía otra residencia, y sobre todo se hizo cargo primero del hijo del matrimonio, Helmut, y después de la hija de éste, Clara.

Ahora ya era una anciana que había perdido a su hijo en la maldita guerra con Irán. No le quedaba nada excepto Clara.

—Niña, tienes mala cara.

—Estoy cansada.

—Deberías dejar de viajar y empezar a tener hijos, que te estás haciendo vieja.

—Tienes razón; cuando encuentre la *Biblia de Barro* lo haré —respondió riendo Clara.

—¡Ay, niña, cuida de que no te pase lo que a mí! Tuve un solo hijo y como lo perdí estoy sola.

—Me tienes a mí.

—Sí, es verdad, te tengo a ti; de lo contrario, no sé de qué me serviría estar viva.

—Vamos, Fátima, no te pongas trágica, que acabo de llegar. ¿Y mi abuelo?

—Descansa. Hoy estuvo fuera todo el día y llegó cansado y preocupado.

—¿Dijo algo?

—Sólo que no quería cenar; se encerró en su cuarto y ordenó que no le molestáramos.

—Entonces le veré mañana.

Ahmed se dirigió a su habitación mientras las dos mujeres seguían hablando. Estaba cansado. Al día siguiente iría a trabajar al ministerio, donde tendría que presentar un informe sobre el congreso de Roma. ¡Menudo fracaso! Pero él era un privilegiado. No lo olvidaba por más que sentía náuseas de serlo. Hacía años que se sentía incómodo en su piel. Primero fue al descubrir que la suya era una familia que pertenecía a la élite de un régimen dictatorial. Pero no había tenido el valor de renunciar a tantos privilegios y prefirió engañarse diciéndose que su lealtad era para con su familia, no hacia Sadam. Luego había conocido a Clara y a los Tannenberg y su vida había caído en el abismo para siempre. Se había corrompido como no pensó que lo haría jamás. No podía echarle la culpa a Alfred. Él había aceptado integrarse en su organización y heredarle sabiendo lo que eso significaba. Si su posición con Sadam era sólida a cuenta de sus lazos familiares, con Alfred se había convertido en intocable, ya que éste tenía amigos poderosos en el entorno del dictador.

Pero a Ahmed le costaba cada día más vivir consigo mismo y sobre todo con una mujer como Clara que se negaba a ver lo que sucedía a su alrededor, que prefería vivir en la ignorancia para no sentir horror y poder seguir amando a quienes amaba.

Ya no la quería, aunque en realidad, puede que nunca lo hiciera. Cuando se conocieron en San Francisco pensó que la chica estaba bien para una aventura. Hablaban en árabe, tenían amigos comunes en Bagdad, ambos conocían a sus respectivas familias, aunque ellos apenas se habían tratado.

Ser emigrantes les unió. Clara era una emigrante de lujo, con dinero en abundancia en su cuenta corriente. Él disponía de fondos suficientes para vivir en un cómodo ático desde el que veía amanecer sobre la bahía de San Francisco.

Se fueron a vivir juntos; tenían muchas cosas en común: ambos eran iraquíes, arqueólogos, su lengua materna era el árabe y tenían la misma sensación de libertad en Estados Unidos, aunque extrañaban su país y sus gentes.

Cuando su padre le visitó en San Francisco, le conminó a casarse con Clara. Era una boda llena de ventajas, y él intuía que las cosas iban a cambiar. Entre los diplomáticos fluía la información, y era evidente que Sadam ya no era un títere necesario para la Administración estadounidense. De manera que había que pensar en el futuro: se casó con aquella chica agraciada, inmensamente rica y excesivamente protegida y mimada.

Clara entró en la habitación y Ahmed se sobresaltó.

—¡Ah, ya estás aquí! —dijo su mujer a modo de saludo.

—Me molesta que no saludes a Fátima. Has pasado delante de ella sin siquiera mirarla.

—Le he dicho buenas noches. No tengo nada más que decirle.

—Sabes lo que Fátima significa para mí.

—Sí, sé lo que significa para ti.

El tono de Ahmed le sorprendió, aunque en realidad últimamente su marido se comportaba como si estuviera permanentemente fastidiado y ella fuera una carga difícil de sobrellevar.

—¿Qué te pasa, Ahmed?

—¿A mí? Nada más que estoy cansado.

—Te conozco y sé que te pasa algo.

Ahmed la miró fijamente. Tenía ganas de decirle alto y claro que no lo conocía, que en realidad nunca lo había conocido y que estaba harto de ella y de su abuelo, pero que ya era tarde para escapar. Pero no dijo ni una palabra.

—Vamos a descansar, Clara. Mañana tenemos que trabajar. Yo he de ir al ministerio, pero además hemos de preparar en serio la excavación. Por lo que me han dicho en Roma, habrá guerra aunque aquí nadie quiera creérselo.

—Mi abuelo, sí.

—Sí, tu abuelo, sí. Anda, vamos a la cama. Ya desharemos las maletas mañana.

* * *

Alfred Tannenberg estaba en su despacho con uno de sus socios, Mustafa Nasir. Discutían acaloradamente cuando entró Clara.

—Abuelo…

—¡Ah, ya estás aquí! Pasa, hija, pasa.

Tannenberg clavó su mirada acerada en Nasir y éste esbozó una amplísima sonrisa.

—¡Mi querida niña, cuánto tiempo sin verte! Ya no me haces el honor de venir a visitarnos a El Cairo... Mis hijas siempre preguntan por ti.

—Hola, Mustafá —el tono de Clara no era amistoso, puesto que había escuchado cómo su abuelo discutía con el egipcio.

—Clara, estamos trabajando; en cuanto termine te llamaré.

—De acuerdo, abuelo, voy a salir a comprar.

—Que te acompañen.

—Sí, sí; además, voy con Fátima.

Clara salió acompañada de Fátima y de un hombre que hacía la función de chófer y guardaespaldas. Se dirigieron al centro de Bagdad en el Toyota verde.

La ciudad era una sombra pálida del ayer. El cerco al que Estados Unidos sometía al régimen de Sadam había empobrecido a los iraquíes, que tenían que azuzar el ingenio para sobrevivir.

Los hospitales aún funcionaban gracias a algunas ONG, pero cada vez era más acuciante la necesidad de medicinas y de alimentos.

Clara sintió un odio profundo hacia Bush por lo que les estaba haciendo. A ella no le gustaba Sadam, pero odiaba a quienes les estaban sitiando, ahogándoles. Recorrieron el bazar, hasta que encontró un regalo para Fátima, pues era su cumpleaños. Ninguna de las dos mujeres se dio cuenta de la presencia de aquellos extranjeros que parecían seguirlas por las callejuelas recónditas del bazar. Pero el guardaespaldas sí detectó la presencia de un par de hombres que, con aspecto de turistas despistados, encontraban a la vuelta de todas las esquinas. No dijo nada a las mujeres para no alarmarlas.

Cuando regresaron a la Casa Amarilla el hombre fue a ver a Alfred Tannenberg adelantándose a Clara. Mustafa Nasir ya se había marchado.

—Eran cuatro hombres en parejas de dos —explicó el guardaespaldas a su patrón—. Resultaba evidente que nos seguían. Además, su aspecto les delataba. Su forma de vestir, los rasgos de la cara… estoy seguro que no eran iraquíes y tampoco egipcios, ni jordanos… tampoco hablaban en inglés, me pareció que hablaban italiano.

—¿Qué crees que querían?

—Saber dónde iba la señorita. No creo que tuvieran intención de hacerle nada, aunque…

—Nunca se sabe. Ocúpate de que no vaya sola a ninguna parte, que otros dos hombres os acompañen siempre armados. Si le sucede algo a mi nieta no viviréis para contarlo.

No hacía falta que profiriera esa amenaza. A Yasir no le cabía la menor duda de que si a Clara le sucedía algo él lo pagaría con su vida, y no sería ni el primero ni el último hombre que moría por deseo expreso de Tannenberg.

—Sí, señor.

—Refuerza la seguridad de la casa. Quiero controles estrictos de todo el que entra y sale. Nada de jardineros desconocidos que vienen a sustituir a un primo enfermo, ni de amables vendedores ambulantes. No quiero ver ninguna cara desconocida salvo que yo lo autorice personalmente. Ahora vamos a sorprender a esos misteriosos perseguidores. Quiero saber quiénes son, quién los envía y para qué.

—Será difícil cogerlos a todos.

—No necesito a todos; con uno basta.

—Sí, señor, pero será preciso que la señorita Clara vuelva a salir.

—Sí, efectivamente. Mi nieta será el cebo. Pero procura que ella no se dé cuenta y, sobre todo, que no le suceda nada. Respondes con tu vida, Yasir.

—Lo sé, señor. No le sucederá nada. Confíe en mí.

—Sólo confío en mí, Yasir, pero no se te ocurra equivocarte.

—No lo haré, señor.

Tannenberg llamó a su nieta. Durante una hora estuvo escuchando sus quejas sobre lo sucedido en Roma. Él ya sabía que las cosas no podían salir bien. Sus amigos querían que esperara a que cayera Sadam para organizar una misión arqueológica que desentrañara los restos de aquel edificio encontrado entre las antiguas Ur y Babilonia. Una misión que, además de la *Biblia de Barro*, sin duda arrancaría de la tierra otras tablillas y alguna estatua. Una misión como tantas otras que habían financiado. Pero no esperaría. No podía, sabía que estaba consumiendo los últimos días de su vida. Acaso le quedaban tres, cuatro, seis meses a lo sumo. Le había exigido al médico que le dijera la verdad, y ésta no era otra que se acercaba el final. Tenía ochenta y cinco años y el hígado lleno de pequeños tumores. No hacía ni dos años que le habían cortado un pedazo de aquel órgano vital.

Clara quedaba a cargo de Ahmed y con dinero suficiente para vivir el resto de su vida, pero sobre todo quería hacerle un regalo, el que ella le reclamaba desde que era una adolescente: ser la arqueóloga que encontrara la *Biblia de Barro*. Por eso la había enviado a Roma: para que hiciera pública la existencia de esas dos tablillas que él había encontrado cuando era más joven que ella ahora.

La comunidad arqueológica podía reírse cuanto quisiera de la historia de las tablillas de Abraham, pero ya sabía de su existencia aunque lo considerara una fantasía. Nadie le podría arrebatar la gloria a su nieta. Nadie, ni siquiera ellos, sus más queridos amigos.

Ya tenía preparada la carta que uno de sus hombres llevaría a Ammán para entregar a otro hombre que a su vez la llevaría hasta Washington al despacho de Robert Brown para que éste a su vez se lo entregara a George Wagner, pero antes de enviarla debía ocuparse de esos intrusos que seguían a Clara; a lo mejor tenía que añadir algo más. Por la noche esperaba hablar con Ahmed. Por la mañana cuando le entregó la carta de Brown, le había encontrado tenso.

Confiaba en Ahmed porque conocía su ambición y sus ganas de escapar para siempre de Irak. Eso sólo lo podría hacer con su dinero. El dinero que heredaría Clara y del que Ahmed disfrutaría mientras estuviera con su nieta.

Los hombres de Marini estaban preparados desde el amanecer. Habían encontrado un buen lugar para vigilar las entradas y salidas de la Casa Amarilla: un café situado en la esquina opuesta de la calle. El dueño era amable y aunque no dejaba de preguntarles los motivos de su estancia en Bagdad, el lugar les servía para no estar expuestos a la vista de los hombres que guardaban la Casa Amarilla.

A las ocho vieron salir a Ahmed Huseini en el Toyota verde. Conducía él, aunque a su lado iba un hombre que no dejaba de mirar hacia todas partes. Pero hasta las diez de la mañana no salió Clara de la casa, acompañada de aquella mujer vestida de negro de la cabeza a los pies. De nuevo iban acompañadas por un hombre, esta vez en un Mercedes todoterreno.

El equipo de Marini seguía dividido en dos parejas, comunicándose por walkie-talkies. Los que estaban en el café dieron el aviso a sus compañeros, que se encontraban en un coche alquilado situado dos calles más arriba de la casa. Ellos les seguirían.

El Mercedes se dirigió hacia las afueras de Bagdad. Los hombres de Marini le siguieron confiados.

Llevaban más de media hora de viaje cuando el Mercedes se desvió por un camino de tierra bordeado de palmeras. Los hombres de Investigaciones y Seguros dudaron, pero decidieron seguir adelante. El Mercedes aceleró y su perseguidor se mantuvo a una distancia prudencial. Sus ocupantes no estaban dispuestos a perder de vista a una mujer que debía conducirles al anciano que tenían que fotografiar.

De repente el Mercedes aceleró levantando una oleada de tierra seca; un segundo más tarde aparecieron por dos caminos adyacentes varios todoterrenos que parecían pretender embestir al primer coche de los hombres de Marini. Éstos se dieron cuenta demasiado tarde de que los coches les estaban rodeando y les obligaban a frenar. El segundo coche de los investigadores italianos paró en seco. No llevaban armas, nada con que hacer frente a los hombres armados que se acercaban al coche de sus compañeros. Vieron cómo les sacaban del coche y empezaban a golpearlos. No sabían qué hacer: si acudían en su ayuda ellos también se convertirían en víctimas, pero tampoco podían asistir impávidos a aquella paliza brutal. Decidieron volver a la carretera en busca de ayuda, de manera que dieron marcha atrás. No estaban huyendo, se decían, aunque en su fuero interno sabían que de algún modo lo estaban haciendo.

No pudieron ver que a uno de sus compañeros le obligaron a arrodillarse y le dispararon en la nuca, y que el otro no pudo aguantar un vómito. Dos minutos más tarde ambos estaban muertos en la cuneta.

* * *

Carlo Cipriani se tapó la cara con las manos. Mercedes permanecía pálida pero impasible sentada a su lado mientras que Hans Hausser y Bruno Müller reflejaban en sus rostros el horror y la angustia que les producía lo que Luca Marini les estaba contando.

Habían acudido al despacho del presidente de Investigaciones y Seguros. Marini les había instado a acudir allí. La empresa estaba de luto. El silencio de los empleados no dejaba lugar a dudas.

Al día siguiente llegaría el avión con los dos cadáveres de los hombres de Investigaciones y Seguros.

Asesinados. Habían sido asesinados después de haber recibido una brutal paliza. Sus compañeros no sabían lo que habían dicho ni a quién. Sólo que diez coches todoterrenos, cinco por cada lado, les habían obligado a pararse. Ellos alcanzaron a ver cómo les golpeaban; cuando más tarde regresaron con una patrulla del ejército que habían encontrado en la carretera, hallaron los cuerpos sin vida de sus compañeros. Exigieron una investigación y estuvieron a punto de ser detenidos como principales sospechosos. Nadie había visto nada, nadie sabía nada.

La policía les interrogó con métodos expeditivos, cuyo recuerdo se traducía en algunas contusiones y cortes en la cara, en el pecho y en el estómago. Después de varias horas de interrogatorio, les dejaron en libertad y les invitaron a salir cuanto antes de Irak.

La embajada de Italia elevó una protesta formal, y el embajador pidió una entrevista urgente con el ministro de Exteriores. Le respondieron que se hallaba de visita oficial en Yemen. Naturalmente, la policía investigaría el extraño suceso, que parecía obra de alguna banda de delincuentes dedicada a robar.

En los bolsillos de los muertos no encontraron nada: ni la documentación, ni dinero, ni un paquete de cigarros. Nada. Sus asesinos se lo habían llevado todo.

Luca Marini había revivido sus peores días de jefe de policía antimafia en Sicilia, cuando tenía que llamar a las mujeres de sus compañeros para anunciarles que sus maridos habían caído abatidos por los tiros de los pistoleros.

Al menos en aquellas circunstancias había un funeral oficial, acudía el ministro, colocaban una medalla al féretro y la viuda recibía una pensión generosa del Estado. En esta ocasión el entierro sería privado, no habría medallas y tendrían que procurar que la prensa no metiera las narices en el asunto.

—Lo siento, pero lo que ha pasado excede cuanto podíamos imaginar. Doy por roto mi contrato con vosotros. Estáis metidos en algo gordo, con asesinos de por medio. Han matado a mis hombres para avisaros de que dejéis en paz a quienquiera que estéis buscando.

—Nos gustaría ayudar a las familias de estos dos hombres —dijo Mercedes—. Díganos la cantidad que es correcta en estos casos. Ya sé que no les podemos devolver la vida, pero al menos sí ayudar a los que han dejado.

Marini miró a Mercedes asombrado. La mujer no se andaba por las ramas. Tenía el sentido práctico que tienen todas las mujeres, y ésta además no perdía el tiempo derramando lágrimas.

—Eso depende de ustedes —respondió—. Francesco Amatore deja mujer y una niña de dos años. Paolo Silvestre estaba soltero, pero a sus padres bien les vendrá una ayuda, pues tienen otros hijos a los que sacar adelante.

—¿Le parece bien un millón de euros, medio millón para cada familia? —preguntó Mercedes.

—Supongo que es una cantidad generosa —fue la respuesta de Luca Marini—. Pero hay otro asunto que debemos tratar. La policía quiere saber por qué dos de mis hombres estaban en Irak, quién pagó para que les enviara y a qué. Hasta ahora me he escaqueado como he podido, pero mañana me espera el director general. Quiere respuestas, porque el ministro se las pide a él. Y aunque somos viejos amigos y me ayudará, tengo que darle esas respuestas. Ahora, díganme qué quieren que diga y qué prefieren que me reserve.

Los cuatro amigos se miraron en silencio, conscientes de lo delicado de la situación. Resultaba harto complicado explicar a la policía las razones de que un médico jubilado, un profesor de física, un concertista de piano y una empresaria de la construcción hubieran contratado los servicios de una agencia de investigación y enviado a cuatro hombres a Irak.

—Díganos usted cuál sería la versión más plausible —le requirió Bruno Müller.

—En realidad ustedes nunca me han dicho ni por qué querían saber de la chica ni a quién buscan en Irak.

—Ése es un asunto que no concierne a nadie —le dijo Mercedes con voz helada.

—Señora, hay dos muertos, de manera que la policía cree que tenemos que dar respuestas.

—Luca, ¿nos permites hablar un minuto a solas? —le pidió Carlo Cipriani.

—Sí, desde luego, podéis utilizar la sala de juntas. Cuando se os ocurra algo, avisadme.

El presidente de Investigaciones y Seguros les acompañó a una sala anexa a su despacho y salió, cerrando la puerta suavemente.

Carlo Cipriani fue el primero en hablar.

—Tenemos dos posibilidades: o decir la verdad o buscar una excusa plausible.

—No hay excusas plausibles con dos cadáveres —apuntó Hans—, y menos con dos cadáveres de inocentes. Si al menos fueran los de ellos...

—Si decimos la verdad se acabó todo. ¿Os dais cuenta?

El tono de voz de Bruno tenía una nota de angustia.

—No estoy dispuesta a rendirme ahora, así que vamos a pensar la forma de afrontar esta situación. Esto no es lo más grave que nos ha pasado en la vida, esto es un contratiempo más, doloroso e inesperado, pero sólo un contratiempo.

—¡Dios, qué dura eres, Mercedes! —A Carlo le salió la exclamación del fondo del alma.

—¿Dura? ¿De verdad tú me dices que soy dura? Carlo, llevamos años preparándonos, diciendo que seremos capaces de afrontar todas las dificultades. Bien, aquí las tenemos. Ahora en vez de lamentarnos, pensemos.

—No soy capaz —dijo en voz baja Hans Hausser—. No se me ocurre nada.

Mercedes les miró con disgusto. Luego, irguiéndose, se hizo cargo de la situación.

—Bien, Carlo, tú y yo somos viejos amigos; yo estoy de paso en Roma, y te he hablado de que estoy pensando que, en vista de que parece inevitable la guerra, quiero que mi empresa esté entre las que se lleven un trozo de la tarta de la reconstrucción. Así que, a pesar de mi edad, estoy dando vueltas a la posibilidad de plantarme yo misma en Bagdad para ver la situación de cerca y conocer las necesidades futuras. Tú me has dicho que soy una vieja loca, que para eso están las agencias de investigación, gente preparada, capaz de evaluar la situación de una zona de conflicto. Me has presentado a otro viejo amigo, Luca Marini. Yo dudaba, prefería contratar a una agencia española, pero al final me he decidido por Investigaciones y Seguros. Aceptamos la versión de los iraquíes, a los hombres de Marini les mataron para robarles. Nada raro dada la situación de Irak. Naturalmente, estoy desolada y quiero ayudar a las familias con una pequeña indemnización.

Los tres hombres la miraron con admiración. Era increíble que en un segundo se le ocurriera una excusa como ésa. Aunque la policía no se la creyera, era plausible.

—¿Estáis de acuerdo o se os ocurre alguna otra cosa?

No se les ocurría nada, de manera que aceptaron dar la versión ideada por Mercedes.

Cuando se lo contaron a Luca Marini éste se quedó pensando. No estaba mal, salvo que alguien podía irse de la lengua y contar que sus hombres habían estado siguiendo a Clara Tannenberg en Roma.

—Sí, tiene razón —aceptó Mercedes—, no deberíamos mezclar ambas cosas. Usted no tiene por qué explicar que dos días antes sus hombres seguían a nadie en Roma. Ése no es el «caso», puesto que en Roma no sucedió nada. El problema ha sido Irak.

—Ya —insistió Marini—, pero el «caso», como usted dice, empezó en Roma y tiene relación con esa mujer. Además, no sabemos lo que mis hombres dijeron antes de morir. Es más que probable que explicaran que trabajaban para Investigaciones y Seguros y que tenían el encargo de seguir a Clara Tannenberg.

—Seguramente tiene usted razón —terció Hans Hausser—, pero la policía iraquí no dijo nada sobre sus otros hombres y, por lo que sabemos, tampoco al embajador. Es más, los iraquíes han cerrado el caso. Así que no veo la razón para que no se cierre aquí.

—Señor Marini —dijo Mercedes muy seria—, nos han dado un aviso con el asesinato de sus hombres. Un aviso macabro. Es su forma de decir a lo que está dispuesto si nos acercamos más a él y a los suyos.

—¿De qué habla, Mercedes? ¿A quién se refiere? —Luca Marini no podía ocultar la curiosidad. Estaba harto de los misterios que se traían esos cuatro ancianos.

—Luca, no se nos ocurre nada mejor de lo que te hemos dicho. Ayúdanos si crees que esa versión no resultará satisfactoria para la policía italiana.

El tono grave de Carlo Cipriani conmovió al presidente de Investigaciones y Seguros. Cipriani era su médico, un viejo amigo que le había salvado la vida cuando otros médicos consideraban que no merecía la pena operarle, que estaba desahuciado. De manera que le ayudaría por mucho que le fastidiara esa mujer, Mercedes Barreda.

—Deberías confiar en mí, contarme a quién perseguís y por qué. Así podría entender mejor lo que ha pasado.

—No, Luca, no te diremos más —aseguró Carlo—. Lo siento, no es falta de confianza.

—De acuerdo, me quedo con la explicación de la señora Barreda. Espero que mis amigos de la policía sean compasivos y no me aprieten las tuercas más de lo imprescindible. Las familias de mis hombres están desoladas, pero creen que han muerto por el caos que hay en Irak. Bush ya ha reclutado a dos familias italianas para su causa contra el «imperio del mal». He hablado con la mujer de Francesco y con los padres de Paolo. Ninguna de las dos familias sabía a qué habían ido a Irak, ellos no hablaban de los detalles de su trabajo en casa. De manera que no pondrán mayores inconvenientes, y si además estáis dispuestos a darles esa indemnización... Bien. Os llamaré y os diré cómo me ha ido con mis amigos de la policía.

—Perdona que te lo vuelva a preguntar, pero ¿seguro que no les dijiste a tus hombres quién les había contratado?

—No, Carlo, no lo hice. Tú querías que nadie supiera de vosotros, sólo yo, y yo cumplo cuando doy mi palabra.

—Gracias, amigo —dijo Carlo con voz queda.

Se despidieron sin más.

—Vamos a tomar algo —sugirió Mercedes—, estoy mentalmente agotada.

Se metieron en un viejo café. Lucía el sol sobre Roma, pero los cuatro tenían destemplada el alma.

—Nos ha descubierto —afirmó Bruno.

—No, no; no lo ha hecho —respondió Mercedes—. Los hombres de Marini no le dijeron nada porque no sabían nada.

—No perdamos el sentido de la realidad —apuntó Hans Hausser—. Ya somos mayores para volvernos paranoicos.

—Esperemos a que Luca nos llame para decirnos cómo le ha ido con la policía —propuso Carlo—. Y ahora, amigos, tengo que dejaros y pasarme por la clínica; si no lo hago, mis hijos van a empezar a preocuparse. Si os parece, nos vemos a la hora de la cena.

—Carlo —le interrumpió Mercedes—, creo que a ninguno nos vendría mal descansar. Ya nos veremos mañana.

—Sí, tiene razón Mercedes. Incluso nos viene bien separarnos durante unas horas para pensar y no dar vueltas a lo mismo —apostilló Bruno.

—Como queráis.

Los cuatro amigos se despidieron en la puerta del café. Necesitaban unas horas de soledad, de reencuentro consigo mismos.

Apenas había acabado de despachar con su secretaria, cuando Lara entró en el despacho de su padre.

—¡Por fin te veo, papá! ¿Dónde te has metido con tus amigotes?

—Vamos, Lara, qué manera de calificar a unos ancianos…

—Es que no te dejas ver, papá, incluso estábamos preocupados, ¿verdad, Maria?

—Sí, doctora.

—Gracias, Maria, ya seguiremos mañana.

Maria salió del despacho del doctor Cipriani y le dejó con su hija.

—Espero que esta noche no te retrases —dijo Lara.

—¿Esta noche?

—Pero, papá, no me digas que se te ha olvidado que es el cumpleaños de la mujer de Antonino y que vamos todos a cenar a su casa…

—¡Ah, el cumpleaños! No, no se me había olvidado, pensé que te referías a otra cosa.

—Mientes fatal. ¿Qué le has comprado? Ya sabes que la mujer de Antonino es un poco especial.

—Pensaba acercarme ahora a Gucci.

—¿Otra vez le vas a regalar un pañuelo?

—Es lo más socorrido.

—Mejor un bolso. ¿Quieres que te acompañe?

Carlo miró a su hija y sonrió. Sí, le vendría bien dar un paseo con ella y escuchar cuanto le quisiera contar de lo sucedido esos días en la clínica.

* * *

Alfred Tannenberg escuchaba impasible al Coronel. Hacía muchos años que se conocían, y el Coronel siempre le había rendido buenos servicios. Le costaba caro, mucho, pero lo valía. El Coronel pertenecía al clan de Sadam, ambos eran de Tikrit, y estaba en su círculo de confianza en el departamento de Seguridad del Estado, de manera que Tannenberg siempre estaba informado de lo que sucedía en Palacio.

—Vamos, dime quién mandó a esos hombres —le insistía el Coronel.

—Te juro que no lo sé. Eran italianos, de una empresa, Investigaciones y Seguros, les contrataron para seguir a Clara, pero no dijeron más, porque no sabían más. Si lo hubiesen sabido, te aseguro que habrían hablado.

—No creo que a nadie le interese hacer nada a tu nieta.

—Yo tampoco lo creo, pero si alguien le hace algo es como un castigo hacia mí.

—Y tú, viejo amigo, tienes muchos enemigos.

—Sí, y también amigos. Cuento contigo.

—Sabes que sí, pero necesitaría que me dijeras algo más. Tú tienes amigos poderosos. ¿Les has ofendido?

Alfred no se movió de su asiento ni alteró la expresión de su rostro.

—Tú también tienes amigos poderosos. Nada menos que George Bush, que va a mandar aquí a sus marines para echaros al mar.

El Coronel soltó una risotada mientras encendía un cigarro egipcio. Le gustaban porque eran aromáticos.

—Me tendrías que decir algo más; si no, me será difícil ayudarte a proteger a Clara.

—Te aseguro que no sé quién envió a esos dos hombres. Lo que te pido es que refuerces la seguridad de la Casa Amarilla y estés atento a cualquier información. Soy yo el que te pido que me ayudes a averiguar quién mandó a esos desgraciados.

—Lo haré, amigo, lo haré. ¿Sabes?, llevo unos días preocupado. Creo que habrá guerra, por más que en Palacio piensen que Bush nos amenaza pero que en el último momento dará marcha atrás. Mi impresión es que va a intentar acabar lo que empezó su padre.

—Yo también lo creo.

—Me gustaría poner a mi esposa e hijas a salvo. Mis dos hijos están en el ejército, de manera que por ellos bien poco puedo hacer por ahora, pero las mujeres… me preocupa lo que costará.

—Yo me encargaré.

—Eres un buen amigo.

—Y tú también.

Alfred Tannenberg no sabía quién ni por qué había mandado seguir a Clara. Los investigadores eran italianos, de manera que alguien los contrató en Roma y habían seguido la pista de su nieta hasta Irak. O bien le buscaban a él. Pero ¿quién?

O bien querían asustarle, avisarle de que no podía romper las normas, que no le permitirían que entregara a su nieta la *Biblia de Barro*.

Sí, pensó, era eso, eran «ellos», sus viejos amigos. Pero en esta ocasión no se saldrían con la suya. Su nieta encontraría la *Biblia de Barro* y suya sería la gloria. No permitiría que nadie se cruzara en la vida de Clara.

Se sintió mareado, pero haciendo un esfuerzo sobrehumano continuó andando hacia el coche. Sus hombres no podían ver en él ningún signo de debilidad. Tendría que suspender el viaje a El Cairo. El especialista le esperaba para hacerle nuevas pruebas y operarle si fuera preciso. Pero no iba a volver a meterse en un quirófano, ahora menos que nunca. Podrían dormirle para siempre. Ellos eran capaces de eso y más. Y no porque no le quisieran: le querían, pero nadie se saltaba las normas. Además, pensó, por más que los médicos lo intentaran era inútil pretender que le alargaran la vida. A él lo único que le quedaba por hacer era acelerar aún más todos sus planes para que Clara comenzara a excavar.

Pidió que le llevaran al Ministerio de Cultura. Necesitaba hablar con Ahmed.

Éste estaba hablando por teléfono cuando Tannenberg entró en su despacho; aguardó impaciente a que terminara la conversación.

—Buenas noticias: era el profesor Picot —dijo Ahmed después de colgar—. No se compromete a nada, pero dice que vendrá a echar un vistazo. Si le convence lo que ve, regresará con un equipo para que empecemos a excavar. Voy a llamar a Clara, tenemos que organizarlo todo.

—¿Cuándo llega ese tal Picot?

—Mañana. Viene desde París. Quiere que vayamos inmediatamente a Safran; también quiere ver las dos tablillas… se las tendrás que enseñar.

—No, yo no veré a ese Picot. Sabes que nunca veo a nadie que no deba ver.

—Nunca he sabido por qué criterio ves a unas personas y a otras no.

—Eso a ti no te concierne. Te encargarás de todo; quiero que ese arqueólogo os ayude. Ofrécele lo que haga falta.

—Alfred, Picot es rico, no hay nada que podamos ofrecerle. Si se convence de que las ruinas de Safran merecen la pena, vendrá; de lo contrario, nada ni nadie le convencerá.

—¿Dónde están los arqueólogos iraquíes? ¿Qué se ha hecho de ellos?

—Sabes que nunca hemos tenido grandes arqueólogos; somos pocos, y los que han podido se han marchado hace tiempo. Dos de los mejores están dando clases en universidades norteamericanas, y ya son más norteamericanos que la estatua de la Libertad; no regresarán jamás. Además, te recuerdo que hace meses que los funcionarios cobramos la mitad del sueldo, y que esto no es América, donde hay fundaciones, bancos, empresas que se dedican a financiar misiones arqueológicas. Esto es Irak, Alfred, Irak. De manera que no vas a encontrar más arqueólogos que a mí y a un par más que a duras penas nos ayudarán.

—Les pagaremos bien. Hablaré con el ministro, necesitaréis un avión que os traslade a Safran, o mejor quizá un helicóptero.

—Podríamos ir a Basora y de allí…

—No perdamos el tiempo, Ahmed. Hablaré con el ministro. ¿A qué hora llega Picot?

—Mañana por la tarde.

—Llevadle al hotel Palestina.

—¿No podríamos invitarle a casa? El hotel no está en su mejor momento.

—Irak no está en su mejor momento. Seamos civilizados a

la europea, allí nadie te metería en su casa sin conocerte, y nosotros no conocemos a Picot. Además, no quiero a nadie merodeando por la Casa Amarilla. Terminaríamos encontrándonos, y ya te he dicho que yo no existo para Picot.

Ahmed asintió a las indicaciones del abuelo de Clara. Se haría lo que él decía, como siempre. Nadie llevaba la contraria a Alfred Tannenberg.

—¿El Coronel te ha dicho algo de los hombres que seguían a Clara?

—No, sabe menos que nosotros.

—¿Era necesario matarles?

Alfred frunció el ceño. No le gustaba la pregunta de Ahmed. Éste se sorprendió de haber verbalizado su pensamiento.

—Sí, lo era. Quien les ha enviado ahora sabe a qué clase de juego jugamos.

—Van a por ti, ¿verdad?

—Sí.

—¿Por la *Biblia de Barro*?

—Eso es lo que aún debo averiguar.

—Nunca te lo he preguntado, en realidad nadie se atreve a hablar de ello, pero ¿a tu hijo le mataron?

—Sufrió un accidente en el que él y Nur murieron.

—¿Le mataron, Alfred?

Ahmed miró con dureza al anciano pero éste le sostuvo la mirada. Ni siquiera pestañeaba cuando le hurgaban en la herida abierta por la muerte de Helmut y su esposa.

—Helmut y Nur están muertos. No hay nada más que debas saber.

Los dos hombres se midieron durante unos segundos, pero fue Ahmed quien bajó la mirada, incapaz de soportar el hielo de los ojos acerados de aquel anciano que cada día se le antojaba más terrible.

—¿Vacilas, Ahmed?

—No.

—Mejor así. He sido todo lo sincero que puedo ser contigo. Conoces la naturaleza del negocio. Algún día lo llevarás tú, seguramente antes de lo que tú te imaginas y yo quiero. Pero no me juzgues; no lo hagas, Ahmed, no se lo consiento a nadie, tampoco a ti, y de nada te serviría el escudo de Clara.

—Lo sé, Alfred, sé la clase de hombre que eres.

No había desprecio en el tono de voz de Ahmed, sólo la constatación de que sabía que estaba trabajando para el mismo demonio.

7

A las cuatro de la tarde no había un alma en el barrio de Santa Cruz, el barrio de calles estrechas y plazas recoletas que resume mejor que ningún otro la esencia de Sevilla. Las contraventanas de los balcones de la casa de dos plantas que ocupaba la familia Gómez estaban cerradas. El sol de septiembre se empeñaba en calentar a cuarenta grados, y a pesar del aire acondicionado que aliviaba el rigor solar, nadie en su sano juicio en Sevilla habría tenido las contraventanas abiertas, ni siquiera entreabiertas.

El frescor lo daba la oscuridad; además, aquélla era la hora de la siesta.

El mensajero apretó por tercera vez el timbre, fastidiado. La mujer que le abrió la puerta parecía malhumorada. Se notaba que estaba durmiendo y el timbre la había arrancado del sopor de la tarde.

—Este sobre es para don Enrique Gómez. Me han dicho que se lo entregue en persona.

—Don Enrique está descansando. Déjemelo, ya se lo daré.

—No, no puedo, tengo que asegurarme que don Enrique recibe el sobre.

—Oiga, le digo que yo se lo daré.

—Y yo le digo que o se lo entrego a ese señor o me llevo el sobre. Soy un mandado y cumplo con lo que me dicen.

—¡Oiga, haga el favor de dármelo!

—¡Que le digo que no!

La mujer había alzado la voz y el mensajero también. Se escuchó un rumor de voces y unos pasos presurosos.

—¿Qué sucede, Pepa?

—Nada, señora, este mensajero, que insiste en que tiene que entregar personalmente el sobre al señor y yo le digo que no.

—Démelo —pidió la mujer al mensajero.

—No, señora, tampoco voy a dárselo a usted. O se lo entrego al señor Gómez o me voy.

Rocío Álvarez miró al mensajero de arriba abajo pensando en cerrarle la puerta en las narices. Pero un sexto sentido le impidió hacerlo. Ella sabía que debía ser prudente con cuanto concernía a su marido. Así que, mordiéndose el labio inferior y muy a su pesar, mandó a Pepa al piso superior a avisar a su marido.

Enrique Gómez bajó enseguida, y midió al mensajero con una mirada; llegó a la conclusión de que era eso, sólo un mensajero.

—Rocío, Pepa, no os preocupéis, ya atiendo yo a este señor.

Arrastró la palabra «señor» para incomodar al mensajero que, sudoroso y con un palillo entre los dientes le observaba impertinente.

—Oiga, jefe, yo no quería fastidiarle la siesta, yo hago lo que me mandan y a mí me han dicho que le dé este sobre en mano.

—¿Quién lo envía?

—¡Ah, eso no lo sé! La empresa me lo ha entregado y yo se lo traigo. Si quiere saber algo llame a la empresa.

No se molestó en responder. Firmó el recibo, cogió el sobre y cerró la puerta. Al darse la vuelta se encontró a Rocío, al pie de la escalera, mirándole con preocupación.

—¿Qué pasa, Enrique?

—¿Qué va a pasar, mujer?

—No sé, pero me ha entrado sofoco, como si en ese sobre te llegaran malas noticias.

—¡Pero qué cosas dices, Rocío! El mensajero era un bruto al que le han dicho que traiga el sobre y me lo dé y no se ha bajado del burro. Vamos, vete a descansar que con este calor no se puede hacer otra cosa. Enseguida subo.

—Pero si es algo...

—¡Pero qué va a ser, mujer! Anda, déjame.

Se sentó tras la mesa de su despacho y con preocupación abrió el abultado sobre tamaño folio. No pudo evitar una mueca de disgusto y asco ante las fotos que tenía ante sí. Buscó alguna carta dentro del sobre y no le sorprendió ver en un folio la letra apretada de Alfred Tannenberg.

Pero ¿quiénes eran esos hombres a los que había matado?

Volvió a echar una ojeada a las fotos. Lo que veía eran dos hombres reventados por una paliza, con los rostros irreconocibles. En otra serie aparecían con un orificio de bala en la cabeza.

En el folio, sólo tres palabras: «Esta vez, no».

Rompió el papel en pedazos diminutos y se los guardó en el bolsillo de la chaqueta para echarlos al inodoro. En cuanto a las fotos, no sabía qué hacer con ellas, así que de momento las guardaría en la caja fuerte.

Cuando subió a su habitación su mujer le esperaba inquieta.

—¿Qué era, Enrique?

—Una tontería, Rocío, una tontería, no te preocupes. Anda, vamos a descansar, que aún no son las cinco.

*　*　*

El botones se acercó a los dos hombres que charlaban animadamente mientras desayunaban en aquel rincón del bar del hotel, en el que desde un ventanal se divisaba la playa de Copacabana. Dirigiéndose al de más edad, le entregó un sobre grande, abultado, tamaño folio.

—Perdone, señor, lo acaban de traer para usted y en recepción me indicaron que estaba usted aquí.

—Gracias, Tony.

—De nada, señor.

Frank Dos Santos colocó el sobre en un maletín y continuó hablando despreocupadamente con su socio. A mediodía llegaría Alicia e irían a almorzar; luego pasarían la tarde y la noche juntos. Hacía mucho tiempo que no iba a Río, demasiado, pensó. Vivir al borde de la selva le hacía perder la noción del tiempo.

Poco antes de las doce subió a la suite que tenía reservada en el hotel. Se miró en el espejo del vestíbulo diciéndose que para ser un anciano de ochenta y cinco años todavía tenía cierta apostura. Aunque daba lo mismo, Alicia se comportaría como si él fuera Robert Redford, le pagaba para eso.

/ * * *

Estaba a punto de subir a su avión privado cuando vio a uno de sus secretarios corriendo por la pista.

—¡Señor Wagner, espere!

—¿Qué sucede?

—Tenga, señor, ha llegado este sobre con un mensajero. Viene de Ammán y al parecer es muy urgente. Insistieron en que usted debía de tenerlo de inmediato.

George Wagner cogió el sobre y sin siquiera dar las gracias continuó subiendo por la escalerilla del avión.

Se sentó en un cómodo sillón y mientras su azafata personal le preparaba un whisky rasgó el sobre.

Observó las fotos con un gesto de desprecio y arrugó con furia el papel manuscrito de Alfred con tres palabras: «Esta vez, no».

Se levantó de su asiento e hizo una indicación a la azafata. Ésta se apresuró a acudir a recibir órdenes de su jefe.

—Dígale al comandante que aplace el vuelo. Tengo que regresar al despacho.

—Sí, señor.

Llevaba la furia asomando en la mirada. Mientras cruzaba la pista camino de la terminal de aviones privados sacó su móvil e hizo una llamada a muchos kilómetros de distancia.

* * *

¡Maldita señora Miller! Robert Brown maldecía en su fuero interno a la esposa del senador. Le dolía la espalda de estar sentado sin ningún respaldo sobre una manta en la hierba de la mansión de los Miller. Para colmo, no había visto a su Mentor. Le había dicho que se verían en el picnic, pero no había aparecido.

Sintió alivio al ver acercarse a Ralph Barry. Él le libraría de la pelma de la esposa del senador, que intentaba convencerle de que donara una generosa cantidad de dólares para los futuros huérfanos de Irak.

—Ya sabe, querido señor Brown, que la guerra dejará secuelas. Desgraciadamente los niños corren con la peor parte, de manera que mis amigas y yo hemos formado un comité para ayudar a los huérfanos.

—Naturalmente que puede contar con mi aportación personal, señora Miller. En cuanto usted lo estime oportuno, dígame dónde debo transferir la cantidad que usted me indique.

—¡Oh, qué generoso! Yo no debo decirle con cuánto debe de colaborar. Se lo dejo a su criterio.

—¿Quizá diez mil dólares?

—¡Estupendo! Diez mil dólares nos serán de gran ayuda.

Ralph Barry se acercó. Llevaba en la mano un sobre abultado, que le entregó.

—Acaba de llegar de Ammán. El mensajero asegura que es urgente.

Robert Brown se levantó disculpándose con la esposa del senador y se dirigió hacia la casa para buscar un rincón discreto. Barry le acompañaba, sonriente y relajado. Para un ex profesor como él, codearse con la crema de la sociedad de Washington significaba poder decir que había llegado a la cumbre.

En un pequeño salón encontraron un rincón donde sentarse. Brown abrió el sobre y sacó las fotos. Su expresión se convirtió en una mueca.

—¡Qué cabrón! —exclamó—. ¡Qué hijo de puta!

Luego leyó la nota con las tres palabras manuscritas: «Esta vez, no».

Ralph Barry notaba la tensión de su jefe, pero aguardó a que éste le enseñara las fotos del sobre. Pero Brown no lo hizo. Volvió a guardarlas sin ocultar un gesto de rabia.

—Búscame a Paul Dukais.

—¿Qué pasa?

—Nada que te importe, aunque bien pensado… te lo diré: tenemos problemas, problemas con Alfred. No me quedaré mucho en esta estúpida fiesta. En cuanto hable con Paul me marcho.

Ralph Barry no hizo ningún comentario y fue en busca del presidente de Planet Security.

*　*　*

El helicóptero sobrevoló Tell Mughayir, la antigua Ur, antes de divisar Safran; al aterrizar levantó una polvareda amarilla que hacía honor al nombre de la aldea.

La Safran moderna apenas eran tres docenas de casas construidas con adobe e intemporales, aunque en el tejado de alguna de ellas la antena del televisor delataba la época. A menos de un kilómetro, la antigua Safran aparecía cercada por palos y cintas que delimitaban el perímetro con carteles de «Prohibido pasar» y «Propiedad del Estado».

A los campesinos de Safran poco les importaba cómo habían vivido sus antepasados; bastante tenían con sobrevivir en el presente. Les extrañaba, eso sí, que desde que cayó la maldita bomba unos cuantos soldados hubieran acampado junto al agujero en donde decían que estaban los restos de una antigua aldea o quizá de un palacio. A lo mejor quedaba algún tesoro, pero la presencia de los cuatro soldados era disuasoria.

El Coronel nada más había podido desplazar a cuatro hombres a aquella recóndita aldea entre Ur y Basora, pero eran suficientes para mantener a raya a los campesinos, que de nuevo observaban el cielo extrañados y temerosos por el ruido infernal del helicóptero.

Yves Picot observaba de reojo a Clara Tannenberg. Le resultaba exótica. Los ojos de un color azul acero, en un rostro moreno, enmarcado por una larga melena castaña. La suya no era una belleza a primera vista; había que ir mirándola poco a poco para darse cuenta de la armonía de sus facciones y de su mirada inteligente e inquieta.

La había juzgado una histérica caprichosa, pero quizá se había precipitado en el juicio. Sin duda la vida la había tratado bien, sólo había que echar un vistazo a cómo vestía en aquel Irak cada vez más empobrecido. Pero además la conversación que tuvieron la noche anterior, cenando en el hotel, más la que mantenían casi a gritos en el helicóptero, le hacían intuir que Clara era más que caprichosa, voluntariosa; además, parecía una arqueóloga capaz, aunque eso ya lo vería sobre el terreno.

Quien sí era un arqueólogo solvente era Ahmed Huseini, eso era evidente. Además, Huseini no decía una palabra de más, pero las que decía estaban cargadas de razón y conocimientos profundos de la realidad mesopotámica.

El helicóptero militar aterrizó cerca de la tienda donde los cuatro soldados del Coronel se resguardaban.

Saltaron a tierra mientras intentaban taparse el rostro. En un segundo estuvieron mascando el polvo fino y amarillento de aquel lugar recóndito, mientras algunos aldeanos curiosos se acercaban a ver quién llegaba.

El jefe de la aldea reconoció a Ahmed Huseini y se dirigió hacia él; luego saludó a Clara con una inclinación de cabeza.

Acompañados por el jefe de la aldea y por los soldados recorrieron el lugar.

Picot y Ahmed se deslizaron por el agujero que dejaba entrever los restos de una edificación de la que por falta de medios apenas habían podido desbrozar un perímetro de doscientos metros.

Yves Picot escuchaba con atención las explicaciones de Ahmed, y éste respondía a cuantos interrogantes le planteaba el arqueólogo francés.

Al descubierto quedaba una habitación cuadrada con numerosos estantes donde se amontonaban restos de tablillas destrozadas.

Clara no soportaba estar contemplando desde arriba el trajín de los dos hombres y escuchando cómo Ahmed explicaba que las pocas tablillas que habían encontrado intactas las habían trasladado a Bagdad. Impaciente, pidió a los soldados que le ayudaran a deslizarse hasta donde estaban ellos.

Estuvieron más de tres horas mirando, raspando, midiendo, rescatando restos de tablillas en las que apenas se podía leer su contenido, tan pequeños eran los pedazos a que habían quedado reducidas.

Cuando salieron del agujero estaban cubiertos por una capa fina de polvo amarillo.

Ahmed y Picot hablaban animadamente sin hacer demasiado caso a Clara. Los dos hombres parecían congeniar a su pesar, admitiendo cada uno la competencia en la materia del otro.

—El campamento podríamos montarlo junto a la aldea. Podríamos contratar a algunos hombres de aquí para que ayuden en las tareas más elementales. Pero necesitamos expertos, gente preparada que no destroce la edificación. Además, tú mismo lo has visto, puede que encontremos más edificios, incluso el antiguo Safran. Podría conseguir tiendas del ejército, aunque no son cómodas, y quizá, unos cuantos soldados más para garantizar la seguridad.

—No me gustan los soldados —afirmó con rotundidad Picot.

—En esta parte del mundo son necesarios —respondió Ahmed.

—Ahmed, los satélites espías barren Irak, de manera que si detectan un campamento militar, el día en que decidan bombardear arrasarán este lugar. Creo que debemos hacer las cosas de otra manera. Nada de tiendas militares, ni de soldados. Al menos no más de estos cuatro, que pueden servir de elemento disuasorio si algún aldeano quiere pasarse de listo. Si vengo a excavar será con equipos civiles y material civil.

—¿Vendrá? —preguntó con cierta ansiedad Clara.

—Aún no lo sé. Quiero ver esas dos tablillas de las que me hablaron, más las otras que dicen haber encontrado aquí con la rúbrica de ese Shamas. Hasta que no las analice, no me haré una opinión más sólida. En principio esto parece interesante; creo, como su marido, que éste es un antiguo templo-palacio y que además de tablillas podríamos encontrar algo más. Tampoco me atrevería a afirmarlo con rotundidad. La respuesta que me tengo que dar a la pregunta que me estoy haciendo es si lo que veo merece la pena para trasladar aquí a veinte o treinta personas con los medios que requiere una excavación de esta índole, y el coste económico que supondrá, en unas circunstancias que no son las propicias. Un día de éstos aparecerán los F-18 del Tío Sam y les achicharrarán. Van a arrasar Irak, y no veo la razón para que no nos lleven por delante a nosotros si estamos aquí. Dudo mucho que les importe que estemos intentando rescatar las ruinas de un templo-palacio de unos cuantos siglos antes de Cristo. De manera que venir aquí ahora es correr un riesgo innecesario. Quizá después de la guerra...

—¡Pero no podemos dejar esto así! ¡Se destruirá!

La voz de Clara denotaba angustia.

—Sí, señora, sin duda tiene razón. Los F-18 no dejarán nada, excepto más polvo amarillo; la cuestión es si quiero jugarme el pellejo, además del dinero, en una aventura como ésta. No soy Indiana Jones y tengo que analizar, con riesgo de equivocarme, cuánto tiempo más o menos tardarán los yanquis en bombardear, cuánto tardaría en formar un equipo y trasladarlo aquí, cuánto tiempo invertiríamos en obtener algún resultado...

»La guerra será como mucho en seis u ocho meses. Lean los periódicos. Hace tiempo descubrí que los periódicos lo cuentan todo, pero es tal el volumen de información y la mezcolanza de noticias, que al final lo evidente no lo vemos. Bien, ¿en seis meses conseguiríamos algo? En mi opinión, no. Ustedes saben que una excavación de esta envergadura requiere años.

—De manera que ya tiene la decisión tomada. Sólo ha venido por curiosidad —afirmó más que preguntó Clara.

—Tiene razón, he venido porque sentía curiosidad; en cuanto a la decisión, aún no la tengo del todo tomada. Hago de mi propio abogado del diablo.

—Las tablillas que quiere ver están en Bagdad. Las verá allí. Antes queríamos que se hiciera una idea de este lugar —terció Ahmed.

El jefe de la aldea les invitó a refrescarse y tomar una taza de té, y algo de comer. Aceptaron, contribuyendo con las bolsas de comida que habían llevado consigo. Para Ahmed y Clara fue una sorpresa escuchar hablar en árabe a Picot.

—Habla usted bastante bien el árabe. ¿Dónde lo ha aprendido? —le preguntó Ahmed.

—Lo comencé a estudiar el día en que decidí que mi vocación era la arqueología. Si quería excavar, sería en buena parte en países de habla árabe, de manera que como nunca me han gustado los intermediarios comencé a aprender árabe. No lo hablo bien del todo, pero sí lo suficiente para entender y que me entiendan.

—¿Lo lee y lo escribe también? —quiso saber Clara.

—Sí, también lo leo y lo escribo.

El jefe de la aldea resultó ser un hombre sagaz, encantado de tener allí a esos visitantes que si se decidían a excavar llevarían prosperidad a las gentes del lugar.

Conocía a Clara y Ahmed porque éstos habían comenzado las excavaciones, hasta que las tuvieron que dejar por falta de medios. Los hombres de la aldea no tenían suficientes conocimientos para ayudarles sin destrozar lo que encontraran por medio.

—El jefe nos ofrece que nos alojemos en su casa a pasar la noche. También podemos hacerlo en la tienda militar que hemos traído en el helicóptero. Mañana podríamos ir a visitar la zona para que se haga una idea del paraje; incluso podríamos llegar a Ur, o si no podemos regresar a Bagdad ahora. Usted decide.

Yves Picot no tardó en tomar una decisión. Aceptó pasar la noche en Safran para el día siguiente visitar los alrededores. Este viaje adquiría para él una nueva dimensión. El trayecto en helicóptero desde Bagdad, la soledad inmensa de la tierra amarilla que se abría ante sus ojos, la incomodidad como elemento de aventura. Pensó que quizá nunca regresaría a aquel lugar y en caso de hacerlo sería con al menos una veintena de personas, de manera que no podría disfrutar de la quietud que todo lo envolvía.

Ahmed había previsto la posibilidad de que se quedaran a dormir. De manera que el Coronel había dado orden a los soldados que les escoltaban de que dispusieran de tiendas y raciones de víveres, pero él había pedido a Fátima que se encargara de organizar unas cuantas bolsas con comida y bebida. La mujer se había esmerado, preparándoles en distintas tarteras ensaladas, humus, pollo frito, además de bocadillos y distintas clases de frutas.

Clara había protestado por el exceso de comida, pero Fátima no estaba dispuesta a que se fueran sin lo que había preparado, así que estaban bien surtidos.

Los soldados levantaron dos tiendas, cerca de la de sus cuatro compañeros que guardaban las ruinas. Picot podía dormir con ellos, y en la otra Ahmed y Clara. Pero el jefe de la aldea se empeñó en que Ahmed y Clara durmieran en su casa y así se decidió para satisfacción de Picot, que podría disfrutar de una tienda para él solo.

Bebieron té y comieron pistachos junto a otros hombres que se acercaron a la casa del jefe de la aldea. Se ofrecían para trabajar en las excavaciones. Querían fijar las cantidades que percibirían por cada jornada de trabajo. Y Ahmed, secundado por Picot, inició un largo regateo.

A las diez de la noche la aldea estaba sumida en el silencio. Los campesinos amanecían con el sol, de manera que se acostaban pronto.

Clara y Ahmed acompañaron a Picot a su tienda. Ellos también iniciarían la jornada apenas saliera el sol.

Después, en silencio, se dirigieron hacia los restos de aquel edificio que les tenía fascinados. Se sentaron sobre la arena, apoyados en los muros de adobe de aquel palacio milenario. Ahmed encendió un cigarro para Clara y otro para él. Ambos fumaban, pero juraban cada día que sería el último, sabiendo que no lo cumplirían. Pero, por fumar, en Irak no te convertías en un proscrito como en Estados Unidos o en Europa. Las mujeres fumaban en casa o en lugares cerrados, nunca en la calle; Clara seguía esa norma.

El manto de estrellas parecía templar aún más la noche. Clara dormitaba intentando imaginar cómo había sido aquel lugar dos mil años atrás. En aquel silencio escuchaba cientos de voces de mujeres, niños, hombres. Campesinos, escribas, reyes, todos estaban allí pasando ante sus ojos cerrados, donde eran tan reales como la noche.

Shamas. ¿Cómo habría sido Shamas? A Abraham, padre de todos los hombres, se lo imaginaba como el pastor seminómada que fue, viviendo en tiendas, bordeando el desierto con sus rebaños de cabras y ovejas, durmiendo al cielo raso en noches estrelladas como ésa.

Abraham debía de tener la barba larga y gris y el cabello espeso y enmarañado. Era alto, sí, le veía alto, de porte imponente, que inspiraba respeto por dondequiera que fuera.

La Biblia le presentaba también como un hombre astuto y duro, como un conductor de hombres, además de rebaños.

Pero ¿por qué Shamas acompañó al clan de Abraham hasta Jaran y luego regresó? De los restos de tablillas encontradas allí en Safran eso es lo que se podía deducir.

—Clara, despierta, vamos, es tarde.

—No estoy dormida.

—Sí, sí lo estás; anda, vamos.

—Vete tú, Ahmed, déjame estar un rato en este lugar.

—Es tarde.

—Apenas son las once y los soldados están cerca, no me pasará nada.

—Clara, por favor, no te quedes aquí.

—Pues quédate conmigo, así en silencio, como estábamos. ¿Tienes sueño?

—No. Me fumaré otro cigarro y luego nos vamos. ¿De acuerdo?

Clara no respondió. No pensaba irse de aquel lugar en un buen rato, quería seguir sintiendo el frío del adobe clavado en las costillas.

8

Ili abrazó a Shamas. El niño se iba con su clan y sentía una punzada de pesar al tiempo que alivio. El crío era imposible de disciplinar. Inteligente, sí, pero incapaz de concentrarse en nada que no le interesara. Seguramente no volvería a verle, aunque no era la primera vez que el clan de Téraj marchaba hacia el norte en busca de pastos y con carga para comerciar.

Había oído decir a algunos hombres que a lo mejor en esa ocasión cruzarían hasta la orilla del Tigris para llegar hasta Asur y de allí a Jaran.

Fueran por donde fuesen, el caso es que tardaría mucho tiempo en volver a verles, si es que regresaban todos.

—Recordaré cuanto me has enseñado —prometía Shamas.

Ili no le creyó. Sabía que mucho de cuanto le había enseñado se había perdido en el aire, porque en muchas de las clases Shamas ni siquiera le escuchaba. De manera que le dio una palmada en la espalda y le entregó unos cuantos cálamos de caña y hueso. Era un regalo para un alumno al que nunca olvidaría por los muchos ratos agridulces que le había hecho pasar.

Estaba amaneciendo y el clan de Téraj estaba preparado para iniciar el largo camino hasta la tierra de Canaán.

Más de cincuenta personas se pusieron en marcha junto a sus enseres y animales.

Shamas buscó a Abrán, que iba en cabeza junto a Yadin, su

padre, y otros hombres del clan. El niño no consiguió que ninguno le prestara atención. Los hombres aún no se habían puesto de acuerdo sobre la ruta y Téraj, cansado, acabo la discusión indicando que no se separarían del Éufrates, que se acercarían a Babilonia, pasarían por Mari, y de allí a Jaran antes de continuar hasta Canaán.

El niño comprendió que debía dejar pasar algunos días antes de pedir a Abrán que iniciara el relato de la Creación. Primero tendrían que acostumbrarse a la rutina de la marcha, por más que ésta había sido repetida en otras ocasiones. Pero los primeros días siempre surgían fricciones hasta que unos y otros se acomodaban a caminar al paso de ovejas y cabras, y a vivir con el cielo como techo.

Una tarde, mientras las mujeres cogían agua del Éufrates y los hombres contaban el rebaño, Shamas vio a Abrán alejarse por un sendero cercano al río y le siguió.

Abrán caminó un buen trecho, luego se sentó en una piedra alargada y plana junto al río al que distraídamente tiraba los guijarros que encontraba a su alcance en la orilla.

Shamas se dio cuenta de que Abrán meditaba, de manera que no se hizo presente para no importunarle. Esperaría a que regresara al campamento para hablar con él.

Al cabo de un rato escuchó que Abrán le llamaba.

—Ven, siéntate aquí —le dijo al niño indicándole una piedra cercana.

—¿Sabías dónde estaba?

—Sí, me seguiste desde el campamento, pero sabía que no me importunarías hasta que terminara de pensar.

—¿Has hablado con Él?

—No, hoy no ha querido hablar conmigo. Le he buscado, pero no he sentido su presencia.

—A lo mejor porque estaba yo cerca —respondió el niño compungido.

—A lo mejor. Pero quizá no tenía nada que decirme.

Shamas se tranquilizó con esta respuesta; encontró natural que Dios no hablara por hablar.

—He traído cálamos, Ili me los regaló.

—¿Al final os reconciliasteis?

—Procuré ser mejor alumno, pero sé que no cumplí mis deberes como todos esperaban. No es que no quiera saber, claro que quiero, pero…

—¿Prefieres acompañar al clan?

—¿Siempre?

—Sí, siempre.

—¿Puedo aprender todo lo que sabe Ili yendo de un lugar a otro?

—Hay otros lugares donde te pueden enseñar. Ahora ya has dejado a Ili atrás, piensa en otras cosas.

—Sí, por eso te he seguido, quería pedirte que me empezaras a contar como Él hizo el mundo y por qué.

—Lo haré.

—Pero ¿cuándo?

—Podemos empezar mañana.

—¿Y por qué no ahora?

—Porque está oscureciendo y tu madre estará preocupada sin saber dónde estás.

—Tienes razón, pero mañana, ¿en qué momento?

—Yo te lo diré. Vamos, no nos retrasemos más.

Pero no empezaron al día siguiente, ni al otro, tampoco al otro. Las largas caminatas, el cuidado del ganado, algún que otro incidente con aldeanos de los lugares en donde acampaban, impedían a Abrán encontrar la calma necesaria para explicarle a Shamas por qué Él creó el mundo. Pero el niño no renunciaba a preguntar a Abrán por ese Dios más poderoso que Enlil, Ninurta e incluso que Marduk, de manera que durante el largo camino hacia Jaran, Shamas escuchó contar a

Abrán que no había más Dios que Él, que los otros eran sólo figuras de barro.

—Entonces, ¿Marduk no luchó contra Tiamat?

—Tiamat la diosa del caos... —respondía sonriente Abrán—. ¿Tú crees que hay un dios encargado del caos, otro del agua, otro de los cereales, otro de las ovejas, otro de las cabras?

—Eso me enseñó Ili. Verás, Marduk luchó contra Tiamat, y la dividió en dos pedazos, con uno hizo el Cielo, con el otro la Tierra. Y de sus ojos brotaron el Tigris y el Éufrates, y con la sangre del marido de la diosa, el dios Kingu, modeló al hombre. Marduk se lo dijo a Ea: «Voy a amasar sangre y formar huesos. Voy a crear un salvaje, cuyo nombre será "hombre". Voy a crear al ser humano, el hombre, que se encargue del culto de los dioses para que puedan estar a gusto».

Shamas repitió las palabras escuchadas tantas veces a Ili, que instaba a sus alumnos a aprender el *Enuma Elish*, el poema de la creación del hombre.

—Vaya, al parecer sí aprendiste algo de lo que te enseñó Ili.

—Sí, pero dime la verdad, ¿Marduk existe?

—No, no existe.

—¿Sólo existe tu Dios?

—Sólo existe Dios.

—Entonces, ¿todos los hombres están equivocados menos tú?

—Los hombres intentan explicarse lo que pasa y miran al cielo pensando que allí hay un dios para cada cosa. Si miraran dentro de su corazón, hallarían la respuesta.

—¿Sabes?, yo procuro mirar en mi corazón como tú me dices, pero no encuentro nada.

—Sí, sí que encuentras, has encontrado el camino para llegar a Dios, puesto que preguntas por Él y quieres encontrarle.

—¿Es verdad que destruiste el taller donde Téraj modelaba figuras de dioses?

—No lo destruí, sólo quise demostrar que eran barro, y que dentro de ese barro no había nada. Mi padre hacía los dioses. ¿Es acaso Téraj un dios?

El niño rió con ganas. No, realmente Téraj no era un dios. El anciano padre de Abrán, de barba poblada, no parecía un dios. Gritaba enfadado cuando los niños no le permitían descansar en las horas en que el sol abrasaba y ordeñaba las cabras al amanecer. Los dioses no ordeñan cabras, se decía Shamas.

Según se acercaban al norte, el tiempo cambiaba imperceptiblemente. Una tarde el cielo se coloreó de gris y luego descargó millones de gotas de agua sobre el campamento de Téraj.

Guarnecidos en las tiendas, los hombres hablaban mientras las mujeres preparaban el alimento del fin de la jornada y los niños jugaban a escaparse de la seguridad de las tiendas de piel. Un anciano anunció que estaban cerca de los pastos de Jaran, y Téraj asintió diciendo que allí descansarían un tiempo, puesto que en esa tierra tenían parientes, y él mismo provenía de allí.

Shamas se alegró. Tenía ganas de asentarse en algún lugar. Decididamente, aquel ir de un lugar a otro no le terminaba de gustar. Incluso echaba de menos la casa de las tablillas donde Ili le enseñaba. Salvo sus conversaciones con Abrán, en el clan nadie parecía especialmente interesado por hablar de nada que no fuera la salud del ganado y las incidencias de la jornada.

Esa noche bajo el manto de lluvia, mientras Téraj explicaba que se quedarían en Jaran, Shamas preguntó a su padre si podría encontrar otra casa de las tablillas donde continuar su aprendizaje.

Yadin se sorprendió al escuchar a su hijo semejante petición.

—Creía que ir a la escuela era para ti un castigo.

—Estaba equivocado, padre, prefiero aprender que andar.

—Así vivimos nosotros, Shamas. No desprecies lo que somos.

—No, padre, no lo desprecio. Me gusta dormir mirando a las estrellas y jugar desde el amanecer. He dado nombre a todas nuestras cabras y ovejas, y aprendido a ordeñar. Pero echo de menos saber.

El padre de Shamas se quedó pensativo. Sabía de la inteligencia de su hijo, y este viaje al norte le había cambiado a ojos vista: de repente añoraba el conocimiento.

Hablaría con Téraj y con Abrán para decidir la suerte del niño.

El clan se asentó fuera de las murallas de Jaran. Téraj volvería a modelar arcilla con la ayuda de sus hijos Abrán y Najor. Sus manos eran capaces de dar forma a un dios, pero también modelaba ladrillos y elaboradas vasijas. No les faltaría, pues, con qué ganarse el sustento, además de poseer los rebaños de ovejas y cabras y un buen número de burros para la carga.

Yadin le pidió a Téraj que buscara el medio de que Shamas pudiera reanudar su aprendizaje.

Una tarde, a la caída del sol, Abrán buscó a Shamas. Le encontró jugando con otros niños, pero en el rostro del pequeño había una nube de tristeza.

—Shamas —le llamó Abrán.

El niño acudió presuroso.

—He pensado que quizá, ahora que hemos llegado, podría contarte la historia del mundo. Podemos cocer la arcilla para hacer las tablillas y, ya que conservas los cálamos, podrías escribir por qué nos hizo Dios. ¿Sabes?, de todo lo que alcanza la vista a ver sólo permanecerá lo que quede escrito.

—¿Te lo ha dicho Él?

—Lo he sentido dentro de mí. Los hijos de nuestros hijos pueden llegar a dar por ciertas las historias de los dioses porque otros hombres las han dejado escritas para siempre en la arcilla cocida. De manera que para que le conozcan a Él y sepan lo que hizo, nosotros, Shamas, lo contaremos.

—¿Nosotros?

—Sí, yo te lo contaré y tú lo escribirás; tú mismo lo propusiste antes de que dejáramos Ur.

—Lo haremos —respondió el niño entusiasmado, consciente de su nueva responsabilidad—. ¿Cuándo empezamos?

—Mañana tendrás preparadas unas tablillas para cuando esté a punto de declinar el sol. Entonces nos encontraremos en las palmeras cercanas a nuestras tiendas y allí comenzaré a contarte la historia del mundo.

Shamas corrió hacia su tienda, preocupado. Hacía mucho tiempo que no deslizaba el cálamo sobre la arcilla, ¿se le habría olvidado? Así que pidió a sus padres que le permitieran preparar unas tablillas sobre las que practicar. No quería decepcionar a Abrán, pero sobre todo no quería decepcionarse a sí mismo.

Cuando las tuvo preparadas escribió, como le había enseñado Ili, su nombre en la parte superior: Shamas.

«Voy a escribir la historia del mundo. Abrán me la contará. Así los hombres sabrán por qué Él les creó.»

Shamas observó la tablilla y no se sintió satisfecho del resultado. Había perdido soltura con el cálamo y los signos aparecían torcidos. Decidió seguir practicando hasta que lo escrito le resultara aceptable.

«Marduk es sólo una figura de barro. Los dioses de barro son sólo barro. El Dios de Abrán no se ve, por eso es Dios. No se puede modelar, ni se puede romper.»

El niño volvió a mirar la tablilla con ojo crítico. Su padre echó un vistazo por encima de su hombro.

—Shamas, ¿qué estás escribiendo?

—Sólo practico, padre.

—No te preocupes tanto —dijo Yadin con cariño.

—No puedo escribir la historia del mundo con estos signos torcidos que no entiendo ni yo —se quejó el niño.

—Sé paciente, lo lograrás.

«Sólo hay un Dios que reina sobre el cielo y la Tierra y no comparte su poder con nadie más», continuó escribiendo Shamas, y así hasta que la luz del sol terminó de desaparecer en el horizonte, y no pudo hacer otra cosa excepto dormir.

Por la mañana, apenas amaneció, Shamas estaba pidiendo a su padre que le preparara nuevas tablillas sobre las que continuar perfeccionando la escritura. Quería que Abrán no se avergonzara de él cuando leyera lo que le contaría.

Yadin ayudó al niño a preparar varias tablillas antes de ir a cuidar el ganado. Luego iría a la ciudad a hablar con los sacerdotes para que se encargaran de completar la formación de Shamas. Téraj se había comprometido a acompañarle, puesto que era un hombre conocido en la ciudad.

«Para hablar con Dios tenemos que buscar en nuestro corazón. Abrán dice que Él no habla con palabras, pero que hace sentir a los hombres lo que quiere que hagan. Yo busco dentro de mí pero aún no soy digno de escucharle. Creo que de entre nosotros sólo ha elegido a Abrán.»

Y así Shamas continuó escribiendo durante todo el día, hasta que el sol empezó a bajar por el horizonte y, presuroso, se dirigió al palmeral donde ya le esperaba Abrán.

Shamas le mostró a Abrán las tablillas y éste no hizo ningún gesto ni de asentimiento ni de reproche.

—Te has esforzado y eso es suficiente, Shamas.

—Procuraré hacerlo mejor.

—Lo sé.

El niño se sentó apoyando la espalda en una palmera con la tablilla sobre las piernas y el cálamo en la mano izquierda, puesto que era zurdo.

Abrán comenzó a hablar, y sus palabras parecían dictadas desde la espesura del cielo:

«Al principio creó Dios el cielo y la tierra. La tierra era caos y confusión y oscuridad por encima del abismo y un viento aleteaba por encima de las aguas. Y dijo Dios: "Haya luz", y hubo luz. Vio Dios que la luz estaba bien y apartó Dios la luz de la oscuridad; y llamó Dios a la luz "día", y a la oscuridad "noche". Y atardeció y amaneció: día primero.

»Dijo Dios: "Haya un firmamento por en medio de las aguas, que las aparte unas de otras"; y apartó las aguas de por debajo del firmamento. Y así fue y llamó Dios al firmamento cielo. Y atardeció y amaneció: día segundo.

»Dijo Dios: «Acumúlense las aguas por debajo del firmamento en un solo conjunto y déjese ver lo seco", y así fue. Y llamó Dios a lo seco tierra, y al conjunto de las aguas lo llamó mar, y vio Dios que estaba bien.

»Dijo Dios: "Produzca la tierra vegetación: hierbas que den semillas según sus especies y árboles que den fruto con la semilla dentro según sus especies", y vio Dios que estaba bien. Y atardeció y amaneció: día tercero.

»Dijo Dios: "Haya luceros en el firmamento celeste para apartar el día de la noche y sirvan de señales para solemnidades, días y años y sirvan de luceros en el firmamento celeste para alumbrar sobre la tierra". Y así fue. Hizo Dios los dos luceros mayores, el lucero grande para regir el día y el lucero pequeño para regir la noche y las estrellas; y los puso Dios en el firmamento celeste para alumbrar la tierra y para regir el día y la noche y para apartar la luz de la oscuridad; y vio Dios que estaba bien. Y atardeció y amaneció: día cuarto.

»Dijo Dios: "Bullan las aguas de animales vivientes y aves revoloteen sobre la tierra frente al firmamento celeste". Y creó Dios los grandes monstruos marinos y todo animal viviente que repta y que hacen bullir las aguas según sus especies y todas las aves aladas según sus especies; y vio Dios que estaba bien y los bendijo diciendo: "Sed fecundos y multiplicaos, y

henchid las aguas de los mares y las aves crezcan en la tierra".
Y atardeció y amaneció: día quinto.

»Dijo Dios: "Produzca la tierra animales vivientes según
su especie: bestias, reptiles y alimañas terrestres según su especie". Y así fue. Hizo Dios las alimañas terrestres según su
especie y las bestias según su especie y los reptiles del suelo según su especie; y vio Dios que estaba bien.

»Y dijo Dios: "Hagamos al ser humano a nuestra imagen,
como semejanza nuestra, y manden en los peces del mar y en
las aves del cielo y en las bestias y en todas las alimañas terrestres y en todos los reptiles que reptan por la tierra".

»Creó, pues, Dios al ser humano a imagen suya, a imagen
de Dios lo creó macho y hembra lo creó. Y los bendijo Dios
con estas palabras: "Sed fecundos y multiplicaos y henchid la
tierra y sometedla, mandad en los peces del mar y en las aves
del cielo y en todo animal que repta sobre la tierra".

»Dijo Dios: "Ved que os he dado toda hierba de semilla
que existe sobre la faz de toda la tierra. Así como todo árbol que
lleva fruto de semilla; os servirá de alimento. Y a todo animal
terrestre y a toda ave del cielo y a todos los reptiles de la tierra,
a todo ser animado de vida les doy la hierba verde como alimento". Y así fue. Vio Dios cuanto había hecho y todo estaba
muy bien. Y atardeció y amaneció: día sexto.

»Concluyéronse, pues, el cielo y la tierra y todo su aparato y dio por concluida Dios en el séptimo día la labor que había hecho, y cesó en el día séptimo de toda la labor que hiciera. Y bendijo Dios el día séptimo y lo santificó; porque en él
cesó Dios de toda la obra creadora que Dios había hecho.

»Ésos fueron los orígenes del cielo y de la tierra, cuando
fueron creados.»*

Abrán guardó silencio mientras Shamas acababa de escri-

* Fragmentos del Génesis según la Biblia de Jerusalén.

bir lo que le había contado. El niño no había levantado los ojos de la tablilla y Abrán se había dado cuenta del esfuerzo por colocar cada línea en columnas verticales sin cometer ningún fallo.

Shamas tendió las tablillas a Abrán. Había algunos signos difíciles de entender, pero en general el niño había superado con éxito la redacción sobre el origen del mundo.

—Se entiende bastante bien. Ahora guarda estas tablillas en lugar seguro, donde tus hermanos no las puedan romper, ni molesten a tu madre. Pregunta a tu padre, él te dirá dónde. Y bien, ¿qué piensas de lo que te he contado?

—Pienso que…

—Dilo, ¿qué temes?

—No quiero enfadarte, Abrán, pero la creación del mundo por Dios se parece a la creación del mundo por los dioses.

—Sí, pero hay varias diferencias.

—¿Cuáles?

—Por ejemplo, en el poema de *Enuma Elish* que Ili te enseñó a recitar Marduk crea al hombre matando a la diosa Tiamat y a su esposo el dios Kingu. Pero a Marduk a su vez también le han creado. Los dioses no crean nada, hacen al hombre a partir de lo que hay, pero ¿quién crea lo que hay? Dios crea porque así lo decide, y crea de la nada, porque no necesita nada para crear.

—Pero en algo se parece lo que me cuentas y lo que me contaba Ili.

—En algo, sí. Hay hombres que han intuido un principio creador e imaginado historias de dioses para explicarlo.

—¿Porque no han sabido escucharle a Él?

—Porque no es fácil escucharle. Estamos demasiado preocupados pensando en nosotros mismos. Dios nos castigó, castigó a todos los hombres, a los primeros y a los que vendrán después de nosotros, a buscar el sustento con su trabajo, a sufrir dolor y enfermedades, a vagar por la tierra, de manera que el hombre encuentra poco tiempo para buscar a Dios.

—¿Y por qué nos castigó? ¿Por qué a todos los hombres? Yo aún no he hecho nada, al menos nada muy grave.

—Tienes razón, pero los primeros padres pecaron y nos condenaron a todos.

—No me parece justo.

—¿Quién eres tú para juzgar a Dios?

—Pero ¿por qué he de aceptar una culpa no cometida?

—Mañana te lo contaré. Trae las tablillas y el cálamo.

Apenas quedaba luz, de manera que Abrán y Shamas se encaminaron al campamento donde el clan se disponía a descansar después de la larga jornada. Yadin hizo una seña a Abrán. Quería hablar con él a solas.

—Mi hijo no es feliz.

—Lo sé.

—Extraña Ur, incluso a Ili. Quiere aprender. Fui al templo con Téraj; le admitirán, pero temo que hable de lo que le cuentas y nos cree un conflicto. Pídele que no afirme que hay un solo Dios o llegará a oídos del rey y sufriremos las consecuencias.

—Yadin, ¿tú crees…?

—Sí, Abrán, pero hemos de ser prudentes. Tu padre también te hablará.

El clan se iba a asentar en Jaran durante un tiempo antes de continuar viaje hacia la tierra de Canaán. De manera que los hombres se dispusieron a levantar casas de paja y adobe donde vivir hasta que llegara el momento de partir. Yadin ofreció un hueco a Shamas para guardar las tablillas que pacientemente iba escribiendo al dictado de Abrán.

Cada día Shamas ardía de impaciencia, aguardando la hora de sentarse con Abrán en el palmeral.

Ya sabía por qué Dios había castigado a los hombres. Era imperdonable lo tonto que había sido Adán, pensaba el niño. Dios había creado el paraíso para que viviera, un lugar con toda clase de árboles buenos para comer, y en medio del jardín había colocado el árbol de la ciencia del Bien y del Mal, el único al que no se debía acercar, porque si comía de sus frutos moriría.

—No entiendo por qué comieron —preguntaba Shamas.

—Porque Dios nos ha hecho libres para decidir. Dime, Shamas, ¿recuerdas cuando Ili os prohibió saltar por la ventana de la escuela porque os podíais hacer daño?

—Sí.

—¿Y cuántos saltasteis?

—Bueno, yo salté.

—Tú y otros compañeros, y alguno, si no recuerdo mal, se rompió algún hueso. Tienes amigos que ya nunca han andado igual que antes de saltar. ¿Verdad que sabíais que eso podía pasar?

—Sí.

—Pero lo hicisteis.

—Pero no es lo mismo romperse un hueso que morirse —insistía Shamas.

—No, no es lo mismo. Pero Adán y Eva creyeron que comer de ese árbol les convertiría en dioses y no pudieron resistir la tentación de probar. Cuando os tirasteis por la ventana no pensasteis en el daño que os podíais hacer; tampoco Adán y Eva lo pensaron.

—Ayer me di cuenta de que la creación de Eva se parece a la historia de Enki y Ninhursag.

—¿Y por qué? —preguntó a su vez Abrán, asombrado de la memoria prodigiosa de Shamas, que había escuchado siendo muy niño esas historias de labios de su maestro en la casa de las tablillas.

—Enki también vive en el paraíso —respondió Shamas recitando— donde «el cuervo no profiere graznidos, el pájaro-ittidu no profiere el grito del pájaro-ittidu, el león no mata, el lobo no roba…». Bueno, te lo sabes mejor que yo. En ese paraíso tampoco hay dolor, y Ninhursag, sin dolor en el cuerpo, va trayendo al mundo otras diosas. Ninhursag creó ocho plantas y Enki se comió los frutos de esas plantas, por lo que Ninhursag se enfadó y le condenó a muerte. Luego cuando le ve padecer, va creando a otras divinidades para curar sus enfermedades. ¿Recuerdas el poema? Ninhursag le dice a Enki: «Hermano mío, ¿dónde te duele? / Mi diente me duele. / A la diosa Ninsutu he dado a luz para ti». Luego crea a Ninti, la «diosa de la costilla», para curarle el padecimiento de esa parte del cuerpo. Enki enferma porque come las plantas que no debe comer y le castigan; Adán y Eva comen del árbol de la sabiduría del Bien y del Mal y a partir de ese momento son condenados a muerte. Ellos y nosotros.

—Serás un hombre sabio, Shamas, sólo deseo que sepas utilizar la sabiduría para llegar a Él y que la razón no te ciegue el camino.

—¿Cómo puede la razón apartarme de Dios?

—Porque puedes caer en la tentación de creer que todo lo entiendes, de imaginar que todo lo sabes. Y eso puede sucederte porque somos un reflejo de Dios.

—¿Por qué Dios ha colocado a la entrada del jardín del Edén a querubines con la espada vibrante?

—Ya te lo dije: para impedir que el hombre comiera del árbol de la vida y recuperara la inmortalidad.

—¿Cómo sabemos lo que es la inmortalidad?

—Porque llevamos su recuerdo escrito en el corazón.

9

Un sacerdote de cabello castaño, alto, delgado, nervioso, recorría la basílica de San Pedro sin encontrar un lugar donde arrodillarse a rezar con cierta intimidad y recogimiento. La basílica se le antojaba extraña, un monumento al poder y a la soberbia de los hombres en vez de ser la Casa de Dios. Había pasado dos veces delante de la *Piedad* de Miguel Ángel, y sólo en las líneas puras del mármol le había parecido entrever un atisbo de espiritualidad.

En realidad llevaba varios días en que no importaba cuánto tiempo rezara, ni cuánta fuera su desesperación: Dios no estaba y le había dejado a solas con su conciencia vagando de un lugar a otro.

Salió de nuevo a la plaza de San Pedro y ni siquiera el sol de septiembre parecía capaz de calentar su alma.

Había fracasado en su búsqueda de Tannenberg. No había llegado a tiempo para hablar con aquella mujer que primero se perdió en un taxi en el tráfico infernal de Roma y luego, cuando él llego al aeropuerto, ya había embarcado rumbo a Ammán.

Estuvo tentado de sacar un billete para el siguiente avión que saliera con destino a la capital jordana, pero una vez allí ¿sería capaz de encontrarla?

Se estaba volviendo loco, loco por la inactividad. No paraba de ir de un lugar a otro, pero sin hacer realmente nada. Su padre le había llamado aquella mañana, pero había pedido que dijeran que no estaba. No se sentía capaz de hablar con nadie y menos con él.

—Gian Maria…

El joven se volvió sobresaltado. La voz rotunda del padre Francesco le había asustado.

—Padre…

—Te vengo observando desde hace un rato; andas como alma en pena, ¿qué sucede?

El padre Francesco llevaba más de treinta años confesando en el Vaticano. Había escuchado y perdonado todas las miserias que los hombres acudían a descargar entre aquellos muros en busca del perdón. Sentía aprecio por el joven sacerdote que hacía unos meses había comenzado a ejercer como confesor en la basílica. Gian Maria derrochaba ilusión y bondad a partes iguales, y le resultaba reconfortante la fe firme del joven.

Al padre Francesco le había preocupado no haberle visto en los últimos días; y cuando indagó le explicaron que el joven no se encontraba bien; al verle ahora, se dio cuenta de que probablemente el mal que padecía estaba en algún lugar del alma.

—Padre Francesco, yo… yo no se lo puedo decir.

—¿Por qué? Acaso pueda ayudarte.

—No puedo romper el secreto de confesión.

El anciano sacerdote se quedó en silencio. Luego, agarrándole del brazo y sorteando a los turistas, salieron de San Pedro.

—Te invito a un café.

Gian Maria quiso resistirse, pero el padre Francesco no le dio opción.

—El secreto de confesión es sagrado, de manera que por nada del mundo te pediría que lo rompieras, pero acaso pueda ayudarte a encontrar una salida al muchísimo sufrimiento que veo reflejado en tu cara.

Entraron en un café fuera del Vaticano donde a esa hora no había demasiada gente.

El padre Francesco guió hábilmente la conversación por terrenos en los que, sin que Gian Maria quebrantara su secreto, él pudiera hacerse cargo del alcance de la tragedia que se cernía sobre el joven sacerdote. Después de hablar durante casi una hora, Gian Maria le hizo una pregunta directa.

—Padre Francesco, si usted supiera que alguien va a hacer algo terrible, ¿intentaría evitarlo?

—Desde luego. Los sacerdotes también tenemos la obligación de evitar el mal.

—Pero hacerlo me puede alejar de aquí y aun así no sé si lo conseguiré…

—Pero debes hacerlo.

—No sé por dónde empezar…

—Eres inteligente, Gian Maria, sabes que debes de adoptar una decisión y, una vez que lo hayas hecho, tener muy claro cómo vas a enfrentarte a ese mal que quieres evitar.

—¿Cree que mi superior me permitirá irme? Ni siquiera sé cuánto tiempo podría tardar en regresar…

—Hablaré con el padre Pio. Es un viejo amigo, estudiamos juntos en el seminario. Le pediré que te dé una dispensa para que puedas marcharte.

—Gracias, padre. ¿De verdad lo hará? Hablando con usted, todo parece más fácil.

—No, seguramente lo que te atormenta no es fácil de abordar, pero al menos puedes intentarlo. Primero debes tranquilizarte, luego pensar…

Media hora más tarde el padre Francesco había vuelto a su confesionario en el Vaticano y Gian Maria paseaba buscando soluciones.

El congreso de arqueólogos había terminado, y era poca la información que había conseguido sobre esa mujer. Nadie parecía saber nada de ella, una desconocida, le dijeron, no es nadie, le insistieron otros. Estaba allí por su marido, un tal Ahmed Huseini. De repente se dio cuenta de que podría encontrarla. Había estado tan ofuscado pensando en ella que no había sido capaz de ver que siempre había sabido dónde estaba.

Se sintió inmensamente estúpido y a la vez feliz. Sí, a pesar de todo feliz. ¿Cómo no se había dado cuenta antes?

Se apoyó en una de las gigantescas columnas de la plaza de San Pedro. Sabía que debía tomar una decisión, que no podía flaquear ni mucho menos volverse atrás.

El marido, le habían dicho, era el jefe del departamento de Excavaciones de Irak. Por tanto, para encontrarla a ella debería ir a Bagdad. El viaje se le antojó como una penitencia. Pero tenía que hacerlo, estaba obligado a ello.

Fue andando hasta una agencia de viajes cercana al Vaticano y allí, tímidamente, solicitó un billete de avión para Bagdad.

No, no había billetes para Bagdad; ir a Irak no era fácil. Además, ¿para qué quería ir a Bagdad? No supo qué responder, e improvisó una mentira sobre la marcha: tenía amigos que trabajaban en una ONG y les iba a echar una mano. Los de la agencia le miraron con menos suspicacia y le prometieron que verían qué se podía hacer.

Dos horas más tarde salió de la agencia con un billete de avión a Ammán. Viajaría hasta la capital jordana, dormiría allí y luego enlazaría con Bagdad y, una vez allí…, que Dios le ayudara.

Se dirigió a su casa y entró con sigilo. No quería hablar con nadie ni dar explicaciones. Esperaría a que el padre Francesco hablara con su superior el padre Pio. En cuanto a su familia, su hermana se inquietaría, estaba seguro, pero no quería despedirse de ella porque le forzaría a hablar y no podía. En ello le iba todo aquello en que creía.

De manera que se encerró en su cuarto y, cuando le avisaron para cenar, se excusó diciendo que no tenía hambre y estaba cansado. No insistieron. En la quietud del cuarto redactó una carta para los suyos explicando que se tomaba unas breves vacaciones porque necesitaba descansar y pensar. Les daría un buen disgusto, pero no podía hacer otra cosa. Ya llamaría para decir que se encontraba bien.

Le despertó la luz del amanecer. No había corrido las cortinas. Cuando abrió los ojos recordó lo que tenía pensado hacer y empezó a llorar en silencio. El día anterior parecía todo tan fácil… Pero a la luz del nuevo día se vio asaltado por un sinfín de dudas. Miró al cielo a través de la ventana y por primera vez se preguntó dónde estaba Dios.

* * *

Anochecía cuando el helicóptero aterrizó en una base aérea próxima a Bagdad.

—¿Está cansado o quiere que cenemos juntos? —preguntó Ahmed.

—Estoy cansado, pero no tengo inconveniente en que cenemos juntos. ¿Me enseñará esta noche las tablillas?

—Creo que es mejor que venga mañana a mi despacho. Allí podrá examinarlas todo el tiempo que quiera.

—De acuerdo, iré mañana a su despacho. ¿Dónde cenamos?

—Si le parece, le recogeré dentro de una hora. A pesar del bloqueo, aún queda algún restaurante donde se puede comer en Bagdad.

Clara no fue al despacho de su marido. Su intuición le decía que entre Ahmed y Picot se había establecido una corriente de simpatía y reconocimiento y que ella podía ser un factor distorsionador. De manera que decidió pasar la mañana de compras con Fátima por las callejuelas del bazar. Las dos mujeres iban protegidas por cuatro hombres armados que no las perdían de vista.

Fátima regañaba a Clara por su tozudez al negarse a tener hijos.

—Tu marido te dejará con el tiempo, o traerá otra mujer a la casa para que le dé hijos.

—El mundo ha cambiado, Fátima, los hombres quieren otras cosas, no sólo hijos, y yo estoy muy cerca de tocar un sueño con las manos. Ahora no puedo quedarme embarazada, no podría excavar.

—Llevas años diciéndome lo mismo, nunca encuentras el momento oportuno para ser madre. Hija, los hombres son hombres, no los creas diferentes porque unos han estudiado y otros no, o porque viven en otros países con otras costumbres. La sangre pide sangre, ya sea para dar vida o para la venganza y la muerte, pero la llamada de la sangre todos la sentimos aquí.

Fátima se señaló el vientre ante la mirada divertida de Clara.

—Sí, hija, ya sé que piensas que soy una vieja y que no sé nada de otros mundos, de esos sitios por donde has estado, pero no los creas diferentes. Además, tu marido es iraquí.

—Ahmed es distinto, él no se ha educado aquí.

—Pero es iraquí y tú también lo eres. No importa de dónde vengan tu abuelo y tu padre. Tú has nacido aquí, aunque tu abuela y tu madre sean egipcias.

Cerca del mediodía Clara se dirigió al Ministerio de Cultura mientras Fátima, cargada de bolsas con la compra, regresaba a la Casa Amarilla.

Ahmed y Picot estaban a punto de marcharse cuando Clara llegó al despacho de su marido.

—¡Vaya, os ibais sin esperarme!

—No, te íbamos a llamar para que fueras directamente al restaurante —le aclaró Ahmed.

Clara no se atrevía a preguntar al profesor Picot qué había decidido. Era incapaz de adivinar la decisión del francés a partir de la conversación entre ambos hombres, de manera que esperó pacientemente a que les empezaran a servir en el restaurante.

—Éste es el mejor humus de Oriente —declaró Ahmed dirigiéndose a Picot.

—Sí, sí está bueno —asintió éste.

Los dos hombres siguieron hablando de las bondades del humus, sin referirse en ningún momento ni a las tablillas ni a la decisión de Picot.

—¿Qué le han parecido las tablillas, profesor?

La pregunta de Clara, directa y sin preámbulos, no le pilló desprevenido; en realidad, la estaba esperando.

—Extraordinarias. Quizá no sea descabellado establecer una relación entre el Abraham de la Biblia y ese escriba llamado Shamas. Sería un descubrimiento con un importante alcance científico y religioso. Realmente merece la pena arriesgarse.

—Entonces, ¿vendrá usted?… —preguntó tímidamente Clara.

—Digamos que encuentro argumentos de peso para hacerlo. Ya le he dicho a su marido que le daré una respuesta como mucho en una semana. Mañana me voy, pero no tardaré en llamarles. Esta tarde haremos fotos de las tablillas. Quiero llevármelas para estudiarlas con detenimiento. Siento irme sin conocer a su abuelo.

—Está enfermo, no se encuentra en condiciones de recibir a nadie. O está en el hospital o, en casa, acostado. Lo siento, porque a él también le hubiera gustado conocerle.

—Sería interesante que me contara cómo y en qué circunstancias encontró las primeras tablillas.

—Ya se lo hemos contado nosotros —respondió con prudencia Clara.

—Sí, pero no es lo mismo. Perdone que insista, pero si en algún momento mejora, me gustaría verle.

—Se lo diremos —respondió Ahmed—; a él y a sus médicos, que son los que deciden.

Yves Picot sentía curiosidad por conocer al abuelo de Clara. Tenía la impresión de que le daban excusas para que no se produjera el encuentro con el anciano, circunstancia que aumentaba aún más su curiosidad. Si decidía regresar insistiría; de momento, tenía que aceptar las explicaciones que le daban.

Ahmed envolvió cuidadosamente las tablillas. Sabía que Tannenberg se las reclamaría en cuanto regresara a la Casa Amarilla. El anciano no se separaba de ellas, hasta había mandado instalar en su dormitorio una caja fuerte para guardarlas. Sólo Fátima entraba en el cuarto de Tannenberg, que sólo se fiaba de ella. Años atrás, un criado que acababa de entrar a trabajar en la Casa Amarilla recibió una paliza por haberse introducido en la habitación de Tannenberg. El hombre no tenía nada que confesar, así que a pesar de los golpes recibidos nada pudo decir, pero fue despedido sin contemplaciones.

Las tablillas eran para Tannenberg una especie de talismán. Las había convertido en una obsesión, y esa obsesión la había heredado Clara.

Una vez envueltas las tablillas, las depositó en una caja metálica acondicionada para su transporte.

—¿Por qué no habrá querido Picot cenar con nosotros esta noche? —preguntó Clara más para sí misma que a su marido.

—Mañana se marcha a primera hora. Estará cansado.

—¿Crees que volverá?

—No lo sé; si yo fuera él, no lo haría.

En el rostro de Clara afloró una mueca de espanto. Parecía comó si la hubieran golpeado.

—Pero ¿qué dices? ¿Cómo puedes decir eso?

—Es la verdad. ¿Crees que merece la pena venir a un país sitiado a buscar tablillas?

—No se trata de buscar tablillas, se trata de encontrar el Génesis según Abraham. Es como si alguien le hubiera dicho a Schliemann que no merecía la pena buscar Troya o a Evans que renunciara a encontrar Cnossos. ¿Qué te pasa, Ahmed?

—¿No lo ves, Clara? ¿No ves lo que le está pasando a este país? No ves el hambre de los otros porque tú no lo sufres. No ves la angustia de las madres que saben desahuciados a sus hijos o maridos por falta de medicinas, porque a tu abuelo no le faltan. En la Casa Amarilla el tiempo no existe.

—¿Qué te pasa conmigo, Ahmed? ¿Qué me reprochas? Empezaste a comportarte así en Roma, y desde que hemos regresado te noto cada día más a disgusto e incómodo conmigo. ¿Por qué?

Se miraron midiéndose el uno al otro, evaluando el desencuentro acaso irreversible que se había producido entre ellos, sin saber en qué momento ni por qué.

—Ya hablaremos. Éste no me parece el mejor momento.

—Sí, tienes razón, vámonos.

Salieron del despacho. En el antedespacho aguardaban cuatro hombres armados, los mismos que acompañaban a Clara dondequiera que fuera.

Cuando llegaron a la Casa Amarilla cada uno buscó un lugar donde poder estar lejos del otro. Clara se fue a la cocina en busca de Fátima. Ahmed se encerró en su despacho. Colocó en la cadena de música la *Heroica* de Beethoven, se sirvió un whisky con hielo y, sentado en un sillón con los ojos cerrados, intentó recomponerse por dentro. Sólo tenía una solución: dejar la Casa Amarilla para siempre e irse al exilio o continuar muriéndose por dentro poco a poco. Si se quedaba, tendría que hacer un esfuerzo con Clara; ella no admitía nada a medias, y menos aún los sentimientos. Pero ¿podría él continuar viviendo con ella como si no sucediera nada, como si a él no le sucediera nada?

Abrió los ojos y se encontró a Alfred Tannenberg mirándole fijamente. La mirada del anciano era despiadada y brutal.

—Dime, Alfred.

—¿Qué pasa?

—¿Qué pasa? ¿A qué te refieres?

—¿Dónde está la caja con las tablillas?

—¡Ah!, la caja! Perdona que no te la haya llevado inmediatamente. Me he venido directo a mi despacho, me duele la cabeza y estoy cansado.

—¿Problemas en el Ministerio?

—Es el país quien tiene problemas, Alfred. Lo que ahora suceda en el Ministerio de Cultura es irrelevante. Pero no, no tengo problemas; en realidad, no tengo trabajo. No hay nada que hacer por mucho que mantengamos la pantomima de que vivimos en la normalidad.

—¿Vas a empezar ahora a criticar a Sadam?

—Daría lo mismo si lo hiciera, salvo que alguien me denuncie y termine en alguna cárcel.

—No nos conviene que maten a Sadam. A nuestro negocio le viene bien que las cosas continúen como están.

—Eso es imposible, Alfred, ni siquiera tú vas a poder cambiar el curso de la historia. Estados Unidos va a invadir Irak y se quedará con el país; a los estadounidenses les pasa lo que a ti: les viene bien para sus negocios.

—No, no lo harán, Bush es un bravucón que gasta su energía en amenazas. Pudieron acabar con Sadam durante la guerra del Golfo y no lo hicieron.

—O no pudieron o no quisieron. Pero da igual lo que hicieran entonces; ahora atacarán.

—Te he dicho que eso no sucederá —afirmó con ira Tannenberg.

—Sí, sí sucederá. Y nos arrasarán. Nosotros combatiremos, primero contra ellos, luego entre nosotros, suníes contra shiíes, shiíes contra kurdos, kurdos contra cualquier otra facción, da lo mismo. Estamos sentenciados.

—¡Pero cómo te atreves a decir estos disparates! —gritó Tannenberg—. ¡Ahora resulta que tienes el don de la profecía y nos condenas a todos!

—Tú lo sabes mejor que yo. Si no lo supieras, no estarías forzando la excavación en Safran. No estarías cometiendo los errores que sabes que cometes, no te habrías puesto al descubierto como lo has hecho. Siempre he admirado tu inteligencia y tu sangre fría; no me decepciones diciendo que no va a pasar nada, que esto es una crisis política más.

—¡Cállate!

—No, es mejor que hablemos, que digamos en voz alta lo que no nos atrevemos ni a pensar, porque sólo así podremos evitar cometer más errores de los necesarios. Necesitamos ser francos el uno con el otro.

—¿Cómo te atreves a hablarme así? Tú no eres nadie, eres lo que yo he querido que seas.

—Sí, en parte tienes razón. Soy lo que tú has querido que sea, no lo que quiero ser yo. Pero estamos en el mismo barco. Te aseguro que no me gusta navegar contigo en esta travesía, pero ya que no tengo otro remedio, intento evitar el naufragio.

—Di lo que tengas que decir. Puede que sea lo último que digas en esta casa.

—Quiero saber qué has planeado. Tú siempre tienes una vía de escape. Y no entiendo qué pretendes. Aun en el caso de que Picot venga a excavar, contaremos como mucho con seis meses, y en ese tiempo es imposible obtener resultados. Lo sabes como yo.

—Estoy protegiendo a Clara, le estoy salvando la vida y le estoy dando un lugar en el futuro. Hago bien en hacerlo, porque veo que tú no eres el hombre que la puede proteger.

—Clara no necesita que nadie la proteja. Tu nieta vale más de lo que tú estás dispuesto a reconocer. No me necesita, ni a mí ni a nadie; lo único que necesita es liberarse de ti, de mí, de todos nosotros, salir de este agujero.

—Te estás volviendo loco —la voz de Tannenberg volvía a ser dura como el hielo.

—No, estoy más cuerdo que nunca. Imagino que estás forzando las cosas porque sabes igual que yo que a Irak le quedan pocos meses de ser un país, un país como lo hemos conocido, y el futuro será, usaré un adjetivo benevolente, cuanto menos incierto. Por eso te estás preparando para regresar a El Cairo. No te vas a quedar aquí cuando empiecen a bombardear, cuando los americanos «pasen lista» a los amigos de Sadam. Pero mientras, has organizado una buena haciendo público que puede haber una *Biblia de Barro*.

—Es la herencia de Clara. Si encuentra la *Biblia de Barro* no tendrá que preocuparse el resto de su vida por nada. Obtendrá el reconocimiento internacional, será la arqueóloga que siempre ha querido ser.

—¿Y qué papel te has reservado tú?

—Yo me estoy muriendo. Lo sabes bien. Tengo un tumor que está devorándome el hígado. Ya no tengo nada que ganar ni que perder. Moriré en El Cairo, puede que dentro de seis meses, quizá menos. Exigí a los médicos que me dijeran la verdad; pues bien, la verdad es que me muero. Tampoco es una gran novedad puesto que voy a cumplir ochenta y siete años. Pero no me moriré sin encontrar la *Biblia de Barro*. Aunque este país entre en guerra, sobornaré a quien haga falta para tener hombres que trabajen día y noche en Safran. No descansarán hasta encontrar las tablillas que estamos buscando.

—¿Y si no existen?

—Están ahí, lo sé.

—Pueden estar hechas añicos. Entonces, ¿qué harás?

Tannenberg se quedó en silencio sin ocultar el odio inmenso que empezaba a sentir contra Ahmed.

—Te diré lo que voy a hacer: voy a comenzar a proteger a Clara. No me fío de ti.

El anciano dio media vuelta y salió de la estancia. Ahmed se pasó la mano por la frente. Estaba sudando. La discusión con el abuelo de Clara le había dejado exhausto.

Se sirvió otro whisky y se lo bebió de un trago. Escanció otro, pero éste decidió tomarlo poco a poco, pensando.

10

Enrique Gómez paseaba por el parque de María Luisa buscando la sombra de los árboles centenarios. Tenía en el estómago un nudo del que no había logrado librarse desde que recibió las fotos de la ejecución de aquellos dos desgraciados.

Frankie había insistido en que debían verse y George había terminado aceptando a regañadientes. Desde que se separaron cincuenta años atrás, las ocasiones en que se habían encontrado habían sido escasas. Quizá ésta fuera la última, habida cuenta de su edad. Lo más sorprendente es que George había terminado aceptando que la cita fuera en Sevilla. Él se había opuesto con toda la energía de que era capaz, pero Frankie había convencido a George de que en Sevilla pasarían más inadvertidos.

George llevaba un par de días en Marbella jugando al golf. Frankie estaba en Barcelona. Una hora más y los tres amigos se encontrarían en la penumbra del bar del hotel Alfonso XIII.

Emma, la esposa de Frankie, se había empeñado en alojarse en el hotel más emblemático de Sevilla, el hotel en el que se alojaba todo aquel que era alguien en el Gotta o en las páginas de papel cuché de las revistas de moda.

Rocío estaba inquieta. Llevaba varios días atosigando a Enrique con preguntas sin respuesta. Afortunadamente esa tarde se había ido a casa de su hermana para asistir a la prueba del traje de novia de su sobrina. Enrique no le había dicho que al caer la tarde tenía una cita en el Alfonso XIII.

George llegaría en coche y luego regresaría a Marbella. Frankie se quedaría un par de días como cualquier turista millonario de paso por Sevilla. Sólo se verían el tiempo necesario. Una hora, dos, tres lo más.

Había salido de casa pronto porque necesitaba respirar. Sentía aquel maldito nudo en el estómago.

Enrique había almorzado con Rocío y con su hijo José; sus nietos Borja y Estrella estaban en Marbella apurando los últimos días del verano, que en Andalucía se arrastran hasta septiembre. Su hijo José le dijo que le notaba preocupado, lo que vino a confirmar los peores temores de Rocío.

Cuando le dejaron solo a la hora de la siesta intentó dormir, pero no lo consiguió, así que se levantó y, en cuanto escuchó a Rocío salir de casa, él también lo hizo. Dejó atrás las estrechas callejuelas y las recoletas plazas del barrio de Santa Cruz para caminar sin rumbo por el parque, esperando la hora de ir a la cita con sus amigos de antaño.

George estaba sentado en una mesa en un rincón apartado del bar. Enrique se dirigió hacia él. A los dos les brillaban los ojos. Era la emoción del reencuentro. Pero no se abrazaron, sólo se estrecharon la mano. Sabían que no debían llamar la atención.

—Te veo bien —le dijo George.

—Yo a ti también.

—Ya somos viejos; tú menos que yo.

—Un año, sólo un año.

—¿Y Frankie?

—Supongo que aparecerá en cualquier momento; se supone que está alojado aquí.

—Sí, eso me dijo, que Emma se había empeñado.

—Está bien. De todas formas teníamos que vernos en algún lado. ¿Qué has pensado?

—Alfred está enfermo, sabe que se muere, que es cuestión de meses, y ya no le importa nada, sólo su nieta. De manera que está actuando como un loco, sin considerar las consecuencias.

—Pienso lo mismo. ¿Qué crees que quiere?

—Que su nieta encuentre la *Biblia de Barro*. Si es así, será de ella y de nadie más.

—¿Y el tal Picot que pretende contratar?

—No se puede abordar una excavación de esas características sin profesionales, sin arqueólogos de verdad. Alfred puede contratar cuantos obreros necesiten, pero necesita arqueólogos y en Irak no los tiene.

Frank Dos Santos entró en el bar buscándolos con la mirada. Fue hacia ellos sin un gesto de más. Ni siquiera les dio la mano, se sentó e hizo una seña al camarero que ya acudía a preguntar qué iba a tomar.

—Me alegro de veros. Bueno, creo que no estamos tan cambiados, sólo tenemos sesenta años más —rió entre dientes Dos Santos.

—Bien, podemos consolarnos diciéndonos que nos encontramos igual de bien que hace más de sesenta años, pero tenemos la edad que tenemos, estamos en la recta final —le interrumpió George Wagner—. ¿Qué te parece lo que está haciendo Alfred?

—¡Ah, Alfred! Está haciendo lo que haría un hombre desesperado. Tus amigos del Pentágono van a freír a Sadam. Dentro de unos meses no sabemos si existirá Irak, así que no tiene opción: o encuentra ahora la *Biblia de Barro* o nunca será suya —respondió Frank Dos Santos.

—Podríamos haberla buscado después de la guerra —musitó George.

—Las guerras se sabe cómo empiezan, pero no cómo acaban.

La afirmación de Enrique Gómez fue tajante y sus dos amigos asintieron.

—¿Cuándo van a bombardear? —preguntó el sevillano.

—En marzo a más tardar —respondió George.

—Estamos en septiembre —terció Frank—, de manera que quedan como mucho seis meses, seis meses para encontrar la *Biblia de Barro*.

—Si hace dos meses los americanos no bombardean entre Tell Mughayir y Basora, no se habría encontrado el edificio; el destino ha querido que fuera ahora —dijo con convencimiento Gómez—. Bien, ¿qué hacemos?

—Si logra encontrar las tablillas intactas, o al menos que se puedan reconstruir, pasaría a los anales de los descubrimientos arqueológicos. No hace falta decir cuál sería el valor de las tablillas en el mercado. Eso sin contar con la presión que sin duda hará el Vaticano para hacerse con ellas, teniendo en cuenta que son la prueba de la inspiración divina del patriarca Abraham. El Génesis contado por Abraham es un descubrimiento extraordinario. El idota de Bush sería capaz de regalárselas al Vaticano en un gesto de buena voluntad, puesto que el Papa está contra la guerra.

La reflexión de George dejó pensativos a sus dos amigos.

—Si Alfred las encuentra —terció Frank—, no será para dejárselas a Bush, de manera que…

—De manera que hará lo imposible para aprovechar el poco tiempo de que dispone —afirmó George—. Pero ¿por qué se ha puesto al descubierto a través de su nieta?

La respuesta la volvió a dar Enrique Gómez.

—Para que nadie le arrebate las tablillas. Ahora todos los arqueólogos del mundo saben que en Irak un grupo local encabezado por Ahmed Huseini y su extravagante esposa han encontrado los restos de un templo o palacio y que allí puede haber unas tablillas dictadas por el mismísimo Abraham. Pase lo que pase, ya nadie se podrá apuntar el tanto. De ahí el numerito de Roma.

—Se arriesga mucho —observó Frank.

—Sí, pero se está muriendo, así que no le quedan muchas alternativas —insistió Gómez—. Bien, George, ¿tu gente sabe quién contrató a los italianos?

El aludido negó con la cabeza.

—No, no hemos podido averiguarlo. Sabemos que eran hombres de una compañía que se llama Investigaciones y Seguros. Alguien contrató los servicios de esa compañía para seguir a Clara Tannenberg. Pero mis hombres no han encontrado nada en los archivos de Investigaciones y Seguros, ni un papel, ni una referencia. Nada. El contrato se haría a través del presidente, o de algún directivo, alguien que no tuviera que dar explicaciones, sólo órdenes. Pero por ahora no podemos meter más las narices. El dueño de Investigaciones y Seguros es un antiguo policía antimafia, condecorado en varias ocasiones y con amigos en toda la escala policial. De manera que si cometemos un error, lo único que conseguiríamos es tener a la policía italiana detrás.

—Pero necesitamos saber quién contrató a esos hombres y por qué. Tenemos un flanco al descubierto —insistió Frank.

—Sí, lo tenemos; por eso os he dicho que debemos reforzar las medidas de seguridad y no cometer errores. Hay una filtración en alguna parte, o bien Alfred ha engañado más de la cuenta a alguno de sus socios locales y éstos quieren darle una lección —explicó George.

—Hay un agujero negro que no somos capaces de ver.

Enrique Gómez no podía disimular su angustia, angustia que se traducía en un permanente nudo en la boca del estómago.

—Tienes razón —asintió George—. Hay un agujero negro y debemos encontrarlo. Por primera vez ha pasado algo que no controlamos. Lo de Alfred es otra cosa; a él podemos controlarlo y lo haremos. Por cierto, ¿creéis que podemos contar con el marido de la nieta, con Ahmed Huseini? Ese hombre me parece una pieza clave. Nuestra gente de allí ha informado de que Huseini está harto de Alfred y de su esposa, que ha perdido el respeto a nuestro viejo amigo y hace unos días se los escuchó gritar. El marido de Clara es un hombre valioso e inteligente.

—Me temo que está despertando su conciencia —apostilló Frank—. Al menos eso se deduce del informe que todos hemos leído sobre los últimos días en la Casa Amarilla. No hay nada más peligroso que alguien que decide ser decente en el último minuto. Hará cualquier cosa por intentar enmendar su pasado.

—Entonces no contaremos con él; simplemente le utilizaremos —afirmó sin reservas George—. Bueno, ahora quiero que escuchéis lo que he pensado que debemos hacer. Amigos míos, ésta será sin duda la última vez que nos veamos y tenemos que estar de acuerdo en todos los pasos que vayamos a dar. Nos jugamos mucho.

—Nos jugamos poder morir tranquilamente cada cual en su casa el día que nos toque —respondió Frank.

Enrique Gómez sintió otra punzada de dolor en el estómago.

Los tres hombres continuaron hablando. George entregó a cada uno una carpeta repleta de papeles.

Eran más de las diez y media de la noche cuando dieron la conversación por concluida. Habían bebido varios whiskies acompañándolos de tacos de queso y jamón. Enrique había respondido a dos llamadas impacientes de Rocío, que le preguntaba dónde estaba y si iría a cenar. Frank avisó a Emma de que se adelantara y fuera al tablao donde tenían mesa reservada junto a otros turistas que viajaban en el mismo grupo que ellos en una gira por España.

«Yo no tengo que dar explicaciones a nadie», pensó George. Se sintió satisfecho de haber podido mantenerse por sí mismo, sin necesidad de nadie. Las canas le aseguraban la respetabilidad que todo el mundo esperaba en un hombre de su fortuna y posición. Le había costado mucho defender su soledad, sobre todo los avisos de sus amigos, que le instaban a refugiarse en una pareja. Se había mantenido firme y había ganado la partida. Vivía con una corte de criados que le cuidaban en silencio sin alterar jamás sus rutinas. No necesitaba más.

Fue el primero en salir y dirigirse al coche que había alquilado en Marbella. Dada su avanzada edad le habían puesto alguna pega cuando entregó el carnet de conducir. Pero no hay nada que el dinero no arregle y menos en una ciudad como Marbella. De manera que pudo alquilar un cómodo Mercedes Benz último modelo. La tecnología alemana seguía siendo la mejor.

Frank pidió un taxi en la recepción mientras Enrique Gómez salía al calor de la noche, decidido a ir caminando hasta su casa, en el barrio de Santa Cruz.

El nudo en el estómago le apretaba tanto que a veces sentía que no podía respirar. Ni siquiera el encuentro con sus viejos amigos le había calmado. Al contrario, se había vuelto a dar de bruces con su pasado. Ellos eran el espejo de la realidad, de una realidad de la que su hijo José y sus alocados nietos no sabían nada, pero sí Rocío. Por eso sabía que nunca podría engañar a su mujer. Ella le conocía, sabía mejor que nadie quién era.

11

Carlo Cipriani repasaba el periódico sin levantar la vista para no ponerse nervioso con los interminables paseos de Mercedes por la sala de espera.

Hans Hausser había encendido su vieja pipa y dejaba vagar la mirada por las volutas de humo que parecían perderse en sus pensamientos. Mientras, Bruno Müller permanecía sentado sin mirar a ninguno de sus compañeros.

Luca Marini les había citado a la una; era ya la una y media y la secretaria se negaba a darles ninguna información, ni siquiera si Luca se encontraba en la oficina.

Pasaban de las dos menos cuarto cuando el ex policía entró en la sala y con rostro serio les invitó a pasar al despacho.

—Acabo de tener una reunión con el director general de la Seguridad. Me habría gustado no tenerla —fueron sus primeras palabras.

—¿Qué ha pasado? —inquirió Carlo.

—Pues que el Gobierno no quiere dar por buena la versión iraquí, que es la que nos conviene a nosotros. Necesita algo más porque le viene muy bien para poder seguir convenciendo a los italianos de que Sadam es lo que es, un monstruo. De esa manera el Gobierno abona el terreno para que la opinión pública le apoye si decide mandar tropas a Irak. Al Gobierno le conviene este caso: abierto en canal y emitido por televisión.

—Lo siento, amigo —alcanzó a decir Carlo Cipriani—, te hemos metido en un buen lío.

—Si pudiéramos decir la verdad… —insistió Luca—, si me dijerais de qué va todo esto.

—Por favor, no insistas —le pidió Cipriani desconsolado.

—Bien, os diré cómo están las cosas. Antes de ver al director general de la Seguridad, estuve con otros amigos del Departamento. Me pidieron lo que yo os pido a vosotros: que les dijera la verdad para cubrirme. De manera que les di la versión que vosotros acordasteis y me miraron como si les estuviera tomando el pelo. Me presionaron, claro, pero mantuve lo dicho; incluso bromeé diciéndoles que por absurdo que parezca ésa era la verdad. No sé si la llamarán, Mercedes, puede que lo hagan, aunque sólo sea para dar respuesta a la curiosidad que les provoca que una persona de su edad ande enviando detectives a Irak. En cuanto a ti, Carlo, el director de la Seguridad te conoce de oídas, de manera que no creo que te molesten.

—Nosotros no hemos cometido ningún delito —dijo Mercedes con tono de enfado.

—Desde luego que no, ni ustedes ni yo, pero tenemos dos hombres muertos y nadie sabe por qué. Bueno, supongo que ustedes sí lo saben o al menos lo sospechan. Seguramente mis amigos de la policía italiana estarán pidiendo a sus colegas de España un informe sobre usted. Como imagino que desde España responderán que es usted una persona intachable, nos dejarán en paz. Pero ya les digo que tampoco confío en que lo hagan porque el director de la Seguridad me ha dicho que el ministro exigía saberlo todo; está muy conmocionado. Personalmente nunca he visto a un político conmocionado por nada, más bien pienso lo que les he dicho: alguien cree que puede obtener rédito político, pero para eso necesitan una historia.

—Que es lo que en ningún caso les vamos a dar —afirmó el profesor Hausser.

—Creo que lo mejor es que regresemos a casa —propuso Bruno Müller.

—Sí, sería lo mejor —asintió Luca—, porque no me cabe la menor duda de que nos están siguiendo a todos. De manera que no saldrán juntos de este edificio, sino de uno en uno y espaciadamente. Lo siento, alguno de ustedes tendrá que quedarse a almorzar en la sala de juntas, y aun así...

—¿De quién no se fía? —preguntó Mercedes.

—¡La eterna intuición femenina! En principio me fío de mi gente; muchos trabajaron conmigo en Sicilia, otros son gente joven, preparada, que he ido seleccionando personalmente. Pero sé cómo es este negocio. Nos conocemos todos y mis antiguos colegas conocen a mis hombres. No sé el grado de amistad que pueden tener unos con otros, de manera que siempre es posible una filtración. En todo caso, esto ya no tiene remedio.

—¿Qué propone que hagamos ahora?

A Bruno Müller se le notaba incómodo con la situación.

—Señor Müller —respondió Marini—, lo mejor es actuar con naturalidad. ¿No decían que no hemos hecho nada? Pues creámoslo así; no hemos hecho nada, de manera que no tenemos que hacer nada especial.

—Me gustaría que viniesen a casa a cenar para despedirnos —dijo Carlo.

—Amigo mío, yo me dejaría de cenas de despedida. El profesor Hausser y el señor Müller deberían irse a sus respectivas casas donde quiera que estén. En cuanto a la señora Barreda, en su caso sí me parece más lógico que vaya a tu casa a cenar, e incluso que se quede un par de días más. Dígame, Mercedes, ¿qué contarán de usted desde España?

—Que soy una vieja excéntrica. Una empresaria de la construcción que se sube a los andamios y conoce a todos sus obreros personalmente. No he tenido jamás un problema con nadie, ni siquiera de tráfico.

—Una persona intachable —murmuró Luca Marini.

—Le aseguro que soy intachable.

—Siempre he temido a los intachables —afirmó el ex policía.

—¿Por qué? —quiso saber el profesor Hausser.

—Porque esconden algo, aunque sea en lo más recóndito del corazón.

Se quedaron en silencio durante unos segundos, cada cual perdido en sus pensamientos. Después, el profesor Hausser se hizo con la situación.

—Como las cosas están así, lo mejor es que las afrontemos. Usted, señor Marini, continuará diciendo la verdad, porque no sé si se ha dado cuenta de que es lo que ha hecho hasta ahora.

—No, no he contado toda la verdad —protestó Luca.

—Sí, ha contado todo lo que sabe; lo que no puede contar es lo que ignora —afirmó el profesor—. En cuanto a nosotros, deberíamos hablar antes de separarnos. Creo, Bruno, que exageras cuando dices que debemos volver todos a casa. Claro que tenemos que volver, pero no ahora mismo, no corriendo como si fuéramos fugitivos. Somos todos respetables ancianos, viejos amigos. De manera, Carlo, que yo gustosamente acudiré a tu casa a cenar si me invitas, y creo que deberíamos ir todos. Si la policía quisiera hablar con nosotros diremos la verdad, que somos un grupo de amigos que nos hemos encontrado en Roma y que Mercedes, que es muy audaz, ha decidido que Irak es un buen lugar para hacer negocios porque en cuanto termine la guerra habrá que reconstruir lo que los norteamericanos destruyan. No tiene nada de malo que ella que tiene una empresa de construcción quiera un trozo de esa tarta. Que yo sepa, no ha encabezado ninguna manifestación llevando una pancarta contra la guerra ¿o sí lo has hecho, querida?

—No, por ahora no, aunque realmente pensaba ir a las manifestaciones que se van a convocar en Barcelona —explicó Mercedes.

—Bueno, pues no podrás hacerlo —afirmó el profesor Hausser—; otra vez será.

—Me asombra usted, profesor —dijo Luca—. Parece que no me ha escuchado: el director de la Seguridad quiere que haya caso, porque arriba quieren que haya caso.

—Italia es un Estado de derecho, de manera que si no hay caso no pueden inventar uno —insistió el profesor Hausser.

—Pero es que hay caso: tenemos dos cadáveres —respondió enfadado Marini.

—¡Basta! —exclamó Carlo Cipriani—. Soy de la opinión de Hans; no podemos comportarnos como criminales porque no hemos hecho nada. Nosotros no hemos matado a nadie. Si es necesario, hablaré con algunos amigos del Gobierno que son pacientes míos. Pero no actuaremos como si fuéramos criminales, huyendo o saliendo de esta oficina por separado. No, me niego a tener un sentimiento de culpa. Y, tú, Bruno…

—Sí, tienes razón, nunca me lo he terminado de arrancar…

—Os veo muy seguros… Bien, mejor así. Para mí el caso está cerrado salvo que mis antiguos colegas me vuelvan a llamar o que nos veamos todos en la televisión. Si hay algo ya os llamaré.

Se despidieron sin decirse mucho más. Ya en la calle, Carlo les propuso ir a su casa a almorzar.

—Llamaré para que nos preparen algo. Estaremos más cómodos en casa para poder hablar.

Comieron prácticamente en silencio, diciendo alguna que otra generalidad mientras el ama de llaves de Carlo Cipriani les servía el improvisado almuerzo.

Cuando pasaron al salón para tomar café, Carlo cerró la puerta y pidió que no les molestaran.

—Tenemos que tomar una decisión —afirmó Cipriani.

—Ya está tomada —le recordó Mercedes—. Lo que hay que hacer es contratar a una de esas compañías de las que hablamos y mandar a un profesional que encuentre a Tannenberg y haga lo que tiene que hacer. No hay más.

—¿Seguimos estando todos de acuerdo en eso? —preguntó Cipriani.

La respuesta afirmativa de sus tres amigos no se hizo esperar.

—Tengo el teléfono de una empresa, Global Group. El dueño, un tal Tom Martin, es amigo de Luca. Él me dijo que le podía llamar de su parte.

—Carlo, no sé si es buena idea seguir metiendo a Luca en esta historia.

—Puede que tengas razón, Mercedes, pero no conocemos a nadie que se encargue de estas cosas, así que soy partidario de llamar a ese Tom Martin; espero que Luca me perdone.

—Deberías de avisarle de que vas a llamar a Tom Martin y si te pide que no lo hagas, ya buscaremos otro. Luca es tu amigo, no debes ponerle contra la pared.

—Tienes razón, Hans; le llamaré. Y lo haré ahora.

—No seáis tontos —les interrumpió Mercedes—, dejemos a Luca en paz, bastante ha tenido con nosotros. Podemos llamar a esa empresa sin referirnos a él, sin comprometerle. Si Luca te ha dicho que esa empresa es adecuada para lo que queremos, entonces no lo pensemos más.

—Bueno, exactamente no sabe lo que queremos —matizó Carlo.

—Sí, ya me imagino que no le has dicho que queremos matar a un hombre. Por favor, reaccionemos, sé que estamos todos abrumados por el asesinato de esos dos muchachos, pero siempre supimos que lo que nos proponíamos no era fácil, que podía morir gente por el camino, que podían asesinarnos a nosotros. Llevamos toda la vida preparándonos para este momento. Sé que nos hemos imaginado mil situaciones y que ninguna es como la que estamos viviendo, pero sé que somos capaces de hacer frente a esto.

Acordaron llamar a Tom Martin. Lo haría Hans Hausser. Le pediría una cita e iría a verle a Londres. Lo que iban a encargarle era sencillo: tendría que enviar a un hombre a Irak; ya sabían dónde vivía Clara Tannenberg, de manera que a través de ella tarde o temprano llegaría a Alfred. Después, debía encontrar el mejor momento para matarle. Para un profesional eso no debería de suponer ningún problema.

Bruno insistió en su deseo de regresar a Viena cuanto antes. No se sentía tranquilo en Roma.

—Por si nos interceptan las llamadas deberíamos de hablarnos por teléfonos que no sean los habituales —propuso el profesor Hausser—. Podríamos comprar móviles con tarjeta y utilizarlos una sola vez.

—¿Y cómo nos damos el número? —preguntó Mercedes—. No nos volvamos paranoicos, por favor.

—Tiene razón Hans —dijo Carlo—. Deberíamos de ser cuidadosos. Vamos a matar a un hombre.

—Vamos a matar a un cerdo —exclamó Mercedes con rabia.

—En todo caso no me parece mala idea la de los móviles. Ya encontraremos la manera de darnos el número, quizá a través del correo electrónico —insistió Carlo.

—Pero si nos interceptan las llamadas, también lo harán con el correo. Internet es el lugar menos seguro para guardar un secreto.

—¡Ay, Bruno, no seas tan pesimista! —le regañó Mercedes—. Que yo sepa, se pueden crear cuentas ficticias en internet. Hotmail, el correo gratuito de Microsoft, lo permite. Así que nos abrimos cada uno un correo en Hotmail y a través de él nos enviaremos los números de teléfono y nos pondremos en contacto. Pero hemos de hacerlo con cuidado, porque Hotmail no es seguro, cualquiera puede meterse en nuestro correo, así que seamos un poco crípticos a la hora de enviarnos mensajes.

Dedicaron parte de la tarde a decidir los nombres que utilizarían a través de internet y el profesor Hans Hausser ideó un criptograma en el que las letras representarían números, los de los móviles que continuamente comprarían y desecharían una vez utilizados.

Era tarde cuando los cuatro amigos se separaron fundiéndose en largos abrazos. Al día siguiente, Bruno y Hans dejarían Roma. Mercedes se quedaría dos días más para no dar la impresión, si es que la policía la seguía, de estar huyendo.

* * *

Robert Brown aguardaba impaciente a que Ralph Barry terminara de hablar por teléfono. Cuando colgó le preguntó, impaciente:

—Y bien, ¿qué hará Picot?

—Mi contacto asegura que Picot ha regresado impresionado de Irak, que no hace más que decir que sería una locura ir ahora a excavar, que no hay tiempo, que en seis o siete meses no se adelantaría nada; despotrica contra Bush y Sadam, diciendo que son tal para cual.

—No me has respondido, Ralph, quiero saber si irá o no irá.

—No lo ha dicho, pero parece que no lo descarta. Por lo pronto se ha ido a Madrid.

—Sigues sin responder.

—Sigo sin saber qué va a hacer.

—¿Podríamos poner a trabajar en esa misión a los hombres de Dukais?

—¿Tú crees que los gorilas de Dukais pueden pasar por estudiantes de arqueología? Vamos, Robert, ¡piensa!

—¡Claro que pienso! Y necesito hombres en esa excavación. De manera que Dukais tendrá que encontrarlos con el aspecto adecuado.

—Y con conocimientos de historia, geografía, geología, etcétera. No lo veo, Robert, no lo veo. Los gorilas no suelen saber dónde está Mesopotamia.

—Pues tendrán que recibir un cursillo acelerado, tendrán que estudiar día y noche, tendrán que aprenderlo. Se les dará una prima si son capaces de hacerse pasar por estudiantes o por profesores.

—¡Cuidado, Robert! Sabes que en el mundo académico nos conocemos todos. No puedes camuflar a un gorila como un profesor, le descubrirían.

Robert Brown abrió la puerta del despacho y sorprendió a su atildado y discreto secretario.

—¿Sucede algo, señor Brown? —preguntó Smith.

—¿No ha llegado Dukais?

—No, señor, si hubiera llegado le habría avisado.

—¿A qué hora le citó?

—A la que usted me dijo señor, a las cuatro.

—Son las cuatro y diez.

—Sí, señor, se habrá retrasado por el tráfico.

—Este Dukais es un imbécil.

—Sí, señor.

La figura imponente de Paul Dukais apareció en el umbral del despacho de Smith antes de que Robert Brown hubiera regresado al suyo.

—¡Ya era hora!

—Robert, el tráfico de Washington es infernal a estas horas; todo el mundo vuelve a casa.

—Pues haber salido antes.

—Últimamente no te controlas —respondió fríamente el presidente de Planet Security.

Ya en el despacho de Brown y una vez que se hubieron servido un whisky, Ralph Barry intentó rebajar la tensión entre los dos hombres.

—Paul, Robert quiere hombres en la misión arqueológica que pudiera estar preparando Yves Picot. Te haré llegar un dossier con todo lo que debes saber de Picot, pero ahora te contaré que es francés, rico, ex profesor de Oxford, mujeriego y aventurero, pero conoce el oficio y conoce a todos los del oficio.

—Me lo pones imposible.

—Sí, porque necesitamos hombres que sepan algo más que leer y escribir; tienen que ser universitarios, hombres que puedan hablar con naturalidad de los campus donde hayan podido estudiar. No pueden ser norteamericanos, tienes que buscarlos en Europa, en algún país árabe quizá, pero no aquí.

—Y además tienen que saber el oficio y ser capaces de cualquier cosa, ¿no? —preguntó con ironía Dukais.

—Exactamente —el tono de la respuesta de Robert no dejaba lugar a dudas de su enfado.

—Por cierto, Robert, ya tengo los equipos de hombres que me pediste para enviar a las distintas fronteras con Irak. Cuando me des la orden, allí estarán.

—Todavía tendrán que esperar; no mucho, pero tendrán que esperar. Ahora me preocupa cómo resolvemos este problema.

—No lo sé, Robert, no lo sé, no conozco a ningún universitario que sea mercenario en sus ratos libres. Buscaré en la ex Yugoslavia; quizá allí pueda encontrar algo.

—¡Buena idea! Allí se han estado matando desde niños; tiene que haber universitarios que hayan estado en uno u otro bando dando tiros y quieran ganar dinero.

—Sí, Robert, tiene que haberlos.

Ralph Barry les escuchaba con una mezcla de admiración y repulsión. Hacía tiempo que habían comprado su conciencia y la habían valorado en mucho dinero. Ya no se asombraba de cuanto escuchaba, aunque siempre le sorprendía Robert. Era Jano, el dios de las dos caras. Pocos eran los que conocían las dos caras. Cualquiera habría dicho de él que era un hombre educado y exquisito, culto y refinado, cumplidor del deber, por supuesto, e incapaz de saltarse un semáforo. Pero Ralph conocía a otro Brown, a un hombre cruel, sin escrúpulos, a veces soez, con una ambición de dinero y de poder sin límites. Lo que no había logrado desvelar era el nombre de su Mentor. Robert a veces se refería a él como «mi Mentor», pero jamás decía ni quién era, ni a qué se dedicaba, ni tampoco su nombre, aunque intuía que podía ser el poderoso George Wagner el único hombre ante el cual Brown temblaba. Nunca se lo había preguntado; sabía que para esa pregunta no obtendría ninguna respuesta, y lo que Robert más valoraba era la discreción.

Paul quedó en llamarles en cuanto encontrara a los hombres adecuados, si es que los encontraba.

* * *

Picot volvió a proyectar las diapositivas que había hecho de las tablillas, y las examinó con ojo crítico. A su lado, Fabián le observaba de reojo. Sabía que Picot estaba tomando una decisión, y que seguramente no sería la acertada, pero así era su amigo. Se conocían de los años en que Yves Picot daba clases en Oxford y Fabián hacía un doctorado sobre escritura cuneiforme. Habían simpatizado de inmediato porque los dos resultaban cuerpos extraños en aquella vetusta universidad.

Picot era un profesor invitado. Fabián, un estudioso cualificado que había ido al Reino Unido a doctorarse de una materia en la que contaban con grandes especialistas. Los dos tenían algo en común: estaban enamorados de Mesopotamia, un lugar convertido en Irak por obra y gracia del colonialismo inglés.

Fabián recordaba la impresión que le causó el código de Hammurabi la primera vez que lo vio en el Louvre. Tenía diez años y era su primera visita a París. De la mano de su padre escuchaba las explicaciones que le daba. Después de ver tantas maravillas juntas, cuando entraron en las salas de Mesopotamia, Fabián sintió despertar un inesperado interés. Lo que definitivamente le dejó boquiabierto fue escuchar que en aquel trozo de piedra de basalto estaban escritas leyes antiquísimas, basadas en la ley del talión. Su padre le explicó que en la regla 196 del código se dice: «Si un hombre ha sacado el ojo de otro, le sacarán su ojo». Ese día decidió que sería arqueólogo e iría a descubrir reinos perdidos a Mesopotamia.

—¿Te decides o no?

—Es una locura —respondió Picot.

—Ciertamente, pero o es ahora o puede no ser nunca. Ya veremos lo que queda después de la guerra.

—Si creemos a Bush, Irak se convertirá en la Arcadia, de manera que podríamos a ir a excavar como quien va de excursión.

—Pero ni tú ni yo nos creemos a Bush. Estoy seguro de que esa guerra va a libanizar Irak. Conoces Oriente, sabes lo que está pasando, no va a haber entrada triunfal de los chicos de las barras y las estrellas. Los iraquíes odian a Sadam, pero también odian a los norteamericanos; en realidad, en Oriente nos odian a todos y tienen parte de razón. No les hemos dado nada, hemos mantenido regímenes corruptos, les hemos vendido lo que no necesitaban, no hemos sido capaces de fomentar la creación de capas medias e intelectuales y cada vez son más pobres y sienten más frustración. Los fanáticos religiosos se lo están montando muy bien: ayudan en los barrios más pobres, enseñan gratuitamente en las madrasas, han creado hospitales para atender a los que no pueden pagar ni médicos ni medicinas... Oriente va a explotar.

—Sí, pero eso que dices no se puede aplicar del todo a Irak. Te recuerdo que Sadam impuso cierto laicismo. El problema es el petróleo; Estados Unidos necesita controlar las fuentes de energía, y pondrá en acción a los Frankenstein necesarios para luego ofrecerse a destruirlos.

—Oriente cada vez está más empobrecido.

—¿Fabián, nunca dejarás de ser un chico de izquierdas?

—Ya estoy mayorcito para que me llamen chico; en cuanto a lo de izquierdas, puede que tengas razón... seguramente nunca dejaré de ver la realidad aunque sea desde el sofá más cómodo de mi casa.

—¿Tú qué harías en mi caso?

—Lo que te apetece aunque sea un disparate: ir. Y cuando se acabe, se ha acabado.

—Nos pueden freír si bombardean.

—Sí, lo pueden hacer; la cuestión es poder irnos cinco minutos antes.

—¿Con quién lo haríamos?

—Tendremos que hacerlo solos. No creo que en mi universidad, ni en ninguna otra, vayan a darnos ni un duro para que vayamos a Irak. En España la mayoría estamos contra la guerra, pero una excavación en Irak les parecerá una frivolidad y un dinero tirado al vacío.

—O sea, que el dinero lo pongo yo.

—Y yo te ayudo a formar el equipo. En la Complutense hay un montón de estudiantes de los últimos cursos que darían cualquier cosa por poder excavar, aunque sea en Irak.

—Siempre me has dicho que en España no hay grandes especialistas en Mesopotamia...

—Y no los hay, pero tenemos un montón de estudiantes

deseando poder decir que han hecho de arqueólogos. Tú también tienes gente.

—No estoy tan seguro de que encontremos quien nos quiera acompañar en esta aventura. ¿Te pedirás un año sabático?

—Yo no soy rico como tú y necesito cobrar a fin de mes, de manera que hablaré con el decano a ver cómo puedo organizarme este año. ¿Cuándo nos iríamos?

—Ya.

—¿Cuándo es ya?

—La semana próxima mejor que la otra. No hay tiempo.

—¿Podremos poner en marcha en dos semanas una misión arqueológica de esta envergadura?

—Seguramente no, es que esto es una locura…

—Pues como es una locura hagámoslo a las bravas, y a ver qué pasa.

Soltando una carcajada, los dos amigos chocaron las palmas de las manos como hacen los jugadores de baloncesto. Luego se fueron a celebrarlo tomando tapas por el Barrio de las Letras, el barrio en el que habían establecido su residencia estudiantes, artistas, escritores, pintores, el barrio donde Madrid no cierra ni siquiera al amanecer.

No durmieron en toda la noche. Primero picotearon por los bares, luego escucharon música en cafés, bebieron en coctelerías, y hablaron y rieron con cuantos encontraban en esos lugares donde la noche establece una camaradería que se desvanece con los primeros rayos del sol, cuando cada cual vuelve a su quehacer.

Yves se levantó antes que Fabián. Imaginaba que su amigo seguía dormido en brazos de una joven que habían encontrado en el último bar, y con la que al parecer mantenía una relación esporádica. La chica parecía tener un genio de mil demonios; había regañado violentamente a su amigo por no haberla llamado esa noche como habían quedado que haría, pero al final todo se había arreglado y allí estaba, durmiendo con Fabián.

Él se alojaba siempre en el ático de Fabián. Desde la terraza se veían todos los tejados de la ciudad. La casa de Fabián contaba con un cuarto de invitados para cuando alguno de sus amigos recalaba en Madrid, e Yves consideraba aquel cuarto un poco suyo, puesto que en cuanto podía se escapaba a esa ciudad abierta y alegre donde nadie preguntaba a nadie ni de dónde venía ni adónde iba.

Se sentó en la mesa de despacho de su amigo e intentó llamar a Irak. Tardó un rato en conseguir la comunicación con Ahmed Huseini.

—¿Ahmed?

—¿Quién habla?

—Picot.

—¡Ah, Picot! ¿Cómo está?

—Decidido a ir; así que quiero que se ponga en marcha, porque no hay tiempo que perder. Le diré lo que necesito de usted. Si no puede conseguirlo, dígamelo.

Durante media hora los dos hombres hablaron sobre lo que sería necesario disponer para abordar la excavación. Ahmed fue sincero con él al explicarle lo que podía conseguir en Irak y lo que no. Pero sobre todo le sorprendió cuando ofreció financiar parte de la expedición.

—¿Quiere poner dinero?

—No es que quiera, es que queremos correr con el grueso de los gastos, nosotros financiamos la misión, usted pone el personal y el material, ése es el trato.

—¿Y de dónde va a sacar el dinero si no es indiscreción?

—Haremos un esfuerzo, por lo que esta misión significa para Irak en este momento.

—Vamos, Ahmed, eso no me lo creo.

—Pues créaselo.

—Mi instinto me dice que su jefe Sadam no está para gastarse ni un dólar buscando tablillas por importantes que puedan ser. Quiero saber quién paga, de lo contrario no voy.

—Una parte el ministerio y otra Clara. Ella tiene su propia fortuna personal, heredada de sus padres. Es hija única.

—O sea, que tengo que disputar con su esposa la *Biblia de Barro*.

—Debe de quedar claro que si la encontramos la Biblia es de Clara; es ella quien sabe que existe y quien tiene las dos primeras tablillas, y ella es quien quiere poner el dinero necesario para la excavación sin reparar en cuánto cueste.

—Parece un sarcasmo que se gaste el dinero en una excavación teniendo en cuenta cómo está su país.

—Señor Picot, aquí no se trata de juzgar la moralidad de nadie. Nosotros no juzgaremos la suya y usted se abstendrá de juzgar la nuestra. La Biblia es de Clara, pero usted podrá decir que se encontró en una misión arqueológica conjunta. Todo el mundo escuchó en Roma hablar de las tablillas a Clara.

—Vaya, ahora resulta que me ponen condiciones. Sin mí no hay misión arqueológica.

—Sin nosotros tampoco.

—Puedo esperar a que Sadam caiga y entonces…

—Entonces ya no habrá nada.

—Me sorprende que no me expusiera estas condiciones cuando estuve en Irak.

—Sinceramente, no pensé que usted fuera a aceptar.

—Bien, ¿le parece que redactemos un contrato, un documento en que quede clara la participación de todas las partes?

—Es una buena idea. ¿Lo redacta usted o se lo mando yo?

—Hágalo usted y ya le diré lo que tiene que cambiar. ¿Cuándo me lo manda?

—¿Mañana le parece bien?

—No, no me parece bien. Mándemelo dentro de un cuarto de hora a este e-mail que le voy a dar. O llegamos a un acuerdo ahora o se acabó.

—Deme el e-mail.

Pasaron el resto de la mañana discutiendo a través del e-mail y del teléfono, pero a la una habían cerrado el acuerdo. Fabián se había ido a la universidad y la chica aún no se había despertado.

En el documento quedaba claro que se ponía en marcha una misión arqueológica participada por el profesor Picot para excavar un antiguo templo-palacio donde Clara Tannenberg sospechaba podían encontrarse restos de tablillas como los encontrados en otra misión arqueológica en Jaran años atrás, en los que un escriba que firmaba como Shamas afirmaba que Abraham le iba a relatar la historia del mundo.

Ahmed le dejó claro que su mujer no iba a dejarse arrebatar el esplendor de la gloria.

Fabián llamó a Picot desde su despacho de la universidad y quedaron para almorzar juntos. Su compañera de la noche aún seguía durmiendo, cosa que tenía muy extrañado a Picot.

—¿No le habrá pasado algo? —preguntó a Fabián.

—No te preocupes, es que es muy dormilona.

Después del almuerzo se fueron al despacho de Fabián. Éste ya había hablado con algunos de sus mejores alumnos y otros profesores, a quienes les contaron lo que se proponían.

De la veintena de los reunidos, ocho estudiantes se apuntaron y un par de profesores prometieron hablar con el decano para poder ir. Quedaron en que volverían a reunirse al día siguiente para ultimar detalles.

Cuando se quedaron solos, cada uno con un teléfono, empezaron a llamar a colegas de otros países. La mayoría les contestaban que estaban locos, otros que se lo pensarían. Todos pedían tiempo.

Picot decidió que al día siguiente se iría a Londres y a Oxford a ver personalmente a algunos amigos, y también pasaría por París y Berlín. Fabián se encargaría de viajar a Roma y Atenas, donde conocía a algunos profesores.

Era martes. El domingo se volverían a reunir en Madrid, y verían qué efectivos humanos habían podido juntar entre los dos. El objetivo era estar en Irak el 1 de octubre a más tardar.

* * *

Ralph Barry entró sonriente en el despacho de Robert Brown.

—Traigo buenas noticias.

—Pues dámelas.

—Acabo de hablar con un colega de Berlín, Picot está allí reclutando profesores y alumnos para ir a Irak. Díselo a Dukais; a lo mejor puede colar a algunos de sus chicos, si es que ha encontrado alguno. Ha estado también en Londres y en París y ha provocado una auténtica conmoción en la comunidad académica. Todos piensan que está loco, pero algunos sienten una curiosidad insana por ir a ver qué está pasando en Irak.

»No creo que sea capaz de conseguir que le acompañe gente de peso, pero sí logrará que algunos profesores y alumnos vayan con él. El grupo que está formando es de lo más heterogéneo, así que una vez allí no sé lo que será capaz de hacer. No van con un plan de trabajo, ni con una prospección previa, ni con un estudio a fondo de los recursos necesarios. Parece que el mayor apoyo de Picot es Fabián Tudela, un profesor de Arqueología de la Universidad Complutense de Madrid. Es un experto en Mesopotamia, se doctoró en Oxford y ha trabajado en varias excavaciones en Oriente Próximo. Es competente, además de ser el mejor amigo de Picot.

—Al final se ha decidido...

—Sí. La tentación era muy fuerte para un tipo como él. Pero dudo que puedan hacer algo. Seis meses no es tiempo en arqueología.

—No, no lo es, pero a lo mejor tienen suerte. Ojalá sea así.

—En todo caso, ya se han puesto en marcha.

—Bien, continúa averiguando cuanto puedas. ¡Ah!, y llama tú a Dukais. Explícale por dónde anda Picot y con quién. Espero que sea capaz de encontrar algunos hombres para esa expedición.

—No será fácil; no se puede convertir a un gorila en un estudiante.

—Tú habla con él.

Cuando se quedó solo, Robert Brown marcó un número de teléfono esperando impaciente a que respondieran. Se tranquilizó cuando escuchó la voz de su Mentor.

—Siento molestarte, pero quería que supieras que Yves Picot está organizando un grupo para ir a Irak.

—¡Ah, Picot! Imaginaba que no podría resistirse. ¿Lo has organizado todo como te dije?

—Lo estoy haciendo.

—No puede haber fallos.

—No los habrá.

Brown titubeó unos segundos antes de atreverse a preguntar:

—¿Sabes ya quién envió a los italianos?

El silencio de su Mentor fue peor que un reproche. El presidente ejecutivo de la fundación Mundo Antiguo se puso a sudar consciente de la inoportunidad de su pregunta.

—Procura que las cosas salgan como hemos previsto.

Con estas palabras, el Mentor dio por concluida la conversación.

Paul Dukais tomaba notas de lo que Ralph Barry le contaba por teléfono.

—O sea, que ahora está en Berlín —afirmaba más que preguntaba el presidente de Planet Security.

—Sí, y también ha estado en París; luego irá a Londres antes de regresar a Madrid. Es septiembre, a lo mejor puedes matricular en alguna de estas universidades a tus gorilas para que se ofrezcan voluntarios.

—Tú mismo me acabas de decir que buscan estudiantes de los últimos cursos, ¿cómo se van a llevar a alguien que se matricule en primero? No sé por qué ese empeño en que mis hombres vayan en esa misión arqueológica. Puedo encontrar otra cobertura para que estén allí.

—Órdenes del jefe.

—Robert está imposible.

—Robert está nervioso. Se trata de unas tablillas que valdrán millones de dólares. En realidad, su valor es incalculable si realmente se puede demostrar que fueron inspiradas por el patriarca Abraham. Sería un descubrimiento revolucionario, la *Biblia de Barro*, el Génesis contado por Abraham.

—No te entusiasmes, Ralph.

—No puedo dejar de hacerlo.

—Ahora eres un hombre de negocios.

—Pero no puedo dejar de amar la historia. En realidad, es mi única pasión.

—No te pongas sentimental, que no te va. Ya te llamaré si tengo algo. Me pongo a trabajar.

* * *

Mercedes paseaba sin rumbo por las calles que desembocan en la Piazza di Spagna. Había estado haciendo algunas compras en las lujosas boutiques de Via Condotti, Via de la Croce, Via

Fratina… Un par de bolsos, pañuelos de seda, un traje de chaqueta, una blusa, zapatos. Se aburría. Nunca le había divertido ir de compras, aunque procuraba prestar atención a su arreglo personal. Sus amigos le decían que era una mujer elegante, aunque ella sabía que optar por la ropa clásica era la manera de no equivocarse.

Tenía ganas de regresar a España, de volver a Barcelona, a su empresa, a visitar las obras y subir a los andamios entre las miradas de terror de los albañiles, que pensaban que era una vieja loca.

La actividad constante era lo que le permitía vivir, no pensar en nada que no fuera lo que hacía en cada instante. Llevaba toda la vida huyendo de encontrarse a solas consigo misma, aunque en realidad había elegido estar sola. No se había casado, no había tenido hijos, no tenía hermanos ni sobrinos ni le quedaba ningún pariente vivo. Su abuela, la madre de su padre, había muerto hacía años. Era una anarquista dura como el pedernal, que había conocido las cárceles franquistas. También era la única persona que la había ayudado a poner los pies en la tierra, a que se sintiera parte de la gente, una más. Porque su abuela se negaba a mitificar lo extraordinario de la vida de ambas. «Los fascistas son como son —decía—, así que nada de lo que hicieron nos puede extrañar.» De esta manera acallaba sus pesadillas, intentando convencerla de que lo que había pasado tenía que pasar de ese modo porque respondía al patrón de comportamiento de hombres que llevaban el sello de la maldad.

Había vivido el tiempo suficiente para ayudarla a afrontar la vida mirando de frente.

En Barcelona a aquella hora estaría hablando con el arquitecto de alguna de sus obras, discutiendo proyectos, planificando el siguiente edificio.

Solía almorzar sola en su despacho, al igual que cenaba sola en su casa delante de la televisión.

Ahora debía buscar algún lugar donde sentarse a descansar y a comer algo, porque tenía hambre. Luego regresaría al hotel andando y haría las maletas. Se iba al día siguiente en el primer avión. Carlo había quedado en pasarse por el hotel para cenar juntos en algún restaurante cercano y despedirse de ella.

Cipriani la llamó a la habitación desde el vestíbulo. La estaba esperando. Cuando bajó se fundieron en un abrazo. Era una manera de liberar el torrente de sentimientos que les oprimía a los dos.

—¿Has hablado con Hans y con Bruno?

—Sí, me llamaron en cuanto llegaron. Están bien. Hans tiene una enorme suerte con Berta, es una mujer excepcional.

—Tus hijos también son estupendos.

—Sí, lo son, pero yo tengo tres, y Hans sólo una, de manera que tiene suerte de que Berta sea como es. Le cuida y le mima como si fuera un niño.

—¿Bruno estaba bien? Me preocupa, le vi abrumado por la situación, como si tuviera miedo.

—Yo también tengo miedo, Mercedes. Y supongo que tú también. Que hagamos lo que tenemos que hacer no significa que tengamos impunidad.

—Ésa es la tragedia del ser humano, que nada de lo que hace queda impune. Fue la maldición de Dios cuando expulsó a Adán y a Eva del Paraíso.

—Por cierto, cuando llamó Bruno escuché protestar a Deborah. Nuestro amigo me contó que Deborah está preocupada e incluso le ha pedido que no nos vea nunca más. Discutieron, y Bruno le dijo que antes prefería separarse de ella. Que nada ni nadie le haría romper el vínculo con nosotros.

—¡Pobre Deborah! Entiendo su sufrimiento.

—Tú nunca le has caído bien.

—Yo no le suelo caer bien a casi nadie.

—En realidad procuras no caer bien a nadie, lo que es un síntoma de inseguridad. Lo sabes, ¿verdad?

—¿Me habla el médico o el amigo?

—Te habla el amigo, que además es médico.

—Tú puedes curar cuerpos, pero el alma no tiene cura.

—Lo sé, pero al menos deberías hacer un esfuerzo para ver de otro color lo que te rodea.

—Ya lo hago. ¿Cómo crees que he podido vivir todos estos años? ¿Sabes?, sólo os tengo a vosotros. Desde que murió mi abuela vosotros sois lo único que me liga a la vida. Vosotros y…

—Sí, la venganza y el odio son motores de la historia, y también de las historias personales. A pesar de los años que han pasado aún recuerdo a tu abuela. Era una mujer con un valor extraordinario.

—No se conformó con ser una superviviente como yo; le plantó cara a todo y a todos. Cuando salió de la cárcel no se doblegó, continuó siendo anarquista, organizando reuniones clandestinas, cruzando la frontera a Francia para llevar a España propaganda antifranquista y reunirse con viejos exiliados. Te contaré una cosa: en los años cincuenta y sesenta, en todos los cines de España antes de poner la película ponían un reportaje sobre lo que hacían Franco y sus ministros. Nosotras vivíamos en Mataró, una ciudad próxima a Barcelona, y había un cine de verano, en el que veíamos películas al aire libre mientras los chiquillos comíamos pipas. En cuanto salía la primera imagen de Franco mi abuela carraspeaba, escupía en el suelo y murmuraba bajito: «Se creen que nos han vencido, pero están muy equivocados; mientras podamos pensar somos libres», y se señalaba la cabeza diciendo «aquí no mandan». Yo la miraba aterrada, temiendo que en cualquier momento nos detuvieran. Nunca sucedió nada.

—Siempre nos acogió con afecto y nunca nos preguntó nada cuando íbamos a verte. La recuerdo siempre de negro, con el moño recogido en lo alto de la cabeza, con la cara llena de arrugas. Había tanta dignidad en ella...

—Sabía de qué hablábamos y lo que nos habíamos propuesto, conocía nuestro juramento. Nunca me lo reprochó; al revés, sólo me aconsejaba que lo que tuviéramos que hacer lo hiciéramos con la cabeza, sin dejarnos llevar por la rabia.

—No sé si lo lograremos.

—En eso estamos, Carlo, en eso estamos. Creo que vamos acercándonos al final, acercándonos a Tannenberg.

—¿Por qué se habrá puesto al descubierto después de tantos años? No dejo de preguntármelo, Mercedes, y no encuentro la respuesta.

—Los monstruos también sienten. Esa mujer puede ser su hija, su nieta o una sobrina, vete tú a saber. Y por el informe de Marini pienso que la ha enviado a Roma para que les ayuden a encontrar esas tablillas de las que habló la chica en el congreso. Deben de ser muy importantes para ellos, tanto que ha corrido el riesgo de dejarse ver.

—¿Tú crees que los monstruos también sienten?

—Mira a tu alrededor, piensa en la historia reciente, en todos los dictadores que has visto rodeados de su familia, con sus nietos en brazos, acariciando a su gato. Sadam, sin ir más lejos: no le importaba bombardear con gas las aldeas kurdas, asesinando a mujeres, niños y ancianos, o hacer desaparecer a los opositores a su régimen, y mira lo que cuentan de sus hijos. Han salido igual que él, pero es que además les consiente todo, cuida a sus dos monstruitos como si fueran maravillas. O Ceaucescu, o Stalin, o Mussolini o Franco, o tantos otros dictadores a los que se les caía la baba con los suyos.

—Lo mezclas todo, Mercedes —rió Carlo—, los metes a todos en el mismo paquete. ¡Tú también eres una anarquista!

—Mi abuela era anarquista, mi abuelo también. Mi padre era anarquista.

Se quedaron en silencio, evitando seguir hurgando en heridas que aún sangraban.

—¿Hans ha llamado ya a ese Tom Martin? —preguntó Mercedes para cambiar el rumbo de la conversación.

—No, pero me dijo que en cuanto concierte la cita nos llamará. Supongo que esperará dos o tres días antes de hacer nada. Acaba de llegar y su hija Berta se alarmaría si se vuelve a marchar.

—Podría encargarme yo. Al fin y al cabo no tengo familia y por tanto nadie me va a pedir explicaciones de adónde voy ni a quién llamo.

—Dejemos que lo haga Hans.

—¿Y tú amigo Luca?

—No te cae bien, lo sé, pero es una buena persona y nos ha ayudado, nos continúa ayudando. Me llamó antes de que saliera para aquí. Me aseguró que no había novedad, que por ahora sus ex colegas no habían movido pieza. No quiso alarmarme, pero cree que alguien ha husmeado en los archivos buscando información sobre lo sucedido. No han encontrado nada porque él nunca abrió una carpeta. El caso lo llevaba él directamente y daba las órdenes a sus hombres sin decirles quién era el cliente. Cree que también han revisado su despacho. Ha buscado micrófonos por todas partes y no ha encontrado nada; aun así, me llamó desde una cabina. Quedamos en vernos mañana. Se pasará por la clínica.

—¿Tannenberg?

—Puede ser él, la policía o vete tú a saber quién.

—Sólo puede ser él o la policía; no hay nadie más a quien le pueda interesar lo que ha pasado.

—Tienes razón.

Continuaron charlando hasta tarde. Pasaría algún tiempo antes de que volvieran a verse.

12

—Paul, te he encontrado un par de hombres que te pueden servir. Tienen las características que me pediste. Si me dieras más tiempo, podría encontrar más.

—Lo único que no tengo es tiempo. Ya ha comenzado la cuenta atrás para que empiece esa maldita guerra.

—No te quejes, que gracias a esta guerra vamos a ganar un buen montón de dinero.

—Sí, Tom, las guerras se han convertido en un excelente negocio. He firmado unos cuantos contratos para enviar hombres a Irak el día después. Supongo que tú también.

—Sí, y quiero proponerte alguna cosa que podemos hacer juntos. ¿Cuántos hombres tienes?

—Ahora mismo, más de diez mil contratados.

—¡Chico, qué pasada! Yo no llego a tanto, además tampoco quiero chapuceros, sino hombres con alguna experiencia.

—Aquí no son difíciles de encontrar. Estoy empezando a contratar asiáticos.

—¿Qué más da de dónde sean? Lo importante es que estén preparados para combatir. Cuento con bastantes ex yugoslavos: serbios, croatas, bosnios, tipos duros, con demasiado gusto por apretar el gatillo. Esos dos que te he encontrado son dos piezas de cuidado, espero que les puedas controlar. Son jóvenes, pero están locos. Han matado mucho, mucho más de lo que pueden recordar.

—¿Qué edad tienen?

—Uno veinticuatro años y el otro veintisiete. Uno es bosnio y el otro croata. Estudiaban antes de que en Yugoslavia empezaran a matarse los unos a los otros. Son dos supervivientes que perdieron a parte de su familia en esa guerra. El croata es un gran tirador. Le gusta el dinero. Va a la universidad a estudiar informática, creo que es un pequeño genio con los ordenadores. Y el bosnio es maestro.

—¿Ninguno estudia historia ni arqueología?

—No, no tengo mercenarios que les dé por la historia. Éstos te sirven por la edad y porque hablan inglés. Ya sabes que los gobiernos europeos lavan su conciencia dando becas a los ex yugoslavos, de manera que si te das prisa puedes apuntarles a algo en cualquier universidad que te venga bien, en la de Berlín o en París, y allí seguro que encontrarás a alguien que les acerque al círculo de Picot.

—¡Joder, no me lo pones fácil!

—Vamos, Paul, piensa, que estos dos son capaces de todo por una buena paga. Están acostumbrados a matar para sobrevivir. Matriculémosles en Berlín o en Madrid. España es un buen coladero para buscar nuevas identidades a la gente. Es un país donde aún quedan idealistas dispuestos a jugársela por cualquiera que les cuente una historia triste. Y ésos tienen una historia trágica. Dame las coordenadas de Picot y yo haré que se acerquen a su círculo. Tendrá que pagar a los estudiantes que se lleve, así que estos dos pueden alegar que tienen necesidad de dinero para los estudios y salir adelante.

—Pero ¿cómo quieres que Picot contrate a un informático y a un maestro? Necesita arqueólogos o historiadores.

—Bueno, amigo, tú decides, esto es lo que tengo.

—Mandaré a uno de mis hombres para que les vea y les

explique qué queremos. Mañana estará ahí. Pásame la factura.

—Lo haré. ¿Cuándo vienes a Londres?

—Dentro de una semana, tengo una reunión con algunos clientes que podemos compartir. Te mandaré un e-mail.

—Bien. Hablaremos.

Tom Martin colgó el teléfono. Se llevaba bien con Paul Dukais. Ambos se dedicaban al mismo negocio: a ofrecer seguridad a unos y, a veces, a matar a otros. Sus empresas estaban en expansión, era lo bueno de la globalización. Desde luego, Irak prometía ser un buen negocio. Había firmado cuatro contratos millonarios y esperaba firmar unos cuantos más.

Sin duda Global Group era la mejor empresa europea de seguridad, así como la de Paul Dukais, Planet Security, era la mejor de Norteamérica. Las dos empresas controlaban más del sesenta y cinco por ciento del negocio en todo el mundo, los demás a su lado eran como hormigas. Pero en Irak habría tarta para todos. Y algunas misiones tendrían que encararlas juntos los hombres de Global y los de Planet; de eso quería hablar con Paul.

Le invitaría a cenar y a tomar unas cuantas copas una vez que cerraran el acuerdo que estaba seguro alcanzarían, como tantas otras veces habían hecho en el pasado.

13

La cena transcurría casi en silencio. Alfred Tannenberg evitaba dirigirse a Ahmed, quien tampoco tenía gran interés en hablar con él, de manera que el esfuerzo de mantener la ficción
de la normalidad recaía sobre Clara.

Apenas terminaron de cenar, Clara pidió a su abuelo que
no se retirara a descansar.

—¿Qué es lo que quieres?

—Que hablemos. No puedo soportar esta tensión que hay
entre Ahmed y tú, necesito que me digáis qué está pasando.

Los dos hombres se miraron sin saber qué postura adoptar;
fue Ahmed quien rompió el silencio.

—Tu abuelo y yo tenemos diferencias de criterio.

—¡Ah!, y eso significa que habéis decidido no hablaros,
¿no? ¡Os vais a cargar la misión arqueológica! No se puede
comenzar nada si en casa parece que estamos de funeral. ¿Qué
es lo que pasa? ¿Cuál es esa diferencia de criterio tan tremen-
da que os miráis como si fuerais a saltar el uno sobre el otro?

Alfred Tannenberg no estaba dispuesto a rebajarse ni ante
su nieta ni mucho menos ante su marido. Consideraba indigna esa conversación, de manera que la cortó.

—Clara, me niego a mantener esta conversación. Preocú-
pate de organizar la misión, toda la responsabilidad será tuya.

A ti te pertenece la *Biblia de Barro*, eres tú quien la debe encontrar y sobre todo quien tiene que saber conservarla. Todo lo demás es irrelevante ante lo que tenemos por delante. Por cierto, no te lo he dicho, pero me voy a El Cairo unos días. Pero antes de irme te dejaré dinero suficiente, dólares, para que puedas afrontar la excavación. Deberás llevarlo contigo y administrarlo. ¡Ah! Quiero que Fátima te acompañe.

—¿Fátima? Pero, abuelo, ¿cómo voy a llevar a Fátima a una misión arqueológica? ¿Qué quieres que haga allí?

—Cuidar de ti.

Cuando Tannenberg expresaba un deseo nadie se atrevía a contradecirle, ni siquiera Clara.

—De acuerdo, abuelo, pero ¿no podíais Ahmed y tú hacer las paces por mí? Me siento tan incómoda en esta situación…

—Niña, no te metas. Déjalo estar.

Ahmed no había pronunciado ni una palabra más. Cuando salió el abuelo de Clara, la miró furioso.

—¿No podías haber evitado este numerito? No te empeñes en que siempre sea Navidad.

—Mira, Ahmed, no sé qué os pasa a mi abuelo y a ti, pero sé que llevas una temporada agresivo y desagradable con todo el mundo, especialmente conmigo. ¿Por qué?

—Estoy cansado, Clara, no me gusta cómo vivimos.

—¿Y cómo vivimos?

—Encerrados en la Casa Amarilla, al albur de lo que quiera tu abuelo. Él marca nuestra existencia, nos llena las horas del día diciéndonos qué tenemos que hacer, en qué no debemos equivocarnos. Aquí me siento preso.

—¿Por qué no te marchas? Yo no puedo obligarte a que te quedes y tampoco te lo voy a pedir. Estás en tu derecho de tener una vida distinta si no te gusta la que tenemos.

—¿Me invitas a irme? ¿No se te ocurre pensar que podemos irnos los dos?

—Yo soy parte de la Casa Amarilla, no me puedo escapar de mí misma. Además, Ahmed, yo soy feliz aquí.

—Me hubiera gustado continuar viviendo en San Francisco. Allí fuimos felices.

—Yo soy feliz aquí, soy iraquí.

—No, no eres iraquí, sólo has nacido aquí.

—¿Vas a decirme de dónde soy? Claro que he nacido aquí, y me he educado aquí y he sido feliz aquí, y quiero seguir siéndolo. Yo no necesito ir a ninguna parte para ser feliz, todo lo que quiero está aquí.

—Pues yo todo lo que quiero no lo encuentro; desde luego sé que no está en esta casa ni en este país. Irak no tiene futuro, se lo están arrebatando.

—¿Qué quieres hacer, Ahmed?

—Irme, Clara, irme.

—Pues vete, Ahmed, yo no haré nada por retenerte. Te quiero mucho, demasiado para desear que te quedes siendo infeliz. ¿Puedo hacer algo?

Ahmed se sorprendió de la reacción de Clara. Incluso se sintió herido en su amor propio. Su mujer no le necesitaba, le quería pero no le necesitaba, y dejaba claro que no haría nada por retenerle; al contrario, facilitaría su marcha.

—Te ayudaré a encontrar la *Biblia de Barro*. Creo que puedes necesitar mi ayuda, sobre todo si tu abuelo se va a El Cairo. Luego, cuando todos se marchen, me iré con ellos. No podré ir a Estados Unidos, pero buscaré refugio en Francia o en el Reino Unido, esperaré a que llegue el momento en que los iraquíes dejemos de estar apestados y pueda regresar a San Francisco.

—No tienes por qué quedarte, Ahmed. Agradezco que quieras ayudarme, pero ¿crees que es buena idea que vivamos los próximos meses como si no pasara nada, sabiendo que después te irás?

—¿Tú no vendrás?

—No, no iré, yo me quedaré en Irak. Quiero vivir aquí. Me gustó América, fuimos felices allí. Yo nunca había salido de Oriente. Mi abuelo nunca me lo permitió. Mi vida transcurría entre Irak, Egipto, Jordania, Siria y nada más. Sí, me gustará ir algún día a Nueva York y a San Francisco, pero de visita. Te lo repito, yo viviré siempre aquí.

—¿Te das cuenta de que esto es el comienzo de nuestra separación?

—Sí. Lo siento, lo siento mucho porque yo te quiero, pero creo que ninguno de los dos debemos de renunciar a ser nosotros mismos porque entonces no nos reconoceríamos y terminaríamos odiándonos.

—Si no quieres que me quede para ayudarte a encontrar la *Biblia de Barro*, procuraré buscar la manera de salir de Irak.

—Mi abuelo te ayudará.

—No lo creo.

—Te aseguro que lo hará.

—De todas maneras, piensa en mi oferta: no me importa quedarme unos meses. Sé que te puedo ser útil, y a pesar de mi deseo de marcharme, me gustaría ayudarte.

—Esta noche ya hemos hablado bastante, Ahmed, déjame pensar hasta mañana. ¿Dónde dormirás?

—En el sofá de mi despacho.

—Bien, tenemos que hablar de los detalles del divorcio, pero si no te importa lo haremos mañana.

—Gracias, Clara.

—Es que yo te quiero, Ahmed.

—Yo también te quiero, Clara.

—No, Ahmed, no me quieres, en realidad hace tiempo que dejaste de quererme. Buenas noches.

Volvían a estar en silencio mientras desayunaban. Fátima entró en el comedor en busca de Ahmed con paso presuroso.

—Le llama el señor Picot. Dice que es urgente.

Ahmed se levantó y salió de la estancia en busca del teléfono.

—Ahmed al habla.

—Soy Picot. Tengo ya una lista provisional de las personas que participarán en la misión arqueológica. Se la acabo de pasar por e-mail para que tramite cuanto antes los visados. También he decidido mandar a dos personas por delante con parte del material para que lo vayan montando. Cuando lleguemos el resto, me gustaría que hubiese ya organizada cierta infraestructura para que comencemos cuanto antes a trabajar.

»Necesito que arregle los papeles con rapidez para que no haya problemas de aduana ni fastidien a mi gente.

—Cuente con ello. ¿Qué manda?

—Tiendas, comestibles no perecederos, material arqueológico… Cuando lleguemos quiero que tengamos preparadas las tiendas donde vamos a vivir, y que el contingente de obreros esté seleccionado. ¿Se encargará de todo?

—De todo lo que me dé tiempo. Verá, seguramente no participaré en esta misión.

—¿Cómo dice?

—Tranquilo, no pasa nada. Clara se hará cargo de todo. Pero no se preocupe, que estos primeros encargos los podré hacer aún yo.

—Oiga, ¿qué pasa? Vamos a invertir un montón de dinero en esa excavación; me ha costado lo que no imagina convencer a un grupo de estudiantes y arqueólogos para que vayan a Irak y ahora usted me dice que no estará. ¿Qué broma es ésta?

—No es ninguna broma. El que yo no participe en la excavación no cambiará los términos del acuerdo al que llegamos. Es irrelevante mi presencia, todo lo que necesite lo tendrá. Le aseguro que Clara es una arqueóloga muy capaz, no necesita mi ayuda para llevar adelante la expedición, ni usted tampoco.

—No me gustan estos imprevistos.

—Yo odio los imprevistos, pero así es la vida, amigo. En todo caso ahora leeré su e-mail e iré solucionando lo que pide. ¿Quiere hablar con Clara?

—No, ahora no. Más tarde.

Clara le observaba desde el quicio de la puerta. Había escuchado parte de la conversación.

—Picot no se fía de mí.

—Picot no te conoce. Se maneja con estereotipos, así que si tú eres iraquí, lo que te corresponde es llevar velo y no ser capaz de dar un paso sin tu marido. Ésa es la imagen que en Occidente tienen de Oriente. Ya cambiará de opinión.

—Le preocupa que tú no estés.

—Sí, le preocupa. Pero tú no debes preocuparte. En realidad, no me necesitáis para nada. Clara, hemos repasado hasta la saciedad lo que hay que hacer. Conoces Safran mejor que yo, y de arqueología mesopotámica nadie te puede dar ni una sola lección. Además, he pensado que puedes nombrar ayudante a Karim. Es un historiador bastante capaz. Por otra parte, es el sobrino del Coronel y le encantará participar en una misión arqueológica.

—¿Y tú, qué le dirás? ¿Cómo explicarás que no vas a estar?

—Tenemos que hablarlo, Clara, tenemos que decidir cómo nos separamos, cuándo y cómo lo decimos, qué hacemos a continuación. Hagámoslo lo mejor posible, por ti, por mí, por todos.

Clara asintió. Deseaba sinceramente que pudieran separarse como habían comenzado a hacerlo: sin reproches ni escenas. Pero se preguntaba en qué momento y a causa de qué darían rienda suelta a todas las emociones contenidas.

—¿Qué te ha pedido Picot?

—Vamos al despacho a leer el e-mail. Luego nos pondremos a trabajar. No hay tiempo que perder. Tengo que llamar al Coronel. Picot envía por anticipado parte del material y no quiere problemas en la aduana. ¿Tienes a mano el plan de trabajo que hicimos?

—Lo tiene mi abuelo, se lo dejé para que lo viera.

—Pues ve a buscarlo y, si estás lista, te vienes conmigo al ministerio y nos ponemos a preparar la expedición. Hay que empezar a mandar gente a Safran. Puede que uno de los dos deba ir de avanzadilla.

Alfred Tannenberg continuaba en el comedor y no disimuló su enfado cuando Clara entró.

—¿Desde cuándo te has vuelto tan maleducada que me dejas con el plato puesto en la mesa y te vas? ¿Se puede saber qué pasa?

—Era Picot.

—Sí, ya he oído que era Picot. ¿Debe parar el mundo cuando llama Picot?

—Perdona, abuelo, pero ya sabes que es importante para lograr nuestro objetivo. Ha llamado para anunciar que manda por delante el material y a algunos colaboradores para que cuando él llegue esté todo preparado y podamos ponernos a trabajar. Debemos resolver los problemas de la aduana. Ahmed hablará con el Coronel. Y uno de nosotros dos irá a Safran para que todo esté a punto cuando empiece a llegar el material. Tenemos que seleccionar a los obreros, terminar de acordar con el jefe de la aldea el salario del que hablamos…, en fin, un montón de cosas.

—De acuerdo, pero no vuelvas a dejarme solo sentado en la mesa. Nunca.

—No te enfades, por favor, estamos tan cerca de alcanzar tu sueño…

—No es un sueño, Clara, la *Biblia de Barro* existe, está ahí, sólo tienes que encontrarla.

—La encontraré.

—Bien, y cuando lo hagas coge las tablillas y regresa lo antes que puedas.

—No les pasará nada, te lo aseguro.

—Dame tu palabra de que no permitirás que nadie, nadie, se haga cargo de ellas.

—Te doy mi palabra.

—Ahora vete a trabajar.

—Precisamente venía a pedirte que me devolvieras los papeles con el plan que habíamos hecho entre Ahmed y yo.

—Están encima de la mesa de mi despacho, cógelos. Y en cuanto a Ahmed, cuanto antes se vaya, mejor.

Clara le miró asombrada. ¿Cómo era posible que su abuelo supiera lo que estaba pasando entre Ahmed y ella?

—Abuelo…

—Que se vaya, Clara, no le necesitamos ninguno de los dos. Lo pasará mal sin nosotros, porque sin nosotros no es nada.

—¿Cómo sabes que Ahmed se va?

—Sé todo lo que pasa en la Casa Amarilla. ¿Qué clase de estúpido sería si no supiera lo que pasa en mi casa?

—Yo le quiero, te pido que no le perjudiques; si lo haces, no te lo perdonaré.

—Clara, en esta casa soy yo el que decide sobre todos vosotros. No me digas lo que puedo hacer o no.

—Sí, abuelo, sí te lo digo. Si le haces algo a Ahmed, yo también me iré.

El tono de voz de Clara no dejaba lugar a dudas. Alfred Tannenberg se dio cuenta de que la advertencia de su nieta era real.

Cuando entró en el todoterreno de su marido la tensión se reflejaba en el rostro de Clara.

—¿Qué ha pasado? —preguntó Ahmed.

—Sabe que nos separamos.

—¿Y con qué me ha amenazado?

Clara sintió el desgarro que le estaban produciendo los dos hombres a quienes más quería en el mundo. No soportaba la animadversión que se tenían.

—Vamos, Ahmed, mi abuelo siempre se ha portado bien contigo, no utilices ese tono.

—Le conozco bien, Clara, por eso le temo.

—¿Le temes? Él se ha volcado en ayudarte, no hay nada que hayas querido que no te lo haya dado, no sé por qué tienes que temerle.

Ahmed se calló. No quería descubrir a Clara la parte oscura de los negocios de su abuelo, negocios en los que él había participado por ambición.

—Tu abuelo ha sido generoso, sin duda, pero yo he trabajado lealmente a su lado, sin cuestionar jamás lo que hacía.

—¿Y por qué debías de cuestionar lo que hace mi abuelo? —preguntó Clara enfadada.

—Vamos, Clara, no vayamos a estropearlo todo por culpa de tu abuelo. Estamos llevando las cosas bastante bien.

—Me doy cuenta de que no os soportáis el uno al otro. ¿Desde cuándo? ¿Qué ha pasado? ¿Cómo no me he dado cuenta?

—No te hagas tantas preguntas. Estas cosas pasan en las familias, en los negocios, entre los amigos. Un día te dejas de entender con la gente y ya está.

—¿Así de simple?

—¿Quieres hacerlo complicado?

—¡Quiero que no lo hagáis complicado ninguno de los dos, quiero que me dejéis en paz, quiero que no me convirtáis en vuestro campo de batalla!

Ahmed asintió. Iba conduciendo y no le veía la cara, pero se daba cuenta de que la armonía que había reinado entre ellos estaba a punto de quebrarse.

—Por mi parte procuraré hacer las cosas fáciles. Yo no quiero hacerte daño por nada del mundo. No te lo mereces.

—¡Claro que no me lo merezco! De manera que no me fastidiéis.

—Bien, ¿qué le has dicho a tu abuelo?

—Nada, simplemente no le he negado que vayamos a separarnos. Quiere que te vayas cuanto antes.

—En eso estoy de acuerdo con él. Me iré de la Casa Amarilla. Puedo irme a casa de mi hermana.

De repente Clara sintió un dolor agudo en el pecho. Una cosa era hablar en abstracto de separarse y otra ver materializarse la separación.

—Haz lo que creas conveniente, lo que sea mejor para ti.

—Para los dos, Clara, para los dos.

Estuvo a punto de decirle que ella no quería separarse, que empezaba a sentir miedo por el dolor que ya le estaba acarreando saber que él se iba. Pero no lo dijo, prefería seguir intentando mantener la dignidad.

—Verás, Ahmed, lo único que quiero es que nos evitemos escenas el uno al otro. Y sobre todo quiero pedirte que no te enfrentes a mi abuelo. Yo le quiero.

—Ya lo sé, Clara, sé lo mucho que le quieres. Lo haré por ti; al menos lo intentaré.

Cuando entraron en el ministerio ya habían cambiado de conversación. Hablaban de quién de los dos iría a Safran.

—Voy yo, Ahmed, luego tú no estarás y prefiero saber desde el principio cómo se ha organizado todo, elegir yo a los obreros.

No le dijo que marcharse le ayudaría a despejar la angustia que estaba empezando a sentir.

—De acuerdo, puede que tengas razón. Yo me quedaré aquí y te ayudaré desde Bagdad. Así, de paso, voy organizando mi salida.

—¿Cómo te vas a ir?

—No lo sé.

—Te acusarán de traición, Sadam puede enviar a alguien para que te asesine.

—Sí, es un riesgo que debo correr.

Pasaron el resto de la mañana al teléfono, arreglando papeles y permisos. A mediodía, Ahmed se fue a almorzar con el Coronel y Clara regresó a la Casa Amarilla.

—Llegas a tiempo para el almuerzo —le dijo Fátima— tu abuelo está en el despacho con una visita.

Clara se fue a su cuarto a refrescarse después de ordenar a Fátima que le avisara cuando su abuelo bajara a almorzar.

Tannenberg terminó de leer el último folio ante la mirada expectante de su interlocutor. Luego guardó cuidadosamente los papeles en una carpeta que depositó en el cajón superior de la mesa del despacho y clavó los ojos de acero en Yasir.

—Iré a El Cairo. Organiza una conferencia con Robert Brown, quiero que vaya a un lugar donde no le puedan intervenir el teléfono.

—Imposible. Los satélites norteamericanos graban todo, especialmente las conversaciones entre Estados Unidos y este pobre rincón del mundo.

—Déjate de florituras, Yasir, quiero hablar con Robert.

—No será posible.

—Tendrá que serlo. Quiero hablar con él y con otros amigos. O buscan la manera de que hablemos o les llamaré directamente a sus despachos. Hay que discutir el plan que me han enviado, ellos no conocen esto y han decidido cosas absurdas. Tal y como lo han planificado, sería un desastre. Además, quiero el mando, como siempre. No acepto que envíen a nadie a dirigir la operación. ¿Por qué? Porque en esta zona mando yo, es mi territorio, de manera que no van a sacarme de él.

—Nadie te quiere sacar de ninguna parte. Saben que no te encuentras bien y te mandan refuerzos.

—No empieces a subestimarme, Yasir, no te equivoques tú también.

—Puede que estén enfadados por lo de Clara en Roma, porque te hayas puesto al descubierto anunciando lo de la *Biblia de Barro*.

—Ése no era asunto suyo. Diles que quiero hablar directamente con ellos; de lo contrario no habrá operación.

—Pero ¿qué dices? ¿Quieres arruinarnos a todos?

—No, lo que quiero es saber exactamente qué va a pasar y cuándo. Tenemos que organizarlo cuidadosamente. Quiero que venga un hombre de Paul Dukais a hablar conmigo. Yo le diré cómo haremos lo que tenemos que hacer. Paul tiene un zoo, y los gorilas no sirven para todo. Dirigiré la operación a mi manera. Los hombres de Paul harán lo que yo diga, cuando yo diga y donde yo diga. Si no, te aseguro que nadie hará nada, salvo que quieran una guerra particular.

—Pero ¿qué te pasa, Alfred? Parece que te estás volviendo loco.

El anciano se levantó, se dirigió a su interlocutor y le abofeteó.

—Yasir, dejaste de comer mierda de camello el día en que me conociste. No lo olvides.

Los ojos negros del hombre brillaron de odio. Hacía toda una vida que se conocían, pero aquella afrenta no se la perdonaría.

—Vete y haz lo que te he dicho.

Yasir salió del despacho sin mirar atrás, sintiendo todavía la palma de la mano de Alfred en la mejilla.

El anciano encontró a Clara sentada, sola, en la mesa a la sombra de las palmeras, escuchando el rumor del agua de la fuente. Ella se levantó y le dio un ligero beso en el rostro bien afeitado. Le gustaba el olor a tabaco que desprendía su abuelo.

—¡Tengo hambre, te has retrasado, abuelo! —le dijo a modo de saludo.

—Siéntate, Clara, me alegro de que estemos solos, tenemos que hablar.

Fátima terminó de colocar varias fuentes con distintas clases de ensalada y arroz para que se sirvieran con la carne y luego les dejó.

—¿Qué piensas hacer? —preguntó Tannenberg.

—No sé a qué te refieres…

—Ahmed se va. ¿Tú qué quieres?

—Yo me quedo en Irak. Éste es mi país, aquí está mi vida. La Casa Amarilla es mi casa. No me siento con ganas de convertirme en una exiliada.

—Si cae Sadam lo pasaremos mal. Nosotros también tendremos que irnos. No podemos estar aquí cuando lleguen los norteamericanos.

—¿Llegarán?

—Acabo de recibir un informe confirmándome que la decisión está tomada. Confiaba en que no fuera así, en que lo de Bush fuera una bravuconada, pero, al parecer, los preparativos para la guerra están en marcha. Ya han decidido hasta el día D.

Debemos empezar a prepararnos. Me voy a El Cairo, tengo que organizar algunas cosas y hablar con los amigos de allí.

—Tú eres un hombre de negocios, te has entendido con Sadam, es verdad, pero como tantos otros. No pueden represaliar a todos los iraquíes a los que les ha ido bien con este régimen.

—Si llegan, harán lo que quieran. Un ejército que gana una guerra puede hacer lo que quiera.

—No quiero irme de Irak.

—Pues tendremos que irnos, al menos hasta que sepamos qué va a pasar.

—Entonces, ¿por qué vamos a iniciar la excavación?

—Porque o encontramos ahora la *Biblia de Barro* o se perderá para siempre. Es nuestra última oportunidad. Nunca imaginé que Shamas hubiera regresado a Ur.

—En realidad a Safran.

—Está al lado, tanto da. Los patriarcas eran nómadas, iban de un lado a otro con el ganado y se asentaban temporalmente en algún lugar. No sería la primera vez que iban a Jaran, ni que regresarían a Ur. Pero siempre creí que la *Biblia de Barro*, de existir, estaría en Jaran o en Palestina, puesto que Abraham se dirigió a Canaán.

—¿Cuándo te vas a El Cairo?

—Mañana temprano.

—Yo iré a Safran.

—¿Y Ahmed? —El tono con el que preguntó por el marido de su nieta era neutro.

—Necesita alguna excusa para dejar Irak. ¿Le ayudarás?

—No, no lo haré. Tenemos negocios que terminar. Cuando lo hagamos, por mí puede irse al infierno. Pero tiene que cumplir, no se puede ir sin cumplir lo que ha firmado.

—¿Qué negocio es?

—Arte, es a lo que me dedico.

—Ya lo sé, pero ¿por qué se tiene que quedar Ahmed?

—Porque es necesario para que salga bien el negocio que estoy a punto de hacer.

—Creí que querías que se fuera cuanto antes.

—He cambiado de opinión.

—Tendrás que hablar con él. Hemos acordado que deja la Casa Amarilla y se va a casa de su hermana.

—No me importa dónde viva, lo que quiero es que se quede hasta que lleguen los americanos.

—No querrá.

—Te aseguro que lo hará.

—¡No le amenaces!

—¡No le estoy amenazando! Somos hombres de negocios. Él no puede huir ahora. Ahora no. Tu marido ha ganado mucho dinero gracias a mí y me necesita para irse de aquí.

—¿No le ayudarás si no quiere quedarse?

—No, no lo haré, ni siquiera por ti, Clara. Ahmed no va a arruinar el trabajo de toda una vida.

—Quiero saber qué es lo que tiene que hacer que sólo puede hacer él.

—Nunca te he metido en mis negocios y no lo voy a hacer ahora. De manera que cuando veas a Ahmed dile que quiero hablar con él.

—Vendrá está noche a por algunas cosas.

—Que no se vaya sin verme.

* * *

—No se fía de nosotros.

George Wagner utilizaba el tono de voz neutro que aquellos que le conocían sabían que presagiaba tormenta. Y Enrique Gómez le conocía bien, de manera que aunque hablaban por teléfono y a tantos miles de kilómetros de distancia no le costaba imaginar a su amigo con un rictus tenso en la comisura de los labios y un tic del ojo derecho que le hacía mover el párpado.

—Cree que lo de los italianos y su nieta ha sido cosa nuestra —respondió Gómez.

—Sí, eso cree, y lo peor es que no sabemos quién los envió. Yasir nos ha mandado decir que Alfred quiere hablar con todos nosotros y que no habrá operación si no la dirige él. Quiere que Dukais envíe a uno de sus hombres para discutir con él cómo se harán las cosas y amenaza con que no habrá operación si no se hace a su modo.

—Él conoce el terreno, George, en eso tiene razón. Sería una locura dejar la operación sólo en manos de Dukais. Sin Alfred no se puede hacer.

—Sí, pero Alfred no nos puede amenazar ni poner condiciones.

—Nosotros no queremos la *Biblia de Barro* para exponerla en un museo, y él la quiere para su nieta, bien, tenemos una divergencia, pero no podemos dejar de fiarnos de Alfred o echar todo por la borda por la cabezonería de ver quién se impone a quién. Corremos el riesgo de equivocarnos si desatamos una guerra entre nosotros. Si hemos llegado hasta aquí ha sido porque hemos actuado como una orquesta, cada cual en su papel.

—Hasta que Alfred ha decidido desafinar.

—No exageremos, George, y entendamos que lo de la *Biblia de Barro* lo hace por su nieta.

—¡Esa estúpida!

—Vamos, no es ninguna estúpida, es su nieta. Tú no lo entiendes porque no tienes familia.

—Nosotros somos nuestra familia, nosotros, sólo nosotros, ¿o lo has olvidado ya, Enrique?

Enrique Gómez guardó silencio, pensando en Rocío, en su hijo José, en sus nietos.

—George, algunos hemos formado otra familia, y también nos debemos a ellos.

—¿Tú nos sacrificarías por esa familia que has formado?

—No me hagas esa pregunta porque no tiene respuesta. Yo quiero a mi familia, y en cuanto a vosotros... sois como mis brazos, mis ojos, mis piernas... no se puede describir lo que somos los cuatro. No nos comportemos como niños preguntando a quién quieres más, si a papá o a mamá. Alfred quiere a su nieta, y ha flaqueado por ella, le quiere entregar la *Biblia de Barro*. No es suya, nos pertenece a nosotros tanto como a él. Pues bien, evitémoslo pero sin dramatismo, y confiemos en él, como siempre, para hacer la otra operación. Si le declaramos la guerra luchará y nos destruiremos.

—No nos puede hacer ningún daño.

—Sí, George, sí puede; lo sabes, y también sabes que si le apretamos lo hará.

—¿Qué propones?

—Que organices dos operaciones. Una, la que teníamos prevista, ha de hacerse con Alfred al frente. La otra, la de la *Biblia de Barro*, hay que prepararla al margen.

—Eso es lo que he hecho desde el principio. Paul ha encontrado dos hombres para infiltrarse en el equipo de Picot.

—Bien, pues de eso se trata, de tener a alguien que no se separe de la nieta de Alfred, y si encuentran la Biblia, que se hagan con ella. Nadie tiene por qué sufrir daño.

—¿Crees que la chica se la dejará arrebatar? ¿Crees que Alfred ha organizado las cosas para que no podamos quitársela?

—Sí, habrá previsto lo que podemos planear, nos conoce, pero nosotros también a él. De manera que estaremos jugando al ratón y al gato, pero si los hombres que manda Paul son listos, sabrán hacerse con la Biblia y escapar.

—¿Conoces a algún gorila listo?

—Tiene que haberlos, George, tiene que haberlos. En todo caso, dejemos como última opción la fuerza, pero que sea la última, no la primera.

—Ya sabes cómo son las cosas en el terreno… no estaremos allí para evaluar la situación, serán los gorilas quienes decidan. Y pueden hacer daño a la chica.

—Al menos le daremos instrucciones claras para que no metan la pata el primer día.

—Consultaré a Frank, y si está de acuerdo lo haremos así. Puede que él te dé la razón; él también tiene familia.

—Tú la deberías de haber tenido, George.

—No me ha hecho falta.

—Dijimos que era lo mejor.

—Sí, y lo ha sido para vosotros, pero yo no he necesitado cargar con una mujer y unos hijos. De eso me he librado.

—No es tan malo tener una familia, George.

—Te hace blando y vulnerable.

—No teníamos otra opción.

—Ya lo sé, así lo decidimos, de manera que no le demos más vueltas. Llamaré a Frank.

—Y que Dukais mande a alguien inteligente a hablar con Alfred.

—Espero que lo haga.

—Alfred nunca ha soportado que le manden, ya lo sabes.

—Lo sé.

—Pues hagamos las cosas bien. Yo no quiero que le pase nada a Alfred, ¿lo entiendes, George? No quiero que le pase nada. Quitémosle la *Biblia de Barro*; él sabe que no le pertenece, y lo entenderá aunque intente evitarlo.

—No podemos renunciar a la *Biblia de Barro* sólo porque la chica no nos la quiera entregar.

—No he dicho que renunciemos a nada, sólo me gustaría que se la quitáramos sin hacerle daño.

—Pero…

—Tú me entiendes, George, no le demos más vueltas. Hagamos lo que sea necesario, pero sólo si es necesario.

14

A Yasir le sorprendía que un hombre tan vulgar como Dukais fuera tan importante. Pero lo era y él lo sabía.

Dukais mascaba chicle. Se había quitado los zapatos y colocó los pies encima de la mesa sin importarle enseñar los calcetines pegados a la piel por el sudor.

—Los zapatos que me ha regalado mi mujer me están haciendo polvo los pies —dijo Dukais a modo de excusa.

Yasir se acomodó en el sillón echándose hacia atrás, sin poder disimular el disgusto que le producían los pies con calcetines de Dukais.

Además, estaba cansado. Llevaba dos días en Washington y la ciudad le estresaba; por si fuera poco, notaba la xenofobia contra los árabes que afloraba en la ciudad. Apenas había salido del hotel más que para mantener reuniones de trabajo.

Le irritaba la ignorancia de los norteamericanos. No sabían ni dónde estaba Egipto ni conocían lo que estaba pasando en Oriente. Y mucho menos entendían por qué no les querían. Le sorprendía que un país tan rico como Norteamérica, junto a élites bien preparadas —que eran las que movían los hilos del mundo—, tuviera tan elevado número de ignorantes.

Él era un hombre de negocios y su religión era el dinero, pero cuando viajaba a Estados Unidos se despertaba en él cierto nacionalismo. No soportaba el desprecio de los norteamericanos.

«¿Egipto?» «¿Está al lado de Turquía?» «¿Tiene mar?» «¿Hay faraones?» Sí, esas preguntas se las habían hecho no una, sino en muchas ocasiones.

Su país era pobre, o mejor dicho, lo habían ido empobreciendo los distintos regímenes corruptos con la inestimable ayuda de las potencias para las que el globo terráqueo era sólo un tablero de ajedrez. Egipto había estado bajo influencia soviética y ahora norteamericana, y como le decía su hijo Abu: «¿De qué nos ha servido? Nos venden lo que no necesitamos a precio de oro y estamos permanentemente endeudados».

Por más que discutían a causa de su radicalismo, pensó que Abu tenía razón. No entendía por qué su hijo, que lo había tenido todo, se complacía en tener como amigos a esa panda de fanáticos que creían que la solución a todos los problemas estaba en el islam.

Antes de coger el avión para Washington había discutido a causa de la barba que Abu se había dejado crecer. Para muchos jóvenes egipcios la barba se había convertido en un símbolo de rebeldía.

—Alfred dirigirá la operación —dijo Dukais a Yasir—, será lo mejor. En realidad, él conoce Irak y nosotros no, así que los hombres se pondrán bajo su mando. Cuando regreses a El Cairo te acompañará uno de mis hombres, es un ex coronel de los boinas verdes. Morenito como vosotros, porque es de origen hispano, de manera que no llamará mucho la atención. Además, habla un poco el árabe. Él será el encargado de los muchachos, así que lo mejor es que conozca a Alfred para que le diga cómo se van a hacer las cosas. Se llama Mike Fernández y es un buen tipo. Además de matar es capaz de pensar. Dejó el ejército porque yo le pago más, mucho más.

Dukais se rió mientras abría una caja de plata, de la que extrajo un habano. Le ofreció otro a Yasir, pero el egipcio lo rechazó.

—Sólo puedo fumar en mi despacho. En casa no me dejan, en los restaurantes no me dejan, en las casas de los amigos sus histéricas mujeres, tan histéricas como la mía, tampoco me dejan. Un día de éstos me instalaré aquí para siempre.

—Alfred está muy enfermo, no sé cuánto vivirá.

—¿Tu cuñado sigue siendo su médico?

—Mi cuñado es el director del hospital donde le tratan el tumor. Allí le operaron y le quitaron parte del hígado, pero en las últimas ecografías le detectaron pequeños gránulos; en definitiva, tiene el hígado lleno de tumores que le están matando.

—¿Aguantará seis meses?

—Mi cuñado dice que puede ser, pero no está seguro. Alfred no se queja y hace su vida de siempre. Sabe que se va a morir y…

—¿Y?

—Que excepto su nieta no le importa nada.

—O sea, que es un hombre desesperado.

—No, no está desesperado, sólo que sabe que le queda poco tiempo y no le teme a nada ni a nadie.

—Eso es malo, siempre hay que temer a alguien —murmuró Dukais.

—Lo único que le importa es su nieta. No le basta con dejarle un montón de dinero. Quiere que encuentre esa *Biblia de Barro* que buscáis desde hace tantos años. Dice que ésa es su herencia.

Paul Dukais podía faltar a las más elementales normas de educación, como poner los pies encima de la mesa, pero era extremadamente inteligente, por eso había llegado a la cima.

Por eso no le costaba entender por qué Alfred Tannenberg actuaba como actuaba.

—La chica lo ignora todo sobre él —dijo Dukais—, pero cuando él muera se tendrá que enfrentar a la realidad, y la única manera de evitar que quede estigmatizada es convertirla en una arqueóloga de prestigio internacional. Por eso necesitan a ese Picot: para que les dé una pátina de respetabilidad de la que ellos carecen. Podrían buscar la *Biblia de Barro* solos, pero eso no libraría a Clara del estigma. Ahora bien, si la encuentran durante los trabajos de una misión arqueológica internacional, entonces las cosas serían distintas. Siempre me ha sorprendido que la chica no supiera nada.

—Clara es muy inteligente, sólo que no quiere enfrentarse con nada que oscurezca su relación con su abuelo, de manera que prefiere no ver ni oír. No la subestimes.

—En realidad no la conozco. Tengo un dossier de varios folios sobre ella, lo que le gusta, y lo que no, sus andanzas en San Francisco, sus calificaciones académicas, pero todo eso no sirve en realidad para conocer a una persona. En este negocio he aprendido que los informes no son capaces de mostrarte el alma de la gente.

A Yasir le impresionó la reflexión de Dukais. Pensó que el presidente de Planet Security no era tan simple como le gustaba aparentar, apreciaba en él ciertos valores, a pesar de lo mucho que le repugnaba verle con los pies sobre la mesa…

—Dame unas horas para que hable con unos amigos y prepare unos cuantos folios para que se los lleves a Alfred. Mi hombre irá contigo. Le diré que te llame esta tarde y así os vais conociendo. ¿Te he dicho que se llama Mike Fernández? Bueno, da lo mismo, te llamará, id preparando el viaje. No le vendrá mal que le des unas cuantas lecciones sobre lo que se va a encontrar.

—¿Nunca ha estado allí?

—Sí, en la guerra del Golfo. Pero aquello no fue una guerra, eso lo sabemos todos. Fue sólo una exhibición, un despliegue militar para asustar a Sadam, además de para probar unos cuantos artefactos de los que compran los chicos del Pentágono a cuenta del contribuyente. También ha estado en Egipto pero, que yo sepa, de vacaciones, viendo las pirámides, ya sabes.

Cuando Yasir se marchó, Paul Dukais llamó a Robert Brown, pero no lo encontró en el despacho. Le dijeron que le encontraría en el móvil. Estaba almorzando con los rectores de varias universidades norteamericanas con los que preparaba una serie de actos culturales de envergadura para el año siguiente.

Dukais decidió que ya le llamaría más tarde.

* * *

Fabián estaba nervioso. Yves le había convencido para que fuera de avanzadilla a Irak y, aunque había aceptado con entusiasmo, llevaba un par de días que no daba abasto organizando los preparativos e intentando conseguir visados para las distintas escalas que tenían que hacer antes de llegar.

Había logrado reunir un equipo de veinte personas. No eran suficientes, pero no habían encontrado a más que quisieran jugarse el pellejo yendo a excavar a Irak en vísperas de una guerra. Él mismo se decía que era una locura, pero necesitaba poner esas gotas de locura a la rutina de su vida.

Hacía un momento le acababa de llamar una de las alumnas de quinto que les acompañaría un par de meses, hasta Navidad. Quería que viera a un chico amigo de un amigo. Era bosnio, le dijo, y había aterrizado en Madrid para estudiar. Estaba sin un duro y cuando se había enterado de que unos locos se iban a Irak y además pagaban bien, había preguntado si él podría ir en esa expedición a hacer lo que fuera.

Pero ¿qué podía hacer un chico que era maestro y había aterrizado en Madrid para estudiar dos cursos de español en la universidad? No se había comprometido a nada; antes tenía que hablar con Picot. Además, en la expedición había un croata, se lo había dicho Picot. Le había recomendado un profesor alemán; al parecer, el joven estudiaba informática en Alemania. «Un superviviente de la guerra que odiaba la violencia», les habían dicho, pero que, sin embargo, no tenía reparos en ir a un país en estado de sitio para ganar algún dinero. Berlín era muy caro.

A Picot no le había parecido mala idea contar con un informático e ir procesando desde el primer día los trabajos de campo. De manera que les acompañaría. Ahora, lo de incorporar a un bosnio a lo mejor era demasiado. Se habían estado matando hasta hacía cuatro días y lo último que necesitaban eran tensiones en la expedición. Además, volvió a preguntarse: ¿para qué les serviría un maestro?

Picot entró silbando en el ático de Fabián. Se notaba que estaba contento.

—¡Hola! ¿Estás en casa?

—¡Estoy en el despacho! —gritó Fabián.

—Menudo día llevo —dijo Picot—, hoy me ha salido todo bien.

—Menos mal —respondió Fabián—, porque yo estoy desbordado con los trámites de las aduanas. Cualquiera diría que vamos a llevar tanques en vez de tiendas de campaña. Y con los visados me están volviendo loco.

—Vamos, no te preocupes. Se arreglará, todo se arreglará.

—Te veo muy optimista. ¿Qué ha pasado?

—Pues que estoy a punto de cerrar un acuerdo con la revista *Arqueología científica* para que en todas sus ediciones, la inglesa, la francesa, la griega, la española, en fin todas, publiquen los resultados de nuestro trabajo. Espero que a finales de año podamos haber obtenido algún resultado. Me parece importante que tengamos apoyo editorial de la revista más prestigiosa de nuestro sector. Les iremos enviando material con artículos explicativos escritos por nosotros. Ya sé que es sobrecargarnos de trabajo, pero nos vendrá bien.

—Sí, está muy bien. ¿Cómo lo has conseguido?

—Porque me ha llamado el editor de Londres, interesándose por la expedición. En el congreso de Roma se enteró de la intervención de Clara Tannenberg afirmando que Abraham había dictado el Génesis a un escriba. Cree que, si yo estoy por medio, el asunto puede ser serio y quiere tener la exclusiva; publicará lo que vayamos haciendo y encontrando.

—No sé si me gusta trabajar con el aliento de la prensa en la nuca.

—Ni a mí tampoco, pero dadas las circunstancias es lo mejor. No estoy del todo seguro de dónde nos metemos.

—¡No me vengas ahora con eso!

—No me fío de esa gente. Hay algo raro, algo que se me escapa, pero no sé qué.

—¿A qué te refieres?

—No he logrado conocer a ese misterioso abuelo de Clara Tannenberg. Tampoco me han dicho en qué expedición ni en qué año encontraron esas dos tablillas misteriosas. Son una pareja rara.

—¿Quiénes? ¿La tal Clara y su marido?

—Sí. Él me parece un tipo solvente, que sabe lo que se trae entre manos.

—Y ella te cayó mal desde el primer día.

—No, no es eso, pero es que hay algo extraño en esa mujer, no sé qué.

—Tengo muchísimas ganas de conocerla. Estoy seguro de que es una mujer mucho más interesante de lo que dices.

—Sí, pero ya te digo que tiene algo raro. En fin, tendrás que entenderte con ella cuando llegues porque ya sabes que su marido me anunció que no participará en la misión. Lo que no sé es por qué.

—Eso sí que me intriga: por qué él se baja del barco justamente ahora.

—No lo sé.

—¡Ah, se me olvidaba! Llamó Magda, la alumna de quinto que nos ha estado ayudando a reclutar estudiantes. Le han recomendado un chico bosnio, un maestro que ha venido a la Complutense a hacer un curso de español para universitarios extranjeros. Parece que el chico anda corto de dinero y no le importaría acompañarnos para hacer lo que sea. Habla inglés.

—¿Y su curso de español?

—Ni idea. Te lo digo porque no nos sobra gente, aunque éste no sé si nos puede servir de algo.

—Quizá para ayudar en la intendencia, pero no sé, déjame pensarlo. Tampoco vamos a cargar con gente que no nos sea útil para algo concreto. Lo del croata es distinto, nos viene bien un informático.

—También he pensado que juntar a un croata y a un bosnio podría provocar problemas.

—Ésa es otra, porque hasta hace dos días se han estado matando. No sé, lo pensaré, pero no creo que sea buena idea.

—Tampoco yo estoy convencido, pero le he prometido a Magda que lo consideraríamos.

—Bueno, de los que vienen con nosotros ¿tenemos a alguien que sea un buen fotógrafo?

—¿Para qué?

—¡Para lo de la revista! Ellos no van a enviar a nadie.

—¿No decías que estaban muy interesados?

—Sí, pero ya te he dicho que todo el trabajo lo haremos nosotros. No quieren correr riesgos, no pueden enviar a un equipo a un país en la situación en que está Irak. Una revista como *Arqueología* no es una revista de actualidad.

—¡Como si no tuviéramos bastante trabajo!

—Vamos, no protestes, y dime cuándo te vas.

—Si no tengo que pelearme con ningún funcionario más, dentro de tres días. Pero aún faltan algunos papeles, así que tampoco es seguro.

—¿Quién has decidido que vaya contigo para ayudarte?

—Marta.

—¡Vaya!

—Oye, que yo no tengo nada con Marta.

—Pero te gustaría, y a mí, y a todos.

—Te equivocas. Nunca has entendido que Marta es una amiga, sólo eso. Nos conocemos desde que estudiábamos en la universidad y, lo creas o no, nunca hemos tenido ningún rollo.

—Pues es la mujer más interesante de cuantas te rodean.

—Sin duda, pero es mi amiga; mi mejor amiga, una amiga como lo eres tú. Y que yo sepa, contigo no me acuesto.

—De acuerdo, Marta me parece inteligente y capaz.

—Lo es, y tiene un don: sabe tratar con todo el mundo, da lo mismo que sea un ministro que un chamarilero.

—Pero aquello es Irak.

—Marta ya ha estado en Irak. Conoce el país, fue hace unos años como arqueóloga invitada con un grupo de profesores subvencionados por una fundación bancaria. Estuvieron un par de meses. Además, habla árabe. Se podrá entender con los funcionarios de la aduana, con el jefe de la aldea, con los obreros, con quien haga falta.

—Tú también chapurreas el árabe.

—Tú lo has dicho: lo chapurreo. Marta y tú lo habláis, yo lo mal hablo. Confío en ella, en su criterio; además de inteligente tiene mucha intuición y siempre encuentra solución a los problemas.

—Vale, me parece bien. Estoy de acuerdo contigo en que es

una persona valiosa. Como arqueóloga no la conozco, pero si tú dices que es buena…

—Lo es, en los últimos años ha participado en misiones arqueológicas en Siria y Jordania, conoce la zona de la antigua Jaran donde me has dicho que ese abuelo misterioso encontró las tablillas, de manera que no puede ser más idónea para el trabajo.

—Fabián, te aseguro que me parece bien que te acompañe Marta. En un trabajo como el nuestro es importante hacer equipo y trabajar a gusto, y allí las cosas no van a ser fáciles.

—Va a venir ahora.

—Estupendo, tenemos que ultimar un montón de cosas.

15

Robert Brown entró en la mansión de estilo neoclásico escondida en un parque lleno de robles y hayas.

Lloviznaba; cuando bajó del coche, un mayordomo le aguardaba con el paraguas abierto. No era el primero en llegar: el murmullo de las conversaciones mezclado con alguna carcajada y el tintinear de las copas llegaba hasta la escalera por la que se ascendía a la casa.

Su Mentor se encontraba en la entrada recibiendo a los invitados.

Alto, delgado, con ojos azules fríos como el hielo y el cabello blanco que un día fue del color del oro, aparecía imponente. Nadie dudaba que aquel hombre tenía mucho poder en las manos a pesar de sus muchos años. ¿Cuántos tendría?, se preguntó Brown, aunque calculaba que hacía tiempo que habría traspasado los ochenta.

Varios secretarios de Estado, casi todo el *staff* de la Casa Blanca, senadores, congresistas, fiscales y jueces, junto a banqueros y presidentes de multinacionales, petroleros y *brokers*, hablaban animadamente en los salones exquisitamente decorados, en cuyas paredes colgaban cuadros de grandes maestros.

El favorito de Brown era un Picasso de la época rosa, un arlequín trágico y burlón que colgaba encima de la chimenea del salón principal, donde además se podía admirar un Manet y un Gauguin.

En otro salón colgaban tres cuadros del *quatrocento*, junto a un Caravaggio.

La mansión era un pequeño museo. Cuadros de grandes maestros del impresionismo, mezclados con El Greco, Rafael o Giotto. Pequeñas figuras de marfil, junto a tablillas del imperio babilónico, dos imponentes bajorrelieves egipcios del Imperio Nuevo, un león alado asirio...

Por donde quiera que se posara la vista se encontraba una obra de arte que evidenciaba los gustos del dueño de la casa.

Paul Dukais se acercó a Robert Brown con una copa de champán en la mano.

—¡Vaya, estamos todos!

—Hola, Paul.

—¡Menuda fiesta! Hacía tiempo que nadie lograba reunir a tanta gente poderosa. Esta noche están aquí casi todos los que mueven los hilos del mundo. Sólo falta el presidente.

—Ni se nota.

—¿Podemos hablar?

—Éste es el mejor lugar para hablar. Nadie se fijará en nosotros, todo el mundo habla y hace negocios. Con tal de que encuentres una copa para tener en la mano...

Llamaron a un camarero y Robert pidió un whisky con soda; luego buscaron un rincón donde charlar a la vista de todos, como dos buenos conocidos.

—Alfred nos creará problemas —aseguró Dukais.

—Cuéntame otra novedad.

—He hecho lo que me has pedido. Uno de mis mejores hombres, un coronel retirado ex boina verde, Mike Fernández, se irá con Yasir a El Cairo para reunirse con Alfred. Confío en Mike, es un tipo con cabeza.

—Hispano...

—En el ejército ya no hay norteamericanos de origen anglosajón. Son los negros y los hispanos los que luchan por nosotros. Y hay gente capaz entre ellos, han tenido que luchar duro para llegar, de manera que no les desprecies a todos.

—No los desprecio, es que no sé si un hispano se va a poder entender con Alfred. Él es como es.

—Tendrá que entenderse. Estoy seguro de que Mike le caerá bien.

—¿Ese Mike es dominicano, puertorriqueño, mexicano…?

—Es norteamericano de tercera generación, nació aquí y sus padres también. Fueron sus abuelos los que cruzaron el Río Grande. No tienes nada que temer.

—No me terminan de gustar los hispanos.

—A ti no te gusta nadie que no sea blanco como la leche.

—¡No digas tonterías! Tengo buenos amigos árabes.

—Sí, pero para ti los árabes son otra cosa, no sé por qué pero lo son, a pesar de que ahora no es políticamente correcto tener amigos entre ellos.

—Mis amigos no venden baratijas en ningún bazar.

—Bueno, no perdamos el tiempo en tonterías. Dime hasta dónde puede llegar Mike con Alfred.

—¿A qué te refieres?

—Si Alfred no colabora, si no juega limpio, ¿qué hemos de hacer?

—Por lo pronto, que se conozcan, que pongan la operación en marcha y ya veremos lo que nos va contando tu hombre, pero sobre todo quiero saber qué dice Yasir.

—¿Y con la nieta?

—Si encuentra la *Biblia de Barro* se la quitáis procurando que las tablillas no sufran ningún daño. Esas tablillas no le pertenecen ni a Alfred ni a su nieta. La misión es cogerlas y traerlas aquí intactas.

—¿Y si la chica no colabora?

—Paul, si Clara no colabora, peor para ella. Tus hombres tienen que hacer lo que te he dicho: por las buenas o por las malas.

—Si encuentran las tablillas antes de que pongamos en marcha la otra operación, acabaremos enfrentándonos a Alfred.

—Por eso debemos evitar utilizar métodos extremos con Clara, salvo que sea imposible hacernos de otra manera con las tablillas. Si eso sucediera, tienes que tener preparado un plan para llevar adelante lo que tenemos que hacer sin contar con Alfred. Yasir te dirá cómo y con quién.

El Mentor se acercó sigilosamente a los dos hombres, tanto que se sobresaltaron al advertirlo a su lado, esbozando una sonrisa que más parecía una mueca.

—¿Ultimando negocios?

—Cerrando los pequeños detalles de la operación. Paul quiere saber hasta dónde tiene que llegar con Alfred y su nieta.

—Es difícil encontrar el equilibrio —dijo el Mentor mirando hacia ninguna parte.

—Sí, por eso quiero instrucciones precisas, no me gustan los reproches —afirmó Dukais—, ni tampoco los malos entendidos. De manera que me alegro de que estés aquí para decirme cuál es el límite.

El anciano le miró de arriba abajo. Sus ojos reflejaban el desprecio que sentía por Dukais.

—En la guerra no hay límites, amigo mío, sólo cuenta la victoria.

Se dio la media vuelta, yendo a perderse en las conversaciones de otro grupo de invitados.

—Siempre he tenido la impresión de no gustarle —dijo Dukais sin lamentarse.

—Nadie le gusta, pero sabe muy bien a quién necesita y a quién no.

—Y a nosotros nos necesita.

—Efectivamente. Y ya lo has oído: en la guerra no hay límites.

Frank Dos Santos y George Wagner se estrecharon la mano sin más aspavientos. La fiesta estaba en su momento de más animación, con una orquesta de cuerda punteando las conversaciones de los invitados.

—Sólo falta Enrique —dijo George.

—También falta Alfred. Vamos, no seas tan duro con él.

—Nos ha traicionado.

—Alfred no lo ve así.

—¿Y cómo lo ve? ¿Has hablado con él?

—Sí. Hace tres días me llamó a Río.

—¡Qué imprudente!

—Estoy seguro de que cumplió con todas las normas de seguridad. Yo estaba en el hotel y me sorprendió la llamada.

—¿Qué te dijo?

—Quiere que sepamos que su intención no es traicionarnos ni provocar una guerra entre nosotros. Reitera su oferta: dirigir y cuidar del éxito de la operación que hemos puesto en marcha renunciando a su parte a cambio de la *Biblia de Barro*. La oferta es generosa.

—¿Y a eso le llamas ser generoso? ¿Sabes lo que valdrán esas tablillas si las encuentra? ¿Sabes que son un elemento de poder para el que las tenga? Vamos, Frankie, espero que no te dejes engañar. Me preocupa que Enrique y tú tendáis a disculpar lo que hace Alfred. Nos ha traicionado.

—No exactamente. Antes de que su nieta fuera a Roma intentó convencernos de que le cediéramos la *Biblia de Barro* si la encontraba a cambio de todos los beneficios del otro negocio.

—Le dijimos que no y decidió actuar por su cuenta.

—Sí, se equivocó. Pero ahora está furioso creyendo que fuimos nosotros los que mandamos seguir a su nieta.

—¡No fuimos nosotros!

—Pues deberíamos saber quién y por qué. No me quedo tranquilo si no lo averiguamos.

—¿Y qué quieres? ¿Que secuestremos al presidente de la compañía de seguridad italiana para que nos cuente quién le contrató? Sería una locura, no podemos cometer ese error.

—No te entiendo, no entiendo cómo no le das importancia a ese suceso. Alguien seguía a Clara y eso no es normal.

—Clara está casada con un funcionario de Sadam, ¿no se te ocurre que alguien pueda pensar que Ahmed Huseini es un espía? Sadam no deja salir a nadie de Irak y resulta que Huseini entra y sale cuando le da la gana. Habrá mucha gente interesada en saber por qué. Vete a saber si no han sido los propios servicios secretos italianos, o de la OTAN, quién sabe. Cualquiera podía querer seguir a Huseini.

—Es que no seguían a Huseini, seguían a Clara.

—Eso no lo sabemos.

—Sí, lo sabemos, no te empeñes en lo contrario.

—Estaremos con los ojos abiertos aquí y allí, no tenemos por qué preocuparnos.

—No te entiendo, George...

—¿No podéis confiar en mí como siempre?

—Lo estamos haciendo, pero Enrique y yo tenemos un presentimiento y Alfred está enfadado.

—¡Soy yo el que está enfadado! ¡Nos ha traicionado! ¡No puede quedarse con esas tablillas, no le pertenecen! ¿Es que no os dais cuenta de qué significa lo que ha hecho Alfred? Ninguno de nosotros podemos decidir en función de nuestra conveniencia o interés, ninguno. Los cuatro lo dejamos claro. Y Alfred nos quiere robar.

—¿Hasta dónde estás dispuesto a llegar?

—¿Yo o nosotros?

—Nosotros, George, hasta dónde llegaremos.

—No hay perdón para la traición.

—¿Vas a mandar que le maten?

—No consentiré que nos robe lo que es de todos nosotros.

* * *

Clara llevaba una bolsa en la mano. Echó una última mirada a su cuarto diciéndose que olvidaba algo, pero desistió de intentar acordarse. Ahmed la esperaba en la puerta para conducirla a la base militar desde donde un helicóptero la trasladaría hasta Tell Mughayir; de allí viajaría hasta Safran en un todoterreno.

Había rechazado el ofrecimiento de Ahmed para acompañarla y se había negado a que en esta ocasión la escoltara Fátima. Tenía suficiente con los cuatro hombres a los que su abuelo había ordenado que no la perdieran de vista.

Ahmed ya no vivía en la Casa Amarilla. Llevaba varios días instalado en casa de su hermana.

Sabía que su marido había mantenido una larga conversación con su abuelo antes de que éste se marchara a El Cairo.

Ninguno de los dos le había querido contar de qué habían hablado. Sólo Ahmed le dijo que a lo mejor retrasaba su salida de Irak hasta que estallara la guerra. Pero no se lo aseguró. Ella le había insistido para que le explicara por qué, pero su marido se había cerrado en banda.

Con su abuelo no había tenido más suerte.

—Llámame en cuanto llegues, quiero saber que estás bien —le dijo Ahmed.

—Estaré bien, no te preocupes; sólo serán unos días.

—Sí, pero los británicos tienen especial querencia por bombardear esa zona.

—Por favor, no te preocupes. No pasará nada.

Subió al helicóptero y se colocó los cascos para protegerse del ruido de los rotores. A mediodía estaría en Safran, y pensaba disfrutar de la soledad del lugar.

Ahmed vio cómo el helicóptero se deslizaba por el cielo, y también tuvo un sentimiento de liberación. Durante unos días no se sentiría culpable, porque así era como se sentía cuando estaba con Clara. Era consciente del enorme esfuerzo que hacía para no perder el control de sus emociones, para no dejar escapar el más mínimo reproche. Se lo había puesto fácil, muy fácil, y no le había dado opción a dar marcha atrás.

Pero tenía que tomar una decisión difícil: o aceptaba el chantaje al que le sometía el abuelo de Clara y participaba en la última operación ya en marcha o intentaba irse, escapar de Irak.

Sentía sobre la nuca el aliento del Coronel. Sabía que Alfred le había alertado para que le vigilaran, por lo que huir de Irak iba a resultarle complicado. Si se quedaba sería rico; Alfred le había asegurado que le pagaría con generosidad su participación en esta última operación y, además, le ayudaría a salir del país.

Sólo el abuelo de Clara podría garantizarle la huida, pero ¿podía fiarse de él? ¿No le utilizaría para, en el último momento, ordenar que le mataran? No podía saberlo; con Alfred no se podía estar seguro de nada.

Había hablado con su hermana, la única que vivía en Bagdad, y que, como él, soñaba con marcharse; había regresado apenas hacía un año cuando a su marido, un diplomático italiano, le destinaron a Bagdad, y confiaba en que en cuanto empezaran a sonar los tambores de la guerra serían evacuados.

Por lo pronto le habían acogido en su casa, un piso amplio situado en una zona residencial donde vivían muchos diplomáticos occidentales.

Ahmed ocupaba la habitación del más pequeño de sus sobrinos, quien había pasado a compartir el cuarto con su hermano mayor.

Su hermana le decía que pidiera asilo político, pero él sabía en la difícil situación en que pondría a su cuñado si se presentaba en la embajada de Italia solicitando asilo. Provocaría un incidente diplomático, y posiblemente Sadam impediría que se marchara por mucha cobertura diplomática que le dieran los italianos.

No, ésa no era la solución. Tenía que huir por sus propios medios, sin comprometer a nadie, y, mucho menos, a su familia.

Cuando el helicóptero se posó en una base cerca de Tell Mughayir, Clara tenía la sensación de que la cabeza le iba a estallar. Le dolían las sienes porque el ruido de los rotores había traspasado los cascos protectores.

Buena parte del material de guerra de Irak era chatarra, como aquel helicóptero que le había trasladado hasta allí. El Coronel le había advertido que era el único de que podía disponer.

Ya en el todoterreno, escoltada por un par de soldados y seguida en otro coche por los cuatro hombres de su abuelo, empezó a sentirse mejor.

Hacía calor, un calor seco que aumentaba cuando se cruzaban con algún coche que levantaba una nube de polvo amarillo que terminaba masticando sin saber cómo.

El jefe de la aldea la recibió en la puerta de su casa y le invitó a tomar un té. Intercambiaron las formalidades de rigor hasta que, pasado el tiempo que exige la cortesía, Clara le dijo por qué estaba allí y lo que quería.

El hombre la escuchó atento, con una sonrisa, y le aseguró que, siguiendo las instrucciones telefónicas de Ahmed, ya lo tenía todo organizado. Habían comenzado a levantar unas cuantas casas con arcilla, un material que abundaba en la región: igual que tres mil años atrás, una vez limpia de impurezas, la amasaban con agua y añadían paja picada, arena, grava o ceniza. La técnica de construcción era sencilla: iban levantando muros por fases y cuando una parte se secaba añadían el siguiente. Para impermeabilizarlas las recubrían con paja y ramas de palmera.

Tenían terminadas media docena y, al ritmo que iban, otras seis estarían listas antes de que finalizara la semana.

Por dentro eran muy sencillas y no demasiado grandes; eso sí, Ahmed se había preocupado de instalar duchas y servicios sanitarios elementales.

Orgulloso del trabajo que había realizado en tan escaso tiempo, el jefe de la aldea también le aseguró que él mismo había elegido los hombres que necesitaban para la excavación.

Clara le dio las gracias y, dando un rodeo para no ofenderle, le explicó que quería reunirse con todos los hombres de la aldea porque los obreros que necesitaba debían de tener algunas características determinadas. Estaba segura, le dijo, de que él había elegido bien, pero le pedía que le permitiera a ella ver a todos los hombres que estuvieran dispuestos a trabajar en la misión arqueológica.

Después de un largo tira y afloja, Clara decidió nombrar de pasada al Coronel para acabar con la interminable negociación, puesto que el jefe de la aldea insistía en que los hombres sólo los podía elegir él.

Cuando escuchó el nombre del Coronel, el jefe de la aldea accedió a la petición de Clara. Al día siguiente, le dijo, podría reunirse con quien quisiera. Había también mujeres dispuestas a trabajar lavando y limpiando las tiendas de los extranjeros cuando éstos estuvieran excavando.

Caía la tarde cuando Clara le dijo que aceptaba la invitación para alojarse en su casa, junto a su esposa e hijas, hasta que llegara el resto de la expedición. Pero antes, le dijo, quería caminar hasta las ruinas y estar allí un rato, pensando en el trabajo que tenían por delante. El hombre asintió. Sabía que Clara haría lo que le viniera en gana y, además, sobre él no recaería ninguna responsabilidad, ya que su invitada venía escoltada desde Bagdad.

Clara pensó en que sin duda la aldea debía el nombre al color amarillo de la tierra, al polvo amarillo que lo envolvía todo, al color pajizo de las piedras. Le gustaba ese color, que parecía empeñado en uniformizar aquel lugar perdido, tan cercano a la antigua Ur.

Pidió a los escoltas que se mantuvieran a distancia. Quería estar sola, sin sentir su presencia alerta a cada paso que daba. Se negaron porque las órdenes de Alfred habían sido tajantes al respecto: no podían perderla de vista y si alguien intentaba hacerle daño debían matarlo, aunque antes, si era posible, le harían confesar quién era y para quién trabajaba. Ningún hombre podía intentar hacer daño a Clara sin pagar con su vida por ello.

De nada sirvieron sus protestas; lo más que consiguió fue que se mantuvieran a una distancia prudente, pero siempre teniéndola a la vista.

Anduvo por todo el perímetro despejado acariciando los restos de la piedra con que había sido levantado aquel edificio misterioso. Lo observó desde todos los ángulos, quitando tierra adherida a la piedra y recogiendo pequeños trozos de tablillas que guardaba cuidadosamente en una bolsa de lona. Luego se sentó en el suelo y, apoyándose en la piedra, dejó vagar su imaginación por aquel lugar en busca de Shamas.

16

—Pero, Abrán, lo que me estás contando también sucede en el Poema de Gilgamesh —protestó Shamas.

—¿Estás seguro?

—¿Cómo no voy a estarlo, si lo estudiábamos con Ili?

—Ya te he dicho que a veces los hombres intentan explicar lo que pasa a través de cuentos y poemas.

—Sea pues, continúa con la historia de ese Noé.

—En realidad no se trata de la historia de Noé, sino del enfado de Dios con los hombres por su comportamiento. Todo lo que veía Dios en la tierra era maldad, por eso decidió exterminar a su criatura más querida: al hombre.

»Pero Dios, que siempre es misericordioso, se conmovió ante la bondad de Noé y decidió salvarle.

—Por eso mandó construir un arca de madera resinosa, sí, ya lo he escrito antes —respondió Shamas releyendo una de las tablillas que tenía apiladas junto a la palmera en la que se apoyaban—. Y también las medidas del arca: longitud trescientos codos, anchura cincuenta y altura treinta. La puerta del arca estaba en un costado, y Dios mandó construirla de tres pisos.

—Veo que has escrito cuanto te he dicho.

—Claro. Aunque esta historia no me gusta tanto como la creación del mundo.

—¿Y por qué no?

—Estuve pensando mucho en Adán y Eva cuando se ocultaron de Dios por la vergüenza de sentirse desnudos. Y en la maldición de Dios contra la serpiente por haber inducido a Eva a desobedecer.

—Shamas, no puedes escribir sólo lo que te gusta. Me pediste que te contara la historia del mundo. Pues bien, es importante que sepas por qué Él quiso castigar a los hombres e inundó la tierra. Si no quieres continuar…

—¡Sí, claro que quiero! Sólo que me acordaba del Poema de Gilgamesh y… —el niño se mordió el labio temiendo haber provocado el enfado de Abrán—. ¡Por favor, continúa y perdóname!

—¿Por dónde iba?

Shamas repasó las últimas líneas escritas en la tablilla y leyó en voz alta: «Él le dijo que entrara en el arca con su familia porque era el único hombre justo de su generación. También le ordenó que de todos los animales puros tomara siete parejas, el macho con su hembra, y de todos los animales que no son puros, una pareja, el macho con su hembra».

—Escribe —le conminó Abrán—: Asimismo Dios quiso que también guardara aves del cielo, siete parejas, machos y hembras. Luego el Señor le anunció que al cabo de siete días haría llover sobre la Tierra durante cuarenta días y cuarenta noches, exterminando sobre la faz del suelo todos los seres vivos. Y Noé hizo todo lo que le había mandado Yahvé.

»Noé contaba seiscientos años cuando acaeció el Diluvio, y entró en el arca, y con él sus hijos, su mujer y las mujeres de sus hijos, para salvarse de las aguas del diluvio, y junto a él los animales puros, y los animales que no son puros, y las aves y de todo lo que repta, sendas parejas de cada especie, machos y hembras, como había mandado Dios. A la semana, las aguas del diluvio vinieron sobre la Tierra.

»El año seiscientos de la vida de Noé, el mes segundo, el día diecisiete del mes, en ese día saltaron todas las fuentes del gran abismo y las compuertas del cielo se abrieron y estuvo descargando la lluvia sobre la tierra cuarenta días y cuarenta noches… Y Yahvé cerró la puerta detrás de Noé».

El niño hacía correr velozmente el cálamo sobre el barro, impresionado al imaginar que se abrían unas puertas en el cielo por las que Dios derramaba la lluvia. Pensó en un cántaro rompiéndose y derramando de golpe el agua. Shamas continuó escribiendo, sin levantar la vista, lo que le contaba Abrán: «Cuando subió el nivel de las aguas y quedaron cubiertos los montes más altos que hay bajo el cielo, pereciendo todos los seres vivos, desde los hombres al ganado, los reptiles y las aves del cielo, hasta que un día Dios se acordó de Noé e hizo pasar un viento sobre la tierra y las aguas empezaron a decrecer.

»Se cerraron las fuentes del abismo y las compuertas del cielo, y cesó la lluvia del cielo. Poco a poco retrocedieron las aguas sobre la Tierra. Al cabo de ciento cincuenta días, las aguas habían menguado, y en el mes séptimo, el día diecisiete del mes, varó el arca sobre los montes de Ararat. Las aguas siguieron menguando paulatinamente hasta el mes décimo, y el día primero del décimo mes asomaron las cumbres de los montes».*

Abrán se quedó en silencio y entornó los ojos. Shamas aprovechó para descansar. Utilizaba las tablillas por ambos lados; en la que se había empeñado no era una tarea fácil. Cuando Abrán terminara de contarle la historia de Noé hablaría con él sobre lo que le atormentaba en sueños. Quería regresar a Ur, se sentía extranjero en Jaran, pese a que allí estaban su padre, su madre y sus hermanos. Pero la felicidad había huido de su hogar desde que llegaron a la ciudad. Ahora apenas veía a su

* Pasajes del Diluvio según la Biblia de Jerusalén.

padre y su madre estaba siempre de malhumor. Todos echaban de menos la frescura de la casa que había construido su padre a las puertas de Ur. Ya no les gustaba ir de un lado a otro como antaño.

—¿En qué piensas, Shamas?

—En Ur.

—¿Y qué es lo que piensas?

—Que me gustaría estar con mi abuela, incluso ir a la escuela con Ili.

—¿No te gusta Jaran? Aquí también estás aprendiendo.

—Sí, es verdad, pero no es lo mismo.

—¿Qué es lo que no es lo mismo?

—Ni el sol, ni la noche, ni el habla de la gente, ni el sabor de los higos es igual.

—¡Ah, sientes nostalgia!

—¿Qué es la nostalgia?

—El recuerdo de lo perdido, y a veces de lo que uno ni siquiera conoce.

—No quiero separarme de la tribu, pero no me gusta vivir aquí.

—No estaremos mucho tiempo.

—Ya sé que Téraj es anciano y cuando no esté tú nos llevarás a Canaán, pero es que yo no sé si quiero ir a Canaán. A mi madre también le gustaría regresar.

Shamas se quedó en silencio, apesadumbrado por haber abierto en exceso su corazón. Temía que Abrán se lo dijera a su padre y éste se entristeciera al saber que no era feliz. Abrán parecía haberle leído el pensamiento.

—No te preocupes, no se lo diré a nadie, pero hemos de procurar que vuelvas a ser feliz.

El niño asintió aliviado mientras volvía a coger el cálamo para continuar escribiendo lo que le contaba Abrán.

Y así supo que Noé primero envió un cuervo y más tarde

una paloma para ver si la tierra se había secado, y que tuvo que soltar una segunda paloma, y una tercera, hasta que esta última no regresó. Y cómo Dios se apiadó de los hombres y dijo «Nunca más volveré a maldecir el suelo por causa del hombre, ni volveré a herir a todo ser viviente como lo he hecho».

Dios, le explicó Abrán, bendijo a Noé y a sus hijos y les dijo que fueran fecundos, se multiplicaran y llenaran la Tierra. También Él dio a los hombres todo lo que se mueve y tiene vida, lo mismo que les había dado la hierba verde, pero les prohibió comer la carne con su alma, es decir, con su sangre: «Y Yo os prometo reclamar vuestra propia sangre: la reclamaré a todo animal y al hombre: a todos y cada uno reclamaré el alma humana».

—¿O sea, que devolvió a los hombres al Paraíso? —preguntó Shamas.

—No exactamente, aunque Dios nos perdonó y volvió a convertir al hombre en el ser más importante de su Creación dándonos todo lo que ha creado en la Tierra; la diferencia es que nada será regalado. Hombres y animales luchamos por la supervivencia, tenemos que trabajar para obtener la semilla de la tierra, las mujeres sufren para traer nuestra descendencia. No, Dios no nos devuelve al Paraíso, tan sólo se compromete a no borrarnos de la faz de la Tierra. Nunca más se abrirán las puertas del cielo derramando lluvia como si de un torrente se tratara.

»Dejémoslo ya, el sol se está escondiendo. Mañana te contaré por qué no todos los hombres hablamos igual y a veces no nos entendemos.

El niño abrió los ojos sorprendido. Abrán tenía razón, apenas se veía, pero a él le hubiera gustado continuar. Claro que su madre estaría buscándolo y su padre querría ver lo que había aprendido ese día en la escuela de escribas. De manera que se levantó de un salto, recogió cuidadosamente las tablillas y echó a correr hacia la casa de adobe que su familia tenía por hogar.

Al día siguiente Abrán no acudió a la cita con Shamas. Buscaba la soledad porque sentía dentro de él la llamada de la voz de Dios. Esa noche se había despertado envuelto en sudor, sintiendo que algo le apretaba en las entrañas.

Cuando se levantó, salió de Jaran y caminó sin rumbo durante horas hasta que al caer la tarde se sentó a descansar en un palmeral cercado por hierba fina. Esperaba una señal del Señor.

Cerró los ojos y sintió una punzada junto al corazón, al tiempo que escuchaba con nitidez la voz sagrada de Él.

«Abrán, dejarás tu tierra, tu patria, la casa de tu padre e irás a la tierra que yo te mostraré. De ti haré una nación grande y te bendeciré. Engrandeceré tu nombre; y sé tú una bendición.

»Bendeciré a quienes te bendigan y maldeciré a quienes te maldigan.

»Por ti se bendecirán todos los linajes de la Tierra.»*

Abrió los ojos esperando ver al Señor, pero las sombras de la noche se habían apoderado del palmeral, sólo alumbrado por la luna rojiza y miles de estrellas como puntos diminutos brillando desde el firmamento.

La inquietud se volvió a apoderar de él. Dios le había hablado con nitidez, aún podía sentir la fuerza de sus palabras retumbando dentro de sí.

Sabía que debía ponerse en marcha a la tierra de Canaán como quería el Señor. Aun antes de salir de Ur Él ya le había marcado el destino que había aplazado por ser Téraj anciano y querer reposar en Jaran, tierra de sus antepasados.

Los días y las noches habían pasado sin que la tribu se moviera de Jaran, donde encontraron buenos pastos y una próspera ciudad para comerciar. Se habían asentado tal y como

* Diálogo de Dios con Abrán, Biblia de Jerusalén.

quiso Téraj, aunque Abrán siempre supo que aquella estancia era provisional, puesto que llegaría el día en que el Señor le instaría a cumplir sus deseos.

Ese día había llegado y sintió pesadumbre sabiendo que tenía que obedecer a Dios y disgustar a Téraj.

Su anciano padre, con la mirada nublada y dificultades al andar, dormitaba buena parte del día perdido en las regiones habitadas por el recuerdo y el temor al más allá.

¿Cómo le diría a Téraj que habían de partir? El dolor le oprimía el pecho y las lágrimas fluían de sus ojos sin poder evitarlas.

Amaba a su padre, que le había guiado a lo largo de su vida. De él había aprendido cuanto sabía, y observando sus manos diestras construyendo estatuas había comprendido que unas manos no hacen un Dios.

Téraj creía en Él, y había logrado prender a Dios en el alma del resto de la tribu, aun hoy propicia a honrar las figuras de dioses de barro profusamente adornados de los santuarios.

Abrán caminaba con paso ligero. Tenía que llegar a la casa de su padre, donde Sara le aguardaría despierta a pesar de que hacía rato que había caído el sol.

Sentía la necesidad de apresurar el paso porque sabía que Téraj le estaba esperando. Su padre le llamaba angustiado.

Cuando llegó cerca de Jaran se encontró a un hombre de la tribu que aguardaba para llevarle rápido junto a su padre. La tarde anterior, le explicó, Téraj había caído en un sopor del que nadie lograba despertarlo y sólo murmuraba el nombre de Abrán.

Cuando entró en la casa mandó a las mujeres que salieran de la estancia de su padre y pidió a su hermano Najor que le dejara velar al anciano.

Najor, agotado por la larga jornada, salió a respirar el aire fresco de la noche mientras Abrán cuidaba de Téraj.

Quienes estaban en la casa escuchaban los murmullos apagados de la voz de Abrán, aunque también creyeron escuchar la voz cansada del anciano.

El amanecer les sorprendió con la muerte de Téraj. La esclava de Sara, la esposa de Abrán, se acercó a su tienda para avisar a Yadin, el padre de Shamas, que se apresuró a ir a la casa de Téraj situada a pocos pasos de la suya. Encontró a Abrán y a su hermano Najor, junto a las mujeres de ambos, Sara y Milca, y su sobrino Lot.

Las mujeres lloraban y se mesaban el cabello, mientras los hombres no lograban articular palabra, tan grande era su desolación.

Yadin se hizo cargo de la situación y envió a por su esposa para que, con ayuda de las otras mujeres, lavaran el cadáver de Téraj y lo prepararan para dormir el sueño eterno en la tierra de Jaran.

Téraj había muerto en el lugar que amaba por encima de todos los demás, puesto que en Jaran, en ese ir y venir con el ganado en busca de pastos y de grano, habían nacido casi tantos antepasados suyos como en Ur.

La tribu guardó el plazo de rigor antes de entregar el cuerpo de Téraj a la tierra seca y quebradiza de esa época del año.

Abrán reflejaba en el rostro el dolor de la orfandad. Téraj había sido su padre y su guía, le había enseñado todo cuanto sabía. Le había ayudado a encontrar a Dios y nunca le había reconvenido por reírse de las figuras de barro que ellos convertían en dioses por encargo de algún noble señor o del mismísimo rey.

Téraj había sentido a Dios en su corazón, lo mismo que lo había sentido Abrán. Ahora le tocaba a él dirigir la tribu, y cuidar de llevarla a tierras donde hubiera pastos y pudieran vivir sin temor. Una tierra prometida por Dios.

—Iremos a Canaán —anunció Abrán—. Preparémonos para partir.

Los hombres discutieron sobre el camino que deberían seguir. Unos preferían asentarse en Jaran, otros proponían regresar a Ur y los más seguirían a Abrán donde fuera que éste se encaminara.

Yadin se reunió con su pariente, ahora convertido en jefe de la tribu.

—Abrán, no te acompañaremos a Canaán.

—Lo sé.

—¿Lo sabes? ¿Cómo es posible si hasta ayer ni yo lo sabía?

—Se podía leer en la mirada de tu familia que no me acompañaríais. Shamas sueña con regresar a Ur, tu esposa añora aquella ciudad, donde quedó su familia, e incluso tú prefieres guiar a tu clan yendo y viniendo de Ur a Jaran buscando en cada momento pastos y grano con que alimentaros. No, no tengo nada que reprocharte. Entiendo tu decisión, y me alegro por Shamas.

—Sin duda la añoranza que leo en los ojos de mi hijo me ha decidido a regresar.

—Shamas está llamado a perdurar a través de sus escritos. Será un buen escriba, un hombre justo y sabio. Su destino no es pastorear.

—¿Cuándo partirás con la tribu?

—No antes de una luna. Tengo cosas que hacer, y sobre todo no puedo marchar hasta terminar el relato que le estoy contando a Shamas. Tiene que explicar a los nuestros que quedan en Ur y a cuantos encuentre a lo largo de la vida, quiénes somos, de dónde venimos y cuál es la voluntad de Dios. No podemos entender por qué debemos afrontar el sufrimiento si no entendemos por qué nos hizo el Señor y la falta cometida por aquel primer hombre y la primera mujer.

»Sólo perdura lo que está escrito y antes de partir quiero que Shamas escriba cuanto le he de decir.

—Así será. Le diré a mi hijo que te busque, y le prepararé suficientes tablillas para que pueda guardar todo lo que vayas a decirle.

Abrán le esperaba en el lugar de siempre, a las afueras de Jaran. Apenas habían hablado desde la muerte de Téraj. El niño se acercó con aire circunspecto, deseando encontrar las palabras que transmitieran el pesar que sentía por la ausencia del anciano y el dolor de Abrán. Pero no hizo falta que dijera nada porque Abrán le apretó el hombro en señal de reconocimiento y le invitó a sentarse a su lado.

—Sentiré no verte más —le aseguró Abrán.

—¿No regresarás nunca a Ur, ni siquiera a Jaran? —preguntó preocupado Shamas.

—No. El día en que me ponga en camino será para siempre y sin mirar atrás. No volveremos a vernos, Shamas, pero te sentiré en el corazón y espero que no me olvides. Tú guardarás las tablillas con la historia del mundo y les explicarás a los nuestros lo que yo te he explicado a ti. Han de saber la verdad y dejar de adorar figuras de barro pintado de púrpura y oro.

Shamas asintió abrumado por el encargo de Abrán, que era señal de su confianza en él. Tímidamente le preguntó si Él le había vuelto a hablar.

—Sí, lo hizo el día en que preparaba a Téraj para devolverle a la tierra con que modeló al primer hombre. He de cumplir con lo que me ordena. Debes saber, Shamas, que mi estirpe se extenderá por todos los rincones de la Tierra, y de mí dirán que soy el padre de muchos.

—Entonces te llamaremos Abraham —afirmó el niño dibujando una sonrisa incrédula puesto que sabía que Sara, la esposa de Abrán, no le había dado hijos.

—Tú lo has dicho, así me conocerán los hijos de mis hijos y los hijos de sus hijos y los hijos de los hijos de éstos, y así a través de los tiempos.

Al niño le impresionó la firmeza con que Abraham aseguraba que se iba a convertir en el padre de muchas tribus. Pero le creyó, como siempre le había creído, sabiendo que nunca le había mentido y que era el único de todos ellos que podía hablar con Dios.

—Les diré a todos que deben de llamarte Abraham.

—Así lo harán. Ahora prepárate, porque debes escribir. Son muchas las cosas que tienes que conocer antes de separarnos.

Shamas sacó el cálamo y se colocó la tablilla sobre las rodillas, dispuesto a escribir cuanto le contara Abraham.

—Noé vivió novecientos cincuenta años y tuvo tres hijos: Sem, Cam y Jafet. Ellos repoblaron la tierra con sus hijos y los hijos de éstos. Entonces todos los hombres hablaban la misma lengua, la lengua que hablaba Noé.

»Al desplazarse los hombres de un lugar a otro, hallaron una vega en el país de Senaar y empezaron a fabricar ladrillos cociéndolos al fuego. El ladrillo les servía de piedra y el betún de argamasa y empezaron a edificar una ciudad y también decidieron construir una torre tan alta que se viera desde cualquier lugar de la Tierra. Una torre con la que acercarse al Cielo y llamar a la puerta de la morada de Dios. Cuando estaban construyéndola Él bajó a ver la obra de los hombres, y volvió a dolerse por su soberbia y de nuevo les castigó.

—Pero ¿por qué? —se atrevió a preguntar Shamas—. No veo dónde está el mal por querer alcanzar el cielo. En Ur los sacerdotes estudian las estrellas y por ello tienen que acercarse al firmamento. En Ur el rey pensaba construir un zigurat cerca de Safran para que los sacerdotes pudieran descifrar los misterios del Sol y de la Luna, la aparición y desaparición de las estrellas, los pesos y las medidas. Sabemos que la Tierra es redonda porque así lo han calculado los sacerdotes observando el cielo...

—¡Calla, calla! —le conminó Abraham—. Debes escribir lo que te cuento y no discutir con Dios.

Shamas guardó silencio. Temía a Dios, a ese Dios que era el suyo porque era el de Abraham y el de su clan, pero que capaz de leer en sus corazones se enfadaba a menudo con los hombres. ¿Le castigaría a él por pensar que era injusto?

—Aquellos hombres —continuó Abraham— querían desafiar el poder de Dios, construir una torre en la que refugiarse si de nuevo Él decidía enviar un castigo terrible sobre la Tierra como lo había sido el Diluvio.

»De manera que esta vez decidió confundir el lenguaje de los hombres para que no se entendieran entre sí. Desde entonces cada clan tiene su propio lenguaje, y las tribus del norte no entienden a las del sur, ni las del este a las del oeste. Y así, en una ciudad encontramos hombres que tampoco se entienden entre ellos porque unos han llegado de un lugar distinto al de otros.

»El Señor no tolera ni el orgullo ni la soberbia en sus criaturas. No se puede desafiar a Dios, ni pretender acercarse a los límites que ha establecido entre el Cielo y la Tierra.*

De nuevo les sorprendió la aparición de la luna al ocaso y se encaminaron hacia Jaran. Abraham ayudaba a Shamas a llevar las tablillas. Ya en la puerta de la casa se encontraron a Yadin, quien invitó a pasar a su pariente y a compartir con ellos un trozo de pan con leche.

Los dos hombres hablaron de los viajes que ambos habían de emprender en dirección contraria el uno del otro, sabiendo que era poco probable que volvieran a reunirse.

* Referencias a la Torre de Babel según la Biblia de Jerusalén.

Yadin quería dejar de pastorear y asentarse para siempre en Ur, donde Shamas se convertiría en un escriba al servicio del palacio. Ili terminaría de enseñarle el manejo de las *bullas* y de los *calculi*, en los que Shamas había destacado durante su aprendizaje en Jaran.

En los últimos años, Shamas se había convertido en un adolescente consciente de que el aprendizaje exigía dedicación. Además, los escribas de Jaran no tenían con él ni la paciencia ni las contemplaciones que había tenido su maestro de Ur, y Shamas tuvo que esforzarse ante la amenaza de que no le seguirían enseñando si no hacía un esfuerzo mayor por aprender.

Pero aún debería adquirir muchos conocimientos para convertirse en un *dub-sar* (escriba) y, después de muchos años de ejercer de ello, adquirir el grado de *ses-gal* (gran hermano) y culminar su vida siendo un *um-mi-a* (maestro).

Shamas escuchaba en silencio la conversación entre su padre y Abraham y las recomendaciones que se hacían el uno al otro.

El invierno estaba vencido, y la primavera afloraba tiñendo de verde el color de la tierra y coloreando de azul intenso el cielo. Era la época propicia para viajar.

Abraham y Yadin acordaron despedirse sacrificando un cordero, con la esperanza de que fuera propicio al Señor.

—Padre, ¿cuándo nos iremos? —preguntó el niño no bien Abraham salió de la casa.

—Ya lo has oído, dentro de una luna no estaremos aquí. No iremos solos, otros miembros del clan regresarán a Ur con nosotros. ¿No te arrepentirás por no acompañar a Abraham?

—No, padre, deseo regresar a casa.

—Ésta es tu casa.

—Siento que mi casa es en la que crecí en Ur. Me acordaré de Abraham, pero él me ha dicho que todos debemos seguir nuestro camino. Él debe hacer lo que Dios le ha mandado, y yo siento que lo que espera de mí es que regrese a la tierra de nuestros antepasados. Allí explicaré a los nuestros cuanto sé sobre la historia del mundo, y guardaré con cuidado las tablillas con lo que Abraham me ha contado.

—Has elegido tu destino.

—No, padre, creo que Dios ha elegido por mí. Abraham me preguntó qué sentía dentro de mí y lo que siento es que debo regresar.

—Yo también lo siento así, hijo, y tu madre también. Ella tiene el corazón repleto de añoranza y volverá a reír el día en que nos acercamos a Ur. Desea morir donde nacieron y murieron los suyos. Ésta es nuestra casa, pero aquí se siente extranjera. Sí, debemos partir.

Shamas asintió feliz. La expectativa del viaje le provocaba un cosquilleo interno. Para él era una necesidad vital romper con la monotonía. Caminarían durante el día, acamparían al atardecer y las mujeres cocerían pan junto a la comida.

Saboreó de antemano las zambullidas en el Éufrates y las conversaciones alrededor del fuego.

Pensó en Abraham con una punzada de pesar. Le echaría de menos. Sabía que su pariente era un hombre especial, elegido por Dios para convertirse en padre de muchas tribus. No sabía cómo llegaría a suceder eso, puesto que Sara no le había dado hijos, pero si Dios se lo había prometido, así sería, se dijo Shamas.

Había escrito la historia del mundo. La Creación de la Tierra según sabía Abraham. No tenía duda de que habría sido así.

Su relación con Dios era difícil. A veces creía que estaba a punto de entender el misterio de la vida, pero cuando estaba a punto de alcanzarlo, la mente se le ponía borrosa y era incapaz de pensar.

En otras ocasiones no entendía las acciones de Dios, su ira y la dureza con la que castigaba a los hombres. No terminaba de entender por qué la desobediencia le resultaba tan insoportable al Señor.

Pero no entender a Dios y reprocharle en su fuero interno alguna de sus decisiones para con los hombres no le llevaba a creer menos en Él.

Su fe era como una roca asentada en la tierra para el resto de la eternidad.

Su padre le había instado a que fuera prudente cuando llegaran a Ur. No podía poner en cuestión a Enlil, padre de todos los dioses, ni a Marduk, ni a Tiamat, ni a tantas otras divinidades.

Shamas sabía de la dificultad de hablar de un Dios que no tiene rostro, al que no se puede ver, sólo sentir en el corazón. De manera que sería cuidadoso a la hora de hablar de Él, y no intentaría imponerlo a los otros dioses. Tendría que sembrar en el corazón de quienes le escucharan y esperar a que de la siembra emergiera Él.

Llegó el día de la despedida. A punto de amanecer, con el frescor del alba Abraham y su tribu y Yadin junto a los suyos se preparaban para partir. Las mujeres cargaban los asnos y los niños corrían a su alrededor con los ojos legañosos, interrumpiendo el quehacer de sus madres.

Shamas aguardaba expectante a que Abraham se dirigiera a él, y se sintió feliz cuando éste le hizo una seña para hacer un aparte.

—Ven, aún tenemos tiempo de hablar mientras los nuestros terminan de preparar el viaje —le dijo Abraham.

—Ahora que te vas ya siento lo mucho que me acordaré de ti —le dijo Shamas.

—Sí, los dos nos acordaremos el uno del otro. Pero quiero hacerte un encargo, de hecho ya te lo pedí días atrás: que no se pierda la historia de la Creación. Como te la conté, así hizo Dios todas las cosas.

»Los hombres nos olvidamos de que somos una mota de su aliento y tendemos a creernos que no lo necesitamos, pero otras veces le reprocharemos que no esté para ayudarnos cuando lo necesitamos.

—Sí, yo también me pregunto el porqué.

—¿Cómo vamos a entender a Dios? Hemos sido hechos de barro, como esos dioses que construíamos Téraj y yo. Andamos, hablamos, sentimos porque Él nos insufló vida, y cuando quiere nos la quita de la misma manera que yo destruía los toros alados que los demás veneraban como dioses. Eran dioses creados por mí que dejaban de serlo por la fuerza de mi mano.

»No, no podemos entenderle a Él, ni siquiera intentarlo, y menos juzgar sus actos. Yo no puedo responder tus preguntas porque no tengo respuestas. Sólo sé que hay un Dios principio y fin, creador de cuanto existe, que así nos hizo, y nos condenó a morir porque nos permitió elegir.

—Dios te acompañará dondequiera que vayas, Abraham.

—Y a ti también, y a todos nosotros. Él todo lo ve y todo lo siente.

—¿Con quién hablaré de Dios?

—Con tu padre, Yadin, que lo lleva en el corazón. Con el anciano Joab, con Zabulón, con tantos de tus parientes con los que inicias viaje, como con muchos de los que se quedaron en Ur.

—¿Y quién me guiará?

—Hay un momento en la vida en que debemos buscar dentro de nosotros para decidir. Tú tienes a tu padre, puedes confiar en su cariño y sabiduría. Hazlo, sabrá ayudarte y encontrará respuestas que sacien tu corazón.

Escucharon la voz de Yadin llamándoles para despedirse. Shamas sentía un nudo en la garganta y hacía esfuerzos para no llorar. Pensaba que si lo hacía se reirían de él, puesto que ya estaba cerca de ser un hombre.

Abraham y Yadin se fundieron en un abrazo sentido. Sabían que nunca más se volverían a ver. Ambos intercambiaron las últimas recomendaciones, deseándose lo mejor para el futuro.

Abraham abrazó a Shamas, y el niño no pudo evitar que se le escapara una lágrima que inmediatamente enjugó con el puño.

—No te avergüences de sentir el dolor de la separación de quienes quieres y te quieren. Yo también tengo lágrimas en los ojos aunque no las deje fluir. Te recordaré siempre, Shamas, y debes de saber que así como yo seré el padre de hombres, como lo fue Adán, gracias a ti los hombres conocerán la historia del mundo y se la irán contando a sus hijos y éstos a los suyos y así hasta el fin de los tiempos.

Abraham dio la señal de partida y su tribu comenzó a caminar. Al mismo tiempo Yadin había levantado la mano indicando a los suyos que era la hora de partir. Cada familia iba en dirección opuesta a la otra; algunos volvían la vista y levantaban la mano en un último saludo. Shamas miraba en dirección a Abraham esperando que éste volviera los ojos hacia él, pero caminaba erguido, sin volver la vista atrás. Sólo cuando llegó a la altura del palmeral donde tantas tardes pasó con Shamas se paró durante unos segundos recorriendo con los ojos el lugar. Sintió a lo lejos la mirada de Shamas y se volvió sabiendo que el niño esperaba ese último adiós. No alcanzaron a verse, pero ambos sabían que se estaban mirando.

El sol estaba en lo alto y comenzaba la cuenta atrás de un día más de la eternidad.

17

—¡Señora! ¡Señora!

Clara salió de su letargo ante los gritos de uno de los hombres que la acompañaban.

—¿Qué sucede, Ali?

—Señora, ha caído la noche y el jefe de la aldea está enfadado. La esperan las mujeres para cenar.

—Ya voy, no tardo ni un segundo en llegar.

Se incorporó mientras se sacudía el polvo amarillo que se le había adherido a la ropa y a la piel. No tenía ganas de hablar con nadie, y menos con el jefe de la aldea y su familia. Quería disfrutar de la soledad del lugar sabiendo que pronto dejaría de estar como ahora.

Fantaseaba sobre Shamas, lo había dotado de rostro y podía escuchar el sonido de su voz, casi podía intuir sus pasos.

Debía de ser un aprendiz de escriba, de ahí los caracteres poco precisos de su escritura, pero también parecía una persona peculiar. Alguien con un don, y sobre todo alguien muy cercano al patriarca Abraham, tanto como para que éste le hubiera contado la Creación.

Pero ¿qué idea tendría Abraham del Génesis? ¿Sería un remedo de las antiguas leyendas mesopotámicas?

Abraham era un nómada, el jefe de una tribu. Todos los

clanes nómadas tenían sus propias tradiciones y leyendas, pero en su ir y venir entraban en contacto con otras tribus, con otras gentes de culturas distintas, de las que asimilaban a su vez costumbres, leyendas y dioses.

Era evidente que el Diluvio recogido por los hebreos en la Biblia guardaba relación con el Poema de Gilgamesh.

Cuando llegó a la casa del jefe de la aldea, éste le aguardaba en la puerta con una sonrisa helada a la que Clara hizo caso omiso. Hizo honor a la comida que le sirvieron y luego se retiró a una estancia en la que habían improvisado un lecho junto al de una de las hijas de la casa.

Estaba cansada y durmió de un tirón, como no lo hacía desde que Ahmed había dejado la Casa Amarilla.

La casa de Alfred Tannenberg en El Cairo estaba situada en Heliópolis, la zona residencial donde vivían los jerarcas del régimen.

Por las ventanas del despacho se veía una hilera de árboles, además de unos cuantos hombres que vigilaban el perímetro de la casa.

La edad le había hecho aún más desconfiado de lo que ya era en su juventud. Además, ahora ni siquiera confiaba en sus amigos, en los hombres por los que antes habría dado su vida, convencido de que ellos la habrían dado por él.

¿Por qué se empecinaban en hacerse con la *Biblia de Barro*? Les ofrecía cuanto tenía a cambio de esas tablillas, que significaban el futuro de Clara. No se trataba de dinero; su nieta ya tenía el suficiente para vivir desahogadamente el resto de su vida. Lo que él quería para Clara era respetabilidad, porque el mundo en que habían vivido se estaba derrumbando, no se podía engañar por más que se hubiera enfadado con cuantos se lo decían. En realidad, los informes que desde hacía un año le enviaba George no dejaban lugar a dudas. Desde el 11 de septiembre de 2001 el mundo había enloquecido.

Estados Unidos necesitaba definir al adversario para controlar las fuentes energéticas, y los árabes creían que para salir de la miseria y que el mundo les respetara tenían que hacer uso de la fuerza, de manera que los intereses de ambos se complementaban. Querían la guerra y estaban en ella, y a él le pillaban en medio dispuesto a hacer negocios como en tantas otras ocasiones. Sólo que ahora le restaban pocos meses de vida y temía por el futuro de su nieta. Y el futuro no pasaba por Bagdad ni por El Cairo. Ahmed, el marido de Clara, lo sabía, por eso pretendía huir. Pero él no quería que su nieta fuera una refugiada mal vista en todas partes por ser iraquí y ser quien era, porque tarde o temprano se sabría quién era. La única manera de salvarla era dotarla de respetabilidad profesional y eso sólo se lo podía dar la *Biblia de Barro*. Pero George no quería aceptarlo, y aunque Frankie y Enrique tenían familia, tampoco parecían entenderle.

Estaba solo, solo contra todos y con un inconveniente añadido: el escaso tiempo que le quedaba de vida.

Repasó el informe del médico. Querían operarle de nuevo, extirparle el tumor que invadía su hígado. Debía de tomar una decisión, aunque en realidad la tenía tomada. No volvería a entrar en el quirófano, más aún cuando, según el informe, eso no le garantizaba la vida. Incluso podía morir si su corazón se empeñaba en jugarle una mala pasada. Y últimamente los ataques de taquicardia y la tensión alta eran nuevas agresiones a su salud. Su única preocupación era vivir el tiempo suficiente para que Clara excavara en Safran antes de que los norteamericanos bombardearan.

El sonido de unos nudillos golpeando en la puerta del despacho le hizo levantar la mirada del informe esperando a que entrara quien llamaba.

Un criado le anunció la presencia de Yasir y de otro hombre, Mike Fernández. Les estaba esperando; indicó que les hicieran pasar.

Se levantó y se dirigió a la puerta de la entrada del despacho para saludar a sus visitantes. Yasir le hizo una breve inclinación de cabeza acompañada de una media sonrisa que más parecía una mueca. No le perdonaba la bofetada que le dio en su último encuentro. Alfred no pensaba disculparse, porque después de esa ofensa de nada servirían las disculpas. Yasir le traicionaría en cuanto tuviera la más mínima oportunidad, una vez asegurado el negocio que se traían entre manos. Sólo tenía que estar atento para parar el golpe antes de que levantara la mano.

Mike Fernández evaluó al anciano mientras se saludaban. Le sorprendió la fuerza con que Alfred le apretaba la mano, pero sobre todo tuvo la sensación de estar ante un hombre malo. No sabía por qué, pero así lo sentía en su fuero interno; él precisamente no era un santo; llevaba mucho tiempo metido en negocios sucios a las ordenes de Dukais y había hecho cosas de las que su madre, si viviera, se habría avergonzado; pero a pesar de lo vivido en los últimos años seguía distinguiendo el bien y el mal y aquel anciano exudaba mal por los cuatro costados.

El criado entró en el despacho llevando una bandeja con agua y refrescos, que colocó encima de la mesa baja alrededor de la que se habían sentado. Cuando el criado salió Alfred no perdió el tiempo en cortesías y se dirigió directamente a Fernández.

—¿Qué plan trae?

—Me gustaría echar un vistazo a la frontera de Kuwait con Irak, también quiero examinar algunos puntos de la frontera jordana y de la turca. Me gustaría saber con qué infraestructura contaremos en los distintos lugares en que decidamos desplegar a los hombres, y sobre todo las vías de escape. Creo que podemos tener una buena cobertura a través de una compañía que exporta algodón, grandes balas de algodón, desde Egipto a Europa.

—¿Y qué más? —preguntó con sequedad el anciano.

—Lo que usted me quiera decir y enseñar. Usted dirige la operación, yo estaré sobre el terreno; por eso quiero ver por dónde me tendré que mover.

—Yo le diré los puntos por donde los hombres entrarán y saldrán de Irak. Llevamos años entrando y saliendo del país sin que ni los iraquíes, los turcos, los jordanos o los kuwaitíes se enteren. Conocemos el terreno como la palma de nuestras manos. Usted se encargará de sus hombres, pero al mando de la operación sobre el terreno estarán los míos, y serán ellos los que entren y salgan de Irak.

—No es eso lo previsto.

—Lo previsto es entrar y salir en el menor tiempo posible pasando inadvertidos. Me temo que usted difícilmente se puede fundir con el paisaje, y dudo mucho que los hombres que envíe Paul puedan hacerlo. A usted se le ve a la legua que no es de aquí. Si le detuvieran se cargaría la operación. Nosotros podemos entrar y salir porque somos de aquí, nos fundimos con el paisaje, ustedes serían tan visibles como la estatua de la Libertad. Me parece bien que tenga unos cuantos hombres en algunos lugares estratégicos que ya le indicaré. En cuanto a lo de esa compañía de algodón, la conozco, es mía, pero no es la más adecuada para este negocio. Lo que necesitamos es que nuestros amigos de Washington nos permitan viajar en los aviones militares que tienen en las bases de Kuwait y de Turquía y que hacen escala en Europa; una vez allí, ya nos encargaremos de lo demás. Son sus hombres los que deben viajar en esos aviones con usted, ahí es donde no deben entrar los míos. Cada uno se tiene que mover en su terreno.

—Y usted decide cuál es el terreno de cada uno.

—¿Sabe? Cuando viajas por el desierto, los beduinos siempre te sorprenden. Estás convencido de que estás solo y, de repente, alzas la mirada y ahí están. Cómo han llegado, desde cuándo te están siguiendo, es algo que nunca sabes. Son parte de la arena del desierto.

»A usted se le veía a kilómetros de distancia, pero usted no les veía a ellos aunque estuvieran a cinco metros.

—¿Sus hombres son beduinos?

—Mis hombres han nacido aquí, en estas arenas, y son invisibles. Saben lo que tienen que hacer, adónde ir y por dónde. Ninguno llamará la atención en Bagdad, ni en Basora, ni en Mosul, Kairah o Tikrit. Entrarán y saldrán con la misma tranquilidad con que usted entra y sale de su casa. Lo hemos hecho siempre así, éste es mi territorio, así que no acepto cambios en la manera de hacer las cosas. ¿O es que en Washington se han vuelto locos?

—No, no se han vuelto locos, simplemente quieren controlar la operación.

—¿Controlarla? Soy yo quien controla la operación.

—Usted la dirige, es cierto, pero ellos quieren a unos cuantos de sus hombres aquí.

—Me temo que no habrá operación si no se hace como digo. En Washington saben que ustedes no podrían cruzar ni una sola de las fronteras.

—Hablaré con Dukais.

—Ahí tiene el teléfono.

Mike Fernández ni se levantó. Había forzado la situación simplemente porque no quería ser sólo un comparsa en los planes del anciano. Pero sabía que Dukais se enfadaría si le llamaba, puesto que las órdenes habían sido tajantes: tenía que hacer lo que dijera Alfred.

—Hablaré con él más tarde —dijo Mike Fernández, sorprendido por la dureza del anciano.

—Haga lo que quiera, pero sepa que no me gustan los pulsos, y si alguien me echa un pulso lo pierde. Así ha sido hasta ahora y así será hasta el día en que me muera.

Fernández guardó silencio. Habían medido fuerzas y quedaba claro que Alfred no estaba dispuesto ni siquiera a compartir el bastón de mando.

Pensó que lo más inteligente sería aceptar la situación. A fin de cuentas, Tannenberg tenía razón: aquél no era su territorio y estaban en vísperas de una guerra. La operación se iría al traste si les detenían a él o alguno de los suyos. De manera que por él no había ningún inconveniente en que fueran otros los que corrieran con los riesgos.

Durante la siguiente hora Tannenberg le dio una lección de táctica y estrategia militar. Desplegó un mapa en el que indicó dónde deberían situarse las fuerzas de apoyo de Mike y cómo y por dónde deberían desplazarse hasta las bases norteamericanas de Kuwait y Turquía, la ruta para llegar hasta Ammán e incluso una vía alternativa para llegar a Egipto.

—¿Y por dónde entrarán sus hombres, señor Tannenberg?

—Eso no se lo voy a decir. Contárselo a usted sería tanto como poner un anuncio en internet.

—¿Desconfía de mí? —preguntó Mike Fernández.

—Yo no me fío de nadie, pero en este caso no se trata de desconfianza. Usted le contará a Paul Dukais el plan, y si yo le digo por dónde entrarán mis hombres lógicamente le dará esa información. Y no tengo la menor intención de que esa información esté al alcance de cualquiera. Éste es mi negocio, amigo mío, entrar y salir por las fronteras de Oriente Próximo sin ser advertido por nadie. De manera que con lo que le he contado tiene la información que precisa, no necesita saber más.

Mike esperaba esa respuesta; sabía que el viejo se mostraría inflexible y que no le sacaría nada, pero decidió insistir.

—Sin embargo, usted me ha dado las coordenadas donde deben esperar mis hombres...

—Así es, pero si de esas coordenadas intenta sacar conclusiones se equivocará, así que allá usted.

—Bien, señor Tannenberg, ya veo que tratar con usted no será fácil.

—Se equivoca, es muy fácil, yo sólo espero que cada uno sepa lo que tiene que hacer. Usted haga su parte, yo haré la mía y asunto concluido. Esto no es una excursión para hacer amigos, de manera que no hace falta que me cuente cómo van a convencer sus jefes a los chicos del Pentágono para que les presten sus aviones, ni yo tampoco le contaré cuántos hombres míos participarán en esta operación ni por dónde entrarán o saldrán. Pero sí le diré los hombres que usted necesita.

—¿Me lo dirá usted? —preguntó con ironía el ex coronel Fernández.

—Sí, se lo diré, porque usted no tiene ni idea de cómo llegar desde los puntos que le he dicho hasta las bases norteamericanas. De manera que a sus hombres les escoltarán algunos de mis hombres, sobre todo para asegurarse de que todo llega bien.

—¿Y cuántos hombres debo traer?

—No más de veinte, y a ser posible que hablen algo más que inglés.

—¿Se refiere a árabe?

—Me refiero a árabe.

—No estoy seguro de que en eso podamos complacerle...

—Inténtenlo.

—Se lo diré al señor Dukais.

—Él ya sabe cómo deben de ser los hombres para esta misión, por eso le ha elegido a usted.

* * *

Mientras bajaban por la escalerilla del avión sintieron el calor seco del desierto. Marta sonrió feliz. Le gustaba Oriente. Fabián sintió que le faltaba el aire y aceleró el paso camino de la terminal del aeropuerto de Ammán.

Esperaban ante la cinta transportadora el equipaje cuando un hombre alto y moreno se dirigió hacia ellos hablándoles en un español más que perfecto.

—¿El señor Tudela?

—Sí, soy yo…

El hombre le tendió la mano y le dio un apretón firme y resuelto.

—Soy Haydar Annasir. Me envía Ahmed Huseini.

—¡Ah! —fue todo lo que acertó a decir Fabián.

Marta no dio importancia a que Haydar no la hubiese saludado y le tendió a su vez la mano ante el asombro de éste.

—Yo soy la profesora Gómez, ¿cómo está usted?

—Bienvenida, profesora —respondió Haydar Annasir, haciendo una ligera inclinación mientras estrechaba la mano de Marta.

—¿La señora Tannenberg no ha venido? —preguntó Marta.

—No, la señora Tannenberg se encuentra en Safran, les espera allí. Pero antes debemos retirar todo lo que han traído de la aduana. Deme los recibos y me ocuparé de recoger todos los bultos y que los trasladen al camión —precisó Annasir.

—¿Iremos directamente a Safran? —quiso saber Fabián.

—No. Les hemos reservado habitación en el Marriot para que descansen esta noche, mañana cruzaremos la frontera de Irak e iremos a Bagdad y de allí en helicóptero nos trasladarán a Safran. Espero que dentro de dos días puedan reunirse ustedes con la señora Tannenberg —fue la respuesta de Haydar Annasir.

Tuvieron que cumplimentar todos los trámites de la aduana, aunque sin problema alguno, ya que la presencia de Haydar era suficiente para que los funcionarios no pusieran ninguna traba. Vieron que los contenedores eran instalados directamente en tres camiones que les esperaban en la zona de carga del aeropuerto. Luego ellos se dirigieron hacia el hotel. Haydar les anunció que regresaría a la hora de la cena para acompañarles; mientras tanto, si lo deseaban, podían descansar. Al día siguiente saldrían al amanecer, a eso de las cinco de la mañana.

—¿Qué te ha parecido el personaje? —preguntó Fabián a Marta mientras tomaban una copa en el bar.

—Amable y eficaz.

—Y habla un español perfecto.

—Sí, seguramente ha estudiado en España; esta noche nos contará en qué universidad y qué.

—A ti al principio no te ha hecho caso.

—Sí, se ha dirigido a ti; tú eres el hombre y por tanto tenía que tratar contigo. Ya se le pasará.

—Pues me ha sorprendido que no le soltaras alguna impertinencia por desdeñarte.

—No lo ha hecho con mala intención. Es producto de la educación que ha recibido. No creas que vosotros sois mejores —respondió riéndose Marta.

—Bueno, nos hemos reciclado y hecho un enorme esfuerzo por estar a la altura de las chicas, que ya sabemos que sois el superhombre.

—Seguramente Nietzsche pensaba en su hermana cuando teorizó sobre el superhombre. Pero hablando en serio, ya estoy acostumbrada a que esto suceda cuando vengo a trabajar a Oriente. Dentro de unos días se rendirá a la evidencia y sabrá que la jefa soy yo.

—Vaya, acabas de hacerte con el poder, gracias por decírmelo.

Bromearon un rato mientras apuraban el whisky con hielo esperando a Haydar Annasir. Éste apareció a las ocho y media en punto, tal y como les había anunciado.

«No está mal», pensó Marta examinádole con ojo crítico mientras cruzaba el bar en dirección a ellos.

Haydar llevaba un traje azul oscuro de buen corte y una corbata de Hermès con un dibujo de elefantes.

«La corbata con los elefantes es un poco antigua, pero es elegante», se dijo a sí misma Marta mientras procuraba no dejar escapar la más leve sonrisa para no desconcertar a aquel hombre envarado que no sabía qué terreno pisaba con estos dos extranjeros.

Les llevó a cenar a un restaurante situado en la zona residencial de Ammán donde sólo había occidentales. Hombres de negocios de paso por la capital hachemí que compartían mesa con hombres de negocios y políticos jordanos.

Fabián y Marta dejaron que fuera Haydar quien encargara la cena al maître, y no hicieron en ningún momento alarde de que hablaban árabe.

—Siento curiosidad por saber dónde aprendió usted español —preguntó Fabián.

Haydar pareció incómodo con la pregunta pero respondió educadamente.

—Soy licenciado en Económicas por la Universidad Complutense de Madrid. El Gobierno español ha tenido siempre una generosa política de becas para que los estudiantes jordanos pudiéramos estudiar en su país. Viví en Madrid seis años.

—¿En qué años? —quiso saber Marta.

—Del ochenta al ochenta y seis.

—Una etapa muy interesante —insistió Marta esperando que Haydar dijera algo más.

—Sí, coincidí con el final de su Transición y el primer Gobierno socialista.

—¡Qué jóvenes éramos entonces! —exclamó Fabián.

—Dígame, ¿trabaja usted para la señora Tannenberg? —preguntó Marta directamente.

—No, no exactamente. Trabajo para su abuelo. Dirijo las oficinas del señor Tannenberg en Ammán —respondió Haydar no sin cierta incomodidad.

—¿El señor Tannenberg es arqueólogo? —siguió preguntando Marta, haciendo caso omiso de la indudable incomodidad de Haydar.

—Es un hombre de negocios.

—¡Ah! Había creído entender que estuvo hace años en Jaran y allí encontró las tablillas que tanto revuelo han organizado en la comunidad arqueológica —apuntó Fabián.

—Lo siento, pero no lo sé. Trabajo para el señor Tannenberg pero desconozco cualquier otra actividad que no sea la de sus negocios actuales —insistió esquivo Haydar.

—¿Y es una indiscreción preguntarle cuáles son los intereses del señor Tannenberg?

La pregunta de Marta pilló de improviso a Haydar, que no esperaba que se atrevieran a someterle a ese interrogatorio.

—El señor Tannenberg tiene distintos negocios, es un hombre respetado y considerado, al que sobre todo le gusta la discreción —respondió con cierto enfado Haydar.

—¿Su nieta es una arqueóloga conocida en Irak? —insistió Marta.

—Conozco muy poco a la señora Tannenberg; sé que es una persona solvente en su trabajo y está casada con un reputado profesor de la Universidad de Bagdad. Pero estoy seguro de que todas estas preguntas se las podrán hacer a ella cuando lleguen a Safran.

Fabián y Marta se miraron llegando al acuerdo tácito de no continuar preguntando más. Habían sido extremadamente descorteses con su anfitrión. Aquello era Oriente, y en Oriente nadie preguntaba directamente sin correr el riesgo de ofender.

—¿Se quedará usted con nosotros en Safran? —preguntó Fabián.

—Estaré a su disposición durante el tiempo que dure la excavación. No sé si deberé quedarme todo el tiempo en Safran o en Bagdad. Estaré allí donde me consideren necesario.

Cuando les dejó en la puerta del hotel, les recordó que a la mañana siguiente les recogería a las cinco. Los camiones con la carga ya habían salido para Safran.

—Le hemos puesto en un apuro —afirmó Fabián mientras se despedían en la puerta del ascensor.

—Sí, ha pasado un mal rato. Bueno, no me importa. Yo estoy intrigada por saber cómo y cuándo ese Tannenberg excavó en Jaran, ya sabes que yo también he excavado en esa zona. Antes de salir busqué todas las expediciones arqueológicas que se han hecho a Jaran y en ninguna figura ningún Tannenberg.

—Vete tú a saber si ese misterioso abuelo ha excavado alguna vez en otro lugar que no sea en el jardín de su casa. Lo mismo compró esas tablillas a algún ladrón.

—Sí, también lo he pensado. Pero me pasa como a tu amigo Yves: me intriga el abuelo de Clara Tannenberg.

El viaje a Bagdad resultó agotador por el calor. La ciudad evidenciaba las señales del asedio que sufría. Se veía pobreza, como si de la noche a la mañana la próspera clase media iraquí hubiera desaparecido.

Marta se mareó en el helicóptero y no pudo reprimir vomitar, a pesar de los cuidados solícitos de Fabián.

Cuando llegaron a Safran estaba pálida y se sentía agotada, pero sabía que debía hacer un esfuerzo porque aún pasarían muchas horas antes de que pudiera descansar.

Le sorprendió Clara Tannenberg: morena, de estatura media, piel de color canela y ojos azul acero. Era guapa. Sencilla-mente guapa.

Clara también evaluó a Marta con una mirada. Pensó que debía de haber pasado los cuarenta, más cerca de los cuarenta y cinco; se le notaba esa seguridad de las mujeres occidentales que todo se lo deben a sí mismas y a su esfuerzo y por tanto no están dispuestas a que nadie les diga qué pueden hacer o dejar de hacer. Clara tampoco pasó por alto que Marta era una mu-jer atractiva. Cabello negro, alta y ojos castaño oscuros; lleva-ba una media melena lisa y las uñas cuidadas.

Siempre se fijaba en las manos de las mujeres. Su abuela le había enseñado a que lo hiciera; le decía que reconocería con qué clase de mujer trataba por sus manos. No le había fallado el consejo. Las manos reflejaban el alma de las mujeres y su condición social. Las de Marta eran unas manos delgadas y huesudas, con la manicura recién hecha, y las uñas cubiertas por un ligero barniz transparente que sólo les daba brillo.

Después de los saludos de rigor, les informó de que los ca-miones ya habían llegado a Safran, aunque aún no les había dado tiempo a descargar los contenedores.

—Pueden dormir en alguna de las casas de los campesinos o, si lo prefieren, en las tiendas que hemos instalado. Hemos comenzado a construir unas cuantas casas de adobe, muy sim-ples, como las que se construían hace siglos en Mesopotamia y siguen construyendo los campesinos hoy. Algunas ya están listas, pero falta que lleguen de Bagdad colchones y otros en-seres; en un par de días estarán aquí. Servirán para alojar no sé si a todos, pero sí a buena parte de la expedición. No dispon-dremos de lujos, pero espero que se encuentren cómodos.

—¿Podemos echar un vistazo por los alrededores? —pre-guntó Fabián.

—¿Quiere conocer el lugar donde hemos encontrado el edificio? —le respondió Clara.

—Exactamente, estoy deseando verlo —contestó Fabián con la mejor de sus sonrisas.

—Bien, diré que lleven su equipaje a los alojamientos y nosotros iremos caminando hasta el palacio. No está lejos de aquí, y hoy no hace demasiado calor —fue la respuesta de Clara.

—Si no le importa —terció Marta—, preferiría ir en coche. Me he mareado durante el viaje y no me encuentro demasiado bien.

—¿Necesita algo? ¿Prefiere quedarse? —le dijo Clara.

—No, sólo querría beber agua y poder refrescarme, y si es posible no ir a pie —pidió Marta.

Clara dio unas cuantas órdenes y en un segundo el ligero equipaje de Marta estaba instalado en casa del jefe de la aldea, mientras que el de Fabián era llevado a la casa de una familia que vivía al lado.

Marta dispuso de los minutos que había pedido para beber agua y recuperar fuerzas. Luego se dirigieron en un jeep hasta el lugar donde pasarían los próximos meses.

Fabián saltó del coche antes de que el soldado que lo conducía terminara de parar. Con paso presuroso empezó a recorrer el lugar, deteniéndose para observar el perímetro que había quedado al descubierto tras la explosión de una bomba que había dejado su cosecha de destrozos.

—Veo que han estado despejando la zona —afirmó Fabián.

—Sí; creemos que estamos sobre el tejado de un edificio y que lo que vemos por ese boquete es una estancia donde seguramente estaban apiladas tablillas; de ahí la cantidad de trozos que hemos encontrado. Por lo que, sin duda, este lugar era un templo-palacio —respondió Clara.

—No hay constancia de que hubiera un templo tan cerca de Ur —dijo Fabián.

—No, no la hay, pero le recuerdo, profesor, que el valor de cualquier descubrimiento es ése: encontrar algo de lo que en muchas ocasiones no hay ningún indicio de que existiera. Si excaváramos a lo largo y ancho de Irak encontraríamos varias decenas de templos-palacios, puesto que eran los centros administrativos de amplias zonas —explicó Clara.

Marta, mientras tanto, se había alejado de ellos buscando un lugar desde el que tener cierta perspectiva del lugar. Fabián y Clara la dejaron, sin interrumpir el ir y venir de Marta.

—¿Es su esposa? —le preguntó Clara.

—¿Marta? No, no lo es. Es profesora de Arqueología en mi misma Universidad, la Complutense de Madrid. Y tiene una larga experiencia en trabajos de campo. Por cierto, hace años estuvo cerca de Jaran, donde su abuelo encontró esas tablillas misteriosas.

Clara asintió en silencio. Su abuelo le había prohibido con rotundidad que diera información sobre él. No debía decir ni una palabra de más, aunque le insistieran para conocer detalles de cuándo y por qué estuvo en Jaran, de manera que decidió llevar la conversación hacia otros derroteros.

—Han sido muy valientes viniendo a Irak en las actuales circunstancias.

—Esperemos que todo vaya bien. No va a ser fácil trabajar con tanta premura de tiempo.

—Sí, los iraquíes confiamos en que Bush esté echando un pulso a Sadam.

—Pues no se equivoquen. Les ha declarado la guerra y en cuanto tenga sus efectivos dispuestos atacará. No creo que tarden en hacerlo más de seis o siete meses.

—¿Por qué apoya España a Bush contra Irak?

—No confunda a España con nuestro actual Gobierno. Los españoles mayoritariamente estamos en contra de la guerra, no compartimos las razones de Bush para hacer la guerra.

—Entonces, ¿por qué no se rebelan?

Fabián soltó una carcajada.

—Tiene gracia que usted me pregunte por qué no nos rebelamos cuando ustedes viven bajo la bota de Sadam. Mire, yo no estoy de acuerdo con mi Gobierno en lo que se refiere a apoyar a Estados Unidos contra Irak ni en tantas otras muchas cosas, pero el mío es un Gobierno democrático. Quiero decir que le podemos echar en las urnas.

—Los iraquíes quieren a Sadam —afirmó Clara.

—No, no le quieren, y el día en que caiga, que caerá, sólo unos cuantos favorecidos por su régimen le defenderán. A los dictadores se les sufre, pero nadie les quiere, ni siquiera quienes han vivido bajo su régimen sin decir palabra. De Sadam lo único que quedará será el recuerdo de sus tropelías. Mire, dejemos las cosas claras, el que estemos en contra de la guerra no significa que apoyemos a Sadam. Sadam representa todo lo que abomina cualquier demócrata: es un dictador sanguinario, que tiene las manos manchadas con la sangre de los iraquíes que se han atrevido a oponérsele y con la de los kurdos a los que ha asesinado masivamente.

»No nos importa Sadam ni la suerte que pueda correr. Estamos en contra de la guerra porque no creemos que nadie debe morir para que desaparezca un solo hombre, y sobre todo porque es una guerra por intereses bastardos: quedarse con el petróleo de Irak. ¡Norteamérica quiere el control de las fuentes energéticas porque siente el aliento del coloso chino! Pero insisto: no se equivoque, quienes estamos en contra de la guerra aborrecemos a Sadam.

—No me ha preguntado si soy partidaria de Sadam —le reprochó Clara.

—No me importa que lo sea. ¿Qué hará? ¿Denunciarme a esos soldados para que me detengan? Imagino que si usted vive en Irak sin que le falte de nada, es porque es afecta al régimen de Sadam. No podríamos excavar aquí en estas circunstancias si su abuelo no fuera un hombre poderoso en Irak, de manera que no caben engaños. Pero eso sí, tampoco se engañe usted creyendo que quienes venimos aquí estamos dispuestos a inclinarnos ante Sadam o a cantar las excelencias de su régimen. Es un dictador y nos repugna profundamente.

—Pero, aun así, vienen a excavar.

—Si logramos evitar el encontronazo político excavaremos. Venimos a excavar en una circunstancia difícil para nosotros, y no crea que ha sido fácil tomar la decisión. Venir aquí puede ser manipulado por algunos para presentarnos como gente que avala a Sadam, de manera que esto no es una bicoca. Creemos que estamos ante la oportunidad de desvelar si lo que usted afirmó en el congreso de Roma tiene alguna base. Trabajaremos a destajo y contrarreloj, y si no conseguimos el objetivo, al menos lo habremos intentado. Como arqueólogos no podíamos dejar pasar la ocasión.

—¿Usted es amigo de Yves Picot?

—Sí, somos amigos desde hace tiempo. Es un hetedoroxo, pero uno de los mejores, y desde luego sólo alguien como él sería capaz de convencernos para venir a jugarnos el pellejo a este lugar —afirmó Fabián dejando vagar la mirada en busca de Marta.

—¿Cuántos arqueólogos participarán en la misión?

—Desgraciadamente, menos de los que necesitamos. El equipo no es suficiente para el trabajo que debemos abordar. Vendrán dos expertos en prospección magnética, un profesor de arqueozoología, otro de anatolística, siete arqueólogos especialistas en Mesopotamia, además de Marta, Yves y yo mismo, y unos cuantos estudiantes de los últimos cursos de arqueología. En total, seremos unos treinta y cinco.

Clara no pudo ocultar una mueca de decepción. Esperaba que Picot hubiera sido capaz de encontrar a más especialistas para la expedición. Fabián se dio cuenta y sintió un cierto fastidio.

—Dese con un canto en los dientes, como decimos en España ante situaciones como ésta. Que vengan treinta y cinco personas a trabajar aquí es un milagro, y lo hemos hecho por Yves. A su país le van a machacar, y no está para aventuras arqueológicas; aun así Yves nos ha convencido y hemos dejado nuestros trabajos, y no crea que es sencillo decir al decano de tu facultad que te vas en pleno mes de septiembre, con el curso a punto de empezar. De manera que todos los que venimos hemos hecho un sacrificio personal, sabiendo lo difícil que será encontrar algo que de verdad valga la pena y justifique la inversión de nuestro tiempo y prestigio profesional.

—¡No lo plantee como si me estuvieran haciendo un favor! —respondió Clara exasperada—. ¡Si vienen será porque creen que pueden conseguir algo, de lo contrario no estarían aquí!

Marta se había acercado hasta ellos y escuchó la última parte de la conversación.

—¿Qué os pasa? —preguntó.

—Intercambio de pareceres —respondió Fabián.

Clara no dijo nada, bajó la mirada al suelo y tomó aire para calmarse. No podía dejar aflorar su genio, y menos en vísperas de comenzar el trabajo. Echaba de menos a Ahmed; él tenía mano izquierda, sabía cómo tratar a todo el mundo y decir lo que pensaba sin ofender, pero manteniéndose firme en sus ideas.

—Bien —continuó Marta—, he echado un vistazo al lugar. Es interesante lo que se ve. ¿Con cuántos obreros podremos contar?

—Alrededor de cien. Aquí en Safran contamos con unos cincuenta hombres, el resto vendrán de aldeas cercanas.

—Necesitamos más. Es imposible despejar toda esa arena si no tenemos suficientes manos. ¿Aquéllas son las casas que se están levantando para el equipo? —preguntó señalando hacia el frente.

—Sí. Están como a trescientos metros, no demasiado lejos. De manera que viviremos al lado, sin necesidad de coches para desplazarnos —respondió Clara.

—Nosotros traemos tiendas bien acondicionadas. En mi opinión, los obreros deberán terminar lo que estén haciendo para no dejarlo a medias, pero la prioridad es que se pongan a trabajar aquí ya.

El tono de Marta no dejaba lugar a dudas.

—¿Ya? ¿Antes de que llegue el resto de la expedición? —preguntó sorprendido Fabián.

—Sí. No hay tiempo que perder. Sinceramente, no creo que podamos hacer el trabajo en tan poco tiempo, de manera que pongámonos ya. Comenzaremos mañana. Si os parece, ahora cuando regresemos a la aldea nos reunimos con los hombres para explicarles algunos detalles del trabajo que tienen que realizar. Intentaremos que la zona esté lo más despejada posible para cuando lleguen Yves y el resto del equipo. ¿Os parece bien?

—Tú mandas —respondió Fabián.

—Por mí, de acuerdo —afirmó Clara.

—Bien, os explicaré el plan de trabajo que he ido pensando que podemos empezar a hacer...

18

Hans Hausser entró con paso decidido en el inmenso vestíbulo del moderno edificio en el corazón de Londres. Un panel señalaba las docenas de empresas que tenían su sede en aquel monstruo de cristal y acero. Buscó con la mirada el nombre de Global Group, aunque sabía que se encontraba en la planta séptima. Se dirigió al ascensor sintiendo una punzada de inquietud en la boca del estómago.

Un ilustre profesor de Física cuántica iba a contratar a un ejecutor para que asesinara a un hombre y a su familia, no importaba quiénes ni cuántos fueran. No sentía piedad en su corazón, pero sí la preocupación de no saber si sabría tratar con un hombre como el que se iba a encontrar.

Las oficinas de Global Group parecían las de cualquier multinacional: paredes de color gris claro, techos blancos, mobiliario moderno, buenos cuadros abstractos de pintores de nombre imposible de recordar, secretarias discretamente elegantes y amables.

Tom Martin no le hizo esperar. Le estrechó la mano en la puerta del despacho, una pieza espaciosa guarnecida por una esplendida librería de color claro que cubría las cuatro paredes, un enorme ventanal sobre el que se alcanzaba a ver el viejo Londres con el paso sereno del Támesis, sillones de cuero y ningún objeto personal. Ni fotografías ni trofeos; la inmensa mesa de cristal y acero no tenía ni un papel; sólo un sofisticado teléfono y un ordenador personal.

Una vez acomodados en los sillones con un café delante, Tom Martin se dispuso a escuchar con cierta curiosidad al anciano con aire de despistado que tenía delante.

—Bien, usted dirá en qué le puedo ayudar...

—No le haré perder el tiempo. Sé que su negocio es enviar hombres a zonas de conflicto. Usted tiene un pequeño ejército de hombres que van y vienen en grandes o reducidos grupos o en solitario. Sé que su negocio es ofrecer seguridad, pero si hacemos caso omiso a los eufemismos, en su negocio se mata. Sus hombres matan a otros hombres para proteger a las personas que les contratan o defender intereses materiales, sean edificios, yacimientos petrolíferos, lo que sea.

Tom Martin escuchaba al anciano con una mezcla de perplejidad y diversión; ¿adónde quería llegar aquel hombre?

—Señor Martin, necesito contratar a uno de sus hombres para que mate a un hombre. Bueno, en realidad tendrá que matar a más de una persona, en este momento no sé exactamente a cuántos, puede que a dos, o tres, o cinco, no lo sé.

El dueño de Global Group no pudo ocultar la sorpresa que le provocaba la petición de aquel hombre. Un anciano de aspecto distinguido que hacía semanas le había pedido una cita haciéndose llamar señor Burton, y que se sentaba tranquilamente ante él pidiéndole asesinos. Así de simple.

—Perdone, señor Burton, ¿era Burton su nombre?

—Llámeme así —dijo el profesor Hausser.

—O sea, que no se llama Burton... En fin, yo necesito saber quiénes son mis clientes...

—Usted necesita saber que le pagarán y le pagarán bien. Y yo le pagaré generosamente.

—Si le he entendido bien, usted quiere matar a alguien. ¿Por qué?

—Ése no es asunto suyo. Digamos que hay una persona cuyos intereses han colisionado con los míos y los de unos amigos y no ha tenido inconveniente en utilizar métodos expeditivos contra nosotros. De manera que queremos eliminarle.

—¿Y esas otras personas a las que también quiere eliminar?

—Sus familiares directos. Los que encuentre.

Tom Martin se quedó en silencio, impresionado por la tranquilidad con que aquel hombre de aspecto apacible le estaba pidiendo que cometiera unos cuantos asesinatos. Se lo había pedido con la misma voz que pediría un café en un bar o saludaría al portero por las mañanas: con afabilidad, sin darle importancia.

—¿Puede precisarme qué ha hecho ese hombre y por qué debe de extender la sanción a su familia?

—No. Dígame si acepta el trabajo y cuánto me costará.

—Verá, yo no tengo una agencia de asesinos, así que…

—¡Vamos, señor Martin, sé quién es usted! La gente de su negocio le considera el mejor y alaban su discreción. Me han recomendado que le plantee las cosas directamente, y eso es lo que estoy haciendo.

—Me gustaría saber quién le ha hablado de mi empresa.

—Un conocido común. Un hombre que le conoce y ha hecho negocios con usted a su entera satisfacción.

—¿Y esa persona le ha dicho que la mía es una empresa de asesinos?

—Señor Martin, usted no me conoce y por eso desconfía de mí. Lo entiendo. Pero ¿cómo llama usted a lo que hacen sus hombres en las minas de diamantes cuando ametrallan a un pobre negro por acercarse demasiado a la valla de seguridad? ¿Qué me dice de esos equipos de protección de hombres de negocios que no dudan en apretar el gatillo a indicación de su jefe de turno?

—Necesito saber quién es usted, una referencia...

—No la tendrá, lo siento. Si teme que sea una trampa, esté tranquilo. Soy un anciano, no debe de quedarme mucho tiempo de vida, y lo que me queda quiero dedicarlo a saldar una vieja deuda. Por eso necesito que sus hombres maten a un hombre.

Tom Martin se quedó en silencio examinando a aquel anciano que con tanto aplomo y sin circunloquios le pedía que matara a un hombre. No, no era policía, de eso estaba seguro. Su curiosidad le pudo y, saltándose sus propias reglas de seguridad, decidió arriesgarse.

—¿Quién es el hombre al que quiere matar?

—¿Acepta el trabajo?

—Dígame de quién se trata y dónde está.

—¿Cuánto costará?

—En principio tendremos que hacer una prospección de campo, y luego decidir cómo y cuándo; y eso es mucho dinero.

—¿Un millón de euros por el hombre y otro por su familia?

El presidente de Global Group se quedó impresionado. O el anciano le tentaba con el dinero o no tenía ni idea de los precios del mercado.

—¿Tiene usted esa cantidad?

—Ahora mismo tengo trescientos mil euros encima. Si cerramos el trato se los daré. El resto, según vaya cumpliendo.

—¿A quién quiere matar, a Sadam Husein?

—No.

—¿Quién es el hombre? ¿Tiene fotos recientes?

—No, no tengo fotos de él. Será un anciano, un hombre mayor que yo, rondará los noventa años. Vive en Irak.

—¿En Irak? —la sorpresa de Martin iba en aumento.

—Sí, creo que en Irak; al menos allí un familiar suyo tiene una casa. Vea estas fotos de la casa. No sé si él vive allí o no, pero la persona que vive es un familiar de él, una mujer que también debe morir, pero no antes de que les conduzca a nuestro objetivo.

Tom Martin cogió las fotos de la Casa Amarilla que habían hecho los hombres del equipo enviado por Luca Marini. Las observó con cuidado. La casa era una mansión colonial, bien protegida a juzgar por lo que las cámaras habían captado.

En algunas fotografías aparecía una mujer atractiva, vestida a la manera occidental, y acompañada de otra mujer mayor cubierta de la cabeza a los pies.

—¿Esto es Bagdad? —preguntó.

—Sí, es Bagdad.

—Y ésta es la mujer… —afirmó más que preguntó Martin al mirar otra foto.

—Sí, creo que es familia del hombre que debe morir. Tienen el mismo apellido. Ella les puede conducir hasta él.

—¿Cuál es el apellido?

—Tannenberg.

El presidente de Global Group se quedó unos segundos en silencio. No era la primera vez que oía ese apellido. No hacía mucho que su amigo Paul Dukais le había pedido hombres para infiltrarse en una expedición arqueológica organizada por esa mujer, esa Tannenberg que al parecer quería quedarse con algo que no era suyo, o al menos no era sólo suyo.

Por lo que veía, los Tannenberg tenían enemigos en todas partes dispuestos a quitarles de en medio sin contemplaciones. ¿Querría este hombre que tenía ante él lo mismo que Dukais o la suya sería una causa diferente?

—¿Acepta el trabajo?

—Sí.

—Bien, firmemos un contrato.

—Señor… señor Burton, no se firman contratos así.

—Yo no le voy a entregar ni un euro si no es con un contrato.

—Haremos un contrato general, de investigación de determinado individuo en determinado lugar…

—Sí, pero sin que conste el nombre del individuo. Quiero discreción.

—Usted exige mucho…

—También pago mucho. Sé que lo que le voy a pagar es más de lo que usted cobra por este tipo de encargos. De manera que por dos millones de euros usted hará las cosas como le pido.

—Desde luego que las haré.

—Y otra cosa, señor Martin, yo sé que es usted el mejor, o al menos eso dicen. Si le pago tan generosamente es porque no quiero fallos ni traiciones. Si usted me traiciona, mis amigos y yo disponemos de dinero suficiente para buscarle debajo de las piedras si fuera necesario. Siempre habrá alguien que quiera hacer el trabajo, incluso alguien de aquí dentro.

—No le tolero que me amenace. No se equivoque conmigo o daré esta conversación por concluida —respondió muy serio Tom Martin.

—No, no es una amenaza. Simplemente quiero que queden las cosas claras desde el principio. A mi edad el dinero que tengo no me lo puedo ni gastar ni llevar a la tumba. Así que lo invierto en cumplir mis últimas voluntades, pero en vida, que es lo que estoy haciendo.

—Señor Burton o como quiera que se llame, en mi negocio no nos dedicamos a traicionar a los clientes. El que lo hace tiene que echar el cierre.

Hans Hausser le dio toda la información de que disponía. No era mucha, pues Tannenberg había detectado al equipo de

Marini y a éstos no les había dado tiempo a enviar más detalles sobre quién vivía en esa casa de color amarillo además de la mujer y su marido, junto a unos cuantos criados.

Dos horas después el profesor salía de Global Group. Se sentía satisfecho porque intuía que por fin estaban cerca de la hora de la venganza.

Paseó sin rumbo, seguro de que Martin le habría hecho seguir. Se metió en el hotel Claridge y se dirigió al restaurante, donde almorzó sin demasiado apetito. Luego salió al vestíbulo y busco un ascensor. Quienes le siguieran pensarían que se alojaba en el hotel, así que apretó el botón de la cuarta planta. Allí se bajó y buscó las escaleras para descender hasta la segunda. Una vez allí, llamó de nuevo al ascensor y apretó el botón del garaje.

Un sorprendido portero le preguntó dónde estaba su coche, a lo que él ni siquiera respondió, poniendo una sonrisa de no entender nada. A su edad parecía inofensivo. Recorrió el garaje y al cabo de un rato salió por la rampa de los coches. Torció en la primera esquina y se alejó del hotel buscando un taxi que no tardó en encontrar y pidió que le llevara al aeropuerto. Su vuelo salía horas más tarde rumbo a Hamburgo. De allí cogería otro avión a Berlín y de allí a su casa, a Bonn. No sabía si habría logrado despistar a Tom Martin, pero al menos se lo había puesto difícil.

—Soy yo.

Carlo Cipriani reconoció la voz de su amigo. Sabía que le llamaría, puesto que había recibido un e-mail cifrado y él había respondido enviándole otro con el número del móvil al que le debía llamar y que una vez utilizado terminaría en una papelera. La tarjeta pensaba tirarla al Tíber.

—Todo ha ido bien. Ha aceptado y se pondrá en marcha de inmediato.

—¿No te ha puesto inconvenientes?

—Estaba sorprendido, pero el señor Burton ha sido bastante persuasivo —rió entre dientes Hans Hausser.

—¿Cuándo te dirá algo?

—En un par de semanas. Tiene que formar un equipo, enviarlo… esto lleva tiempo.

—¡Ojalá hayamos acertado! —respondió Carlo.

—Hacemos lo que tenemos que hacer y en algún tramo nos equivocaremos, pero lo importante es seguir adelante, no detenernos.

A través del teléfono se colaba una voz impersonal llamando a los pasajeros del vuelo de Berlín.

—Te llamaré en cuanto sepa algo. Ponte en contacto con los otros.

—Lo haré —le aseguró Cipriani.

Hans Hausser colgó el teléfono público desde el que estaba llamando en el aeropuerto de Hamburgo.

Acababan de anunciar su vuelo a Berlín. Desde allí llamaría a Berta. Su hija estaba preocupada por sus idas y venidas y le había empezado a conminar para que le contara lo que pasaba. Él le mentía diciendo que iba de viaje a reunirse con viejos profesores retirados como él, pero Berta no le creía. Desde luego nunca podría imaginar a su padre contratando asesinos para matar a un hombre. Ella juraría que su padre era un hombre pacífico, en la universidad siempre había encabezado las protestas contra cualquier guerra o expresión de violencia fueran donde fuesen. Además, era un paladín de la defensa de los derechos humanos, y sus alumnos le adoraban, tanto que aún acudía a la universidad como profesor emérito. Nadie quería que Hans Hausser se retirara completamente.

Mercedes Barreda salió corriendo hacia el dormitorio. Había dejado sobre la cama el bolso donde llevaba el móvil con el número por el que alguno de sus amigos la podía llamar.

Abrió el bolso deprisa temiendo que en cualquier momento se apagara el pitido de la llamada.

—No te agites —escuchó decir a Carlo, antes de tener tiempo de pronunciar una palabra.

—Venía corriendo.

—Tranquila, todo está en marcha.

—¿Le ha ido bien?

—Sin problemas. En un par de semanas sabremos algo más.

—¿Tanto tiempo?

—No seas impaciente.

—Lo soy, lo he sido siempre.

—No es fácil lo que queremos…

—Lo sé, pero a veces tengo miedo de morirme y no haber logrado… ya lo sabes.

—Sí, yo también tengo esa pesadilla, pero estamos en la recta final.

Cuando terminaron la conversación, Mercedes se dejó caer en el sofá. Estaba cansada. Había estado visitando un par de obras de las que su empresa constructora tenía en marcha, y además había mantenido una reunión con varios de los arquitectos y aparejadores que trabajaban para su empresa.

Pensó que todo el dinero que había ido acumulando iba a tener el mejor fin, puesto que lo estaba invirtiendo en sicarios para matar a Tannenberg.

El dinero nunca le había interesado. Lo ganaba trabajando, sí, pero sin una finalidad. Tenía hecho testamento: cuando muriera lo que tenía iría a parar a varias ONG, una organización de ayuda a los animales, y las acciones de su empresa serían repartidas a partes iguales entre los empleados que llevaban varios años trabajando con ella. No se lo había dicho a nadie, porque se reservaba la posibilidad de cambiar de opinión, pero de momento así lo había dispuesto.

La asistenta le había dejado preparado encima de la mesa de la cocina una ensalada y un filete de pollo empanado. Lo colocó en una bandeja y se sentó ante la televisión. Así eran sus noches desde que murió su abuela, y de eso hacía muchos años.

Su casa era su refugio, jamás había invitado a nadie que no fueran sus únicos amigos: Hans, Carlo y Bruno.

Bruno estaba terminando de cenar cuando el pitido del móvil que llevaba en el bolsillo de la chaqueta le sobresaltó. Su mujer, Deborah, se puso alerta. Sabía que de un tiempo a esta parte, desde que llegó de Roma, su marido compraba y destruía móviles y tarjetas sin explicarle por qué. Aunque no hacía falta que lo hiciera. Ella sabía que el pasado seguía presente en la vida de Bruno. Ni sus hijos ni sus nietos habían logrado borrarlo. Para Bruno Müller no había nada más importante que lo vivido sesenta años atrás.

Deborah se mordió el labio para no dejar escapar ningún reproche, precisamente esa noche en que Sara y Daniel cenaban en casa. No era habitual que sus dos hijos coincidieran, ya que Daniel viajaba continuamente de un lugar a otro del mundo acompañando a las mejores orquestas sinfónicas con su violín.

—Perdonadme un momento… —dijo Bruno mientras salía del comedor camino de su despacho.

—Qué misterioso está papá —dijo Sara.

—¿No puedes respetar la intimidad de los demás? —le reprochó Daniel.

—Vamos, no nos enfademos, es sólo una llamada —intercedió su madre, buscando una conversación que les entretuviera hasta que Bruno regresara.

—Todo va bien —dijo Carlo.

—¡Ah!, me quitas un peso de encima —respondió Bruno—; estaba preocupado.

—Ya está camino de casa y dentro de dos semanas nos dirá algo.

—Pero ¿han aceptado el trabajo?

—Sí, ya sabes que llevaba una oferta muy generosa a la que era difícil que dijeran que no.

—¿Vamos a vernos?

—Quizá cuando sepamos algo concreto. Ahora no lo veo necesario.

—Tienes razón. ¿Has hablado con ella?

—Ahora mismo. Está bien, tan impaciente como nosotros.

—Hemos esperado tanto…

—Estamos llegando al final.

—Tienes razón.

Cuando Bruno colgó, sacó la tarjeta del móvil y la cortó en pedazos; luego fue al cuarto de baño y la tiró por el inodoro tal y como venía haciendo cada vez que hablaba con sus amigos desde que regresó de Roma.

Luca Marini aguardaba a que avisaran a Carlo Cipriani. Llevaba toda la mañana haciéndose pruebas del chequeo anual al que se sometía en la clínica de su amigo.

Hasta un par de días después, Antonino, el hijo de Carlo, no le daría los resultados, eso sí, previamente examinados por su padre. Ahora se iría a almorzar con Carlo tal y como habían quedado.

Carlo entró en la consulta de su hijo y dio un abrazo a su amigo.

—Me dicen que estás estupendo, ¿verdad, Antonino?

—Eso parece —respondió éste—; por lo que vamos viendo, no hay nada por lo que preocuparse.

—¿Y la fatiga? —preguntó preocupado Marini.

—¿No se te ha ocurrido que puede ser la edad? —bromeó Carlo—. Es lo que me dice Antonino cuando me quejo.

Ya en el restaurante, Carlo Cipriani preguntó directamente a su amigo qué le preocupaba.

—¿Has vuelto a tener noticias de tus antiguos colegas de la policía?

—Hace un par de días cené con unos cuantos de ellos con motivo de la jubilación de un amigo. Les pregunté de pasada y me dijeron que no habían archivado el caso, pero que lo habían dejado de lado. Después de los primeros días les han dejado de presionar para que sigan investigando, y el amigo que lo lleva ha decidido meterlo en un cajón. Si le presionan, dirá que está en ello.

—¿Eso es todo?

—Eso es mucho, Carlo, es lo más que les puedo pedir. Me están haciendo un favor. Si les presionan, me avisarán; pero en todo caso son conscientes de que salvo que yo les diga la verdad, no les será fácil encontrar por dónde tirar.

—Podrían querer hablar con Mercedes, puesto que diste su nombre como la persona que quería un informe sobre la situación en Irak.

—Sí, pero el querer saber qué pasa en Irak no es un delito. Sin duda es un anzuelo difícil de tragar: una empresaria catalana que contrata a una agencia de detectives italianos para que le hagan un informe sobre la situación de Irak para saber si tiene posibilidades de hacer negocios una vez que acabe la guerra que aún no ha comenzado, y todo por recomendación de un amigo.

—Es tan rebuscado... —murmuró Carlo.

—Que eso es lo que hace creíble la historia —respondió Marini—; además, soy un actor consumado —bromeó.

—Tienes buenos amigos, eso es lo que nos está ayudando.

—Claro que tengo buenos amigos, tú eres uno de ellos. Ahora quiero decirte que Mercedes Barreda me pareció una mujer terrible.

—No lo es, de verdad, es una persona extraordinaria y con mucho valor, con un valor que no puedes ni imaginar. Es la persona más valiente que conozco.

—La aprecias de verdad.

—La quiero muchísimo.

—¿Y por qué no te casas con ella?

—Es una amiga muy querida, nada más.

—A la que además admiras. Cuando estáis juntos se nota una complicidad especial entre los dos.

—No, no veas lo que no hay, de verdad. Para mí Mercedes es más que si fuera de mi familia. La llevo siempre en el corazón, pero también a Bruno y a Hans.

—Son tus amigos del alma ¿desde cuándo os conocéis?

—Desde hace tanto que si me acuerdo me doy cuenta de lo viejo que soy.

Carlo cambió sutilmente los derroteros de la conversación. Jamás decía una palabra de más sobre sus amigos, y mucho menos sobre el pasado común que les unía por encima del bien y del mal.

19

Se notaba que era él quien mandaba en aquel grupo tan heterogéneo. No hacía falta ser un lince para darse cuenta de que aquel hombre alto, de complexión fuerte y cabello rubio oscuro ejercía el liderazgo entre aquellos hombres y mujeres que no habían dejado de reír y hacer bromas durante la larga espera para recoger las maletas de las cintas transportadoras. Habían llegado en un vuelo anterior al suyo, pero al parecer llevaban todos exceso de equipaje. Se había sobresaltado al escucharles discutir sobre arqueología. Iban a excavar a Irak y Gian Maria pensó una vez más que las casualidades no existen, y que si él se había encontrado a un grupo de arqueólogos que iban a Irak es que la Providencia había querido que así fuera.

Les había oído decir que iban a Bagdad, pero que esa noche dormirían en Ammán antes de cruzar la frontera.

El sacerdote, nervioso, hizo un esfuerzo casi sobrehumano para vencerse a sí mismo y hablar al jefe del grupo antes de que desaparecieran de la terminal del aeropuerto.

—Perdone, ¿puedo hablar con usted?

Yves Picot contempló al hombre que, rojo como la grana por el apuro que le daba abordarle, esperaba temeroso su veredicto.

—Sí, dígame…

—Les he oído decir que van a Bagdad…

—Sí, así es.

—¿Podría ir con ustedes?

—¿Con nosotros? Pero ¿quién es usted?

El joven enrojeció aún más. No quería mentir, no podía, pero tampoco le diría toda la verdad.

—Me llamo Gian Maria, y voy a Irak a ver qué puedo hacer.

—¿Cómo que a ver qué puede hacer? ¿Qué es lo que se propone?

—Entre otras cosas, ayudar. Tengo unos amigos trabajando en una ONG, que prestan ayuda a los niños en los barrios más pobres de Bagdad y surten de algunos medicamentos a los hospitales. Ya sabe que carecen de todo por el bloqueo… la gente se está muriendo porque no tienen antibióticos con los que combatir las infecciones y…

—Ya, ya sé cómo está Irak, pero ¿se ha venido a la ventura?

—Avisé a mis amigos de que venía, pero no me pueden venir a buscar a Ammán, y yo… realmente no estoy acostumbrado a estas cosas y si pudiera ir con ustedes hasta Bagdad… contribuiré con lo que me pidan.

Yves Picot soltó una carcajada. Le caía bien ese hombre tan tímido que el solo hecho de hablarle le había teñido el rostro del color de los tomates.

—¿En qué hotel está? —le preguntó.

—En ninguno…

—¿Y cómo pensaba ir a Bagdad?

—No sabía cómo… pensé que aquí me lo dirían.

—A las cinco de la mañana saldremos del Marriot. Si está allí, le llevaremos con nosotros. Pregunte por mí, me llamo Yves Picot.

Se dio la media vuelta y dejó al joven sorprendido sin darle tiempo a manifestarle las gracias.

Gian Maria suspiró con alivio. Cargó con la pequeña maleta negra en que llevaba su exiguo equipaje y salió del aeropuerto para buscar un taxi. Pediría que le llevara al Marriot para ver si con un poco de suerte encontraba también él una habitación allí; prefería estar cerca, a ser posible, del equipo de arqueólogos.

El taxi le dejó en la puerta del hotel y Gian Maria entró con paso decidido en el vestíbulo, donde el aire acondicionado aliviaba de la temperatura exterior. En recepción estaba registrándose el grupo de Picot. No quería parecer pesado, de modo que buscó un lugar discreto para aguardar a que la recepción se despejara. Esperó pacientemente durante más de veinte minutos antes de acercarse al mostrador.

El recepcionista, en un impecable inglés, le explicó que no tenía ni una sola habitación individual; sólo le quedaba una doble, que imaginaba, le dijo, no querría.

Gian Maria dudó unos instantes. No le sobraba el dinero, y si pagaba una habitación doble sus recursos se reducirían considerablemente, pero llegó a la conclusión de que era lo mejor. Así que cinco minutos después estaba instalado en una cómoda habitación de la que decidió no salir hasta el día siguiente. No quería correr riesgos, ni mucho menos perderse en una ciudad desconocida. Además, no le vendría mal descansar. Lo necesitaba después de tantos días de agitación hasta encontrar la manera de dejar Roma sin despertar sospechas.

Llamó a Roma a su superior para decir que había llegado sin novedad y que al día siguiente cruzaría la frontera con Irak.

Después, tumbado en la cama y con un libro en las manos, se quedó dormido. Aún no eran las tres de la mañana cuando se despertó sobresaltado. Faltaban más de dos horas para que el equipo de arqueólogos saliera del hotel. Temiendo quedarse dormido, llamó a recepción para recordarles que debían despertarle a las cuatro. Pero no volvió a conciliar el sueño; no podía, pensaba en si debía preguntar a ese arqueólogo que parecía el jefe, a Picot, si conocía a Clara Tannenberg. Pudiera ser que la conociera, o al menos supiera dónde encontrarla. Si iban a Irak y la mujer vivía en Irak… Pero tan pronto como decidía que preguntaría decidía lo contrario. No, no podía confiarse a ningún extraño. Si le llegara a preguntar por ella a Picot, éste querría saber quién era y, en caso de conocerla, le pondría en un apuro. Él no podía decir a nadie ni por qué ni a qué iba a Bagdad. Guardaría silencio, por más que el silencio estuviera resultando la peor de las cargas.

Yves Picot no estaba de buen humor. Se había acostado tarde, le dolía la cabeza y tenía sueño. Lo que menos tenía era ganas de hablar. Cuando se encontró en el vestíbulo al joven del aeropuerto estuvo a punto de decirle que se buscara otra manera de ir a Bagdad, pero la mirada trágica de aquel hombre le hizo actuar con una generosidad que no sentía.

—Súbase a aquel Land Rover y no moleste.

Eso fue todo lo que le dijo. Gian Maria no rechistó y se subió al Land Rover que le había indicado, dónde el chófer aguardaba a que se subiera el grupo que le correspondía llevar.

Un minuto más tarde llegaron tres chicas jóvenes; no debían de tener más de veintidós o veintitrés años.

—¡Tú eres el del aeropuerto! —exclamó una rubia de ojos verdes, bajita y delgada.

—¿Yo? —preguntó Gian Maria sorprendido.

—Sí, nos fijamos en ti mientras esperábamos el equipaje, no dejabas de mirarnos, ¿verdad, chicas?

Las otras dos rieron mientras Gian Maria notaba que enrojecía.

—Me llamo Magda —se presentó la rubia de ojos verdes—, y estas dos gamberras son Lola y Marisa.

Le dieron un beso en vez de la mano y se sentaron a su lado, hablando sin parar.

Gian Maria las escuchaba sin intervenir. Sólo de vez en cuando se dirigían a él y les respondía procurando no decir ni una palabra de más. Cruzaron la frontera sin problemas y aún no eran las diez cuando estaban llegando Bagdad.

Yves Picot tenía una cita con Ahmed Huseini en el ministerio. La expedición se acomodó en el hotel Palestina, donde tenían reservada habitación para pasar una noche. Gian Maria se dirigió con ellos al hotel y desde allí localizó a la ONG donde realmente le esperaban.

—¿A qué se dedica? —le preguntó de repente Magda.

—¿Yo? —preguntó desconcertado Gian Maria.

—Sí, claro, usted. Nosotras ya sé a qué nos dedicamos.

—Ustedes son arqueólogas, ¿no? —preguntó tímidamente.

—No, aún no —respondió Marisa, una chica desgarbada con el cabello castaño.

—Estamos en el último curso —precisó Lola—. Este año terminamos la carrera. Pero hemos venido porque es una oportunidad única y además hacemos currículum… excavar bajo la dirección de Yves Picot, con Fabián Tudela y Marta Gómez es una pasada.

—Espero que luego nos aprueben —dijo riendo Magda—, porque la Gómez es un hueso de cuidado. A mí me suspendió el año pasado.

—Y a mí me dio un aprobado pelado e hice un examen de cine —se quejó Marisa—, pero para esa mujer nunca sabemos bastante.

—A ver si encuentra novio y se relaja —dijo Lola soltando otra carcajada—; aquí los hombres tienen su aquel.

—No creo que a la Gómez le falten tíos a su alrededor, mira cómo la observan los otros profesores… —respondió Marisa.

—Y nuestros compañeros también —continuó incidiendo Magda—. Están todos por ella.

—¿Usted es italiano? —preguntó Lola.

—Sí.

—Pero habla español —insistió Lola.

—Un poco, no demasiado —dijo Gian Maria, incómodo por las preguntas de las tres chicas.

—Bueno, ¿y a qué se dedica? —volvió a preguntar Magda.

—Me licencié en lenguas muertas —dijo Gian Maria rezando para que no le insistieran.

—¡Pero a quién se le ocurre estudiar lenguas muertas! ¡Menudo rollazo! Es lo que peor se me da —exclamó Magda.

—O sea, que habla hebreo, arameo… —quiso saber Lola.

—También acadio, hurrita… —añadió Gian Maria.

—Pero ¿cuántos años tiene?

La pregunta de Marisa le desconcertó.

—Treinta y cinco —respondió Gian Maria.

—¡Anda, si creíamos que era como nosotras! —exclamó Marisa.

—No le echábamos más de veinticinco —apostilló Lola.

—¿Y no necesita un trabajo? —preguntó Magda.

—¿Yo?

—Sí, usted —insistió Magda—. Se lo puedo decir a Yves; andamos cortos de gente.

—¿Y qué podría hacer con ustedes?

—Vamos a excavar a Safran, cerca de Tell Mughayir, la antigua Ur —explicó Magda—, y dada la situación, no hay mucha gente que haya querido participar en esta misión.

—En realidad es una misión muy controvertida, porque muchos arqueólogos y profesores creen que no deberíamos de venir ahora a Irak, casi lo ven como una frivolidad —dijo Lola.

—Y algo de razón tienen, porque dentro de unos meses Bush bombardeará Irak, miles de personas morirán y en los meses previos nosotros habremos estado buscando tablillas como si fuera lo más normal, y no lo es —precisó Marisa.

—Vengo a colaborar con una ONG —se disculpó Gian Maria—. Trabajan en los barrios más míseros distribuyendo alimentos y medicinas…

—Bueno, pero eso no quita para que si quiere venir a echarnos una mano, venga. Yo se lo voy a decir a Picot; además, pagan estupendamente en esta expedición, así que si en algún momento anda corto de dinero… —sugirió de nuevo Magda.

Cuando se bajaron del coche en la puerta del hotel Palestina, el humor de Picot no había mejorado demasiado. Necesitaba un café bien cargado y dejó a Albert Anglade, el encargado del operativo, para que se entendiera con el recepcionista del hotel.

—¡Profesor! ¡Profesor! —gritó Magda.

Yves pensó que lo que menos le apetecía era escuchar las ocurrencias de la joven, por más que les hubiese ayudado a convencer a unos cuantos alumnos de la Complutense para que les acompañara.

—Dígame…

—¿Sabe?, Gian Maria es especialista en lenguas muertas… a lo mejor nos puede servir —le dijo Magda.

—¿Y quién es Gian Maria? —preguntó el malhumorado Picot.

—Pues ese chico que nos metió en el coche y que venía en el mismo avión que nosotros.

—¡Ah! La verdad es que es usted muy eficiente, no para de recomendarnos gente —respondió malhumorado Picot.

—Bueno, entiendo que no quisiera que trajéramos al maestro bosnio, pero a un especialista en lenguas muertas… domina el acadio —insistió Magda.

—Bien, pregúntele dónde estará en Bagdad y si le necesitamos le llamaremos —concedió Picot.

—¡Pues claro que le necesitamos! ¿Usted sabe el volumen de tablillas que tendremos que descifrar? —insistió Magda.

—Señorita, le aseguro que no es la primera vez que participo en una misión arqueológica. Le he dicho que pregunte a ese joven por su disponibilidad y… mejor mándemelo al bar. Hablaré yo con él.

—¡Estupendo!

Magda salió corriendo en dirección al vestíbulo del hotel temiendo que Gian Maria hubiera desaparecido. El chico le caía bien, no sabía por qué, quizá por su aspecto desvalido.

—¡Gian Maria! —gritó cuando le vio.

—¿Sí? —respondió éste, enrojeciendo al pensar que todos les miraban.

—El jefe quiere hablar contigo, te espera en el bar. Yo que tú no me lo pensaría. ¡Anda, vente con nosotros!

—Pero, Magda, tengo un compromiso, he venido a ayudar, la gente aquí lo está pasando muy mal —protesto él a modo de excusa.

—Seguro que en Safran lo pasan igual de mal, así que en los ratos libres te puedes dedicar a ayudar a la gente de la aldea.

A Gian Maria le sorprendía la vitalidad sin límites que parecía tener Magda. La chica estaba llena de buenas intenciones, pero era como un terremoto que todo lo arrasaba.

Encontró a Picot bebiendo una taza de café.

—Muchas gracias por traerme a Bagdad —le dijo a modo de saludo.

—De nada. Magda dice que es usted especialista en lenguas muertas.

—Sí.

—¿Dónde ha estudiado?

—En Roma.

—¿Y por qué?

—¿Por qué?

—Sí, ¿por qué?

—Pues porque... porque es lo que me gusta.

—¿Le interesa la arqueología?

—Desde luego...

—¿Quiere unirse a nosotros? No contamos con muchos expertos. ¿Conoce bien el acadio?

—Sí.

—Venga.

—No, no puedo. Ya le dije que estoy aquí para ayudar a una ONG.

—Usted decide. Si cambia de opinión, nos encontrará en Safran. Es una aldea perdida entre Tell Mughayir y Basora.

—Ya me lo ha dicho Magda.

—No es fácil moverse por Irak, de manera que le daré un teléfono de contacto. Es del director del departamento de Excavaciones Arqueológicas, Ahmed Huseini; si decide venir con nosotros, él le facilitará la manera de hacerlo.

Gian Maria se quedó en silencio. En sus ojos se reflejó el impacto que le había provocado escuchar el nombre de Ahmed Huseini. Cuando logró entrar en la sede del congreso de arqueología en Roma para pedir información sobre Tannenberg, le explicaron que el único apellido Tannenberg correspondía a una mujer, Clara Tannenberg, que participaba en el congreso junto a su marido, Ahmed Huseini.

—¿Qué le pasa? ¿Conoce a Ahmed? —preguntó con curiosidad Picot.

—No, no sé quién es. Verá, estoy un poco cansado y confundido con su oferta, yo... yo he venido a ayudar a los iraquíes y...

—Usted decide. Yo le ofrezco trabajo, pagamos bien... Ahora, si me lo permite, voy a ver cómo están las cosas antes de irme a ver precisamente a Huseini.

Le dejó allí en medio del bar, confundido. Unos segundos después entraba Magda buscándole con la mirada.

—¿Te has decidido?

—Pues aún no lo sé…

—¿Problemas de conciencia?

—Supongo que sí.

—No creas, yo también los tengo; lo que te dijo Marisa es verdad, a todos nos crea problemas de conciencia esta situación, pero ¡es lo que hay! Las situaciones ideales no existen.

—Ésta es la peor posible —apostilló Gian Maria.

—Sí, lo es. Dentro de unos meses morirán miles de iraquíes… y nosotros, mientras, buscando ciudades enterradas en la arena, sabiendo que cinco minutos antes de que comiencen a bombardear nos podremos ir. Si lo pensamos mucho, saldremos corriendo, así que…

—Así que has decidido no pensar.

—No te voy a insistir, Gian Maria. Si quieres, ya sabes dónde nos puedes encontrar.

Se dirigió hacia la salida del hotel con paso inseguro. Lo que le estaba pasando era poco menos que un milagro. Acababa de encontrar una aguja en un pajar. Picot conocía al marido de Clara Tannenberg y él había hecho el viaje sólo para encontrarla. Si el marido estaba en Bagdad, no sería difícil encontrar a su mujer.

Necesitaba poner en orden sus pensamientos antes de seguir adelante.

No podía demostrar su ansiedad para que le presentaran a ese Ahmed Huseini. Decidió que esperaría un par de días o tres antes de intentar ponerse en contacto con él. Además, debía pensar qué le iba a decir y cómo. Su objetivo era llegar hasta Clara Tannenberg, la cuestión sería convencer al marido para que le llevara hasta ella.

Ya en la calle encontró un taxi al que enseñó una dirección que llevaba escrita en un papel. El taxista sonrió y le preguntó en inglés que de dónde era.

—Italiano —respondió Gian Maria sin saber si eso sería bueno o malo dado que Silvio Berlusconi, el jefe de Gobierno de Italia, apoyaba a Bush.

Pero al taxista no pareció importarle de dónde fuera y continuó con su charla cargada de preguntas.

—Lo estamos pasando mal, hay mucha hambre, antes no era así.

Gian Maria asentía sin hablar, temeroso de decir algo que pudiera provocar la ira del taxista.

—¿Usted va a la oficina de Ayuda a la Infancia?

—Sí, vengo a echar una mano.

—Buenas personas, ayudan a nuestros niños. Los niños iraquíes ya no ríen, lloran de hambre. Muchos mueren por falta de medicinas.

Por fin llegaron a la dirección donde estaban las oficinas de la ONG a la que se había apuntado como voluntario.

Pagó al taxista y con la maleta negra en la mano entró en un portal destartalado, donde un cartel en árabe y en inglés indicaba que en el primer piso se encontraba la sede de Ayuda a la Infancia, una ONG que se dedicaba a prestar atención a los niños que vivían en países en conflicto.

Un amigo tenía un familiar en la dirección de esta ONG en Roma, y ante su insistencia le había ayudado para que le dejaran ir a Bagdad. Las ONG normalmente prefieren ayuda en especie más que voluntarios entusiastas, que a veces estorban más que ayudan, pero contar con el tío de su amigo había sido mano de santo.

Había explicado su insistencia en ir a Bagdad como una necesidad de hacer algo por los más necesitados, asegurando que no podía quedarse contemplando la tragedia que se cernía sobre los iraquíes cruzado de brazos.

Le costó convencer a los suyos, pero tan firme le vieron en su decisión y sobre todo tan impresionados por el sufrimiento interno que traslucía su rostro que al final le habían permitido marchar, aunque sin demasiado entusiasmo. El director de Ayuda a la Infancia en Bagdad le había puesto todo tipo de trabas antes de rendirse a lo inevitable: que aquel recomendado se le presentaría en Irak.

La puerta estaba abierta, y varias mujeres con niños pegados a sus faldas parecían aguardar inquietas a que alguien les prestara atención.

Una chica joven les decía que tuvieran paciencia, que el doctor vería a sus hijos, pero que debían esperar. Se acercó a ella y esperó a que respondiera el teléfono. Cuando colgó, se le quedó mirando de arriba abajo.

—¿Y usted qué quiere? —le preguntó en inglés.

—Verá, yo vengo de Roma y quisiera ver al señor Baretti, me llamo Gian Maria…

—¡Ah, es usted! Le esperábamos. Ahora avisaré a Luigi.

La joven había cambiado con naturalidad del árabe al italiano. Se levantó y se fue por un pasillo en el que se veían varias puertas. Entró en la tercera y unos segundos después salió haciéndole señas con la mano para que se acercara.

—Pase —le dijo la joven mientras le tendía la mano—, yo soy Alia.

Luigi Baretti debía tener cerca de los cincuenta años. Se estaba quedando calvo, le sobraban unos cuantos kilos, y parecía enérgico y poco amigo de perder el tiempo.

—Ha dado usted mucho la lata para venir, y como en esta vida lo importante es tener padrinos, lo ha conseguido.

Gian Maria se sintió avergonzado. Le parecía humillante el recibimiento y le hubiera gustado ser capaz de decir una frase lapidaria, pero se calló.

—Siéntese —le ordenó más que invitarle Baretti—. Supongo que pensará que no soy muy educado, pero no tengo tiempo para contemplaciones. ¿Sabe cuántos niños se nos han muerto esta semana por falta de medicamentos? Yo se lo diré: a nosotros se nos han muerto tres. No quiero imaginar cuántos habrán fallecido en el resto de Bagdad. Y usted tiene una crisis espiritual y decide que para resolverla se viene a Irak. Necesito medicinas, comida, médicos, enfermeras y dinero, no gente que quiere lavar su conciencia viniendo un ratito a contemplar de cerca la miseria para luego volver a su confortable vida en Roma o de donde quiera que usted sea.

—¿Ha terminado? —preguntó Gian Maria, ya recuperado del primer sobresalto.

—¿Cómo dice?

—Que si ya ha terminado de expresarme su desagrado o va a seguir insultándome.

—¡Yo no le he insultado!

—¿Ah, no? Estoy conmovido por su recibimiento. Gracias, es usted un ser humano extraordinario.

Luigi Baretti guardó silencio. No esperaba el contraataque de un hombre capaz de sonrojarse.

—Siéntese y dígame qué quiere hacer.

—No soy médico, ni enfermero, no tengo dinero, así que no puedo hacer nada según usted.

—Estoy desbordado —respondió a modo de excusa el delegado de Ayuda a la Infancia.

—Sí, ya lo veo. A lo mejor ha llegado a un punto en el que debería ser sustituido, puesto que no aguanta la presión de la situación.

Los ojos de Luigi Baretti reflejaron una furia inmensa. Aquel larguirucho estaba cuestionando su capacidad para dirigir la oficina, y aquel lugar era su vida. Llevaba siete años en Bagdad, después de haber estado en otros destinos igualmente conflictivos. Decidió ser más cauteloso, ya que aquel joven parecía tener gente importante que le avalaba. La prueba es que estaba allí, y quién sabía si para quitarle el sitio.

Gian Maria estaba sorprendido consigo mismo. Ni él sabía de dónde había sacado la fortaleza para hablarle de aquella manera a Baretti.

—Naturalmente que puede ayudar —dijo el delegado de Ayuda a la Infancia—. ¿Sabe conducir? Necesitamos alguien que sepa conducir y pueda llevar a los niños que lo necesiten al hospital más cercano, o trasladarles a sus casas, o ir al aeropuerto a recoger los paquetes que nos mandan de Roma y de otros sitios. Claro que necesitamos manos.

—Procuraré ser de utilidad —afirmó Gian Maria.

—¿Tiene donde alojarse?

—No, pensaba preguntarle si conoce algún lugar que no sea muy caro.

—Lo mejor es que alquile una habitación en casa de alguna familia iraquí. Le costará poco y a ellos les vendrá bien el dinero. Le preguntaremos a Alia. ¿Cuándo quiere empezar a trabajar?

—¿Mañana?

—Por mí está bien. Instálese hoy, y que Alia le cuente cómo nos organizamos aquí.

—¿Le importaría que llame a Roma para decir que he llegado y que estoy bien?

—No, en absoluto. Utilice mi teléfono mientras voy a hablar con Alia.

Gian Maria volvió a preguntarse que por qué estaba asumiendo compromisos que no iba a poder cumplir. Había ido a Irak para encontrar a aquella mujer, a Clara Tannenberg, y en vez de hacerlo se desviaba de su objetivo.

«Pero ¿qué estoy haciendo? ¿Por qué no controlo lo que hago? ¿Quién está guiando o desviando mis pasos?»

En poco más de veinticuatro horas se notaba cambiado. Enfrentarse al mundo exterior le estaba provocando un shock. Pero lo que más le inquietaba es que había perdido el control sobre sí mismo.

Alia le dijo que uno de los médicos iraquíes que colaboraba con Ayuda a la Infancia, tenía una habitación libre en su casa y lo mismo se la podía alquilar. Le acompañaría hasta el hospital y se lo preguntarían, y de paso llevarían una caja con antibióticos y vendas que habían recibido esa misma mañana enviada por su ONG en Holanda.

Gian Maria se acomodó junto a Alia en un viejo Renault. La chica conducía a gran velocidad sorteando los obstáculos del caótico tráfico de Bagdad.

No tardaron más de cinco minutos en llegar porque el hospital estaba cerca. Con paso decidido, Alia le guió por los pasillos donde se mezclaban los llantos con el olor a plasma y las quejas de los enfermos.

Veía pasar a médicos y enfermeras con rostros preocupados quejándose por la falta de medios. Veían morir a sus pacientes porque carecían de medicamentos.

Llegaron a la planta de pediatría, y allí preguntaron por el doctor Faisal al-Bitar. Una enfermera con gesto cansino les señaló la puerta del quirófano. Esperaron un buen rato hasta que el médico salió. Llevaba la ira reflejada en el rostro.

—Otro niño que no he podido salvar —dijo con amargura sin dirigirse a nadie en especial.

—Faisal —le llamó Alia.

—¡Ah! ¿Estás aquí? ¿Han enviado antibióticos?

—Sí, te traigo esta caja.

—¿Sólo esto?

—Sólo esto, ya sabes lo que pasa en la aduana…

El médico clavó sus atormentados ojos negros en Gian Maria, esperando que Alia les presentara.

—Éste es Gian Maria, acaba de llegar de Roma, viene a echar una mano.

—¿Es usted médico?

—No.

—¿A qué se dedica?

—He venido a ayudar, en algo podré ser útil…

—Necesita una habitación —terció Alia— y como me dijiste que tenías una libre, pensé que a lo mejor se la podías alquilar.

Faisal miró a Gian Maria y esbozando una sonrisa que más parecía una mueca amarga le tendió la mano.

—Si espera un rato a que termine y me acompaña a mi casa, le enseñaré la habitación. No es muy grande, pero a lo mejor le sirve. Vivo con mi esposa y mis tres hijos. Dos niñas y un niño. Mi madre vivía con nosotros, pero murió hace unos meses, por eso tengo un cuarto libre.

—Seguro que estará bien —afirmó Gian Maria.

—Mi esposa es maestra —explicó Faisal— y una gran cocinera, si es que le gusta nuestra comida.

—Sí, claro que sí —fue la respuesta agradecida de Gian Maria.

—Si va a trabajar con Ayuda a la Infancia, lo mejor será que conozca este hospital. Alia se lo mostrará.

La joven le guió por pasillos y consultas, deteniéndose a saludar a algunos médicos y enfermeras que encontraban a su paso. Todos parecían desesperados por la falta de material y medicamentos con que hacer frente al sufrimiento de sus pacientes.

Una hora después se despedía de Alia en la puerta del hospital para ir con Faisal a su casa.

El coche de Faisal, otro modelo obsoleto de Renault, relucía por dentro y por fuera.

—Vivo en al-Ganir; cerca tiene una iglesia si es que quiere ir a rezar. Muchos italianos vienen a esta iglesia.

—¿Una iglesia católica?

—Una iglesia católica caldea, es más o menos lo mismo, ¿no?

—Sí, sí, claro.

—Mi mujer es católica.

—¿Su esposa?

—Sí, mi esposa. En Irak hay una importante comunidad cristiana que siempre ha vivido en paz. Ahora no sé qué pasará…

—¿Usted también es cristiano?

—Sí, oficialmente sí, pero no ejerzo.

—¿Cómo que no ejerce?

—No voy a la iglesia, ni rezo. Hace mucho tiempo que perdí la pista de Dios; fue seguramente uno de esos días en que no pude salvar la vida de algún pequeño inocente y le vi morir en medio de grandes dolores sin entender por qué debía de ser así. Y no me hable de la voluntad de Dios, ni de que Él nos manda pruebas y debemos aceptar su voluntad. Aquel pequeño tenía leucemia, durante dos años luchó por su vida con una fortaleza de espíritu encomiable. Tenía siete años. No había hecho mal a nadie, Dios no tenía por qué mandarle pasar por ninguna prueba. Si Dios existe, su crueldad es infinita.

Gian Maria no pudo evitar santiguarse y mirar a Faisal con pena, pero su pena no se podía comparar con el dolor y la ira del médico.

—Usted culpa a Dios de lo que les sucede a los hombres.

—Yo culpo a Dios de lo que les sucede a los niños, a seres inocentes e indefensos. Los mayores tenemos una responsabilidad por cómo somos, qué hemos hecho, qué hacemos, pero ¿un recién nacido?, ¿un niño de tres años o de diez, de doce? ¿Qué han hecho esas criaturas para tener que morir en medio de grandes dolores? Y no me hable del pecado original, porque no admito que me vengan con estupideces. ¡Menudo Dios que lastra con una culpa no cometida a millones de inocentes!

—¿Se ha vuelto ateo? —preguntó Gian Maria temiendo la respuesta.

—Si Dios existe, aquí no está —sentenció Faisal.

Se quedaron en silencio hasta llegar a la casa de Faisal, situada en la última planta de un edificio de tres pisos.

Mientras el médico abría la puerta escucharon los gritos de una pelea infantil.

—¿Qué pasa? —preguntó Faisal a dos niñas iguales como dos gotas de agua que andaban a la greña en el centro de una espaciosa sala.

—Ha sido ella la que me ha quitado la muñeca —dijo una de las niñas señalando a la otra.

—No es verdad —respondió la aludida—, esta muñeca es la mía, lo que pasa es que no las distingue.

—Se va a acabar eso de que tengáis las muñecas iguales —sentenció Faisal mientras las levantaba del suelo para darles un beso.

Las pequeñas besaron a su padre sin prestar atención a Gian Maria.

—Éstas son las gemelas —dijo Faisal—. Te presento a Rania y a Leila. Tienen cinco años y un carácter endiablado.

Una mujer morena, con el cabello recogido en una coleta y vestida con un traje de chaqueta, entró en el salón con un niño en brazos.

—Nur, te presento a Gian Maria. Gian Maria, Nur es mi esposa y éste es Hadi, el pequeño de la familia. Tiene un año y medio.

Nur dejó al niño en el suelo y estrechó la mano de Gian Maria obsequiándole con una sonrisa.

—Bienvenido a nuestra casa. Faisal me llamó para decirme que vendría usted a instalarse con nosotros si le gusta la habitación.

—¡Seguro que me gusta! —fue la respuesta espontánea de Gian Maria.

—¿Va a vivir aquí? —preguntó una de las gemelas.

—Sí, Rania, si él quiere, sí —respondió su madre sonriendo

por la cara de pasmo de Gian Maria, que se preguntaba cómo podía distinguirlas de tan iguales que eran.

Faisal y Nur acompañaron a Gian Maria a la habitación. Tenía una ventana a la calle; no era muy grande pero parecía confortable; una cama con cabecero de madera clara, una mesilla, una mesa redonda con un par de sillas en un rincón y un armario componían el mobiliario.

—Me parece muy bien —afirmó Gian Maria—, pero aún no me han dicho cuánto me costará...

—¿Le parece bien trescientos dólares al mes?

—Claro que sí.

—La comida va incluida... —pareció excusarse Nur.

—De verdad que me parece muy bien, muchas gracias.

—¿Le gustan los niños?, ¿tiene hijos? —quiso saber Nur.

—No, no tengo hijos, pero me encantan los niños. Tengo tres sobrinos.

—Bueno, aún es muy joven, ya los tendrá —afirmó Nur—, Ahora, si quiere instalarse...

Gian Maria asintió. Dos minutos después estaba colgando su exiguo equipaje en el armario, donde encontró una pila de toallas y sábanas.

—Sólo tenemos un cuarto de baño y un pequeño aseo con una ducha. Si usted quiere utilizar el aseo tendrá más independencia; con tres niños es difícil a veces acceder al baño —le explicó Nur.

—Por mí está bien. Se lo agradezco. Me gustaría pagarles ya.

—¿Ya? ¡Pero si acaba de llegar! Espere a ver si se siente a gusto con nosotros... —protestó Nur.

—No, prefiero pagarles el mes por adelantado.

—Si insiste...

—Sí, de verdad.

Faisal, mientras tanto, se había puesto a trabajar en un pequeño despacho que daba directamente al salón. En realidad era parte de éste, pero, colocando una librería transversalmente, habían creado un ambiente con cierta independencia.

La casa era amplia. Además del salón, contaba con una cocina y dos habitaciones más, además de la que acababa de alquilar.

—Le daré unas llaves de la casa para que tenga libertad para entrar y salir, aunque le pediré que tenga en cuenta que ésta es una casa con niños y…

—¡Por Dios, no hace falta que me diga nada! Procuraré molestar lo menos posible. Sé lo que es vivir en familia.

—¿Sabrá venir desde la oficina hasta aquí? —quiso saber Faisal.

—Ya me las apañaré. Tendré que aprender.

—Por cierto, ¿sabe usted algo de árabe?

—Un poco, me puedo defender.

—Mejor así. De cualquier modo, si necesita ayuda para cualquier cosa no dude en decírmelo.

—Gracias.

Faisal bajó la mirada sobre los papeles que estaba leyendo y Gian Maria entendió que para integrarse en la vida de la familia no debía entrometerse en su rutina, así que decidió salir a la calle. Quería familiarizarse con el barrio y pensar. Necesitaba pensar y lo haría mejor paseando que encerrado en su cuarto.

—Voy a dar una vuelta, ¿necesita que traiga algo? —preguntó a Nur.

—No, muchas gracias. ¿Cenará con nosotros?

—Si no es molestia…

—No, no lo es, cenamos pronto, a las ocho.

—Aquí estaré.

Deambuló por el barrio. Sorprendió algunas miradas curiosas, pero ninguna animadversión. Las mujeres vestían como en Occidente, y muchas chicas iban con vaqueros y camisetas con el reclamo de grupos de rock.

Se detuvo ante un puesto donde un anciano tenía expuestas unas cuantas verduras y un cesto de naranjas. Decidió comprar algunas cosas para llevar a casa de Nur y Faisal. Se hizo con unos cuantos pimientos, tomates, cebollas, tres calabacines y naranjas, que el hombre le aseguró eran de su pequeño huerto. Le preguntó si sabía dónde estaba la iglesia y él le indicó cómo llegar. Sólo tenía que andar dos manzanas más y doblar a la derecha.

Gian Maria dudó, pero al final decidió acercarse a la iglesia; las dos bolsas que llevaba no pesaban demasiado.

Cuando entró sintió una oleada de paz interior. Un grupo de mujeres estaba rezando y sus murmullos rompían el silencio. Buscó un rincón y se arrodilló. Con los ojos cerrados intentó encontrar dentro de sí las palabras para dirigirse a Dios, pidiéndole que le guiara sus pasos como lo había hecho hasta el momento. En todo cuanto le iba sucediendo veía la ayuda de Dios: el grupo de arqueólogos en el aeropuerto de Ammán, su capacidad de vencer su timidez y dirigirse al jefe, el profesor Picot, y que accediera a llevarle hasta Bagdad, que de casualidad mencionara a Ahmed Huseini, que éste estuviera en Bagdad y, por tanto, ahora supiese cómo llegar hasta Clara Tannenberg.

No, nada de esto era casualidad. Era Dios quien había querido guiar sus pasos protegiéndole y ayudándole a poder cumplir su misión.

Dios estaba siempre ahí, sólo había que estar dispuesto a sentirle, aun en medio de la tragedia. Si pudiera convencer a Faisal... Rezó por el médico, un hombre bueno al que el dolor ajeno había llevado a apartarse de Dios.

Eran más de las siete cuando salió de la iglesia, por lo que aceleró el paso. No quería retrasarse y causar mala impresión en Nur y Faisal.

Cuando llegó, escuchó a través de la puerta las risas de las gemelas y el llanto del pequeño Hadi.

—¡Hola! —dijo al entrar dirigiéndose a Faisal, que continuaba trabajando haciendo caso omiso del ruido que hacían sus hijos.

—¡Ah, ya ha llegado! —fue la respuesta del médico.

—Sí, y he traído algunas cosas…

—Gracias, pero no tenía que haberse molestado.

—No es molestia. Me pareció que las naranjas tenían buen aspecto.

—Nur está en la cocina…

—Bien, le llevaré los paquetes.

Nur intentaba que el pequeño Hadi tomara una espesa papilla, pero el niño se negaba pataleando y cerrando la boca cada vez que su madre le acercaba la cuchara.

—No hay manera, come fatal —se quejó la madre.

—¿Qué le da?

—Puré de verduras con huevo.

—¡Uf, no me extraña! Yo de pequeño también odiaba las verduras.

—Aquí no hay mucho para comer. Nosotros aún somos afortunados, porque tenemos algo de dinero para comprar. Aunque si quiere que le diga la verdad, nos viene muy bien que nos haya alquilado la habitación. Hace meses que no cobro mi sueldo completo y a Faisal le pasa lo mismo. ¿Qué trae en esas bolsas?

—Unos cuantos pimientos, calabacín, tomates, cebollas, naranjas. No había mucho más para comprar.

—¡Pero no tenía por qué haber traído nada!

—Si voy a vivir aquí, me gustaría contribuir en la medida de mis posibilidades.

—Gracias, los alimentos son siempre bienvenidos, escasean.

—Ya lo he visto. También estuve en la iglesia.

—¿Es usted creyente?

—Sí, y le aseguro que a lo largo de mi vida no he dejado de encontrar la huella de Dios.

—Pues tiene suerte. Nosotros hace mucho que le hemos perdido la pista.

—¿Usted también ha perdido la fe?

—Me cuesta mantenerla. Pero siendo sincera sí, creo que me queda poca fe. Y eso que no veo lo que ve mi marido diariamente en el hospital. Pero cuando me cuenta que un niño ha muerto de una infección que podrían haber atajado de tener antibióticos, entonces yo también me pregunto dónde está Dios.

Nur se levantó con gesto de cansancio, tras renunciar a seguir intentando que Hadi terminara la papilla. Con el niño en brazos se dirigió al salón.

—Rania, Leila, venid aquí y vigilad a vuestro hermano mientras yo pongo la mesa para la cena.

—No —respondió una de las gemelas.

—¿Cómo que no? —respondió Nur irritada.

—Yo estoy jugando —insistió la niña.

Su madre no respondió, colocó al niño sobre la alfombra con sus juguetes y regresó a la cocina.

Gian Maria la siguió. No sabía muy bien qué hacer.

—¿Puedo ayudar?

—Sí, claro. Ponga la mesa. En ese aparador encontrará un mantel y ahí están los vasos y los platos. Los cubiertos están en ese otro cajón.

Después de la cena, Faisal y Gian Maria ayudaron a Nur a recoger la mesa mientras ella metía los platos en el lavavajillas. Luego Faisal acostó a sus hijas, y Nur terminó de dormir a Hadi, que protestaba desde la cuna.

Gian Maria dio las buenas noches, consciente de que después de todo un día de trabajo ése sería el instante en que el matrimonio aprovecharía para charlar con cierta tranquilidad.

Además, aún debía encontrar la manera de acercarse a Ahmed Huseini. Yves Picot le podía abrir esa puerta, pero no estaba seguro de que fuera adecuado llegar a Ahmed a través del arqueólogo.

Estaba agotado. El día había sido intenso, no hacía veinticuatro horas desde que llegó a Bagdad y le parecía que habían transcurrido meses. Se quedó dormido sin darse tiempo para rezar.

20

Robert Brown discutía con Paul Dukais. Estaban solos en el despacho del primero.

—Pero ¿cómo que sólo tienes un hombre? —gritó Brown.

—Ya te lo he explicado. Picot rechazó al bosnio, aunque aceptó al croata. Por tanto, ahora mismo tenemos a un hombre en la expedición, pero si dejas de gritar te enterarás de lo que te estoy diciendo.

—¡Un hombre para enfrentarse a Alfred! Debes de estar loco.

—No tengo la más mínima intención de enfrentarme con un solo hombre a Alfred, aunque a lo mejor sería lo más inteligente. Un solo hombre no llama la atención; varios es como poner un anuncio en un periódico.

—¿El croata sabe lo que tiene que hacer? —preguntó Brown bajando la voz.

—Sí. Se le han dado instrucciones precisas. Por lo pronto tiene que hacer un seguimiento detallado de Clara, conocer la rutina del trabajo del equipo, y cuando tenga una idea clara, proponerme un plan de acción. Pero si me escuchas te diré que creo poder enviar a otro par de hombres con la cobertura de hombres de negocios dispuestos a burlar el bloqueo. Son un par de tipos listos y capaces.

—¿Ah, sí? ¿Y qué van a hacer dos hombres de negocios en una aldea perdida en el sur de Irak?

—Robert, no me tomes por tonto. Llevo muchos años en este negocio y te aseguro que soy capaz de dar coberturas adecuadas a mis hombres. De manera que te ahorraré los detalles.

—No, no me los ahorres; a mí me van a preguntar y quiero saber qué debo responder.

—De acuerdo, te lo explicaré, pero ten presente que en mi opinión con el croata tendremos bastante y que los otros sólo deberían intervenir si es necesario.

—Será necesario.

—No, no lo será. El croata es un asesino que disfruta con su trabajo. Ha matado a más gente de lo que puede recordar. No sólo es un tirador extraordinario, también maneja el cuchillo con una precisión de cirujano. Eso es todo lo que necesitará para que Clara le entregue las tablillas, si es que las encuentran.

—¿Y cómo saldrá de allí? ¿Silbando?

—Saldrá, y puede que lo haga silbando.

Discutieron un rato más. Dukais no logró tranquilizar a Brown, pero en realidad sabía que éste no estaría tranquilo hasta el día en que él entrara en el despacho y le entregara las malditas tablillas.

Cuando Robert Brown se quedó solo llamó a su Mentor. Éste le invitó a cenar esa noche. En su casa hablarían tranquilamente y sin testigos.

* * *

Enrique Gómez esperaba a su hijo José. Hacía unos minutos que George le había llamado desde Washington. La operación estaba en marcha. Tenían a un hombre pegado a Clara Tannenberg, dispuesto a lo que fuera necesario.

Le había vuelto a insistir a George que no hicieran daño a

Alfred, aunque sabía que si hacían el más mínimo rasguño a su nieta a éste le dolería más que si le mataran a él. Pero, dada la situación, había que ser posibilista e intentar salvar lo que se pudiera salvar, y él apostaba por Alfred. Estaban unidos para siempre jamás, por más que George estuviera enfadado. Pero también sabía que el hombre que habían situado junto a Clara tendría que tomar decisiones sobre la marcha y no correría ningún riesgo por evitar una muerte. Sus instrucciones eran claras: hacerse con la *Biblia de Barro* por las buenas o por las malas y salir de inmediato de Irak a través del contacto que le habían dado. Eso es lo que haría ese croata, cuyo historial avalaba lo que era capaz de hacer.

José entró en el despacho de su padre y se acercó a besarle.

—¿Cómo estás?

—Bien, hijo, bien. ¿Y tú?

—¡Harto de trabajo! No he parado en todo el día.

—Pero todo va bien, ¿no?

—Sí, pero no terminamos de rematar la fusión de esas dos empresas. Cuando parece que están a punto de llegar a un acuerdo, alguno de los abogados de uno o de otro sale poniendo algún inconveniente.

—Bueno, pero ya estás acostumbrado, al final firmarán.

—Sí, supongo. Nos llamaron en junio para que arbitráramos la operación y no hay manera de ponerles de acuerdo.

—No desesperes.

La conversación se vio interrumpida por el timbre del teléfono, que Enrique descolgó con rapidez.

—Al habla.

—¿Enrique? Soy Frankie…

—¿Cómo estás? Acabo de hablar con George.

—¿Te ha dicho que tenemos un hombre en la expedición? Un croata…

—Sí, lo sé.

—Alfred me acaba de llamar, está nervioso. Nos ha amenazado.

—¿Con qué?

—No lo ha precisado, simplemente ha dicho que si tiene que morir matando lo hará. Nos conoce y sabe que intentaremos arrebatarle la *Biblia de Barro*.

—Si es que la encuentra...

—Es parte de nosotros, por lo que no tiene que esforzarse mucho en imaginar cómo actuaremos en esta ocasión. Me ha dicho que está seguro de que tendremos hombres infiltrados, que los descubrirá y los matará, y también quiere que sepamos que si no permitimos que Clara se quede con las tablillas, hará públicos todos los entresijos del negocio. Dice que ha dispuesto a través de personas de su confianza que si muere en los próximos meses se le haga la autopsia para saber si la causa ha sido natural o inducida, y que si nos lo cargamos se hará público un memorando que está en poder de alguien que ni imaginamos. Al parecer, en ese memorando lo cuenta todo.

—¡Está loco!

—No, simplemente se está defendiendo por adelantado.

—¿Qué propone?

—Nada diferente a lo que había propuesto: que dejemos a Clara la *Biblia de Barro*, y él culmina con éxito la operación que tenemos en marcha.

—Pero no se fía de que cumplamos ese compromiso...

—No, no se fía.

—Se quiere quedar con lo que no es suyo. George tiene razón...

—Creo que estamos a punto de suicidarnos.

—Pero ¿qué dices?

—Que tengo un nudo en el estómago, y la sensación de que no podemos evitar despeñarnos.

—No seas irracional.

—No lo soy, te lo aseguro. Hablaré con él.

—¿No es un poco arriesgado que le llames desde España?

—Supongo que sí, pero si no hay más remedio lo haré. Tengo que hacer un viaje de negocios; veré lo que puedo hacer desde donde esté.

—Llámame.

Colgó el teléfono y apretó los puños. Su hijo le observaba en silencio. Le preocupaba la angustia y la ira que a partes iguales se reflejaban en el rostro de su padre.

—¿Qué pasa, papá?

—Nada que te concierna.

—¡Vaya respuesta!

—Siento ser grosero, pero no me gusta que me preguntes por mis asuntos, no es una novedad para ti.

—No, no lo es. Desde que tengo uso de razón sé que no debo preguntarte ni mucho menos entrometerme en tus asuntos. No sé qué asuntos, pero sé que tienes asuntos que son un estadio cerrado en el que no nos permites mirar.

—Exactamente; así ha sido y así será. Y ahora me gustaría que me dejaras solo, tengo que hacer unas llamadas.

—Has dicho que te vas, ¿adónde?

—Me voy un par de días.

—Sí, pero ¿adónde y a hacer qué?

Enrique se levantó dando un puñetazo sobre la mesa. Era un anciano que frisaba los noventa años, pero era tal la ira que reflejaba en el rostro que José retrocedió.

—¡No te metas en mis asuntos y no me trates como a un viejo! ¡Aún no estoy gagá! ¡Vete! ¡Déjame!

José se dio la media vuelta y salió del despacho de su padre lleno de pesar. Le costaba reconocer a su padre en ese ser colérico que parecía dispuesto a pegarle si se acercaba demasiado.

Enrique volvió a sentarse. Abrió un cajón y buscó un frasco del que sacó dos píldoras. Sentía que la cabeza le iba a estallar.

El médico le había advertido en más de una ocasión que debía evitar disgustarse. Años atrás había sufrido un infarto del que no le habían quedado secuelas, pero tenía la edad que tenía.

Maldijo a Alfred y se maldijo a sí mismo por interceder por él ante George. ¿Por qué Alfred no podía cumplir su papel como todos? ¿Por qué tenía que salirse del guión?

Tocó un timbre situado debajo del tablero de la mesa y unos segundos después escuchó unos suaves golpes en la puerta.

—¡Pase!

Una criada vestida de negro con un delantal blanquísimo y cofia aguardó en el umbral las órdenes de Enrique.

—Tráigame un vaso de agua fresca y diga a doña Rocío que quiero verla.

—Sí, señor.

Rocío entró en el despacho de su marido con el vaso de agua en la mano y cuando le miró se asustó. Vio lo que había visto en otras ocasiones, a un ser extraño con una mirada de hielo que reflejaba un carácter capaz de todo.

—Enrique, ¿qué pasa? ¿Te sientes mal?

—Entra, tenemos que hablar.

La mujer asintió, depositó el vaso sobre la mesa del despacho y se sentó en un sillón situado al otro lado. Sabía que no debía decir palabra antes que él. Se estiró la falda cubriéndose aún más las rodillas, como si de ese modo se estuviera protegiendo de la tormenta que sabía podía estallar entre las penumbras del despacho.

—En este cajón de aquí —y señaló el primer cajón de la mesa— guardo una llave, que es la de la caja fuerte del banco. Nunca he guardado papeles comprometedores, pero sí algunos referentes a mis negocios. El día en que me muera quiero que vayas al banco y los destruyas. José no debe verlos nunca. Tampoco quiero que le hables del pasado.

—¡Nunca lo haría!

Miró fijamente a su mujer intentando escudriñar con la mirada los más recónditos lugares de su alma.

—No lo sé, Rocío, no lo sé. Hasta ahora no lo has hecho, pero yo estaba aquí para impedirlo. El día en que no esté…

—Nunca te he dado motivo de queja ni de desconfianza…

—Tienes razón. Pero ahora júrame que cumplirás lo que te digo. No te lo pido por mí, te lo pido por José. Déjale que siga así. Ten en cuenta que si esos papeles salieran… mis amigos se enterarían y tarde o temprano pasaría algo.

—¿Qué nos harían? —preguntó la mujer asustada.

—No puedes ni imaginarlo. Tenemos reglas, códigos, y estamos obligados a cumplirlos.

—¿Por qué no destruyes tú mismo esos papeles? ¿Por qué no haces desaparecer lo que no debamos encontrar?

—Harás lo que te he dicho. Hay cosas de las que no puedo desprenderme mientras esté vivo, pero que a nadie conciernen cuando esté muerto.

—¡Ay, ojalá yo me muera antes que tú!

—No tengo inconveniente en que así sea, pero por si acaso júrame sobre la Biblia que harás lo que pido.

Enrique colocó una Biblia encima de la mesa y conminó a su mujer a colocar la mano sobre el libro.

Rocío estaba aterrada. Sentía que la petición de su marido entrañaba además una amenaza.

Juró con la mano encima de la Biblia que haría cuanto Enrique le ordenara; luego escuchó las instrucciones de su marido, que le descubrió que además de los papeles celosamente guardados en el banco debía destruir los que se encontraban en la caja fuerte que escondía detrás de un cuadro en el despacho.

Después, cuando volvió a quedarse a solas, Enrique llamó a George.

—Sí.

—Soy yo.

—¿Alguna novedad?

—Que tienes razón. No podemos ser débiles con Alfred. Es capaz de destruirlo todo.

—De destruirnos a nosotros. Es él quien ha violado las normas. Yo también le quiero, pero es él o nosotros.

—Nosotros.

—Me alegro.

* * *

Los helicópteros aguardaban alineados en la base militar fuertemente custodiada por la Guardia Republicana. Ahmed Huseini explicaba al comandante de la base la importancia que tenía para Irak que la misión arqueológica de Safran llegara a buen término. El comandante le escuchaba aburrido. Tenía instrucciones precisas del Coronel para que trasladara a aquellos extranjeros y su cuantioso material a Safran y eso es lo que haría sin necesidad de que le dieran una lección sobre la antigua Mesopotamia.

Yves Picot y su ayudante, Albert Anglade, ayudaban a los soldados a colocar las cajas con el material en el helicóptero, y lo mismo hacían el resto de los miembros de la expedición, incluidas las mujeres, que eran observadas entre risas y cuchicheos por los soldados.

Picot había sido tajante a la hora de recomendarles que optaran por pantalones y botas, y camisas amplias, nada de shorts ni de camisetas ajustadas. Pero aun así, los soldados se regocijaban de tener a la vista ese grupo de occidentales con aspecto de no tener más problema que llegar sanas y salvas a Safran.

Cuando todo estuvo cargado y los miembros del equipo fueron distribuidos en los dos helicópteros restantes, Yves Picot buscó con la mirada a Ahmed.

—Siento que no nos acompañe —le dijo a modo de despedida.

—Ya le dije ayer que iré a Safran. No podré quedarme mucho tiempo, pero procuraré ir cada dos semanas a echar un vistazo. De cualquier modo, yo estaré en Bagdad y lo que surja lo podré resolver mejor desde mi despacho.

—Bien, espero no tener que molestarle.

—Les deseo éxito. ¡Ah, y confíe en Clara! Es una arqueóloga muy capaz y tiene un sexto sentido para detectar lo importante.

—Lo haré.

—Buena suerte.

Se estrecharon la mano e Yves subió al helicóptero. Unos minutos después desaparecían en la línea del horizonte. Ahmed suspiró. De nuevo había perdido las riendas de su propia vida, de nuevo estaba en manos de Alfred Tannenberg. El viejo no le había dejado lugar a dudas: o participaba en el negocio o le mataría. Mejor aún, le amenazó, sería la policía secreta de Sadam quien se encargaría de él por traidor.

Ahmed sabía que Alfred no tendría ningún problema para hacerle desaparecer en alguna de las cárceles secretas de Sadam en las que nadie sobrevivía.

Alfred le había dicho con desprecio que si la operación salía bien y además Clara encontraba las tablillas, podría irse a donde quisiera; no le ayudaría a escapar, pero tampoco se lo impediría.

De lo que sí estaba seguro Ahmed es de que Tannenberg había dispuesto que le siguieran noche y día. Él no veía a los hombres de Alfred, o acaso eran los del Coronel, pero ellos sí le veían a él.

Regresó al ministerio. Tenía mucho trabajo por hacer. Lo que Alfred le había pedido no era fácil de encontrar, aunque si alguien podía acceder a esa información era él.

Clara sintió una punzada de emoción cuando escuchó el ruido de los helicópteros. Picot se sorprendería al llegar y comprobar que ya estaban excavando.

Fabián y Marta se acercaron a ella. También ellos se sentían orgullosos del trabajo realizado.

Cuando Picot puso pie en tierra Fabián se le acercó y se abrazaron.

—Te echaba de menos —dijo Picot.

—Yo también —respondió Fabián riendo.

Marta y Clara animaban a Albert Anglade, que acababa de bajar del helicóptero pálido como la nieve. A una indicación de Clara, apareció un aldeano con una botella de agua y un vaso de plástico.

—Beba, le sentará bien.

—No creo que pueda —se lamentaba Albert, resistiéndose a beber el agua.

—Vamos, se te pasará; yo también me mareé —le consolaba Marta.

—Te aseguro que no volveré a subirme a un chisme de esos en mi vida —afirmaba Albert—. Regresaré a Bagdad en coche.

—Y yo también —respondió entre risas Marta—, pero bébete el agua. Clara tiene razón, te sentirás mejor.

Fabián le mostró orgulloso a Yves el campamento, las casas de adobe en donde montarían los laboratorios e irían clasificando las tablillas y objetos que fueran encontrando, el lugar donde instalarían los ordenadores, la casa de una sola pieza donde se reunirían para hablar y debatir sobre el trabajo realizado, las duchas, las letrinas, las tiendas impermeabilizadas donde viviría parte de la expedición los próximos meses, a no ser que quisieran instalarse en las habitaciones que algunos campesinos estaban dispuestos a alquilar.

Entraron en una de las casas, donde Fabián había organizado un despacho del que dijo sería como el puente de mando. Albert, que les seguía a duras penas, se desplomó en una silla mientras Marta y Clara le insistían en que bebiera agua al tiempo que le daban también un vaso a Picot.

—Buen trabajo —afirmó Yves Picot—. Ya sabía yo que teníais que venir vosotros por delante.

—En realidad ya hemos comenzado a trabajar —afirmó Marta—. Llevamos un par de días despejando la zona y probando las habilidades de los obreros. Hay de todo, pero es gente bien dispuesta, así que estoy segura de que trabajarán duro.

—Además, aunque no te lo he consultado, he nombrado a Marta capataz, e incluso le he regalado un látigo —dijo riendo Fabián—. Nos ha organizado a todos, bueno en realidad nos ha militarizado. Pero los obreros están encantados y no se mueven sin preguntarle a ella.

—Un buen capataz siempre es necesario —afirmó Picot siguiendo la broma—. Lo malo es que me ha dejado sin trabajo.

Clara les observaba divertida pero sin atreverse a participar. En los días pasados se había dado cuenta de que entre Fabián y Marta existía una sólida amistad pero nada más. Se notaba la complicidad entre ambos, se entendían con la mirada e intuía que en el caso de Fabián y Picot sucedería algo semejante.

—¿Dónde dormimos nosotros? —preguntó Albert, que no lograba recuperarse del mareo.

—En la casa de al lado he dispuesto un cuarto para ti, otro para Yves y otro para mí. Es una casa de cuatro piezas, pero cabemos los tres. O si lo prefieres, miro la lista de los campesinos que ofrecen habitación… —le explicó Fabián.

—No, me parece bien, y si no os importa me voy a echar un rato —casi suplicó Albert.

—Le acompaño para decirle dónde es —se ofreció Clara.

Cuando Clara y Albert salieron Yves se dirigió a Fabián.

—¿Algún problema?

—Ninguno. Aquí todos sienten por Clara un respeto reverencial. Ella no pone objeciones a nada, y ha aceptado todas nuestras sugerencias; bueno, mejor dicho, las órdenes de Marta. Da su opinión, pero si no nos convence no pierde el tiempo en una discusión. Eso sí, aquí todos están pendientes de ella, quiero decir que en caso de conflicto le preguntarán y será a ella a quien obedezcan. Pero es muy inteligente y no hace ninguna exhibición de que tiene la sartén por el mango.

—Hay una mujer, Fátima, que la cuida como si fuera su madre. A veces la acompaña hasta la excavación. Y también hay cuatro hombres que no se separan de Clara ni de día ni de noche —apuntó Marta.

—Sí, ya me di cuenta en Bagdad; lleva protección, lo que no es de extrañar dada la situación de Irak. Además, su marido es un hombre importante del régimen —afirmó Yves.

—No, no sólo por la situación del país —le cortó Marta—. El otro día sus guardias la perdieron de vista. Estaba conmigo, no podíamos dormir y nos levantamos antes del amanecer y fuimos a pasear. Cuando nos encontraron parecían como locos y uno de ellos le recordó que su abuelo les mataría si le sucedía algo e hizo alusión a unos italianos. Clara me miró y les hizo callarse.

—O sea, que la chica tiene enemigos… —dijo en voz alta Picot.

—No dejéis volar la imaginación —terció Fabián—; no sabemos a qué incidente se referían sus guardianes.

—Pero estaban aterrados, te lo aseguro —insistió Marta—. Temían que pudiera pasarle algo, y parecían sentir un miedo atroz por lo que les haría el abuelo de Clara.

—Al que no hay manera de conocer —se lamentó Yves.

—Y del que Clara no quiere hablar —comentó Marta.

—Intentamos que nos contase cuándo y cómo estuvo su

abuelo en Jaran, pero no hay manera, no suelta palabra, esquiva las respuestas directas. Bueno, te vamos a enseñar el resto del campamento —propuso Fabián.

Yves les felicitó y se felicitó por haber logrado convencer a Fabián para que le acompañara en esta aventura. También valoró el trabajo de Marta. Era una mujer con una innata capacidad para organizar.

—He puesto nombres a las casas donde iremos trabajando y colocando el material —comentó Marta—. Donde hemos estado es «el cuartel general», donde iremos disponiendo las tablillas será lógicamente «la casa de las tablillas», el equipo de ordenadores lo colocaremos ahí —dijo señalando otra de las construcciones de adobe— y le llamaremos simplemente Comunicaciones. Los almacenes los llamaremos de la misma manera, sólo que con números.

El jefe de la aldea había organizado una recepción de bienvenida; compartieron el almuerzo con él y con algunos de los hombres más destacados del lugar. A Yves no le terminó de gustar el hombre que habían elegido como jefe de los obreros; no sabía por qué, puesto que el hombre parecía discreto y amable, pero había algo en él que sugería que no era un campesino como los otros.

Ayed Sahadi era alto y musculoso, de piel más clara que el resto de los lugareños. Tenía un aire de aspecto marcial y se notaba que estaba acostumbrado a mandar.

Hablaba inglés, lo que sorprendió a Yves.

—Trabajé en Bagdad, allí aprendí —fue toda su explicación.

Clara parecía conocerle y le trataba con cierta familiaridad, pero él mantenía una distancia respetuosa con ella.

Los hombres le obedecían sin rechistar, e incluso el jefe de la aldea parecía encogido a su lado.

—¿De dónde ha salido Ayed? —quiso saber Yves Picot.

—Llegó un par de días después que nosotros. Clara asegura que le estaba esperando porque ha trabajado con su marido y con ella en otras ocasiones. No sé qué decirte, parece un militar —respondió Fabián.

—Sí, eso me ha parecido a mí; puede que sea un espía de Sadam —afirmó Yves.

—Bueno, tenemos que contar con que nos van a vigilar y que habrá espías hasta en la sopa. Esto es una dictadura y estamos en vísperas de una guerra, de manera que no podemos extrañarnos de que ese Ayed sea un espía —aseguró con enorme naturalidad Marta.

—No termina de gustarme —se quejó Yves.

—Esperemos a ver cómo actúa —sugirió Marta.

Esa tarde, una vez que todo el equipo estuvo instalado, Yves les reunió para explicarles el plan de trabajo. Todos eran profesionales, los estudiantes que les habían acompañado estaban en los últimos cursos de carrera y algunos ya habían participado en otras excavaciones, de manera que Yves no tuvo que perder el tiempo diciendo ni una palabra de más.

A las cuatro de la mañana estarían en pie. Entre cuatro y cinco menos cuarto todo el mundo tendría que haber pasado por las duchas y desayunado, e inmediatamente, antes de las cinco estar ya en el lugar de la excavación. A las diez harían un breve descanso de un cuarto de hora y continuarían trabajando hasta las dos. De dos a cuatro almorzarían y tendrían tiempo para descansar; a partir de las cuatro de nuevo comenzarían a trabajar hasta que se fuera el sol.

Nadie se quejó, ni el equipo formado por Yves ni tampoco los contratados de las aldeas. Éstos iban a recibir el salario en dólares, y la cantidad era diez veces más de lo que ganarían en un mes, por lo que estaban dispuestos a trabajar cuanto fuera necesario.

Cuando terminó la reunión un joven de estatura media, con gafas y aspecto de no haber roto un plato en su vida, se acercó a Yves Picot.

—Tengo dificultades con la instalación de los ordenadores. La corriente eléctrica es muy débil y los equipos muy potentes.

—Hable con Ayed Sahadi; él le dirá cómo resolverlo —fue la respuesta de Picot.

—No te cae bien. —El comentario de Marta sorprendió a Yves Picot.

—¿Por qué lo dices?

—Porque se te nota. En realidad Ante Plaskic no le cae bien a nadie. No sé por qué le metiste en la expedición.

—Me lo recomendó un amigo de la Universidad de Berlín.

—Supongo que todos tenemos prejuicios y es inevitable pensar en la matanza de bosnios a cargo de los serbios y los croatas, y Ante es croata.

—Mi amigo me explicó que era un superviviente, que su aldea también fue arrasada por los bosnios en represalia a una matanza que sus compatriotas habían hecho anteriormente. No lo sé. En aquella guerra maldita quienes sufrieron y llevaron la peor parte fueron los bosnios, de manera que puede que tengas razón y me afloren los prejuicios aun sin pretenderlo.

—A veces nos movemos con esquemas muy simples: esto es bueno y esto es malo, éstos son todos buenos y éstos son todos malos, y no perdemos el tiempo en matices. Puede que Ante sea de verdad una víctima de aquella guerra.

—O puede que fuera un verdugo.

—Era muy joven —insistió Marta porque le encantaba hacer el papel de abogado del diablo.

—No tanto. Ahora debe de estar cerca de los treinta, ¿no?

—Creo que tiene veintisiete años.

—En la guerra civil yugoslava había matando críos de catorce y quince años.

—Mándale para casa.

—No, como tú dices, no sería justo.

—Yo no he dicho eso —protestó Marta.

—Probaremos y si continúo sintiendo esta incomodidad cada vez que le veo, te haré caso y le enviaré de vuelta.

Fabián se acercó acompañado de Albert Anglade, el ayudante de Picot.

—Os veo meditabundos, ¿qué pasa?

—Hablamos de Ante —respondió Marta.

—Que a Yves no le gusta ni un pelo y ya se ha arrepentido de haberle hecho venir, ¿me equivoco?

Yves Picot soltó una carcajada ante el comentario de Albert. Le conocía bien, llevaban muchos años trabajando juntos y podía intuir de antemano con quién se llevaría bien, con quién mal o quién le sería indiferente.

—Hay algo inquietante en él —continuó diciendo Albert—. A mí tampoco me gusta.

—Porque es croata, sólo por eso —afirmó Marta.

—Chicos, éstos son prejuicios racistas.

El comentario de Fabián fue como una patada en lo más hondo de sus convicciones. Todos odiaban cualquier idea racista, y pensar que podían tener un atisbo de discriminación contra alguien por su origen les repelía.

—Vaya golpe bajo —se quejó Yves.

—Es que esta conversación no es de recibo —dijo muy serio Fabián—. No podemos juzgar a una persona por lo que hayan hecho otras de su mismo país o comunidad.

—Tienes razón, pero en realidad no sabemos mucho de él —terció Albert echando un capote a Yves.

—Bueno, cambiemos de conversación. ¿Dónde está Clara? —preguntó Marta.

—Con Ayed Sahadi. Se han quedado hablando con los obreros. Luego creo que ha dicho que se iba a acercar al lugar de la excavación con algunos de los nuestros que querían echar una ojeada —respondió Fabián.

Ayed Sahadi era lo que parecía, es decir un militar, miembro del servicio de contraespionaje iraquí, y protegido del Coronel.

Alfred Tannenberg le había pedido a su amigo que enviara a Safran a Ayed, al que conocía por haber colaborado en algunos de los negocios en los que participaba el Coronel.

El comandante Sahadi tenía fama de sádico. Si algún enemigo de Sadam caía en sus manos, rezaba para morir cuanto antes, porque corrían historias terribles de las largas agonías a las que sometía a sus víctimas.

Su misión en Safran era, además de proteger la vida de Clara, intentar descubrir a los hombres que Alfred Tannenberg estaba seguro que enviarían sus amigos para hacerse con la *Biblia de Barro*.

Sahadi había colocado a algunos de sus hombres entre los trabajadores contratados para la excavación. Soldados como él, bregados en el contraespionaje, que sacarían un buen puñado de dólares si tenían éxito en este particular encargo.

Clara conocía a Ayed de haberle visto en algunas ocasiones en la Casa Amarilla acompañando al Coronel. Su abuelo le había dejado claro que Ayed iba a convertirse en su sombra y que ella debía de imponerle como encargado de los trabajadores, de la misma manera que había insistido en que Haydar Annasir formara parte del equipo para coordinarse con Ahmed en Bagdad y con él mismo.

Sabiendo de la inutilidad de negarse ante los deseos de su abuelo, Clara había aceptado aunque a regañadientes.

Una campana despertó a los dormidos miembros del equipo arqueológico.

En una de las casas de adobe, donde se había improvisado una cocina, unas mujeres de la aldea repartían café y pan recién hecho con mantequilla y mermelada, además de fruta fresca.

Yves Picot odiaba madrugar, pero llevaba levantado desde las tres de la mañana porque no había podido pegar ojo, al contrario que Fabián y Albert, que para su desesperación se habían pasado la noche roncando.

Marta tampoco parecía de muy buen humor y desayunaba en silencio, respondiendo con monosílabos cuando se dirigían a ella.

La única que parecía feliz era Clara. Picot la observó de reojo, sorprendido de lo locuaz que podía resultar Clara a esas horas de la madrugada.

No eran las cinco de la mañana cuando comenzaron a trabajar. Todos sabían qué hacer, y cada arqueólogo dirigía a un grupo de trabajadores a los que daría instrucciones precisas.

Ante Plaskic se había quedado en el campamento, en la casa de adobe donde además de tener instalado el equipo informático disponía de un cuarto con un catre para dormir. Había sido una suerte que le dejaran ese espacio para él solo. Notaba la animadversión latente del equipo hacia él, pero había decidido hacer caso omiso a esas señales de antipatía. Estaba allí para hacerse con unas tablillas y matar a quien quisiera impedírselo; además, hacía mucho tiempo que había dejado de sentir la necesidad de que le aceptaran. Podía vivir sin el resto de la humanidad. Si por él fuera mataría uno a uno a todos los miembros de la misión.

Le sorprendió ver entrar en la estancia a Ayed Sahadi, puesto que le hacía con el resto de los trabajadores en la zona a excavar.

—Buenos días.

—Buenos días.

—¿Necesita algo o está todo en orden? —le preguntó Ayed.

—Por ahora todo está bien, espero que estos trastos funcionen. Deberían de hacerlo, puesto que son los mejores que hay.

—Bien, si tiene algún problema como ayer, búsqueme, y si no pregunte a Haydar Annasir; él puede llamar a Bagdad para que intenten enviarnos lo que usted necesite.

—Lo haré. De todas formas, dentro de un rato iré a echar un vistazo a donde están trabajando; aquí todavía no hay mucho que hacer.

—Vaya cuando quiera.

Ayed Sahadi salió de la casa pensando en el informático. Había algo en él, en su rostro aniñado, en las gafas de intelectual, que se le antojaba impostura, pero se dijo a sí mismo que no podía empezar a ver fantasmas sólo porque se hubiese percatado del vacío que consciente o inconscientemente le hacían los demás. A él tampoco le gustaba ese croata, que seguramente habría asesinado a hermanos musulmanes, y eso que él no era un hombre cumplidor de la religión de Mahoma, sino todo lo contrario. Pero aun así sentía a los bosnios como los suyos.

La actividad era frenética alrededor del cráter y del edificio, que apenas dejaba vislumbrar una estancia donde en el pasado alguien había alineado cientos de tablillas en estantes de adobe. Decidió no quedarse mirando, sino participar del trabajo, y se situó al lado de Clara.

—Dígame en qué puedo ayudar —le dijo.

Clara no se lo pensó dos veces y le pidió que ayudara a despejar de arena el perímetro que habían señalado.

21

A Tom Martin le había costado decidirse. Normalmente visualizaba de inmediato quién era el hombre adecuado para cada misión, pero en esta ocasión su instinto le decía que lo que le había pedido el falso señor Burton, entrañaba más peligros de los habituales.

Por eso tardó una semana en encontrar al hombre que enviaría a Irak a matar a todos los Tannenberg que encontrara a su paso. Porque de eso se trataba: primero de saber si había un viejo llamado Tannenberg en algún lugar del país de Sadam, y luego liquidarle a él y a sus descendientes. Su contratador había sido meridianamente claro: no debía sobrevivir ningún Tannenberg, tuviera la edad que tuviese.

Había dudado sobre enviar a más de un hombre, pero optó porque fuera uno solo; si éste necesitaba refuerzos se los enviaría. Sabía que a los hombres que se dedicaban al negocio de matar por encargo no les gustaba hacer su trabajo en compañía. Cada uno tenía sus métodos y sus manías, eran gente muy especial.

También le había dado vueltas a hablarle del encargo a su amigo Paul Dukais, el presidente de Planet Security. Al fin y al cabo, éste le había pedido ayuda para camuflar a un hombre en una misión arqueológica en la que participaba la tal Clara

Tannenberg, a la que debían de quitarle unas tablillas, si es que aparecían, y si era necesario matarla. Al final había decidido no decir nada a Paul. Estaba seguro de que el croata que había recomendado a Dukais haría su trabajo, y su hombre tendría que hacer el suyo. Él partía con una ventaja: la de saber que los Tannenberg tenían enfadada a mucha gente con dinero suficiente como para gastarlo intentando liquidarles.

Lion Doyle entró en el despacho de Tom Martin y aguardó de pie a que éste le invitara a sentarse.

—Siéntate, Lion. ¿Cómo estás?

—Bien, acabo de regresar de vacaciones.

—Mejor, así estarás descansado para la misión que te quiero encargar.

Durante una hora los dos hombres repasaron toda la información de que disponían. Incluida la del misterioso señor Burton, al que Tom Martin había hecho fotografiar antes de que saliera del edificio en que se encontraba Global Group.

—No he encontrado nada sobre él. Desde luego no es británico, aunque su inglés era perfecto, pero los amigos de Scotland Yard no tienen en sus ficheros a ningún hombre con este rostro. En la Interpol tampoco he encontrado nada.

—Luego es un anónimo ciudadano que paga sus impuestos y no tiene por qué figurar en los archivos de ninguna policía —comentó Doyle.

—Sí, pero los probos ciudadanos no van encargando asesinatos; además, tan pronto hablaba en primera persona como decía «nosotros»: el encargo es de varios, no sólo de él.

—Por lo que veo, los Tannenberg no son muy populares. Tienen enemigos, se dedican a un negocio peligroso. El contrato debe de ser de alguien a quien han jugado una mala pasada, a quien han engañado.

—Sí, seguramente es así, pero tengo la impresión de que hay algo que se me escapa.

—¿Cuánto, Martin?

—¿Cuánto qué?

—Cuánto me ofreces por este encargo. No sabes si tengo que matar a un Tannenberg, o a cuatro, si además de esa mujer y ese invisible viejo hay más Tannenberg, incluidos niños. No me gusta matar niños.

—Un millón de euros. Eso es lo que cobrarás. Un millón de euros limpios de impuestos.

—Quiero la mitad antes de empezar.

—No sé si será posible; el cliente aún no ha desembolsado la totalidad.

—Pues dile que yo quiero medio millón. Así de simple.

—De acuerdo.

—Ya sabes cómo tienes que pagarme. Si en tres días tengo el dinero viajaré a Irak.

—Necesitas una cobertura.

—Sí, ¿qué me puedes ofrecer?

—Dime qué prefieres…

—Si no te importa, yo me buscaré la cobertura; en caso de que te necesite, te lo diré. Tengo tres días para pensar, ya te llamaré.

Cuando salió de Global Group, Lion Doyle se dirigió al aparcamiento donde había dejado su coche, un monovolumen familiar de color gris. Callejeó por Londres por pura inercia, para comprobar si alguien le seguía; luego enfiló la autopista de Gales, adonde había vuelto después de toda una vida de ausencia.

Había comprado una vieja granja, la había rehabilitado y se había casado con una profesora de Filología de la Universidad de Cardiff. Una mujer espléndida que había llegado soltera a los cuarenta y cinco años por haberse dedicado exclusivamente a escalar peldaños en la universidad hasta llegar a convertirse en profesora titular.

Marian tenía el cabello castaño claro, los ojos verdes, era alta y más bien llenita. Se había enamorado de él nada más conocerle. Moreno, con los ojos castaños, de complexión fuerte, Lion Doyle era un hombre que le inspiraba confianza y seguridad.

Lion le había contado que había estado en el ejército, pero que estaba harto de no tener un hogar y que se había convertido en asesor de seguridad, negocio con el que había prosperado y ganado algún dinero, el suficiente para comprar la granja, rehabilitarla y convertirla en su hogar.

Ya era demasiado tarde para que pudieran hacer planes de tener hijos, pero ambos estuvieron de acuerdo en que era suficiente con tenerse el uno al otro y compartir buenos momentos hasta que llegara la vejez.

Si Marian hubiese sabido que su marido tenía una cuenta secreta en la isla de Man y que disponía de dinero suficiente para no tener que trabajar el resto de su vida y darse unos cuantos caprichos, no se lo habría creído. Estaba convencida de que entre ambos no había secretos y que aunque gozaban de una situación desahogada tampoco podían derrochar.

Por eso Marian se conformaba con que una mujer acudiera tres veces por semana a la granja para encargarse de la limpieza y que un jardinero, de cuando en cuando, les echara una mano en el jardín del que personalmente le gustaba encargarse a Lion cuando estaba en casa.

A menudo su marido se marchaba y estaba fuera durante semanas, pero ése era su trabajo, y Marian lo aceptaba sin rechistar. Sabía que a veces se le olvidaba llamarla, y que cuando ella marcaba el número del móvil de Lion le respondía la voz del contestador automático. Pero él siempre regresaba cariñoso con algún regalo, un bolso, unos pendientes, un pañuelo, detalles que demostraban que se había acordado de ella. Marian no tenía la menor duda de que Lion siempre regresaría a casa.

* * *

A las ocho y media de la mañana Hans Hausser solía estar en su despacho de la universidad. Le gustaba disfrutar de cierta tranquilidad antes de la llegada de los alumnos y aprovechaba para entrar en la dirección de correo electrónico que le había dado a Tom Martin para que se comunicara él. Era una dirección a nombre del señor Burton, registrada en Hong Kong.

Tom Martin había sido escueto en su e-mail: «Póngase en contacto conmigo».

Hausser llamó a su hija Berta para decirle que no le esperara ni a almorzar ni tampoco a cenar; tenía que desplazarse fuera de Bonn, por lo que a lo mejor no regresaba hasta el día siguiente.

Berta se inquietó. Últimamente alguna de las cosas que hacía su padre la tenían desconcertada.

El profesor abandonó el campus y cogió un autobús que le llevó hasta el centro de la ciudad. De allí cambió de autobús para ir a la estación, donde compró un billete para Berlín.

A primera hora de la tarde llegó a su destino. Cuando salió de la estación buscó igualmente algún autobús que le llevara al centro de la ciudad.

Berlín era un hervidero de gente que iba y venía a ritmo acelerado. Todos parecían tener prisa y nadie miraba a nadie. Realmente hubiera sido difícil llamar la atención en aquel zoo humano en que se había convertido la ciudad.

El profesor Hausser buscó una tienda de telefonía y compró un teléfono móvil con tarjeta de prepago. La tienda estaba atestada y la empleada no daba abasto; atendía a los clientes casi sin mirarles.

Una vez el teléfono en su bolsillo, comenzó a andar por una de las arterias principales de la ciudad. En una esquina se paró y telefoneó al número personal de Tom Martin.

El propio Martin respondió al teléfono.

—¡Ah, es usted! Bien, me alegro de que me llame. Sólo quería decirle que he encontrado la persona adecuada, pero exige un adelanto.

—¿De cuánto?

—De la mitad de la mitad.

—Entiendo, ¿y si no?

—No acepta el trabajo. Es un trabajo difícil, delicado, de artesano. En realidad, usted sabe que el encargo que ha hecho es muy complicado...

—¿Cuándo lo necesita?

—En tres días a más tardar.

—De acuerdo.

Hans Hausser colgó. Habían hablado un minuto y medio. De nuevo buscó una tienda de telefonía y compró otro teléfono móvil.

El siguiente paso era comunicarse con sus amigos. Buscó un cibercafé y pagó una hora de internet. No le haría falta tanto, pero aun así prefería no sentirse agobiado por el tiempo.

Primero mandó un e-mail a Carlo, luego a Mercedes y a continuación a Bruno. A los tres les enviaba el número de teléfono del móvil recién comprado pero con el código en clave que había ideado; además les avisaba de que estaría sentado ante el ordenador media hora más por si querían comunicarse con la dirección de correo del señor Burton o que posiblemente él les llamaría a los últimos números de móviles que habían intercambiado.

Era difícil que le respondieran de inmediato, pero por si acaso esperó. Fue Bruno quien le envío un e-mail al que rápidamente respondió.

Luego salió del cibercafé y paró un taxi, al que pidió que le llevara al aeropuerto. Desde una cabina llamó al móvil de Mercedes.

La conversación apenas duró un minuto. Cuando colgaron Mercedes le dijo a su secretaria que se marchaba a casa. Salió del despacho y se dirigió a las Ramblas en busca de un cibercafé. Cuando lo encontró, buscó un ordenador situado en un rincón discreto y allí abrió la dirección de correo que sólo utilizaba para comunicarse con sus amigos. Además del mensaje anunciado por Hans, Bruno le comunicaba que él estaba al tanto y también Carlo, al que el profesor acababa de llamar.

A continuación Mercedes buscó una cabina de teléfono y reservó un billete de avión a París para el día siguiente, a primera hora de la mañana.

En ese momento, en Roma, Carlo Cipriani acababa de reservar un vuelo que salía esa misma noche a la capital francesa. Bruno Müller, al igual que Mercedes, no llegaría hasta el día siguiente.

Hans Hausser sentía debilidad por París. El taxista le distraía con su charla, a la que respondía con monosílabos para no ser maleducado, mientras dejaba perder la mirada por la orilla del Sena.

En el aeropuerto de Berlín había tenido tiempo de comprar una maleta de mano además de una camisa, ropa interior y algunos utensilios para el aseo personal. El recepcionista del hotel Du Louvre no encontró, por tanto, nada extraño en aquel venerable caballero de pelo cano que le había reservado una habitación por teléfono y ahora se presentaba en el hotel. Tampoco le extrañó que el caballero saliera al cabo de una hora de haber llegado.

Caminó en dirección a la plaza de la Ópera y se sentó en un café. Pidió una copa de vino y un canapé. Tenía hambre, no había tenido tiempo de tomar bocado durante el día.

Media hora más tarde otro caballero de su misma edad le hizo una seña mientras entraba en el café. Hans se puso en pie y ambos hombres se abrazaron.

—Me alegro de verte, Carlo.

—Yo también. ¡Menuda aventura! No sabes lo que he tenido que inventar para que mis hijos me dejaran en paz. En casa he dado instrucciones de que no les dijeran que me iba de viaje. Tengo la sensación de haberme escapado sin permiso, como si fuera un adolescente.

—Lo mismo me sucede a mí. He llamado a Berta y estaba histérica, me he tenido que enfadar con ella y decirle que ya era mayorcito para dejarme controlar. Pero sé que le he dado un disgusto y eso hace que no me sienta bien. ¿Qué te parece si vamos a cenar? Estoy hambriento.

—De acuerdo. Conozco un bistrot cerca de aquí en que la comida no está nada mal.

Hans Hausser explicó de viva voz a su amigo lo que le había contado por e-mail: su breve conversación con Tom Martin y cómo éste le pedía medio millón de euros de manera inmediata. Ya le había dado trescientos mil el día en que firmaron el contrato y el monto de la operación iba a ser de dos millones; si le daban ahora medio millón sería tanto como pagarle casi la mitad por adelantado.

—Le pagaremos, no hay más remedio. Nos tenemos que fiar de él. Luca me dijo que era de lo más honrado dentro del negocio, y dadas las características del negocio que tiene… En fin, supongo que no nos va a estafar. He traído dinero conmigo, Mercedes y Bruno lo traerán también. Todos hemos hecho lo que planeamos, ir sacando cantidades de dinero del banco y tenerlo en casa por si hay que hacer un depósito urgente como ahora.

Después de cenar los dos amigos se despidieron. Carlo había reservado en un hotel no lejos del de Hans, el hotel d'Horse.

A las once de la mañana el café de la Paix no estaba demasiado concurrido. París se había despertado de color gris con una lluvia fina que lo impregnaba todo y hacía más dificultoso el tráfico.

Mercedes tenía frío. En Barcelona el tiempo era soleado, y llevaba un ligero traje de chaqueta que no la protegía ni de la humedad ni de la lluvia. Bruno Müller, más previsor, se guarnecía con una gabardina.

Los cuatro amigos degustaban una taza de café.

—A las dos sale mi avión para Londres —dijo Hans Hausser—. Cuando regrese a casa ya os llamaré.

—No, no podemos esperar hasta mañana —le atajó Mercedes—. Yo me moriría de impaciencia. Queremos saber que todo ha ido bien; por favor, llámanos antes.

—Haré lo que pueda, Mercedes, pero no quiero sentirme agobiado por tener que llamaros. Ya no soy un niño y mis reflejos no son muy buenos, de manera que bastante tengo con intentar despistar a los hombres de Tom Martin, que estoy seguro de que intentarán seguirme para saber quién es el misterioso señor Burton, o sea yo.

—Tiene razón Hans —dijo Bruno—, tendremos que tener paciencia.

—Y rezar —concluyó Carlo.

—¡Que rece el que sepa! —fue la respuesta contrariada de Mercedes.

Hans Hausser salió del café con una bolsa de Galerías Lafayette en la que debajo de un jersey había colocado los sobres que sus amigos le habían entregado: medio millón de euros en total para entregar a Tom Martin.

Después de Hans se fue Mercedes, que insistió en que no la acompañaran. Paró un taxi y pidió que la llevaran directamente al aeropuerto. Carlo y Bruno decidieron almorzar juntos antes de abandonar París ellos mismos.

En Londres llovía más que en París. Hans Hausser se felicitó por haber comprado un impermeable en el aeropuerto Charles de Gaulle. Pensó que con dinero en el bolsillo se podía ir a cualquier parte sin preocuparse por el equipaje.

Estaba cansado, sentía el estrés de las últimas veinticuatro horas, pero con un poco de suerte, de madrugada podría estar en su casa.

Había llamado a Berta y su hija le había suplicado que le dijera dónde estaba. No se reconoció a sí mismo diciéndole que si se volvía a entrometer en su vida no continuarían viviendo bajo el mismo techo. Berta había sofocado un sollozo antes de colgar el teléfono.

Un taxi le dejó a tres manzanas de la sede de Global Group. Caminó a paso ligero, tanto como sus cansadas piernas se lo permitieron.

Tom Martin se sorprendió cuando desde recepción le anunciaron que el señor Burton esperaba ser recibido.

—Me sorprende usted —le dijo el presidente de Global Group mientras le estrechaba la mano.

—¿Por qué? —preguntó con sequedad el falso señor Burton.

—No imaginaba que fuera usted a presentarse así, sin avisar. Podía haber hecho una transferencia…

—Así es más cómodo para todos. Prepáreme un recibo de que ha recibido medio millón de euros y asunto terminado. ¿Cuándo saldrá su hombre para Irak?

—En cuanto haya cobrado.

—Le adelanté trescientos mil euros…

—Ciertamente, pero el profesional que va a realizar su encargo quería asegurarse una cantidad sustanciosa por adelantado. Se juega la vida, así de simple.

—No será la primera vez.

—No, no lo es. Pero éste es un encargo un tanto especial, puesto que no sabe cuántas personas deberá eliminar, ni de qué edades ni condición. Además, ahora cualquiera que entre en Irak es fichado, y no sólo por la policía de Sadam. Los norteamericanos están ojo avizor, y también mis ex compañeros del MI5.

—Así que trabajó usted para el MI5.

—¿No lo sabía? Creí que conocía todo sobre mí.

—No me interesa su pasado, sino su presente, los servicios que ofrece ahora.

—Pues sí, trabajé para Su Graciosa Majestad, pero un buen día los jefes decidieron que había que jubilar a quienes habíamos participado en el juego de la guerra fría. Nos habíamos quedado obsoletos, el enemigo era otro, dijeron. Y efectivamente estaban fabricando un nuevo enemigo: los árabes, sencillamente porque temen a los chinos. Los árabes son pobres, aunque sus gobernantes sean ricos por el petróleo, pero la gran masa vive paupérrimamente, en regímenes dictatoriales, y es fácil manipularles para que aflore la frustración acumulada. Occidente necesita un enemigo, una vez decidido que detrás del Muro había miles de aspirantes a convertirse en perfectos consumidores.

—Por favor, ahórrese el discurso.

—Bien, se lo ahorraré.

Tom Martin preparó a mano un recibo por medio millón de euros que firmó y sobre el que colocó el sello de Global Group. Luego se lo entregó al falso señor Burton.

—¿Cuándo me dará noticias? —preguntó el profesor Hausser.

—Cuando las tenga. Mañana mi hombre tendrá el dinero, pasado se pondrá en marcha. Tiene que buscar una cobertura para presentarse en Irak, y una vez allí, encontrar a esa familia a la que usted quiere eliminar. Tenga paciencia, estas cosas no se hacen de la noche a la mañana.

—Bien, anote este número de teléfono. Es de un móvil. Cuando sepa algo, llámeme.

—Es más seguro internet.

—No lo creo. La próxima vez llámeme.

—De acuerdo. Es usted un hombre peculiar, señor Burton…

—Supongo que todos sus clientes lo son.

—Desde luego, señor Burton. Ése no es su nombre, ¿verdad?

—Señor Martin, para usted debería de ser suficiente que yo sea el señor Burton, ¿no cree? Hay dos millones de euros para que así sea. Además, aborrezco a los curiosos.

—En mi negocio los secretos los administro yo, señor Burton, y para mí conocer su identidad no es un asunto menor. Es usted quien se ha presentado en mi despacho a hacernos un encargo, digamos, delicado. Usted ha llamado a mi puerta, no yo a la suya.

—En su negocio, señor Martin, la discreción es vital. Me sorprende su curiosidad, sinceramente, e incluso me parece poco profesional. No pierda el tiempo de sus hombres haciéndome seguir. Respete el acuerdo al que hemos llegado, para eso le pago. Y ahora, si me disculpa, he de marcharme.

—Usted manda, señor Burton.

Hans Hausser estrechó la mano de Tom Martin y salió del despacho, convencido de que de nuevo le mandaría seguir. Esta vez no funcionaría el truco del hotel y sabía que sería más difícil esquivar a los hombres de Global Group.

Ya en la calle empezó a caminar hasta que vio un taxi al que hizo una seña y le pidió que le llevara al hospital central. Él mismo se asombraba de lo que estaba haciendo. En realidad, todas las ideas para despistar a sus perseguidores las sacaba de sus muchas lecturas de *thrillers*, a los que era muy aficionado. Ojalá ésta no le fallara. En algunos momentos se sentía un tanto ridículo comportándose así y temía encontrarse con algún conocido que dejara al descubierto su identidad de respetado profesor de Física cuántica.

El taxi le dejó en la puerta principal del hospital. Con paso seguro entró en el inmenso vestíbulo y se dirigió a los ascensores. No sabía si alguien le seguía o no. De manera que se subió en el primero que paró en la planta. No le dio a ningún piso. El ascensor iba parando e iba subiendo y bajando gente, mientras él escudriñaba quién podía ser su seguidor. Se bajó en la penúltima planta, junto a dos mujeres de aspecto enfermizo, un anciano que era conducido en silla de ruedas por una mujer y un joven de aspecto desaliñado.

«Cualquiera de ellos puede ser un empleado de Global Group», se dijo. Todos comenzaron a andar menos él. Ninguno volvió la vista para mirarle y Hausser se metió en el siguiente ascensor. Esta vez tampoco dio a ningún botón y volvió a repetir la operación bajándose en la tercera planta y esperando al siguiente ascensor. Así pasó una hora. Por fin decidió intentar salir del hospital sin que le vieran; aguardó a que se vaciara el ascensor en que iba y apretó el botón del sótano vestíbulo. Una vez allí buscó el letrero que indicaba Urgencias y con paso decidido se metió por un pasillo en que otro letrero indicaba claramente que se prohibía el paso a toda persona ajena al servicio del hospital. Nadie entró detrás de él, y continuó andando hasta una sala donde había varias camas con enfermos a los que acababan de trasladar las ambulancias del servicio de urgencias. Observó una puerta al fondo por donde entraban las camillas y se dirigió sin dilación hacia aquel lugar.

—¿Qué hace usted aquí?

El médico que le hablaba tenía cara de pocos amigos y Hans Hausser se asustó. Se sentía como un chiquillo cogido en falta.

—En esta zona no pueden entrar los familiares de los pacientes; salga y espere como todos fuera a que le demos la información de su familiar.

Hans Hausser se había puesto pálido y empezó a sufrir un ataque de taquicardia.

—Pero ¿qué le pasa? —le preguntó el médico, viendo que el hombre se sentía mal.

—Un amigo me ha traído a urgencias, no me siento bien, no puedo respirar, me duele el brazo derecho, tengo taquicardia, y estoy de paso por Londres… —acertó a decir Hans Hausser encomendándose a Dios para que le perdonara el mentir sobre su salud.

—Pase a esa sala —le conminó el médico.

Tres minutos después le estaban haciendo un electrocardiograma; también le sacaron sangre, además de hacerle una radiografía de tórax. Luego le dejaron sobre una camilla en la sala de urgencias para tenerle en observación.

Eran las siete de la mañana cuando los médicos de urgencias decidieron que aquel hombre no tenía ninguna afección cardíaca y que seguramente el episodio de la taquicardia se habría debido a una indisposición temporal.

Él se quejó de que no se sentía bien, de manera que el personal del hospital decidió trasladarle al aeropuerto en una ambulancia, que naturalmente pagaría de su bolsillo. No querían correr el riesgo de que en el trayecto le sucediera algo y luego la familia les demandara.

Hans Hausser pagó en metálico la minuta de su noche de hospital y en una silla de ruedas le subieron a una ambulancia. Durante el trayecto reservó un billete de avión a Berlín en el vuelo de las nueve. La enfermera le indicó que avisara de que llegaba en ambulancia y silla de ruedas.

Cuando llegó al aeropuerto la enfermera le acompañó hasta el mostrador de embarque, donde explicó que el señor Hausser podía viajar pero que la tripulación debía de estar sobreaviso por si tenía una crisis. Una azafata empujó la silla de ruedas hasta una sala donde apenas le hicieron esperar, ya que le condujeron al avión directamente sin pasar por ningún control.

En Berlín llovía a cántaros. Le costó convencer a una amable azafata de que ya no necesitaba la silla de ruedas y que tomaría un taxi para ir a su casa. Al final logró salir del aeropuerto y coger un taxi en dirección a la estación. Tuvo suerte, porque cuando llegó faltaban apenas cinco minutos para que se cerraran las puertas del tren que iba a Bonn.

Desde el tren llamó a Berta anunciándole que a media tarde estaría en casa. También llamó a Bruno para decirle que estaba bien. Él se encargaría de comunicárselo a Carlo y a Mercedes. Se sentía agotado y ridículo.

Berta no pudo disimular la preocupación que sentía cuando horas más tarde vio a su padre entrar en casa. Hans Hausser tenía mal aspecto, el aspecto de un anciano enfermo, de manera que pese a sus protestas llamó al médico, un viejo amigo que acudió de inmediato y que no le encontró nada pese a la insistencia de Berta de que su padre estaba mal.

Por fin le dejaron solo y Hausser pudo hacer lo que realmente necesitaba: darse una ducha y dormir tranquilamente en su cama.

* * *

Paul Dukais volvió a leer el informe que Ante Plaskic le había hecho llegar. La elección del croata había sido un acierto, le daría las gracias a Tom Martin por habérselo recomendado.

En varios folios escritos con letra clara y en un inglés más que aceptable, Ante Plaskic hacía un relato pormenorizado de cómo transcurrían los trabajos de la misión arqueológica y las dificultades que tenía que afrontar:

«Desconfío de Ayed Sahadi y él desconfía de mí. Sahadi es el capataz, tiene sobre sí la responsabilidad de la buena marcha de la excavación, trata con los obreros, y es él quien determina los turnos de trabajo.

En mi opinión Ayed Sahadi es más que un capataz; puede que sea un espía o un policía. Su misión me parece obvia: proteger a Clara Tannenberg.

Procura no perderla de vista. Hay tres o cuatro hombres que siempre están cerca de ella, además de su guardia personal. Es difícil acercarse sin estar a tiro de alguno de estos hombres.

No obstante, a ella le gusta escaparse de la mirada de sus guardianes, y en un par de ocasiones ha habido una auténtica conmoción porque ella había desaparecido, las dos veces al amanecer, para irse a bañar al Éufrates la primera junto a la profesora Gómez. Otro día organizó una escapada en secreto con unas cuantas mujeres que forman parte de la expedición. Nadie se había enterado, ni siquiera Picot.

En otra ocasión decidió pasar la noche junto a las ruinas, adonde se llevó una manta para dormir al cielo raso.

Será imposible que pueda volver a despistar a los hombres que la custodian. Dos de ellos duermen en el suelo a pocos metros de la casa donde ella pernocta.

Hay una especie de administrador, un tal Haydar Annasir, que es quien se encarga de pagar a los hombres y al que Ayed Sahadi le pide todo lo que el profesor Picot necesita, que tuvo un enfrentamiento con ella. La amenazó con llamar a su abuelo, y de hecho lo hizo porque ella no deja de mirarle con rencor, ya que además de un pequeño contingente de soldados, ha llegado de Bagdad un grupo de hombres armados que han cercado el campamento.

Picot ha pedido más hombres, y Ayed Sahadi y Haydar Annasir han logrado contratar a otros cien obreros más. El ritmo de trabajo es insoportable, apenas se descansa, tan sólo unas cuantas horas por la noche, y empieza a aflorar la tensión entre el equipo. Un par de profesores de los que acompañan a Picot se han enfrentado a él por cuestiones referentes al método de trabajo, los estudiantes se quejan de que les están explotando y los obreros caen rendidos con las manos desolladas.

Pero ni al profesor Picot ni a Clara Tannenberg parece importarles el cansancio de los trabajadores ni de su propio equipo.

Picot cuenta con un arqueólogo que hace de apagafuegos, Fabián Tudela, el único que es capaz de poner paz cuando parece que todo va a estallar. Pero será inevitable que esto estalle; trabajamos más de catorce horas al día.

Lo que dicen haber encontrado es un templo y lo que puso al descubierto esa bomba americana es uno de los pisos altos, donde dicen que estaba instalada una biblioteca, de ahí la gran cantidad de tablillas encontradas. Ya se han despejado tres salas y han recuperado más de dos mil tablillas, que estaban alineadas en unos nichos.

Los estudiantes, bajo la supervisión de cuatro profesores, están clasificando las tablillas después de proceder a su limpieza. Al parecer las tablillas contienen fundamentalmente cuentas de la administración del palacio, aunque en la sala que ahora están despejando han encontrado restos de tablillas en las que se detallan conocimientos de minerales y animales.

Hasta ahora las salas miden 5,30 por 3,60 metros, aunque dicen que encontraremos espacios más grandes.

Se han hallado tablillas con los nombres de los escribas en la parte superior, parece que ésa era una costumbre; al parecer hay algunas de ese tal Shamas con un catálogo de la flora del lugar. Pero hasta el momento no han encontrado rastro de tablillas sobre poemas épicos, ni de hechos históricos, lo que cada vez va poniendo más nerviosa a la Tannenberg y de peor humor a Picot, que se lamenta de estar perdiendo el tiempo.

Hace unos días hubo una reunión de todo el equipo para hacer una evaluación de los hallazgos. La exposición de Picot fue pesimista, pero Fabián Tudela, la profesora Gómez y otros arqueólogos dijeron que estaban ante uno de los yacimientos arqueológicos más importantes del siglo, puesto que de este palacio no había ninguna referencia, y la opinión generalizada es que tiene especial relevancia por encontrarse cerca de la antigua Ur. Parece que las proporciones del palacio no son demasiado grandes, pero sí lo suficiente para albergar una biblioteca importante que, según comentan, es la que hemos encontrado, puesto que estamos en los pisos superiores.

La profesora Gómez es partidaria de extender la excavación más allá de lo que creen que es el perímetro del templo, para localizar las murallas y las casas. Estuvieron discutiendo más de tres horas sobre la conveniencia de hacerlo o no, y al final se impuso el criterio de Marta Gómez porque Fabián Tudela y la propia Clara Tannenberg la respaldaron. De ahí que hayan contratado a más obreros y estén buscando muchos más.

No es fácil en estos momentos encontrar hombres, puesto que el país está en estado de alerta, pero la miseria es tan grande y los Tannenberg deben de ser tan influyentes que parece que dentro de unos días vendrá una cuadrilla de hombres de otros puntos del país a incorporarse a la excavación.

Mi función es ir trasladando al ordenador todos los hallazgos, a los que fotografían desde distintas posiciones, además de detallar su contenido.

Cuento con la ayuda de tres estudiantes para hacerlo.

A la casa de los ordenadores vienen todos los arqueólogos para ver cómo vamos sistematizando su trabajo y dar instrucciones, aunque quien ha asumido nuestro control es la profesora Gómez, una mujer suspicaz y meticulosa que resulta insoportable.

El yerno del jefe de la aldea, el contacto que me disteis para mandar los informes, es uno de los conductores que van y vienen a los pueblos cercanos en busca de víveres, y parece contar con la confianza de Ayed Sahadi, si es que ese hombre se fía de alguien, y si es que aquí tener confianza en alguien no es una temeridad.

Si llegan a encontrar las tablillas que buscan no será fácil arrebatárselas y mucho menos salir de aquí. Con dinero se puede comprar a los hombres, pero me temo que aquí siempre hay alguien dispuesto a superar la mejor oferta que uno pueda hacer, de manera que no me extrañaría ser traicionado, salvo que a mi contacto le haga saber alguien que nadie puede igualar la oferta por ayudarme a salir de aquí…»

22

Smith abrió la puerta del despacho acompañado de Ralph Barry y de Robert Brown.

—Señor…

—¡Ah, ya estáis aquí! Pasad.

Una vez cerrada la puerta y cada uno con un whisky en la mano, Dukais les entregó una fotocopia del informe.

—Quiero el original —pidió Robert Brown.

—Naturalmente, es tuyo: tú pagas. Además, ese tío tiene talento contando lo que pasa. Es el primer informe que me ha entretenido leerlo.

—¿Y bien? —preguntó Brown.

—¿Y bien qué?

—Cómo están las cosas, pues al parecer no han encontrado nada. Vamos, que la maldita *Biblia de Barro* no aparece, aunque han rescatado unos cuantos montones de tablillas cuyo valor vosotros sabréis.

—¿Nadie sospecha de él?

—Un tal Ayed Sahadi, el capataz. El croata cree que es algo más que un capataz. Será un hombre de Tannenberg encargado de cuidar a su nieta.

—Tannenberg habrá colocado hombres por todas partes —apuntó Ralph Barry.

—Sí, así es —asintió Dukais—, pero éste, por lo que parece, es especial. Yasir nos lo confirmará.

—Ha sido un acierto contar con Yasir —afirmó Robert Brown.

—Alfred le ofendió de tal manera que Yasir se siente liberado de su compromiso con él.

—No te engañes con Alfred; él sabe que Yasir le traicionará y seguro que le está vigilando. Alfred es más listo que Yasir y también que tú —dijo con petulancia Brown.

—No me digas —respondió irritado Dukais.

—No os iréis a pelear… —intervino Ralph Barry.

—Yasir tiene al menos una docena de hombres infiltrados en el equipo arqueológico, además del contacto directo del croata —continuó Dukais como si no hubiese pasado nada—; si ese Ayed Sahadi es más de lo que parece, lo sabrá.

Cuando Robert Brown salió del despacho de Dukais, le pidió a su chófer que le llevara a casa de George Wagner. Debía entregarle personalmente el informe del croata y aguardar instrucciones, si es que se las daba. Con su Mentor nunca sabía a qué atenerse; era frío como el hielo, aunque la ira se le reflejaba en el iris de acero de los ojos. Y cuando eso sucedía, Robert Brown temblaba.

23

Gian Maria no podía ocultar los síntomas de la depresión. Se sentía un inútil total. El motivo de su viaje a Irak se le escapaba de las manos, en realidad había perdido las riendas de su propia vida y ya no sabía ni por qué estaba allí.

Apenas descansaba. Luigi Baretti había decidido hacerle sudar su intromisión en Bagdad, de manera que su jornada de trabajo comenzaba a las seis y nunca terminaba antes de las nueve o diez de la noche.

Llegaba a casa de Faisal y Nur agotado, sin ganas de prestar atención a las gemelas ni al pequeño Hadi.

Normalmente cenaba solo. Nur le dejaba una bandeja con la cena, que él devoraba sentado en la mesa de la cocina. Luego se iba a la cama, donde caía exhausto.

Esa mañana, su superior, el padre Pio, le había llamado de Roma. ¿Cuándo pensaba regresar? ¿Había superado su crisis espiritual?

No tenía respuestas para esas dos preguntas, pero sí la sensación de estar metido en una huida hacia delante que él sabía no le conducía a ninguna parte.

Había intentado encontrar a Clara Tannenberg sin éxito, y eso que se había presentado en varias ocasiones en el Ministerio de Cultura pidiendo ser recibido por Ahmed Huseini. Los funcionarios le preguntaban si le esperaba el señor Huseini y cuando decía que no, le invitaban a marcharse o a exponer el motivo de su visita para transmitírselo al director del departamento de Excavaciones.

También había probado a llamarle por teléfono, pero una educadísima secretaria insistía en que le explicara qué quería del señor Huseini, que éste estaba muy ocupado y no podía atenderle.

Gian Maria sentía sobre su conciencia a Clara Tannenberg, y todos los días buscaba en los periódicos alguna referencia del apellido. Nunca lo encontró.

El tiempo había pasado deprisa, demasiado deprisa. Estaba cerca la Navidad y ya no podía darse más excusas; sabía que tenía una llave para llegar a Ahmed Huseini, y esa llave era Yves Picot. No había querido utilizar el nombre del arqueólogo para no comprometerle, pero no tenía más remedio que rendirse a la evidencia: Ahmed Huseini no le recibiría si no era por intercesión del alguien, y ese alguien en su caso sólo podía ser Yves Picot.

—Hoy me iré pronto, Alia —le anunció a la secretaria de la delegación de Ayuda a la Infancia.

—¿Tienes una cita? ¿Con quién? —le preguntó la chica con curiosidad.

Decidió decirle la verdad, al menos una parte de la verdad.

—No tengo ninguna cita. Bueno, en realidad quiero encontrar a unos amigos.

—¿Tienes amigos en Irak?

—Bueno, tampoco es que sean amigos, es un grupo de arqueólogos que conocí al venir, me trajeron desde Ammán. Sé que están por Ur excavando y me gustaría saber qué tal les va. Voy a intentar localizarles.

—¿Y cómo lo harás?

—Me dijeron que si quería ponerme en contacto con ellos llamara a un tal Ahmed Huseini, creo que es el director del departamento de Excavaciones.

—¡Vaya, con qué gente te tratas!

—¿Yo?

—Sí, Ahmed Huseini es un hombre importantísimo, un mimado del régimen. Su padre fue embajador y él está casado con una mujer muy rica, una iraquí medio egipcia, medio alemana. La familia de la chica es un poco misteriosa, pero tiene mucho dinero.

—Pero yo no conozco a ese Huseini; mis amigos me dijeron que él me diría cómo ponerme en contacto con ellos. Y eso es lo que quiero hacer.

—Ten cuidado, Gian Maria, ese Huseini...

—¡Vamos, que sólo voy a preguntar cómo llegar a unos arqueólogos!

—Vale, pero ten cuidado, son gentuza —dijo Alia bajando la voz—. A ellos no les falta de nada y viven gracias a pisarnos el cuello a los demás. Si los norteamericanos invaden Irak, ya verás cómo esos sinvergüenzas se salvarán. Lo único que justificaría que los marines vinieran sería para librarnos de tanto horror. Llevas poco tiempo aquí y aún no te has dado cuenta de que Sadam es el mismísimo diablo, y ha convertido Irak en el infierno.

—Sé lo que estáis sufriendo, ¿crees que no lo veo? Pero esto tiene que terminar, estoy seguro. Anda, no nos deprimamos y, si te pregunta, le dices a Luigi que regresaré después de comer.

Alia se mordió el labio y luego le colocó una mano suavemente en el hombro.

—¿Sabes?, tengo la impresión de que sufres, y mucho; se te nota. No sé por qué ni qué te hace sufrir, pero si necesitas que te ayude...

—¡Pero qué tontería dices! Lo que estoy es agotado. Luigi no me deja parar, lo mismo que a ti.

—Es verdad, a ti te está explotando. De todas formas, tengo la impresión de que lo pasas mal.

—¡Que no, de verdad! Ahora déjame llamar a ese Ahmed Huseini que tan mal te cae…

Como en otras ocasiones la secretaria le dijo que el señor Huseini estaba ocupado, y sólo cuando nombró a Yves Picot le notó un cambio en el tono de voz al pedirle que aguardara.

Un minuto más tarde Ahmed Huseini estaba al teléfono.

—¿Quién es?

—Perdone por molestarle; verá, conozco al señor Picot y él me dijo que para ponerme en contacto con él le llamara a usted y…

Huseini le cortó en seco. Gian Maria se dio cuenta de que hablaba atropelladamente y que estaría causando una pésima impresión en ese poderoso funcionario del régimen.

Respondió a las preguntas que Ahmed Huseini le hizo y cuando éste pareció satisfecho con ellas le citó en su despacho para esa misma tarde.

—Si está dispuesto a unirse a ellos, éste es el momento. Faltan manos, de manera que usted con sus conocimientos les será muy útil.

En realidad Gian Maria no tenía ninguna intención de reunirse con Picot y mucho menos de emprender viaje hacia el sur para llegar a esa desconocida Safran. Lo único que quería es lo que debería haber hecho el mismo día de su llegada a Bagdad: preguntar a ese hombre por su mujer, por Clara Tannenberg, y explicarle que era de vital importancia que hablara con ella. Porque sólo a ella le contaría por qué estaba allí. Había ido a salvarla, pero no podía explicar de qué ni de quién sin traicionar todo aquello en que creía y que se había comprometido a guardar el resto de su vida.

Ahmed Huseini no parecía el temible esbirro del régimen que le había descrito Alia. Además, le llamó la atención que no llevara bigote, tan del gusto de los iraquíes. Parecía un ejecutivo de una multinacional más que un funcionario al servicio de Sadam Husein.

Le ofreció un té y le preguntó qué hacía en Bagdad, qué le parecía el país, y le recomendó visitar algunos museos.

—Así que quiere usted reunirse con el profesor Picot...

—Bueno, no exactamente...

—Entonces, ¿qué desea? —preguntó Ahmed Huseini.

—Me gustaría saber cómo establecer contacto con ellos; sé que iban cerca de Ur...

—Efectivamente, están en Safran.

Gian Maria se mordió el labio. Tenía que preguntarle por Clara Tannenberg y no sabía cómo reaccionaría ese hombre aparentemente apacible si un desconocido le preguntaba por su esposa.

—Usted y su mujer son también arqueólogos, ¿verdad?

—Sí, efectivamente, ¿ha oído hablar de mi esposa? —preguntó con extrañeza Ahmed.

—Sí, así es.

—Supongo que Picot le habrá explicado que la misión de Safran en parte se debe al empeño personal de mi esposa. Dada la situación de mi país no es fácil disponer de recursos para excavar. Pero ella ama la arqueología por encima de todas las cosas y es una estudiosa del pasado de nuestro país, de manera que logró convencer al señor Picot para que viniera a ayudarnos a desenterrar lo que parecen los restos de un templo o un palacio, aún no lo sabemos a ciencia cierta.

La puerta del despacho se abrió y entró Karim, su ayudante, exhibiendo una amplia sonrisa.

—Ahmed, ya está todo listo para el envío a Safran. He llamado a Ayed Sahadi para decirle que salía el camión mas no he podido hablar con él, pero he tenido suerte porque he hablado con Clara...

Ahmed Huseini levantó la mano en un gesto que era una

orden para que Karim no siguiera hablando, mientras a Gian Maria se le encendía la mirada. Acababa de encontrar a Clara Tannenberg. En realidad, se lo estaba diciendo Ahmed Huseini, pero lo acababa de confirmar el hombrecillo que había entrado. Ahora que sabía dónde estaba, tendría que ir a Safran. Se sintió un estúpido por no haber considerado la posibilidad de que Clara Tannenberg formara parte de la expedición de Picot. Recordaba que cuando logró entrar en el congreso de arqueología de Roma para buscar a Clara Tannenberg la funcionaria que le atendió le preguntó con sorna si estaba interesado en formar parte de la expedición que quería organizar la iraquí. Además, los periódicos se habían hecho eco de la intervención de Clara Tannenberg asegurando que existían unas tablillas a las que llamaba la *Biblia de Barro*... De manera que si Yves Picot estaba allí era para encontrar esas tablillas de la mano de la esposa de Huseini, y él había sido incapaz de relacionarlos.

Karim salió del despacho sin decir palabra. Había interrumpido a su jefe y éste le había mirado con cara de pocos amigos.

—Su esposa está en Safran..., claro...

—Sí, naturalmente —respondió Ahmed Huseini desconcertado.

—Claro, es lógico —fue la única respuesta que se le ocurrió a Gian Maria.

—En fin, dígame en qué puedo ayudarle —preguntó Ahmed incómodo.

—Pues verá, yo quería hablar con el profesor Yves Picot y ver si le importaría que fuera un par de meses a Safran. No dispongo de más tiempo, estoy en Irak para ayudar, colaboro con la ONG Ayuda a la Infancia..., pero no me puedo quedar mucho tiempo más, de modo que si al profesor Picot no le importa que vaya a echar una mano aunque sea por poco tiempo...

Ahmed Huseini encontraba raro a aquel hombre. No sabía por qué, pero tenía la impresión de que iba improvisando lo que le decía. Le mandaría investigar antes de facilitarle el viaje a Safran.

—Hablaré con el profesor Picot, y si él está de acuerdo, por mí no hay inconveniente en ayudarle a llegar a Safran. Sabe que estamos en estado de alerta y desgraciadamente uno no puede ir a donde quiera sin permiso, por motivos de seguridad.

—Lo entiendo, pero ¿tardará mucho en organizar el viaje?

—No se preocupe, le llamaré… Mi secretaria se quedará con su teléfono y dirección para que podamos localizarle.

—Iré a Safran —alcanzó a decir Gian Maria temiendo la reacción de Ahmed.

—Tendrá que esperar a que yo le avise.

El tono de Ahmed Huseini contenía un destello de amenaza. Le parecía que en aquel hombre había algo patético e inocente, pero a esas alturas de su vida no se fiaba de nadie.

Cuando Gian Maria salió del ministerio estaba empapado de sudor. Sabía que ya no había marcha atrás, que debía estar preparado para lo que pudiera pasar. Ahmed Huseini averiguaría quién era. Había notado que su trato amable era parte de una máscara. Tenía razón Alia: Ahmed Huseini era un hombre del régimen y podía hacerle detener o expulsarle de Irak.

Ahmed Huseini no perdió el tiempo y en cuanto Gian Maria salió de su despacho llamó a Karim.

—Quiero que le pidas al Coronel que investigue a ese hombre. Es amigo del profesor Picot y quiere ir a Safran. Si Picot está de acuerdo irá, pero antes quiero saber algo más de él.

Veinticuatro horas más tarde Karim entregó a su jefe un par de folios con el resultado de la investigación del Coronel, descubriendo en la tercera línea por qué ese Gian Maria era algo más de lo que parecía. Decidió llamar a Picot.

Yves Picot se rió cuando Ahmed Huseini le explicó por teléfono la historia del sacerdote.

—Pero ¿por qué te asombra que sea sacerdote? —le dijo a Huseini—. A mí no me importa que me lo mandes, estamos saturados de trabajo y un especialista en acadio y en el hebreo patriarcal nos vendría de perlas. Si tus sabuesos ya han terminado de investigarle, métele en un helicóptero y envíanoslo.

—Ya veré, aún tengo que hacer unas comprobaciones, no estoy seguro de lo que debo de hacer en este caso.

—Déjale venir. Gian Maria ha venido a Irak a ayudaros. No tiene por qué ir diciendo que es sacerdote, aunque tampoco lo ha ocultado. Ninguno se lo hemos preguntado.

—¿Crees que el Vaticano está interesado en la *Biblia de Barro*? —preguntó Ahmed.

—¿El Vaticano? ¡Por favor, no veas fantasmas! El Vaticano no va a enviar a un sacerdote a espiaros. —Picot no podía dejar de reírse—. No seas paranoico, tú eres un hombre inteligente. ¿De verdad te extraña que haya buenas personas que quieren aliviar el sufrimiento ajeno?

—Pero ¿por qué no dijo que era sacerdote?

—Tampoco lo ocultó. Lo pone en su pasaporte y esto es Irak, donde vosotros espiáis a todo el mundo. ¿Cuántos espías me has metido entre los obreros? —preguntó Picot sin dejar de reír.

—Deberías ser más prudente —le aconsejó Ahmed temiendo las consecuencias que pudiera tener la conversación que con seguridad estaría siendo grabada por la Mujabarat.

—Tú sabrás. Espera, que te paso a Clara.

—Por mí no hay inconveniente en que venga —aseguraba poco después Clara a su marido—. ¿Qué problema hay en que sea sacerdote? Estoy rodeada de cristianos. ¿Qué crees que son los que han venido? Y que yo sepa en nuestro país hay sacerdotes…

—Te vamos a echar de menos…

Nur parecía sincera al lamentar la marcha de Gian Maria. Hacía dos días que les había anunciado que se iba a Safran, donde pasaría un tiempo junto a unos amigos que estaban allí excavando.

Faisal había torcido el gesto cuando se enteró y no le ocultó que le parecía de una frivolidad insoportable que hubiera extranjeros buscando tesoros en su país mientras la gente moría por falta de alimentos y medicinas. El reproche le dolió a Gian Maria, que no supo encontrar ningún argumento en su defensa para evitar la decepción que se reflejaba en los ojos de Faisal.

Gian Maria terminó de colocar la última camisa, cerró la pequeña maleta negra y se dispuso a despedirse de Nur y Faisal. Las gemelas estaban en el salón esperando a que su madre las llevara a la escuela después de dejar a Hadi en casa de su abuela paterna.

No le resultó fácil la despedida. Había llegado a apreciar sinceramente a esa familia que todos los días hacía frente con enorme dignidad a las dificultades de vivir en un país empobrecido con un régimen dictatorial.

No participaban, al menos que él supiera, en ningún movimiento anti Sadam, pero su desafección al dictador era manifiesta, al menos en las conversaciones que mantenían con los amigos que iban a su casa.

Le habían explicado que conocían gente que había desaparecido de sus hogares, de sus lugares de trabajo. Cuando eso sucedía es que habían recibido la visita de la Mujabarat o algún otro servicio secreto de Sadam.

Había familias que se arruinaban porque al intentar saber de sus hijos, maridos, padres, tíos, alguien les decía conocer a un policía y éste les aseguraba que por una cantidad de dinero lograría darles noticias e incluso hacer más llevadera su estancia en la prisión en la que estuvieran. De manera que vendían cuanto tenían y daban el dinero al policía corrupto, que naturalmente no hacía nada.

Odiaban a Sadam pero muchos tampoco confiaban en Estados Unidos. Ningún iraquí entendía por qué el ejército de Estados Unidos y de sus aliados no entraron en Bagdad durante la guerra del Golfo. Parecían complacerse en la política de bloqueo que sólo sufría el pueblo iraquí, porque en los palacios de Sadam no faltaba de nada.

Con Nur y Faisal había vivido la realidad del país, su hambre, su miedo, su desesperanza.

Los echaría de menos y también echaría de menos a Alia, pero en absoluto a Luigi Baretti. El delegado de Ayuda a la Infancia le parecía un hombre desbordado por las circunstancias e incapaz de, además de alimentos y medicinas, dar un poco de afecto a quienes iban a pedir ayuda.

Ahmed Huseini le esperaba en la puerta de la casa de Faisal para llevarle al aeródromo, desde donde en helicóptero ambos se trasladarían a Safran.

Gian Maria presentó sus amigos a Ahmed y éstos le saludaron con frialdad. No querían saber nada de alguien que parecía estar demasiado cerca de Sadam.

—Me alegro que usted venga también —le dijo Gian Maria a Ahmed cuando ya estaban en el helicóptero.

—Quiero ver cómo van las cosas por allí.

El ruido de las hélices hacía imposible cualquier conversación y los dos hombres se sumergieron en sus pensamientos.

Ahmed se decía que esperaba no haberse equivocado con el sacerdote, a pesar de que había llegado a la conclusión de que era inofensivo después de haberle sometido a una exhaustiva investigación.

Clara no pudo evitar correr hacia Ahmed en cuanto éste hubo saltado del helicóptero. Le había echado de menos, más de lo que le hubiera gustado.

Se abrazaron, pero el abrazo apenas duró unos segundos, conscientes los dos de que no había marcha atrás en el camino emprendido hacia el divorcio.

Fátima les observaba a cierta distancia rezando por que Ahmed se desdijera de su decisión de separarse de Clara.

Yves Picot le recibió con afecto. Le caía bien Ahmed; quizá por eso no daba ningún paso para intentar conquistar a Clara. La mujer le gustaba más de lo que estaba dispuesto a admitir ante Fabián, que le tomaba el pelo asegurando que se le notaba.

Pero en el código personal de Picot no cabía la posibilidad de coquetear con la mujer de un amigo, y aunque Ahmed no era un amigo, sí le tenía suficiente simpatía como para no entrometerse en su matrimonio.

Recibió a Gian Maria con una afectuosa palmada en la espalda.

—¿Cómo quiere que le tratemos? ¿De «padre»? ¿De «hermano»?

—Por favor, llámenme Gian Maria.

—Mejor así. La verdad es que me parecía usted un poco extraño, pero no podía imaginar que era sacerdote. Es usted muy joven.

—No tanto. Dentro de unos días cumpliré los treinta y seis años.

—¡Pues parece que tiene veinticinco!

—Siempre he aparentado menos años de los que tengo.

Gian Maria miraba a Clara de reojo, esperando el momento en que se la presentaran. Pero antes recibió un rapapolvo de las tres jóvenes estudiantes con las que había viajado desde Ammán. Magda, Marisa y Lola le dijeron que estaban enfadadas con él.

—Pero, bueno, ¿por qué no nos dijiste que eras cura? —le reprochó Magda.

—No me lo preguntasteis —se excusó él.

—Sí, sí te lo preguntamos y nos contestaste que eras licenciado en lenguas muertas —le recordó Marisa.

—No querías decírnoslo —sentenció Lola.

—Pero ¿por qué? —le insistía Magda.

Fabián se acercó a él junto con Marta y otros miembros del equipo.

—Se ha hecho usted muy popular —le dijo a modo de saludo—. Soy Fabián Tudela, venga, le presentaré al resto de la tropa, y le diré dónde puede instalarse.

Cuando por fin le presentaron a Clara se puso colorado, lo que a ella le provocó una carcajada.

—Ya me habían dicho que se pone usted colorado por nada —le dijo Clara—. ¿Está dispuesto a echar el resto trabajando?

—Desde luego, haré todo lo que me manden, yo… en fin, espero que encuentre la *Biblia de Barro*.

—La encontraré. Sé que está aquí.

—Ojalá tenga suerte.

—Para usted, como sacerdote, también supondrá una experiencia especial.

—Si fuera verdad que el patriarca Abraham llegó a explicar la Creación… —respondió dudando Gian Maria.

—Lo hizo. Le aseguro que lo hizo, y vamos a encontrar esas tablillas.

—¿Dará tiempo? —preguntó tímidamente.

—¿Tiempo?

—Sí, bueno… usted sabe que va a haber guerra, nadie duda de que Estados Unidos y los países aliados les atacarán.

—Por eso trabajamos a destajo, aunque soy optimista y espero que al final no pase nada y todo quede en una amenaza.

—Me temo que no será así —respondió con tristeza Gian Maria.

Fabián le acompañó hasta una casa pequeña alineada junto a otras exactamente iguales.

—Dormirá aquí. Es el único lugar donde aún cabe un catre —le explicó invitándole a entrar en la casa de los ordenadores.

Ante Plaskic le recibió con fastidio. Hubiese preferido seguir disfrutando de la relativa independencia que había tenido hasta el momento. Pero sabía que no podía ni debía protestar porque le instalaran en la casa a aquel sacerdote intruso.

Tampoco Ayed Sahadi parecía cómodo con su llegada, y había pedido explicaciones a Picot por el fichaje de Gian Maria.

—Procuraré molestar lo menos posible —dijo Gian Maria a Ante Plaskic.

—Eso espero —respondió Ante sin ningún atisbo de simpatía hacia el recién llegado.

Gian Maria no sabía por qué despertaba tanta animadversión en el croata y en el capataz, pero decidió no preocuparse. Bastante tenía con procurar que no le sucediera nada a Clara Tannenberg. Porque ésa era su misión, el objeto de su viaje a Irak, evitar que aquella mujer sufriera ningún daño. No podía decirle lo que sabía, que iban a intentar matarla, a ella y quién sabe si a su padre o hermanos si es que los tenía.

Sentía el peso del secreto sobre su conciencia. No había sido consciente de que un día la tragedia se presentaría de improviso.

Había escuchado en confesión el horror que puede albergar en el corazón de los hombres y había llorado sintiéndose impotente por no ser capaz de dar consuelo a almas maltrechas por el dolor y dispuestas a las más crueles venganzas. Almas que habían conocido el infierno en vida y en las que ya no cabía un ápice de compasión.

Ahora debía ganarse la confianza de Clara, saber si tenía familia además de Ahmed, y evitar lo que en su fuero íntimo sabía inevitable si Dios no intervenía. ¿Lo haría?, se preguntó.

* * *

Lion Doyle había estudiado minuciosamente toda la información facilitada por Tom Martin y había llegado a una conclusión: para acercarse a Tannenberg tenía que encontrar a su nieta, Clara, y ésta al parecer estaba cerca de Tell Mughayir excavando con una misión arqueológica integrada por arqueólogos de media Europa.

Ya sabía que Alfred Tannenberg era casi inaccesible, que contaba con protección las veinticuatro horas y que su casa, la Casa Amarilla en Bagdad, además de por sus esbirros estaba protegida por soldados de Sadam.

La casa de Tannenberg en El Cairo también disponía de protección oficial. Sabía que podría entrar y salir, pero el riesgo era demasiado grande, y por lo que le había dicho Tom, el viejo estaba alerta, esperaba que algunos de sus socios y amigos le jugaran una mala pasada, de manera que habría reforzado las medidas de seguridad. La nieta sería el salvoconducto para entrar en casa de Tannenberg por la puerta principal. Además, ella también debía de morir, según rezaba en su contrato.

Llamó a Tom Martin por teléfono anunciándole que pasaría por Global Group. Necesitaba de su influencia para conseguir un carnet, un carnet de prensa auténtico.

—Irak está en vísperas de guerra, hay periodistas de medio mundo contando lo que pasa; por tanto, la mejor manera de pasar inadvertido es hacerme pasar por uno de ellos.

—¡Estás loco! Los corresponsales de guerra se conocen, van siempre los mismos a todos los conflictos.

—No, no es verdad; pero además yo me haré pasar por fotógrafo. Un fotógrafo independiente, *freelance*. Pero necesito que alguien, una revista, un periódico, me dé un carnet y asegure, si le preguntan, que están interesados en mis fotos. Ya me he comprado un equipo de segunda mano, un equipo profesional usado.

—Dame un par de horas, veré lo que puedo hacer. Creo que tengo la solución.

—Cuanto antes la tengas, antes me iré.

No habían pasado dos horas cuando Lion Doyle entraba en una casa de dos plantas del extrarradio de Londres, en cuya puerta un cartel anunciaba que allí estaba Photomundi.

El director de la agencia le estaba esperando. Era un hombre delgado y de poca estatura que cuando hablaba mostraba unos dientes pequeños y afilados.

—¿Ha traído una foto de carnet?

—Sí, aquí la tengo.

—Bien, démela; en un minuto tendrá su acreditación.

—Hábleme de esta agencia —le pidió Lion.

—Hacemos de todo, desde fotos de bodas hasta catálogos comerciales y fotos para la prensa si se tercia. Si una revista necesita un fotógrafo para un trabajo concreto me llama, le envío al fotógrafo, hace las fotos, me pagan y asunto concluido. También ayudo a la patria. Hay amigos de amigos que necesitan una acreditación, como ahora usted, me la piden, me la pagan y no quiero saber nada más.

—¿Y si el fotógrafo se mete en algún lío?

—Es asunto suyo. Yo no tengo a ninguno en plantilla, todos son colaboradores a los que voy llamando en función de las necesidades. A mí me subcontratan, de manera que yo subcontrato a mi vez. Alguien me ha dicho que usted se va de viaje a

Irak, quiere hacer fotos para venderlas a algún periódico o revista cuando regrese. Bien, yo le doy una acreditación que dice que es colaborador de Photomundi y ahí se termina mi responsabilidad. Si regresa con las fotos, llamaré a un par de amigos de la prensa a ver si son suficientemente buenas para que se las compren; si no las quieren, el gasto ha sido suyo, no mío. Si se mete en un lío yo no soy responsable de nada. ¿Lo entiende?

—Perfectamente.

Media hora después Lion Doyle salía de Photomundi con su acreditación como fotógrafo independiente. Ahora sólo tenía que recoger su equipaje y buscar un billete de avión para Ammán.

* * *

El equipo estaba agotado pero volvían a estar eufóricos, porque dos días atrás, cuando la cuadrilla que dirigía Marta Gómez terminó de desbrozar una nueva sala, había encontrado casi intactas dos figuras de toros alados de medio metro de alto y unas doscientas tablillas casi intactas.

Gian Maria no daba abasto copiando y traduciendo el contenido de las tablillas. Pero Yves Picot y Clara Tannenberg se mostraban inmisericordes e instaban a trabajar sin descanso a obreros y arqueólogos por igual.

Clara era siempre amable con él, y acudía a menudo a ayudarle en su trabajo de descifrar el complicado lenguaje de los antiguos habitantes de Safran. De manera que pasaban bastantes horas juntos. Él notaba la desesperación de la mujer, como aquella tarde, en que la tensión se reflejaba en cada músculo de su cara.

—¿Sabes, Gian Maria?, a pesar de que estamos avanzando y el templo está resultando ser un tesoro arqueológico, a veces dudo de que las tablillas de Shamas estén aquí.

—Clara —se atrevió a decirle—, ¿y si no existiera ese relato? ¿Y si el patriarca Abraham nunca le hubiera contado su idea de la Creación?

—¡Pero está en las tablillas de mi abuelo! ¡Shamas lo dice bien claro!

—Pero el patriarca pudo cambiar de opinión o pudo pasar algo —sugirió Gian Maria.

—Existir existen, lo que no sé es dónde están. Creí que las encontraríamos aquí. Cuando la bomba hizo el cráter dejando al descubierto el techo del templo y encontramos restos de tablillas, y en algunas el nombre de Shamas, me pareció que era un milagro, que eso no había pasado por casualidad... —se lamentaba Clara.

Gian Maria pensó que efectivamente parecía un milagro que tantos años después los Tannenberg volvieran a encontrar tablillas de ese escriba llamado Shamas. Él creía que todo sucedía por designio de Dios, pero en este caso no sabía qué quería decir Dios, con todo lo que estaba pasando.

—¿Y si no estuvieran en el templo? —preguntó Gian Maria.

—¿Cómo que si no estuvieran en el templo? ¿A qué te refieres?

A Clara se le había encendido la mirada y en sus enormes ojos de acero parecía haberse instalado la esperanza.

—Vamos a ver, los escribas tenían unas funciones determinadas en el templo: se encargaban de llevar las cuentas, de administrar el lugar, de los contratos de compraventa... hemos encontrado un catálogo sobre la flora de este lugar, una lista de minerales, en fin, todo normal. De manera que a lo mejor ese Shamas no guardó en el templo esas tablillas con la historia que le contó Abraham. Puede que las guardara en su casa, o en algún otro lugar.

Clara se quedó en silencio pensando en lo que le acababa de decir Gian Maria. Podía tener razón, aunque no podía dejar de lado que en la antigua Mesopotamia los escribas trasladaban a las tablillas los poemas épicos, y la Creación, aunque fuera en la versión de Abraham, no dejaría de ser un poema épico.

Aun así valoró esa posibilidad que supondría comenzar a ampliar el perímetro de la excavación aún más de lo que habían proyectado; pero sabía que no disponían de tiempo. Su abuelo la había llamado desde El Cairo y por primera vez le había notado pesimista. Sus amigos no le habían dejado lugar a dudas: Irak sería atacada y esta vez los norteamericanos no se conformarían sólo con bombardearles; entrarían en el país.

Además, convencer a Picot le resultaría casi imposible. Él estaba igual de desesperado que ella porque no encontraban la *Biblia de Barro*, pero se negaría a empezar a hacer catas más allá de las que habían proyectado, porque eso significaría dividir el trabajo de los obreros e iría en detrimento de la excavación del templo. Aun así hablaría con Yves. A lo mejor Gian Maria tenía razón.

Clara sintió la mirada de Ante Plaskic sobre su nuca. No podía ser otra, porque no era la primera vez que le sorprendía mirándola a hurtadillas cuando entraba en la casa de los ordenadores o se instalaba junto a Gian Maria y otros miembros del equipo a limpiar las tablillas que colocaban en unas largas tablas delante de las casas de adobe que le servían de refugio.

Ayed Sahadi tampoco la perdía de vista, pero en el caso de Ayed no sentía ninguna inquietud. Su abuelo le había dicho que ese hombre la protegería si alguien intentaba hacerle algún daño. En realidad ella no temía a nadie, se sentía protegida. Conocía el terror de los iraquíes a levantar la mano contra alguien que gozara del favor de Sadam y ella y su familia contaban con la amistad del círculo más próximo al presidente. No tenía por qué preocuparse.

Era domingo e Yves, consciente del agotamiento del equipo, había propuesto que esa tarde descansaran. Pero Clara y Gian Maria habían hecho caso omiso y por eso se encontraban juntos limpiando tablillas a la luz del atardecer. Ante estaba mano sobre mano, mirándoles, consciente de la incomodidad que provocaba en la mujer.

Sería fácil matarla. La estrangularía, no necesitaba más armas que sus manos. Por eso miraba con curiosidad el cuello de Clara, pensando en el momento en que se lo apretaría hasta quitarle el último aliento.

No sentía ningún aprecio por la mujer, ni por ella ni por nadie. Se sentía rechazado por todos y sólo ese sacerdote hacía esfuerzos por ser amable con él. Incluso a Picot le costaba elogiar su trabajo, que él sabía que estaba haciendo con acierto y pulcritud.

Pero, además de Clara, tendría que matar a su cancerbero, Fátima, la shií que la seguía como un perro fiel por todo el campamento; le sacaba de quicio verla rezar tres veces al día inclinada en dirección a La Meca. También mataría a Ayed Sahadi, pues sabía que si no éste intentaría matarle a él. Ya no tenía dudas de que el capataz era algo más de lo que aparentaba. Los militares de la guarnición cercana a veces se cuadraban cuando le veían, aunque Ayed les hacía un gesto rápido para que no lo hicieran. El temor que inspiraba a los hombres era un síntoma de que éstos sabían que era algo más que un capataz. También había descubierto que al menos media docena de hombres hablaban más de lo habitual con Ayed, como si le informaran de asuntos que iban más allá que la excavación.

Pero Ante también sabía que a su vez era vigilado por el capataz, que le demostraba de diferentes maneras su desconfianza, como avisándole de que no intentara nada. Ambos eran asesinos y se reconocían como tales.

Alfred Tannenberg salió con paso decidido del hospital. Había estado ingresado una semana y se sentía débil, pero no quería que nadie lo notara. Los hombres, como el resto de los animales, huelen la debilidad en los otros y aprovechan para atacar.

La conversación que acababa de mantener con su médico no le había dejado lugar a dudas: como mucho llegaría hasta la primavera.

El médico se resistía a poner fecha al día de su muerte, pero él le había presionado hasta hacerle decir que si llegaba a marzo sería con tiempo regalado. De manera que debía disponer adecuadamente del tiempo que le quedaba para asegurar el futuro de Clara.

Se quedaría unos días en El Cairo arreglando sus cosas y luego viajaría a Irak. Iba a dar una sorpresa a su nieta porque pensaba instalarse en Safran, junto a ella, hasta que le avisaran de que tenían que abandonar el lugar. En realidad, tendrían que dejar Irak y lo harían juntos si es que él vivía para ese momento. Por eso necesitaba a Ahmed. Sabía que, una vez que él muriera, Clara quedaría desprotegida y necesitaría de alguien que sintiera por ella afecto para salvarla. Sus hombres cobraban por protegerla, pero dejarían de hacerlo si él desaparecía salvo que otro hombre tomara las riendas. No le importaba que Ahmed y Clara se divorciaran, pero tendrían que hacerlo después de que ambos salieran de Irak, si es que se cumplían todas las predicciones y los norteamericanos entraban en el país.

Alfred nunca había dudado de que Ahmed aceptaría el trato, primero porque no querría perjudicar a Clara y sabía que dejarla en Irak significaría su muerte, después porque oponerse a sus deseos era firmar su sentencia de muerte, y en tercer lugar, o acaso el primero, porque iba a disponer de una suma sustanciosa por ese último trabajo para la organización, de manera que cumpliría con lo que se esperaba de él. Por eso le había ordenado que se preparara para quedarse en Safran a partir de febrero. Robert Brown, a través de aquel tal Mike Fernández, ex coronel de los boinas verdes, le había mandado una información contundente: el ataque se produciría en marzo.

Precisamente Mike Fernández le estaría esperando. Le había citado a media mañana en su casa, a la que ahora se dirigía en el Mercedes negro que esquivaba los semáforos.

El ex coronel de los boinas verdes ya sabía qué clase de hombre era y no perdió el tiempo intentando engañarle. Alfred Tannenberg siempre iba unas cuantas millas por delante de él y de Paul Dukais; parecía saber no sólo lo que hacían, sino también lo que pensaban.

Aquel mediodía aguardaba pacientemente en la quietud de la sala de visitas en aquella casa de Tannenberg que cada día parecía más vigilada.

Se había dado cuenta de que habían colocado cámaras de seguridad incluso en los árboles de la calle próximos a la casa. El viejo parecía estar seguro de que alguien le intentaría matar si daba la más mínima oportunidad y no estaba dispuesto a concedérsela.

—Y bien, coronel, ¿qué novedades hay? —le preguntó Tannenberg a modo de saludo.

—¿Cómo está, señor? —fue la respuesta de Mike Fernández.

—Tal y como ve.

—Los hombres ya están aquí. He estudiado los mapas con ellos, y me gustaría saber si podríamos desplazarnos para que reconozcan el terreno donde tendremos que esperar a sus hombres.

—No, ahora no pueden hacerlo. Tendrán que conformarse con estudiar los mapas.

—Pero sus hombres se mueven sin dificultades por toda la zona.

—Así es, y no quiero llamar la atención, ahora no. Cuando empiece la traca será otra cosa. El éxito de la operación estriba en la disciplina, en que usted y sus hombres sigan las indicaciones de los míos. Si lo hacen, saldrán de aquí con vida.

—El señor Dukais ya ha organizado el dispositivo para que mis hombres y la carga puedan salir en aviones militares hasta las bases en Europa.

—Espero que haya tenido en cuenta mis recomendaciones y haya dispuesto que parte de la carga haga escala en España, y otra parte en Portugal. Son dos países aliados y amigos de Estados Unidos y están entregados a la causa.

—¿A qué causa, señor? —quiso saber el ex boina verde.

—Naturalmente, a la de Bush y sus amigos, que son los nuestros. Éste es un gran negocio, amigo.

—Otra parte de la carga irá a Washington directamente.

—Sí, así será.

—Y usted, señor, ¿dónde estará cuándo empiece la guerra?

—Eso a usted no le concierne. Yo estaré donde tenga que estar. Yasir le transmitirá mis órdenes, no dejaremos de estar comunicados en ningún momento, ni siquiera cuando nuestros amigos empiecen a bombardear.

Mike Fernández sentía una enorme curiosidad por saber si Tannenberg sentía lealtad por algo o alguien y no resistió la tentación de preguntárselo.

—Supongo, señor, que se sentirá preocupado sabiendo que en esta ocasión, además de bombardear, vamos a entrar en Irak.

—¿Y por qué había de estar preocupado?

—Bueno, usted tiene familia allí, y muchos amigos importantes cerca de Sadam...

—Yo no tengo amigos, coronel, sólo tengo intereses. Me da lo mismo quién gane o pierda la guerra. Yo seguiré haciendo negocios, el dinero es un camaleón que adquiere el color del vencedor.

—Pero usted vive aquí… sé que tiene una hermosa casa en Bagdad…

—Mi casa está donde yo esté. Y ahora, si me lo permite, me gustaría trabajar en vez de saciar su curiosidad. Sadam es mi amigo y Bush también; gracias a ambos voy a hacer un gran negocio y usted lo mismo. Y como nosotros, unos cuantos cientos de personas más.

—También morirá gente, perderemos amigos…

—Yo no voy a perder a ningún amigo, y no se ponga sentimental; todos los días muere gente, sólo que en la guerra mueren masivamente, eso es todo.

24

Lion Doyle se fijó en el grupo situado en el otro extremo de la barra. Eran periodistas, se notaba a la legua. Dos de ellos iban disfrazados de paramilitares: pantalones verdes de camuflaje, chalecos caqui, botas negras altas atadas con cordones.

Reconocía a los periodistas a la legua por su manía de vestirse con prendas militares cuando les enviaban a cubrir alguna guerra. Muchos jamás pisaban el frente, y lo más cerca que estaban del conflicto era en el bar de un hotel de lujo situado a veces a cientos de kilómetros del peligro real. Ahora mismo Kuwait estaba repleto de periodistas vestidos de camuflaje que informaban de la tensión en la zona, desde la piscina del hotel.

Otros se jugaban el pellejo esquivando los controles que siempre intentan imponer los mandos militares, no importa de qué bando sean.

Había conocido a periodistas realmente valientes, que a su juicio tenían la audacia de los fanáticos convencidos de que su misión era informar desde el mismísimo infierno para que los ciudadanos conocieran la verdad. Pero ¿qué verdad?

—¡Vaya, pero si es Lion!

Al escuchar su nombre se puso tenso antes de darse la vuelta y encontrarse con una mujer a la que conocía.

—Hola, Miranda.

—No me digas que estás en Ammán de vacaciones.

—No, no estoy de vacaciones.

—Estás de paso para ir a…

—A Irak, como tú.

—La última vez nos vimos en Bosnia.

—La última y la primera, si no recuerdo mal.

—Y me contaste que estabas conduciendo camiones de una ONG que llevaba alimentos a los pobres bosnios, ¿no es así?

—Vamos, Miranda, no seas rencorosa.

—¿Por qué había de serlo?

—Quizá porque tuve que irme de Sarajevo sin tiempo para despedirme.

Miranda soltó una carcajada al tiempo que se le acercaba y se ponía de puntillas para llegarle al mentón y darle un par de besos. Luego le presentó a otro hombre que a su lado contemplaba divertido la escena.

—Éste es Daniel, el mejor cámara del mundo. Y éste es Lion. Lion no sé qué más.

Lion no dijo su apellido y estrechó la mano de Daniel. El cámara, mucho más joven que él, no debía de tener más de treinta años y llevaba una coleta cuidadosamente recogida con una goma. Le cayó bien porque no iba disfrazado de militar, sino que al igual que Miranda llevaba vaqueros, botas, un jersey grueso y un anorak.

—¿A quién vas a socorrer? —quiso saber la mujer.

—A nadie, ahora te hago la competencia.

—¡No me digas! ¿Y cómo?

—No te lo dije en Sarajevo, pero trabajo como fotógrafo para una agencia.

Miranda le miró con desconfianza. Ella conocía a todos los corresponsales de guerra, no importa de qué país fueran. Se encontraban en todos los conflictos, en la región de los Lagos, en Sarajevo, en Palestina, en Chechenia… Y Lion no era uno de ellos, de eso estaba segura.

—Soy fotógrafo, pero no de prensa —le dijo él consciente de la desconfianza que había despertado en Miranda—. Hago fotos para catálogos comerciales y, bueno, cuando falta trabajo, también hago bodas. Ya sabes, sesiones fotográficas de parejas que quieren conservar un álbum sobre el feliz día de su boda.

—Entonces… —quiso saber Miranda.

—Entonces, el jodido trabajo escasea, y a veces tengo que hacer otras cosas, como conducir camiones o lo que se tercie. La agencia que me contrata para los catálogos también tiene contactos con la prensa. El dueño me dijo que ahora Irak interesa a los periódicos y que si era capaz de hacer buenas fotos las podría colocar. Así que voy a probar suerte.

—¿Y cómo se llama la agencia? —quiso saber Daniel.

—Photomundi.

—¡Ah, les conozco! —afirmó Daniel—. Contratan a los fotógrafos por obra, les hacen encargos y a veces les dejan tirados sin comprar las fotos. Espero que lo de Irak te salga bien, porque si no te va a costar el dinero de haber venido.

—Ya me está costando —dijo Lion.

—Bueno, si te podemos echar una mano… —se ofreció Daniel.

—Os lo agradeceré porque yo no soy periodista; si me orientáis me vendrá bien. No es lo mismo fotografiar una lata de espárragos para un catálogo que una guerra.

—Desde luego que no es lo mismo —dijo Miranda con el mismo tono de desconfianza.

Daniel no parecía tan desconfiado como su compañera e invitó a Lion a unirse al grupo de periodistas que estaban al otro lado de la barra.

Lion dudó un segundo. No quería rozarse con los periodistas más de lo necesario, pero tampoco podía rechazar la invitación del confiado cámara que acompañaba a Miranda. Se unió a ellos y le presentaron a una docena de corresponsales de guerra de distintos países que estaban organizando el viaje a Irak.

No le hicieron mucho caso. No le conocían, y el que Miranda le presentara como un fotógrafo de catálogos que quería probar suerte como reportero de prensa provocó en todos ellos un sentimiento de suficiencia. Le miraban con condescendencia; ellos estaban curtidos en el campo de batalla, y entre whisky y whisky le contaron que habían tocado la muerte con las manos y visto horrores de los que no se repondrían jamás.

Al día siguiente temprano saldrían en varios coches alquilados en dirección a Bagdad y le invitaron a unirse a ellos, previo pago de la parte correspondiente del alquiler del vehículo. Lion preguntó cuánto le costaría y después de simular que echaba cuentas les dijo que sí, lo que le valió unas cuantas palmadas en la espalda.

Por la mañana estaban todos somnolientos en el vestíbulo del Intercontinental. No parecían la misma tropa alegre de la noche anterior. Los efectos del alcohol y la falta de sueño habían dejado su huella en la mayoría de ellos.

Daniel fue el primero en verle y levantó la mano a modo de saludo, mientras Miranda torcía el gesto.

—¿Qué te pasa con tu amigo? —quiso saber Daniel.

—No es mi amigo, le conocí cerca de Sarajevo en medio de un tiroteo. En realidad, casi se puede decir que me salvó la vida.

—¿Qué pasó?

—Un grupo de paramilitares serbios atacaba un pueblo cercano a Sarajevo. Ese día estaba allí con varios colegas de otras televisiones. Los tiroteos nos pillaron en medio. No sé cómo pasó, pero de repente me vi sola en la calle, escondida entre dos coches y con las balas rozándome. Había un francotirador en alguna parte. De repente apareció Lion, no me digas por dónde ni cómo. Sólo sé que le vi a mi lado, me obligó a agachar la cabeza, y me sacó de allí.

»Los serbios podían haber decidido liquidarnos a todos, pero ese día concluyeron que les era más rentable salir en la televisión, así que pudimos marcharnos. Lion me metió en un camión y me llevó a Sarajevo. La verdad es que me impresionó cómo se manejaba en aquella situación. Parecía... parecía un soldado, no un camionero. Cuando me puso a salvo quedamos en vernos más tarde. Desapareció. No le volví a ver hasta anoche.

—Pero no te olvidaste de él.

—No. No me olvidé.

—Y ahora tienes sentimientos encontrados, no sabes qué pensar, y sobre todo no sabes si quieres estar cerca de él. ¿Me equivoco?

—¡Vamos, Daniel, que pareces psicoanalista!

—Es que te conozco muy bien —respondió Daniel con una sonrisa.

—Es verdad. No nos hemos separado en los últimos tres años. Paso más tiempo contigo que en mi casa.

—El trabajo es el trabajo. Esther se queja de lo mismo, de que estoy más contigo que con ella, y además, cuando llego a casa estoy agotado.

—Qué suerte has tenido con Esther...

—Sí, es estupenda. Otra me habría puesto de patitas en la calle.

—No sé por qué has querido venir cuando estáis a punto de tener un niño.

—Porque somos periodistas y debemos estar donde pasan las cosas, y ahora el lugar es Irak. Esther lo comprende. Al fin y al cabo ella también es del oficio, aunque haga reportajes sobre la familia real.

Lion compartió un todoterreno con Miranda, Daniel y dos cámaras alemanes.

Miranda no parecía de buen humor, y permaneció callada buena parte del viaje sin participar de la conversación de Daniel con sus colegas.

Lion no se engañaba respecto a Miranda. Pese a su aspecto frágil, era una mujer curtida no sólo como corresponsal de guerra sino en otras batallas, en las de la vida.

Aunque delgada y bajita, no mediría ni uno sesenta, con el cabello negro muy corto y los ojos de color miel, Miranda se le antojaba a Lion una fuerza de la naturaleza. La mujer tenía genio, sabía imponerse y sobre todo parecía no tener miedo. Cuando la conoció en aquel pueblo de Sarajevo le sorprendió que a pesar de la situación no se pusiera histérica.

La carretera a Bagdad era tan larga como polvorienta. Había más tráfico de lo habitual, pues las ONG preferían llevar sus cargamentos desde Ammán; se cruzaron con dos convoyes de camiones, además de con autobuses en las dos direcciones. En la frontera de Jordania con Irak un autobús repleto de iraquíes intentaba convencer a la policía de fronteras de Irak para que les dejaran pasar. Algunos tuvieron suerte; otros, una vez examinados sus papeles, fueron detenidos con malas maneras.

Los periodistas se bajaron de los coches para tomar imágenes de la escena y preguntar qué pasaba. No recibieron respuesta, pero sí amenazas, por lo que decidieron continuar. Querían evitar los problemas antes de llegar a su destino.

El hotel Palestina había conocido tiempos mejores. A Lion le costó conseguir una habitación. No había nada sin reserva, le dijo un amable recepcionista desbordado por la avalancha de periodistas que se amontonaba ante el mostrador reclamando sus habitaciones. Lion optó por darle una propina capaz de ablandarle.

Cien dólares le abrieron la puerta de una habitación en la planta octava. El grifo del baño goteaba sin cesar, las persianas no se podían bajar y la colcha de la cama necesitaba ir a la tintorería, pero al menos tenía un techo bajo el que resguardarse.

Sabía que encontraría a los periodistas en el bar en cuanto hubieran dejado los equipajes en las habitaciones. Ninguno comenzaría a trabajar hasta el día siguiente, aunque ya empezaran a buscar a sus intérpretes y guías. El Ministerio de Información contaba con un centro de prensa que proporcionaba intérpretes a los periodistas extranjeros, aunque algunos procuraban buscarlos por su cuenta, conscientes de que las autoridades exigían información a los intérpretes oficiales sobre los periodistas que acompañaban.

—Necesitarás alguien que te acompañe —le dijo Daniel cuando se encontraron en el bar.

—No. No tengo dinero para hacer ese gasto; procuraré arreglármelas solo. Bastante he invertido en poder llegar… —se excusó Lion.

—Es que te van a obligar; no les gustará tener a un fotógrafo británico metiendo las narices por todas partes.

—Procuraré no meterme en líos. Verás, mi idea es hacer un reportaje fotográfico sobre la vida cotidiana en Bagdad. ¿Crees que a los periódicos les interesará?

—Depende de la calidad de las fotos, de su contenido. Tendrías que buscar algo un poco especial —le aconsejó Daniel.

—Lo procuraré. Mañana me iré pronto, quiero fotografiar cómo se despierta Bagdad, así que esta noche me acostaré temprano; estoy cansado del viaje.

—Cena con nosotros —le invitó Daniel.

—No, que luego os quedáis hasta tarde. He bajado a tomar un té y luego me voy a la cama.

Daniel no le insistió. Él también estaba cansado; entendía que Lion tuviera ganas de meterse en la cama.

Lion durmió de un tirón. No había mentido cuando le dijo a Daniel que estaba cansado. Se despertó con el amanecer y después de una ducha rápida cogió la bolsa con las cámaras y se fue a la calle. Tenía que cubrir las apariencias, por lo que pasó buena parte de la mañana en el bazar y recorriendo las calles de Bagdad. Fotografió todo lo que le llamó la atención, pero sobre todo lo que hizo fue tomar el pulso a la ciudad. Bagdad era una ciudad en estado de sitio donde faltaba de todo, pero, como suele suceder, a algunos no les faltaba nada. Las tiendas estaban vacías, pero si uno sabía llamar en determinadas puertas, podía conseguir productos de primera calidad.

En su larga caminata no había dejado de pensar en una cobertura para presentarse en Safran.

Cuando regresó al hotel después del mediodía no encontró a ningún miembro de la tribu de los corresponsales. Decidió dirigirse al Ministerio de Información para hablar con el responsable de prensa y mostrarle su deseo de viajar a Safran.

Como casi todos los iraquíes Ali Sidqui lucía un espeso bigote negro. Era un hombre corpulento, entrado en carnes, que disimulaba por su elevada estatura y su porte recio. Como segundo responsable del Centro de Prensa procuraba ofrecer la mejor sonrisa a los periodistas que cada día en mayor número acudían a Bagdad.

—¿En qué podemos ayudarle? —le preguntó a Lion.

Le explicó que era un fotógrafo independiente y le enseñó su credencial de Photomundi. Ali tomó todos los datos de Lion y se interesó por su primera impresión de Bagdad. Cuando llevaban media hora de amigable conversación, Lion fue al grano.

—Quiero hacer un reportaje especial. Verá, sé que se está realizando una importante excavación arqueológica cerca de Mughayir, creo que en una aldea llamada Safran. Me gustaría ir allí y hacer un reportaje sobre la excavación, enseñar al mundo cómo la antigua Mesopotamia sigue desvelando sus secretos. Creo que la misión está formada por gente de media Europa, así que será interesante mostrar que a pesar del bloqueo hay personalidades académicas en Irak.

Mientras escuchaba a Lion, Ali Sidqui pensaba que el reportaje que proponía hacer ese fotógrafo británico podía ser buena propaganda para el régimen. Él no sabía que en Safran hubiera ninguna misión arqueológica, pero no se lo dijo. Le escuchó con interés y prometió telefonearle al hotel Palestina si lograba que sus jefes le dieran un permiso para que viajara a Safran.

Lion podía haber optado por llegar a Safran por sus propios medios, pero sabía que debía de acomodarse a su nuevo papel de fotógrafo y hacer lo que el resto de la prensa que recalaba en Bagdad.

Pasó la tarde yendo de un sitio a otro y fotografiando lo que creía de interés. Volvió al hotel con el último rayo de sol.

Miranda estaba en la recepción junto a Daniel. Ellos también acababan de llegar.

—¡Vaya, el desaparecido! —fue el saludo de Miranda.

—He estado todo el día trabajando. ¿Y vosotros?

—Nosotros no hemos parado. Esta gente lo está pasando fatal; hemos visto un hospital que daban ganas de ponerse a llorar, no tienen de nada —se lamentó Daniel.

—Sí, ya me he dado cuenta de los efectos del bloqueo. Me ha sorprendido la gente, lo amables que son a pesar de la situación en la que viven.

—Que es susceptible de empeorar. De eso se van a encargar Bush y sus amigos —afirmó Miranda.

—Bueno, Sadam no es precisamente un angelito —replicó Lion.

—No, no lo es, pero Bush no se lo va a cargar porque le importe Sadam. Lo que le importa es el petróleo.

El tono de voz de Miranda indicaba que estaba dispuesta para la pelea, pero Lion no tenía ningún interés en polemizar. Tanto le daban Bush como Sadam. Estaba en Irak para hacer un trabajo y luego regresaría a la tranquilidad de su granja junto a Marian, así que no respondió, pero Daniel estaba demasiado impresionado de su periplo por Bagdad como para dejar la conversación.

—Son los iraquíes quienes tienen que echar a Sadam, no nosotros.

—Tienes razón, pero me parece difícil que puedan hacerlo. Aquí el que se mueve termina en una prisión y con un poco de suerte le matan rápido. No podemos pedir milagros, la gente sufre las dictaduras porque es difícil derribarlas. O reciben ayuda exterior o se quedan como están —fue la respuesta de Lion.

—A veces lo que reciben del exterior es mierda. Sadam fue un chico de los norteamericanos, como lo fue Pinochet o como lo fue Bin Laden. Ahora no les sirve y toca cargárselo. Bien, que lo hagan, por mí no hay inconveniente; el problema es que para hacerlo van a asesinar a miles de inocentes y van a destruir este país. Cuando termine la guerra Irak habrá dejado de existir —sentenció con rabia Miranda.

—No discutamos. Me parece que todos hemos tenido un día difícil. ¿Por qué no cenamos?

Daniel dijo que estaba cansado y prefería irse a la habitación, pero Miranda aceptó la propuesta de Lion. Se dirigieron hacia el restaurante, donde encontraron a otros periodistas. Se sentaron a una mesa donde había dos reporteros españoles, un irlandés, tres suecos y cuatro franceses. Menos mal que eran capaces de entenderse en inglés.

Cada uno contó la experiencia del día sabiendo que todos se guardaban información. A pesar de la solidaridad entre ellos, también existía competencia.

Después de la cena se instalaron en el bar junto a otros periodistas. «¡Menuda tribu!», pensó Lion, fascinado por las conversaciones cruzadas de unos y de otros, por las extravagantes anécdotas que se contaban y por la personalidad de algunos de ellos.

—¿Has mandado ya alguna foto? —quiso saber Miranda.

—Mañana las enviaré. Espero tener suerte. Si las venden rápido, me quedaré; de lo contrario tendré que irme.

—Te rindes muy pronto —respondió Miranda con sarcasmo.

—Yo diría que soy realista y que puedo correr determinados riesgos. Por cierto, no te lo he preguntado, ¿de dónde eres?

—¡Vaya pregunta! ¿Por qué me la haces?

—Porque no sé de dónde eres. Trabajas para una productora de televisión independiente. Hablas un inglés perfecto, pero yo diría que con un ligero acento de no sé dónde. Te he escuchado hablar francés, lo dominas, tanto que si no te hubiese oído hablar inglés, pensaría que eres francesa, pero luego te has enzarzado en una discusión con el de la televisión mexicana, y por la bronca que le estabas metiendo sin dejarle casi hablar, yo diría que también dominas el español.

—O sea, que eres curioso.

—No, pero ¿hay algún motivo para que no me respondas?

—Sí, que no me da la gana. Verás, no soy de ninguna parte. Odio las banderas, los himnos y todo aquello que divide a los hombres.

—Pero habrás nacido en alguna parte…

—Sí, he nacido en alguna parte, pero no soy ni de esa parte ni de ninguna parte. Mi elección es ser apátrida.

—¿Tienes pasaporte de apátrida? —preguntó Lion con curiosidad.

—Tengo un pasaporte de un país comunitario porque para ir de un lugar a otro y que no te detengan en las fronteras tienes que aparentar que eres alguien y eres de alguna parte.

—Vale, no me lo digas.

—Te lo diré. Mi padre nació en Polonia, pero sus padres eran alemanes. Mi madre nació en Inglaterra, pero su padre era griego y su madre española. Yo nací en Francia; dime, ¿de dónde crees que soy?

—¿A qué se dedicaban tus padres?

—Mi padre era pintor, mi madre diseñadora. No eran de ninguna parte y vivieron en todas partes. Odiaban las fronteras.

—Y te enseñaron a odiarlas.

—Aprendí a odiarlas yo sola, no hizo falta que me aleccionaran.

Miranda dejó de hablar con él y se incorporó a la conversación general.

Lion alcanzó a escuchar que los periodistas españoles preparaban un viaje a Basora, mientras que los suecos querían ir a Tikrit, el lugar de nacimiento de Sadam Husein.

—Y tú, Lion, ¿te quedarás en Bagdad?

La pregunta se la estaba haciendo un periodista francés del grupo que había conocido en Ammán. Dudó unos segundos antes de responder. Decidió decir la verdad.

—Yo quiero ir a la antigua Ur.

—¿A hacer qué? —quiso saber el francés.

—Me han dicho que hay una expedición arqueológica trabajando cerca, y puede que si hago un buen reportaje de lo que están excavando me lo compren.

—¿Y dónde está exactamente esa expedición? —insistió el francés.

—Ya sé a qué expedición te refieres —dijo un periodista alemán—. Es la del profesor Picot, ¿no?

—Pues me parece que sí. La verdad es que no sé mucho sobre esa expedición, pero puede ser interesante —fue la respuesta de Lion.

—Creo que han encontrado restos de un palacio o de un

templo y que podría haber unas tablillas muy valiosas con una versión de Génesis. Algo así se publicó en el *Frankfurter* —explicó la periodista alemana—. Lo sé porque hay varios profesores y arqueólogos alemanes en la expedición. Pero no se me había ocurrido que eso importara ahora.

—Bueno, a vosotros quizá no, pero si hago un buen reportaje fotográfico de esa excavación y la agencia lo vende a alguna revista especializada... —se justificó Lion.

—No es mala idea, a lo mejor ahí hay un buen reportaje —dijo una periodista italiana.

—Hasta que Bush bombardee tenemos que llenar con otras cosas —reflexionó uno de los periodistas suecos.

—¡Hombre, no me piséis el reportaje, que yo voy por libre! —pareció lamentarse Lion.

—No te vamos a pisar nada. Aquí lo compartimos todo —respondió Miranda.

—Vosotros trabajáis para cadenas de televisión y periódicos, yo he venido a la aventura pagándome el viaje... —volvió a lamentarse Lion.

—No seas quejica. No es ningún secreto lo de la expedición; por lo que dice Otto, se ha publicado en los periódicos —insistió Miranda.

—Y en Italia también —afirmó la enviada especial de una agencia de Roma.

Lion interpretó durante un rato más el papel del novato preocupado; luego se despidió y se fue a dormir. Tenía que prepararse para el viaje a Safran, tanto si el Ministerio de Información le daba luz verde como si no.

Le despertó el timbre del teléfono. Ali Sidqui, el hombre del Ministerio de Información, parecía de buen humor.

—Tengo buenas noticias para usted. Mis jefes consideran que es una buena idea que viaje usted a Safran a hacer un reportaje sobre la misión arqueológica. Le llevaremos.

—Muy amable, pero prefiero organizarme por mi cuenta.

—No, no, no puede ser. Allí sólo se puede ir con permiso del Gobierno. Es zona militar, y la misión arqueológica cuenta con protección oficial. Nadie les puede molestar a no ser que vaya con un permiso desde Bagdad. De manera que va con nosotros o no va.

Aceptó. No le quedaba otra opción. Ali Sidqui le indicó que se pasase esa misma mañana por el centro de prensa del ministerio para organizar el viaje. ¿Sabía de algún colega interesado en desplazarse también a Safran? Lion respondió malhumorado que prefería no compartir con nadie su idea y en todo caso, le dijo, que los demás fueran cuando él regresara con sus fotos hechas.

En el Ministerio de Información, Ali Sidqui le presentó a su jefe. Éste parecía entusiasmado con la idea de que en Inglaterra se publicara un reportaje sobre el profesor Picot y su excavación.

—Los intelectuales europeos no nos abandonan —dijo el jefe del centro de prensa.

Lion asintió. Tanto le daba lo que dijera aquel funcionario de Sadam, que le hizo rellenar un cuestionario además de fotografiar su pasaporte.

—Le llamaremos en un par de días. Esté preparado; supongo que no se mareará en helicóptero.

—No lo sé, nunca he montado en uno —mintió Lion.

Tom Martin acababa de recibir un mensaje de Lion. El director de Photomundi le había reenviado a la dirección del correo electrónico que le diera Lion una larguísima carta sobre sus impresiones de Bagdad, anunciando a la vez la suerte que tenía por haber podido desplazarse a un lugar llamado Safran. También le enviaba una colección de fotos rogándole que hiciera lo posible por venderlas.

El director de Photomundi no se interesó especialmente por el e-mail de Lion. Cobraba una sustanciosa cantidad por no ver, ni oír y callar, sobre todo por callar. Lo que sí haría sería intentar vender las fotos; eran mejores de lo que esperaba, aunque en realidad no había esperado recibir ninguna foto de ese tal Lion.

Tom Martin se enfrascó en la lectura del mensaje de su hombre en Irak. Lion ya estaba en Safran, nada menos que con las bendiciones del régimen de Sadam.

«Hoy he llegado a Safran. El helicóptero que me ha transportado era un viejo cacharro soviético que hacía un ruido infernal.

Aquí hay más de doscientas personas trabajando; el jefe de la misión, el profesor Yves Picot, está obsesionado con ganarle la batalla al tiempo. Es consciente de que no disponen de mucho. He conocido a los miembros más destacados del equipo, que amablemente me instruyen sobre la importancia del trabajo que están realizando. Uno de los arqueólogos, un tal Fabián Tudela, me ha explicado que el templo que están desenterrando es de la época de un rey que aparece en la Biblia y se llamaba Amrafel. Espero que las fotografías y el reportaje sean del interés de los lectores, dada la importancia del trabajo que están realizando.

En el campamento hay una auténtica conmoción, ya que al parecer viene a instalarse aquí durante un tiempo el abuelo de una de las arqueólogas, Clara Tannenberg. La noticia llegó antes que yo, y todos hablaban del personaje. Con sólo oír su nombre algunos se ponen a temblar. Al parecer llegará dentro de tres o cuatro días. Están acondicionando una casa y han traído muebles desde Bagdad para procurarle todas las comodidades posibles.

Como curiosidad te diré que a esta arqueóloga la cuida una mujer, una shií tapada de la cabeza a los pies. Sólo come de lo que esa mujer le prepara, es una vieja sirvienta que también se encargará del abuelo. He creído entender que éste viaja acompañado del marido de su nieta, que ocupa un importante cargo en el Ministerio de Cultura, de un médico y una enfermera, a los que también les están preparando alojamiento, además de instalar un hospital de campaña que ha llegado desde El Cairo. Es evidente que el hombre debe de estar enfermo.

Te hablo de ellos porque aquí todo parece girar en torno a la visita del abuelo de esa arqueóloga.

Esto parece un fortín en vez de una inocente misión arqueológica, pero espero poder llevar a buen término el reportaje.»

El presidente de Global Group sonrió. No le cabía ninguna duda de que Lion Doyle podría hacer lo que eufemísticamente llamaba «reportaje» y que no sería otra cosa que la «sanción» de la familia Tannenberg.

Había tenido suerte con este caso. Encontrar a los Tannenberg en Irak habría resultado más complicado si no hubiese sido porque él ya sabía de su existencia gracias a su amigo Paul Dukais. Pensó que la vida está llena de casualidades maravillosas, porque ¿de qué otra manera se podía explicar que Dukais le hubiese pedido hombres para enviar a Irak a controlar a Clara Tannenberg y que poco después se le presentara el señor Burton en el despacho ofreciéndole dos millones de euros por eliminar a esa familia?

Aún dudaba de si contarle a Paul Dukais el negocio que él mismo estaba haciendo en relación con los Tannenberg, pero volvió a decirse que no debía hacerlo. Era mejor mantener el secreto profesional, sobre todo porque no eran contrapuestos sus intereses y los de Paul.

Marcó el número del móvil del misterioso y escurridizo señor Burton.

No obtuvo respuesta hasta el quinto pitido.

—Al habla.

—Señor Burton, quería informarle de que un amigo mío ha visitado a esos amigos suyos; sepa que están bien, tanto el abuelo como su nieta y el marido de ella. Desgraciadamente el abuelo está enfermo, aún no sé el alcance de la gravedad de su enfermedad, pero espero saberlo en breve.

—¿No había ningún miembro más de la familia?

—Ninguno que sepamos.

—¿Cumplirá el encargo?

—Desde luego.

—¿Algo más?

—Por ahora no, salvo que le interese conocer algún detalle.

—Me interesa saberlo todo.

—Sus amigos están en el sur del país, en un pueblo encantador. Su nieta está trabajando…, cómo le diría…, al frente de un equipo numeroso, y el abuelo acudirá a reunirse con ella. Pero no se preocupe por ellos, están protegidos, no sólo por efectivos regulares; también cuentan con seguridad privada.

—¿Nada más?

—Digamos que éstos son los detalles esenciales.

—Iré a verle.

—No es necesario. En cuanto sepa algo más le llamaré.

—Hágalo.

Berta había levantado la vista del libro y observaba preocupada a su padre.

—¿Quién era? —le preguntó.

—De la universidad —respondió Hans Hausser.

—¿Por qué no te retiras de una vez? No tienes ninguna necesidad de este trajín. Decías que tenías ganas de jubilarte para leer y pensar, y sin embargo no terminas de hacerlo.

—Déjame que termine mis días como quiera. Ir a la universidad y estar con los jóvenes me hace sentirme vivo. A mi edad el tiempo pesa demasiado si alrededor sólo hay soledad.

—¡Pero tú no estás solo! —protestó Berta—. ¿No contamos nosotros, yo y los niños?

—¡Por favor, hija, tú eres lo más importante que tengo! Pero entiende que necesito estar activo, creerme que soy algo más que un viejo y que aún puedo servir para algo.

Se levantó y abrazó a su hija. La quería más que a nada ni a nadie, era todo lo que le quedaba. Berta sintió la emoción del abrazo de su padre.

—Tienes razón, es que me preocupo por ti, y últimamente has estado muy raro.

—Berta, déjame tener mis secretos.

—Yo nunca he tenido secretos para ti… —protestó su hija.

—Pero yo soy tu padre, y los padres no les contamos todo a los hijos. Tampoco tú les cuentas todo a los tuyos, ¿me equivoco?

—Papá, son aún pequeños.

—Tú también lo eres para mí. Además, es una broma. No tengo secretos para ti, pero me gusta ser independiente e ir y venir sin tener que explicar dónde. En realidad, lo único que hago es visitar a viejos amigos.

Hans Hausser continuó un rato hablando con su hija, aunque sentía una punzada de angustia en la boca del estómago. Tom Martin le había anunciado que Alfred Tannenberg vivía, de manera que por fin podrían cumplir el juramento que habían hecho cuando eran niños.

Tenía que llamar a Mercedes, a Carlo y a Bruno para anunciarles que lo que era una posibilidad en el infinito se había materializado. Aquel viejo enfermo al que se refería Tom Martin sólo podía ser el monstruo que llevaban anidado en las entrañas.

La primera llamada que hizo fue a Mercedes. Sabía que su amiga no dormía ni apenas comía desde el día en que Carlo les llamó desde Roma para decirles que creía haber encontrado a Tannenberg.

Mercedes escuchaba a Hans Hausser y sentía que se le aceleraba el corazón con un ataque de taquicardia.

—Me gustaría ir hasta allí —le dijo a Hans.

—Sería una imprudencia y tú lo sabes; además, no podrías hacer nada.

—A Tannenberg le deberíamos de matar nosotros con nuestras propias manos y decirle por qué, para que supiera por qué le estábamos arrancando la vida.

—¡Por favor, Mercedes!

—Hay cosas que uno debe de hacer personalmente.

—Sí, pero dadas las circunstancias no podemos hacerlo personalmente. Está en Irak, en un pueblo al sur del país, custodiado por hombres armados.

—Tienes una hija y nietos; Carlo y Bruno también tienen hijos y nietos, de manera que entiendo que vosotros no hagáis locuras, pero yo estoy sola, no tengo a nadie, a mi edad el único futuro es seguir envejeciendo en soledad. No tengo nada que perder.

Hans Hausser se asustó. Temía que Mercedes fuera capaz de ir a Irak e intentar matar personalmente a Tannenberg.

—¿Sabes, Mercedes?, nunca te perdonaría que Tannenberg siguiera vivo por tu culpa.

—¿Por mi culpa?

—Sí. Si vas a Irak te detendrán en cuanto intentes acercarte a él y se desbaratará toda la operación que hemos puesto en marcha. Lo único que conseguirás es que Tannenberg viva,

que a ti te metan en una cárcel iraquí, y a nosotros... a nosotros también nos detendrán.

—No tiene por qué suceder como dices.

—¿La soberbia no te deja pensar?

Mercedes se quedó en silencio. Se sentía herida por las palabras de Hans. Sabía que éste tenía razón en lo que le decía.
Sin embargo... Llevaba toda la vida soñando en el momento
en que hundiría un cuchillo en el vientre de Tannenberg mientras le decía por qué le mataba.

Habían sido muchas las noches de pesadilla en que se acercaba a aquel hombre y le clavaba las uñas en los ojos. Otras le
mordía como una loba hasta hacer manar su sangre.

Sentía que debía de ser ella quien le arrancara la vida, que
Tannenberg no debía morir sin darse cuenta.

La voz de Hans la devolvió a la realidad.

—Mercedes, te estoy hablando.

—Y yo te estoy escuchando.

—Hablaré con Carlo y con Bruno; no estoy dispuesto a
terminar en la cárcel porque la soberbia y la ira te estén nu-
blando la razón. Si te entrometes, no quiero saber nada de este
asunto, me retiro, conmigo no contéis.

—¿Qué dices?

—Que no estoy loco y me niego a correr riesgos innecesarios. Carlo, Bruno, tú y yo somos cuatro viejos. Sí, es lo que
somos, y debemos conformarnos con que alguien le mate por
nosotros. Si ahora has cambiado de idea, dímelo y te repito,
conmigo no cuentes para hacer una locura.

—Siento que te estés enfadando...

—Es algo más que un enfado.

—El único objetivo de mi vida es que todos los Tannenberg mueran retorciéndose de dolor.

—Pero no es necesario hacerlo personalmente.

—Nunca me dejaréis sola. Lo sé.

—Piensa en lo que te he dicho. Ahora voy a llamar a Carlo y a Bruno. Adiós.

El profesor Hausser colgó el teléfono preocupado. Sentía haberle hablado con dureza a su amiga, pero la temía, temía lo que fuera capaz de hacer.

La vida de Mercedes no había tenido otro objetivo que encontrar a Tannenberg para matarle. Además, la sabía capaz de hacerlo.

Carlo Cipriani se quedó preocupado después de que Hans Hausser le explicara la reacción de Mercedes ahora que habían confirmado que Tannenberg vivía. Lo mismo le sucedió a Bruno. Acordaron que Carlo iría a Barcelona para intentar que Mercedes desistiera de salirse del plan acordado por los cuatro. Bruno insistió en acompañarle, pero tanto Hans como Carlo sabían que si su amigo iba a Barcelona Deborah tendría otro de sus ataques de ansiedad, de modo que le convencieron para que se quedara en Viena; si Carlo no lograba que Mercedes entrara en razón, entonces lo intentarían los tres juntos, pero eso sería en última instancia.

En Barcelona llovía con intensidad. Carlo se abrochó la gabardina y aguardó pacientemente su turno para subir a un taxi al centro de la ciudad. Llevaba un maletín de mano con lo imprescindible, por si tenía que quedarse una noche, pero su idea era regresar esa misma tarde a Roma. Todo dependería de la testarudez de Mercedes.

El edificio donde estaba la empresa de Mercedes descansaba en la falda del Tibidabo. La recepcionista le acompañó a una sala de espera mientras avisaban, le dijo, a la señora Barreda. No tardó ni un segundo en regresar seguida de Mercedes.

—Pero ¿qué haces aquí? —le dijo.

—Tenía que venir a Barcelona y se me ha ocurrido venir a verte.

Mercedes le agarró del brazo y le condujo hasta su despacho. Una vez que su diligente secretaria les trajo café y se quedaron solos, los dos amigos se midieron clavándose los ojos el uno en el otro.

—Hans te ha pedido que vinieras…

—No. Lo he decidido yo. Pero Hans me ha preocupado, y mucho, lo mismo que a Bruno. ¿Qué pretendes, Mercedes?

La voz de Carlo sonaba con dolor, pero también con firmeza, sin concesiones ni disposición a justificarla.

—¿No puedes entender que le quiera matar yo?

—Sí. Lo puedo entender. Puedo entender tu deseo de matarle, yo también lo tengo, y Hans y Bruno. Pero no es lo que debemos hacer. No sabríamos hacerlo.

—No es difícil clavar un cuchillo en el vientre de un hombre.

—Lo difícil es ir a Irak, lo difícil es que te dejen desplazarte hasta el lugar donde ese hombre está. Lo difícil es que puedas explicar qué haces allí. Lo difícil es que te dejen acercarte a él. Lo difícil es que encuentres el momento para clavarle ese cuchillo. Eso es lo difícil. Por eso hemos contratado a un profesional, a un hombre que sabe qué hacer en estas situaciones, que sabe cómo actuar, y que también sabe matar, que sabrá encontrar el momento oportuno. Nosotros no sabemos hacerlo, aunque le odiemos con todas nuestras fuerzas, aunque nos sintamos capaces de matarle con nuestras propias manos.

—Ni siquiera me dejáis intentarlo… —se quejó Mercedes.

—¡Por favor! En esto no hay segundas oportunidades. Si lo intentas y fracasas, ya nadie se podrá acercar a Tannenberg, y harías imposible nuestra venganza. No tienes derecho a hacerlo, no lo tienes.

—Tú también te vas a enfadar conmigo —se quejó Mercedes.

—¿Yo? Te equivocas. Ni yo, ni Bruno ni Hans estamos enfadados contigo. No nos hagas decirte lo que sabes. El sentimiento que nos une a los cuatro es indestructible pase lo que pase. Sólo que en esto no tienes derecho a actuar sin nuestro consentimiento; no es tu venganza, Mercedes, es la de todos, juramos que lo haríamos juntos, no quiebres tú el juramento.

—¿Por qué no vamos todos?

—Porque sería una estupidez.

Se quedaron en silencio, cada uno con sus propios pensamientos, pensando en qué responder al otro.

—Sé que tenéis razón, pero...

—Si vas nos destruirás a nosotros y no lograrás matar a Tannenberg. Eso es lo único que lograrás. Si vas a hacerlo, dímelo.

—¡Por favor, me haces sentirme fatal!

—Siéntete fatal. No me importa, lo único que pretendo es que pienses, que pienses como eras capaz de pensar cuando no levantabas ni un palmo del suelo, como has sido capaz de pensar todos estos años, como lo has hecho en los tres últimos meses cuando creímos encontrar a Tannenberg.

—Los árabes dicen que la venganza es un plato que se sirve frío.

—Y tienen razón. Sólo así es posible vengarse. Nosotros no olvidamos, nunca perdonaremos, pero debemos actuar con frialdad. De lo contrario nuestro sufrimiento no habrá servido de nada.

—Déjame pensarlo.

—No. Quiero una respuesta ahora. Quiero saber si debemos anular la operación de Irak. No podemos poner en peligro la vida del hombre que hemos enviado.

—Es un asesino profesional.

—Tú lo has dicho: profesional. De manera que si ponemos en peligro su vida por interferir en su trabajo nos tendremos que atener a las consecuencias. Hemos contratado a una agencia, una agencia de asesinos.

—Una agencia de seguridad.

—¡Vamos, Mercedes! Esos hombres están dispuestos a matar, por eso cobran.

—Tienes razón, vamos a dejarnos de tonterías.

—¿Qué vas a hacer?

—Pensar, Carlo, pensar…

—De manera que no te he convencido…

—No lo sé…, necesito pensar.

—¡Por Dios, Mercedes, no hagas locuras!

—Nunca os engañaré. No os diré que no voy a hacer algo mientras pienso si voy a hacerlo o no. Prefiero que me odiéis a mentiros.

—Prefieres que Tannenberg viva —sentenció Carlo.

—¡No! —gritó Mercedes con rabia—. ¿Cómo puedes decir eso? ¡Quiero matarle yo misma! ¡Yo! ¡Yo! ¡Eso es lo que quiero!

—Veo que es inútil razonar contigo. Suspenderemos la operación. Hans llamará a Tom Martin para que retire a su hombre. Se acabó.

Mercedes miró a Carlo con ira. Se había clavado las uñas en la palma de las manos y un rictus de amargura parecía haber convertido su rostro en una mueca.

—No podéis hacer eso —murmuró.

—Sí, sí podemos, y es lo que haremos. Has decidido romper tu juramento con nosotros, y poner en peligro la operación. Si ya no estás en nuestro barco, se acabó. Renunciamos a la venganza. Nunca te lo perdonaremos, nunca. Después de tantos años de buscarle le hemos encontrado, ahí están Tannenberg y su nieta; podríamos matarlos, estamos a punto de conseguirlo, pero tú, extrañamente, vas a impedirlo porque crees que debes de hacerlo personalmente. Bien, haz lo que quieras. Hemos llegado hasta aquí juntos; a partir de ahora tú irás por tu lado.

Una vena se dibujaba en la sien izquierda de Carlo, evidenciando la tensión que estaba sufriendo.

También Mercedes sentía un dolor agudo en el pecho, fruto de la tensión.

—Qué me estás diciendo, Carlo...

—Que nunca más volveremos a vernos. Que Hans, Bruno y yo no querremos saber nada de ti el resto de lo que nos quede de vida, que no te perdonaremos.

Carlo se sentía agotado por la dureza de la conversación. Quería profundamente a Mercedes e intuía el enorme sufrimiento de su amiga, pero no podía transigir con lo que ella parecía querer hacer.

—No acepto el ultimátum —respondió Mercedes, blanca como la cera.

—Nosotros tampoco.

Volvieron a guardar silencio, un silencio incómodo y espeso que preludiaba el fin de una relación que parecía inquebrantable.

Carlo se levantó del sillón, miró a Mercedes y se dirigió a la puerta.

—Me voy. Si cambias de opinión llámanos, pero hazlo antes de esta noche. Mañana Hans irá a Londres a romper el contrato con Tom Martin.

Mercedes no respondió. Se quedó sentada, hundida en el sofá. Cuando su secretaria entró unos minutos después se asustó. De repente la mujer se le antojaba una anciana, como si le hubieran aflorado miles de pequeñas arrugas que tenía ocultas, y un rictus de amargura deformaba su rostro siempre imperturbable.

—Doña Mercedes, ¿se siente bien?

Mercedes no la escuchaba y no respondió. La secretaria se

acercó a ella y le puso la mano en el hombro temiendo su reacción.

—¿Se siente mal? —insistió la secretaria.

Mercedes salió de su ensimismamiento.

—Sí, un poco cansada.

—¿Quiere que le traiga algo?

—No, no hace falta. No te preocupes.

—¿Cancelo el almuerzo con el alcalde?

—No, y llama al arquitecto de la obra de Mataró. Cuando le tengas al teléfono me lo pasas.

La secretaria dudó, pero no se atrevió a decirle nada más a su jefa; no era una mujer a la que se pudiera insistir.

Cuando Mercedes se quedó sola respiró hondo. Tenía ganas de llorar, pero hacía demasiados años, desde que su abuela murió, que no se había permitido derramar ni una lágrima, así que hizo un esfuerzo por contenerlas mientras bebía un vaso de agua.

El timbre del teléfono la sobresaltó. Pensó que podía ser Carlo, pero la voz de su secretaria le anunciaba que tenía en la línea al arquitecto de la obra de Mataró.

Carlo Cipriani estaba desolado. La discusión con Mercedes había resultado una dura batalla. Sabía que no había logrado convencerla; tendría que llamar a Hans y a Bruno para decidir qué harían.

Si Mercedes viajaba a Irak no sólo se pondría en peligro, sino que daría al traste con la operación. Debían decidir qué hacer, aunque quizá si Bruno hablaba con Mercedes tendría más suerte que Hans y él.

En el aeropuerto, una vez que tuvo la tarjeta de embarque para el primer vuelo a Roma, buscó un teléfono desde donde llamar a sus amigos.

Deborah cogió el teléfono y le pidió que aguardara mientras avisaba a Bruno.

—Carlo, ¿dónde estás?

—En el aeropuerto de Barcelona. Mercedes no quiere entrar en razón, hemos discutido; estoy hecho polvo, ha sido una conversación muy dura.

Bruno se quedó callado. Había confiado en que Carlo fuera capaz de convencer a Mercedes. Si él no había podido, nadie podría hacerlo.

—Bruno, ¿estás ahí?

—Sí, perdona, es que me has dejado sin habla. ¿Qué vamos a hacer?

—Suspender la operación.

—¡No!

—No tenemos más remedio. Si Mercedes sigue en sus trece, sería una locura que continuáramos adelante. Hans tiene que ir a Londres…

—¡No! No podemos suspender lo que hemos puesto en marcha, llevamos toda la vida esperando y ahora no vamos a retirarnos. ¡Yo no voy a hacerlo!

—Bruno, por favor. ¡No tenemos más remedio!

—No, si vosotros queréis retiraros, hacedlo. Iré a Londres, hablaré con ese hombre y correré con los gastos de la operación.

—¡Nos hemos vuelto todos locos!

—No, quien se ha vuelto loca es Mercedes. Es ella quien está causando el problema —susurró Bruno.

—Por favor, no discutamos, debemos vernos. Iré a Viena.

—Sí, debemos vernos. Llamaré a Hans.

—Dame unos minutos para que yo le llame. Estará impaciente por saber qué ha pasado con Mercedes.

—De acuerdo. Luego llamadme uno de los dos para decirme dónde nos vemos.

Hans Hausser esperaba impaciente la llamada de Carlo, aunque no imaginaba que se produjera tan pronto. Había mantenido la esperanza de que hubiera convencido a Mercedes y sintió que el mundo se abría bajo sus pies cuando supo que no había sido así. Quedaron en verse en Viena al día siguiente. Entonces decidirían qué hacer.

Cuando Carlo llegó a Roma fue directamente a su consulta. Tenía ganas de ver a sus hijos, de sentir un hálito de normalidad.

Lara y Antonino aún no habían regresado de almorzar y Maria, su secretaria, tampoco estaba.

Encima de la mesa del despacho se encontró el expediente de la esposa de un amigo a la que iba a operar en un par de días su hijo Antonino. Le preocupó ver el resultado de los análisis y la ecografía previos a la intervención. Tendría que hablar con su hijo.

Telefoneó a Alitalia y reservó un billete de avión para Viena. Saldría a las siete de la mañana del día siguiente y regresaría por la noche. Los viajes de ida y vuelta le cansaban menos que cuando tenía que dormir fuera de casa. Además, tenían la ventaja de que sus hijos no se preocupaban si suponían que estaba en Roma.

Lara fue la primera en llegar.

—No te he visto esta mañana, y tampoco estabas en casa —le dijo a su padre.

—¿Qué querías?

—Comentarte cómo está Carol.

—He visto los análisis y la ecografía. No están nada bien.

—Antonino está preocupado.

—Quiero que me diga qué cree él, y antes de hacer nada, hablar con Giuseppe.

—Antonino piensa que a lo mejor no debería operarla.

—Ya veremos. Vamos a repetir todo otra vez. En todo caso, retrasaremos un par de días la operación hasta que estemos seguros de qué es lo mejor.

—El cáncer se le ha podido extender al intestino.

En ese momento entró Maria seguida de Antonino.

—Hola, padre. ¿Dónde te habías metido?

—Haciendo unas gestiones.

—Tienes cara de cansado.

—Hablemos de lo de Carol.

—En mi opinión, además del estómago puede tener el intestino afectado. No sé con qué nos vamos a encontrar si la abrimos.

—Pero hay que abrirla.

—Es muy mayor…

—Sí, tiene setenta y cinco años, los mismos que yo.

—Pero no está como tú —protestó Lara.

—¿Qué es lo que proponéis? ¿Un tratamiento paliativo del dolor y dejarla morir?

—No, lo que creo es que debemos repetir las pruebas, hacer una ecografía de más precisión, para lo que deberíamos mandarla al Gemelli, y luego decidir —explicó Antonino.

—Bien, llamaré al director del Gemelli para que le hagan hoy la eco. Mañana repetís el resto de las pruebas, y pasado mañana la ingresamos. Ahora dejadme, voy a llamar a Giuseppe.

Pasó el resto de la tarde trabajando en el despacho. Cuando salió, eran cerca de las nueve. Estaba cansado y al día siguiente tenía que madrugar.

Deborah les recibió con cara de pocos amigos. Bruno estaba tenso; se notaba que había discutido con su mujer.

—Es una cabezota, no entiende lo que hacemos.

—¿Sabe lo que estamos haciendo? —preguntó Hans preocupado.

—No, lo que queremos hacer no lo sabe, pero sí que le hemos encontrado. Es mi mujer… —se disculpó Bruno.

—Yo también se lo habría dicho a la mía —le consoló Carlo.

—Y yo a la mía, así que no te preocupes —dijo Hans.

Cuando Deborah entró en el salón con una bandeja con café volvió a mirarles con resentimiento.

—Deborah, déjanos, tenemos que hablar —le pidió Bruno.

—Sí, os dejaré, pero antes quiero que me escuchéis. Yo sufrí tanto como vosotros, también viví en el infierno, perdí a mis padres, a mis tíos, a mis amigos. Soy una superviviente, como vosotros. Dios quiso que me salvara y gracias le doy por ello. Durante toda mi vida he rezado para que el odio y el resentimiento no me pudrieran el alma. No ha sido fácil, ni siquiera diré que lo he conseguido. Pero lo que sí sé es que no podemos tomar la venganza con nuestras propias manos porque eso nos convierte en asesinos. Hay tribunales de justicia aquí, en Alemania, en toda Europa. Podríais iniciar un proceso. Ha de ser la justicia quien haga justicia. ¿En qué os convertiréis si mandáis asesinar a un hombre y a su familia?

—Nadie ha dicho que vayamos a hacer asesinarle —respondió muy serio Bruno.

—Os conozco, te conozco. Lleváis toda la vida esperando este momento. Os habéis alimentado mutuamente la sed de venganza por aquel juramento que os hicisteis cuando erais niños. Ninguno de vosotros tiene el valor de dar marcha atrás de aquel juramento. Dios no os perdonará.

—Ojo por ojo, diente por diente —replicó Hans.

—Ya veo que es inútil hablar con vosotros —dijo Deborah saliendo del salón.

Los tres hombres se quedaron en silencio durante un minuto. Luego Carlo les relató detalladamente su pelea con Mer-

cedes. Acordaron que Bruno la llamaría, sería el último en intentarlo.

—Pero no suspenderemos la operación —insistió Bruno.

—Si no lo hacemos, deberíamos informar a Tom Martin de
la situación… —sugirió Hans.

—Podrías ir a verle y explicarle lo que pasa, pero antes debemos esperar a ver si Bruno tiene suerte con Mercedes; yo no
he sido capaz de convencerla, quizá debería de haberme quedado…

—Vamos, Carlo, hiciste lo que pudiste —le consoló Bruno—. Sabemos cómo es Mercedes. Tengo menos posibilidades de convencerla que tú, no nos lamentemos.

—Es increíble lo testaruda que es… Quizá si fuéramos los
tres a verla… —propuso Hans.

—No serviría de nada —fue la respuesta tajante de Bruno.

—Entonces, llámala ahora; esperaremos a que hables con
ella y luego veremos qué hacer —fue la respuesta de Carlo.

Bruno se levantó y salió del salón para ir a su estudio. Prefería hablar con Mercedes lejos de los oídos de Deborah.

Mercedes estaba en su despacho. Bruno notó un deje de
ansia en su voz.

—Bruno, ¿eres tú?

—Sí, Mercedes, soy yo.

—Estoy hecha polvo.

—Nosotros también.

—Quiero que me entendáis.

—No, no quieres que te entendamos. Lo que nos pides es
que seamos tus comparsas. Has decidido que los cuatro ya no
somos uno, sino cuatro, rompiendo el juramento que hicimos.
Me gustaría que recapacitaras, nos estás haciendo sufrir muchísimo.

Ninguno de los dos habló. Se oían respirar a través de la
línea del teléfono, pero ni Mercedes era capaz de pronunciar

palabra ni tampoco Bruno, por lo que los segundos se les hicieron interminables. Por fin Bruno volvió a romper el silencio.

—¿Me escuchas, Mercedes?

—Sí, Bruno, te escucho, y no sé qué decirte.

—Quiero que sepas que desde aquello nunca había vuelto a sufrir como en los últimos días. Lo mismo les pasa a Carlo y a Hans. Lo peor es que has convertido en inútil nuestra razón de vivir, todos estos años no habrán servido de nada. Tu abuela no habría actuado así. Lo sabes.

De nuevo quedaron en silencio. Bruno se sentía agotado. Notaba la boca seca y dolor de estómago; además, estaba a punto de echarse a llorar.

—Siento el dolor que os estoy causando —acertó a murmurar Mercedes.

—Nos estás quitando años de vida. Si continúas adelante, yo ya no quiero vivir. ¿Para qué? ¿Por qué he de hacerlo?

La desesperación de Bruno era real. Lo que le decía le salía de lo más hondo de su ser. Verbalizaba su angustia y la de sus amigos, y Mercedes lo sabía.

—Lo siento. Perdonadme. No me moveré, creo que no me moveré.

—No me sirve que me digas que crees que no te moverás, necesito la verdad —la conminó Bruno.

—No haré nada. Te doy mi palabra. Si cambiara de opinión, os lo diría.

—No nos puedes tener así...

—No, no puedo, pero tampoco puedo mentiros. De acuerdo, no haré nada. No voy a hacer nada, pero si volviera a cambiar de opinión os llamaría.

—Gracias.

—¿Y Carlo y Hans?

—Están destrozados, como yo.

—Diles que estén tranquilos, no haré nada. ¿Tenemos más noticias de allí?

—Ninguna. Debemos esperar.

—Esperaremos.

—Gracias, Mercedes, gracias.

—No me des las gracias, soy yo quien os tiene que pedir perdón.

—No hace falta, lo importante es que los cuatro estemos unidos.

—He estado a punto de tirar por la borda nuestra amistad. Lo siento.

—No digas nada, Mercedes, no digas nada.

Bruno colgó el teléfono sin poder contener las lágrimas. Lloró mientras rezaba agradeciendo a Dios que le hubiese ayudado a convencer a Mercedes. Luego fue al baño a lavarse la cara y regresó al salón.

Carlo y Hans estaban en silencio, meditabundos e impacientes.

—No hará nada —les dijo al entrar.

Los tres hombres se fundieron en un abrazo, llorando sin sentir vergüenza. Bruno acababa de librar una batalla que se les había antojado imposible de ganar.

25

Clara estaba nerviosa, pendiente de escuchar el ruido del helicóptero en que viajaban su abuelo y Ahmed.

Su marido le había sorprendido al anunciarle que acompañaría a su abuelo a Safran. También sentía inquietud por su estado de salud, Ahmed le había dicho que no se preocupara, pero el que hubieran enviado días atrás un hospital de campaña no era una buena señal.

Llevaba todo el día ayudando a Fátima a organizar la casa donde se instalaría junto con su abuelo y no se había acercado a la zona de trabajo. Sabía que su abuelo era exigente y si además su salud se había deteriorado, necesitaría disponer de ciertas comodidades durante su estancia en Safran. No sabía cuánto tiempo se quedaría, ni tampoco cuánto se quedaría Ahmed.

Desde la ventana vio a Fabián caminando deprisa hacia ella.

—Creo que hemos encontrado algo —le dijo con la voz cargada de emoción.

—¿Qué? Dime... —preguntó ansiosa.

—Hemos encontrado las plantas de varias casas situadas a menos de trescientos metros del templo, en el lugar donde hace una semana empezamos a excavar. No parecen muy grandes, quince metros de lado, y una pieza principal de forma rectangular. En una de ellas hemos encontrado una imagen, una mujer sedente, alguna diosa de la fertilidad. También restos de cerámica negra. Pero hay más, el equipo de Marta ha encontrado una colección de *bulla** y de *calculi*** en una de las estancias del templo. Tenemos varios conos, conos perforados, bolas pequeñas y grandes, además de perforadas, y también un par de sellos, uno con la figura de un toro, el otro parece que lleva incrustado un león… ¿Te das cuenta de lo que esto significa…? Yves está como loco, y Marta no te digo.

—¡Voy para allá! —gritó entusiasmada.

La figura de Fátima se recortó en la puerta de la casa.

—Tú no vas a ninguna parte. Aún no hemos terminado y tu abuelo está a punto de llegar —le reconvino su vieja criada.

Se oyó el ruido de un helicóptero, por lo que Clara no replicó. Por más que deseaba ir corriendo a la excavación, sabía que no podría hacerlo hasta que su abuelo estuviera instalado.

Aún quedaban unas horas de luz, pero aunque se hiciera de noche ella pensaba ir.

Ayed Sahadi, escoltado por dos hombres armados, entró con paso decidido en la estancia.

—Señora, el helicóptero está a punto de aterrizar. ¿Viene?

—Lo sé, Ayed, lo he oído; sí, voy con vosotros.

Salió de la casa seguida por Fátima. Se subieron a un jeep y se dirigieron al lugar donde el aparato estaba posándose.

Clara se sobresaltó al ver a su abuelo. El anciano había adelgazado tanto que la ropa parecía flotar sobre los huesos apenas cubiertos de piel.

Los ojos de azul acero parecían vagar por las cuencas y se movía con cierta torpeza, aunque intentaba caminar erguido.

---

* Objeto de arcilla en forma de esfera, cono o cilindro que se utilizaba para registrar intercambios comerciales.

** Conjunto de fichas de arcilla que marcaban cantidades.

Sintió que tenía menos fuerza en el abrazo que le dio, y por primera vez en su vida se enfrentó al hecho de que su abuelo era mortal y no un dios, tal y como le había visto hasta entonces.

Fátima acompañó a Alfred a su habitación, donde había dispuesto las cosas tal y como a él le gustaban, a pesar de lo exiguo del espacio. El médico le pidió que saliera para examinar a Tannenberg e intentar evaluar el efecto del viaje desde El Cairo a Bagdad y de allí hasta Safran. Fátima refunfuñó cuando vio que junto al doctor se quedaba la enfermera.

Cuando el médico salió del cuarto encontró a Clara en la puerta aguardando impaciente.

—¿Puedo pasar?

—Mejor sería dejarle descansar un rato.

Fátima preguntó si debía llevarle algo para comer y el médico se encogió de hombros.

—En mi opinión debería de dormir; está agotado, pero si quieren, pregúntenle ahora cuando salga Samira. Le está poniendo una inyección.

—A usted no le conocía, doctor —dijo Clara con cierta desconfianza al hombre joven, alto y delgado que acompañaba a su abuelo junto a la pulcra enfermera que aún estaba en el dormitorio del anciano.

—No me recuerda, pero nos conocimos en El Cairo, en el Hospital Americano, cuando operaron a su abuelo. Soy el ayudante del doctor Aziz, me llamo Salam Najeb.

—Tiene razón, le conozco, perdone...

—No se preocupe, sólo nos vimos un par de veces en el hospital.

—Mi abuelo está... está muy grave.

—Sí. Tiene una fortaleza extraordinaria, pero el tumor ha crecido, no quiere volver a operarse, y la edad...

—Si se operara, ¿serviría de algo? —preguntó Clara temiendo la respuesta.

El médico permaneció unos segundos en silencio, como si estuviera buscando las palabras adecuadas para responderle.

—No lo sé. No sé qué encontraríamos al abrirle. Pero tal y como está…

—¿Cuánto tiempo le queda?

La voz de Clara apenas era un susurro. Luchaba para no dejar escapar ni una lágrima, pero sobre todo no quería que su abuelo pudiera escuchar la conversación.

—Sólo Alá lo sabe, pero en opinión del doctor Aziz y en la mía, no más de tres o cuatro meses, y yo diría que incluso menos.

La enfermera salió de la estancia y sonrió tímidamente a Clara mientras aguardaba órdenes del médico.

—¿Le puso la inyección? —preguntó Salam Najeb.

—Sí, doctor, ahora está tranquilo; ha dicho que quiere hablar con la señora…

Clara apartó a la enfermera y entró en el cuarto de su abuelo seguida de Fátima.

Alfred Tannenberg estaba acostado y parecía empequeñecido entre las sábanas.

—Abuelo —murmuró Clara.

—¡Ah, niña mía! Siéntate. Fátima, déjanos, quiero hablar con mi nieta. Pero me gustaría que me prepararas una buena cena.

Fátima salió del cuarto sonriendo. Si Tannenberg tenía apetito, ella le sorprendería con el mejor de sus guisos.

—Me estoy muriendo —dijo Tannenberg mientras cogía las manos de su nieta.

La desesperación se dibujó en el rostro de Clara, que a duras penas podía contener el llanto.

—No se te ocurra llorar, nunca he soportado a la gente que llora, lo sabes bien. Tú eres fuerte, eres como yo, de manera que ahórrate las lágrimas y vamos a hablar.

—No te vas a morir —acertó a decir Clara.

—Sí, me voy a morir, y lo que quiero evitar es que te maten a ti. Estás en peligro.

—¿Quién me quiere muerta? —preguntó Clara extrañada.

—Aún no he logrado averiguar quién estaba detrás de aquellos italianos que te siguieron por Bagdad. Y no me fío de George ni de Frankie, tampoco de Enrique.

—¡Pero, abuelo, son tus amigos! Siempre dijiste que ellos eran como tú mismo, que si algún día te pasaba algo ellos me protegerían…

—Sí, así era en el pasado. No sé cuánto viviré, el doctor Aziz no me da más de tres meses, de manera que no perderemos el tiempo aplazando conversaciones para más adelante. Quiero que tengas la *Biblia de Barro* porque será tu salvoconducto para poder iniciar una vida lejos de aquí; será tu carta de presentación. Debemos de encontrarla porque no hay dinero en el mundo que pueda comprar la respetabilidad.

—¿Qué quieres decir…?

—Lo que tú sabes, lo que siempre has sabido aunque nunca lo hayamos hablado. No te puedo dejar en herencia mis negocios porque no son lo que yo quiero para ti. Mis negocios morirán conmigo y tú dispondrás de dinero para vivir el resto de tu vida sin ninguna preocupación.

»Vuélcate en la arqueología, hazte un nombre, es lo que siempre quisimos los dos, es ahí donde encontrarás tu propio camino.

»En esta región me respetan, compro y vendo no importa qué, procuro armas a grupos terroristas, complazco los caprichos más extravagantes de algunos gobernantes y príncipes, me encargo de que algunos de sus enemigos les dejen de molestar, y ellos me hacen favores; por ejemplo, hacer la vista gorda ante el expolio del patrimonio arqueológico y artístico de sus países. No te voy a detallar cómo es mi negocio, es el que es, y me siento satisfecho de lo conseguido. ¿Decepcionada?

—No, abuelo, jamás podría sentirme decepcionada de ti. Te quiero muchísimo. Sabía algunas cosas, me daba cuenta de que tus negocios eran… difíciles. No te juzgo, jamás lo haría, estoy segura de que siempre has hecho lo que creías que debías hacer.

La lealtad incondicional de Clara era lo único que conmovía al anciano. Sabía que en aquellos últimos momentos sólo podía contar con ella. Podía leer en los ojos de su nieta y sabía que era sincera con él, que se le mostraba tal cual era.

—En mi mundo el respeto tiene mucho que ver con el miedo, y yo me estoy muriendo, no es un secreto. Estoy seguro de que el bueno del doctor Aziz no guarda el secreto sobre mi estado. De manera que los buitres vuelan sobre mi cabeza, lo siento, están ahí. Caerán sobre ti en cuanto yo no esté. Suponía que Ahmed se haría cargo del negocio y que él te protegería, pero vuestra separación me ha obligado a cambiar de planes.

—¿Ahmed sabe todo sobre tus negocios?

—Lo suficiente; no es ningún inocente, por más que en los últimos meses parezca invadido por los escrúpulos, pero te protegerá hasta que estés fuera de Irak. Le he pagado bien.

Clara sintió náuseas. Tenía ganas de vomitar. Su abuelo acababa de destruir para siempre cualquier posibilidad de arreglo con su marido. No se lo reprochaba; la estaba preparando para que se enfrentara a la realidad, y en esa realidad estaba Ahmed cobrando por protegerla.

—¿Quién me puede querer muerta?

—George, Frankie y Enrique reclaman la *Biblia de Barro*. Estoy seguro de que aquí hay hombres suyos dispuestos a arrebatárnosla si la encontramos. No tiene precio, mejor dicho, su precio es tan elevado que se niegan a aceptar el trato que les he propuesto.

—¿Qué les has propuesto?

—Tiene que ver con un negocio, con el que será mi último negocio, puesto que no me queda mucho tiempo de vida.

—¿Serían capaces de mandar matarme?

—Quieren la Biblia, de manera que intentarán arrebatárnosla en cuanto la encontremos. Procurarán no hacerte daño si se hacen con ella con facilidad, pero si no se la damos, harán lo que sea necesario. Habrán mandado a hombres preparados para hacer frente a lo que sea, y si es necesario matar, matarán. Yo haría lo mismo si estuviera en su lugar. De modo que procuro adelantarme a los pasos que puedan dar. Hasta que la Biblia no aparezca no corres ningún peligro; en el momento en que la encontremos comenzará el problema.

—Y tú estás seguro de que aquí hay hombres enviados por tus amigos…

—Los hay. Ayed Sahadi aún no los ha descubierto, aunque desconfía de unos cuantos. Pueden haberse infiltrado entre los obreros, los proveedores que vienen al campamento, incluso formar parte del equipo de Picot. Matar a alguien sólo es cuestión de dinero, y ellos tienen más del que necesitan, lo mismo que yo para protegerte.

La conversación con su abuelo la estaba desgarrando por dentro, pero por nada del mundo quería aparecer ante él como una mujer débil, y mucho menos que pudiera creer que se avergonzaba de él o le juzgaba. Además, en su fuero interno no le reprochaba nada, poco le importaba lo que su abuelo hiciera o hubiera hecho. Siempre había sabido que la suya era una existencia regalada en medio del polvorín de Oriente, donde sólo unos pocos disponen de todo. Ella pertenecía al grupo de los privilegiados, por eso llevaba siempre una escolta de hombres armados dispuestos a protegerla con sus propias vidas. Su abuelo les pagaba para que así fuera. Desde pequeña le había sabido poderoso e implacable, y a ella le gustaba el trato reverencial que le daban en el colegio y luego en la universidad. No, nunca había ignorado el poder de su abuelo, y si no había hecho preguntas es porque no quería que le dieran respuestas que le pudieran causar quebranto. Se había mantenido en una ignorancia tan cómoda como hipócrita.

—¿Cuál es tu idea?

—Que mis amigos te dejen la *Biblia de Barro* a cambio de quedarse íntegramente con la ganancia de la operación que tenemos en marcha. Es mucho lo que les ofrezco, pero no quieren aceptar.

—La *Biblia de Barro* también es una obsesión para ellos…

—Son mis amigos, Clara, y les quiero como a mí mismo, pero no más que a ti. Tienes que irte de aquí. Tenemos que encontrar la *Biblia de Barro* antes de que lleguen los norteamericanos. En cuanto esté en nuestras manos debes irte inmediatamente. La alianza con el profesor Picot es un acierto; es un tipo controvertido, pero nadie le niega su calidad como arqueólogo. De manera que de su mano puedes introducirte en un mundo nuevo, pero eso sólo será posible si tienes la *Biblia de Barro*.

—¿Y si no la encontramos?

—La encontraremos; pero si no fuera así, tendrías que salir de Irak de todas maneras, ir a El Cairo. Allí podrías vivir con cierta tranquilidad, aunque siempre he soñado con que vayas a Europa, que vivas en… donde quiera que decidas que quieres vivir, París, Londres, Berlín… No es dinero lo que te va a faltar.

—Nunca quisiste que fuera a Europa.

—No, y sólo debes ir con la *Biblia de Barro*, de lo contrario podrías tener que enfrentarte a dificultades que no quiero para ti, no soportaría que nadie te hiciera daño.

—¿Quién me lo podría hacer?

—El pasado, Clara, el pasado que a veces irrumpe como un maremoto arrasando el presente.

—Mi pasado no es importante.

—No, no lo es. No es de tu pasado del que hablo. Ahora, explícame cómo va el trabajo.

—A Gian Maria se le ocurrió que Shamas podía haber guardado la *Biblia de Barro* en su casa en vez de en el templo, así que empezamos a ampliar el perímetro de la excavación. Hoy han encontrado restos de plantas de casas del pueblo que se apiñaba en torno al templo, puede que demos con la de Shamas… En el templo han aparecido, además de tablillas, *bullas* y *calculis*, algunas estatuas. Sólo queda que tengamos un golpe de suerte y encontrar los restos de la que fuera la casa de Shamas.

—Ese sacerdote, Gian Maria, ¿ha creado algún problema?

—¿Cómo sabes que es un sacerdote?

Clara rió pensando en lo absurdo de su pregunta. Su abuelo estaba informado de todo lo que sucedía en el campamento; Ayed Sahadi, el capataz, le informaría detalladamente de todo, y además de él tendría otros hombres que no dejarían escapar un detalle sin comunicárselo.

Alfred Tannenberg bebió un sorbo de agua mientras esperaba la respuesta de su nieta. Sentía la fatiga del viaje, pero estaba satisfecho de la conversación con Clara. Eran iguales, ella no se había inmutado al escuchar que alguien la podía matar. Lo había encajado sin pestañear, sin hacer preguntas estúpidas ni tampoco sorprenderse como una virgen inocente al conocer lo turbio del negocio familiar.

—Gian Maria es una buena persona y muy capaz. Su especialidad son las lenguas muertas; el acadio, el hebreo, el arameo y el hurrïta no son un secreto para él. Se muestra escéptico respecto a que Abraham pudiera dictar su visión de la Creación, pero trabaja sin rechistar. No te preocupes, no es peligroso, es un sacerdote.

—Si algo sé es que las personas no siempre son lo que parecen.

—Pero Gian Maria es un cura…

—Sí, lo es, lo hemos comprobado.

—De manera que ya sabes que no es peligroso.

Tannenberg cerró los ojos, y Clara le acarició con ternura el rostro surcado de arrugas.

—Ahora me gustaría dormir un rato.

—Hazlo; esta noche Picot querrá conocerte.

—Ya veremos. Ahora vete.

Fátima había instalado a Salam Najeb en una casa contigua y a la enfermera en un cuarto cercano al de Tannenberg, aunque creía que no había nada que pudiera hacer la tal Samira que no pudiera hacerlo ella. Conocía a Tannenberg tanto que sabía lo que éste necesitaba aunque no se lo dijera. Un gesto, el movimiento de una mano, la manera de ladear el cuerpo, señales que la ayudaban a anticipar lo que su señor iba a pedir. Pero el médico se había mostrado inflexible: Samira debía estar cerca del enfermo y avisarle a él ante cualquier contingencia. En realidad la casa que habían dispuesto para él estaba pared con pared con la de Tannenberg.

—¿Qué te pasa, niña? —preguntó a Clara cuando ésta entró en la cocina buscándola.

—Está muy mal…

—Vivirá —le aseguró Fátima—, lo hará hasta que encuentres esas tablillas. No te dejará.

Clara se dejó abrazar por su vieja guardiana, sabiendo que podía contar con ella no importaba en qué circunstancia. Y las que se avecinaban no podían ser más inquietantes: su abuelo le acababa de anunciar que iban a intentar matarla.

—¿Y el médico y la enfermera?

—Están organizando el hospital de campaña.

—Bien, me voy a la excavación. Regresaré para cenar, no sé si mi abuelo querrá cenar solo, conmigo o con los demás.

—No te preocupes, no faltará comida si es que quiere tener invitados.

El jeep estaba aparcado en la puerta de la casa y media docena de hombres aguardaban a que ella dispusiera dónde quería ir.

Cinco minutos después estaba en el yacimiento arqueológico.

Lion Doyle se acercó a ella sonriente.

—¿Ya sabe la noticia? Han encontrado restos de casas, sus compañeros están entusiasmados.

—Sí, ya lo sé, no he podido venir antes. ¿Cómo va con su reportaje fotográfico?

—Bien, mejor de lo que esperaba, además Picot me ha contratado.

—¿Le ha contratado? ¿Para qué?

—Al parecer, una revista de arqueología le pidió que le enviara un relato de la excavación, a ser posible ilustrado, y me ha pedido que me encargue de hacer las fotos. Mi viaje no resultará en balde.

Clara apretó los dientes, molesta. Así que Picot pensaba apropiarse de la gloria por adelantado enviando un reportaje a una revista sobre arqueología.

—¿Y de qué revista se trata?

—Creo que se llama *Arqueología científica*. Me ha dicho que tiene ediciones en Francia, el Reino Unido, Alemania, España, Italia, Estados Unidos… En fin, que es una revista importante.

—Sí que lo es. Se podría decir que lo que se publica en *Arqueología científica*, existe y lo que no, no merece la pena.

—Si usted lo dice, así será; no entiendo nada de esto, aunque reconozco que me están contagiando su entusiasmo.

Dejó plantado a Lion Doyle y se dirigió hacia donde estaban trabajando Marta y Fabián.

Habían desenterrado otro sector del templo y encontrado un silabario; parecía como si de repente aquel lugar quisiera dejar de ser un misterio y ofreciera sus frutos al esfuerzo enconado de aquel grupo heterogéneo.

—¿Dónde está Picot? —preguntó Clara.

—Hoy es un día increíble, ha dado con restos de las murallas de Safran. Está allí —respondió Marta señalando hacia donde Picot junto a un grupo de obreros parecían estar excavando la tierra con sus propias manos.

—¿Sabes, Clara?, creo que ya estamos en la segunda terraza del templo. Parece un zigurat pero no estoy seguro, aquí hay restos de la muralla interior, y hemos empezado a desescombrar lo que parece una escalera —le informó Fabián.

—Necesitaríamos más obreros —afirmó Marta.

—Se lo diré a Ayed, pero no creo que sea fácil conseguir más gente. El país está en estado de alerta —respondió Clara.

Yves Picot estaba junto a una cuadrilla de trabajadores, con las manos metidas entre cascotes, absorto en lo que estaba haciendo, por lo que ni siquiera la vio llegar.

—Hola, ya sé que hoy es un gran día —fue el saludo de Clara.

—No te lo imaginas. Parece que la suerte se pone de nuestro lado. Hemos encontrado restos de la muralla exterior y pegadas a ella se ven claramente las plantas de algunas construcciones, ven, mira.

Picot la guió por la arena amarilla señalándole restos de ladrillos perfectamente apilados, donde sólo el ojo del experto podía decir que aquello había sido una casa.

—He puesto a más de la mitad de los hombres a trabajar en esta zona. Pero ya te habrá dicho Fabián que se ha avanzado mucho en el montículo y que el templo parece claramente un zigurat.

—Sí, lo he visto. Me quedaré trabajando en este sector.

—Bien. ¿Crees que podríamos conseguir más gente? Necesitamos más obreros si queremos despejar todo esto con cierta rapidez.

—Lo sé, Fabián y Marta también me lo han dicho. Veré qué se puede hacer. Por cierto, que el fotógrafo, ese tal Lion, me ha dicho que le has contratado.

—Sí, le he pedido que haga un reportaje fotográfico sobre lo que estamos haciendo.

—No sabía que te habías comprometido con nadie a publicar nuestro trabajo.

Clara recalcó el «nuestro» para que Picot notara su incomodidad. Él la miró divertido y dejó escapar una carcajada.

—¡Vamos, Clara, no te mosquees, nadie te va a robar nada! Conozco gente en la revista *Arqueología científica*, me pidieron que les informara del trabajo que iba a hacer aquí. A todo el mundo le interesa tu *Biblia de Barro*. Si la encontramos, será un hito en la historia de la arqueología. No sólo demostraremos que Abraham existió, sino además que conocía la historia del Génesis. Será una revolución. Pero aunque no aparezcan esas tablillas, lo que estamos encontrando tiene la suficiente entidad para que nos sintamos orgullosos. Estamos desenterrando un zigurat del que nada se sabía, y en mejor estado del que podíamos esperar. No te preocupes, si esto es un éxito, lo será de todos. Mi cupo de vanidad está cubierto, señora, yo ya tengo la carrera hecha. ¡Ah!, y has dicho bien al decir «nuestro trabajo», porque nada de esto sería posible sin Fabián Tudela, Marta Gómez y los otros colegas.

Yves se agachó y continuó con su trabajo sin hacer caso de Clara, que sin decir palabra se dirigió hacia un grupo de obreros que en esos momentos despejaban un trozo de terreno.

Se estaba ocultando el sol cuando Picot dio por terminada la jornada de trabajo. Los hombres se sentían agotados y hambrientos, deseando unos llegar a sus casas, otros al campamento, para descansar y recuperar fuerzas.

Fátima esperaba a Clara en la puerta de la casa y parecía de buen humor.

—Tu abuelo se ha despertado; tiene hambre y te está esperando.

—Tengo que ducharme; luego iré con él.

—Me ha dicho que prefiere que cenéis solos, mañana recibirá a los arqueólogos.

—Me parece bien.

Estaban acabando de cenar cuando Fátima entró en la estancia para anunciar que Yves Picot quería saludar al señor Tannenberg.

Clara iba a replicar, pero Alfred no le dio tiempo e indicó a Fátima que le hiciera pasar.

Los dos hombres se midieron durante una décima de segundo, el tiempo en que tardaron en darse un fuerte apretón de manos y mirarse a los ojos.

A Picot no le gustó Tannenberg. Su mirada de azul acero reflejaba crueldad; por su parte, Tannenberg examinó a Picot y supo captar la fuerza que emanaba del francés.

Alfred Tannenberg dirigió la conversación, por lo que fue Picot quien habló la mayor parte del tiempo respondiendo a las preguntas certeras del anciano, que quería saber hasta los más insignificantes pormenores del trabajo. Picot respondió con minuciosidad a la curiosidad del abuelo de Clara, esperando el momento para pasar a ser él quien preguntara.

—Tenía ganas de conocerle; no he logrado que Clara me cuente ni cómo ni cuándo encontró usted esas tablillas en Jaran que nos han traído a todos hasta aquí.

—Fue hace mucho tiempo.

—¿En qué año fue la expedición? ¿Quién la dirigía?

—Amigo mío, hace tanto que ni me acuerdo. Antes de la

Gran Guerra, cuando a Oriente llegaban expediciones de románticos que amaban la aventura más que la arqueología y muchos de ellos excavaban llevados por la intuición. No, no fue una expedición de arqueólogos, sino de personas aficionadas a la arqueología. Excavamos en la zona de Jaran y encontramos esas tablillas en las que Shamas, un sacerdote o escriba, se refiere a Abraham y la Creación. Desde entonces he creído que algún día encontraríamos el resto de las tablillas a las que se refiere el escriba. La *Biblia de Barro* las llamo yo.

—Así las llamó Clara en el congreso de Roma y revolucionó a la comunidad de arqueólogos.

—Si Irak viviera una etapa de paz se habría puesto en marcha más de una expedición arqueológica intentando hacerse con el favor de Sadam para que les diera la exclusiva para excavar. Usted se ha arriesgado viniendo en el peor momento, ha sido valiente.

—En realidad, no tenía nada mejor que hacer —respondió Yves con cierto cinismo.

—Sí, ya lo sé, usted es rico, así que no se ve apremiado por la dura realidad de conseguir un sueldo a fin de mes. Su madre proviene de una antigua familia de banqueros, ¿no es así?

—Mi madre es británica, hija única, y mi abuelo, efectivamente, posee un banco en la isla de Man. Ya sabe, un paraíso fiscal.

—Lo sé. Pero usted es francés.

—Mi padre es francés, alsaciano, y yo me he educado a caballo entre la isla de Man y Alsacia. Mi madre heredó el banco, y mi padre es quien lo dirige.

—Y a usted no le interesa nada el mundo de las finanzas —afirmó más que preguntó Tannenberg.

—Efectivamente, lo único que me interesa del dinero es cómo gastarlo de la manera más placentera posible, y es lo que hago.

—Algún día heredará el banco, ¿qué hará con él?

—Mis padres gozan de excelente salud, de modo que espero que ese día esté lejos, además tengo una hermana mucho más inteligente que yo que está dispuesta a hacerse cargo del negocio familiar.

—¿No le preocupa dejar algo sólido a sus hijos?

—No tengo hijos y no tengo ningún interés en reproducirme.

—Los hombres necesitamos saber que detrás de nosotros queda algo.

—Algunos hombres, yo no.

Clara asistía callada a la conversación de Yves con su abuelo notando que el arqueólogo no hacía nada por caerle bien al anciano. Fue Samira quien puso punto final a la velada. Entró seguida de Fátima, que intentaba impedirle la irrupción.

—Señor Tannenberg, es la hora de la inyección.

Alfred Tannenberg miró a la enfermera con ira. La abofetearía en cuanto estuvieran solos por haberse atrevido a entrar y dirigirse a él en esos términos, como si fuera su niñera.

—Salga.

El tono del anciano era frío como el hielo y presagiaba una tormenta. Fátima agarró del brazo a la enfermera y la sacó reprochándole su comportamiento.

Tannenberg alargó la velada media hora más, haciendo caso omiso del cansancio de Clara, que a duras penas contenía los bostezos. Luego despidió a Yves Picot prometiéndole que contaría con una nueva remesa de obreros.

Minutos más tarde un grito desgarrador rompió el silencio de la noche. Luego se oyó el llanto de una mujer, que se fue apagando lentamente hasta desvanecerse de nuevo en el silencio.

Clara daba vueltas, incómoda, en la cama. Sabía que su abuelo había hecho pagar a Samira su osadía al interrumpirle y tratarle como a un niño recordándole la hora de la inyección.

La enfermera debería de aprender que Alfred Tannenberg pagaba muy bien a sus empleados, pero jamás disculpaba un error. Imaginó que habría azotado a la mujer; no era la primera vez que castigaba de esa manera a quienes le desagradaban con su actitud.

Ayed Sahadi había mandado vigilar a Lion Doyle y Ante Plaskic; desconfiaba de ambos, estaba seguro de que ninguno de los dos era lo que decían.

Lion Doyle por su parte también se mostraba alerta con Ayed Sahadi; intuía que era más que un capataz. En cuanto a Ante Plaskic, estaba seguro de que era un asesino como él, quizá otro hombre enviado por Tom Martin o por los amigos de éste, pero de lo que no tenía dudas era de que el croata no era el apacible informático que aparentaba ser.

Los tres hombres se reconocían en lo que eran: asesinos, mercenarios dispuestos a servir a quien pagara bien.

El galés intuía que estaba cerca el momento de actuar. Aún no habían encontrado la *Biblia de Barro*, pero los trabajos de la excavación avanzaban a marchas forzadas, y además cada vez se percibía más tensión en el campamento. Las noticias que llegaban de fuera no dejaban lugar a dudas: en cualquier momento las tropas estadounidenses dejarían caer toneladas de bombas sobre Irak.

Los obreros bromeaban asegurando que cazarían norteamericanos como conejos, que jamás les permitirían pisar la sagrada tierra de Irak, pero sabían que sus bravuconadas sólo servían para darse valor porque muchos de ellos morirían en el empeño o caerían sepultados bajo las bombas.

Clara no parecía desconfiar de Lion. Nunca evitaba su compañía, y le enseñaba con paciencia los frutos de barro arrancados a la tierra, mostrándole la importancia de cada objeto y cómo debían ser las fotografías para que tuvieran valor arqueológico.

Lion se había reído lo suyo cuando supo por el director de Photomundi que sus fotos de Bagdad las había comprado una agencia de noticias y que el reportaje en *Arqueología científica* había resultado un éxito, no sólo por el texto escrito por Picot sino por las fotos que lo ilustraban. El único inconveniente es que el reportaje había provocado que los canales de televisión pidieran a sus enviados en Irak que se dejaran caer por Safran y contaran la historia de lo que pasaba allí: un grupo de arqueólogos de varios países excavando ajenos a los tambores de guerra.

De manera que Lion Doyle no se sorprendió cuando vio aparecer a Miranda acompañada de Daniel, el cámara, y de otro grupo de periodistas que, bajo los auspicios del Ministerio de Información, habían aterrizado en Safran.

—¡Vaya con el fotógrafo! —le dijo Miranda a modo de saludo.

—Me alegro de verte. ¿Cómo están las cosas por Bagdad?

—Mal, jodidamente mal. La gente está al límite. Tu amigo Bush insiste en que Sadam tiene armas de destrucción masiva y hace un par de días, el 5 de febrero, Colin Powell intervino en una sesión del Consejo de Seguridad de Naciones Unidas mostrando fotos tomadas por satélite en las que supuestamente se ven desplazamientos de soldados, además de lugares sospechosos de albergar las malditas armas.

—Que tú no crees que existan.

—Ni tú tampoco.

—Yo no lo sé.

—¡Vamos, Lion, no te hagas el inocente!

—No tengo ganas de pelear, ¿vale?

Daniel decidió cambiar de conversación para que volviera a reinar la paz.

—¿Cómo habéis pasado la Navidad en este sitio? —preguntó con curiosidad.

—No hemos celebrado la Navidad. Aquí no descansan, trabajan dieciocho horas al día.

—Pero ¿ni siquiera ese día pararon? —insistió Daniel.

—La única novedad es que mejoraron el rancho.

—En Bagdad improvisamos una fiesta. Aportamos cada uno lo que fuimos capaces de encontrar.

Miranda les había dejado y recorría el campamento mirando a su alrededor con curiosidad. Le habían hablado de Yves Picot y de Clara Tannenberg, pensaba entrevistar a ambos. Haber salido de Bagdad para recalar en aquel trozo de tierra amarilla le parecía como aquellas excursiones que organizaba el colegio cuando era una niña y le ayudaban a romper con la monotonía.

Picot y Clara colaboraron en cuanto les pidieron los periodistas desplazados, aunque no podían evitar cierto fastidio por tener que interrumpir el ritmo de su trabajo. Todas las manos eran necesarias, las de Clara y las suyas también.

A Clara no se le escapó que Picot parecía deslumbrado por Miranda. No se separaba de ella, les veía hablar y reír, ajenos al resto. Pensó que acaso se conocían de antes y no pudo evitar una punzada de celos.

Miranda era todo lo que no era ella: una mujer hecha a sí misma, independiente, segura, de las que no le debían nada a ningún hombre, acostumbrada a tratarles de igual a igual, sin ningún tipo de concesiones. No le sorprendió que pareciera conocer a Lion Doyle; al fin y al cabo, todos eran periodistas.

A la hora del almuerzo, Miranda compartió mesa con Marta Gómez, Fabián Tudela, Gian Maria y Albert Anglade, además de Daniel y de Haydar Annasir, el ayudante de Tannenberg, y de la propia Clara. Lion se unió a ellos a pesar de la mirada de fastidio con que le recibió Miranda.

—Hay manifestaciones en toda Europa, la gente no quiere esta guerra —afirmaba Daniel.

—¿Qué guerra? Aún no estamos en guerra, puede que Bush no ataque al final y sólo esté intentando asustar a Sadam —dijo tímidamente Haydar Annasir.

—Atacará —afirmó Miranda—, y lo hará en marzo.

—¿Por qué en marzo? —preguntó Clara.

—Pues porque para entonces tendrá todo su dispositivo bélico preparado. Luego haría demasiado calor, y sus chicos no están acostumbrados a combatir bajo un sol cegador como el de este país, o sea que o vienen en marzo o a lo más tardar en abril.

—Esperemos que se retrasen —dijo Picot.

—¿Hasta cuándo estarán aquí? —quiso saber Miranda.

—Según sus cálculos, nos queda un mes —fue la respuesta de Picot.

—¿Mis cálculos? —preguntó Miranda.

—Usted acaba de decir que atacarán en marzo, y estamos en febrero.

—¡Ah! Pues tiene razón, queda un mes. ¿Y cómo van a salir de aquí? Los soldados no les protegerán en cuanto comiencen los bombardeos, Sadam necesitará a todos los hombres disponibles, y tarde o temprano movilizarán a sus obreros.

La reflexión de Miranda les sumió en el silencio. De repente tomaban conciencia de que el mundo seguía un ritmo distinto al de la perdida aldea en la que se habían encerrado meses atrás, intentando encontrar en la arena un secreto tan viejo como el tiempo, un secreto que acaso sólo fuera una quimera.

Marta Gómez rompió el silencio que había caído sobre ellos.

—Ya lo han visto, hemos descubierto un templo, parece parte de un zigurat, aunque no estamos seguros; según nuestra opinión, es de dos mil años antes de Cristo, y no se sabía de su existencia. También estamos desenterrando restos de plantas de casas de la misma época, aunque desgraciadamente queda poco de ellas. Estamos estudiando los cientos de tablillas hallados en dos estancias del zigurat, tenemos unas cuantas estatuas en buen estado, *bullas* y *calculis*... quiero decirle, Miranda, que el trabajo que hemos llevado a cabo es extraordinario en tan poco tiempo. Lo que hemos hecho en estos cinco meses habrían significado años de trabajo en circunstancias normales. Entiendo que en estos momentos a los ciudadanos de cualquier lugar del mundo poco les importe el trabajo arqueológico, puesto que este país está al borde de la guerra, pero si las bombas no destruyen lo que hemos encontrado, le aseguro que éste será uno de los sitios arqueológicos más importantes de Oriente Próximo, si es que cuando la maldita guerra termine podemos regresar. Creo que todos nosotros podemos sentirnos satisfechos de lo que hemos hecho.

—Han contado con el visto bueno de Sadam para poder trabajar —afirmó Miranda, a modo de respuesta a Marta.

—Sí, claro. No se puede ir a un país a trabajar sin el permiso del régimen, el que sea. Nos ha permitido excavar y hemos contado con los medios para ello, medios que el profesor Picot paga de su bolsillo —fue la respuesta de Fabián Tudela.

—Creía que la señora Tannenberg era corresponsable y cofinanciadora de la expedición...

Clara decidió aprovechar la pregunta de Miranda para dejar sentado que aquélla era su expedición y que todo lo que había aflorado, y pudiera aflorar, le pertenecía tanto como a Picot.

—Efectivamente, éste es un proyecto que hemos puesto en marcha el profesor Picot y yo. Es un proyecto costoso y difícil dadas las circunstancias, pero tal y como le ha explicado la profesora Gómez, ya ha dado sus frutos, unos frutos extraordinarios.

—Pero ustedes buscan algo más; creo que usted, en un congreso celebrado el pasado año en Roma, habló de unas tablillas en las que alguien afirmaba que el patriarca Abraham le iba a contar la Creación, y que luego por casualidad encontraron aquí otras tablillas con el nombre del mismo escriba. ¿Me equivoco?

Esta vez fue Picot quien decidió responder a Miranda.

—No, no se equivoca. Clara posee un par de tablillas, que hemos podido datar, en que un escriba llamado Shamas cuenta que un tal Abrán le iba a desvelar la historia del mundo. Clara mantiene la hipótesis de que el Abrán al que se refiere Shamas es el patriarca Abraham y, si se confirma su teoría, el descubrimiento sería extraordinario.

—Tenga en cuenta que la ciencia duda de la existencia de los patriarcas, nadie ha podido demostrar hasta ahora que realmente fueran seres de carne y hueso. Si encontramos las tablillas a las que se refieren las que ya tiene Clara, no sólo se demostraría que la Biblia tiene razón, sino que el Génesis fue revelado por Abraham. Usted no imagina la importancia que esto tendría para la arqueología, para la ciencia, también para la religión —explicó Fabián.

—Pero aún no han encontrado esas tablillas… —quiso saber Miranda.

—No, aún no —respondió Marta—, pero sí hemos hallado muchas tablillas con el nombre de Shamas, así que aún tenemos esperanza de encontrar la *Biblia de Barro*.

—¿La *Biblia de Barro*?

—Miranda, ¿qué otra cosa serían unas tablillas con la leyenda de la Creación? —preguntó a su vez Marta.

—Tiene razón, además me gusta el nombre… La *Biblia de Barro*. ¿Y usted qué piensa de todo esto? Creo que es usted cura.

La pregunta de Miranda hizo que Gian Maria se atragantara, al tiempo que enrojecía hasta la raíz del cabello.

—¡Vaya, es la primera vez que conozco a un hombre que se pone colorado! —rió Miranda.

—Vamos, Gian Maria, que sólo te han preguntado —le animó Marta.

El sacerdote no encontraba palabras para responder. Le ardía la cara al sentirse el blanco de todas las miradas. Fabián intentó echarle una mano desviando la atención.

—Gian Maria es experto en lenguas muertas; nos es de una enorme utilidad, trabaja a destajo descifrando tablillas. Sin él no habríamos podido avanzar como lo hemos hecho. De todas maneras, hasta que no encontremos esas tablillas y las analicemos, no sólo nosotros sino también otros expertos cualificados, no se podrá afirmar que son la *Biblia de Barro*. Hasta ahora nos movemos en el terreno de las hipótesis. Hay un par de tablillas escritas por una mano poco experta que más parecen unas páginas de un diario personal, un diario de barro, en que alguien anuncia que le van a contar algo. Como le ha dicho Marta, aunque no encontráramos esas otras tablillas lo que hemos desenterrado hasta ahora justifica nuestro trabajo aquí.

—¿Por qué dice que esas dos tablillas, que son la causa de que estén ustedes aquí, están escritas por una mano poco experta? —preguntó Miranda.

—Por los trazos. Es como si ese Shamas no dominara el manejo del cálamo, que como usted sabe es una caña con la que se hacían incisiones en el barro. Es más, las tablillas que hemos encontrado aquí que también llevan el nombre de Shamas en la parte superior en nada se parecen a la escritura de las que tiene Clara. El Shamas de aquí era un escriba que dominaba la escritura y la aritmética, además de ser un experto naturalista que nos ha legado una lista de la fauna de la zona —respondió de nuevo Fabián.

—Podría ser que el Shamas que escribió las tablillas que aparecieron en Jaran y el Shamas de aquí no fueran la misma persona, aunque Clara asegura que sí —apuntó Marta.

—¿Y por qué cree usted que es el mismo? —quiso saber Miranda.

—Porque siendo verdad que el trazo de las tablillas de Jaran es distinto al de las tablillas encontradas, aquí hay líneas, señales que parecen hechas por la misma mano, aunque éstas sean más firmes. Mi teoría es que Shamas pudo escribir las tablillas de Jaran siendo adolescente o niño y las de aquí ya adulto.

Clara no titubeó en la respuesta. Conocía las tablillas como la palma de su mano y el laboratorio dejaba poco lugar a dudas: las tablillas de Jaran y las de Safran parecían escritas por la misma mano.

—Pero me gustaría saber qué piensa la Iglesia de todo esto —insistió Miranda dirigiéndose a Gian Maria.

El sacerdote, ya repuesto del sobresalto inicial de que se dirigieran a él, volvió a ponerse colorado pero respondió a la curiosidad de la periodista.

—Yo no puedo responderle en nombre de la Iglesia, sólo soy un sacerdote.

—Pues dígame qué opina de todo esto.

—Sabemos por la Biblia de la existencia del patriarca Abraham. Naturalmente, yo sí creo que existió, que fue un hombre de carne y hueso, independientemente de que haya o no pruebas arqueológicas.

—¿Y cree que Abraham sabía de la Creación y además se la contó a alguien?

—La Biblia no dice nada de eso, y es bastante explícita respecto a la vida del patriarca Abraham. De manera que... bien, soy escéptico, no me termino de creer que haya una *Biblia de Barro*. Pero si aparecen esas tablillas, será la Iglesia la que tenga que dictaminar o no su autenticidad.

—Pero ¿a usted le ha enviado el Vaticano? —preguntó Miranda.

—¡No, por Dios! El Vaticano nada tiene que ver con mi estancia aquí —respondió temeroso Gian Maria.

—Entonces, ¿qué hace aquí? —insistió Miranda.

—Bueno, ha sido todo una casualidad…

—Pues explíquemela —le conminó la periodista, a pesar de la evidente incomodidad del sacerdote.

—¿No podrías dejarle tranquilo? —intervino Lion Doyle que hasta ese momento había permanecido en silencio.

—¡Vaya con el caballero andante! Siempre acudes en socorro del que lo necesita, ya sea una mujer perdida en un tiroteo o un cura en apuros.

—¡Eres imposible, Miranda! —respondió Lion malhumorado.

—No, si no tengo inconveniente en responder —dijo Gian Maria con apenas un hilo de voz—. Verá, yo estaba en Bagdad colaborando con una ONG, pero de casualidad había conocido al profesor Picot, y vine aquí a ver su trabajo; él sabía que soy experto en lenguas muertas y, bueno, me quedé.

—¿Y, siendo sacerdote, usted hace lo que le viene en gana? —insistió Miranda.

—Tengo permiso para estar aquí —contestó Gian Maria, poniéndose de nuevo colorado.

Durante el resto de la tarde Miranda y Daniel filmaron a los arqueólogos trabajando. Entrevistaron a Picot y a Clara, así como a Marta Gómez y Fabián Tudela, que lo mismo que el resto del equipo tuvieron que atender y repetir las mismas palabras a otros periodistas llegados a Safran.

—Son agotadores, especialmente Miranda, aunque me cae bien.

—Vamos, Marta, ellos hacen su trabajo, como nosotros el nuestro.

—Tú siempre tan comprensivo, pero nos han hecho perder el día.

Fabián Tudela encendió un cigarrillo y dejó vagar la mirada por las volutas de humo. Marta tenía razón, sobre todo si lo que habían contado los periodistas se ajustaba a la realidad, es decir que la guerra podía comenzar en marzo, a más tardar en abril.

Se agachó junto a Marta y empezó despejar la arena de un lateral de lo que parecía una terraza que dejaba entrever un patio cuadrado con restos de ladrillos cocidos y cerámica.

La luz del sol se había apagado casi por completo cuando decidieron regresar al campamento. Los obreros murmuraban a causa del cansancio. Pero sobre todo les inquietaban las noticias suministradas por los periodistas: la guerra era inevitable y estaba a punto de comenzar.

Clara había dispuesto una cena en torno a hogueras donde lentamente se cocinaban media docena de corderos aromatizados con hierbas.

Un periodista holandés filmaba entusiasmado la escena, mientras que uno de sus colegas de la radio se quejaba de los problemas de conexión con el satélite para enviar la crónica de la jornada.

Yves Picot atendía a unos y a otros demostrando una paciencia infinita y procurando solventar los problemas que le planteaban con ayuda del bueno de Haydar Annasir, que siempre tenía solución para todo.

—Se le nota contento.

Picot se volvió al oír la voz de Clara.

—No tengo motivos para no estarlo.

—Pero esta noche parece usted más alegre.

—Bueno, hacía tiempo que no teníamos contacto con el mundo civilizado, y esta gente nos ha traído noticias frescas, además de recordarme que hay otra realidad al margen de excavar.

—O sea, que siente añoranza.

—¡Menuda conclusión! No exactamente, pero llevamos cinco meses excavando, tragando polvo, no hemos hecho otra cosa que trabajar, y casi me había olvidado, que fuera de aquí hay vida.

—¿Tiene ganas de marcharse?

—Estoy preocupado por la seguridad del equipo. Mañana llamaré a su marido. Quiero que Ahmed me explique el plan de evacuación. Se comprometió a tener preparados los medios para sacarnos de aquí cuando cayeran las primeras bombas.

—¿Y si aún no hemos encontrado la *Biblia de Barro*?

—Nos iremos en cualquier caso. No pretenderá que nos quedemos a excavar mientras los norteamericanos bombardean Irak. ¿Cree que harán una excepción y no bombardearán Safran porque un grupo de locos esté aquí excavando? Soy responsable de esta gente, han venido por mí, algunos son amigos personales y no hay nada ni nadie que merezca la pena para que yo ponga en riesgo sus vidas, nada, ni siquiera la *Biblia de Barro*.

—¿Cuándo se irá?

—No lo sé, aún no lo sé. Pero quiero estar preparado. Me parece que ha llegado el momento de recapitular. Quiero hablar con mi gente, decidiremos entre todos, pero no caben engaños, ya ha oído a los chicos de la prensa.

—Las cosas no están peor que hace cinco meses, nada ha cambiado.

—Ellos dicen que sí.

—Los periodistas exageran, viven de eso.

—Se equivoca; puede que algunos lo hagan, pero no todos, y aquí tenemos tres periodistas holandeses, dos griegos, cuatro británicos, cinco franceses, dos españoles…

—No siga, ya lo sé.

—Difícilmente pueden estar exagerando todos, o inventando que Bush está a punto de invadir.

—Yo seguiré.

Yves Picot miró fijamente a Clara. No podía exigirle que lo dejara, pero le irritaba que pudiera continuar sin él.

—Va a trabajar bajo una lluvia de bombas.

—A lo mejor sus amigos no ganan.

—¿Quiénes son mis amigos?

—Los que nos van a bombardear.

—¿Le ha dado un ataque de nacionalismo? No juegue a provocar complejo de culpa en los demás; al menos no lo intente conmigo porque perderá el tiempo. Mire, se lo diré una vez, a mí su Sadam me parece un dictador sanguinario que merece estar en la cárcel. No daría ni un pelo por él, me importa un bledo su destino. Lo que siento es que muchos iraquíes vayan a pagar por su culpa.

—¿Por Sadam o porque nos quieren robar nuestro petróleo?

—Por las dos cosas. Sadam es la coartada, no lo dudo. Yo no participo del juego de la política, hace mucho que me bajé de ese tren.

—Usted no cree en nada.

—Cuando tenía veinte años era de izquierdas, un militante apasionado, y llegué a conocer tan bien el partido de mis sueños por dentro que huí asqueado. Nadie era lo que parecía ni mucho menos lo que decía ser. Entendí que política e impostura van a menudo de la mano, así que me desenganché. Defiendo la democracia burguesa que nos permite la ilusión de creer que gozamos de libertad, eso es todo.

—¿Y los demás? ¿Qué pasa con quienes no hemos nacido en su primer mundo? ¿Qué debemos hacer o esperar?

—No lo sé, a lo que alcanzo es a saber que son víctimas de los intereses de los grandes, pero también víctimas de sus propios gobernantes, y víctimas de sí mismos. Soy francés y defiendo la Revolución francesa, creo que todos los países deberían de tener una revolución parecida que dé paso a la luz y a la razón. Pero en esta parte del mundo los ilustrados como usted o su abuelo asientan su riqueza y su poder sobre la miseria de sus compatriotas, así que no me pregunte a mí qué pueden hacer. No me siento culpable de nada.

—Cree que su cultura es superior a la nuestra...

—¿Quiere que le diga la verdad? Pues sí, lo creo. El islam les impide hacer la revolución burguesa. Hasta que no separen política y religión no saldrán adelante. A mí me asquea ver a algunas de sus compatriotas tapadas de los pies a la cabeza, como esa mujer que le sigue a todas partes, Fátima se llama, ¿no? Me indigna que caminen detrás de sus maridos o que no puedan hablar tranquilamente con un hombre.

Fabián se acercó a ellos con una copa en cada mano.

—Es una suerte que éste no sea un país de estricta observancia islámica y podamos tomar una copa.

Les ofreció una copa a cada uno. Tanto Clara como Picot la cogieron como autómatas.

—¿Qué os pasa? —preguntó Fabián.

—Le he dicho a Clara que tenemos que empezar a pensar en marcharnos.

—Por lo que nos han contado, no deberíamos de esperar mucho más —asintió Fabián.

—Mañana llamaré a Ahmed, para que coordine con Albert los detalles de nuestra evacuación. Estaremos hasta el último minuto en que no sea peligroso estar, pero ni un segundo más.

El tono de voz de Picot no admitía réplicas y Clara se dio cuenta de que tenía la batalla perdida.

—Clara, hemos conseguido mucho. ¿No se da cuenta? —dijo Fabián en un intento de animarla.

—¿Qué hemos conseguido? —respondió airada.

—Hemos sacado a la luz un templo del que no había noticias, un pueblo del que nada se sabía. Desde el punto de vista profesional esta campaña ha merecido la pena, no nos vamos con las manos vacías, podemos sentirnos orgullosos del trabajo hecho. Hemos contado con gente extraordinaria que no se ha quejado de las jornadas agotadoras de trabajo. Llevamos cinco meses en que no hemos hecho otra cosa que excavar, nada más. No querrá que además nos juguemos la vida, ¿verdad?

Clara miró a Fabián pero no supo qué responder. En su fuero interno sabía que Picot y Fabián tenían razón, pero reconocerlo era tanto como darse por vencida.

—¿Cuándo se irán? —alcanzó a preguntar.

—No lo sabré hasta que no hable con Ahmed. También quiero hablar con un par de amigos de París y con mis padres. Los banqueros siempre saben cuándo va a desencadenarse una guerra. Tú, Fabián, deberías hablar con tu gente de Madrid a ver qué te cuentan.

—Sí, mañana llamaremos. Ahora deberíamos atender a los periodistas y comernos esos espléndidos corderos. Estoy hambriento.

Desde el ventanuco del cuarto de Clara apenas se veía nada. No había luna, estaba escondida.

Hacía rato que no se oía el más leve ruido en el campamento. Todos dormían, pero Clara no lograba conciliar el sueño. Le había alterado la conversación con Picot tanto como la que posteriormente había mantenido con Salam Najeb, el médico que cuidaba a su abuelo.

Éste no se había andado con sutilezas: su abuelo había sufrido un desmayo, y el resultado de los análisis era preocupante. En su opinión debería ser trasladado a un hospital de verdad.

Clara había entrado a ver a su abuelo y se asombró de que

en apenas un día hubiera envejecido tanto. Tenía los ojos hundidos y la respiración entrecortada. En cuanto le dijo que deberían trasladarle a Bagdad y de allí a El Cairo, su abuelo negó con la cabeza. No, no se iría hasta que no encontraran la *Biblia de Barro*. Ella no tuvo valor para decirle que Picot estaba dispuesto a marcharse.

El reloj marcaba las tres de la mañana y hacía frío; se puso una sudadera y con la luz apagada salió del cuarto dirigiéndose al de Fátima. La mujer tenía el sueño profundo y no se despertó pese a que Clara abrió la ventana para saltar al exterior.

Los guardias que la escoltaban dormían en la entrada principal y en el vestíbulo de la casa, pero no parecían preocuparse por la puerta de atrás.

Aguardó unos segundos hasta que su corazón dejó de latir aceleradamente y, agachada entre las sombras, empezó a poner distancia con el campamento dirigiéndose hacia el zigurat. Necesitaba tocar los viejos ladrillos de arcilla y sentir la brisa de la noche para tranquilizar su espíritu.

Los guardias dormitaban confiados, Ayed Sahadi les mataría si supiera que alguien era capaz de colarse en el perímetro arqueológico sin que se dieran cuenta. Pero no sería Clara quien se lo dijera. Buscó un lugar donde sentarse para poder pensar. Sentía que su vida estaba a punto de cambiar irremediablemente. Donde antes sólo había seguridad y certezas ahora vislumbraba dolor y soledad, y por primera vez se dio cuenta de que nunca se había parado a pensar; simplemente había vivido, sin preocuparse de nada, sin querer saber ni ver nada de lo que no le convenía a su egoísta comodidad.

No, no era mejor que Ahmed, que cobraría una cantidad sustanciosa por protegerla, sólo que al menos no era una hipócrita como él, ya que a ella no le dolía la conciencia.

Se quedó dormida acurrucada sobre un lecho de tierra y arcilla, y buscó en sueños a Shamas.

26

Ili había alcanzado la distinción de *um-mi-a* (maestro) y era la máxima autoridad en aquel templo, desde el que contribuían al gobierno de la región.

El rey había querido extender su poder más allá de Ur, y había mandado levantar aquel zigurat de pequeñas dimensiones donde los hombres sabios almacenaban los conocimientos de los que eran custodios, y otros fruto de la observación de cuanto había a su alrededor, flores, plantas y el cielo, hasta desentrañar sus misterios.

Esa mañana era especial: un *dub-sar* (escriba) iba a adquirir la condición de *ses-gal* (gran hermano).

El anciano Yadin, que tenía los ojos nublados por el paso del tiempo, no alcanzaría a ver a Shamas pero seguiría la ceremonia de aceptación y reiría dejando ver su boca sin apenas dientes. Hacía tiempo que su esposa, la madre de Shamas, se había convertido en los ojos de Yadin y contaba a su marido los pormenores de cuanto sucedía a su alrededor. No dejaría de alzar la cabeza orgullosa al saber lo alto que había llegado su díscolo hijo.

El maestro saboreaba por adelantado los pormenores de la ceremonia de su alumno más querido. Shamas le había provocado muchos dolores de cabeza y en no pocas ocasiones había tenido que dominar la ira ante la tozudez de su alumno y la impertinencia de sus preguntas.

Shamas jamás se había conformado con respuestas simples. Necesitaba diseccionar cuanto le decían y encontrar su lógica; no aceptaba la verdad de los demás salvo que fuera clara y evidente.

Había logrado convencerle para que no manifestara desprecio a los dioses, al menos públicamente.

Su tío Abraham había persuadido al joven Shamas de que sólo había un Dios, y que todo había sido creado por su voluntad. Él, Ili, le explicaba que efectivamente la orden de la Creación había partido de Elohim, pero luego disputaban por la existencia de otros dioses a los que Shamas negaba.

Pero el tiempo no pasa en balde y Shamas había sosegado su espíritu y se había convertido en el mejor de los escribas; ahora alcanzaba una dignidad más, la de *ses-gal*, y algún día también sería *um-mi-a*, el *um-mi-a* de todos, puesto que era evidente su sabiduría, fruto de la observación y del estudio y de no conformarse jamás con lo evidente.

La esposa de Shamas, una joven llamada Lía, le ayudó a colocarse la túnica y le despidió con una sonrisa.

Aquel día Shamas se convirtió en *ses-gal* bajo los auspicios de Ili, mientras dejaba vagar la mente por otros territorios a muchos días de distancia.

Pensaba en Abraham; le imaginaba en la tierra de Canaán, convertido en padre de muchas tribus, pues hasta Ur habían llegado las noticias de su paternidad. Dios se lo había prometido y Dios había cumplido su palabra.

Dios le seguía pareciendo a Shamas un ser inescrutable y caprichoso, y aunque creía de todo corazón en Él, no alcanzaba a comprenderle, pero se decía que al fin y al cabo él sólo era un hombre, fruto del soplo divino que había dado vida al barro del que habían salido los hombres.

En ocasiones creía que le iba a estallar la cabeza cuando intentaba seguir la lógica de la Creación. Había momentos en que sentía que iba a comprenderlo todo, pero esa quimera se desvanecía de inmediato y volvía a sentir la mente llena de tinieblas. El carraspeo de Ili le devolvió a la realidad. No había escuchado las palabras de su maestro y apenas había atendido a los escribas y sacerdotes que oraban junto a él a la diosa Nidaba.

Ansiaba quedarse a solas con Ili para ofrecerle un presente en el que en los últimos años había trabajado poniendo lo mejor de sí mismo. Se trataba de unas tablillas en las que con signos claros y elegantes había relatado cuanto le contó Abraham, la historia de la Creación del mundo, la ira de Dios con los hombres por su impiedad, la destrucción de Babel y la confusión de las lenguas... tres hermosas leyendas escritas en arcilla que deseaba que pasaran a engrosar una de las salas donde se guardaban otras historias y cuentos épicos.

Al caer la tarde, maestro y discípulo disfrutaron de unos momentos de soledad que pudieron dedicar a las confidencias.

Sobre el cráneo de Ili no quedaba ni un solo cabello y su andar lento, así como sus cejas de color blanco indicaban que había entrado en la ancianidad.

—Llegarás a ser un buen *um-mi-a* —le decía Ili.

—Me siento satisfecho con lo que soy. Es un privilegio trabajar aquí a tu lado, donde cada día aprendo algo nuevo.

—Que nunca es suficiente porque tienes ansias de conocer más, mucho más. Aún sigues preguntando el porqué de la existencia, y ni siquiera tu Dios te da la respuesta.

Shamas se quedó en silencio. Ili tenía razón: eran más las preguntas que brotaban de su garganta que las respuestas que era capaz de obtener de los hombres que le rodeaban.

—Hace tiempo que te hiciste hombre —continuó diciéndole Ili— y debes de aceptar que hay preguntas para las que no hay respuesta, no importa a qué dios invoques. Aunque al menos has aprendido a respetar a los dioses, porque me has hecho sufrir en más de una ocasión temiendo que tu osadía llegara a oídos de nuestro señor. Pero nadie te ha traicionado, ni siquiera los que no te entienden.

—Pero, Ili, tú sabes como yo que los dioses que guardamos en el templo son sólo barro.

—Lo son, pero no es al barro a quien invocamos cuando queremos algo de los dioses. Es a su espíritu, y eso es lo que tú no admites, que el barro sea sólo la representación de un dios, porque es difícil rezar a la nada, a un dios que no tiene rostro, ni forma, que no se ve.

—Decía Abraham que Dios creó a los hombres a imagen suya.

—¿De manera que es como nosotros? ¿Se parece a ti, a mí, a tu padre? Si nos creó a imagen suya significa que podemos representarle en barro para dirigirnos a Él.

—Dios no está en el barro.

—Te he oído decir que tu Dios está en todas partes, acaso también en ese barro del que hizo a los hombres.

Llevaban años con la misma discusión, aunque el paso del tiempo les había permitido despojar a sus palabras de cualquier signo de acritud. Simplemente hablaban, ya no peleaban intentando imponer el uno al otro su idea de la divinidad.

—Te he traído un regalo —le dijo Shamas sonriendo ante la sorpresa que se dibujaba en el rostro de su maestro.

—Gracias, pero el mejor regalo ha sido que fueras mi alumno y ahora saberte un igual, porque me has hecho superarme cada día sabiendo que debía responder a tus preguntas.

Los dos hombres rieron. Habían llegado a apreciarse sinceramente y aceptarse el uno al otro tal cual eran, y ese aprendizaje no había estado exento de dolor.

Shamas condujo a Ili a una estancia pequeña donde le gustaba trabajar y le entregó varias tablillas envueltas en tela.

Ili las desenvolvió cuidadosamente y se maravilló de la precisión de los signos hechos por el cálamo del que fuera el más rebelde de sus alumnos.

—Es la historia de la Creación del mundo tal y como me la contó Abraham. Me gustaría que las tuvieras.

Los ojos de Ili se nublaron por la emoción mientras cogía el envoltorio que le entregaba de manos de Shamas.

—Me has hablado tanto de las leyendas de Abraham…

—Aquí las tienes tal y como me las contó. Conservo las tablillas que escribí en Jaran, pero mi pulso entonces no era tan firme y aún no habías hecho de mí lo que soy. Éstas, espero que las apruebes.

—Gracias, Shamas, gracias. Las conservaré conmigo hasta el último día de mi vida.

Aquella noche Lía escuchaba atentamente a su marido, entusiasmada al saberle convertido en un hombre importante dentro de la jerarquía del templo.

Más tarde, cuando su esposa dormía, Shamas desenvolvió sus viejas tablillas, las que trajo de Jaran, y las contempló en silencio. Verlas le transportaba a su niñez, a su adolescencia, a los años de pastoreo junto a su padre y su tribu. No sentía nostalgia del pasado porque le satisfacía el presente; sólo seguía echando de menos a Abraham para hablar de Dios. Incluso para los suyos el Dios de Abraham era un dios más, no el único, no el todopoderoso, sólo un dios más fuerte que los otros.

De nuevo envolvió las tablillas en la tela y las guardó cuidadosamente en un estante de la pequeña sala junto a otras tablillas perfectamente apiladas. Se preguntó qué sería de ellas cuando él muriera. Sus hijos, bien lo sabía, no tenían interés en un Dios al que no veían.

—¡Shamas, despierta, despierta!

La voz de Lía denotaba miedo y angustia. Shamas abrió los ojos y se incorporó en el lecho, observando que por la ventana entraba la primera luz del amanecer.

—¿Qué sucede?

—Ili te manda llamar, ve al templo.

—¿Tan pronto? ¿Ha dicho por qué?

—No, el joven que ha venido se ha limitado a decir que Ili te espera.

Shamas no tardó en prepararse para salir hacia el templo, preocupado por el apremio de su maestro.

Cuando llegó a la sala rectangular donde Ili le esperaba junto a otros escribas, comprendió que algo grave sucedía.

—Shamas, el señor del Palacio quiere nuestras tierras. Está celoso de la prosperidad del templo.

—Pero ¿qué quiere de nosotros?

—Lo que tenemos: el trigo, los frutos, las palmeras, el agua. Quiere nuestro ganado y nuestra hacienda. Dice que en sus tierras escasea el fruto, y que sus arroyos están secos. Quiere aumentar el diezmo, asegura que es poco lo que recibe en comparación con lo que poseemos.

—Tenemos en los almacenes grano suficiente para que no desespere por la escasez.

—De nada carece, pero quiere más, cree que es mucho lo que tenemos y quiere disponer de ello. Es nieto de mi predecesor, el último gran maestro, y cree tener derecho para gobernar además del Palacio, el templo. Pretende que sea un administrador quien se encargue de supervisar nuestra labor y en su nombre decidir qué parte debe de ir al tesoro real y qué parte quedarse el templo.

»No te lo quise decir ayer puesto que era un día importante para ti, pero hace días que me dio el ultimátum y hoy, antes de que llegara el alba, uno de sus soldados vino a exigir mi respuesta. Creí que podríamos seguir hablando, que lograría convencerle, pero me equivoqué.

—¿Y si nos oponemos a él?

—Nos arrasará, salará nuestras tierras, saqueará los almacenes... ¿Qué podemos hacer? —se lamentó Ili.

Los escribas callaban apesadumbrados, temiendo el desenlace del problema creado por el ensi. Algunos miraban a Shamas esperando de su mente inquieta una solución.

—Somos hombres de paz, no sabemos luchar —dijo Ili.

—Podemos pedir ayuda al soberano de Ur —propuso Shamas—. Es más poderoso que nuestro ensi, y éste no se atreverá a enfrentarse a él.

Dispusieron enviar un emisario a Ur para pedir ayuda al rey e implorar su protección. Ili designó a un joven escriba para que partiera de inmediato. Pero ¿se apiadarían de ellos?

Los reyes son caprichosos y su lógica nada tiene que ver con la de los mortales, de manera que el señor de Ur podía solicitar por su ayuda un precio aún mayor que el del ensi de Safran.

El sol lucía en todo su esplendor iluminando las tierras amarillas de Safran cuando el grito de un hombre se alzó sobre el vocerío del mercado.

Ili y Shamas se miraron sabiendo que aquel grito presagiaba muerte y destrucción.

Todos los escribas acudieron a las puertas del templo adonde ya habían llegado los soldados dispuestos a entrar.

El crepitar del fuego y el llanto de las mujeres se elevaba hacia el cielo junto al griterío de los soldados y de los hombres que defendían sus hogares.

Shamas comprendió que nada podían hacer excepto doblegarse como los juncos que crecían en la orilla del Éufrates, aguardando a que se despejara la tormenta. Pero su instinto fue más fuerte y se enfrentó a los soldados, a pesar de que Ili le conminó a ceder.

Sabía que su esfuerzo resultaba inútil, pero no podía rendirse sin más ante la injusticia que se estaba perpetrando.

¿Cuánto tiempo había pasado? Quizá un segundo, o acaso horas; se sentía profundamente fatigado y en su cabeza reinaba la confusión.

«Ningún hombre es eterno aunque sea un rey. Algún día alguien en este templo volverá a vivir en paz, administrando las tierras, el ganado y las haciendas de los hombres que confían en el buen hacer de los escribas que como nosotros trabajamos desde el alba para que haya orden y justicia en la comunidad», pensaba Shamas mientras era arrastrado por un soldado al que había plantado cara.

Vio a Ili, su maestro, tendido en el suelo con una herida en la cabeza de la que manaba un hilo de sangre. Otros escribas yacían muertos a su alrededor, así como los servidores del templo que habían acudido a defender aquel lugar donde hasta entonces la vida había transcurrido con placidez.

Le dolía la cabeza, sentía los huesos del cuerpo pesados, apenas podía mover un brazo y, además, los ojos se le antojaban nublados.

«¿Me estaré muriendo como mis compañeros? ¿Acaso estoy muerto ya?»

Pensó que el dolor que sentía era demasiado intenso para estar muerto, así que aún le quedaba un hálito de vida, pero ¿cuánta? ¿Y Lía, estaría viva Lía? El soldado le dio una patada en el rostro y le dejó tirado entre los muertos; le creía uno de ellos puesto que apenas respiraba.

No quería morir pero no sabía cómo evitarlo. ¿Por qué había decidido Dios que éste fuera su final? Supo que sonreía; Ili le habría reprochado que en un momento así hiciera preguntas, una pregunta a Dios. Pero ¿acaso los otros no imploraban a Marduk?

Si estuviera Abraham le preguntaría por qué Dios se complacía en que sus criaturas murieran violentamente. ¿Era necesario ese final? No sabía si tenía los ojos cerrados porque nada veía, la vida se le escapaba por la codicia de un hombre. ¡Qué absurdo le parecía! ¿Dónde estaba Dios? ¿Al final le vería? Se sobresaltó al escuchar una voz, la voz de Abraham pidiéndole que confiara en Dios. Luego una luz blanca iluminó el rincón donde yacía y sintió una mano firme que agarraba la suya y le ayudaba a incorporarse. Dejó de sentir dolor y comprendió que se estaba fundiendo con la Eternidad.

27

—¿Clara?… Sí, es ella.

La voz de Miranda la arrancó del sueño profundo en el que se había encontrado con Shamas. Clara sentía un dolor intenso en el pecho y le costaba respirar. Le dolían todos los huesos y se sentía incapaz de responder a Miranda, que la miraba preocupada.

Daniel dejó la cámara junto a un bloque de ladrillos de arcilla, y se agachó acercándose a Clara, que parecía estar tiritando.

—¿Se encuentra bien?

Los soldados acudieron presurosos a ver con quién conversaban los periodistas y se asustaron al ver a Clara acurrucada sobre la arena amarilla, con la mirada perdida como si se encontrara a muchos kilómetros de allí.

El comandante gritó a sus hombres, y uno de ellos salió corriendo en busca de una manta.

Clara permanecía inmóvil y por un momento incluso ella temió haberse quedado paralizada. No sabía por qué, pero no le llegaba la voz a la garganta y sus piernas y sus brazos no obedecían a la orden de moverse.

Sintió que Daniel le pasaba el brazo por detrás de la cabeza y la ayudaba a incorporarse; luego le dio de beber un poco de agua.

Miranda le tomó el pulso con gesto preocupado mientras el comandante miraba la escena con pavor. Si le sucedía algo a aquella mujer, le harían responsable.

—Tiene el pulso lento, pero creo que está bien, no parece tener ninguna herida —dijo Miranda.

—Deberíamos trasladarla al campamento y que la vea el médico —respondió Daniel.

En ese momento llegó el soldado con la manta y Daniel la cubrió con ella. Clara sintió que el calor le volvía al cuerpo.

—Estoy bien —murmuró—. Lo siento, me he debido de quedar dormida.

—Está usted casi congelada —afirmó Daniel—. ¿Cómo se le ha ocurrido tumbarse en un lugar como éste?

Clara le miró y se encogió de hombros. No tenía una respuesta para el periodista. O acaso la que tenía resultaría harto complicada en aquella circunstancia.

—La acompañaremos al campamento —le dijo Miranda.

—No, no…, por favor… asustarían a mi abuelo. Estoy bien, gracias —acertó a decir Clara.

—Pues entonces démosle un café para que entre en calor. Comandante, ¿puede proporcionarnos café?

La pregunta de Miranda era una orden que el preocupado comandante aceptó cumplir sin rechistar. Unos minutos más tarde Clara, acompañada por Miranda y Daniel, estaba sentada en la tienda que servía de comedor a los soldados que guardaban el sitio arqueológico. El café le había devuelto el color al rostro y ya se sentía capaz de hablar.

—¿Qué le ha pasado? —quiso saber Miranda.

—Salí a pasear entre las ruinas. Me gusta hacerlo, pienso mejor, y me quedé dormida, eso es todo —respondió Clara.

—Debería tener más cuidado, aquí por la noche hace frío.

El tono paternal de Daniel hizo sonreír a Clara.

—No se preocupe, puede que me haya cogido un constipado, pero nada más. Pero por favor, no digan nada, yo... bueno, me gusta pasear sola de noche, me ayuda a pensar, pero aquí es difícil estar sola, y a mi abuelo le preocupa que me pueda pasar algo. Además, dada la situación política, esto está lleno de soldados, así que procuro escabullirme sin que me vea nadie.

—No tiene que darnos explicaciones —le aseguró Daniel—, es que nos hemos asustado al verla tumbada en el suelo.

—Me quedé dormida; estoy cansada, estamos trabajando contrarreloj... —justificó Clara.

—Nosotros queríamos filmar las ruinas con la luz del amanecer para hacer algo distinto a lo de los otros compañeros. La verdad es que todo esto es muy hermoso —dijo Miranda.

—Y si usted está bien, voy a aprovechar antes de que salga definitivamente el sol, pero tú, Miranda, puedes quedarte con Clara —propuso Daniel.

Las dos mujeres se quedaron solas. Miranda no había opuesto resistencia a la idea de su compañero porque Clara la intrigaba. Había algo en esa mujer que la hacía especial y no sabía qué.

—Usted es iraquí, pero no lo parece —comentó Miranda para tantear el terreno.

—Soy iraquí... bueno, aquí nadie le diría que no lo parezco.

—Tiene los ojos tan azules, y su color de pelo... bueno, no es como el de sus compatriotas.

—Tengo familia de otros lugares, soy una mezcla.

Miranda sintió de inmediato una corriente de simpatía por Clara, puesto que parecía tener algo en común con ella al declarar que era producto de una mezcla.

—¡Ah!, eso explica lo de sus ojos y su aspecto. Dígame, ¿cómo aguanta vivir aquí?

La pregunta cogió de improviso a Clara, que inmediatamente se puso en alerta, temiendo que no le resultara fácil lidiar con la periodista.

—¿A qué se refiere?

—A cómo una mujer culta, sensible, es capaz de soportar un régimen como éste.

—Nunca me he metido en política, no me interesa —fue la respuesta seca de Clara.

Miranda la observó de arriba abajo y decidió que Clara no le iba a resultar tan simpática como había creído.

—La política nos afecta a todos; aunque algunos digan que no les interesa, lo cierto es que no puede escaparse de ella.

—He dedicado toda mi vida a estudiar, nada más.

—Supongo que además de estudiar se habrá enterado de lo que sucedía a su alrededor —insistió Miranda, irritada.

—Le diré lo que había a mi alrededor: uno de los pocos regímenes laicos de Oriente, una sociedad con una incipiente clase media antes del bloqueo, cierta prosperidad y una existencia en paz para la mayoría de los iraquíes.

—De los iraquíes afectos al régimen. ¿Qué me dice de los desaparecidos, de los asesinados, de las matanzas de kurdos, de todas las barbaridades perpetradas por Sadam?

—¿Qué me dice del apoyo de Estados Unidos a Pinochet o a la Junta Argentina? ¿O del apoyo a Sadam hasta que les ha convenido? ¿Van a bombardear a todos los países que no son como los de ustedes? Me atrevo a asegurar que no moverán un dedo contra los saudíes, ni los Emiratos, ni China, ni Corea. Estoy harta de la doble moral de Occidente.

—Yo también, y como denuncio esa doble moral me siento libre para decir en voz alta lo que pienso. Y ésta es una dictadura de las peores.

—Debería de ser más prudente a la hora de expresar sus opiniones.

—¿Me va a denunciar? —preguntó Miranda con ironía.

—No, no lo voy a hacer. ¡Qué tontería!

—Yo no justifico la guerra contra su país, estoy en contra de ella, pero deseo que los iraquíes se liberen de Sadam.

—¿Y si no quieren?

—No sea cínica, usted sabe que no pueden.

—Este país necesita una mano firme que lo gobierne.

—¡Qué desprecio siente por sus compatriotas!

—No, no les desprecio, expreso la realidad. Si no es Sadam será otro, pero si no hay mano dura, el país se va al garete, ésa es la realidad.

—Para usted los derechos humanos, la democracia, la libertad, la solidaridad… ¿significan algo?

—Lo mismo que para usted, pero no se olvide de que esto es Oriente. Se equivoca si nos aplica su vara de medir.

—Los derechos humanos son los que son, aquí o en Pernambuco.

—Usted no conoce a los árabes.

—Yo creo en la libertad y en la dignidad de los seres humanos, no importa donde hayan nacido.

—Hace usted bien, no se lo voy a discutir. Usted juzga a Irak con sus ojos y eso le impide ver la realidad.

—Hace un año, en mi anterior viaje, conocí a un periodista de una radio local. Cuando llegué hace unos meses le llamé, nadie respondió en su casa. Me acerqué a la emisora; allí me informaron de que había «desaparecido». Un día se presentaron en la emisora los de la Mujabarat y se lo llevaron. No le han vuelto a ver más. Su mujer vendió cuanto tenía porque le dijeron que así podría ablandar a algún funcionario corrupto para que le diera noticias de su marido. Lo vendió todo, la casa, el coche, cuanto tenía, y se lo entregó a un sinvergüenza que una vez tuvo el dinero la denunció. También ha desaparecido. Sus hijos malviven con su abuela.

Clara se encogió de hombros. No tenía respuesta, cuando alguien le explicaba que esas cosas pasaban en Irak, callaba.

Ella era feliz, era lo único que podía decir. Eso y que en el palacio de Sadam siempre había sido bien recibida. No, no iba a juzgar a Sadam Husein; su abuelo no se lo habría permitido y a ella tampoco le apetecía.

—Usted sabe que esto pasa —insistió Miranda.

El silencio de Clara empezó a fastidiar a la periodista.

—Lo que necesita Oriente es una revolución, pero una revolución de verdad, que acabe con tanto gobernante criminal, con esos regímenes medievales que no tienen el más mínimo respeto a los seres humanos. El día en que la gente se dé cuenta de que el cáncer lo tienen dentro y se decida a extirparlo, ese día Oriente se convertirá en una potencia —insistió Miranda.

—¿Y le interesa a alguien que sea así? —preguntó Clara con tono irónico.

—No, claro que no. Interesa que continúen siendo esclavizados por sus gobernantes corruptos y que crean que la culpa de todos los males la tiene Occidente, los infieles, y que la solución es pasarles a cuchillo. Mantienen a la gente en la ignorancia para servirse de ellos, y lo peor es que la gente como usted no hace nada, se cruzan de brazos, se abstraen de lo que sucede a su alrededor porque no les falta de nada.

—¿Usted de qué lado está? —preguntó Clara.

—¿Yo? No, no estoy con Bush ni a favor de la guerra, ya lo sabe, pero tampoco soy una progresista de salón de esa especie que hay en Occidente, que han decidido que lo políticamente correcto es decir que todo lo musulmán es estupendo y que hay que respetar las peculiaridades de cada cual. Yo no respeto nada ni a nadie que no esté del principio al final con la Declaración de Derechos Humanos, y en esta parte del mundo no hay nadie que lo haga.

—Vive usted una contradicción.

—Se equivoca, lo que no soy es hipócrita, sólo políticamente incorrecta.

—Habla como Yves... —murmuró Clara.

—¿Yves? ¡Ah, el profesor Picot! Me ha parecido un tipo estupendo.

—Lo es, aunque tiene sus rarezas.

Clara miró a Miranda y de repente entendió que Picot necesitaba marcharse no sólo por la cercanía de la guerra, sino también por la añoranza de otras cosas que, ahora estaba segura, la periodista le había recordado.

Las expediciones arqueológicas nunca duraban tanto tiempo de forma continuada, y en cualquier caso, la gente iba y venía. Ellos llevaban seis meses encerrados en Safran, lo que para Picot y sus amigos sin duda era demasiado.

—Es usted una mujer... peculiar —dijo Miranda.

—¿Yo? ¿Por qué? Sólo soy una arqueóloga convencida de que aquí debajo está la *Biblia de Barro*.

—La profesora Gómez me ha dicho que no es seguro siquiera que existiera el patriarca Abraham.

—Si encontramos las tablillas demostraremos que Abraham no es una leyenda. Yo estoy convencida de que existió, de que salió de Ur para ir a Canaán, que algo le hizo ser monoteísta, y a partir de ese momento llevó el germen de Dios por donde quiera que fue. Por eso debemos encontrar esas tablillas en las que el escriba Shamas dejó escrita la idea de la Creación según Abraham.

—Resulta curioso que cuando usted estuvo en Roma en el congreso de arqueólogos ningún alto cargo eclesiástico se pusiera en contacto con usted al menos para ver esas dos tablillas que tiene en su poder.

—No, nadie lo hizo, pero tampoco lo esperaba. La Iglesia no cuestiona la existencia de los patriarcas. Si encontramos las tablillas, mejor que mejor, pero si no las encontramos les da lo mismo, no afecta a los cimientos de la religión.

—Y el cura, ese Gian Maria, ¿por qué está aquí?

—Ayudándonos, nada más. Es una persona buena y muy eficaz.

—Pero es cura y aquí no pinta nada.

—¿Quién le ha dicho que no hay curas arqueólogos? Gian Maria es experto en lenguas muertas, de manera que su aportación a esta expedición es esencial.

—¿Qué hará cuando Picot y su gente se vayan?

—Aguantarme y excavar.

—Las bombas no hacen excepciones.

Clara se encogió de hombros. La guerra se le antojaba una entelequia, algo que no creía que fuera a suceder, y en cualquier caso nada tenía que ver con ella.

El ruido de los jeeps rasgó la calma del amanecer. El equipo de arqueólogos comenzaba a llegar. Uno de los coches se paró delante de la tienda donde hablaban las dos mujeres. Ayed Sahadi saltó del coche y sin ocultar su rabia se dirigió a Clara.

—¡Otra vez nos la ha jugado! Su abuelo ha ordenado azotar a los hombres que se encargan de su seguridad, y a mí... a mí no sé lo que me espera. ¿Le divierte provocar la desgracia?

—¿Cómo se atreve a hablarme así?

Miranda observaba fascinada la escena. La ira de ese hombre no era la de un simple capataz, aunque como tal se lo habían presentado el día anterior. Su porte era el de un militar, pero en el país de Sadam muchos lo eran.

Clara y Ayed Sahadi se miraban enfurecidos como si estuvieran a punto de saltar el uno sobre el otro. Los segundos se hacían interminables, pero Miranda vio que Ayed Sahadi respiraba hondo y recuperaba el control.

—Suba al coche. Su abuelo quiera verla de inmediato.

Ayed Sahadi salió de la tienda y se sentó al volante esperando a que Clara decidiera acompañarle.

Clara terminó de beber lentamente el café y miró a Miranda.

—Bien, nos veremos luego.

—¿Su abuelo manda azotar a la gente?

La pregunta de Miranda la pilló de improviso. Para ella era natural que su abuelo obrara como creía conveniente, y estaba acostumbrada desde la infancia a que su abuelo ordenara azotar a quien quebrantaba alguna de sus normas.

—No haga caso a Ayed, es su manera exagerada de hablar.

Salió de la tienda maldiciendo al capataz, que había puesto en evidencia a su abuelo delante de la periodista. Esperaba que el comentario de Ayed no tuviera consecuencias, pero si las tenía sería ella misma quien ordenaría que le azotaran hasta que suplicara perdón.

Miranda les vio partir y se quedó pensativa. No había creído a Clara, estaba convencida de que Ayed había dicho la verdad. Decidió ir al campamento, intentar conocer al abuelo de Clara y averiguar si alguien había sido azotado. Sintió un estremecimiento sólo de pensarlo.

Clara se estaba bajando del jeep cuando Salam Najeb, médico de su abuelo, salía de la casa.

—Quiero hablar con usted.

—¿Qué sucede? —preguntó alarmada.

—Su abuelo está empeorando, deberíamos trasladarle a El Cairo, aquí… aquí se va a morir.

—¿Es que usted no puede hacer nada?

—Sí, podría operarle, pero no tengo los medios adecuados y podría morir.

—¿Y de qué sirve el quirófano que mandó instalar mi abuelo?

—Para una emergencia… pero su abuelo está peor, no aguantará.

—Usted no quiere asumir la responsabilidad de lo que le pase, ¿verdad?

—No, no quiero. Todo esto es una locura. Tiene un cáncer en el hígado, con metástasis a otros órganos, y estamos en medio de una aldea polvorienta, no tiene sentido. Usted decide.

No le respondió y entró en la casa. Fátima la aguardaba llorosa en la puerta del cuarto de su abuelo.

—Niña, el señor está peor.

—Lo sé, pero que no te vea lamentarte; él no lo soportaría, ni yo tampoco.

La apartó y entró en la habitación mantenida en penumbras donde Samira, la enfermera, le velaba.

—¿Clara? —La voz de Alfred Tannenberg sonaba apagada.

—Sí, abuelo, estoy aquí.

—Debería mandar azotarte también a ti.

—Perdona, no he querido asustarte.

—Pues lo has hecho. Si algo te sucediera… morirían todos, juro que morirían todos.

—Vamos, abuelo, estate tranquilo. ¿Cómo te encuentras?

—Muriéndome.

—¡No digas tonterías! No te vas a morir y menos ahora que estamos a punto de encontrar la *Biblia de Barro*.

—Picot se quiere ir.

—¿Cómo lo sabes?

—Sé todo lo que sucede aquí.

—Nos dará tiempo a encontrar las tablillas, no te preocupes, y si se va continuaremos nosotros.

—He mandado llamar a Ahmed.

—¿Va a venir?

—Tiene que venir, debe contarme cómo marcha la operación en la que estamos trabajando, y tenemos que ultimar algunos detalles para que te vayas de aquí.

—¡No me voy a ir!

446

—¡Harás lo que yo te diga! ¡Ninguno de los dos se quedará aquí! Si me muero antes, me da lo mismo dónde me entierres, pero si estoy vivo, si me queda un soplo de vida, me agarraré a él y no me dejaré matar por las bombas de nadie. De manera que nos iremos los dos, o bien a El Cairo juntos o tú te irás con Picot.

—¿Con Picot? ¿Por qué?

—Porque lo digo yo. Y ahora déjame, necesito descansar y tengo que pensar. Esta tarde llegará Yasir y quiero que me encuentre sentado. Aún me tiene miedo, pero si me ve encogido en la cama intentará matarme.

Clara besó a su abuelo en la frente y salió del cuarto. No le había hablado de la indiscreción de Ayed Sahadi para no disgustarle aún más. Su abuelo tenía razón, necesitaba estar bien o al menos parecerlo, y ella le ayudaría en el empeño.

Encontró a Salam Najeb en el improvisado hospital instalado al lado de la casa. El médico ordenaba de manera mecánica el instrumental de quirófano.

—Mi abuelo tiene que vivir.

—Todos queremos vivir.

—Pues manténgale con vida, haga lo que sea.

—Si estuviéramos en El Cairo aún podríamos intentarlo.

—Pero estamos aquí y aquí es donde usted hará su trabajo; le pagamos espléndidamente para que lo haga, tiene que procurar que aguante.

—Yo no soy Dios.

—Desde luego que no, pero conocerá alguna forma de alargar la vida a un anciano desahuciado. Evítele los dolores, dele lo que sea para que se mantenga despierto y pueda aparentar ante la gente que está bien. Ya veremos si regresamos a El Cairo, pero mientras estemos aquí mi abuelo tiene que parecer el que era.

—No será posible.

—Pues haga un imposible.

—Lo que usted me pide significa darle unos medicamentos que pueden terminar acortando su vida.

—Haga lo que le he dicho.

El tono frío de Clara no dejaba lugar a dudas. Salam Najeb miró a la mujer, pero en vez del rostro atractivo y la mirada azul transparente encontró una mueca a modo de sonrisa y los ojos turbios. Se parecía a su abuelo, era una réplica de él.

Miranda la esperaba a pocos metros del hospital. La periodista fumaba un cigarro y se dirigió hacia ella.

—Me gustaría ver a su abuelo.

—No recibe a nadie —respondió fríamente Clara.

—¿Por qué?

—Porque es un anciano que no está bien de salud, y a lo último a lo que le sometería es a una sesión con la prensa.

Clara entró en la casa y cerró la puerta sin dar tiempo a que Miranda entrara. Se tumbó sobre la cama y se puso a llorar. Lo necesitaba.

Cuando media hora después Fátima entró en el cuarto de Clara, la encontró con los ojos enrojecidos y un ligero temblor en los labios.

—Niña, tienes que ser fuerte.

—Lo soy, no te preocupes.

—Yasir llegará esta tarde; tienes que convencer al doctor de que tu abuelo tiene que parecer fuerte.

—Lo parecerá.

—Los hombres sólo respetan la fuerza.

—Nadie dejará de respetar a mi abuelo mientras viva.

—Así ha de ser. Dime, ¿dónde vas?

—Los periodistas se marchan a mediodía, debemos despedirles. Quiero hablar con Picot y disponer las cosas para cuando llegue Yasir.

Fátima se dio cuenta de que Clara parecía haberse endurecido en la última hora. Veía en sus ojos la fiera resolución de su abuelo y supo que algo o alguien había hecho aflorar en ella lo peor de los Tannenberg.

Yves Picot hablaba con los periodistas; a Clara no se le escapó las miradas que intercambiaba con Miranda.

«Se gustan —pensó—, se sienten atraídos, y no lo ocultan. Por eso él se quiere ir cuanto antes, está harto de estar aquí; en cuanto se largue, se irá detrás de ella.»

Fabián y Marta compartían la charla lo mismo que Gian Maria y que Lion Doyle.

—Hola, ¿cómo es que no estáis trabajando? —preguntó Clara intentando dar un tono despreocupado a su voz.

Marta Gómez la examinó de refilón dándose cuenta de que en los ojos de Clara había huellas de lágrimas.

—Estamos despidiéndonos de estos amigos —explicó Fabián.

—Espero que hayan encontrado interesante lo que estamos haciendo aquí —dijo Clara dirigiéndose a todos y a nadie en particular.

Los periodistas asintieron dando las gracias por la amabilidad con que habían sido tratados y la conversación transcurrió por derroteros insustanciales, aunque Clara se sabía observada por Miranda y por Marta. Se había puesto un colirio en los ojos para que desaparecieran las huellas de la llantina, pero sabía que la periodista y la profesora se habían dado cuenta de que había llorado.

El tiempo se le hizo eterno hasta que vio a los periodistas subirse a los helicópteros. Fabián parecía apenado porque se fueran, lo que la irritó aún más de lo que ya estaba.

Miranda se acercó a Clara. Las dos mujeres se miraron fijamente a los ojos en un duelo mudo y sordo para los demás, salvo para Marta Gómez, que las observaba.

—Me ha gustado conocerla —dijo Miranda—, espero que volvamos a vernos. Supongo que usted regresará en algún momento a Bagdad; yo me quedaré allí toda la guerra, si es que no me matan.

—¿Se va a quedar en Bagdad?

—Sí, muchos periodistas nos vamos a quedar.

—¿Por qué?

—Porque alguien tiene que contar lo que pasa, porque la única manera de intentar detener el horror es relatarlo. Si nos vamos, sería peor.

—¿Peor para quién?

—Para todos. Salga de su castillo, mire alrededor y lo entenderá.

—¡Por favor, déjese de sermones! Estoy un poco harta de que me hablen con esa superioridad.

—Lo siento, no era mi intención molestarla.

—Buen viaje.

—¿La veré en Bagdad?

—Quién sabe…

Picot se acercó a Miranda y tiró de ella riendo porque el helicóptero estaba a punto de despegar.

—¡Quédate con nosotros hasta que nos vayamos! —le dijo.

—No sería mala idea, pero me temo que en mi empresa no lo entenderían.

Se besaron en la mejilla y él la ayudó a subir al helicóptero, luego levantó la mano mientras el aparato se elevaba para perderse en el horizonte.

—Parece que ha congeniado usted con Miranda —le dijo Clara resentida.

—Pues sí, es una mujer estupenda. Me ha gustado haberla conocido, y espero tener la oportunidad de verla fuera de aquí.

—Se va a quedar en Bagdad.

—Ya lo sé, es una insensata como usted. Las dos creen en

una causa y están dispuestas a jugarse el pellejo llegando hasta el final.

—No tenemos nada en común. —Clara estaba cada vez más irritada.

—No, sólo la cabezonería, pero eso seguramente es común a todas las mujeres.

—Al resto déjanos en paz —terció Marta riéndose.

—Volvamos a trabajar, esta gente nos ha retrasado y mientras estemos aquí hay que seguir —dijo Fabián.

—Fabián tiene razón, por cierto, ¿has podido hablar con Bagdad? —quiso saber Marta.

—Sí, Ahmed viene hacia aquí. Creo que llega esta tarde, así que esperaremos a ver qué nos cuenta y luego decidiremos. Pero por si tenemos que irnos, voy a pedirle a Lion Doyle que fotografíe todo lo que hemos encontrado y dónde ha aparecido. Quiero que haga un trabajo meticuloso, porque si vienen los chicos del Tío Sam y sueltan sus bombas aquí, todo esto desaparecerá. No sólo quiero fotos, quiero un vídeo, espero que Lion sea capaz de hacerlo.

—Como siempre, Yves piensa en todo —apuntó Fabián.

—No es que piense en todo, es que me parece que ha llegado el momento de la retirada y quiero que estemos preparados por si nos tenemos que ir de forma precipitada.

—Bueno, Yves, Lion parece un buen profesional. Al menos el reportaje de *Arqueología científica* es muy bueno.

—Y tú, Marta, salías muy guapa —respondió Picot.

—Me gustaría que habláramos sobre el plan de trabajo futuro, tanto por si se quedan como si se van —terció Clara.

—El trabajo está hecho, sólo nos queda encontrar la *Biblia de Barro*, pero por lo demás ahí está el templo, más de doscientas tablillas en buen estado, restos de cerámicas, estatuas... La expedición ha sido un éxito. No me arrepiento de haber venido. Marta, Fabián, ¿y vosotros?

—Ya sabes que no. Ha sido una experiencia muy especial trabajar en estas condiciones. Creo que nos estábamos convirtiendo en autómatas y que los periodistas nos han recordado que hay otra realidad. No me importa seguir, pero te confieso que tampoco me importaría regresar, ¿y tú, Marta?

—Yo, Fabián, a pesar de que echo de menos un buen baño, tengo que decir que no me gustaría marcharme sin encontrar la *Biblia de Barro*.

Clara miró a Marta con agradecimiento. Había llegado a apreciar a la estricta profesora capaz de imponerse de manera natural incluso a Picot.

—Buscábamos una leyenda y hemos encontrado una realidad. ¿No es bastante? —preguntó Fabián.

—Buscamos la *Biblia de Barro* y hemos encontrado un templo, no está mal, pero... yo apuraría el tiempo un poco más —insistió Marta.

—No es un problema de apurar el tiempo, es que los norteamericanos están a punto de bombardear, lo has escuchado como nosotros, y no estoy dispuesto a que nos juguemos la vida. Hemos traído a un montón de gente, chicos de la universidad que tienen toda la vida por delante y a los que no podemos pedir que se arriesguen excavando un poco más por si encontramos esas tablillas —protestó Picot.

—Yves, sé que tienes razón, pero si te digo la verdad me dan ganas de quedarme —afirmó Marta.

—Sería una estupidez. Tú sabes que si estalla la guerra la misión arqueológica se irá al garete, los hombres serán reclamados por el ejército y comenzará eso tan humano del sálvese quien pueda.

—Lo sé, Fabián, lo sé. Sólo expreso un sentimiento, nada más. Si regresamos, lo haremos todos juntos, no soy ninguna suicida aventurera.

—En cualquier caso, Clara, me parece bien que hagamos

una recapitulación de lo hecho y de lo que queda por hacer. Si le parece, lo haremos después de que escuchemos a su marido, si es que llega esta tarde como está previsto, ¿de acuerdo?

Clara asintió a la propuesta de Picot. No tenía otra alternativa.

28

Robert Brown salió del despacho de George Wagner, su Mentor. El presidente de la fundación Mundo Antiguo estaba satisfecho del resultado de la entrevista. Ahora sólo quedaba que Paul Dukais supiera llevar a buen término el plan establecido y sobre todo, pensó, que el loco de Alfred Tannenberg no echara a perder la operación a cuenta de su estúpida nieta.

No se engañaba. Sabía que sin Tannenberg no sería posible la operación, que todo dependía del anciano enfermo al que muchos aún temían.

Llamó por el móvil a Paul Dukais y le citó en su despacho una hora más tarde. La operación Adán estaba a punto de comenzar. Él mismo la había llamado así, en alusión a que Dios hizo el primer hombre con barro de la vieja Mesopotamia.

Mientras tanto, su Mentor también hablaba por teléfono con un hombre a miles de kilómetros de distancia. Enrique Gómez llevaba días esperando la llamada de su amigo.

—De manera que será el 20... —decía Enrique Gómez.

—Sí, el 20 de marzo, me lo han confirmado hace unas horas.

—¿Dukais tiene todo preparado?

—Robert dice que sí. ¿Y tú?

—Sin problemas. Cuando el envío llegue aquí, lo recogeré como he hecho en otras ocasiones.

—Esta vez llegará a bordo de un avión militar.

—Lo sé, pero el contacto que me diste en la base ya está controlado y ha cobrado una parte de sus honorarios por adelantado. También sabe lo que le puede pasar si se le ocurre vacilar o crear algún problema.

—¿Has hablado con él?

—¿Yo? No, continúo utilizando a un hombre que me ha sido leal desde que llegué aquí. Te he hablado de él, de Francisco...

—No te fíes de nadie.

—La de Francisco es una lealtad bien pagada.

—¿Has establecido contacto con los compradores?

—Con los habituales, pero antes quiero ver el material. ¿Cómo vais a hacer los lotes?

—Robert Brown cuenta con un buen elemento, Ralph Barry, un ex profesor de Harvard experto en esa zona. Estará en Kuwait cuando llegue el material, Ahmed Huseini ha hecho una lista provisional.

—Buena idea. ¿Sabes, George?, creo que deberíamos ir pensando en retirarnos. Somos demasiado viejos para seguir en esto.

—¿Viejos? No, no lo somos. Desde luego, yo no voy a dejarme morir con una manta sobre las piernas mirando por la ventana. No te preocupes, Enrique, todo irá bien, podrás seguir disfrutando de una vida tranquila en Sevilla. Siempre me ha gustado tu ciudad, y lo que más me sorprende es cómo has logrado ser parte de ella.

—Si no hubiese sido por Rocío no lo habría conseguido.

—Tienes razón, has tenido suerte con tu esposa.

—Tendrías que haberte casado...

—No, no lo habría soportado, es en lo único que no habría sido capaz de fingir.

—Al final te acostumbras, ¿sabes?

—Nunca me podría acostumbrar a tener a mi lado el cuerpo de una mujer.

Los dos hombres se quedaron unos segundos en silencio dejando vagar la mente cada uno por su interior.

—De manera que el día 20 comenzará la guerra.

—Sí, el 20, ahora llamaré a Frank.

Frank Dos Santos cabalgaba charlando animadamente con su hija Alma.

—Me alegro de que me hayas convencido para que te acompañara a montar. Hacía demasiado tiempo que no me subía a un caballo.

—Te estás volviendo perezoso, papá.

—No, hija, es el exceso de trabajo.

El sonido impertinente del móvil interrumpió la conversación. Alma frunció el ceño, molesta por no poder seguir disfrutando de aquel momento de calma junto a su padre.

—¡Hola, George! ¿Que dónde estoy? Montando a caballo con Alma, pero estoy viejo, me duelen todos los huesos.

Frank Dos Santos calló mientras escuchaba a su amigo, que le repetía lo mismo que a Enrique Gómez: la guerra iba a comenzar el 20 de marzo.

—De acuerdo, tengo todo preparado. Mis clientes están ansiosos por ver la mercancía. ¿Ahmed será capaz de hacerse con la lista de objetos que te envié? Pues si lo hace el negocio será redondo. Bien, te llamaré, mis hombres están preparados para el día D.

Guardó el móvil y suspiró, sabiéndose observado por su hija.

—¿En qué negocios andas ahora, papá?

—En los de siempre, hija.

—Alguna vez me deberías contar algo.

—Confórmate con gastarte el dinero que gano.

—Pero, papá, soy tu única hija.

—Por eso eres la preferida —respondió riendo Dos Santos—. Anda, regresemos a casa.

Robert Brown, acompañado de Ralph Barry, esperaba la llegada de Paul Dukais. El presidente de Planet Security se retrasaba como era su costumbre.

—Vamos, Robert, cálmate, estará a punto de llegar.

—Pero, Ralph, es que este hombre llega siempre tarde. Se cree que puede disponer del tiempo de los demás, ¡me tiene harto!

—En su negocio es el mejor, así que no tenemos otra opción.

—Nadie es imprescindible, Ralph, nadie, y tampoco Paul.

Cuando Paul Dukais entró en el despacho sonriente, Robert Brown soltó un bufido de despecho.

—¿Se puede saber de qué te ríes?

—Es que me acaba de llamar mi mujer para decirme que tiene jaqueca y que por tanto no iremos esta noche a la ópera. ¡Menuda suerte tengo!

Ralph Barry no pudo evitar sonreír a su vez. No se engañaba respecto a Dukais, sabía que tras su capa de vulgaridad había un hombre inteligente, con una mente meticulosa, con más cultura de la que aparentaba tener y, sobre todo, capaz de cualquier cosa.

—Los chicos del Pentágono ya tienen fecha para la invasión de Irak. Será el 20 de marzo —le espetó Robert Brown.

—¿Invasión? O sea, que no nos vamos a conformar con bombardear.

—Invasión, entraremos en Irak para quedarnos.

—¡Mejor para el negocio! Cuanto antes lleguen nuestros soldados, antes empezaremos a ganar dinero.

—Ralph se va para Kuwait. Habla con tu coronel Fernández para que le organice el comité de recepción.

—No es coronel, es un ex coronel, y Mike está ya en la zona. Le llamaré, no te preocupes. Pero antes debemos avisar a Yasir, porque hoy se iba para Safran, Alfred le ha mandado llamar, lo mismo que a Ahmed. El viejo no suelta el bastón de mando.

—Bien, pues ponte en contacto con él. También hay que dar la noticia a Alfred.

—Se la puede dar Yasir —propuso Dukais.

—Ninguno de nosotros le puede llamar. Sabes mejor que nadie que ahora mismo todas las comunicaciones están interceptadas.

—Utilizaré el mensajero habitual, el sobrino de Yasir, que vive en París, es un hombre de Alfred. Todo lo que es se lo debe a él.

—¿Y su tío? —quiso saber Ralph.

—Yasir es su tío, sí, pero la lealtad del sobrino es para Tannenberg; le debe todo lo que es, de manera que en caso de duda apostará por Alfred.

—Faltan quince días —murmuró Ralph Barry.

—Sí, pero está todo preparado, no te preocupes. Confío en Mike Fernández, y si él dice que toda la operación está bien engrasada, es que lo está —aseguró Dukais.

—Yo en quien confío es en Alfred. Es él quien sabe cómo se hacen estas cosas. Así que no te pongas medallas. El único problema de Alfred es su nieta, haberse empeñado en dejarle una herencia que no es sólo suya.

—Tenemos hombres en el campamento de arqueólogos. La chica no tiene por qué ser un problema.

—Si le tocamos un pelo, la operación se irá al garete, no conoces a Alfred —afirmó Robert Brown.

—Tú dijiste que si era necesario actuar lo hiciéramos…

—Sólo si es necesario, imprescindible… Desde luego, nada ni nadie puede fastidiar la operación, eso lo tenemos todos claro, ¿no?

—Los hombres decidirán sobre el terreno. Esperemos que puedan manejar a Alfred y a esa nieta suya.

—Que hagan lo que tengan que hacer, pero si se equivocan son hombres muertos. Bien, ¿necesitas que hagamos alguna gestión o hablas tú solito con nuestros contactos en el Pentágono?

—No te preocupes, ya me hago cargo del resto de la operación. Y tú, Ralph, deberías irte cuanto antes.

—Me voy mañana.

—Estupendo. Así que atacaremos el día 20. ¡Ya era hora! Ese cabrón de Sadam se va a enterar de lo que es bueno.

—No seas vulgar, ahórrate esas expresiones —protestó Robert Brown.

—Vamos, Robert, no seas tan fino, estamos en tu despacho, no nos escucha nadie.

—Te escucho yo, y eso es suficiente.

—¿Os vais a pelear? —preguntó Ralph.

—No, no nos vamos a pelear, nos vamos a poner a trabajar. Me voy. Tengo mucho que hacer.

Paul Dukais salió del despacho de Brown sin despedirse. El presidente de Mundo Antiguo le fastidiaba con sus maneras exquisitas. Al fin y al cabo era un delincuente como él, porque eso es lo que eran, se dijo Dukais. Los grandes negocios a veces no son otra cosa que grandes actos de delincuencia organizada. Todo dependía de quién lo hiciera y cómo, y sobre todo de que no te pillaran.

No, Brown no era mejor que él aunque fuera un estirado ex alumno de las mejores universidades norteamericanas.

* * *

Ahmed Huseini y Yasir estaban sentados en el helicóptero con los cascos puestos para protegerse del ruido, cuando un soldado corrió hacia el aparato haciendo señas de que no despegara.

Los dos hombres miraron intrigados al soldado que, rojo por la carrera, se paraba y entregaba un sobre cerrado a Yasir.

—Lo envían de su oficina. Han dicho que era muy urgente.

Yasir cogió el sobre y, sin dar las gracias al soldado, sacó del sobre un folio escrito por una sola cara.

> Señor, ha recibido un e-mail del sobrino de su esposa, el que vive en Roma. Dice que el día 20 de marzo vendrá a verle con unos amigos y que es urgente que usted lo sepa; no quiere que se lo diga a su esposa ni al resto de la familia, porque quiere darles una sorpresa, pero dice que sí debe decírselo a sus amigos. Ha insistido en que usted debía saber de inmediato que venía.

Guardó el papel en el sobre y se lo metió en un bolsillo de la chaqueta, luego hizo una seña al piloto para que despegara. Dukais le confirmaba la fecha del comienzo de la guerra. Tenía que decírselo a Ahmed y, desde luego, a Alfred. En realidad aquel mensaje era para el anciano, no para él. Los hombres sólo recibían ordenes de Alfred Tannenberg, aun sabiéndole moribundo le temían. Tenían razones para temerle. Bien lo sabía él.

Caía la noche cuando el helicóptero se posó a unos cientos de metros de Safran. Las luces de las casas brillaban como luciérnagas y el aire soplaba cargado de frescor.

Ayed Sahadi y Haydar Annasir les esperaban con un jeep para trasladarlos al centro del campamento.

—¿Qué te pasa, Haydar? Te veo cariacontecido —preguntó Ahmed al hombre de confianza de Tannenberg.

—Vivir en esta aldea resulta insoportable. Llevo demasiados meses aquí.

—Alguien tiene que llevar las cuentas de esta misión arqueológica y el señor Tannenberg se fía de ti —respondió Ahmed Huseini.

—Tu esposa te espera con el señor Tannenberg; también Picot y su estado mayor. Están nerviosos porque los periodistas que nos mandasteis dijeron que la guerra es inevitable y que, tal como están las cosas, Bush atacará un día de éstos —explicó Haydar Annasir.

—Sí, me temo que tengan razón. Hay manifestaciones en toda Europa, también en Estados Unidos, pero el presidente Bush ha puesto la maquinaria de guerra en funcionamiento y no va a dar marcha atrás.

—Así que nos van a atacar —dijo Ayed Sahadi, que hasta ese momento había permanecido en silencio.

—Sí, eso parece —fue la respuesta lacónica de Ahmed—, pero por ahora debes permanecer aquí. El Coronel me ha dicho que podemos seguir disponiendo de ti.

Ayed Sahadi les informó de que Yasir se instalaría en la casa del alcalde, mientras que Ahmed compartiría la casa de su esposa y Tannenberg.

El encuentro entre Clara y Ahmed fue embarazoso. De repente no sabían cómo tratarse ni qué decirse.

—Tendrás que dormir en mi cuarto, hemos puesto un catre. Lo siento, pero resultaría difícil de explicar que no durmieras aquí; prefiero que por ahora no haya comentarios sobre nosotros.

—Me parece bien. Lo único que siento es importunarte por la falta de espacio.

—Nos tendremos que arreglar con lo que hay. ¿Hasta cuándo te quedarás?

—No lo sé, una vez que hable con tu abuelo debería de marcharme, tengo asuntos pendientes que no pueden esperar. Tu abuelo me dirá qué quiere que haga.

—Desde luego, para eso te paga.

Clara se arrepintió de haber pronunciado esa frase, pero ya no había vuelta atrás, y además quería que supiera que nunca más la podría engañar.

—¿De qué hablas?

—De que trabajas para mi abuelo, participas de alguno de sus negocios y te paga por ello. ¿O no?

—Sí, así es.

—Bueno, pues a eso es a lo que me refiero.

—Lo has dicho de una manera…

—Lo he dicho a mi manera, no tengo ganas de ser diplomática.

—Hasta ahora hemos evitado el enfrentamiento entre nosotros, no me gustaría que termináramos mal.

—No, no nos vamos a enfrentar porque yo no quiero enfrentarme contigo. Dejemos las cosas así. Mi abuelo quiere veros cuanto antes.

—Dame un minuto para asearme, y voy a verle.

—Tienes que esperar a Yasir, os quiere ver a los dos. Cuando estéis listos, avisad a Fátima.

Clara se dirigió al cuarto de su abuelo. El médico le acababa de poner una inyección. Hacía menos de diez minutos que había terminado de hacerle una transfusión de sangre que parecía haber devuelto el color a las mejillas hundidas de Alfred Tannenberg.

Salam Najeb miró a Clara y le hizo un gesto para que se acercara.

—Espero que con la transfusión y las inyecciones el señor Tannenberg mejore y pueda afrontar el trabajo de estos próximos días. Pero ya se lo he dicho a él, tendremos que hacerle una transfusión cada día, es la única manera de… de… bueno de que él se sienta en forma.

—Muchas gracias —murmuró Clara.

—Me siento mucho mejor —aseguró Alfred Tannenberg.

—Pero es una mejoría muy temporal —insistió el doctor Najeb.

—Ya sé que no me puede dar más años de vida, pero al menos manténgame así hasta que yo le diga.

El tono de voz del anciano no daba lugar a réplica.

—Haré todo lo que esté en mi mano, señor.

—Mi nieta será inmensamente generosa con usted si lo logra.

—Desde luego, abuelo.

Clara se acercó a su abuelo y le besó en la frente. Olía a jabón.

Salam Najeb había cumplido con las instrucciones de su abuelo y de ella misma: le habían exigido que hiciera lo que quisiera, pero que Alfred tenía que aparentar la suficiente salud como para que nadie dudara de su liderazgo. El médico había asentido a sus deseos. Con el dinero que recibiría, no tendría que preocuparse de nada en los próximos años.

—Bien, doctor, ¿cree que mi abuelo puede salir del dormitorio y aguantar un rato de conversación en la sala? —preguntó Clara.

—Sí, pero no alargue demasiado la velada, podría…

Unos golpes secos en la puerta del cuarto, seguidos por la entrada de Fátima, interrumpieron al médico.

—Señor, el señor Yasir y el señor Ahmed le esperan en la sala —anunció Fátima.

—Abuelo, levántate y cógete a mi brazo. ¿Podrás?

—Iré solo, no me agarraré ni siquiera a tu brazo. Esas hienas creerían que me estoy muriendo, y aunque sea verdad no deben saberlo, aún no.

Clara abrió la puerta y salieron del cuarto. Cuando entraron en la sala Yasir y Ahmed se pusieron en pie.

—Señor… —alcanzó a decir Ahmed.

—Alfred… —fue todo lo que dijo Yasir.

Alfred Tannenberg les miró de arriba abajo. Sabía que los dos hombres esperaban verle peor de lo que le veían. Les miró con malicia, riéndose abiertamente.

—¿Creíais que veníais a mi entierro? El aire de Safran me sienta bien, y estar con Clara me da fuerzas para vivir, y no es que me falten las ganas.

Ninguno de los dos hombres respondió, esbozaron una sonrisa aguardando a que Tannenberg se sentara, pero éste se complació en pasear por la sala observándoles de soslayo.

—Abuelo, ¿qué quieres que te traigan?

—Nada, niña, nada, sólo agua, pero nuestros invitados seguro que tienen hambre. Que Fátima traiga algo para comer, tenemos mucho de que hablar.

Los tres hombres se quedaron solos. Alfred Tannenberg les dominaba con su sola presencia. Sabía que Ahmed y Yasir creían que le iban a encontrar en peor estado de salud, y se reía por dentro ante el estupor que los dos hombres no alcanzaban a disimular.

Yasir entregó la nota de su sobrino a Alfred. Éste la leyó y se la guardó en el bolsillo de la chaqueta.

—De manera que la guerra comenzará el 20 de marzo. Bien, cuanto antes mejor, mis hombres están preparados. ¿Has hecho lo que te pedí? —preguntó a Ahmed.

—Sí. Ha sido un trabajo complicado. Por increíble que parezca, no todo el patrimonio de los museos está catalogado. He tenido que gastar más de lo previsto para que algunas personas de confianza me dieran una relación de las obras más importantes que tenemos en cada museo. Las listas se las entregué a Yasir, tal y como me dijiste.

—Lo sé. Enrique y Frank ya han establecido contacto con sus clientes y hay un buen número de compradores dispuestos a hacerse con los tesoros de este país. George también ha avisado a sus clientes a través de Robert Brown, por lo que el negocio está listo. ¿Qué pasa con el boina verde de Dukais?

Yasir carraspeó antes de responder. Sabía que esa pregunta se la hacía a él.

—Mike Fernández también está listo. Sus hombres están donde dijiste que tenían que estar. No habrá problemas para el transporte de la mercancía; sólo nos queda esperar.

—Ésta es la mayor operación de venta de arte que hemos hecho nunca —afirmó Tannenberg—. En realidad, le vamos a hacer un favor a la humanidad salvando el patrimonio artístico de Irak. Si no lo sacamos de aquí las bombas lo pueden destruir y, además, una vez que estalle la guerra la chusma intentara hacerse con todo lo que hay de valor y no serán capaces de distinguir una tablilla de un cilindro sumerio.

Ni Yasir ni Ahmeh respondieron al comentario de Tannenberg. Eran ladrones, sí, pero les parecía innecesario añadir más oprobio a su comportamiento.

—¿Cuántas piezas calculas que podremos sacar? —preguntó Tannenberg a Ahmed.

—Si todo sale bien, más de diez mil. He hecho una relación exhaustiva de lo que los hombres deben coger en cada museo. Tienen planos detallados de cada uno de ellos, con los lugares donde se encuentran las piezas más importantes. Espero que no causen destrozos…

—¡Qué sentimental! —rió Tannenberg—. Vamos a robar, a robar a este país, le vamos a dejar sin una pieza que merezca la pena y tú te preocupas de que nuestros hombres lleven a cabo la operación sin que se les caiga una tablilla.

Ahmed apretó los dientes humillado. Sentía la risa de Alfred Tannenberg como una bofetada.

—En cuanto empiecen a bombardear los equipos entrarán en los museos. Tienen que hacerse con las piezas de valor en el menor tiempo posible y salir de inmediato. Llegar a Kuwait no será un problema, esperemos que allí el boina verde sepa hacer su trabajo —insistió Tannenberg.

—¿Y tú qué harás? ¿Hasta cuándo estarás aquí?

La pregunta de Yasir no le cogió de improviso. En realidad Tannenberg la estaba esperando, conocía su impaciencia.

—Ése no es vuestro problema, pero no te preocupes, Yasir, no moriré por las bombas de nuestros amigos. Cuando las suelten estaré en lugar seguro, aún no he decidido morir.

—¿Y Clara? —preguntó Ahmed.

—Clara se marchará, aún tengo que decidir si se va con el equipo de Picot o si la envío a El Cairo —fue la respuesta de Tannenberg.

—No queda mucho tiempo, poco más de quince días, si los norteamericanos atacan el 20 —insistió Ahmed.

—Ya te diré, si es que fuera necesario, cuándo se irá Clara. Aún tenemos unos días para intentar encontrar la *Biblia de Barro*.

—¡Pero ya no hay tiempo! —protestó Ahmed.

—¿Tú qué sabes? ¡Nadie ha pedido tu opinión, no tienes nada que decir sobre esto! Obedece las órdenes y confórmate con el dinero y con salir vivo.

Tannenberg se sirvió un vaso de agua y bebió pausadamente. Ni Ahmed ni Yasir habían probado la comida que les había servido Fátima. Los dos hombres estaban en tensión y por ello eran incapaces de distraer su atención del anciano.

—Bien, terminemos de repasar la operación. Ahora llamaré a Haydar Annasir para ultimar los detalles financieros. Vamos a ganar mucho dinero, pero también hemos tenido que invertir mucho. Mis hombres siempre saben que tienen por adelantado un depósito garantizado en el banco, para que si sufren algún percance sus familias cobren su parte.

Fátima no permitió que nadie, excepto Haydar Annasir y más tarde Ayed Sahadi, entrara en la sala. Tannenberg le había dado instrucciones precisas: ni siquiera Clara debía interrumpirles. Tampoco el doctor, salvo cuando él le llamara.

Clara cenó con Picot y el resto del equipo. Estaba irritada. La presencia de Ahmed la había puesto nerviosa. No sería fácil compartir la habitación con él, ni siquiera por una noche. Peor aún, le sentía como a un extraño.

—¿Cuándo veremos a su marido? —preguntó Fabián.

—Supongo que mañana. Esta noche está reunido con mi abuelo, terminarán tarde.

—¿Se quedará en Irak o intentará marcharse antes de que estalle la guerra? —quiso saber Marta.

—Ninguno sabemos cuándo comenzará la guerra. Los periodistas que estuvieron aquí no aseguraron nada. Dijeron que creían que la guerra era inevitable, pero nadie está en condiciones de saber lo que va a pasar —respondió Clara.

—Ésa no es una respuesta —la provocó Marta.

—Es la única respuesta que le puedo dar. En todo caso, quiero quedarme aquí hasta que... bueno, hasta que sea imposible estar. Luego ya veré. Si estalla la guerra, veremos dónde estoy y qué puedo hacer para sobrevivir.

—Véngase con nosotros.

La invitación de Picot la dejó descolocada, pero pensó que el tono burlón de éste no dejaba lugar a dudas de lo poco que le importaba la suerte que ella pudiera correr.

—Muchas gracias, consideraré su propuesta. ¿Me va a dar asilo político? —respondió intentando ser irónica.

—¿Yo? Bueno, si no hay más remedio, procuraremos que alguien se lo dé. Fabián, ¿crees que la podemos meter de contrabando cuando regresemos?

—No os lo toméis a broma —les dijo Marta—; lo mismo Clara se ve en apuros y tenemos que ayudarla.

Se quedaron en silencio, que Lion Doyle aprovechó para hacer una petición a Clara.

—Ya sabe que Yves quiere que haga un reportaje extenso sobre todo lo que han encontrado aquí. Mañana empezaré a fotografiarlo todo y a todos. ¿Cree que su abuelo posaría para mí? No le quitaría mucho tiempo, pero me parece justo que una persona que ha invertido tanto en esto… en fin, sea reconocido por esa aportación.

—Mi abuelo es un hombre de negocios, él financia parte de esta expedición. No creo que quiera salir en ningún reportaje, aunque se lo diré.

—Gracias, aunque su abuelo sea un hombre modesto, creo yo que debería posar al menos con usted.

—Ya le he dicho que se lo preguntaré, pero no insista.

—A mí me gustaría quedarme.

La voz suave de Gian Maria les devolvió a todos a la realidad. Clara le miró con cariño. Había llegado a tomar auténtico afecto al sacerdote, que la seguía por todas partes como si se tratara de un perro guardián. Gian Maria sufría cuando ella se escapaba o la perdía de vista. Le demostraba una devoción que la conmovía y no entendía por qué se había hecho acreedora de ella.

—Hasta que no hablemos con Ahmed es mejor no tomar decisiones —afirmó Yves Picot.

—Ya, pero si Clara se queda trabajando, yo también me quedo —fue la respuesta de Gian Maria.

—¡Pero qué dice! Aquí no se puede quedar. Si empieza la guerra, ¿cree que van a poder seguir trabajando? No quedará un solo hombre para ayudarles, les movilizarán o en cualquier caso no van a excavar mientras les caen las bombas al lado.

Picot estaba furioso. También él había llegado a tomar afecto a Gian Maria. Se sentía responsable de lo que le pudiera pasar.

—Tiene usted razón, pero si Clara se queda yo me quedo —insistió el sacerdote.

—Gian Maria, no seas terco —le conminó Marta.

—Cuando termine la guerra a lo mejor podemos regresar —le dijo Fabián a modo de consuelo.

Clara permanecía en silencio sin saber qué decir. Le sorprendía la firmeza con que Gian Maria insistía en que se quedaría con ella. El sacerdote le estaba demostrando una lealtad que jamás hubiera podido imaginar.

La discusión continuó porque el resto de los miembros del equipo terciaron para intentar convencer a Gian Maria de que debía regresar con ellos, aunque la tarea resultó inútil.

Gian Maria se quedó sentado en la puerta del habitáculo que compartía con Ante Plaskic y con Lion Doyle.

No tenía ganas de dormir, y le gustaba especialmente estar solo cuando todo el campamento dormía.

Encendió un cigarro y dejó vagar la mirada por el cielo cuajado de estrellas. Necesitaba poner en orden su espíritu. Hacía muchos meses que estaba allí, y a veces se preguntaba quién era, quién había sido, qué sería de él.

Su fe en Dios continuaba siendo inquebrantable. Eso era lo único que no había cambiado; tampoco tenía dudas sobre su vocación sacerdotal. No quería ser otra cosa que sacerdote, pero se le antojaba un sacrificio insoportable regresar a la tranquilidad de la casa conventual donde había vivido desde que se ordenó. Antes de salir de Roma su vida transcurría sin sobresaltos. Para él había sido una sorpresa que su superior le enviara a confesar a San Pedro. Primero se había sentido abrumado por la responsabilidad y había manifestado dudas sobre su preparación para acoger la confesión de los peregrinos llegados de todas las partes del mundo, pero su superior le había convencido de que era allí donde debía de servir a la Iglesia. «El Vaticano —le dijo—, necesita también de los jóvenes, de sacerdotes jóvenes que tomen contacto con la realidad del mundo, y nada mejor que los confesionarios de San Pedro.»

Por eso, cuando no estaba estudiando o dando clases, escuchaba a las almas atormentadas que acudían en busca de consuelo, convencidas de que allí en el Vaticano estarían más cerca del perdón de Dios.

Tendría que regresar, pero ya no sería el mismo. Echaría de menos la vida al aire libre, la camaradería que había conocido con aquel equipo heterogéneo.

Todos los días, antes de que el campamento se despertara él se ponía en pie, y después de rezar decía misa. Una misa en la que se encontraban a solas él y Dios, puesto que nadie había manifestado interés en participar y tampoco había pedido a nadie que lo hiciera.

Lo que echaría de menos cuando volviera a Roma sería esa sensación de libertad que tenía instalada en el alma.

Pensó en Clara, y se dijo que tenía por ella un afecto sincero. A fuerza de intentar protegerla la sentía como su hermana, una hermana difícil, un tanto arisca, pero una hermana.

Quizá había llegado el momento de decirle que estaba allí para salvarle la vida, o al menos para intentar evitar que nadie alzara la mano contra ella. Pero no, no podía hacerlo sin quebrantar un secreto, sin traicionar a Dios y al hombre que le había hecho la confesión.

El secreto de confesionario es sagrado, de manera que tampoco podía explicarle por qué sabía que la intentarían matar a ella y a su abuelo, a los dos.

Clara se acercó despacio a la puerta de la casa de Gian Maria y se sentó a su lado. También ella encendió un cigarrillo y dejó vagar la mirada por el infinito.

—No debe quedarse, el profesor Picot tiene razón.

—Lo sé, pero me quedaré, no estaría tranquilo sabiéndola aquí.

—Puede que mi abuelo me obligue a ir a El Cairo.

—¿A El Cairo?

—Sí, ya sabe que parte de mi familia es de allí. Tenemos una casa, a la que le invito a ir cuando quiera.

—Entonces, ¿se marchará? —le preguntó sin ocultar su preocupación.

—Me resistiré todo lo que pueda, pero es posible que mi abuelo me obligue a irme si estalla la guerra. Usted que es bueno, podría pedirle a Dios que nos ayude a encontrar esas tablillas.

—Se lo pediré, pero pídaselo usted también, ¿alguna vez reza?

—No, nunca.

—¿Es musulmana?

—No, no soy nada.

—Aunque no sea practicante, tendrá alguna religión.

—Mi madre era cristiana, estoy bautizada, pero nunca he pisado una iglesia ni he entrado en una mezquita más que por curiosidad.

—Entonces, ¿por qué esa obsesión por encontrar la *Biblia de Barro*? ¿Sólo por vanidad?

—Hay niños que crecen escuchando cuentos de hadas o de príncipes encantados. Yo lo hice escuchando a mi abuelo hablar de la *Biblia de Barro*. Me decía que estaba esperando a que yo la encontrara, y me contaba cuentos en los que yo era la heroína, una arqueóloga que encontraba un tesoro, el tesoro más importante del mundo, la *Biblia de Barro*.

—Y quiere hacer realidad un sueño infantil.

—Usted no termina de creerse que el patriarca Abraham le hablara a un escriba de la Creación.

—La Biblia no dice nada al respecto y es tan precisa al relatar la historia del patriarca…

—Usted sabe que la arqueología no ha encontrado algunas de las ciudades descritas en la Biblia, y ni siquiera hay seguridad de la existencia de algunos de sus personajes, y sin embargo usted cree en todo lo que dice el Libro Sagrado.

—Clara, yo no digo que no haya una *Biblia de Barro*. Abraham vivía en esta tierra, conocía las leyendas sobre la Creación del mundo, sobre el Diluvio; bien pudo hablar de esas leyendas a alguien, o quizá Dios le había revelado la Verdad… no lo sé; sinceramente, no termino de saber qué pensar sobre este asunto.

—Pero está aquí, ha trabajado como el que más, y ahora se quiere quedar. ¿Por qué?

—Si existe la *Biblia de Barro* yo también la quiero encontrar. Sería un descubrimiento extraordinario para los cristianos.

—Sería un descubrimiento como el de Troya, o el de Micenas, como las tumbas de los faraones en el Valle de los Reyes… Quien encuentre la *Biblia de Barro* pasará a la historia.

—¿Usted quiere pasar a la historia?

—Yo quiero encontrar esas tablillas de mi abuelo, quiero poder entregárselas, quiero cumplir con su sueño.

—Le quiere mucho.

—Sí, quiero muchísimo a mi abuelo, y… creo que él sólo me ha querido a mí.

—Los hombres le tienen miedo, incluso Ayed Sahadi.

—Lo sé, mi abuelo… mi abuelo es exigente, le gusta el trabajo bien hecho.

Gian Maria no quiso decirle que los hombres aseguraban que Alfred Tannenberg se complacía con el dolor ajeno, que humillaba a los humildes, y castigaba con sadismo a quienes le contrariaban. Tampoco quiso decirle todo lo que sabía de él.

Sólo en una ocasión Gian Maria había estado con Alfred Tannenberg, hacía unos días, cuando una tarde acudió a entregar a Clara una copia de la traducción de las últimas tablillas encontradas.

Tannenberg estaba sentado en la sala leyendo y le mandó pasar. Le interrogó a fondo durante quince minutos, luego pareció aburrirse y le mandó esperar en la puerta de la calle a que saliera Clara. Gian Maria abandonó la casa sabiendo que había visto en Tannenberg a una manifestación del mismísimo diablo, estaba seguro que el Maligno había anidado en aquel hombre.

—Usted no se parece a su abuelo —afirmó el sacerdote.

—Yo creo que sí; mi padre decía que era tan tozuda como mi abuelo.

—No, no me refiero a la tozudez, me refiero a su alma, su alma no es como la de su abuelo.

—Pero usted no conoce a mi abuelo —protestó Clara—; no sabe cómo es.

—He llegado a conocerla a usted.

—¿Y qué piensa de mí?

—Que es una víctima. Víctima de un sueño, el de su abuelo. Un sueño que no le ha permitido a usted tener sus propios sueños, y que ha determinado su vida de tal manera que está prisionera sin saberlo.

Clara le miró fijamente y se levantó. No estaba enfadada con Gian Maria, no podía estarlo, todo lo que le había dicho sentía que era verdad, y además el sacerdote le había hablado con afecto, sin pretender ofenderla, casi tendiéndole la mano para guiarla entre las tinieblas.

—Gracias, Gian Maria.

—Buenas noches, Clara, que descanse.

Fátima la esperaba en la puerta de la casa y le hizo un gesto para que permaneciera en silencio; luego la condujo al cuarto de su abuelo, donde Samira, la enfermera, estaba poniendo una inyección a su abuelo bajo la atenta mirada del doctor Najeb.

—Ha hecho un esfuerzo superior al previsto para demostrar que está bien —susurró el médico.

—¿Ha tenido alguna crisis? —quiso saber Clara.

—Apenas llegado al cuarto ha sufrido un desmayo. Menos mal que Samira estaba aquí esperando para ponerle una inyección antes de dormir, si no, no sé qué habría pasado —explicó el doctor Najeb.

Samira ayudó a Fátima a acostar al anciano y éste tendió la mano hacia Clara, que se sentó a su lado.

—Te has esforzado demasiado; no dejaré que lo vuelvas a hacer —le riñó mientras le acariciaba la mano.

—Estoy bien, sólo cansado. Esos hombres son como hienas, venían a comprobar si ya estaba muerto para lanzarse sobre mí. He tenido que demostrarles que si se acercan serán ellos los que mueran.

—Abuelo, ¿no deberías de confiar en mí?

—Confío en ti, eres la única persona de quien me fío.

—Entonces explícame cuál es esa operación tan importante, dime qué quieres que se haga, y yo les haré cumplir tus órdenes. Puedo hacerlo.

Alfred Tannenberg cerró los ojos mientras apretaba la mano de su nieta. Durante un segundo tuvo la tentación de explicar a Clara el alcance de la operación Adán, y así poder descansar, pero no lo hizo porque sabía que si en ese momento ponía a su nieta al frente del negocio, sus amigos y enemigos lo interpretarían como una señal de su debilidad. Además, se dijo, Clara no estaba preparada para tratar con hombres para los que la vida y la muerte eran una raya fácil de traspasar, siempre y cuando se tratara de la muerte de los demás.

—Doctor, quiero quedarme solo con mi nieta.

—No debe cansarse…

—Salgan.

Fátima abrió la puerta, dispuesta a hacer cumplir la orden de Tannenberg. Samira salió la primera, seguida del doctor Najeb, luego Fátima cerró la puerta tras ella.

—Abuelo, no te esfuerces…

—Los norteamericanos atacarán el 20 de marzo. Tienes quince días para encontrar la *Biblia de Barro*.

Clara se quedó callada ante el impacto de la noticia. Una cosa era creer que iba a haber guerra y otra muy distinta saber con exactitud el día que iba a comenzar.

—Entonces es inevitable.

—Lo es, y gracias a la guerra ganaremos mucho dinero.

—¡Pero, abuelo…!

—Vamos, Clara, eres una mujer, y supongo que ya has aprendido que no hay negocio más rentable que el de la guerra. Yo he tenido siempre las manos metidas en guerras. Hemos levantado nuestra fortuna gracias a la estupidez de los demás. Leo en tus ojos que no quieres que te diga la verdad, bien, dejémoslo. No debes decir a nadie que el 20 comenzará la guerra.

—Picot se quiere marchar.

—Que se vaya, no importa, sólo que hay que procurar que se quede unos días más, que salgan de aquí el 17 o el 18. Hasta entonces podéis trabajar.

—¿Y si no encontramos las tablillas?

—Habremos perdido. Habré perdido el único sueño que he tenido en mi vida. Mañana hablaré con Picot. Quiero proponerle algo para que todo este trabajo no haya sido inútil y sobre todo para salvarte.

—¿Nos iremos a El Cairo?

—Ya te lo diré. ¡Ah, y ten cuidado con ese marido tuyo! No te dejes engatusar.

—Ahmed y yo hemos terminado.

—Sí, pero es mucho lo que tengo, mucho lo que vas a heredar y yo me estoy muriendo. Puede que intente una reconciliación; mis amigos se fían de él, le saben un hombre capaz, por lo que no les importaría que me sustituyera al frente del negocio si me muero.

—¡Por Dios, abuelo!

—Niña, tenemos que hablar de todo, no hay tiempo para sutilezas. Y ahora déjame dormir. Mañana ofrece a los hombres doble paga para que se empleen a fondo, tienen que seguir desenterrando ese maldito templo, hasta que encuentren la *Biblia de Barro*.

Cuando salió del cuarto de su abuelo, Clara encontró a Samira y a Fátima esperando.

—El doctor ha dicho que le vigile esta noche —explicó Samira.

—Le he dicho que yo me puedo quedar… —se quejó Fátima.

—Tú no eres enfermera —le respondió suavemente Clara.

—Pero le sé cuidar, llevo haciéndolo cincuenta años.

—Por favor, Fátima, vete a descansar. Esta casa no funciona sin ti, y si no duermes esto será un caos.

Abrazó a la vieja criada e hizo una seña a Samira para que entrara en el cuarto de su abuelo. Luego se dirigió a su habitación.

Ahmed estaba sentado sobre el camastro leyendo. Se dio cuenta de que no se había puesto el pijama, sólo un pantalón corto y una camiseta.

—Buenas noches, Clara.

—Buenas noches.

—Pareces agotada.

—Lo estoy.

—Te he buscado, pero me han indicado que estabas hablando con el sacerdote.

—Nos hemos sentado a fumar un cigarro.

—¿Os habéis hecho amigos?

—Sí, es una buena persona, y no he conocido a muchas en mi vida.

—Tu abuelo está peor, ¿no?

—No, y me extraña que tengas esa impresión.

—Bueno, alguna noticia ha llegado de El Cairo.

—Supongo que Yasir es el portador de esas noticias, pero son falsas. Mi abuelo no ha empeorado, si es lo que quieres saber.

—Desde luego, sigue teniendo la cabeza en su sitio, pero se le ve... no sé, más frágil de aspecto, más delgado.

—Si tú lo dices... los últimos análisis son estupendos, de manera que no hay cuidado de que le pase nada.

—No te pongas a la defensiva.

—No estoy a la defensiva, sé que te gustaría ver desaparecer a mi abuelo, que se muriera, pero no te va a dar ese gusto.

—¡Clara!

—Vamos, Ahmed, que nos conocemos bien. Me ha costado verlo, pero es evidente que odias a mi abuelo. Supongo que en el fondo te irrita ser su empleado.

Ahmed Huseini se levantó bruscamente y cerró los puños. Clara le miro desafiante, sabiendo que no se atrevería a alzarle la mano porque eso sería tanto como firmar su sentencia de muerte.

—Creí que íbamos a poder separarnos civilizadamente y sin hacernos daño —replicó Ahmed cruzando el pequeño cuarto para coger una botella de agua mineral.

—Nuestra separación no tiene nada que ver con la verdad.

—¿Y cuál es la verdad, Clara?

—Que eres un empleado de mi abuelo, que te has tenido que quedar en Irak porque te va a pagar una buena cantidad por tu colaboración en este último negocio con sus amigos Enrique, Frank y George.

—Hace años que trabajo para tu abuelo, eso no es una novedad para ti. ¿Qué es lo que me reprochas?

—No te reprocho nada.

—Sí, sí que lo haces, pero no terminas de decirme qué es. Supongo que estamos todos nerviosos por la guerra.

—¿Por qué no te has ido ya?

—¿Quieres saber la verdad?

—Sí.

—Bien, quizá es hora de que empecemos a decirnos en voz alta ciertas cosas que siempre hemos callado. No me he ido porque tu abuelo me lo ha impedido. Me amenazó con hacerme detener por la Mujabarat. Lo habría hecho sin problemas, sólo tenía que levantar el teléfono para enviarme al infierno. Alfred Tannenberg tiene mucho poder en este país. Así que acepté sus condiciones. No lo hice por dinero, no te equivoques, sino por sobrevivir.

Clara le escuchaba sin mover un músculo. Comprendió que Ahmed estaba dispuesto a decirle lo que había callado durante muchos años, y veía en sus ojos rabia, tanta que supo que iba a intentar derrumbar el pedestal donde ella tenía situado a su abuelo.

—¿Sabes en qué consiste este último negocio? Te lo diré, estoy seguro de que tu abuelo te lo oculta, y que tú además procuras no saberlo. Siempre has preferido vivir en la ignorancia para que nada enturbie tus sentimientos hacia él.

»Tu abuelo hizo su fortuna gracias al arte. Es el mayor saqueador de tesoros de Oriente Próximo.

—¡Estás loco!

—No, no lo estoy. Es la verdad. Algunas de las misiones arqueológicas que ha financiado han sido con un único propósito: quedarse con lo más valioso que se pudiera encontrar. Tampoco ha tenido grandes problemas en corromper a funcionarios que apenas ganan para llegar a fin de mes y que han hecho la vista gorda, permitiendo que los ladrones se llevaran piezas de determinados museos. ¿Te sorprende? Es un negocio muy lucrativo, que mueve millones de dólares y que ha hecho ricos a tu abuelo y a sus respetabilísimos amigos. Ellos venden piezas únicas a clientes únicos. Tu abuelo se encarga de esta parte del mundo, Enrique de la Vieja Europa y Frank de América del Sur. George es el núcleo del negocio. Lo mismo vende una talla románica desaparecida de una ermita de Castilla que una tabla de una catedral sudamericana. En el mundo hay gente muy caprichosa, que ve algo y lo quiere, y sólo es cuestión de dinero que lo pueda obtener. El grupo de los amantes del arte caprichosos no es muy extenso, pero son muy generosos a la hora de pagar. Estás pálida, ¿quieres agua?

Ahmed buscó la botella de agua mineral y llenó un vaso que le entregó a Clara. El hombre saboreaba la situación. Llevaba años reprimiendo la indignación por la actitud infantil de su mujer, que prefería no oír ni ver lo que sucedía a su alrededor. Clara se limitaba a vivir, arrasando lo que se interponía en su camino, cogiendo lo que le apetecía, siempre desde una calculada ignorancia que le hacía parecer inocente respecto a los negocios sucios de Alfred Tannenberg.

—Tu abuelo no me ha dejado marchar porque me necesitaba para esta última operación. Sin mí le resultaría más difícil, y por tanto no me dejó opción. Te diré en qué consiste. ¿Recuerdas la primera guerra del Golfo? Tu abuelo supo con antelación el día exacto en que los norteamericanos iban a empezar a bombardearnos e ideó un plan muy ingenioso. Cuando empezaran a caer las bombas, sus hombres entrarían en determinados museos y se llevarían unas cuantas piezas de valor.

»Hizo una lista muy precisa con algunos objetos que estaban en el Museo de Bagdad. No eran muchos, una veintena, pero de gran valor. Fue un gran negocio y eso es lo que le ha llevado a él y a sus amigos a preparar uno mayor. Tienen información, George tiene la mejor información de los planes del Pentágono. Al fin y al cabo es un "halcón" con conexiones importantes en la Administración norteamericana. Les conoce a todos. Así que a George no le ha costado saber la fecha exacta en que comenzará la guerra. ¿Sabes en qué consiste esta operación?

Ahmed se calló esperando a que Clara tuviera que pedirle que continuara. Pero ella permaneció en silencio mirándole fijamente sin pestañear.

—Es un robo a gran escala. Alfred Tannenberg se va a llevar todo lo que hay valioso en este país. Sus hombres van a entrar en los museos más importantes de Irak, no sólo en el de Bagdad. ¿Quieres saber quién les ha facilitado una lista de piezas únicas cuyo valor es incalculable? Yo. Yo he preparado esa lista con objetos que son… son patrimonio de la humanidad. Pero que terminarán en los museos secretos de unos millonarios caprichosos que ansían beber en la misma copa que Hammurabi. Pero puesto que van a entrar a por esas piezas, estatuas, tablillas, sellos, copas, frescos y hasta obeliscos, aprovecharán para llevarse todo lo que encuentren. Digamos que les he preparado un par de listas, una de objetos únicos, otra de objetos importantes.

—Es… es imposible —acertó a decir Clara.

—Es muy fácil. El 20 de marzo comenzará la guerra, ¿no te lo ha dicho tu abuelo? Pues bien, ese día sus hombres entrarán en los museos y saldrán con rapidez. Cada grupo tiene que dirigirse a una frontera, las de Kuwait, Turquía, Jordania, y entrar en esos países, donde otros equipos estarán esperando para llevar la carga a su lugar de destino. Enrique ya tiene piezas comprometidas a importantes compradores, lo mismo que Frank, y por supuesto George. Otras piezas las guardarán y las irán sacando de acuerdo con la ley de la oferta y la demanda. No tienen prisa, aunque bien pensado los cuatro son demasiado viejos.

—Pero en medio de los bombardeos…

—¡Ah, eso hace las cosas más fáciles! Cuando empiece la guerra nadie se preocupará por guardar los museos, todo el mundo intentará salvar el pellejo. Los hombres de Alfred son muy buenos, son los mejores ladrones y asesinos de Oriente Próximo.

—¡Cállate!

—No grites, Clara, no te pongas histérica —respondió Ahmed con la voz tan tranquila como helada.

Clara se levantó del sillón y empezó a andar por la exigua habitación. Sentía una necesidad imperiosa de correr, de salir de allí. Pero se contuvo. No, no haría nada de lo que Ahmed esperaba que hiciera o dijera. Se volvió hacia él mirándole con odio por haberle pisoteado su mundo, el mundo irreal y falso en el que estaba instalada desde su infancia por decisión de su abuelo.

—Has dicho que la guerra comenzará el 20 de marzo.

—Así es. George nos lo ha hecho saber. Ese día no deberías estar aquí, si es que tienes ganas de vivir.

—¿Cuándo tendríamos que irnos de aquí?

—No lo sé, tu abuelo no me lo ha dicho.

—¿Cómo saldrás de Irak?

—Tu abuelo ha prometido sacarme, sólo él puede hacerlo.

Se quedaron en silencio. Clara sintió que había envejecido de golpe y sintió odio hacia Ahmed. Se preguntó cómo podía haber querido a ese hombre que la miraba con frialdad a la espera de su reacción.

No había intentado rebatir nada de cuanto le había dicho porque sabía que era verdad. Por eso le había escuchado sin decir ni una palabra, absorbiendo toda la información que había estado siempre ante sus ojos por más que el cariño a su abuelo la cegara.

Pensó que tanto le daba lo que hiciera o hubiera hecho su abuelo. Le quería igual, no le reprochaba nada, y decidió en lo más íntimo de su ser que le defendería de quienes como Ahmed o Yasir ansiaban verle muerto.

Ahmed la observaba moverse de un lado a otro de la habitación y creía que en cualquier momento la vería derrumbarse sin poder contener las lágrimas. Se sorprendió al ver que Clara se dominaba y asumía el control de sí misma, sin dar una oportunidad al sinfín de emociones que pugnaban por aflorar.

—Espero que tú y Yasir estéis a la altura de lo que mi abuelo os ha encomendado. Desde luego, estaré atenta para que no deis ningún paso en falso; si lo hacéis…

—¿Me estás amenazando? —preguntó Ahmed sin ocultar su sorpresa.

—Sí, así es, te estoy amenazando. Supongo que no te sorprenderá viniendo de una Tannenberg.

—¿Quieres hacerte un lugar en el gran negocio de la delincuencia?

—Ahórrate las ironías y no te equivoques conmigo. Creo que no me conoces, Ahmed, me subvaloras, y ése puede ser un error que puedes pagar caro.

El hombre no salía de su asombro. Realmente le parecía que aquella mujer con la que había dormido en los últimos años era una perfecta desconocida. Y la creyó, sí; al escucharla hablar como lo hacía, supo que esa mujer sería capaz de todo.

—Siento haberte dado un disgusto, pero ya era hora de que supieras la verdad.

—No seas cínico, y ahora, descansa si quieres. Me voy a dormir al cuarto de Fátima, aquí apesta, apesta a ti. Márchate en cuanto puedas, y cuando la operación termine, procura no cruzarte en mi camino. Yo no seré tan generosa como mi abuelo.

Clara salió de la habitación cerrando la puerta suavemente. No sentía nada, absolutamente nada por Ahmed, sólo lamentaba los años perdidos a su lado.

Fátima se sobresaltó al oír los golpes secos en su puerta. La mujer se levantó de la cama y entreabrió la puerta.

—¡Clara! ¿Qué te pasa?

—¿Puedo dormir aquí?

—Métete en mi cama, yo me tumbaré en el suelo.

—Hazme un sitio, cabemos las dos.

—No, no, la cama es muy pequeña.

—No discutas, Fátima, me echaré sobre la cama a tu lado, siento haberte despertado.

—¿Has discutido con Ahmed?

—No.

—Entonces, ¿qué ha pasado?

—Ahmed ha querido hacerme daño explicándome… explicándome en qué consisten algunos de los negocios de mi abuelo. Robos, asesinatos… ¿creería que iba a dejar de querer a mi abuelo? ¿Tan poco me conoce?

—Niña, las mujeres no debemos meternos en los negocios de los hombres, ellos saben lo que tienen que hacer.

—¡Qué tontería! Te quiero mucho, Fátima, pero nunca he entendido tu sumisión sin límites a los hombres. ¿Tu marido robaba o mataba?

—Los hombres matan, ellos saben por qué.

—¿Y a ti no te importa vivir con hombres que matan?

—Las mujeres cuidamos a los hombres y tenemos sus hijos, les procuramos bienestar en casa, pero no vemos, ni oímos, ni hablamos, o no seríamos buenas esposas.

—¿Es tan fácil como lo dices? No ver, ni oír, callar…

—Es como debe ser. Desde que el mundo existe los hombres pelean. Por la tierra, por la comida, por sus hijos, y mueren y matan. Las cosas son así y ni tú ni yo las vamos a cambiar, además, ¿quién las quiere cambiar?

—Tu hijo está muerto, le mataron y yo te vi llorar.

—Le lloro a diario, pero así es la vida.

Clara se tumbó sobre la cama y cerró los ojos. Estaba agotada, pero la conversación con Fátima le daba tranquilidad. La vieja criada parecía conforme con las tragedias que deparaba la vida.

—¿Tú sabías que mi abuelo tiene negocios… negocios en los que a veces es necesario matar?

—Yo no sé nada. El señor hace lo que tiene que hacer, él sabe mejor que nosotras lo que es necesario.

Las venció el sueño hasta que el primer rayo de sol se coló por una rendija de la ventana.

Fátima se levantó y al cabo de un rato entró con una bandeja que colocó ante Clara.

—Desayuna deprisa, el profesor Picot quiere verte.

Cuando llegó a la excavación hacía rato que los miembros de la misión estaban trabajando. Marta se acercó a ella con restos de arcilla en la mano.

—Mira esta arcilla, aquí hubo un incendio. Hemos encontrado restos que indican que el templo sufrió un incendio, no sé si fortuito o provocado. Es curioso, pero esta mañana parece que estamos de suerte, hemos podido despejar el perímetro de otro patio y han quedado a la vista unos cuantos escalones, y armas, espadas y lanzas quebradas, carcomidas por la tierra. Pienso que quizá este templo fue atacado, arrasado en alguna contienda.

—Normalmente respetaban los templos —replicó Clara.

—Sí, pero en ocasiones las necesidades de dinero llevaron a algunos reyes a enfrentarse con el poder religioso. Por ejemplo, durante el reinado de Nabónides su necesidad de dinero le llevó a introducir cambios en las relaciones entre el poder real y el religioso. Suprimió al escriba del templo, lo sustituyó por un administrador real, el *resh sharri*, cuya autoridad estaba por encima de la del sacerdote administrador del templo, el *qipu*, y del *shatammu*, el responsable de las actividades comerciales.

»O pudo suceder que en alguna invasión o guerra entre reyes, el templo sufriera la misma suerte que otros recintos o ciudades.

Clara escuchaba con atención las explicaciones de Marta, por la que sentía un gran respeto, no sólo por sus conocimientos sino por cómo era. La envidiaba por el respeto que le tenían cuantos trabajaban en la misión, incluido Picot, que la trataba siempre como a una igual.

Pensó que ella no se había ganado en la vida que la respetaran lo mismo que a Marta, al fin y al cabo, se dijo, no había nada en su biografía digno de destacar, absolutamente nada, salvo un apellido, Tannenberg, que en algunos lugares de Oriente era respetado y temido. Pero el respeto y el temor eran para su abuelo, ella sólo se beneficiaba de ser su nieta.

—¿Lo ha visto el profesor Picot?

—¿Yves? Sí, claro, y hemos decidido emplear más hombres en este sector, hoy trabajaremos hasta tarde; en realidad, el tiempo que nos quede tenemos que aprovecharlo.

Fabián, sujeto por una cuerda y sostenido por un aparato con poleas manejado por unos obreros bajo la mirada atenta de Picot, se deslizaba por un hueco que parecía conducir a alguna estancia desconocida, donde todo era oscuridad.

—Ten cuidado, parece hondo —le decía Picot.

—No te preocupes, seguid soltando la cuerda, ya veremos adónde conduce esto.

—Sí me preocupo, y enciende ya la linterna. Si abajo hay espacio también iré yo.

Fueron bajando a Fabián lentamente hasta que se perdió en la profundidad de un agujero oscuro que parecía ser otra planta inferior del templo; o acaso sólo era un pozo, no lo sabrían hasta que el arqueólogo no saliera de nuevo a la luz. Picot parecía nervioso y volvió a asomarse por el agujero llamando a Fabián.

—¿Cómo vas?

—Bajadme un poco más, aún no toco nada —respondió Fabián, aunque su voz sonaba cada vez más lejana.

Luego escucharon un ruido sordo y a continuación silencio. Picot empezó a atarse una cuerda alrededor de la cintura, lo mismo que había hecho Fabián.

—Espera, deja que Fabián nos diga qué hay abajo —le pidió Marta.

—No quiero dejarle solo.

—Yo tampoco, pero no pasará nada por esperar unos minutos. Si no recibimos ninguna señal, bajamos —dijo Marta.

—Bajaré yo —respondió Picot.

Marta no respondió; sabía que esa decisión la adoptarían en virtud de las circunstancias, de manera que evitó la discusión.

Minutos después vieron cómo la cuerda se tensaba, señal de que Fabián les llamaba. Yves Picot se acercó más a la boca del agujero y sólo alcanzó a distinguir un haz de luz en la negrura.

—¿Estás bien? —gritó con la esperanza de que Fabián le escuchara.

De nuevo sintieron el tirón en la cuerda sujeta por la polea.

—Bajo. Sujetadme, e id a buscar focos para iluminar lo que pueda haber abajo.

—No tenemos focos —respondió uno de los obreros.

—Pues lámparas, linternas, lo que tengamos —respondió malhumorado Picot mientras se aseguraba de estar bien enganchado a la polea—. Marta, voy a bajar, te quedas a cargo de todo.

—Yo también bajo.

—No, quédate; si nos pasa algo, ¿quién se queda al frente de esto?

—Yo.

Marta y Picot miraron a Clara, que había dicho un «yo» tan rotundo que les sorprendió.

—Le recuerdo, profesor, que esta misión es de los dos. Estoy segura de que no va a pasar nada, pero en todo caso aquí estoy yo.

Yves Picot miró a Clara de arriba abajo sopesando si debía dejarle al cargo de la expedición, luego se encogió de hombros y con un gesto de la mano indicó a Marta que le siguiera.

Primero se deslizó él sintiendo la humedad de la tierra pegada a la ropa; después le siguió Marta.

Diez metros más abajo tocaron el suelo, y vieron que Fabián, en cuclillas, a pocos metros parecía raspar un trozo de pared con la espátula.

—Me alegro de tener compañía —les dijo Fabián sin volverse.

—¿Se puede saber qué haces? —le preguntó Picot.

—Creo que aquí hay una puerta o algo que impide el paso a otra cámara —respondió Fabián—, pero es que además hay restos de pintura; si os acercáis lo veréis, es un toro alado, muy bello por cierto.

—¿Qué es esto? —quiso saber Marta.

—Parece una sala. Hay restos de tablas de madera, si miráis a la pared que está frente a mí, veréis que las tablas están encajadas en la pared, luego esto debía de ser una sala donde quizá en algún momento depositaron tablillas; no lo sé, no me ha dado mucho tiempo a mirar —les dijo Fabián.

Marta colocó en el suelo dos potentes linternas que llevaba atadas a la cintura y lo mismo hizo Picot. Una tenue luz iluminó lo que parecía una estancia rectangular, donde, tal y como les acababa de decir Fabián, había restos de tablas de madera que más parecían anaqueles que pudieron acumular tablillas en el pasado.

El suelo estaba lleno de escombros formados por trozos de arcilla y madera, así como de vidrio vitrificado.

Picot ayudaba a Fabián a limpiar el trozo de pared donde aparecían los restos de la pintura de un toro mientras Marta continuaba estudiando el suelo de la estancia, donde encontró restos de losas con bajorrelieves en los que figuraban toros, leones, halcones, patos...

—¡Venid a ver esto!

—¿Qué has encontrado? —quiso saber Picot.

—Bajorrelieves, bueno lo que queda de ellos, pero lo que se ve es bellísimo.

Los dos hombres hicieron caso omiso de la invitación y continuaron su trabajo.

—Pero ¿por qué no venís? —quiso saber Marta.

—Porque aquí hay algo, al lado del relieve de este toro la pared parece hueca, como si hubiera otra estancia —dijo Fabián.

—Vale, yo seguiré con lo mío, pero deberíamos avisar arriba de que estamos bien.

—Hazlo tú —le pidió Picot.

Marta se desplazó hacia el lado por el que se habían deslizado y tiró de la cuerda tres veces para indicar al equipo que estaban bien. Luego volvió a concentrarse en el examen del suelo.

Una hora después los tres estaban de nuevo en la superficie luciendo una sonrisa de satisfacción.

—¿Qué hay abajo? —quiso saber Clara.

—Otras estancias del templo. Hasta ahora hemos excavado los dos pisos superiores, pero hay más, no sé si cuatro o cinco, pero hay más. El problema es que hay que apuntalar lo de abajo porque se puede venir encima. No será fácil, y como no hay tiempo... —explicó preocupado Picot.

—Podemos conseguir más hombres… —sugirió Clara.

—Aun así… no sé, será difícil, éste es un trabajo de meses, de años, y no sabemos cuánto podremos estar aquí —expresó con preocupación Fabián.

—Por cierto, Clara, quiero que luego hablemos con Ahmed y con su abuelo. Anoche fue imposible ver a su marido, y esta mañana aún dormían cuando me acerqué a la casa.

—Esta tarde, cuando regresemos, podrán hablar; ahora dígame qué hacemos con lo de ahí abajo.

—Vamos a intentar salvarlo, y ver qué más hay, aunque no es seguro que lo consigamos. No se puede luchar contra el tiempo.

Clara regresó al campamento antes que los demás. Fátima había enviado a un hombre a buscarla.

Cuando entró en la casa el silencio le indicó que debía acudir de inmediato al cuarto de su abuelo.

Entró sin que ni el doctor Najeb ni la enfermera, Samira, se percataran de su presencia; tampoco Fátima, que tenía los ojos anegados en lágrimas.

Se quedó quieta observando al médico colocar una mascarilla de oxígeno sobre el rostro de su abuelo mientras la enfermera cambiaba la botella del suero. Una vez que terminaron su quehacer con el enfermo parecieron darse cuenta de su presencia.

El médico susurró a Samira que se quedara junto a Tannenberg mientras le hacía una indicación a Clara para que saliera de la habitación con él.

Clara le llevó hasta la pequeña sala que habían organizado como improvisado despacho para su abuelo.

—Señora, estoy muy preocupado, no creo poder seguir haciendo frente a la situación.

—¿Qué ha pasado?

—Esta mañana el señor Tannenberg ha perdido el conocimiento y ha tenido un amago de infarto. Suerte que en ese momento le estaba examinando y pudimos reaccionar con rapidez. He intentado trasladarle al hospital de campaña pero se niega, no quiere que nadie conozca su estado, de manera que me obliga a atenderle dentro del cuarto al que, como ve, he hecho trasladar algunos de los aparatos del hospital, pero si no le llevamos a un auténtico hospital no aguantará mucho tiempo.

—Se está muriendo —dijo Clara con un tono de voz tan tranquilo que asustó al médico.

—Sí, se está muriendo, eso ya lo sabe usted, pero aquí se va a morir antes.

—Respetaremos la voluntad de mi abuelo.

Salam Najeb no supo qué decir. Se sentía incapaz de luchar contra la actitud aparentemente irracional del anciano y de su nieta. Ambos le resultaban seres extraños, con un código de conducta que no alcanzaba a comprender.

—Usted asume la responsabilidad de lo que pase —dijo el médico.

—Naturalmente que la asumo. Ahora dígame si mi abuelo está en condiciones de poder hablar.

—Ahora está plenamente consciente, pero en mi opinión debería dejarle descansar.

—Necesito hablar con él.

El hastío se reflejó en el rostro del médico, que se encogió de hombros sabiendo que era inútil cuanto pudiera decir. Por tanto, acompañó a Clara al cuarto de su abuelo.

—Samira, la señora desea hablar con el señor Tannenberg; espere en la puerta.

Clara hizo a su vez una seña a Fátima para que también saliera de la habitación, luego se acercó hasta la cama y cogió la mano de su abuelo. Le resultaba angustioso verle con el respirador cubriéndole el rostro, pero hizo un esfuerzo por sonreír.

—Abuelo, ¿cómo estás? No, no intentes hablar, quiero que estés tranquilo. ¿Sabes?, creo que la suerte nos va a sonreír, hemos accedido a otra planta del templo. Picot ha bajado con Marta y Fabián, y cuando han subido estaban entusiasmados.

Alfred Tannenberg hizo ademán de hablar, pero Clara se lo impidió.

—¡Por favor, sólo escúchame! No hagas ningún esfuerzo. Abuelo, me gustaría que confiaras en mí como yo confío en ti. Anoche hablé con Ahmed y me contó todo.

En los ojos del anciano se reflejó la ira mientras, haciendo un esfuerzo sobrehumano, se incorporaba arrancándose la mascarilla que le ayudaba a respirar.

—¿Qué te ha dicho? —le preguntó a Clara apenas con un hilo de voz.

—Déjame que llame a Samira y te ponga esto, yo... yo quiero que hablemos, pero no te puedes quitar el oxígeno...

Clara estaba asustada al ver la reacción de su abuelo, se sintió culpable por lo que le pudiera pasar.

—¡No te vayas! —le ordenó éste—. Hablemos, luego llamas a la enfermera o a quien quieras, pero ahora dime lo que te dijo ese estúpido.

—Me contó la operación que... que está en marcha, la participación de tus amigos, de George, de Enrique y de Frank, me explicó que era un gran negocio.

Alfred Tannenberg cerró los ojos mientras apretaba la mano de Clara para evitar que ésta saliera en busca de la enferma o del médico. Cuando logró acompasar su respiración los volvió abrir y miró fijamente a Clara.

—No te mezcles en mis negocios.

—¿Puedes confiar en alguien más que en mí? Por favor, abuelo, piensa en la situación en la que estamos. Ahmed me ha dicho que la guerra empezará el 20 de marzo, falta menos de un mes. Tú… tú no te encuentras bien, y… bueno, creo que me necesitas, me necesitas a mí. Te he escuchado decir en más de una ocasión que a veces, para que salga bien un negocio, hay que comprar lealtades, y si te saben enfermo, bueno, puede que algunos de tus hombres se vendan al mejor postor.

El anciano volvió a cerrar los ojos pensando en las palabras de Clara. Le sorprendía la frialdad con que hablaba su nieta, la naturalidad con que asumía que estuvieran preparando un gran expolio de obras de arte que iba a dejar a Irak sin su patrimonio artístico. Ella, que tanto amaba aquella tierra, que había crecido soñando en descubrir ciudades perdidas, que mimaba cualquier objeto del pasado, de repente se le aparecía como una mujer dispuesta a hacerse con las riendas de un negocio que consistía pura y simplemente en robar.

—¿Qué quieres, Clara?

—Quiero que ni Ahmed ni Yasir se intenten aprovechar de nuestra situación. Quiero que me digas lo que he de hacer, lo que he de decirles, lo que deseas que se haga.

—Vamos a arrebatar a Irak su pasado.

—Lo sé.

—¿Y no te importa?

Clara dudó unos momentos antes de responder. Le importaba, sí, pero la lealtad a su abuelo estaba por encima de cualquier otra lealtad, y, además, creía que sería imposible que los hombres de Alfred se pudieran llevar todo. No era fácil vaciar un museo, y, por lo que parecía, iban a desvalijar varios.

—No te voy a mentir, cuando Ahmed me explicó la operación, me hubiera gustado no creerle, que no fuera verdad, pero no puedo cambiar las cosas, ni a ti tampoco, así que cuanto antes termine todo esto mejor. A mí lo que me preocupa es que estás enfermo y que te intenten jugar una mala pasada, eso es lo que me importa de verdad.

—Puesto que lo sabes todo, empieza a asumir responsabilidades. Pero no te equivoques, no soporto los errores.

—¿Qué quieres que haga?

—No hay cambios en la operación. Ya le dije a Ahmed lo que espero de él, lo mismo que de Yasir y…

El anciano no pudo continuar hablando. Se le velaron los ojos y Clara sintió su mano helada entre las suyas, una mano sin vida. Gritó, y el grito sonó como un aullido.

El doctor Najeb y Samira entraron de inmediato apartándola del lado del enfermo. Fátima les seguía y se abrazó a Clara.

Dos hombres con las pistolas desenfundadas acudieron corriendo al cuarto de Tannenberg. Creían que alguien estaba atacando al anciano.

—¡Salgan todos! —ordenó el médico—. Usted también —le dijo a Clara.

Fátima fue la primera en recuperarse y se hizo cargo de la situación viendo que Clara parecía conmocionada y que otros se agolpaban en la puerta con las armas en la mano.

—Ha sido un susto, nada más. El señor está bien —decía Fátima intentando ser convincente.

Por fin, Clara pareció reaccionar y se dirigió a los dos hombres que expectantes no sabían qué hacer.

—Todo está bien, ha sido un pequeño accidente, me he caído y me he hecho daño. Lo siento, siento haber causado este alboroto.

Los hombres la miraban sin creerla: el grito desgarrado que habían escuchado no era sólo el de una mujer histérica que se hubiera hecho daño por una caída. Además, Clara no parecía haber sufrido ningún golpe; supieron que estaba mintiendo.

Clara se irguió sabiendo que de lo que pasara en ese momento dependería la reacción posterior de los hombres en otras circunstancias.

—¡He dicho que no pasa nada! ¡Váyanse a sus trabajos!

¡Ah, y no quiero chismorreos! El que deje suelta la lengua y la imaginación tendrá que atenerse a las consecuencias. Ustedes dos, quédense aquí —ordenó a los dos hombres que habían entrado en la habitación de Tannenberg.

Fátima empujó al resto de los hombres al exterior de la casa y cerró la puerta para evitar que Clara viera la preocupación que manifestaban los guardias de Alfred.

—No quiero que comenten ni una palabra de lo que han visto antes.

—No, señora —respondió uno de los guardias.

—Si lo hacen, lo pagarán caro. Si mantienen la boca cerrada sabré agradecérselo con generosidad.

—Señora, usted sabe que hace muchos años que estamos con el señor, él confía en nosotros —protestó uno de los guardias.

—Sé que la confianza tiene un precio, de manera que no cometan el error de querer vender información sobre lo que pasa en esta casa. Y ahora, quédense en la puerta y no dejen entrar a nadie.

—Sí, señora.

Clara volvió a dirigirse al cuarto de su abuelo y entró procurando no hacer ruido. El doctor Najeb miraba preocupado a su abuelo.

—¿Qué ha pasado? —preguntó Clara.

—Eso es lo que le iba a preguntar yo.

—Se quitó la máscara de oxígeno, estábamos hablando y de repente puso los ojos en blanco y tuvo un espasmo.

—No se lo diré más, pero o nos llevamos a su abuelo de aquí o dudo mucho que pueda aguantar.

—Mi abuelo continuará aquí, y ahora dígame en qué estado se encuentra.

—Su situación empieza a ser crítica. Le ha vuelto a fallar el corazón. Tenemos que esperar el resultado de los análisis que le acabo de hacer. La radiografía del hígado nos indica que han salido nuevos tumores. Pero ahora es su corazón el que me preocupa.

—¿Está consciente?

—No, no lo está. Debería de dejarme hacer mi trabajo. Váyase, yo la iré informando. No me moveré de su lado.

—Haga todo lo que pueda, pero no le deje morir.

—Es usted la que parece empeñada en no dejarle vivir.

Las palabras de Salam Najeb le dolieron como una bofetada, pero no respondió porque sabía que él no la entendería.

Se encontró a Ahmed en la puerta de la habitación de su abuelo, enfadado porque Fátima le impedía la entrada.

—¿Qué ha pasado? Los hombres están alterados, dicen que gritaste, y creen que le ha pasado algo a tu abuelo.

—Me caí y grité, eso es todo. Mi abuelo está bien, un poco cansado, nada más.

—Tendría que hablar con él, hoy he estado en Basora.

—Tendrás que hacerlo conmigo.

Ahmed la miró intentando entrever en la actitud de Clara un indicio de lo que en realidad hubiera pasado.

—Me voy mañana, y quiero consultarle algunas cosas. Que yo sepa es tu abuelo quien está al mando de la operación, nadie me ha avisado de que hubiera ningún cambio. En cualquier caso nadie aceptaría una orden tuya, tampoco yo.

Clara sopesó las palabras de su marido y decidió no plantar batalla en ese momento, segura de que la perdería. Si se empeñaba en que hablara con ella, Ahmed se daría cuenta del empeoramiento de su abuelo, y no sabía lo que eso podría desencadenar, de manera que decidió comportarse como la Clara que había sido siempre, pero de la que ni ella misma sabía cuánto quedaba.

—Bueno, pues tendrás que esperar a mañana. Eso sí, búscate otro sitio donde dormir. Ya estoy harta de fingir ante los demás.

—¿Crees inteligente que sepan que nos vamos a separar? Tú llevarías las de perder. Los hombres no te respetarían si saben que te has quedado sin marido, ahora que tu abuelo está a punto de morir.

—Mi abuelo no se va a morir, olvídate de verle muerto —respondió Clara con rabia.

—No tengo interés en dormir en tu cuarto. Si quieres me quedo en la sala, así no te molestaré.

La insistencia de Ahmed la irritaba, sabía que él quería quedarse para averiguar lo que realmente pasaba en la casa. Si se oponía le haría sospechar aún más de lo que sospechaba, pero no podía evitar rechazarle.

—Me molesta dormir bajo el mismo techo que tú porque sé que deseas nuestro mal, el de mi abuelo y el mío, de manera que prefiero que te busques otro lugar.

—No te deseo ningún mal.

—¿Sabes, Ahmed? No es difícil leer en tu cara. No sé en qué momento ambos hemos cruzado la raya del afecto al desprecio, pero es evidente que lo hemos hecho. No quiero que en mi casa duerman extraños y a ti te siento como un desconocido.

—Bien, dime dónde puedo ir a dormir.

—En el hospital de campaña hay un catre, te servirá.

—¿A qué hora podré ver mañana a tu abuelo?

—Te avisaré.

—Picot me ha dicho que quiere que hablemos, ¿vendrás?

—Sí, sé que ha convocado una reunión para decidir cuándo pone punto final a la expedición. Te preguntará si tienes un plan previsto para evacuar al equipo en caso de que estalle la guerra. Los periodistas que han estado aquí aseguraban que la guerra era inevitable y que en cualquier momento Bush mandaría atacar.

—Ya sabes la fecha, el 20 de marzo, de manera que no queda mucho tiempo, pero eso no se lo podemos decir a ellos.

—Eso ya lo sé.

—Bueno, voy a recoger mi bolsa para instalarme en el hospital.

—Hazlo.

Clara se dio la media vuelta dirigiéndose de nuevo al cuarto de su abuelo. Abrió la puerta con cuidado y se apoyó en la pared observando al doctor Najeb y a Samira, que en ese momento parecían estar haciendo otro cardiograma a su abuelo. Aguardó a que terminaran para hacer notar su presencia.

—Le he dicho que es mejor que no esté aquí —fueron las palabras del médico al verla.

—Estoy preocupada.

—Tiene razones, está muy mal.

—¿Podrá hablar? —se atrevió a preguntar temiendo la respuesta del médico.

Pero Salam Najeb parecía haberse rendido ante la evidencia de lo inútil que resultaba que insistiera en la gravedad de la situación del enfermo.

—Ahora mismo no; mañana quizá, si es que supera esta crisis.

—Es preciso que los hombres le vean y... bueno, y que pueda mantener una charla aunque sea breve.

—Lo que usted quiere es un milagro.

—Lo que quiero es que el sueño de mi abuelo no se evapore sin llevarlo a término.

—¿Y cuál es ese sueño? —le preguntó el médico con un deje de resignación.

—Ya ha oído hablar de lo que hacemos aquí. Buscamos unas tablillas que supondrán una revolución en el mundo de la arqueología y también en la historia de la humanidad. Esas tablillas son una Biblia, una *Biblia de Barro*.

—Muchos hombres pierden la vida persiguiendo sueños imposibles.

—Mi abuelo lo intentará hasta el final; no se va a rendir ahora, no querría hacerlo.

—No sé cómo estará mañana, ni siquiera sé si vivirá. Ahora déjele descansar. Si hubiera cualquier cambio en su estado la mandaré llamar.

—Pero hágalo con discreción.

—No se preocupe, su abuelo me aleccionó sobre el valor del silencio.

29

Yves Picot había tomado una decisión. En realidad, la decisión se la habían inspirado Marta y Fabián.

Ya que era includible el regreso, al menos debían hacerlo con el mayor número posible de objetos que habían encontrado: los bajorrelieves, esculturas, tablillas, sellos, *bullas* y *calculis*... la cosecha había sido fecunda.

Marta imaginaba una gran exposición avalada por alguna universidad, a ser posible la suya, la Complutense de Madrid, en colaboración con alguna fundación dispuesta a correr con los gastos del montaje.

Fabián decía que el trabajo hecho debía ser conocido por la comunidad científica, habida cuenta que era posible que si había guerra, de aquel templo no quedaría nada. Por eso creía, como Marta, que tenían que valorizar el descubrimiento hecho, y eso pasaba no sólo por una exposición, sino también por la edición de un libro con las fotos de Lion Doyle, dibujos, planos y textos de todos ellos.

Pero para llevar a cabo la idea de sus amigos tenía que convencer a Ahmed de que les dejara sacar de Irak los tesoros encontrados, y eso preveía que iba a ser harto difícil, puesto que formaba parte del patrimonio artístico del país y en aquellas circunstancias ningún funcionario de Sadam osaría sacar ni un trozo de arcilla para prestarlo a los países que iban a declararles la guerra.

Pensaba que quizá Alfred Tannenberg podría hacer valer su influencia para lograr que Sadam les permitiera llevarse en depósito los tesoros encontrados. Estaba dispuesto a firmar lo que fuera necesario asegurando que aquellos objetos eran y serían siempre de Irak y que en cualquier caso volverían al país.

Claro que para Alfred Tannenberg, lo mismo que para su nieta, el objetivo de la expedición no se había logrado: encontrar la *Biblia de Barro*, de manera que podía negarse a ayudarles para obligarles a continuar, aunque sólo un loco pensaría en seguir en un país que en cualquier momento iba a entrar en guerra.

Después de cenar y una vez que los miembros del equipo se dispersaron, Picot junto a Marta y Fabián invitó a Lion Doyle y a Gian Maria a unirse a ellos para participar en la reunión con Ahmed y Clara.

Había tomado afecto al sacerdote, y Lion Doyle le caía bien. Siempre estaba de buen humor y dispuesto a echar una mano a quien hiciera falta. Además, era inteligente y eso era algo que Picot valoraba.

Le pareció que Clara estaba nerviosa y algo ausente y Ahmed un poco tenso. Supuso que la pareja había discutido y se veía obligada a mantener el tipo delante de ellos, al fin y al cabo unos desconocidos.

—Ahmed, queremos saber su opinión sobre la situación real, los periodistas que han estado aquí aseguran que la guerra está en marcha.

Ahmed Huseini no respondió de inmediato a Picot. Termino de encender un cigarrillo egipcio, exhaló el humo, le miró sonriente y entonces articuló la respuesta.

—Ya nos gustaría saber a nosotros si al final nos van a atacar y sobre todo cuándo.

—Vamos, Ahmed, no se escape, esto es muy serio; dígame cuándo cree que debemos irnos, y en todo caso si tiene un plan de evacuación para el caso de que les ataquen por sorpresa —insistió Yves denotando cierta incomodidad.

—Lo que sabemos es que hay países que están tratando por todos los medios de evitar que se desencadene el conflicto bélico. Lo que no puedo decirles, amigos míos, es si lo conseguirán. En cuanto a ustedes… bien, yo no puedo decidir lo que deben hacer. Conocen la situación política igual que yo. Aunque no me crean, no tenemos más información que la que puedan disponer ustedes, que es la de los medios de comunicación occidentales. Yo no puedo afirmar que vaya a haber guerra, pero tampoco puedo afirmar lo contrario; claro que, bajo mi punto de vista, Bush está yendo demasiado lejos, de modo que… en fin, en mi modesta opinión hay más posibilidades de que la haya que de que no. Respecto a cuándo… todo dependerá del momento en que crean estar preparados.

Yves y Fabián intercambiaron una mirada en la que ambos reflejaban el desagrado que les estaba provocando Ahmed. No reconocían en aquel hombre cínico y escurridizo al arqueólogo eficiente e inteligente que habían tratado meses atrás. Sentían que les estaba engañando.

—No se ande por las ramas —insistió Picot sin ocultar su enfado—; dígame cuándo cree conveniente que nos vayamos.

—Si usted quiere irse ya, con mucho gusto lo organizaré todo para que puedan salir cuanto antes de Irak.

—¿Qué pasaría si la guerra comenzara ya, esta misma noche? ¿Cómo nos sacaría de aquí? —le insistió Fabián.

—Intentaría enviarles helicópteros, pero no es seguro que pudiera disponer de ellos si efectivamente nos estuviesen atacando.

—De manera que nos recomienda que nos vayamos —afirmó más que preguntó Marta.

—Creo que la situación es crítica, pero no soy capaz de prever lo que va a pasar. Pero si quieren un consejo se lo daré: váyanse antes de que sea difícil hacerlo —fue la respuesta de Ahmed.

—¿Qué opina usted, Clara?

Que Marta le preguntara a ella sorprendió a la propia Clara, también a Picot y a Ahmed.

—Yo no quiero que se vayan, creo que aún podemos encontrar la *Biblia de Barro*, que estamos cerca de conseguirlo, pero necesitamos más tiempo.

—Clara, lo único que no tenemos es tiempo —le dijo Picot—; debemos actuar sobre la realidad, no sobre nuestros deseos.

—Entonces decídanlo ustedes, en realidad poco importa lo que yo pueda opinar.

—Yves, ¿le importa que opine yo? —preguntó Lion Doyle.

—No, claro, hágalo, le he invitado a esta reunión porque me interesa saber qué piensa; también quiero conocer la opinión de Gian Maria —respondió Picot.

—Debemos irnos. No hace falta ser un lince para saber que Estados Unidos va a atacar. La información de mis colegas de la prensa no deja lugar a dudas. Francia, Alemania y Rusia tienen perdida la batalla en Naciones Unidas, y Bush lleva meses preparándose para atacar. Los militares del Pentágono saben que ésta es la mejor época para intentar una guerra contra un país como éste. El clima es determinante, así que deben de estar a punto de hacerlo; es cuestión de semanas, todo lo más, un par de meses.

»Puede que Clara tenga razón y que si se continuara trabajando tal vez pudieran encontrar esas tablillas a las que ustedes llaman la *Biblia de Barro*, pero no disponen de tiempo para hacerlo, por lo que deberían comenzar a desmantelar el campamento y salir de aquí cuanto antes. Si empiezan a bombardear, nosotros seremos el menor de los problemas de Sadam. Nos dejará a nuestra suerte, no enviará helicópteros para sacarnos, pero es que además sería una temeridad subirnos a un helicóptero si los norteamericanos empiezan a bombardear. Salir del país por carretera también sería una opción suicida. Por lo que a mí respecta, voy a prepararme para marcharme, no creo que pueda hacer mucho más aquí.

Lion Doyle encendió un cigarro. Le habían escuchado en silencio, y nadie se decidía a romperlo. Fue Gian Maria el que les sacó de su ensimismamiento.

—Lion tiene razón, yo… yo creo que deben irse.

—¿Qué pasa? ¿Usted se queda? —quiso saber Marta.

—Yo me quedaré si Clara se queda. Me gustaría ayudarla.

Ahmed miró con desconcierto al sacerdote. Sabía que seguía a Clara por todas partes, que no se despegaba de su lado, parecía un perro fiel, pero de ahí a mostrarse dispuesto a quedarse en un país a punto de sufrir una guerra era algo que le desconcertaba. Estaba seguro de que entre su mujer y el sacerdote no había más relación que la que ambos evidenciaban, pero aun así no comprendía la actitud de Gian Maria.

—Seguiremos su consejo, Lion. Mañana empezaremos a embalar y a prepararnos para ir a Bagdad y de allí a casa. ¿Cuándo cree que nos puede sacar de aquí? —preguntó Picot a Ahmed.

—En cuanto me diga que está listo.

—Puede que en una semana, como mucho en dos, deberíamos tener todo recogido —asintió Picot.

Fabián carraspeó mientras miraba a Marta, buscando su apoyo. No podía decidir irse sin más, y Picot parecía olvidarse de su idea: sacar de Irak todo lo encontrado en la excavación de Safran.

—Yves, creo que deberías preguntar a Ahmed sobre la posibilidad de hacer una exposición con las tablillas, los bajorrelieves… en fin, con todo lo que hemos encontrado.

—¡Ah, sí! Verá, Ahmed, Fabián y Marta han pensado que deberíamos intentar dar a conocer a la comunidad científica los hallazgos de Safran. Usted sabe que lo que hemos encontrado tiene un valor incalculable. Pensamos en una exposición que pueda llevarse a distintos países. Nosotros buscaremos el patrocinio de universidades y fundaciones privadas. Usted podría ayudarnos en la puesta en marcha de la exposición, y desde luego también Clara.

Ahmed sopesó las palabras de Picot. El francés le estaba pidiendo que le dejase llevarse todo lo que habían encontrado, así sin más. Sintió una ráfaga de amargura. Muchos de los objetos encontrados ya estaban vendidos a coleccionistas particulares, ansiosos porque les entregaran la mercancía. Clara, desde luego, no lo sabía y tampoco Alfred Tannenberg, pero Paul Dukais, el presidente de Planet Security, había sido tajante al respecto en su última conversación con Yasir. Había coleccionistas que sabían de la existencia de los objetos desenterrados por los reportajes publicados en la revista *Arqueología científica* y se habían puesto en contacto con intermediarios que acababan llamando al despacho de Robert Brown, presidente de la fundación Mundo Antiguo, la pantalla que ocultaba los negocios sucios de George Wagner, de Frank Dos Santos y de Enrique Gómez, los socios de Alfred Tannenberg.

—Lo que me está pidiendo es imposible —fue la respuesta cortante de Ahmed Huseini.

—Sé que es difícil y más dada la actual situación, pero usted es arqueólogo, conoce la importancia del descubrimiento de este templo. Si dejamos aquí lo que hemos encontrado… bueno, nuestro trabajo, todos estos meses de sacrificio no tendrán sentido. Si nos ayuda a que sus jefes entiendan la importancia que tiene para la arqueología el que el mundo conozca lo que hemos encontrado, su país será el primer beneficiado.

Por supuesto, todos los objetos regresarán a Irak, pero antes permitan que los conozca el mundo, que intentemos organizar esa exposición itinerante en París, Madrid, Londres, Nueva York, Berlín. Su Gobierno puede designarle a usted como comisario de esa exposición por parte de Irak. Creemos que podemos hacerlo. No nos queremos llevar nada, queremos que el mundo conozca lo que hemos encontrado. Hemos trabajado duro, Ahmed.

Picot se calló intentando sopesar por el gesto de Ahmed la respuesta de éste, pero fue Clara la que tomó la palabra.

—Profesor Picot, ¿no cree que se olvida de mí?

—En absoluto. Si hemos llegado hasta aquí ha sido con usted. Nada de lo que hemos hecho habría sido posible sin usted. No la queremos sacar de escena, todo lo contrario.

»Estamos aquí por su empeño, Clara. Por eso quiero que acepte interrumpir la excavación y venga con nosotros. Usted es parte fundamental de nuestro proyecto, la necesitamos para preparar la exposición, dar conferencias, participar en seminarios, acompañar a los objetos hallados donde quiera que los llevemos. Pero no podremos hacer nada si su marido no consigue que su Gobierno permita que saquemos de Irak lo que hemos encontrado.

—A lo mejor mi marido no puede hacerlo, pero mi abuelo sí.

La afirmación de Clara no les sorprendió. En realidad, Picot había pensado hablar con Alfred Tannenberg si Ahmed se mostraba demasiado reticente. Los meses pasados en Irak le habían enseñado que no había nada que Tannenberg no pudiera conseguir.

—Sería estupendo que entre Ahmed y su abuelo convencieran al Gobierno para que nos permitan mostrar al mundo el tesoro que el paso del tiempo había ocultado en Safran —dijo Picot.

Ahmed pensó que no era inteligente librar una batalla con Clara, ni siquiera con Picot. Era mejor ganar tiempo asegurando que haría cuanto estuviese en su mano e incluso mostrar entusiasmo. Además, a lo mejor ésa era su oportunidad de escapar de Irak. Picot le estaba brindando una cobertura inesperada. El problema era que muchos de los objetos encontrados no saldrían jamás de Irak ni con él ni con Picot.

—Haré lo que pueda para convencer al ministro —afirmó Ahmed.

—El ministro no es suficiente, hay que hablar con Sadam. Sólo él puede autorizar que salgan objetos artísticos de Irak, y más si son antigüedades —apuntó Clara.

—Entonces, ¿vendrá con nosotros? —le preguntó Marta a Clara.

—No, al menos no por ahora, pero me parece una buena idea que el mundo conozca lo que hemos desenterrado en Safran. Yo me quedaré aquí, sé que puedo encontrar las tablillas. Desde luego, ustedes no sacarán ni un objeto sin que antes se firme un acuerdo en que quede estipulado cómo y quiénes hicieron posible esta expedición —dijo Clara en tono desafiante.

Discutieron un rato más los pormenores para salir de Irak en cuanto fuera posible, y sobre todo cómo imaginaban que debía de ser la exposición.

No se escuchaba ni un ruido en el campamento cuando Clara, acompañada por Gian Maria, se dirigió hacia su alojamiento, segura de que Fátima la esperaría despierta. Ahmed discretamente había entrado en el hospital de campaña donde pasaría la noche.

—¿Tienes sueño? —le preguntó a Gian Maria.

—No, estoy cansado, pero ahora mismo no sería capaz de dormirme.

—A mí me gusta la noche, disfruto del silencio, es el mejor momento para pensar. ¿Me acompañas a la excavación?

—¿Ahora? —preguntó Gian Maria sin poder ocultar su sorpresa por la propuesta.

—Sí, ahora. Lo peor es que ya sabes que tengo dos hombres permanentemente detrás de mí, pero estoy acostumbrada a tener escolta desde que era pequeña, de modo que cuando no puedo escaparme de ellos, los olvido.

—Bueno, si quieres te acompaño. ¿Cogemos el coche?

—No, vayamos andando; es un paseo largo, ya lo sé, pero necesito caminar.

Los hombres que escoltaban a Clara permanecían varios pasos detrás de ellos, sin manifestar el fastidio que suponía renunciar a horas de sueño por el deseo de pasear de la nieta de Tannenberg.

Cuando llegaron cerca de la excavación Clara buscó un lugar donde sentarse e invitó a Gian Maria a acompañarla.

—Gian Maria, ¿por qué quieres quedarte aquí? Puedes correr peligro si los norteamericanos comienzan a bombardearnos.

—Lo sé, pero no tengo miedo. No creas que soy un temerario, pero ahora mismo no tengo miedo.

—Pero ¿por qué no te marchas? Eres sacerdote, y aquí… bueno, aquí no has podido ejercer tu ministerio. Somos todos casos perdidos, aunque realmente no has intentado catequizarnos, has sido muy respetuoso con nosotros.

—Clara, me gustaría ayudarte a encontrar la *Biblia de Barro*. Si fuera verdad que Abraham conocía el Génesis… y si lo conocía, ¿sería el mismo Génesis que conocemos nosotros?

—Así que te quedas por curiosidad.

—Me quedo por ayudarte, Clara. Yo…, bueno, no estaría tranquilo dejándote sola.

Clara se rió. Le conmovía que Gian Maria pensara que podía protegerla precisamente a ella, que la guardaban hombres armados de día y de noche. Sin embargo, el sacerdote parecía creer que poseía un poder taumatúrgico que hacía imposible que a ella le sucediera nada.

—¿Qué te dicen en tu congregación cuando hablas con ellos?

—Mi superior me insta a que ayude a quienes lo necesitan; está al tanto de las penalidades que está viviendo Irak.

—Pero tú, en realidad, no estás ayudando a nadie. Estás aquí con nosotros, trabajando en una misión arqueológica.

Al decirlo, Clara se dio cuenta de lo extraño que resultaba que el sacerdote llevara dos meses entre ellos trabajando como un miembro más del equipo.

—Ya lo saben, pero aun así creen que puedo ser útil a las personas que están aquí.

—¿No será que la Iglesia está tras la *Biblia de Barro*? —preguntó Clara con cierta alarma.

—¡Por favor, Clara! La Iglesia no tiene nada que ver con mi estancia en Safran. Me duele que puedas desconfiar de mi palabra. Tengo permiso de mi superior para estar aquí, sabe lo que estoy haciendo y no se opone. Muchos sacerdotes trabajan. No soy el único, y por tanto no es extraño que me permitan trabajar en una misión arqueológica. Naturalmente que en algún momento deberé de regresar a Roma, pero te recuerdo que llevo aquí dos meses, no dos años, por más que a ti se te haya hecho muy largo este tiempo.

—No, lo que pasa es que… bueno, si lo pienso resulta extraño que un sacerdote haya terminado en esta expedición.

—No creo haber dado ningún motivo para que juzgues extraño mi comportamiento. No soy capaz de dobleces, Clara.

—¿Sabes, Gian Maria?, aunque nunca hemos hablado de cosas personales, a veces tengo la impresión de que eres el único amigo que tengo aquí, el único que me ayudaría si tuviera un problema.

Volvieron a quedar en silencio, dejando vagar la mirada por la infinitud del cielo estrellado, saboreando la calma de la noche, sin necesidad de decirse nada.

Así estuvieron un rato, perdidos en sus pensamientos, sin alterarse por los ruidos de la noche ampliados por el silencio.

Luego el frío se apoderó del lugar y decidieron irse a dormir.

Clara entró en la casa procurando no hacer ruido y se dirigió hacia el cuarto de su abuelo, segura de que Samira y Fátima le estarían velando. La casa estaba a oscuras.

Entró con sigilo en la habitación, extrañada de la oscuridad rotunda que la envolvía. Tanteó la pared para no tropezar y susurró el nombre de Samira sin obtener respuesta. En el ambiente flotaba un olor dulce y pastoso. No veía nada, y ni Samira ni Fátima respondían a su llamada. Encontró el interruptor de la luz. Estaba furiosa pensando en que las dos mujeres se habían dormido en vez de mantener su atención en el anciano.

Cuando pudo ver la habitación ahogó el grito que pugnaba por escapar. Se apoyó contra la pared intentando dominar la náusea que le retorcía la boca del estómago.

Samira estaba tirada en el suelo con los ojos abiertos. Un hilo de sangre parecía haberse quedado inerte en la comisura de sus labios, pálidos por la ausencia de vida.

La enfermera tenía algo en la mano que no alcanzaba a ver porque las lágrimas y el miedo le cegaban la mirada.

No supo cuánto tiempo permaneció allí pegada a la pared sin moverse, pero Clara sintió que había pasado una eternidad cuando por fin se atrevió a acercarse a la cama de su abuelo, temiendo encontrarle muerto al igual que Samira.

Su abuelo tenía la mascarilla de oxígeno colgando a un lado de la cama y estaba sin sentido, blanco como la cera. Clara le acercó los dedos a la boca y sintió el aliento débil del anciano, luego pegó el oído a su corazón y escuchó el latido apagado de quien está a punto de dejar la vida. No supo cómo lo hizo, pero le colocó la mascarilla de oxígeno y a continuación salió corriendo de la habitación, sin ver que en un rincón yacía otro cuerpo.

Al salir se dio cuenta de que los dos hombres que guardaban la puerta de su abuelo estaban tendidos en el suelo, muertos. Volvió a sentir un ataque de pánico. Estaba sola y allí, en aquella casa, había un asesino.

Salió corriendo, y en la puerta de entrada respiró al ver a los hombres que habitualmente guardaban la casa. Los mismos que la habían saludado minutos antes cuando la vieron despedirse de Gian Maria. ¿Cómo era posible que alguien hubiera entrado en la casa sin que esos hombres se dieran cuenta?

—Señora, ¿qué sucede? —le dijo uno de los guardias que se habían acercado al verla aparecer en el umbral con los ojos desorbitados y una expresión de pánico dibujada en el rostro.

Clara hizo un esfuerzo por hablar, por encontrar algún rastro de fuerza para enfrentarse a aquel hombre que lo mismo era un asesino, el asesino de Samira y de los otros guardias.

—¿Dónde está el doctor Najeb? —preguntó con una voz apenas audible.

—Duerme en su casa, señora —respondió el hombre señalando la casa donde Salam Najeb descansaba.

—Avísele.

—¿Ahora?

—¡Ahora! —El grito de Clara dejaba al descubierto su desesperación.

Luego envió a otro de los hombres a buscar a Gian Maria y a Picot. Sabía que debía avisar a Ahmed, pero no quería hacerlo hasta que no llegaran el francés y el sacerdote. Desconfiaba de su marido.

El médico apareció apenas dos minutos después. No le había dado tiempo a peinarse para aparecer presentable porque el guardia no le había dado opción, así que había alcanzado a ponerse un pantalón y una camisa antes de salir a reunirse con Clara.

—¿Qué sucede? —le preguntó, alarmado por el aspecto de la mujer.

—¿A qué hora dejó a mi abuelo? —le preguntó Clara sin responder a la pregunta que le acababa de hacer el médico.

—Pasadas las diez. Estaba tranquilo, Samira se ha quedado de guardia. ¿Qué ha pasado?

Clara entró en la casa seguida por el médico y le llevó hasta la habitación de Tannenberg. Salam Najeb se quedo inmóvil en la puerta mientras en su rostro reflejaba el horror que le producía la situación. Con paso decidido, haciendo caso omiso al cuerpo sin vida de Samira, se acercó a la cama de Alfred Tannenberg. Le tomó el pulso, mientras contemplaba cómo surgían en el monitor las débiles constantes vitales del anciano. Le examinó a conciencia hasta asegurarse de que no había sufrido ningún daño y volvió a colocarle la mascarilla de oxígeno. A continuación preparó una inyección, y le cambió la botella de suero y medicamentos en la que apenas quedaban unas gotas de líquido. Durante un rato estuvo luchando para arrancar una señal de vida al cuerpo inerte del anciano.

Cuando terminó se volvió hacia Clara, que aguardaba en silencio.

—No parece haber sufrido ningún daño.

—Pero está inconsciente —balbuceó Clara.

—Sí, pero espero que empiece a reaccionar.

El médico echó una mirada por la habitación y se acercó a Samira. Se arrodilló y examinó cuidadosamente el cadáver de la mujer.

—La han estrangulado. Debió de intentar defenderse o defenderle a él —dijo señalando a Alfred Tannenberg.

Luego se levantó y se dirigió a un rincón del cuarto donde, tirada en medio de un charco de sangre, estaba Fátima. Hasta ese momento Clara no se había fijado en el cuerpo de la mujer y no pudo evitar gritar.

—Cálmese, está viva, respira, aunque tiene un golpe muy fuerte en la cabeza. Ayúdeme a levantarla, la llevaremos al hospital de campaña, aquí no la puedo atender. Voy a ver a los hombres de fuera.

Clara se arrodilló, llorando, junto a Fátima, intentando levantarla. Dos de los guardias que contemplaban la escena esperando instrucciones se acercaron y cogieron a la mujer llevándola hacia el hospital tal y como había ordenado el médico.

Cuando Clara vio entrar a Yves Picot y a Gian Maria sintió un alivio inmediato, y rompió a llorar.

Gian Maria se acercó y la abrazó mientras Picot intentaba que respondiera a sus preguntas.

—Tranquilícese, ¿está bien? ¿Qué ha sucedido? ¡Dios mío! —exclamó al ver el cadáver de Samira.

—Diga a los guardias que lleven el cadáver al hospital —le pidió el doctor Najeb a Clara—. A los hombres de fuera les mataron de un disparo. Creo que su asesino les disparó muy de cerca. Debió utilizar una pistola con silenciador. Ya he dicho que se los lleven al hospital.

—¿Y mi abuelo? —gritó Clara.

—Ya he hecho lo que podía hacer. Alguien debería quedarse con él, no moverse de su lado y llamarme si pasa algo. Pero ahora tengo que atender a esa mujer, y usted tendría que llamar a las autoridades para que investiguen qué ha pasado aquí. A Samira la han asesinado.

Salam Najeb les dio la espalda. No quería que le vieran llorar y estaba llorando. Lloraba por Samira, y lloraba por él, por haber accedido a viajar a Safran para cuidar al anciano Tannenberg. Lo había hecho por dinero. Alfred Tannenberg le había ofrecido el sueldo de cinco años por cuidarle, además de prometerle que le regalaría un apartamento en alguna zona residencial de El Cairo.

Ayed Sahadi se cruzó con el médico en el umbral de la casa. El capataz parecía alterado, estaba pálido, sabiendo que Tannenberg le haría responsable de cualquier desgracia y que su jefe, el Coronel, sería capaz de torturarle personalmente si el sistema de seguridad del que era responsable había fallado.

Cuando entró en el cuarto de Tannenberg dos de sus hombres salían con el cadáver de Samira. Clara seguía llorando y Picot estaba ordenando a uno de sus hombres que fuera a buscar al alcalde del pueblo y encontrara a alguna mujer capaz de cuidar del enfermo.

—¿Dónde estaba usted? —gritó Clara a Ayed Sahadi cuando le vio entrar.

—Durmiendo —respondió éste airado.

—Le costará caro lo que ha pasado —le amenazó Clara.

El capataz no le respondió, ni siquiera la miró. Empezó a examinar la habitación, la ventana, el suelo, la disposición de los objetos. Los hombres que le acompañaban permanecían expectantes sin atreverse a moverse sin su permiso.

Unos minutos más tarde llegó el comandante del contingente de soldados encargados de la protección de Safran y del sitio arqueológico.

El comandante hizo caso omiso de Clara y de Picot, y se enzarzó en una discusión con Ayed Sahadi. Ambos tenían miedo, el miedo de saber que sus superiores eran aún más crueles que ellos mismos y sobre todo que eran los dueños de sus vidas.

Clara observaba las señales que aparecían en los monitores a los que estaba conectado su abuelo. Creyó percibir que éste movía los párpados, pero supuso que era fruto de su imaginación.

Cuando llegó el alcalde acompañado de su mujer y dos de sus hijas Clara les explicó lo que esperaba de ellas. Se harían cargo de la casa, y las dos jóvenes no se separarían del lecho de Alfred Tannenberg.

Ayed Sahadi y el comandante de la guarnición parecían de acuerdo en que sus hombres irrumpieran en todas las casas y tiendas en busca de algún indicio que les llevara al sospechoso del asesinato de Samira, pero sobre todo de quien había sido capaz de llegar hasta el mismísimo lecho de Alfred Tannenberg. Además, todos los miembros del campamento, no importa quiénes fueran, serían cacheados e interrogados por los soldados. La decisión que más les costó tomar fue la de llamar al Coronel. Cada uno le informaría por su cuenta.

Alfred Tannenberg se movía inquieto y Clara temió que estuviera empeorando, por lo que envió a una de las hijas del alcalde en busca del doctor Najeb. La muchacha regresó, pero acompañada de Ahmed Huseini.

—Lo siento, no he venido antes porque estaba con el doctor. Me ha explicado lo que ha pasado y le he ayudado con Fátima. Está inconsciente, ha perdido mucha sangre. La golpearon en la cabeza con algo contundente. En realidad, no creo que pueda decirnos nada hasta mañana, porque además está sedada.

—¿Vivirá? —preguntó Clara.

—Ya te he dicho que sí, al menos es lo que el doctor Najeb cree —respondió Ahmed.

—¿Dónde está el doctor? —preguntó Gian Maria.

—Cosiéndole la cabeza a Fátima; en cuanto termine vendrá —fue la respuesta de Ahmed.

Fabián y Marta entraron en el cuarto después de sortear a varios hombres armados que estaban en la entrada. Yves Picot se acercó a ellos y les puso al tanto de lo sucedido. Después de escucharle, Marta se hizo cargo de la situación.

—Creo que deberíamos irnos a la sala, y no continuar hablando aquí dado el estado del señor Tannenberg. Aquí molestamos más que otra cosa. Usted —añadió dirigiéndose a la esposa del alcalde— vaya a preparar café, la noche va a ser muy larga, y cuando lo tenga llévelo a la sala.

Clara la miró agradecida. Confiaba en Marta, sabía que pondría orden en medio del caos.

Marta se dirigió al comandante y a Ayed Sahadi, que seguían discutiendo en un rincón del cuarto.

—¿Han examinado a fondo la habitación? —les preguntó.

Los dos hombres respondieron ofendidos; sabían hacer su trabajo. Marta pasó por alto su respuesta.

—Entonces lo mejor es que salgan del cuarto y vayan a la sala o donde crean conveniente. Ustedes dos —les dijo a las hijas del alcalde— se quedarán con el señor Tannenberg como les han dicho, y en mi opinión también deberían quedarse un par de hombres en la habitación, pero nadie más. Vámonos a la sala, ¿os parece? —dijo sin dirigirse a nadie en particular.

Salieron todos de la habitación y fueron a la pequeña sala tal y como les había ordenado Marta. Gian Maria no se despegaba del lado de Clara e Yves Picot especulaba con Fabián sobre lo sucedido.

—¿No sería mejor que Clara nos dijera qué ha pasado? —dijo Marta.

El comandante y Ayed Sahadi cayeron en la cuenta de que no habían preguntado a Clara cómo y cuándo había entrado en la habitación de Tannenberg y se encontró el cadáver de Samira.

La esposa del alcalde entró con una bandeja cargada con el café y las tazas. La mujer también había colocado unas galletas en un plato.

Ayed Sahadi clavó los ojos en Clara y ésta sintió que aquel hombre al que su abuelo le había encargado la seguridad del campamento la miraba con ira.

—Señora Huseini, explíquenos a qué hora entró en el cuarto de su abuelo y por qué. ¿Escuchó algo raro?

Clara, con voz monótona, vencida por el cansancio y el miedo, relató su caminata con Gian Maria, el rato de charla que habían compartido cerca del templo, pero no, no recordaba a qué hora habían regresado. Les dijo que no había notado nada extraño. Los hombres que custodiaban el exterior de la casa estaban en sus puestos, de manera que subió confiada al cuarto de su abuelo en busca de Fátima.

Describió todos los detalles que recordaba de la escena que se había encontrado cuando encendió la luz. Y sí, ahora que se lo decían, recordó que no se había dado cuenta de la ausencia de los dos hombres que guardaban la puerta de su abuelo y que luego encontró muertos.

Durante una hora respondió a las preguntas de Ayed Sahadi y del comandante, que le insistían una y otra vez para que recordara cualquier detalle.

—Bueno, la pregunta que hay que hacerles a ustedes —dijo Picot dirigiéndose al comandante y a Ayed Sahadi— es: ¿cómo es posible que estando la casa rodeada de hombres, alguien haya entrado sin que le vieran y, además, consiguiera llegar hasta la habitación del señor Tannenberg matando previamente a dos guardias, a la enfermera y malhiriendo a Fátima?

—Sí, ésa es una pregunta a la que ambos deberán de responder. El Coronel llegará mañana y les exigirá respuestas.

Los dos hombres se miraron. Ahmed Huseini les había dado la peor noticia: la llegada del Coronel.

—¿Le has llamado? —preguntó Clara a su marido.

—Sí. Esta noche han asesinado a una mujer y a dos hombres que estaban encargados de la custodia de tu abuelo. No es difícil imaginar que a quien querían matar era a él. De manera que mi obligación era informar a Bagdad. Supongo, comandante, que ya lo sabe, le habrán llamado para comunicárselo, pero si no lo han hecho se lo digo yo: un destacamento de la Guardia Republicana viene hacia aquí para custodiarnos. Está claro que usted no ha sabido o no ha podido hacerlo, y tampoco nuestro amigo Sahadi como capataz ha sido capaz de prever la traición.

—¿La traición? ¿La traición de quién? —inquirió nervioso Ayed Sahadi.

—La traición de alguien que está aquí, en este campamento, no sé si es iraquí o es extranjero, pero de lo que no tengo dudas es que el asesino está entre nosotros —sentenció Ahmed.

—Incluido tú.

Todos miraron a Clara. Acusar a su marido directamente de estar en la lista de sospechosos dejaba al descubierto la quiebra de su relación, lo que como ella bien sabía era un error.

Ahmed la miró con furia. No le respondió, aunque se notaba el esfuerzo que estaba haciendo por dominarse.

—La pregunta es por qué y para qué —dijo Marta.

—¿Por qué? —preguntó a su vez Fabián.

—Sí, por qué alguien entró en la habitación del señor Tannenberg, si realmente para asesinarle como cree Ahmed, o simplemente fue un ladrón que quiso robar y se vio sorprendido por Samira y los guardias, o…

—Marta, es difícil que alguien se metiera a robar precisamente en la casa de Tannenberg que está rodeada de hombres armados —le interrumpió Picot.

—¿Qué cree usted, Clara?

La pregunta directa de Marta cogió de improviso a Clara. No sabía qué responder. Su abuelo era un hombre temido y poderoso, de manera que tenía un sinfín de enemigos, cualquiera de ellos podía querer verle muerto.

—No lo sé. No sé qué pensar, yo… estoy… estoy agotada… todo esto es horrible.

Un soldado entró en la sala y se acercó a su comandante. Le susurró algo al oído y salió tan rápido como había entrado.

—Bien —dijo el comandante—, mis hombres han empezado a interrogar a los obreros y a la gente del pueblo. Por ahora, nadie parece saber nada. Señor Picot, también interrogaremos a los miembros de su equipo y a usted mismo.

—Lo entiendo; por mi parte estoy dispuesto a colaborar con la investigación.

—Pues cuanto antes empecemos mejor. ¿Tiene inconveniente en ser el primero? —preguntó el comandante a Picot.

—En absoluto. ¿Dónde quiere que hablemos?

—Aquí mismo. Señora, ¿nos permite trabajar aquí?

—No —respondió Clara—, busquen otro lugar. Creo que el señor Picot le puede decir dónde instalarse, quizá en uno de los almacenes.

El comandante salió seguido por Picot, Marta, Fabián y Gian Maria. Serían los primeros en ser interrogados. En la sala quedaron además de Clara, su marido y el capataz, Ayed Sahadi.

—¿Hay algo que no nos hayas dicho? —preguntó Ahmed a Clara.

—He contado todo lo que recuerdo, pero usted, Ayed, deberá explicar cómo alguien ha podido llegar hasta la habitación de mi abuelo.

—No lo sé. Hemos revisado las puertas y ventanas. No sé por dónde entró ni si fue un solo hombre o varios. Los hombres de la puerta juran que no han visto nada —aseguró el capataz—. Es imposible que alguien entrara sin que lo vieran.

—Pues alguien entró. Y debió de ser una persona de carne y hueso, no un fantasma, porque los fantasmas no disparan a bocajarro, ni estrangulan mujeres indefensas —afirmó Ahmed enfadado.

—Lo sé, lo sé… es que no me explico cómo ha podido suceder. Sólo cabe la posibilidad de que haya sido alguien de dentro de la casa —sugirió Ayed Sahadi.

—En la casa sólo estaban Fátima, Samira y los hombres que guardaban la puerta del cuarto de mi abuelo —apuntó Clara.

—También estaba usted; al fin y al cabo fue usted la que encontró los cadáveres...

Clara dio un respingo y se puso en pie dirigiéndose furiosa a Ayed Sahadi. Le dio una bofetada tan fuerte que le dejó los dedos marcados en la mejilla. Ahmed, de un salto, se puso en pie y agarró a Clara temiendo la reacción de Ayed.

—¡Basta, Clara! ¡Siéntate! ¿Es que nos hemos vuelto todos locos? Y usted, Ayed, no vuelva a hacer insinuaciones de ningún tipo; le aseguro que no estoy dispuesto a consentirle ninguna falta de respeto ni hacia mi esposa ni hacia mi familia.

—Ha habido tres asesinatos y todos son sospechosos hasta que se encuentre al culpable —afirmó Ayed.

Ahmed Huseini se acercó a él. Parecía que iba a golpearle. Pero no lo hizo, sólo murmuró entre dientes:

—Usted está en la lista de los sospechosos, quizá alguien le ha comprado para acabar con la vida de Tannenberg. No se equivoque, no se equivoque o pagará el error muy caro.

El capataz salió de la sala mientras Clara se derrumbaba sobre el sillón. Su marido se sentó en una silla junto a ella.

—Deberías intentar comportarte, no perder los nervios. Te estás poniendo en evidencia.

—Lo sé, pero es que estoy destrozada, me siento fatal.

—Tu abuelo está muy mal, deberías trasladarle a El Cairo, o al menos a Bagdad.

—¿Te lo ha dicho el doctor Najeb?

—No hace falta que lo diga nadie, sólo hay que verle para saber que se está muriendo. Admítelo, no intentes engañarnos como si fuéramos estúpidos, no puedes mantener la ficción de que está bien.

—Ha sufrido un shock, por eso le has visto así…

—¡No seas ridícula! ¿A quién crees que engañas? En el campamento es un clamor que se está muriendo, ¿crees que has logrado ocultarlo?

—¡Déjame en paz! ¡Te gustaría que mi abuelo se muriera, pero vivirá, ya verás como vivirá y os despedazará a todos por traidores e inútiles!

—Si no puedo razonar contigo, será mejor que me vaya a donde pueda ayudar. Yo que tú intentaría descansar.

—Voy a ver a Fátima.

—Bien, te acompañaré.

No llegaron a salir de la casa porque se encontraron en la puerta al doctor Najeb. El médico parecía agotado.

Les dijo que aún no sabía el alcance de las secuelas del golpe recibido por Fátima. Sin duda la habían golpeado con un objeto pesado, que le había abierto una brecha profunda en la cabeza por la que había perdido mucha sangre.

—El comandante ha colocado hombres armados por toda la tienda.

—Es la única persona que puede decirnos qué pasó, si es que le dio tiempo a darse cuenta de lo que sucedía a su alrededor —afirmó Ahmed.

Alfred Tannenberg respiraba con dificultad y sus constantes vitales parecían alteradas. El doctor Najeb regañó a las mujeres por no haberle avisado. Clara se reprochó no haberse quedado junto a la cabecera de su abuelo, mientras observaba cómo Ahmed evaluaba la situación del enfermo sin ocultar un destello de satisfacción. Su marido odiaba a su abuelo con tal intensidad que no era capaz de ocultarlo.

El médico preparó una bolsa de plasma y les mandó a descansar, asegurando que no se movería del lado de Tannenberg.

El ruido del helicóptero rasgó el silencio pesado que envolvía el campamento. Picot había convenido con Fabián y Marta el fin de la aventura en que les había embarcado. En cuanto se lo permitieran, comenzarían a desmantelar el campamento para regresar a casa.

No se quedarían ni un día más de lo preciso, aunque Marta era partidaria de que, a pesar de las circunstancias, se tratase de convencer a Ahmed de que hiciera las gestiones para sacar de Irak todos los objetos desenterrados, a fin de hacer la gran exposición que planeaban.

Estaban tan cansados como el resto del campamento, sobre todo porque poco antes del amanecer había llegado un destacamento de la Guardia Republicana, el temido cuerpo de élite de Sadam Husein.

Picot observó a Clara dirigirse junto a su marido hacia el helicóptero. Las aspas del aparato no habían terminado de girar cuando un hombre corpulento, de cabello negro y bigote espeso, que parecía un calco del propio Sadam, saltó con agilidad. Después bajaron otros dos militares y una mujer.

El hombre vestido de militar emanaba autoridad, pero Picot pensó que también había en él algo siniestro.

El Coronel estrechó la mano de Ahmed y dio una palmada en el hombro a Clara, luego caminó junto a ellos en dirección a la casa de Tannenberg, haciendo una indicación a la mujer para que les siguiera.

La mujer parecía impresionada de estar en aquel lugar y un gesto de tensión se reflejaba en la comisura de los labios. Clara se dirigió a ella dándole la bienvenida. El Coronel acababa de decirle que la mujer era enfermera, una enfermera de confianza de un hospital militar. Había creído conveniente llevarla para ayudar al doctor Najeb tras saber que habían asesinado a Samira.

El sol calentaba cuando un soldado fue a buscar a Picot anunciándole que el recién llegado quería hablar con él.

Clara no estaba en la sala y tampoco Ahmed; sólo el hombre al que llamaban el Coronel, fumando un cigarro habano y bebiendo una taza de café.

No le tendió la mano; tampoco él hizo ademán de extender el saludo más allá de una breve inclinación de cabeza. Decidió sentarse, aunque el militar no le había invitado a hacerlo.

—Bien, deme su opinión sobre lo sucedido —le preguntó directamente el Coronel.

—No tengo ni idea.

—Tendrá alguna teoría.

—No. No la tengo. Sólo he visto en una ocasión al señor Tannenberg, de manera que no se puede decir que le conozca. En realidad, no sé nada de él y no puedo aventurar por qué alguien se metió en su habitación y mató a su enfermera y a los guardias que le protegían.

—¿Sospecha de alguien?

—¿Yo? En absoluto. Verá, no me hago a la idea de que haya un asesino entre nosotros.

—Pues lo hay, señor Picot. Espero que Fátima pueda hablar. Hay una posibilidad de que ella le haya visto. En fin… mis hombres van a interrogar también a los miembros de su equipo…

—Ya lo han hecho, anoche nos interrogaron.

—Siento las molestias, pero comprenderá que es necesario.

—Sin duda.

—Bueno, quiero que me diga quién es quién; necesito saberlo todo de la gente que hay aquí, sean iraquíes o extranjeros. Con los iraquíes no hay problema, sabré todo lo que se puede saber de ellos, incluso más de lo que ellos mismos saben sobre sí mismos, pero de su gente… Colabore, señor Picot, y cuéntemelo todo.

—Mire, a la mayoría de las personas que están aquí las conozco desde hace mucho tiempo. Son arqueólogos y estudiantes respetables; no encontrará al asesino entre los participantes en esta misión arqueológica.

—Se sorprendería de dónde se puede encontrar a gente dispuesta a asesinar. ¿Les conoce a todos? ¿Hay alguien a quien haya conocido recientemente?

Yves Picot permaneció en silencio. El Coronel le estaba haciendo una pregunta a la que no quería responder, porque si decía que había miembros de la misión a los que no había visto nunca antes de salir hacia Irak, los convertiría en sospechosos, y eso era algo que le repugnaba, sobre todo por las consecuencias que pudiera tener sobre ellos la sombra de la sospecha. En Irak la gente desaparecía para siempre jamás.

—Piense, tómese su tiempo —le dijo el Coronel.

—En realidad, les conozco a todos, son personas recomendadas por amigos cercanos de toda mi confianza.

—Yo, sin embargo, tengo que desconfiar de todo el mundo; sólo así lograremos resultados.

—Señor…

—Llámeme Coronel.

—Coronel, yo soy arqueólogo, no acostumbro a tratar con asesinos, y los miembros de las misiones arqueológicas no suelen dedicarse a matar. Pregunte cuanto quiera, interróguenos lo que haga falta, pero dudo mucho que vaya a encontrar a su asesino entre nosotros.

—¿Colaborará?

—Contribuiré en lo que pueda, pero me temo que no tengo nada que aportar.

—Estoy seguro de que me ayudará más de lo que imagina. Tengo aquí una relación de los miembros de su equipo. Le iré preguntando por cada uno de ellos, puede que saquemos algo o puede que no. ¿Le parece que comencemos?

Yves Picot asintió. No tenía opción. Aquel hombre siniestro no estaba dispuesto a aceptar una negativa, de manera que hablaría con él, aunque estaba firmemente decidido a no decir más que naderías.

No había comenzado a hablar cuando Clara entró en la sala. Sonreía, lo que le produjo extrañeza. Con tres cadáveres y un asesino suelto no era como para sonreír.

—Coronel, mi abuelo quiere verle.

—De manera que ha recuperado el conocimiento… —murmuró el militar.

—Sí, y dice sentirse mejor que nunca.

—Iré de inmediato. Señor Picot, hablaremos más tarde…

—Cuando usted quiera.

El Coronel salió de la sala acompañado por Clara. Picot suspiró aliviado. Sabía que no se libraría del interrogatorio pero al menos ganaba tiempo para prepararse, por lo pronto buscaría a Fabián y a Marta para hablar de ello.

El doctor Najeb hizo una señal a Clara y al Coronel para que no se acercaran a la cama de Tannenberg hasta que la enfermera no le cambiara la bolsa de plasma.

La mujer parecía eficiente y un minuto más tarde había terminado su tarea.

Salam Najeb estaba a punto de dormirse de pie; las señales del cansancio eran patentes en su rostro y en su aspecto, también la tensión de la larga vigilia luchando por la vida de Alfred Tannenberg.

—Parece haberse recuperado milagrosamente, pero no deberían cansarle —les dijo a Clara y al Coronel a modo de consejo, aun sabiendo que éstos harían caso omiso de su recomendación.

—Debería descansar, doctor —le respondió Clara.

—Sí, ahora que la señorita Aliya está aquí iré a asearme y a descansar un rato. Pero antes pasaré a ver a Fátima.

—Mis hombres la están interrogando —dijo el Coronel.

—¡Pedí que no lo hicieran hasta que yo no dijera si estaba en condiciones para hacerlo! —protestó el médico.

—¡Vamos, no se ponga así! Ha regresado del mundo de los muertos y puede sernos muy útil, sólo el señor Tannenberg y Fátima saben lo que sucedió en esta habitación, así que nuestra obligación es hablar con ellos. Tenemos tres cadáveres, doctor —respondió el Coronel, sin dejar lugar a dudas de que nada ni nadie se interpondría en sus decisiones.

—Esa mujer está muy grave y el señor Tannenberg… —Salam Najeb no siguió hablando: la mirada del Coronel era lo suficientemente explícita como para que un hombre prudente no malgastara ni una palabra más.

La enfermera se hizo a un lado, dejando a Clara y al Coronel situarse junto al enfermo. Clara tomó la mano de su abuelo entre las suyas y se la apretó, reconfortada al sentirle vivo.

—No pueden contigo, viejo amigo —fue el saludo del Coronel.

Alfred Tannenberg tenía los ojos hundidos y la palidez de sus mejillas indicaba que la muerte le seguía rondando, pero la fiereza de su mirada no dejaba lugar a dudas de que batallaría por su vida hasta el final.

—¿Qué ha pasado? —preguntó el anciano.

—Eso sólo nos lo puedes decir tú —respondió el Coronel.

—No recuerdo nada preciso, alguien se acercó a mi cama, creí que era la enfermera, alguien me iluminó la cara, luego escuché algunos ruidos secos, intenté incorporarme y… no sé, creo que logré quitarme la máscara de oxígeno. La luz estaba apagada y no veía nada… creo que me empujaron… estoy confuso, no recuerdo bien lo que sucedió, no vi realmente nada. Pero sé que había alguien aquí, alguien que se acercó hasta mí. Podían haberme matado, quiero que castigues a los hombres encargados de guardar la casa. Son unos inútiles, ni mi vida ni este país están seguros en sus manos.

—No te preocupes por eso, ya me he encargado de ellos, llorarán lo que les queda de vida por haber permitido lo que pasó —aseguró el Coronel.

—Supongo que nada de esto habrá alterado el trabajo de la misión, Clara aún puede encontrar lo que buscamos —afirmó Tannenberg.

—Picot se va, abuelo.

—No se lo permitiremos, se quedará aquí —sentenció el anciano.

—No, no podemos hacer eso, sería... sería un error. Es mejor que se vaya, yo me quedaré el tiempo que queda, pero tú deberías salir de aquí. El Coronel está de acuerdo.

—¡Me quedaré contigo! —gritó Tannenberg.

—Deberías reconsiderarlo, amigo; el doctor Najeb nos insiste en que debemos sacarte de aquí. Te garantizo la seguridad de Clara, me ocuparé de que no suceda nada, pero tú debes irte —dijo el Coronel.

Alfred Tannenberg no replicó. Se sentía agotado y era consciente de la debilidad del hilo del que pendía su vida. Si le llevaban a El Cairo acaso lograría vivir un poco más, pero ¿cuánto? Sentía que no debía dejar a su nieta en vísperas de la guerra, porque una vez que comenzara nadie se ocuparía de ella.

—Ya veremos, tenemos tiempo. Ahora quiero que celebremos una reunión con Yasir y Ahmed, lo que ha pasado no puede repercutir en el negocio.

—Ahmed parece capaz de llevarlo adelante —comentó el Coronel.

—Ahmed es incapaz de hacer nada sin que le digan lo que tiene que hacer. Todavía no me he muerto, y aunque lo haga no será él quien me herede —sentenció Tannenberg.

—Ya conocía vuestras diferencias, pero quizá en este momento deberías ser más flexible. No te encuentras bien, ¿verdad, Clara?

Clara no respondió a la pregunta del Coronel. Sería leal a su abuelo hasta el último suspiro, y además ella tampoco se fiaba de Ahmed.

—Abuelo, si quieres celebrar una reunión iré a buscar a quien me digas.

—Dile a ese marido tuyo que venga; también quiero ver a Ayed Sahadi y a Yasir. Pero antes me prepararé para recibirles. Dile a la enfermera que me ayude a vestirme.

—¡Pero no puedes levantarte! —exclamó Clara asustada.

—Puedo. Haz lo que te he dicho.

Los hombres del Coronel no habían conseguido que Fátima les contara nada relevante. La mujer apenas podía hablar, y no dejaba de llorar. Estaba sentada cerca de la cama de Alfred Tannenberg y se había quedado dormida mientras Samira preparaba las bolsas con suero que calculaba que necesitaría el anciano a lo largo de la noche. Escuchó un ruido fuera de la habitación, pero no abrió los ojos; imaginó que algo se les habría caído a los hombres que custodiaban la puerta.

De repente otro ruido, esta vez en la habitación, hizo que se volviera adonde estaba Samira. Vio a alguien vestido de negro, de pies a cabeza, con el rostro tapado, alguien que estaba estrangulando a Samira; no le dio tiempo a gritar, porque la figura se abalanzó sobre ella, le tapó la boca y la golpeó con un objeto que llevaba en la mano. La golpeó varias veces hasta que perdió el sentido. Era todo lo que recordaba.

No, no sabía si era un hombre quien la había atacado, pero debía serlo porque era muy fuerte. Llevaba guantes, porque ella intentó morder la mano que le tapaba la boca y recordaba que estaba cubierta por una tela elástica.

No, no recordaba ningún olor especial, ni que aquella figura dijera una sola palabra, sólo que sintió miedo, un miedo absoluto, profundo, porque sentía que la vida se le escapaba. Por eso daba las gracias a Alá, por haber conservado su vida y la de su señor.

30

Lion Doyle deambulaba por el campamento en busca de respuestas. Alguien había entrado en la habitación de Tannenberg y no había sido él, de manera que o bien los clientes que
habían contratado sus servicios, impacientes por la falta de resultados, habían enviado a otro hombre, o alguno de los enemigos de Tannenberg había querido probar suerte intentando
eliminarle.

Los hombres del Coronel le habían interrogado. Eran más
brutos que hábiles. Se les notaba habituados a obtener confe-
siones con torturas, de manera que les enfurecía tener que conformarse con escuchar sin poder utilizar sus propios métodos
para encontrar al asesino de Samira y de los dos guardias.

A Doyle no le había sido difícil sortear el interrogatorio,
ni tampoco interpretar su papel de fotógrafo independiente;
en realidad, era un actor consumado y muchas veces se había
sorprendido de su capacidad para adquirir distintas personalidades y estar a gusto en todas ellas.

Había hablado con Picot y el profesor también tenía más
preguntas que respuestas, Fabián y Marta estaban conmocionados pero tampoco sabían nada, ni Gian Maria, que no ocultaba su angustia por lo sucedido.

El único que no demostraba ninguna emoción era el croata. Ante Plaskic, después de haber sido interrogado por los hombres del Coronel, había vuelto a sentarse ante su ordenador para terminar el trabajo pendiente del día anterior.

Lion se dijo que siempre había sospechado que Ante Plaskic era más que un informático, de la misma manera que él no era un fotógrafo, o el capataz Ayed Sahadi de repente se había revelado como un militar a las órdenes del Coronel, aunque siguiera vestido de paisano.

Así que Lion Doyle decidió ir a charlar con Ante Plaskic para intentar buscar un resquicio para entrever la verdad de lo sucedido. Sabía que era difícil que pudiera encontrar ese resquicio porque Ante se le antojaba un profesional como él, pero aun así lo intentaría.

Cuando entró en el almacén donde trabajaba el croata le sorprendió encontrar con él al hijo del alcalde del pueblo. No es que fuera extraño encontrarle allí, puesto que era jefe de uno de los equipos de obreros, y habitualmente iba y veía del sitio arqueológico al campamento. Hablaban acaloradamente, pero se quedaron en silencio al verle entrar.

Admiró la sangre fría del croata para dominar la situación. Ante Plaskic exhaló un suspiro y se dirigió a Doyle.

—Lion, los obreros están inquietos; este hombre me pregunta si los trabajos van a proseguir y qué será de ellos cuando nos vayamos. Temen lo que pueda pasar, y que sea a alguno de ellos a quien carguen con los asesinatos. Dice que el profesor Picot no les ha dicho nada. En fin, si tú sabes algo…

—Sé lo mismo que tú, o sea casi nada. Supongo que tendremos que esperar a que se aclare la situación y cojan al asesino o a los asesinos, no sabemos nada. En cuanto a lo de irnos, bueno, parece que aquí queda poco por hacer y que, dadas las circunstancias, sería más prudente que nos fuéramos.

Ante Plaskic se encogió de hombros y no dijo nada. El hijo del alcalde esbozó unas palabras de pesar y se marchó.

Lion Doyle miró fijamente al croata Plaskic. Éste le sostuvo la mirada. Fueron segundos en los que ambos hombres se midieron reconociéndose tal cual eran, y avisándose el uno al otro de que si se enfrentaban el resultado sería mortal para uno de los dos.

—¿Qué crees que pasó en la casa? —le preguntó Lion Doyle rompiendo el silencio.

—No lo puedo saber.

—Tendrás una opinión.

—No, no la tengo, jamás especulo con lo que no sé.

—Ya… en fin, supongo que pillarán al asesino. Tiene que estar aquí.

—Si tú lo dices…

Volvieron a cruzar las miradas en silencio y Lion le dio la espalda y salió. El croata se sentó ante el ordenador y pareció ensimismarse en la pantalla.

Ante Plaskic estaba seguro de que Lion Doyle sospechaba de él, pero también sabía que el fotógrafo no tenía ningún elemento sobre el que cimentar sus sospechas.

Había sido extremadamente cuidadoso, en ningún momento había bajado la guardia. Nadie se había dado cuenta de su relación con Samira. En realidad, no había pasado nada entre ellos, sólo que la enfermera le dedicaba miradas intensas y procuraba hacerse la encontradiza con él. Hablaban, en realidad hablaba ella, él la escuchaba sin ningún interés. La mujer ansiaba encontrar un hombre que la sacara de Irak, y parecía haber decidido que ese hombre podía ser él, no sabía por qué, pero el caso es que ella no cesaba de insinuarle su disposición a iniciar una relación del alcance que él quisiera.

Nunca la tocó. No le gustaban las musulmanas, ni siquiera las musulmanas rubias y de ojos azules de su tierra; menos por tanto aquella mujer morena de piel y cabello negro, con una nariz ancha que parecía resoplar.

Pero no rechazó su cercanía sabiendo que le era útil. Útil porque le informaba de cuanto sucedía en la casa, del estado de Alfred Tannenberg, de quién le llamaba, quién le visitaba, y de los problemas de Clara y su marido, Ahmed Huseini.

Samira era una inagotable fuente de información, que le permitía a su vez transmitir informes fidedignos a la agencia que le había contratado, Planet Security. En realidad, él escribía sus informes y se los entregaba al hijo del alcalde, un hombre de Yasir, ese egipcio que había sido mano derecha de Alfred Tannenberg, aunque en los últimos tiempos ambos hombres se odiaran. De manera que Yasir hacía llegar sus informes a las manos convenientes, las de quien le había contratado, y a través del mismo recibía instrucciones.

Yasir había llegado al campamento junto a Ahmed y le había pedido un informe fidedigno sobre la salud de Tannenberg. Ni Ahmed ni el propio Yasir habían logrado la confirmación de sus sospechas, que Tannenberg se estaba muriendo. El doctor Najeb se negaba en redondo a darles esa información.

Por eso Plaskic le pidió a Samira una cita y ella aceptó entusiasmada. Al caer la noche, cuando el campamento estuviera dormido, ella le facilitaría la entrada.

Samira le dijo que si él era capaz de deslizarse entre las sombras de la noche y sortear a los guardias, podrían estar juntos. Le explicó que los diez hombres que rodeaban la casa, cinco en la parte delantera y cinco en la trasera, pasada la media noche solían reunirse para fumar un cigarro y tomar café. Sólo tenía que esperar ese momento para deslizarse por la parte de atrás de la casa. Allí había un ventanuco que daba a un cuarto que utilizaban como almacén. Lo dejaría entreabierto; sólo tenía que entrar y esperar a que ella pudiera reunirse con él.

Ante Plaskic aceptó el plan, aunque su intención no era esperarla en el cuarto trasero sino entrar en la habitación del anciano y ver directamente su estado, además de sonsacar la verdad a Samira.

En parte todo transcurrió como habían planeado. Esperó a que Picot terminara la reunión con su grupo de confianza. Luego aguardó a que se apagaran todas las luces del campamento y se hiciera el silencio. Era media noche cuando abandonó el catre y sin hacer ruido fue reptando hacia la parte trasera de la casa de Tannenberg. Aún tuvo que esperar media hora entre las sombras antes de que uno de los guardias de la parte delantera fuera a buscar a sus compañeros para invitarles a café. En realidad, éstos no abandonaban del todo la vigilancia: se quedaban en el costado de la casa en tierra de nadie, pero tenían un ángulo de visión que creían suficiente para garantizar que nadie se acercara por la parte de atrás.

Estaban equivocados. Ante Plaskic consiguió burlarles, acercarse al ventanuco y entrar a la casa. Dos hombres dormitaban en sillas a cada lado de la puerta sentados frente a la habitación de Tannenberg. Ni siquiera le vieron llegar; antes de que se dieran cuenta tenía cada uno una bala en las entrañas. El silenciador de la pistola había funcionado a la perfección. El único ruido fue el de los cuerpos desplomándose al caer al suelo.

Luego empujó la puerta. Samira tenía razón. La vieja criada dormitaba y ni siquiera se enteró de que alguien entraba.

Samira le vio con la pistola en la mano y se asustó. Creyó que iba a matar a Tannenberg e intentó impedirle que se acercara al enfermo. Plaskic le tapó la boca y le pidió que no gritara y se quedara quieta, pero ella no le hizo caso, de manera que tuvo que matarla. La estranguló, pero la culpa, se dijo, había sido de ella por no obedecerle. Si se hubiese quedado callada y quieta aún viviría.

La vieja criada también había decidido ser un problema, pues cuando le vio saltó de la silla donde estaba sentada. Le tuvo que tapar la boca y golpearla con la pistola en la cabeza. Creyó que la había matado, ya que la había dejado en el suelo con la cabeza abierta, sangrando, y con los ojos en blanco. La muy bruja se había salvado. Hubiera preferido saberla muerta, pero tampoco le inquietaba que viviera; no le había visto, llevaba un pasamontañas cubriéndole la cabeza, y la habitación estaba en penumbras, de manera que era imposible que le hubiese visto y mucho menos que le reconociera.

Como en ocasiones anteriores, Ante había informado al hijo del alcalde, el hombre de Yasir, de lo que veía en casa de Tannenberg. Sólo que en esta ocasión no había escrito ni una línea; simplemente le había detallado cómo se encontraba el anciano: monitorizado, con una bolsa de sangre en un brazo y una de suero en el otro.

El hijo del alcalde le había preguntado si había sido él quien mató a la enfermera y a los dos hombres, pero Ante no le había respondido, lo que enfureció al otro, que le reprochó que el Coronel terminara deteniéndoles a todos. Fue en ese momento cuando les interrumpió Lion Doyle. También Ante pensaba que el inglés era más de lo que parecía; en realidad, creía que Doyle estaba allí con una misión similar a la suya.

Al día siguiente el Coronel parecía de peor humor que en otras ocasiones. Ahmed Huseini le escuchaba pacientemente procurando no decir una palabra de más que avivara la ira del militar. Yasir también permanecía en silencio.

—No me iré de aquí hasta que no atrapemos al asesino. Tiene que estar aquí, entre nosotros, y se está riendo de mí; pero le cogeré, y cuando lo haga deseará estar muerto.

Aliya, la enfermera, entró en la sala. Clara la enviaba para avisarles de que su abuelo les esperaba.

Encontraron a Alfred Tannenberg sentado en un sillón,

con una manta sobre las piernas, y sin ninguna bolsa de suero conectada a su cuerpo.

Parecía haber empequeñecido, era todo huesos, y la palidez del rostro impresionaba.

A su lado, sentada, Clara sonreía satisfecha. Había convencido al doctor Najeb de que hiciera lo imposible por que su abuelo pudiera recibir al Coronel sentado, aparentando estar mejor.

El médico había preparado una inyección con un cóctel de medicamentos que permitirían a Tannenberg aguantar durante un rato. Las transfusiones de sangre también le habían ayudado a mantenerse erguido. Alfred Tannenberg no perdió el tiempo en cortesías. Precisamente porque de lo que carecía era de tiempo fue directamente al grano.

—Amigo mío —dijo Tannenberg dirigiéndose al Coronel—, quiero pedirte un favor especial. Sé que es difícil y que sólo un hombre como tú puede conseguirlo.

Ahmed Huseini miró intrigado al anciano al tiempo que no se le escapaba la seguridad de la que Clara volvía a hacer gala, como si realmente Tannenberg fuera a vivir eternamente.

—Pídeme lo que quieras, sabes que cuentas conmigo —aseguró el Coronel.

—El profesor Picot y su equipo quieren marcharse; bien, lo entiendo, dadas las circunstancias no les podemos retener. Clara se quedará unos días más y luego se reunirá con ellos para participar en la preparación de una gran exposición sobre los hallazgos de Safran. Será una exposición importante, que recorrerá varias capitales europeas, incluso intentarán llevarla a Estados Unidos, lo que estoy seguro que nuestro amigo George facilitará a través de la fundación Mundo Antiguo.

—¿Qué favor quieres que te haga? —preguntó el Coronel.

—Que proporciones los permisos para que Picot pueda llevarse todo lo que ha encontrado en el templo. Ya sé que son piezas muy valiosas y que será difícil convencer a nuestro querido presidente Sadam, pero tú puedes lograrlo.

»Lo que es urgente es que dispongas de los helicópteros y los camiones para que Picot y su gente dejen Irak cuanto antes con su preciosa carga.

—¿Y en qué nos beneficia eso a nosotros? —planteó sin ambages el Coronel.

—A ti, en que encontrarás en tu cuenta secreta de Suiza medio millón de dólares más si me haces este favor con la misma eficacia con la que has actuado en otras ocasiones.

—¿Hablarás con Palacio? —quiso saber el Coronel.

—En realidad, ya lo he hecho. Ya están informados los hijos de nuestro líder, que aguardan ansiosos a mi mensajero.

—Entonces, si Bagdad está de acuerdo, llamaré a mi sobrino Karim para que ponga en marcha la operación.

—Clara debería irse ya —indicó Ahmed.

—Clara se marchará cuando lo estime conveniente, lo mismo que yo, y por lo pronto continuará excavando. Quiero que se reanuden los trabajos arqueológicos mañana, que no se paren por lo que ha pasado —respondió un airado Tannenberg.

—Hay piezas de las encontradas que… en fin, que es delicado dejarlas salir —afirmó Ahmed.

—¿Ya las han vendido? —preguntó Tannenberg sorprendiendo a Ahmed y a Yasir, que clavaba los ojos en el suelo.

—Siempre desconfías de los que te rodean —protestó Ahmed.

—Es que conozco bien a quienes me rodean. De manera que puede que nuestro flamante presidente de Mundo Antiguo, Robert Brown, haya recibido el encargo de George de ponerse en contacto con nuestros mejores clientes para anunciarles los hallazgos de Safran, y que éstos, ávidos por la novedad, ya hayan desembolsado alguna cantidad a cuenta de los objetos prometidos. ¿Me equivoco, Yasir?

La pregunta directa de Tannenberg descolocó al egipcio, que se vio sorprendido por un ataque de sudor que le empapó su pulcra camisa blanca. No respondió y miró a Ahmed pidiéndole ayuda con la mirada. Temía la reacción de Tannenberg.

Fue el Coronel quien tomó la palabra, preocupado por el cariz de la conversación.

—Así que hay un conflicto de intereses con tus amigos de Washington…

Tannenberg no le dejó continuar. Improvisó una respuesta, sabedor de que el Coronel no querría verse en medio de una guerra de ese tipo.

—No, no hay ningún conflicto de intereses. Si en Washington han decidido vender algunas de las piezas que hemos encontrado, me parece bien, ése es nuestro negocio, pero una cosa no quita a la otra. Las piezas pueden salir de aquí para ser exhibidas en una exposición, sólo que no regresarán a Irak, sino que se las entregaremos a sus nuevos propietarios. Pero éstos deberán de esperar unos cuantos meses, quizá un año largo, antes de tenerlas en su poder, lo que no supondrá ninguna novedad para ellos, están acostumbrados. Desde que piden una pieza hasta que llega a su poder a veces pasan años, de modo que no hay ningún problema. Tendrán lo que han comprado.

—Me encanta hacer negocios contigo; siempre tienes una solución para los problemas —afirmó más tranquilo el Coronel.

—En este caso no hay ningún problema, salvo que no podamos sacar las piezas para la exposición…

—Si ya has hablado con Palacio todo está bien. Déjalo de mi cuenta.

—¿Qué has averiguado sobre los asesinatos? —quiso saber Tannenberg.

—Nada, y eso me preocupa. El asesino debe de ser un tipo listo y escurridizo que tiene además un buen disfraz y mejor coartada. Lo importante es que estás vivo, viejo amigo —aseguró el Coronel.

—Estoy vivo porque no quiso matarme; por eso estoy vivo, el móvil no era mi muerte.

El Coronel se quedó en silencio reflexionando sobre las palabras de Alfred Tannenberg. El anciano tenía razón: no había querido matarle, pero entonces, ¿qué buscaban en su habitación?

—Encontraremos al hombre; es cuestión de tiempo, por eso quiero retener unos días más a Picot, puede que sea alguien de su equipo.

—Hazlo, pero procura que no se nos eche el tiempo encima, hoy es 25 de febrero.

—Lo sé, lo sé.

—Quiero que Picot esté fuera de aquí como muy tarde el 10 de marzo —ordenó Tannenberg.

—¿Y Clara y tú cuándo os marcharéis?

—No te preocupes, de eso me encargo yo, pero cuando empiece la guerra no estaremos aquí, te lo aseguro —afirmó el anciano.

El Coronel se despidió de su amigo y le dejó con Ahmed Huseini y Yasir. Clara también salió de la habitación después de dar un beso a su abuelo. Quería hablar con Picot y anunciarle que podían empezar a pensar en la exposición, pero eso sí, antes le exigiría que volvieran al trabajo. El Coronel había asentido a las peticiones de su abuelo. No se detendría la misión arqueológica, los obreros debían continuar trabajando; no había tiempo que perder.

—Así que ya habías perpetrado la traición —aseguró Tannenberg.

Yasir y Ahmed se movieron incómodos en sus sillas. Temían la reacción de aquel hombre, capaz de ordenar en ese mismo instante que les quitaran la vida sin que nadie pudiera impedirlo, ni siquiera el Coronel.

—Nadie te ha traicionado —acertó a decir Ahmed.

—¿No? Entonces, ¿cómo es que ya se han vendido piezas de Safran sin que yo lo sepa? ¿No debería haber sido informado? ¿Tan mal me conocen mis amigos que se atreven a intentar estafarme?

—¡Por favor, Alfred! —se quejó Yasir—. Nadie quiere estafarte…

—Yasir, tú eres un traidor, en realidad ansías el momento de verme muerto y el odio te nubla la inteligencia dejando tus miserias al descubierto.

Yasir bajó la cabeza avergonzado por las palabras del anciano, miró de reojo a Ahmed y lo notó igual de nervioso que lo estaba él.

—Te lo íbamos a decir, por eso hemos venido. George quería que supieras que tenía compradores para las piezas de Safran.

—¿Ah, sí? ¿Y por qué no me lo dijisteis la otra noche? ¿Cuándo me pensabais dar la sorpresa?

—Apenas te pudimos ver, y no parecía ser el momento… —protestó Ahmed.

—Te faltan agallas, Ahmed, eres sólo un empleado, lo mismo que Yasir, y sólo serás eso el resto de tus días. Los hombres como tú no mandan, sólo obedecen.

Ahmed Huseini enrojeció por la humillación. De buena gana habría abofeteado al viejo, pero no se atrevió a hacerlo, de manera que se calló.

—Bien, ahora hablaré con George, él me explicará en qué consiste el nuevo juego.

—¡Es una temeridad! —se quejó Yasir—. Los satélites espías recogen todas las llamadas, lo sabes bien; si llamas a George será igual que poner un anuncio en el *New York Times*.

—Es George el que quiebra las reglas del juego, no yo. Afortunadamente eres un estúpido y me has dicho sin pretenderlo lo que mis amigos estaban tramando. Ahora idos, tengo que trabajar.

Los dos hombres salieron seguros de que Alfred Tannenberg no se quedaría de brazos cruzados. Les había expresado el desprecio que sentía por ellos, y temían las consecuencias de su desprecio.

Cuando Alfred Tannenberg llamó a voces a Aliya, le ordenó que avisara a uno de los guardias, y a éste que buscara a Ayed Sahadi, el falso capataz, uno de los asesinos más eficaces del equipo del Coronel, al que llevaba años pagando sustanciosas cantidades para que le sirviera al margen de su jefe.

Ayed Sahadi se sorprendió al encontrar a Alfred Tannenberg sentado en un sillón y tan furioso como siempre. Y se sorprendió aún más al escuchar lo que esperaba de él. Sopesó los inconvenientes de la misión que le encargaba el viejo Tannenberg, pero el dinero que recibiría despejó todas sus dudas.

A Clara le costó convencer a Picot de que debían reanudar los trabajos.

—No puedes irte dejando desmantelada la misión. Yo me quedo, puede que encuentre las tablillas o puede que no, pero al menos permíteme intentarlo un poco más.

Fabián coincidía con su amigo Picot en que cuanto antes se marcharan mejor. Fue Marta quien intercedió a favor de Clara, convenciendo a los dos hombres de que nada perdían porque continuaran los trabajos arqueológicos.

—Clara tiene razón, para ella sería de gran ayuda que los obreros crean que todo sigue como hasta ahora, y que tú confías en que aún se puede encontrar algo. Además, aún no sabemos cuándo podremos marcharnos; en vez de estar de brazos cruzados, podemos trabajar.

—Tenemos que embalar lo que hemos traído, y eso lleva tiempo —protestó Fabián.

—De acuerdo, pero eso no impide seguir trabajando. No es incompatible. Además, Clara ha conseguido lo que queríamos, que nos dejen llevar las piezas para la exposición... —les recordó Marta.

—¡Menuda chantajista eres! —dijo Fabián.

—No, no lo soy; trato de ser justa. Sin ella no sería posible esa exposición en la que hemos pensado y que es lo que justifica nuestra estancia aquí. Se lo debemos.

La mirada agradecida de Clara sorprendió a la propia Marta. Había terminado apreciando a Clara aunque era una mujer con la que no tenía ninguna afinidad, más allá de que ambas eran arqueólogas.

Pensaba que Clara estaba perdida en aquel mundo masculino que era Irak, que era Oriente, y la veía como una víctima de ese mundo que le había impedido ser ella misma, siempre al albur de su abuelo y de su marido.

—De acuerdo —asintió Picot—, trabajaremos al tiempo que organizamos nuestra salida de este país. Pero no quiero quedarme ni un día más de lo preciso. Siento que empiezo a ahogarme aquí. Además, lo de los asesinatos nos ha trastornado a todos, no sé cómo tenéis aún ganas de trabajar.

—La vida sigue —afirmó Clara.

—Porque usted no es la muerta —respondió Picot sin ocultar su enfado por la insensibilidad de Clara.

Gian Maria les escuchaba sin decir palabra. Parecía hundido, desolado, desbordado por la situación.

—Gian Maria, ¿te quedarás conmigo como dijiste? —quiso saber Clara.

—Sí, me quedaré —acertó a decir el sacerdote.

—Pues es una inmensa tontería que lo haga. Lo sensato es que se venga con nosotros, esta aventura está terminada, ¿no se da cuenta?

El sacerdote rechazó con la cabeza la pregunta de Picot. No dejaría a Clara. Había llegado a pensar que la vida de la mujer y de su abuelo no corrían peligro, que nadie intentaría hacerles daño, que el pasado no iba a pasar factura al anciano enfermo y por ende a ella. Pero ahora sabía que no era así, y debía quedarse para protegerla a ella y a su abuelo.

Picot reunió a los miembros del equipo y les anunció que debían de empezar a empaquetar el material, para estar preparados cuando les avisaran de que podían sacarles de Safran. Clara les había asegurado que no estarían más de quince días, por lo que el tiempo apremiaba. Se sorprendieron cuando Picot les dijo que trabajarían hasta el último día. Continuarían excavando, intentando arrancar algún secreto más a la tierra azafranada de aquel lugar.

Hubo alguna protesta que Picot acalló de inmediato, intentando, además, entusiasmarles con el proyecto de la exposición en la que todos ellos participarían.

Clara regresó junto a su abuelo. Aliya le había acostado y el doctor Najeb le había vuelto a monitorizar. El anciano estaba agotado por el esfuerzo.

—Todo está saliendo bien —le aseguró Clara.

—No estoy tan seguro. Mis amigos están jugando sucio y eso pone las cosas aún más difíciles.

—Les ganaremos, abuelo.

—Si encontraras la *Biblia de Barro*…

—La encontraré, abuelo, la encontraré.

Salam Najeb se reunió con Clara y le dijo sin rodeos la verdad: no sabía si Alfred Tannenberg aguantaría muchos días más.

—¿Me está diciendo que se puede morir en cualquier momento?

—Sí.

Clara estuvo a punto de ponerse a llorar. Se sentía inmensamente cansada y, sobre todo, llevaba días saboreando la hiel de la soledad. Ante su abuelo aparentaba una fortaleza y unos recursos de los que carecía para afrontar una situación como en la que estaban inmersos; y por si fuera poco apenas podía contar con Fátima, ya que la mujer yacía en el hospital de campaña más muerta que viva.

—¿Si le trasladamos servirá de algo?

El médico se encogió de hombros. En realidad, pensaba que Tannenberg ya estaba sentenciado y que ni en el mejor hospital del mundo lograrían salvarle la vida.

—A mi juicio ha tardado demasiado en considerar esa opción. Se lo he venido diciendo, pero usted no ha querido hacerme caso.

—Respóndame: si mañana le llevamos a El Cairo, ¿vivirá?

—No sé si aguantará el viaje —respondió con sinceridad el médico.

—Sé que mi abuelo le ha pagado con creces por cuidarle, pero yo le daré una cantidad mayor si logra que viva unos días más, y sobre todo si no sufre.

—Yo no soy Alá, no tengo poder sobre la vida.

—Es lo más parecido a un dios que existe, usted conoce los secretos de la vida.

—No, no los conozco, si Alá se lo quiere llevar, de nada servirá lo que yo haga.

—Hágalo de todas formas, y no descarte que en cualquier momento le diga que nos vamos de aquí. Es más, nos iremos de aquí en unos días.

—Me temo que se irá usted sola.

—Eso, como usted dice, sólo Alá lo sabe.

El hijo del alcalde parecía nervioso. Su padre ofrecía dulces a sus huéspedes, Yasir y Ahmed, seguro de estar cumpliendo a la perfección con las leyes de la hospitalidad.

Yasir y Ahmed rechazaron comer más y dejaron pasar el tiempo adecuado para despedirse de su anfitrión sin faltar a la cortesía. El hijo del alcalde se ofreció para acompañarles hasta el campamento, que estaba instalado a unos cientos de metros del pueblo.

Caminaban despacio y en silencio, saboreando el puro con que les había obsequiado el alcalde. Ahmed no tuvo tiempo de darse cuenta de lo que pasaba cuando, de improviso, tres hombres surgieron de las sombras colocándose a ambos lados, dejando en medio a Yasir y a él. Un minuto más tarde Yasir emitía un grito agudo y caía al suelo con un puñal clavado en las entrañas. Las manos del hijo del alcalde estaban manchadas de sangre, de la sangre de Yasir. Los tres hombres que habían aparecido desaparecieron de inmediato llevándose el cadáver de Yasir, sin que Ahmed hubiera llegado a decir ni una palabra. Lo que el hijo del alcalde no pudo evitar es que Ahmed se detuviera y vomitara. Mientras con un pañuelo se limpiaba los restos de sangre de las manos, aguardaba a que Ahmed terminara de vomitar.

—¿Por qué? —le preguntó Ahmed cuando se hubo recuperado.

—El señor Tannenberg no perdona la traición. Quiere que usted lo sepa.

—¿Cuándo me matará a mí? —se atrevió a preguntar Ahmed.

—No lo sé, no me lo han dicho —respondió con simpleza el hijo del alcalde.

—Déjeme, quiero estar solo.

—Me han ordenado acompañarle.

Ahmed apretó el paso separándose de aquel hombre que había acabado con la vida de Yasir sin inmutarse, pero éste le alcanzó poniéndose a su mismo paso.

—Me han encargado que le diga que el señor Tannenberg le estará vigilando y que aunque él no esté, si le traiciona alguien le arrancará la vida como yo lo he hecho con el señor Yasir.

—Estoy seguro de ello; ahora déjeme.

—No, no puedo, he de acompañarle, podría sufrir algún percance.

Ayed Sahadi se acercó a la caravana. Los camellos descansaban libres de su carga. Un hombre alto le recibió abrazándole.

—Alá te guarde.

—Y Él a ti —respondió Sahadi.

—Ven a compartir una taza de té con nosotros —le invitó el hombre.

—No puedo, he de regresar. Pero quiero que me hagas un favor, te recompensaré.

—Somos amigos.

—Lo sé, por eso te lo pido. Toma —le dijo entregándole un paquete bien envuelto—, procura que llegue cuanto antes a Kuwait.

—¿A quién se lo he de entregar?

—En este sobre está escrita la dirección; deberás entregarlo junto con el paquete. Toma, y que Alá te acompañe.

El hombre cogió el manojo de billetes de dólar con que Ayed Sahadi le pagaba. No le hizo falta contarlos, sabía que como en otras ocasiones la cantidad sería satisfactoria. Alfred Tannenberg siempre le pagaba bien sus encargos.

El silencio del amanecer fue quebrado por un grito que despertó a todo el campamento.

Picot salió de la casa seguido por Fabián y se quedaron petrificados; otros, al igual que ellos, habían saltado de la cama para ver qué sucedía, y tampoco podían emitir palabra.

Allí, en medio del campamento, atado a un poste, estaba el cuerpo de un hombre. Le habían torturado. Tenía los miembros desgarrados, y le faltaban las manos y los pies. Las cuencas de los ojos estaban vacías y también le habían arrancado las orejas.

Algunos hombres no soportaron la visión del cadáver despedazado y no pudieron evitar la náusea y el vómito; otros se quedaron inertes, sin saber qué hacer, aliviados al ver llegar a los soldados y hacerse cargo de aquel cuerpo mutilado.

—¡Quiero irme de aquí cuanto antes! ¡Nos van a matar a todos! —gritó Picot entrando furioso en la casa que compartía con Fabián y su secretario Albert Anglade.

—Lo que está pasando aquí no tiene que ver con nosotros —afirmó Fabián.

—Entonces, ¿con qué tiene que ver? —le gritó Picot.

—¡Cálmate! No conseguiremos nada perdiendo los nervios.

Albert Anglade salió del baño después de haber vomitado, pálido y con los ojos llenos de lágrimas.

—¡Qué horror! Esto es demasiado —alcanzó a decir.

Marta Gómez entró en la casa sorprendiendo a los tres hombres; se sentó en una silla, encendió un cigarro y no dijo nada.

—Marta, ¿estás bien? —quiso saber Fabián.

—No, no estoy bien. Estoy destrozada, no sé qué está pasando aquí, pero este lugar se está convirtiendo en un cementerio, yo… creo que debemos irnos ya, a ser posible hoy mismo.

—Tranquilízate —le pidió Fabián—. Tenemos que tranquilizarnos todos antes de tomar decisiones. Y debemos hablar cuanto antes con Clara y Ahmed. Ellos saben lo que está pasando y tienen la obligación de decírnoslo.

—Ese hombre…, ese hombre es el que acompañaba a Ahmed —dijo Marta.

—Sí, ése era el cadáver mutilado de ese tal Yasir, un hombre que según Ahmed trabajaba para el señor Tannenberg —afirmó Fabián.

—Pero… pero ¿quién ha podido hacer una cosa así? —insistió Marta.

—Vamos, tranquilízate —intentó consolarla Fabián.

—Quiero ver a tu abuelo.

El tono de voz de Ahmed era el de un hombre derrotado, con miedo. Clara se sorprendió de verle en ese estado: desaliñado, con los ojos rojos y llorosos, las manos temblorosas.

—¿Qué ha pasado?

—¿No te has asomado a verlo? ¿Te has perdido el espectáculo con que nos ha dado los buenos días tu abuelo? Además de matarle, ¿era necesario profanar su cadáver? Es un monstruo…, ese hombre es un monstruo…

—No sé qué estás diciendo —alcanzó a tartamudear Clara.

—Yasir… ha matado a Yasir y ha profanado su cadáver. Lo ha expuesto ahí, en medio del campamento, para que lo veamos todos, para que no olvidemos que es nuestro dios, el señor de todos nosotros…

Ahmed lloraba desesperado, haciendo caso omiso de los guardias, que le miraban sin ocultar su desprecio por esa muestra de debilidad.

Clara tenía ganas de salir corriendo, de gritar, pero supo contenerse, segura de que los hombres no respetarían a su abuelo, ni a ella misma, si se dejaba llevar por el pánico.

—Mi abuelo no te recibirá, está descansando.

—Debo verle, quiero saber cuándo me matará —gritaba Ahmed.

—¡Cállate! No vuelvas a decir barbaridades en mi presencia. Márchate. Debes regresar a Bagdad a poner en marcha lo que mi abuelo te ha encargado. Y ahora déjanos en paz.

La llegada del Coronel desconcertó a Clara, aunque procuró no dejarse arredrar por la mirada fría del hombre.

—Quiero ver al señor Tannenberg.

—No sé si estará levantado. Espere aquí.

Clara le dejó con Ahmed en la sala y fue al cuarto de su abuelo. Aliya le acababa de afeitar y el doctor Najeb se disponía a sacarle la aguja de la vena, dejándole sin ninguna bolsa de suero ni de plasma.

—Le he dicho que no debe hacer más esfuerzos —le dijo a Clara a modo de saludo.

—Cállese de una vez; y si cree que estoy listo, déjenos; ya le dije que hoy necesitaba estar bien.

—Pero no lo está y ya no puedo responder más de lo que estoy haciendo...

—Déjenme con mi nieta —ordenó Tannenberg.

La enfermera y el médico salieron del cuarto sin protestar. Temían a Tannenberg. Sabían que era peligroso contrariarle.

—¿Qué pasa, Clara?

—El Coronel quiere verte. Está muy serio. También ha venido Ahmed... dice que ha aparecido el cuerpo de Yasir... que tú le has mandado matar y mutilar...

—Así es. ¿Te sorprende? Nadie debe dudar de lo que puede pasarle si se enfrenta a mí. Es un aviso a los hombres de aquí y a mis amigos de Washington.

—Pero... pero ¿qué había hecho Yasir?

—Conspirar contra mí, espiarme por cuenta de mis amigos, hacer negocios a mis espaldas.

—¿Cómo lo sabes?

—¿Qué? ¿Cómo lo sé? Te sorprende que sepa lo que hacía

Yasir porque estoy aquí, en esta cama, sin moverme. Pero aun desde aquí tengo ojos y oídos en todas partes.

—¿Era necesario matarle? —se atrevió a preguntar Clara.

—Lo era, yo nunca hago nada que no sea necesario. Y ahora dile al Coronel que suba, y a esa mierda de marido tuyo que se vaya, ya sabe lo que tiene que hacer.

—¿Vas a matarle?

—Puede ser, todo depende de lo que pase en los próximos días.

—Por favor…, por favor, no le mates.

—Niña, ni siquiera por ti dejaría de hacer lo que creo necesario para que funcionen mis negocios. Si dudo, si no hago lo que los otros saben que puedo hacer, entonces nos lo harán a nosotros. Ésas son las reglas, y no puedo apartarme de ellas. La muerte de Yasir ha servido para que George, Enrique y Frankie sepan que estoy vivo; también mis socios de aquí, incluido el Coronel, han comprendido el mensaje. Ahora vete y haz lo que te he dicho.

—¿Qué voy a decir? —murmuró Clara.

—¿A quién?

—A Picot, a Marta…, querrán saber qué está pasando…

—No les digas nada. Que excaven y procuren encontrar la Biblia antes de marcharse, o terminaré por impedir que se vayan.

Dos horas más tarde el campamento había vuelto a la normalidad. A una falsa normalidad. Clara no sabía de dónde sacaba las fuerzas, pero se había ido a excavar con un contingente de obreros después de haber mantenido una discusión con Picot, que le exigía una explicación de lo que estaba pasando.

Ni él ni el resto de su equipo quiso acompañarla al templo y la recriminaron que fuera capaz de continuar con la rutina después de lo sucedido. No les escuchó, aguantó sin inmutarse sus reproches, sabiendo que no tenía opción, que si dudaba o daba muestras de debilidad terminaría por derrumbarse y eso era algo que no se podía permitir.

Estaba excavando cuando escuchó a lo lejos el ruido de los helicópteros despegando. Supo que Ahmed se había ido y eso la tranquilizó. Ya no le quería, pero no habría soportado que su abuelo le mandara matar. Eso habría derrumbado todas sus falsas defensas. Prefería que estuviera lejos.

No sabía si el Coronel también se había marchado, pero tanto daba, su abuelo había dejado claro que él seguía teniendo las riendas, que aún no estaba muerto.

A mediodía decidió bajar por el agujero que conducía a la cámara que habían encontrado días atrás. Ayed Sahadi le pidió que no lo hiciera, pero ella le mandó callar. Gian Maria, que silencioso la seguía a todas partes, se ofreció a bajar con ella.

—De acuerdo, pero primero bajaré yo, y según vea las cosas decidiré si me acompañas o no.

Atada a la cuerda sujeta por poleas, se fue deslizando por la negrura de la tierra hasta tocar suelo firme. Olía a rancio y eso le provocó una arcada, pero la contuvo. Estaba decidida a explorar aquella sala que días atrás habían encontrado y que Picot y Fabián habían explorado asegurando que era la puerta hacia otras zonas del templo.

Encendió las linternas que llevaba atadas a la cintura y las colocó en lugares que le parecieron estratégicos. Luego comenzó a palpar las paredes y el suelo.

Perdió la noción del tiempo, aunque de vez en cuando tiraba de la cuerda, para que supieran que estaba bien, pero no daba la señal para que se reuniera con ella Gian Maria. Le había dejado claro que sólo podía bajar si ella le avisaba.

No supo cómo fue, pero al golpear con el mango de la espátula que llevaba una de las paredes se derrumbó, envolviéndola en un mar de cascotes y de polvo. Cuando abrió los ojos se quedó inmóvil, aterrada porque sintió que algo pasaba encima de su pierna derecha. Apenas se atrevía a respirar, convencida de que lo que cruzaba por sus pies era una serpiente o una rata.

Los segundos se le hicieron eternos; no encontraba valor para mirar hacia el suelo, y permanecía tan quieta que parecía estar clavada en el suelo. De repente una luz le iluminó el rostro y los pasos firmes de un hombre que le hablaba la sacaron del ataque de pánico que la había dominado.

—Clara, ¿estás bien?

Entre las penumbras distinguió a Gian Maria y nunca como en aquel momento se alegró tanto de encontrarse con otro ser humano.

—No te muevas, hay algo aquí…

—¿Dónde? No veo nada. ¿Qué ha pasado?

—No lo ves, seguro que no ves nada…

—Clara, no hay nada, no veo nada.

Encontró valor para mirar hacia sus pies y efectivamente no había nada. El animal había pasado indiferente a su lado. Suspiró aliviada y tendió la mano a Gian Maria.

—Creo que ha pasado una serpiente o una rata, no lo sé, pero ha cruzado por mis pies. Menos mal que llevo las botas.

—¡Menudo susto! ¿Por qué no salimos de aquí?

—Ya me dirás para qué has bajado si te quieres ir…

—He bajado a buscarte, estaba preocupado.

—Te preocupas demasiado por mí.

—Sí, realmente sí —admitió el sacerdote.

—Ayúdame, quiero echar un vistazo a esto, haré que bajen los obreros y empiecen a despejar todo. Es evidente que estamos en otra planta del templo. Hay que sacarla a la luz.

—No resultará sencillo —comentó Gian Maria.

—No, no lo será, pero no podemos dormirnos, no tenemos tiempo.

Clara envió a una cuadrilla de obreros al interior del agujero, mientras otro grupo despejaba el exterior. Mandó colocar focos potentes por toda la zona. Trabajarían también por la noche, no quería desperdiciar ni un minuto, aunque pusiera en peligro la vida de aquellos hombres a los que prometió paga extra si trabajaban en el turno de noche.

Sabía que Picot se enfadaría, pero no le importaba. Al fin y al cabo, ella codirigía la excavación y su abuelo corría con el grueso de la financiación. Ya era hora de hacer valer su posición.

Lion Doyle leyó el fax que le entregaba Marta.

—Me parece que es de tu agencia, me lo acaba de dar Ante. Está repartiendo la correspondencia, pero no sabía dónde estabas.

—Gracias.

El fax lo remitía el director de Photomundi, pero Lion supo leer que detrás de aquellas palabras estaba su jefe, Tom Martin, el presidente de Global Group:

> Hace tiempo que no sabemos de ti, y nuestros clientes están impacientes por la falta de noticias. ¿Qué sucede con el reportaje prometido? Si no puedes hacerlo, debes regresar, porque los medios no seguirán pagando por fotos sueltas.
>
> Quiero noticias inmediatas o de lo contrario vuelve.

Tom Martin le apretaba porque los clientes le apretaban a él. Los que querían muerto a Alfred Tannenberg no estaban dispuestos a esperar más, y el presidente de Global Group le anunciaba que o mataba a Tannenberg de inmediato o darían por rescindido el contrato.

Ya había cobrado un buen adelanto, pero sabía que Martin se lo reclamaría.

Fue al almacén que hacía de oficina y encontró a Fabián con otros dos arqueólogos dando instrucciones a Ante Plaskic para que comenzara a colocar en cajas todo el material informático e hiciera un listado de los archivos.

—Quiero enviar un fax —les dijo.

—Pues hazlo —le respondió Fabián—. Esta mañana te ha enviado uno tu jefe, lo han traído con el resto del correo.

—Sí, y está que arde, quiere un reportaje con ambiente bélico, y aquí no lo hay. Parece que los periódicos ya no están interesados en más reportajes sobre excavaciones arqueológicas.

—Es que estamos en vísperas de una guerra —afirmó uno de los arqueólogos.

—Sí, así es. Creo que voy a hablar con Picot para ver cómo me puedo ir a Bagdad.

—Espérate, que nos vamos todos. Yves quiere irse ya, hoy mejor que mañana, pero tenemos que esperar a que Ahmed nos dé la señal de partida, y sobre todo a que ese famoso Coronel obtenga el permiso para que podamos llevarnos lo que hemos encontrado para la exposición —explicó Fabián.

—De acuerdo, esperaré. Ante, ¿puedo utilizar alguno de tus ordenadores para escribir una nota para mi jefe?

—Aquél de allí está conectado a la impresora —le señaló el croata.

—Es una pérdida de tiempo que no podamos disponer de internet —se quejó Lion.

—Bueno, aquí no hay líneas telefónicas para eso, confórmate con lo que tenemos. Escribe lo que quieras, y déjalo en esa bandeja. Esta tarde alguien irá a Tell Mughayir a enviar faxes y poner alguna carta en el correo.

La respuesta de Lion Doyle a su falso jefe de Photomundi fue escueta: «Esta semana tendrás el reportaje».

31

Tom Martin abrió el sobre que le acababa de pasar su secretaria. Lo estaba esperando. El director de Photomundi le había llamado para avisarle de que tenía un fax de Doyle.

Leyó la breve línea y rompió el papel. Llamaría de inmediato al misterioso señor Burton. El hombre estaba enfadado. Así se lo había dicho por teléfono hacía un par de días. Había pagado mucho dinero por adelantado, le recordó, y quería resultados. Si el hombre enviado a Irak ya había localizado a Tannenberg y a su nieta, si había logrado infiltrarse entre ellos, ¿por qué no cumplía el contrato?

El presidente de Global Group le explicó que no era fácil la misión en Irak, que si su hombre aún no había cumplido el contrato sería porque realmente era imposible hacerlo y esperaba el momento adecuado; le pidió paciencia, pero el señor Burton le aseguró que la paciencia se le había acabado.

Buscó el último número que le había facilitado el señor Burton y lo marcó. Era un número de móvil británico, pero en realidad no tenía ni idea de dónde estaba el señor Burton.

—Hable.

—¿Señor Burton?

—Sí, dígame, señor Martin.

—¡Ah, sabía que era yo!

—Dígame.

—Me aseguran que esta semana estará hecho el encargo.

—¿Me lo garantiza?

—Le transmito lo que me ha dicho mi hombre.

—¿Cuándo sabremos si en realidad ha cumplido el encargo?

—Ya le he dicho que esta semana espero darle buenas noticias.

—Quiero pruebas, las noticias no son suficientes.

—Eso, señor Burton, a lo mejor es más difícil, al menos en un primer momento.

—Está estipulado en nuestro contrato.

—Yo cumplo mis contratos, señor Burton.

—Es su obligación, señor Martin.

—Bien, le volveré a llamar.

—Espero sus noticias.

Hans Hausser colgó el teléfono y volvió a mirar el libro que había estado leyendo hasta el momento en que le interrumpió la llamada del presidente de Global Group.

Era tarde, pasadas las siete, pero no podía dejar de llamar a Carlo, a Mercedes y a Bruno. Aguardaban impacientes saber qué estaba pasando en aquel pueblo perdido de Irak donde el monstruo parecía haber anidado junto a su nieta.

Se levantó, cogió la gabardina y se dispuso a salir procurando no hacer ruido para no alertar a su hija Berta, que en ese momento estaba dando de cenar a sus hijos. Pero Berta tenía el oído fino y salió al vestíbulo.

—Papá, ¿dónde vas?

—Necesito estirar las piernas.

—Pero si es muy tarde y está lloviendo.

—¡Berta, por favor, deja de tratarme como a uno de tus hijos! Llevo todo el día en casa, y tengo ganas de caminar. Voy a dar un paseo y regreso enseguida.

Cerró la puerta sin dar tiempo a que su hija replicara. Sabía que la hacía sufrir, pero no podía evitarlo, no sería leal hacia sus amigos si no les informaba de inmediato.

El profesor Hausser caminó un buen rato alejándose de su casa. Luego subió a un autobús, se bajó cuatro paradas después y buscó una cabina de teléfono.

Carlo Cipriani estaba en la clínica, en el quirófano, asistiendo a la operación de un amigo al que su hijo Antonino le estaba extirpando el riñón. Maria, su secretaria, le aseguró que el doctor Cipriani le llamaría en cuanto regresara al despacho.

El siguiente número que marcó fue el de un móvil del que Bruno Müller no se separaba en los últimos días.

—Bruno…

—Hans…, ¿cómo estás?

—Bien, amigo, bien. Tengo noticias: me aseguran que el encargo se hará esta semana.

—¿Estás seguro?

—Es lo que me han dicho, y espero que cumplan con su palabra.

—Hemos esperado tantos años que supongo que podemos esperar una semana más…

—Sí, aunque te confieso que siento más impaciencia que nunca. Ojalá terminemos con esto y podamos regresar a la vida normal.

Bruno Müller se quedó unos segundos en silencio. Sentía en el pecho la misma opresión que sabía sentía su amigo. Compartían el mismo deseo violento de saber que Tannenberg era hombre muerto. Ese día, como decía Hans, vivirían, vivirían de una manera distinta a como habían vivido hasta el momento.

—¿Ya has hablado con Carlo y Mercedes?

—Carlo estaba con su hijo Antonino en el quirófano. A Mercedes le llamo ahora. Siempre temo su impaciencia.

—Cuando hables con Carlo no le preguntes por el pequeño. Sigue sin tener noticias suyas, está destrozado.

—¿Aún no sabe dónde se ha metido su hijo?

—No, el otro día hablé con él. Me dijo que no les ha escrito ni llamado, y que en su casa sólo le dicen que saben que está bien, pero no le informan de dónde está, salvo que está pasando por una profunda crisis personal. Carlo se siente culpable, no me ha dicho por qué, pero asegura que él es el único responsable.

—Y su amigo el presidente de Investigaciones y Seguros, ¿no puede hacer nada para ayudarle?

—Me temo que el chico ha dejado dicho que si su padre le busca romperá con él para siempre.

—Los hijos son una fuente de alegría, pero también de amargura.

—Sí, lo son, pero no seríamos nada sin ellos.

—Lo sé, amigo mío, lo sé. Bien, llamaré a Mercedes, y en cuanto vuelva a saber algo te lo diré de inmediato.

Mercedes Barreda estaba terminando de maquillarse. Esa noche iba a ir al Liceo. Estaba invitada al palco del consejero delegado de uno de los bancos con los que su constructora mantenía abierta una línea de crédito, y no había podido librarse de la invitación.

No le gustaba especialmente la ópera, aunque le apasionaba la música clásica. Sobre todo, rechazaba el espectáculo social, el acudir a un lugar para ser vistos y ver, al margen del interés por el hecho artístico.

La irritaba sobremanera participar de ese espectáculo social, y por eso estaba de pésimo humor.

Escuchó el sonido del móvil y estuvo tentada de no responder. Súbitamente dio un respingo, consciente de que no era el suyo personal el que sonaba, sino el que había comprado días atrás a la espera de la llamada de Hans y cuyo número le había transmitido a través de internet.

—Sí —respondió con un deje de angustia en la voz.

—Pensé que no estabas.

—He confundido el sonido de este móvil con el otro y me he despistado. Dime, ¿cómo van las cosas?

—Bien, parece que se hará esta semana.

—¿Qué garantías tenemos?

—Es lo que me han asegurado, de manera que sólo nos queda esperar.

—Estoy harta de esperar.

—Vamos, sólo es una semana, no vamos a ponernos nerviosos en el último momento.

—Tienes razón. ¿Cuándo me llamarás?

—En cuanto me avisen.

—Hazlo, por favor.

—Sabes que lo haré, serás la primera a la que llame.

—Gracias.

—Cuídate.

—Tú también.

Hans Hausser salió de la cabina y caminó bajo la lluvia, hasta que, empapado, decidió parar un taxi para regresar a su casa. Estaba helado y empezaba a toser. Su hija Berta le reñiría por haberse constipado.

* * *

Robert Brown abrió la puerta de su casa. Paul Dukais había tocado el timbre varias veces, impaciente, y la impaciencia no era algo característico de la personalidad del presidente de Planet Security.

—¿Estamos todos? —preguntó Dukais a Brown.

—Sí. Ralph Barry acaba de llegar, y he llamado al Mentor. Iré a verle en cuanto me digas eso tan urgente.

Dukais entró en el salón de Brown y admiró la sencilla elegancia de aquella estancia, que denotaba el buen gusto del presidente de Mundo Antiguo. Ralph Barry estaba sentado con un vaso de whisky. Bien, era mejor que también estuviera Barry, puesto que era parte del negocio como director de la fundación.

Ramón González, el criado de Brown, le preguntó solícito qué deseaba beber.

—Un whisky doble con hielo y sin agua.

Cuando tuvo el vaso en la mano y Ramón hubo salido del salón miró a los dos hombres imaginando el susto que se llevarían cuando les informara sobre el asesinato de Yasir.

—Alfred Tannenberg ha mandado asesinar a Yasir. Pero no se ha conformado con quitarle la vida. Ordenó que le cortaran las manos y los pies y le sacaran los ojos, y todo eso lo metió en una caja, la precintó y nos la ha enviado de regalo. Me acaba de llegar, por eso os he llamado. Tengo también una carta del propio Tannenberg para tu Mentor y sus socios. Y he logrado hablar con uno de mis hombres en El Cairo, que a su vez ha podido hablar con Ahmed, aunque me ha dicho que éste parece haber enloquecido, impresionado por el asesinato de Yasir.

Paul Dukais no les ahorró la visión de los restos de Yasir y abrió una caja de metal de la que a su vez sacó otra caja, que destapó dejando al descubierto un amasijo de carne y huesos mezclado con sangre seca y unos ojos a punto de descomponerse.

El presidente de Mundo Antiguo se puso en pie pálido, demudado, con la boca abierta y los ojos desorbitados por el horror.

Ralph Barry se había quedado igualmente en estado de shock. Ninguno de los dos parecía capaz de decir una palabra. De repente Barry salió corriendo conteniendo un ataque de náuseas.

—¡Guarda eso! —gritó histérico Robert Brown.

Paul Dukais tapó la caja y la introdujo de nuevo en la de metal. Cerró esta última con una llave, que guardó en el bolsillo, y clavó la mirada en Robert Brown al que, pensó, se le había puesto cara de loco ante la visión de los restos de Yasir.

—¡Dios mío, qué horror! ¡Tannenberg es un demonio!

Dukais no respondió. Pensó que Robert Brown no era mejor que él mismo ni que Tannenberg: también participaba del negocio del robo y del asesinato, sólo que desde lejos, evitando que le salpicara el barro. Lo que le diferenciaba de los hombres a los que empleaba como sicarios es que éstos se jugaban la vida en el intento; entretanto él se tomaba un whisky mientras esperaba el resultado del encargo.

Ralph Barry regresó con el rostro descompuesto después del esfuerzo del vómito.

—¡Eres un hijo de puta! —reprochó a Dukais.

—A mí tampoco me ha gustado ver esto —dijo Dukais, señalando la caja que había depositado en una mesita cercana al sofá—, pero es lo que hay, y no me lo iba a tragar yo solo. Vosotros sois parte del negocio, así que no tengo por qué ahorraros ningún detalle.

Paul Dukais se levantó y se sirvió generosamente de la botella de whisky.

—Beber whisky quita el mal sabor de boca.

Ni Brown ni Barry se movieron de donde estaban, aún conmocionados por la visión de los restos de Yasir. Por fin,

Robert Brown salió de su ensimismamiento y preguntó por la información recibida.

—¿Qué ha dicho Ahmed?

—Ahmed y mis hombres en Safran parecían coincidir en que Alfred estaba muriéndose. No le daban ni una semana de vida, pero se equivocaron. Su manera de decirnos que está vivo ha sido matar a Yasir, quiere que sepamos que aquél continúa siendo su territorio y que no podemos movernos sin su permiso.

—Pero ¿qué ha dicho Ahmed? —insistió Robert Brown.

—Mi hombre de El Cairo dice que lo único que quiere Ahmed es salir corriendo. De todas formas cumplirá su parte. Mi hombre le dejó claro que de este negocio nadie sale cuando quiere. No tenemos que hacer ningún cambio, sólo esperar. Faltan muy pocos días para que comience la maldita guerra.

—¿Y Clara Tannenberg? —preguntó Ralph Barry.

—Al parecer Ahmed cree que se ha vuelto un demonio, como su abuelo.

—¿Han encontrado las tablillas?

—No, Ralph, no las han encontrado, pero por lo que parece Clara está dispuesta a mover unas cuantas toneladas más de tierra. ¡Ah! Ahmed ha avisado de que Picot ha convencido a Clara y ella a su abuelo para sacar de Irak todas las piezas que han encontrado en la excavación. Planean organizar una gran exposición en varias capitales europeas, e incluso piensan traerla aquí, así que seguro que tarde o temprano te llamarán. Tú eres amigo de ese Picot, ¿no?

Ralph Barry bebió un trago largo de whisky y suspiró antes de responder a Dukais.

—Somos conocidos. En el mundo académico nos conocemos todos los que hemos llegado a algo.

—De manera que las piezas de Safran no llegarán junto con el resto —murmuró Robert Brown.

—No, ésa es una de las sorpresitas de Clara y su abuelo. Parece que Alfred no se opone a su venta, está dispuesto a que las piezas desaparezcan, pero sólo después de que su nieta se haya paseado por medio mundo con ellas. Creo que Alfred considera que debemos ser pacientes porque sólo es cuestión de tiempo.

—¡Está loco! —afirmó con desprecio Robert Brown.

—Yo diría que sigue estando cuerdo —sentenció Paul Dukais.

El presidente de Planet Security abrió su portafolios y sacó tres dossieres, que entregó a Robert Brown.

—Aquí tienes un informe detallado de todo, con un relato pormenorizado de cuanto ha sucedido en los últimos días en Safran, incluida la muerte de una joven enfermera y dos guardias.

—Pero ¿cómo no nos lo has dicho? ¿Qué es lo que ha pasado? —preguntó un cada vez más alterado Ralph Barry.

—Os lo estoy diciendo. Lo leeréis en el informe. Me habíais pedido conocer el verdadero estado de salud de Tannenberg, pero éste es prácticamente invisible, sobre todo desde su llegada a Safran, por lo que uno de mis hombres logró meterse en su habitación; al parecer tuvo dificultades y se vio obligado a liquidar a la enfermera y a los guardias. También dejó malherida a la vieja criada de Tannenberg. Vio a Alfred enchufado a unos cuantos aparatos y en las últimas, pero por lo que parece ha revivido. Ahí está todo. Ahora os dejo; ya me diréis si tenemos que hacer algún cambio.

—No, no haremos cambios, no nos saldremos del plan previsto —aseguró Robert Brown.

Paul Dukais se levantó y salió sin despedirse. Estaba igual de conmocionado que Brown y Barry, pero no podía permitirse manifestarlo. Él dirigía una organización de hombres dispuestos a matar por las causas más repugnantes y de las maneras más brutales, así que no era cosa de mostrarse impresionado por un par de pies, un par de manos y un par de ojos metidos en una caja.

Lo único que le tranquilizaba era que Mike Fernández, el ex coronel de los boinas verdes, le había asegurado que el plan estaba meticulosamente preparado y no tenía por qué irse al garete. Confiaba en Mike más que en ningún otro de sus soldados y si él le decía que el plan seguía adelante es que podía seguir adelante.

Robert Brown y Ralph Barry se quedaron un rato en silencio, cada uno ensimismado en sus propios pensamientos. Los dos exquisitos hombres del mundo del arte estaban conmocionados. Lo peor de todo, pensaba Robert Brown, sería la reacción de su Mentor. George Wagner ardería en cólera, aunque sin decir una palabra más alta que otra. Le temía sobre todo por su frialdad; la dureza de su mirada dejaba bien a las claras de lo que era capaz. En realidad era como Alfred, sólo que se movía por los enmoquetados despachos de Washington, mientras que Tannenberg lo hacía por los callejones oscuros de cualquier ciudad de Oriente.

—Voy a llamar por teléfono, espérame un minuto —le pidió a Ralph Barry.

Éste asintió. Sabía que su jefe iba a afrontar una conversación difícil. George Wagner no era un hombre que aceptara desafíos, ni siquiera de su viejo amigo Tannenberg.

* * *

Los hombres estaban exhaustos. Clara apenas les permitía descansar. En la última semana habían movido toneladas de arena desescombrando el templo.

Yves Picot la dejaba hacer, apenas participaba de la actividad frenética que Clara había impuesto a los obreros.

El equipo de arqueólogos la ayudaba al tiempo que iban embalando el material para tenerlo listo en cuanto Ahmed Huseini les avisara de que podían marcharse. Aun así no eran capaces de negarse a algunos de los requerimientos de Clara, que continuamente era vigilada por Ayed Sahadi.

Alfred Tannenberg había advertido al militar que ejercía como capataz que si volvía a producirse algún suceso en el campamento sería él quien lo pagaría con su vida.

Tampoco Gian Maria se despegaba de Clara; parecía sobresaltarse cada vez que no la tenía ante su vista.

Fabián y Marta procuraban prestar todo su apoyo, asombrados por la voluntad desplegada por Clara, que apenas dormía ni perdía el tiempo en comer.

Sólo dejaba la excavación para ir a ver a su abuelo y a Fátima, con los que apenas pasaba unos minutos porque inmediatamente regresaba al trabajo.

Clara se reprochaba no estar con su abuelo en los que sabía eran los últimos días de su vida. Alfred Tannenberg estaba consumido y sólo su enorme voluntad parecía mantenerle vivo.

Fátima ya se levantaba y, aunque apenas podía hacer nada, había suplicado al doctor Najeb que le permitiera estar en la casa cerca de su señor.

—Señora Huseini.

Clara no hizo caso a quien la llamaba así y continuó despejando con una espátula y un pincel restos de lo que parecía ser un capitel. Había decidido no responder cuando alguien la llamaba por el apellido de su marido; no lo había dicho, pero esperaba que todos se dieran cuenta y dejaran de hacerlo. Pero la voz insistía.

—Señora Huseini…

Se volvió irritada. Un niño de apenas diez años la miraba

expectante temiendo su cólera. Le habían dicho que la señora tenía mal carácter y gritaba. Se relajó cuando la vio sonreír.

—¿Qué quieres?

—Me mandan avisarle que vaya a la casa; el doctor Najeb quiere verla.

—¿Qué ha pasado? —preguntó preocupada.

—No lo sé, sólo me han dicho que viniera a buscarla.

Clara se levantó de un salto y siguió al pequeño, que corría de nuevo hacia el campamento. Temía lo peor. Si el doctor Najeb la mandaba llamar es que su abuelo había empeorado.

Entró en la casa y el silencio le anunció que algo malo pasaba. El cuarto de su abuelo estaba vacío y no pudo evitar ponerse a llorar al no verle. Salió de la casa gritando.

El pequeño se acercó a ella y le señaló el hospital de campaña. Ahí la esperaban, le dijo.

El doctor Najeb y Aliya intentaban reanimar a Alfred Tannenberg. Le habían trasladado al hospital después de que el anciano sufriera un infarto cerebral.

Inconsciente y con la mitad del cuerpo paralizado, Tannenberg luchaba por su vida desde las profundidades de la inconsciencia desde donde la señora de la guadaña le invitaba a seguirla.

Se quedó quieta, observando lo que hacían el médico y la enfermera. Ninguno de los dos se acercó a hablarle, y sólo el doctor Najeb la miró y le hizo un gesto de desesperanza.

No supo cuánto tiempo había pasado hasta que el doctor Najeb se dirigió a ella, y agarrándola del brazo la sacó del hospital.

—No sé cuánto aguantará, puede que unas horas, un día… pero dudo que pueda recuperarse.

Clara rompió a llorar. Estaba agotada por su batalla contra el tiempo, pero sobre todo porque no se sentía capaz de seguir adelante sin la presencia de su abuelo. Necesitaba saberle vivo para poder vivir ella.

—¿Está seguro? —balbució.

—No sé cómo ha aguantado tanto. Le ha dado un infarto cerebral. No creo que recupere la conciencia, pero si lo hace, lo más seguro es que no pueda hablar, a lo mejor ni siquiera la reconoce; tampoco se podrá mover. Su estado es crítico. Lo siento.

—¿Y si le sacamos de aquí? —preguntó buscando un destello de esperanza.

—Se lo pedí reiteradamente, pero ni usted ni su abuelo quisieron hacerme caso. Ahora es demasiado tarde. Si le trasladamos no creo que sobreviva al viaje.

—¿Qué podemos hacer?

—¿Hacer? Nada, todo lo que podía hacerse ya lo he hecho. Ahora sólo queda esperar a ver qué pasa. Aliya y yo no nos moveremos de su lado, y yo que usted me quedaría cerca; ya le he dicho que puede morirse de un momento a otro.

Ayed Sahadi aguardaba expectante a pocos pasos de Clara y el doctor Najeb, intentando no perder ni una palabra de la conversación. Gian Maria estaba junto al capataz dispuesto a prestar ayuda a Clara en lo que fuera necesario.

Ella se irguió y contuvo las lágrimas. Se las secó con la mano, dejando un surco de arenilla por la cara. No podía aparentar debilidad en un momento como ése. Su abuelo se lo había advertido: allí los hombres sólo se movían al son del tambor y el látigo.

—Ayed, redobla la guardia alrededor del hospital. Mi abuelo ha sufrido una crisis, pero la superará, nuestro buen doctor está haciendo lo necesario —dijo mirando fijamente a Salam Najeb, que no se atrevió a contradecirla.

—Sí, señora —acertó a responder el capataz.

—Bien, haz lo que te he dicho y que nadie deje de trabajar. No hay motivo para hacerlo. Yo me quedaré aquí un rato.

—Yo me quedaré también —afirmó Ayed Sahadi.

—Tú harás lo que te acabo de decir. Ve a la excavación y ocúpate de que los hombres trabajen.

—El señor Tannenberg me prohibió que me separara de usted.

Clara se plantó delante de Ayed y el hombre temió que le golpeara, dada la ira que reflejaba su mirada.

Luego, en voz muy baja, volvió a repetir la orden:

—Ayed, cuando estés seguro de que todo marcha como quiero, vuelves. ¿Lo has entendido?

—Sí, señora.

—Mejor así.

Clara se dio media vuelta y entró en el hospital seguida de Gian Maria, que le puso la mano en un hombro pidiéndole que le escuchara.

—Clara, desconozco si tu abuelo era un cristiano practicante, pero si tú quieres… si tú quieres… yo soy sacerdote, puedo darle la extremaunción para ayudarle en su camino hasta encontrarse con el Señor.

—¿La extremaunción?

—Sí, el último sacramento. Ayúdale a morir como un cristiano, aunque su vida no haya sido cristiana. Dios es misericordioso.

—No sé si mi abuelo consentiría en recibir la extremaunción de estar… de estar consciente…

—Sólo pretendo ayudarle, ayudarte a ti. Es mi obligación, soy sacerdote, no puedo ver morir a un hombre que nació en la religión de Cristo sin ofrecerle el último consuelo de la Iglesia.

—Mi abuelo no creía en nada. Yo tampoco. Dios nunca ha formado parte de nuestras vidas, simplemente no estaba, no teníamos necesidad de ningún dios.

—No le dejes morir sin la extremaunción —insistió Gian Maria.

—No, no puedo dejarte que le des la extremaunción, él nunca me dijo que llamara a un sacerdote cuando estuviera muriéndose. Si te dejo hacer un rito con él sería... sería como un sacrilegio.

—¡Pero qué dices! ¡No sabes lo que dices! —protestó el sacerdote.

—Lo siento, Gian Maria. Mi abuelo morirá como ha vivido. Si tu Dios existe y es misericordioso como dices, tanto le dará que le des a mi abuelo la extremaunción o no.

—¡Clara, por favor! Déjame ayudarte, déjame ayudarle. Lo necesitáis ambos aunque no lo sepáis.

—No, Gian Maria, no; lo siento.

Le dio la espalda y entró en el hospital. No estaba dispuesta a someter a su abuelo a ninguna ceremonia sin su permiso. En realidad, no sabía en qué consistía la extremaunción. Ella no era católica, ni cristiana; tampoco era musulmana. Dios no había ocupado ningún lugar, ni en la Casa Amarilla ni en su hogar de El Cairo. Su abuelo y su padre jamás le habían hablado nunca de Dios. Para ellos la religión era un asunto de fanáticos e ignorantes.

Gian Maria se quedó quieto sin saber qué hacer. Clara se había mostrado irreductible, y él no podía imponerle nada.

Decidió quedarse cerca del hospital y pediría a Dios que iluminara a Clara para permitirle dar la extremaunción a su abuelo.

Picot, Fabián y Marta se acercaron al hospital para ofrecer a Clara cualquier ayuda que pudiera necesitar. Lo mismo hizo el resto del equipo de arqueólogos.

Marta dio un paso más y se ofreció a volver a la excavación hasta que Clara pudiera reincorporarse.

—Te lo agradezco, Marta; si tú estás allí estaré más tranquila. Esa gente es incapaz de hacer nada sin dirección.

—No te preocupes, te relevaré hasta que puedas volver.

Aquélla fue la noche más larga de la vida de Clara. Veía morirse a su abuelo y se sentía impotente para evitarlo.

Salam Najeb le dijo que no creía que el enfermo llegara a la mañana. Se equivocó. Apenas había amanecido cuando Alfred Tannenberg abrió los ojos. Daba la impresión de venir de muy lejos y su mirada perdida indicaba angustia y dolor.

El anciano parecía reconocer a Clara, pero no era capaz de decir ni una sola palabra. Tenía la mitad del cuerpo paralizado y una extrema debilidad.

Clara seguía en silencio cada movimiento del doctor Najeb, aguardando a que el médico le dijera qué podían esperar, pero no fue hasta bien entrada la mañana cuando el médico le hizo una seña para que saliera con él del hospital.

—Su abuelo está estabilizado, váyase a descansar.

—¿Quiere decir que no morirá?

—No lo sé, no sé si dentro de una hora sufrirá otro infarto y volverá al coma, no sé si va a aguantar así un día, dos o tres semanas más. En realidad, no me explico siquiera cómo ha logrado superar la situación crítica en que estaba.

—¿Y ahora qué vamos a hacer? ¿Qué va a hacer usted?

—Por lo pronto, darme una ducha y descansar un poco, y usted debería hacer lo mismo precisamente porque no sé qué puede pasar. Descanse; está usted agotada y así no le será de ninguna ayuda ni a su abuelo ni a usted misma.

—Pero ¿y si le pasa algo?

—Aliya está a su lado. Ella está despejada porque ha podido echar una cabezada, ahora mismo no nos necesita. Y Fátima la acompaña. No es que esté recuperada, pero en caso de necesidad puede avisarnos de inmediato.

Decidió seguir la recomendación del médico. Estaba agotada y llevaba casi un día sin comer, aunque no tenía hambre. En cuanto se echó en la cama se quedó profundamente dormida.

El hombre llamó a Marta. El golpe del pico había abierto un boquete por el que se podían entrever los restos de una estancia.

—Señora, mire, ahí hay otra sala… —indicó el obrero a la arqueóloga.

Marta observó a través de la abertura y lo que vio fue una sala pequeña y restos de cerámica. Otra sala más del templo, aunque ésta parecía más pequeña que el resto.

Explicó a los obreros cómo debían hacer una abertura mayor para poder acceder a la sala pero con el mínimo destrozo. Al cabo de dos horas habían apuntalado los restos del muro y facilitado la entrada a esa nueva estancia.

Nadie parecía tener especial entusiasmo. Salvo que encontraran alguna estatua o un bajorrelieve intacto, aquélla sería una sala más de las muchas que tenía el templo-palacio.

El suelo estaba repleto de trozos de arcilla, de tablillas caídas en el fragor de la batalla. En un extremo del muro de la sala parecía haber muescas donde antaño estarían colocadas las tablas de madera para almacenar las tablillas.

Examinó algunas de las tablillas destrozadas, y lo que leyó no le llamó en exceso la atención. Poemas, poemas sumerios conocidos y repetidos, pero ordenó que recogieran con cuidado todos los restos y los trasladaran al almacén para estudiarlos y clasificarlos.

También encontraron varias estatuas de pequeño tamaño destrozadas, así como restos de cálamos.

Encargó a un obrero que avisara a Picot y a Fabián para que vieran esa nueva estancia por si acaso ellos consideraban que tenía algo de especial.

Cuando los dos hombres llegaron y examinaron el lugar coincidieron con ella: allí no había nada de relieve, pero aun así habría que examinar lo que quedaba de las tablillas.

No eran muchas, aunque algunos pedazos tenían un tamaño suficiente para leer varias frases seguidas.

La tarde se les pasó desescombrando esa parte del templo, al tiempo que recogían cuidadosamente las tablillas para su clasificación.

—Gian Maria debería echarnos una mano —reflexionó Marta—, pero anda como alma en pena merodeando por el hospital.

—Si quiere ser útil, que lo sea de verdad. Hay que echar un vistazo a estas tablillas y ver si merecen la pena —afirmó Picot.

Fabián fue a la búsqueda del sacerdote para pedirle que volviera al trabajo y éste aceptó, convencido de que Clara no le permitiría acercarse a su abuelo.

Durante dos días la rutina pareció haber vuelto a instalarse en el campamento, aunque la tensión había comenzado a aflorar entre los miembros del equipo de arqueólogos, que aguardaban impacientes el momento de marcharse.

Marzo había irrumpido con fuerza alargando más los días y regalando además de luz, calor. Por eso fue recibida con alivio por parte de todos la llamada de Ahmed Huseini.

Picot sonreía feliz después de su conversación telefónica con Ahmed. Éste le había dado la buena nueva de que el Gobierno había decidido dar permiso para sacar los objetos del templo para que pudieran exponerse fuera de Irak. Una exposición, advirtió Ahmed, de la que Clara y él mismo serían comisarios. Además, Picot debería firmar un documento que le hacía responsable último de todas las piezas y, naturalmente, garantizaba su devolución al pueblo de Irak.

Si estaban listos, y Picot le aseguró que lo estaban, los helicópteros les recogerían una semana después, al amanecer del jueves. Les trasladarían a Bagdad y de allí a la frontera con Jordania. En diez días como mucho estarían en casa.

Clara acogió la noticia con indiferencia. Su única preocupación era su abuelo, y tanto le daba lo que hubieran decidido en Bagdad, aunque en algunos momentos se decía a sí misma que añoraba el silencio, y para ella el silencio era quedarse sola en aquella tierra azafranada, sin la presencia de Picot y sus colegas. Añoraba esa soledad que uno sólo encuentra en medio de los suyos.

Alfred Tannenberg sobrevivía. Milagrosamente parecía haber superado el infarto cerebral, por más que el doctor Najeb le advertía de que aquella mejoría era engañosa.

En realidad, el anciano no hablaba ni apenas podía moverse. A veces parecía reconocer a Clara, otras su mirada parecía perdida en territorios inabordables para quienes le rodeaban.

—El señor necesita salir de este hospital —aseguraba la vieja Fátima, convencida de que Tannenberg estaría mejor bajo sus cuidados en la pequeña casa que en aquel hospital de campaña, pero el doctor Najeb se mostró inflexible al respecto.

Lo que más le dolía a Clara era no poder acompañar a su abuelo por las geografías donde parecía habitar. Aun así no se separaba de su lado; no se atrevía a ir a la excavación, aunque sabía todo lo que sucedía por lo que le contaba Marta.

Una tarde en la que Clara velaba a su abuelo cogiendo sus manos entre las suyas éste empezó a balbucear palabras que no alcanzó a comprender. Creyó reconocer alguna palabra en alemán, su lengua materna, pero no podía entenderle.

Tannenberg parecía agitado e intentaba moverse, y en sus ojos afloró la ira. El doctor Najeb no supo explicar lo que le sucedía, y Clara se negó a que le pusiera ningún calmante, convencida de que su abuelo aún sería capaz de recuperar el habla. Persuadió al doctor Najeb para sentar al enfermo en un sillón y sacarle a respirar el aire cálido de la tarde. Eso, como decía Fátima, le vendría bien.

Sentada a su lado, le sorprendió ver a su abuelo mirar con interés cuanto le rodeaba, parecía como si lo viera por primera vez. Luego rió al verle esbozar una sonrisa.

—Abuelo, abuelo, ¿me escuchas? Abuelo, ¿sabes quién soy? Abuelo, por favor, háblame. ¿Me escuchas? ¿Me escuchas?

Alfred Tannenberg abrió mucho los ojos y dejó vagar la mirada a su alrededor. En la puerta de alguna de las tiendas los arqueólogos charlaban despreocupadamente. Había gente que no conocía, no les había visto nunca, pero tanto le daba.

Miró a la mujer que estaba a su lado y que parecía hablarle, aunque no alcanzaba a escucharla. Sí, era Greta, aunque no recordaba que le hubiera acompañado a aquel viaje. Cerró los ojos y respiró el aroma del aire de la tarde; se sintió pleno de vida, por más que alguien insistía en hablarle, arrancándole del estado placentero en que se encontraba.

32

—Tannenberg, ¿me escucha? ¡Tannenberg, le estoy hablando! ¿Me escucha?

El joven abrió los ojos y observó con indiferencia al hombre que le había hablado.

—¿Qué quiere, profesor?

—Debería estar trabajando con el resto de sus compañeros; le he encargado que acudiera a trabajar junto al muro oeste, y usted está aquí durmiendo.

—Estoy descansando, descansando y esperando el correo. Estoy impaciente por saber qué pasa en Berlín.

—¡Regrese a la excavación! ¡Usted no es diferente a los demás!

—¡Claro que lo soy! Estoy aquí porque mi familia le paga a usted y paga esta expedición. Todos son mis empleados.

—¿Cómo se atreve?

—¡Usted, profesor, es un judío insolente! Mi padre no debería haberle confiado esta misión arqueológica.

—¡Su padre no me ha confiado nada, es la universidad quien nos ha enviado!

—Vamos, profesor, ¿y quién es el donante más generoso de nuestra universidad? Usted y el profesor Wesser llevan dos años en Siria gracias a las aportaciones de la universidad. ¿Por qué no regresan? Deberían estar donde están todos los judíos. Algún día el director de la universidad tendrá que responder por tenerles a ustedes aquí.

El profesor, un hombre de aspecto severo, ya entrado en años, iba a responder cuando se vio interrumpido por los gritos de un muchacho que corría hacia él.

—¡Profesor Cohen, venga! ¡Deprisa!

El profesor aguardó a que el chico llegara.

—¿Qué pasa, Ali?

—El profesor Wesser quiere que vaya usted, dice que en las tablillas hay algo extraordinario.

El joven Ali sonreía, se le notaba contento. Había tenido suerte al ser contratado por aquellos locos que excavaban la tierra en busca de estatuas y parecían contentarse con trozos de arcilla con extrañas inscripciones.

El profesor Wesser y el profesor Cohen dirigían a aquel grupo de jóvenes que se había instalado en Jaran. No tardarían en marcharse puesto que acababa de comenzar septiembre, y el año anterior se habían ido en esas fechas. «Pero volverán —se dijo Ali—, volverán a buscar esos trozos de arcilla por los que muestran tanto interés.»

El profesor Cohen siguió a Ali hacia el pozo situado a unos cientos de metros del sitio arqueológico donde excavaban en los últimos meses. Ni siquiera se dio cuenta de que Alfred Tannenberg le seguía, intrigado por el descubrimiento que pudiera haber hecho el profesor Wesser.

—¡Jacob, mira lo que dice aquí! —indicó el profesor Wesser al profesor Cohen tendiéndole un par de tablillas.

Jacob Cohen sacó las gafas de un estuche metálico que guardaba en un bolsillo de la chaqueta y comenzó a pasar el dedo índice por las líneas de signos escritas en una tablilla de unos treinta centímetros. Cuando terminó de leer miró a su colega y se abrazaron.

—¡Alabado sea Dios! Aaron, no puedo creer que esto sea cierto.

—Lo es, amigo mío, lo es, y lo hemos encontrado gracias a Ali.

El muchacho sonrió con orgullo. Había sido él quien le había contado al profesor Wesser que cerca de allí había un pozo hecho con ladrillos que tenían los mismos dibujos que esas tablillas tan apreciadas por él. Aaron Wesser no se lo pensó dos veces y se dejó guiar por el joven hasta el pozo, sabiendo que no era extraño que los campesinos hubieran utilizado restos de tablillas en su construcción, del mismo modo que lo hacían en sus propias casas.

El pozo no llamaba la atención por nada y sólo unos ojos expertos se habrían fijado en que algunos ladrillos en realidad no eran tales.

El profesor Wesser empezó a examinarlos uno por uno, descifrando el contenido de aquellos signos que tanto fascinaban a Ali, que no podía entender cómo aquellos extranjeros decían que aquello eran las letras que utilizaban sus antepasados.

De repente el profesor Wesser había gritado; Ali se sobresaltó, preocupado porque hubiera sufrido alguna mordedura de serpiente o la picadura de algún escorpión. Pero lo único que quería el profesor Wesser es que le llevara sus herramientas para desprender un par de ladrillos, operación que, según comprobó Ali, en nada afectaría a la estructura del pozo.

Así que corrió hacia la casa donde dormía el profesor Wesser, se hizo con sus herramientas y se las llevó tan rápido como fue capaz.

—Ahora sabemos que cuando el patriarca Abraham marchó hacia la Tierra Prometida llevó consigo la historia del Génesis. Dios se lo reveló —afirmó Aaron Wesser.

—Pero ¿quién sería ese Shamas? —preguntó el profesor Cohen—. En la Biblia no hay ninguna referencia a ningún Shamas, y el relato de los patriarcas es minucioso...

—Tienes razón, pero estas tablillas no dejan lugar a dudas. Ahora debemos buscar ese relato, las tablillas donde ese Shamas escribió el Génesis contado por Abraham —apuntó el profesor Wesser.

—Tienen que estar aquí. Abraham pasó largo tiempo en Jaran antes de emprender viaje a Canaán; debemos encontrarlas —exclamó entusiasmado el profesor Cohen.

—De modo que nuestros antepasados conocieron el Génesis a través de Abraham —murmuró Aaron Wesser.

—Pero lo más importante, amigo mío, es que si estas dos tablillas no mienten hay una Biblia, una Biblia cscrita cn barro, una Biblia inspirada por Abraham.

—La *Biblia de Barro*. ¡Dios mío, si encontramos esas tablillas éste será el descubrimiento más importante que se haya hecho nunca!

Alfred Tannenberg observaba fascinado la conversación de los dos profesores, que en su entusiasmo no reparaban en su presencia. Iba a arrancar las tablillas de las manos del profesor Cohen cuando uno de sus compañeros de expedición, otro joven universitario como él, llegó corriendo agitando un telegrama.

—¡La guerra! ¡La guerra! ¡Alfred, hemos entrado en guerra; vamos a quitar a los polacos lo que nos robaron! ¡Danzig volverá a ser parte de nuestra bendita patria! ¿Te das cuenta, Alfred? Hitler devolverá la dignidad a Alemania. Ten, tú también has recibido un telegrama.

—Gracias, Georg, ¡hoy es un gran día! Debemos celebrarlo —dijo el joven Tannenberg comenzando a leer ávidamente su telegrama ante la mirada preocupada de los dos profesores, que habían enmudecido al escuchar a los dos jóvenes.

—Mi padre dice que les estamos dando una buena paliza a los polacos —afirmó Georg.

—Y el mío me dice que Francia y el Reino Unido nos van a declarar la guerra. Georg, debemos regresar, no quiero perderme este momento, debemos estar con Hitler; él devolverá la grandeza a Alemania y yo quiero participar.

—¡Están locos!

Los dos jóvenes miraron con odio al profesor Cohen.

—¿Cómo se atreve a insultarnos? —le dijo Alfred Tannenberg mientras agarraba por la pechera de la camisa al viejo profesor.

—¡Suelte al profesor Cohen! —le ordenó Aaron Wesser.

—¡Cállate, judío de mierda! —dijo el joven llamado Georg.

Ali contemplaba aterrado la escena que se desarrollaba ante sus ojos. Temía lo que pudieran hacerle los dos jóvenes, que habían comenzado a golpear a los profesores que apenas podían defenderse.

Cuando los dos hombres cayeron al suelo cubiertos de sangre, Georg y Alfred repararon en Ali. Intercambiaron una mirada maligna y después arremetieron a patadas con el niño, que no alcanzaba a cubrirse la cabeza de los golpes que le propinaban.

—¡Basta! ¡Basta! ¡Le están matando! —gritaba el profesor Cohen.

Alfred Tannenberg sacó una pequeña pistola que llevaba guardada en el pantalón y disparó al profesor Cohen. Luego se volvió a donde estaba el profesor Wesser y le disparó entre los ojos. La última bala fue para el pequeño Ali, que yacía agonizando por la paliza recibida.

—Eran unos cerdos judíos —alegó Alfred Tannenberg a su amigo Georg, que le miraba con ojos divertidos.

—Me da igual que les hayas matado —respondió Georg—, pero ya me dirás cómo lo explicamos.

Alfred Tannenberg se sentó en el suelo y encendió un cigarrillo, deleitándose con las volutas de humo que dejaba escapar y deshacer por la brisa de la tarde.

—Diremos que los hemos encontrado muertos.

—¿Así de sencillo?

—Así de sencillo. Cualquiera puede haberles matado para robarles, ¿no?

—Si tú lo dices, Alfred… Bien, tracemos un plan para no contradecirnos. ¿Sabes?, tienes razón. Alemania tiene que hacer realidad el sueño de Hitler; estos extranjeros están chupándonos la sangre y contaminando nuestra patria.

—Tengo algo que contarte, algo importante, que sólo compartiremos con Heinrich y con Franz.

—¿Qué es? —preguntó Georg, interesado.

—Mira el pozo.

—Lo estoy viendo.

—Observa que faltan dos trozos, dos ladrillos. Son esos de ahí.

—¿Y qué hay de extraordinario en esos ladrillos?

—Según los viejos, son dos tablillas con una revelación extraordinaria. Al parecer el patriarca Abraham fue quien transmitió el Génesis a… a su pueblo. Es decir, que lo que cuenta la Biblia de la Creación lo habríamos sabido por las revelaciones de Abraham.

Georg se agachó y recogió las dos tablillas sin alcanzar a comprender el secreto de la escritura cuneiforme. Al fin y al cabo, ése iba a ser su segundo curso en la universidad.

Los dos querían ser arqueólogos, bueno, los cuatro, porque Franz y Heinrich eran sus mejores amigos. Habían ido a la misma escuela, tenían las mismas aficiones, habían elegido la misma carrera, y además sus padres eran amigos de la infancia. Habían cimentado su amistad, tan profunda como indestructible, en una de las *napolas* auspiciadas por Adolf Hitler, en la que una de las condiciones para entrar eran las características físicas y raciales, el ser jóvenes y robustos alemanes sin sangre contaminada.

Haber sido aceptados en la *napola* había sido un honor para ellos y sus familias, puesto que sólo se admitía a aquellos chicos cuyo aspecto físico y expediente académico estuvieran a la par.

Historia, geografía, biología, matemáticas, música y deporte, sobre todo deporte, eran entre otras las actividades de estas escuelas especiales que se habían montado sobre las antiguas instituciones de cadetes donde se formaba a los oficiales de la Alemania imperial y de Prusia. Por eso también se ejercitaban como paramilitares jugando a «capturar» un puente, saber leer un mapa topográfico, desalojar un bosque ocupado por otro grupo o caminar toda la noche a la intemperie.

Pero nada tenían que ver aquellas escuelas con las *napolas* inspiradas por Hitler, encaminadas a formar a la élite de la Alemania que él soñaba. Por eso los hijos de las clases adineradas compartían educación con los chicos de la clase obrera que habían destacado en sus escuelas locales y que tenían el porte físico que tanto gustaba al Führer.

Cuando Alfred, Georg, Heinrich y Franz acabaron su período de formación en la *napola* y pasaron el examen de grado tuvieron que decidir hacia dónde encaminaban su futuro, si hacia el ejército, el partido, la administración y la industria o hacia la vida académica. En el caso de los cuatro no hubo dudas, sus padres no les dejaron opción y acordaron que debían incorporarse a la universidad y obtener un doctorado.

Los cuatro ansiaban contribuir a cambiar la empobrecida Alemania, aunque ninguno de ellos carecía de nada.

El padre de Alfred era empresario textil. El de Heinrich abogado, al igual que el de Franz, mientras que el de Georg era médico.

Adolf Hitler era su héroe, también el de sus padres y el de la mayoría de sus amigos. Creían en aquel hombre como si de un dios se tratara, y vibraban con sus arengas convencidos de que cuanto decía haría grande a Alemania.

Se pusieron de acuerdo sobre lo que iban a decir y guardaron las tablillas cuidadosamente. Le pedirían al profesor Keitel, un fiel seguidor de Hitler y miembro como ellos de aquella expedición arqueológica, y un estudioso de la escritura cuneiforme, que les desvelara el contenido exacto de aquellas tablillas.

El profesor Keitel estaba en deuda con el padre de Alfred. Su familia había trabajado en la fábrica textil, y él mismo lo había hecho hasta lograr ingresar en la universidad gracias al señor Tannenberg, que también le había apadrinado moviendo influencias para conseguirle un puesto de profesor ayudante. Desgraciadamente le habían colocado junto al profesor Cohen, un judío al que despreciaba con toda su alma, pero el profesor Keitel aguantó la humillación que suponía trabajar con un judío a la espera del día en que éstos fueran desplazados de la sociedad.

Con paso apresurado y gesto compungido llegaron al campamento instalado cerca del lugar donde estaban desenterrando restos milenarios.

Interpretaron a la perfección el papel de jóvenes sorprendidos por la tragedia.

Relataron, sin dar muchos detalles, cómo habían encontrado los cuerpos de los profesores y del pobre Ali.

El profesor Wesser les había avisado de que iba a ir a echar un vistazo a la zona donde estaba el viejo pozo.

El profesor Cohen le comentó a Alfred que estaba preocupado por la tardanza de su colega y que iba a buscarle acompañado por el pequeño Ali. Como no regresaban Alfred se había acercado al pozo seguido de Georg, que quería entregarle el telegrama que había recibido de su casa. Cuando llegaron se encontraron con los profesores muertos lo mismo que Ali. No sabían qué había pasado, pero, dijeron, estaban conmocionados.

Acompañados de otros arqueólogos y estudiantes regresaron al pozo para ayudar a recoger los cadáveres del profesor Cohen y del profesor Wesser. Algunos de los miembros de la expedición no pudieron soportar el espectáculo de los dos ancianos muertos y no hicieron nada por ocultar sus emociones.

Alfred y Georg interpretaron el papel de discípulos compungidos sin perder la compostura. Para ninguno de sus condiscípulos y del resto de los profesores era un secreto que a ellos no les gustaban los judíos, pero hicieron pública manifestación de dolor porque dijeron que no deseaban que los dos hombres hubieran encontrado ese final.

El profesor Keitel, a instancia de los jóvenes, se convirtió en un improvisado jefe de la expedición arqueológica. Fue él el encargado de dar cuenta del crimen a las autoridades locales y de enviar un mensajero al cónsul alemán para explicar los desgraciados hechos y recabar su ayuda para que se comunicase a la familia de los desgraciados la fatal noticia.

El profesor Keitel anunció además que daba por terminados los trabajos de la expedición, puesto que Alemania estaba en guerra y la patria les podía necesitar.

Cuando a finales de octubre llegaron a Berlín, el profesor Keitel ya había logrado descifrar el secreto de las tablillas: un tal Shamas aseguraba que el patriarca Abraham le iba a contar la historia de la creación del mundo. Antes de salir de Jaran habían intentado la búsqueda de esas tablillas misteriosas sin encontrar su rastro, pero los cuatro amigos juraron que pronto regresarían para dar con ellas, aunque tampoco volvieron a su país con las manos vacías. Bien es verdad que el profesor

Keitel hizo la vista gorda ante el robo de sus cuatro protegidos, que escondieron en su equipaje algunos de los objetos desenterrados en la arena de Jaran.

—No, Alfred, no, no permitiré que te alistes en el ejército. Debes continuar tus estudios, hay otros cuerpos donde puedes ser igualmente útil.

—Alemania me necesita.

—Sí, pero no combatiendo. Aún debes terminar tu formación.

—Georg se va a incorporar esta misma semana, y Franz y Heinrich lo mismo.

—¡Vamos, hijo! ¿No creerás que sus padres se lo van a permitir? Piensan lo mismo que yo, que primero debéis obtener doctorados en la universidad. Alemania necesita hombres bien formados.

—Alemania necesita hombres dispuestos a morir.

—Para morir sirve cualquiera, y Alemania no se puede permitir que mueran sus mejores jóvenes.

Herr Tannenberg clavó la mirada en su hijo sabiendo que no había logrado vencer su tozudez. Obedecería, claro, pero sin rendirse, insistiendo y argumentando su obligación de servir a la patria en el frente.

—De acuerdo, padre, haré lo que dices, pero me gustaría que reconsideraras tu decisión; al menos piénsalo.

—De acuerdo, Alfred, lo pensaré. Ahora habla con tu madre. Está organizando una velada musical y quiere que asistas. Vendrán los Hermann con su hija Greta. Ya sabes que pensamos que esa joven es idónea para ti. Sois iguales, arios puros, fuertes e inteligentes, una pareja que dará los mejores hijos a nuestro país.

—Creía que querías que me concentrara en mis estudios.

—Y es lo que tu madre y yo queremos, pero ya tienes edad de empezar a cortejar a una muchacha con la que casarte un día. Nos gustaría que esa muchacha fuera Greta.

—No tengo interés en casarme con nadie.

—Comprendo que a tu edad todavía no quieras comprometerte, pero con el tiempo lo tendrás que hacer, y es mejor que vayas pensando en lo que es mejor para ti.

—¿Tú elegiste a mi madre o tu padre la eligió por ti?

—Esa pregunta es una impertinencia.

—No, no lo es, padre, sólo quiero saber si es tradición familiar el que los padres decidan con quién deben casarse sus hijos. Pero no te apures, tanto me da Greta que cualquier otra. Al menos Greta es bonita, aunque rematadamente tonta.

—¿Cómo te atreves a decir eso? Algún día será la madre de tus hijos.

—Yo no he dicho que quiera casarme con una mujer inteligente, prefiero a Greta, ¿sabes?, incluso creo que tiene una cualidad: siempre está callada.

Herr Tannenberg dio por terminada la conversación con su hijo. No quería seguir escuchándole arremeter contra la hija de su amigo Fritz Hermann.

Fritz era un destacado oficial de las SS, un hombre cercano a Himmler, que había compartido con él muchas jornadas en el castillo de Wewelsburg, cerca de la histórica ciudad de Paderborn, en Westfalia.

Allí se reunía una vez al año la élite de las SS, el capítulo secreto de la orden. Cada miembro tenía un sillón con una placa de plata donde estaba grabado su nombre. A Herr Tannenberg le constaba que su amigo Fritz tenía su propio sillón, porque formaba parte del grupo de los elegidos.

Gracias a su amistad con Fritz Hermann, su pequeña fábrica textil tenía beneficios y no sufría las consecuencias de la crisis en la que estaba inmersa la economía alemana.

Fritz Hermann había recomendado a sus superiores que encargaran algunas prendas de ropa del ejército a la fábrica de su amigo Tannenberg, y éste había comenzado a confeccionar las corbatas y camisas de los SS.

Pero Tannenberg quería hacer aún más estrecha la relación ventajosa que mantenía con Fritz Hermann; para ello, nada mejor que sellar su alianza con una boda, la de su hijo mayor Alfred con la hija mayor de Hermann.

Greta no era la más agraciada de las jóvenes aunque tampoco era fea. Rubia, con ojos azules demasiado saltones y piel blanquísima, la muchacha tenía tendencia a la gordura, que se reflejaba en sus manos regordetas. Su madre, la señora Hermann, sometía a su hija a estrictos regímenes para controlar su tendencia al sobrepeso, y su padre la obligaba a hacer ejercicio físico con la vana esperanza de estilizar sus miembros.

Lo que nadie podía negar a Greta es que era una virtuosa del violonchelo. Sus padres habían intentado en vano que aprendiera a tocar el piano como el resto de las jóvenes de su posición, pero Greta se había mostrado inflexible hasta conseguir el permiso paterno para recibir clases de chelo. Por lo demás, era una hija obediente que jamás había dado el más mínimo problema a sus progenitores. Sus tres hermanos, de diez, trece y quince años, la adoraban porque, a pesar de que sólo tenía dieciocho años, tenían en ella a una segunda madre.

En la universidad ya no quedaban profesores judíos. La mayoría había tenido que huir dejando atrás todas sus pertenencias; los que se habían quedado convencidos de que al final la razón se impondría puesto que nada habían hecho y eran tan buenos alemanes como el que más, ahora estaban en campos de concentración. Por eso no importó a nadie que no regresaran de Jaran ni el bueno del profesor Cohen ni el bueno del profesor Wesser. En realidad los dos ancianos, aunque máximas autoridades de la lengua sumeria, estaban apartados de toda actividad docente, y si fueron a Jaran fue porque el director de la universidad, del que los alumnos sospechaban que pudiera tener sangre judía, había logrado sacarles dos años antes de Alemania haciéndoles participar de esa misión arqueológica.

Les había mantenido en Jaran durante los dos últimos años, aun cuando los participantes de la misión regresaban a Alemania una vez terminados los meses previstos de trabajo. Desgraciadamente, los dos ancianos profesores habían encontrado la muerte en aquella región del norte de Siria.

Alfred había invitado a sus amigos a la velada musical organizada por su madre. Pensaba que así se le haría menos gravosa la obligación impuesta por su padre. Le gustaba la música, pero no aquellos conciertos en casa, en los que su madre se ponía al piano y sus amigas y sus hijas tocaban otros instrumentos intentando sorprenderles con piezas que habían ensayado durante semanas.

Admiraba a su madre; en realidad creía que no había ninguna mujer más hermosa que ella. Alta, delgada, con el cabello castaño y los ojos de color gris azulado, Helena Tannenberg era una mujer con una elegancia natural que siempre despertaba murmullos de admiración por dondequiera que fuera.

Verla junto a Greta era recordar el cuento del patito feo y el cisne. Naturalmente el cisne era la señora Tannenberg.

—Así que tu padre quiere que te cases con Greta. ¡Menuda suerte! —bromeaba Georg pinchando a Alfred.

—Veremos a quién te elige tu padre para ti.

—Sabe que es inútil siquiera que lo intente. No me casaré nunca —afirmaba Georg.

—Tendrás que hacerlo, todos tendremos que hacerlo, nuestro Führer nos quiere a todos casados y procreando hijos de la verdadera raza aria —dijo riendo Heinrich.

—Ya, pues vosotros podéis tener cuantos hijos os venga en gana, y uno más por mí. Yo no tengo ganas de reproducirme —insistía Georg.

—¡Vamos, Georg, seguro que te gusta alguna de estas jóvenes! No están del todo mal… —terciaba Franz.

—¿Aún no os habéis dado cuenta de mi desinterés por las mujeres?

El tono entre cínico y amargo de su amigo les hizo desviar la conversación hacia otros temas menos comprometidos. Ninguno quería escuchar lo que Georg les pudiera decir al respecto. Si lo hacía, la amistad que le profesaban no podría ser igual.

El padre de Alfred se acercó con Fritz Hermann al grupo formado por su hijo y sus amigos.

Hermann se interesó por los estudios de los muchachos y les instó a empezar a colaborar en la defensa de Alemania.

—Estudiad, pero no olvidéis que el Reich necesita jóvenes como vosotros en primera línea.

—¿Podrían admitirnos en las SS?

La pregunta de Alfred cogió de improviso a su padre y también a sus amigos.

—¿Vosotros en las SS? ¡Pero eso sería fantástico! Nuestro Reichführer se sentiría orgulloso de contar con jóvenes como vosotros. Yo puedo facilitar vuestro ingreso en las SS de manera inmediata. Mañana por la tarde os espero en mi despacho, ya sabéis dónde está el cuartel general de la ESHA (Oficina de Seguridad del Reich), en la Prinz Albrechtstrasse. ¡Esta velada está resultando mucho mejor de lo que esperaba! —exclamó un satisfecho Fritz Hermann.

Una vez que el señor Tannenberg y el señor Hermann fueron reclamados por otro grupo de invitados, Georg increpó a Alfred.

—¿Se puede saber qué pretendes? ¡No tengo ninguna gana de incorporarme ni a las SS ni a la Gestapo ni a ninguno de los gloriosos cuerpos del Reich! Mi intención es ayudar a mi padre y seguir excavando allá donde nos dejen. Quiero ser arqueólogo, no soldado, y pensaba que vosotros queríais lo mismo.

—¡Vamos, Georg! Sabes que no podemos estar mucho tiempo más sin incorporarnos al ejército, a las SS o algún otro cuerpo. A nuestros padres les empiezan a mirar mal; el mío no quiere que vaya al ejército, pues bien, entraré en las SS, donde espero que mi futuro suegro me busque un destino cómodo donde no tenga que preocuparme de nada. Vosotros deberíais hacer otro tanto de lo mismo —se excusó Alfred.

—¿Sabes, amigo? —terció Heinrich—, tienes razón. Yo te acompañaré a la cita con Hermann. No me vendrá mal un buen puesto en las SS y dejar de depender de mi padre.

—O sea, que vamos a ser SS —admitió Franz.

—¿Se te ocurre algo mejor? —le preguntó Alfred.

—No, realmente no. Yo también estoy contigo —asintió de nuevo Franz.

—¡Sois unos estúpidos! ¿A qué viene esto? —En la voz de Georg se percibía cierto tono de desesperación.

—Viene a que estamos en guerra y tenemos la obligación de hacer algo por Alemania. Mi padre tiene razón, para morir vale cualquiera, de manera que hemos de estar donde podamos ser útiles sin que nos maten, y que además el lugar nos pueda ser útil a nosotros mismos. Creo que le pediré a Hermann que me envíe a alguno de los campos, quizá a Dachau. Es un buen lugar para pasar la guerra.

El secretario de Fritz Hermann les pidió que esperaran en una sala contigua al despacho, y les dio a entender que su jefe estaba en aquel momento con el mismísimo Himmler.

Los cuatro amigos aguardaron pacientemente durante media hora antes de ser recibidos por Hermann.

—¡Pasad, pasad! Qué alegría teneros aquí. Le he hablado al Reichführer de vosotros, y en cuanto hayáis cumplido con todas las formalidades y pertenezcáis a las SS os llevaré a conocerle.

Fritz Hermann escuchó pacientemente las pretensiones de los jóvenes, con las que estuvo de acuerdo: Alfred y Heinrich querían ser destinados a la oficina política de algunos de los campos donde tenían prisioneros a los enemigos de Alemania, Franz prefería ir al frente en alguna de las unidades de las SS, las Waffen, y Georg pidió incorporarse a alguna unidad de los servicios de información.

—¡Perfecto! ¡Perfecto! ¡En las SS podréis desarrollar lo mejor de vuestra inteligencia y cualidades!

Aquella tarde los cuatro amigos salieron del despacho de Hermann convertidos en miembros de las SS. Fritz Hermann se había mostrado ciertamente eficaz, y en poco menos de dos horas les había encontrado a cada uno un destino dentro del cuartel general; así podrían continuar con sus estudios en la universidad además de pertenecer a las SS.

—¡Bebamos por Alemania! —dijo Alfred alzando una jarra de cerveza.

—Bebamos por nosotros —le respondió Georg.

Fue una noche larga, tanto que no regresaron a sus casas hasta que no despuntó el alba. Comenzaban una nueva etapa de sus vidas, pero los cuatro juraron que nada ni nadie destruiría su amistad, no importa dónde estuviera cada uno en el futuro. Tenían dos años por delante antes de que Fritz Hermann se encargara de enviarles a su destino. Un destino que en el caso de Alfred Tannenberg sería Austria, como enlace de la Oficina Central de Seguridad del Reich.

Heinrich acompañaría a Alfred a Austria como supervisor de la Oficina Central de Administración y Economía de las SS, un organismo encargado de la supervisión de los campos, y en el caso de Austria estaba el de Mauthausen, uno de los campos preferidos de Himmler. Franz se incorporó a una de las unidades especiales de comandos de las SS y Georg fue admitido en la SR, el servicio de información controlado por el temido Reinhardt Heydrich, que era un servicio que competía con otro servicio de información no menos eficaz, el del Abwer, controlado por el almirante Canaris.

Franz Zieris, el comandante de Mauthausen, recibió con cautela a los dos jóvenes enviados por Berlín, sobre todo a Alfred Tannenberg. Llegaba del cuartel general, y además era un protegido de Fritz Hermann, con cuya hija, Greta, se acababa de casar. Por tanto, no hacía falta que nadie dijera a Zieris que la carrera de Tannenberg debía de ser meteórica. Tanto Alfred como Heinrich eran oficiales de las SS de una categoría especial, la de los universitarios, en contraste con el jefe Zieris, cuya profesión había sido la de carpintero.

Lo cierto es que Tannenberg resultó ser un oficial más competente de lo que Franz Zieris había imaginado. Además, tenía ideas ingeniosas para llevar a cabo las órdenes de Himmler de deshacerse de los detenidos que no resultaban de ninguna utilidad. Pero, sobre todo, tanto Alfred como Heinrich sabían cómo conseguir el objetivo de su Reichführer con los prisioneros: hacerles trabajar hasta la extenuación durante unos meses y, una vez que estuvieran convertidos en auténticas ruinas humanas, eliminarlos.

La vida en aquel pueblo, situado en el corazón del valle del Danubio y rodeado de abetos, resultó tan placentera como ambos amigos deseaban. El lugar no podía ser más pintoresco, con las granjas diseminadas por los prados y el río caudaloso abriéndose paso entre los árboles. El paisaje apacible contrastaba con la máquina de la muerte que era el campo de Mauthausen, que se había ampliado con filiales por todo el territorio habida cuenta del volumen de prisioneros que llegaban semana tras semana.

La organización del campo de Mauthausen era similar a la de otros campos. Constaba de una Oficina Política, del Departamento de Custodia de los detenidos, el servicio sanitario, la administración y la jefatura de la guarnición.

Zieris les acompañó durante su visita a Mauthausen, pero después encargó a uno de sus hombres, el comandante Schmidt, que les explicara el funcionamiento del campo.

—Para distinguir a los deportados llevan cosido un triángulo que nos indica su delito. El verde es el de los delincuentes comunes, el negro el de los asociales, los gitanos, mendigos, rateros, el rosa es el de los homosexuales, el rojo el de los delincuentes políticos, el amarillo el de los cerdos judíos y el morado el de los objetores de conciencia.

—¿Hay intentos de fuga? —preguntó Heinrich.

—¿Quieres ver un intento de fuga? —le preguntó a su vez el comandante Schmidt.

—No le entiendo...

—Venid, os voy a ofrecer un espectáculo de fuga en directo. Acompañadme a la cantera.

Heinrich y Alfred se miraron extrañados, pero siguieron al comandante. Bajaron los ciento ochenta y seis escalones de la que se conocía como «escalera de la muerte», que separaba la cantera del campo. Schmidt llamó a uno de los kapos encargados de la vigilancia de los prisioneros. El kapo llevaba un triángulo verde y, según les contó el comandante, aquel hombre había asesinado a varios hombres. Alto, fornido y tuerto, el kapo inspiraba un profundo temor a los prisioneros, que habían experimentado su brutalidad en no pocas ocasiones.

—Hans, elige a uno de estos miserables —le indicó el comandante Schmidt al kapo.

El asesino no lo pensó dos veces y fue en busca de un hombrecillo de pelo cano, con las manos desolladas y un estado de delgadez tal que parecía imposible que le quedaran fuerzas para moverse. El triángulo que llevaba era rojo.

—Es un maldito comunista —aseguró el kapo mientras le empujaba hacia donde estaba el comandante y los dos nuevos oficiales de las SS.

El comandante Schmidt no dijo ni una palabra; le quitó la gorra que llevaba y la tiró hacia las alambradas.

—Recógela —ordenó al prisionero.

Éste se puso a temblar y dudó si obedecer la orden, aunque sabía que no tenía opción.

—¡Ve a por la gorra! —gritó Schmidt.

El hombrecillo empezó a caminar hacia la alambrada con paso lento hasta que de nuevo la voz imperiosa del comandante, instándole a correr, le obligó a iniciar una cansina carrera. Cuando llegó cerca de la alambrada donde había caído su gorra, ni siquiera tuvo tiempo de agacharse para recogerla. Una ráfaga de subfusil disparada por uno de los centinelas acabó con lo que le quedaba de vida.

—En ocasiones la gorra cae sobre la alambrada, y al recogerla el prisionero recibe una descarga de alta tensión que acaba con él. Una boca menos que alimentar.

—Impresionante —aseguró Heinrich.

—Demasiado fácil —sentenció Alfred.

—¿Demasiado fácil? —preguntó preocupado el comandante Schmidt.

—Sí, es una manera muy simple de acabar con la escoria.

—En realidad, señor, tenemos otros métodos.

—Enséñenoslos —pidió Heinrich.

Aparentemente aquélla era una sala con unas duchas, pero el olor que impregnaba las paredes indicaba que no era agua lo que salía de las tuberías.

—Utilizamos gas Cyclon B, que es un compuesto de hidrógeno, nitrógeno y carbono —les informó el comandante Schmidt.

—¿Y con eso bañan a los prisioneros? —preguntó Heinrich soltando una risotada.

—Efectivamente. Les traemos aquí, y cuando se quieren dar cuenta ya están muertos. Aquí nos deshacemos de los recién llegados. Cuando el mando envía más prisioneros de los que debemos deshacernos inmediatamente, nada más llegar al campo les traemos a darse una ducha de la que nunca salen.

»El resto de los deportados no tiene ni idea de lo que pasa aquí; de lo contrario podrían tener la tentación de amotinarse si les traemos a ducharse. Cuando llevan un tiempo en Mauthausen y ya no sirven para nada les enviamos a Hartheim. Claro que también hay otras duchas no menos eficaces.

—¿Otras duchas? —quiso saber Heinrich.

—Sí, estamos experimentando un nuevo sistema para deshacernos de los indeseables. Cuando terminan de trabajar en la cantera les mandamos ducharse ahí, en ese estanque, al final de la explanada. Se desnudan y durante media hora tienen que aguantar el agua helada. La mayoría caen muertos, según el doctor por problemas de circulación.

Por la tarde la visita continuó. Schmidt les acompañó al castillo de Hartheim. El lugar parecía encantador, y el servicio del castillo amable y eficiente.

El comandante les condujo hacia las antiguas mazmorras que se cerraban con trampillas y escotillones. En realidad, en aquel subsuelo se había instalado otra cámara de gas, para los prisioneros que llevaban tiempo en Mauthausen.

—Cuando están muy enfermos les decimos que les trasladamos aquí, a este castillo, que en realidad es un sanatorio. Ellos suben confiados a los transportes. Una vez aquí les mandamos desnudarse, les fotografiamos y les conducimos a este subterráneo. Después de haberles gaseado, se les quema en el crematorio. Eso sí, tenemos un buen equipo de dentistas, tanto aquí como abajo, en Mauthausen, para retirar a estos desgraciados los dientes de oro.

»Además, en Hartheim también se recibe para su liquidación a esos seres que envilecen nuestra sociedad: nos hemos deshecho de más de quince mil enfermos mentales llegados de toda Austria.

—Impresionante —afirmó Alfred.

—Sólo cumplimos con las disposiciones del Führer.

Alfred Tannenberg y Heinrich aprendieron a conocerse a sí mismos en Mauthausen. Descubrieron que les proporcionaba placer quitar la vida a otros hombres. Alfred prefería, como Zieris, el comandante supremo de Mauthausen, matar disparando a la nuca de los prisioneros.

A Heinrich le divertía jugar a tirar las gorras de los prisioneros a las alambradas como les había enseñado el comandante el primer día.

Había tardes en las que con este método mataba a decenas de hombres desesperados, algunos de los cuales avanzaban hacia la muerte como si se tratase del camino de la liberación.

También hicieron buena amistad con algunos de los médicos del campo que gustaban de experimentar con los prisioneros.

—La ciencia avanza gracias a que aquí disponemos de material de sobra para conocer mejor los secretos de nuestro cuerpo —le contaba Alfred a Greta durante la sobremesa en las largas noches del invierno, explicándole con todo lujo de detalles cómo se inoculaba a hombres, mujeres y niños aún sanos distintos virus para ver el desarrollo de la enfermedad. También les operaban de enfermedades inexistentes para conocer mejor los entresijos de la máquina que es el cuerpo humano.

Greta asentía sumisa a cuanto le decía su marido sin cuestionar ni una de sus palabras. En Mauthausen, y en el resto de los campos que con tanta frecuencia Alfred tenía que visitar, no había seres humanos, al menos no había gente como ellos, sólo judíos, gitanos, comunistas, homosexuales y delincuentes, de los que bien podía prescindir la sociedad. Alemania no necesitaba a gentuza como aquélla, y si sus cuerpos servían para que avanzara la ciencia, al menos sus vidas habrían tenido un sentido, pensaba Greta, mirando entusiasmada a su marido.

—Heinrich, hoy he hablado con Georg. Dice que Himmler está satisfecho con los acuerdos a que estamos llegando con los grandes industriales. Nosotros les proveemos de mano de obra y ellos hacen más grande a Alemania y a nuestra causa. Las fábricas necesitan obreros, nuestros hombres están en el frente. Además, Himmler quiere que estemos preparados para que después de la guerra, las SS seamos económicamente autosuficientes. Aquí tenemos gente de sobra que nos sirva para ese fin.

—Vamos, Alfred, aquí la mano de obra no sirve más allá que para cargar con piedras desde la cantera. Además, no estoy de acuerdo con esa política. Debemos acabar con ellos o nunca solucionaremos el problema de Alemania.

—Podemos utilizar más a las mujeres… —sugirió Alfred.

—¿Las mujeres? Debemos exterminarlas a ellas primero, es la única manera de evitar que tengan hijos, y que éstos vuelvan a chupar la sangre de Alemania —argumentó Heinrich.

—Bueno, pues lo queramos o no, las órdenes son las órdenes, y debemos cumplirlas. Tienes que seleccionar a los prisioneros que estén en mejor estado. Nuestras fábricas necesitan obreros y Himmler quiere que se los proporcionemos.

—Yo también he hablado con Georg.

—Lo sé, Heinrich, lo sé.

—Entonces sabrás que llegará en un par de días con su padre.

—Llevo horas organizándolo todo, Zieris no quiere fallos. El padre de Georg es uno de los médicos preferidos por el cuartel general y el tío de Georg, que también viene, es un ilustre profesor de Física. El resto de la expedición está formada por otros civiles que cuentan con el aprecio del Führer y tienen mucho interés por conocer los experimentos de los médicos de Mauthausen.

—¿Sabes, Alfred?, estoy deseando ver a Georg…

—Yo también, Heinrich; pero además Georg nos prepara una sorpresa: puede que traiga a Franz. No me lo ha dicho, pero me ha anunciado que nos va a dar una sorpresa, y la mejor sorpresa sería que volviéramos a reunirnos los cuatro.

—La última carta de Franz era desoladora, las cosas no van bien en el frente ruso.

—Las cosas no van bien en ninguna parte, tú y yo lo sabemos. Bueno, pero no hablemos ahora de política.

—Alfred, ¿sabes de qué experimento se trata el que quieren mostrar al padre de Georg y a los médicos de Berlín?

—Esas perras son una carga difícil de soportar. Han llegado al campo embarazadas, no podemos gastar el dinero del Estado en mantener a esa gente. Los médicos quieren ver el nivel de resistencia de las mujeres en circunstancias extremas. El doctor cree que las muy zorras pueden aguantar más de lo que parece.

»Les he sugerido que las traigan aquí, y que sean ellas las que bajen a la cantera y suban con las piedras cargadas a la espalda. Veremos cuántas aguantan y cuántas buscan las balas de los guardias, aunque ya sabes que creo que es un error permitirles morir tan fácilmente. Es una muerte rápida, demasiado rápida para esa gentuza. Creo que también las abrirán para estudiar los fetos, no sé qué quieren comprobar, pero según el doctor, eso servirá para ampliar los conocimientos científicos de la humanidad.

—¿Y sus hijos? —preguntó Heinrich—. A algunas las han llevado a los campos con sus bastardos.

—También les llevaremos a la cantera, y después, que asistan al tratamiento médico que daremos a sus madres. Ven, vamos a hablar con el doctor. Es él quien ha desarrollado la fórmula para la inyección. Veremos el efecto que les produce cuando les clave la aguja en el corazón. Claro que antes a algunas les daremos un baño.

—¿Con cuántas van a experimentar?

—He seleccionado a cincuenta, entre judías, gitanas y presas políticas. Algunas ya están más muertas que vivas, de manera que agradecerán llegar al final.

El día había amanecido gris, perlado con una lluvia fina, y un viento helado que se colaba por las rendijas, pero el mal tiempo no parecía afectar a los dos oficiales de las SS que miraban impacientes el reloj a la espera de ver abrirse las puertas del campo para dar entrada a la hilera de coches procedentes de Berlín.

De pie, alineadas en filas y sin moverse, cincuenta mujeres aguardaban en silencio el destino que aquellos oficiales habían pensado para ellas. Sabían que el día era especial porque así lo habían escuchado a los kapos del campo, que entre risotadas unos, y miradas de conspiración otros, les anunciaban que nunca se olvidarían de lo que iba a suceder.

Algunas llevaban dos años en el campo, trabajando para las fábricas que surtían de material a la máquina de guerra alemana; otras apenas llevaban unos meses, pero en el rostro de todas se dibujaba con igual aspereza el hambre y la desolación.

Habían sufrido toda clase de torturas y abusos por parte de sus guardianes, que las hacían trabajar de sol a sol mostrándose inmisericordes ante cualquier signo de cansancio o debilidad.

Cuando alguna paraba de trabajar y caía agotada recibía una buena tanda de golpes con los vergajos y los bastones a los que eran tan aficionados los guardianes del campo.

Pero estaban vivas en medio de aquella pesadilla en la que transcurría su existencia porque habían sido muchas las compañeras a las que habían visto morir sin poder socorrerlas.

Algunas caían rendidas al suelo, donde eran rematadas a patadas por los más crueles de los kapos; otras caían fulminadas de un ataque al corazón después de haber llegado al límite de su resistencia; también estaban las que desaparecían, las más extenuadas, las que ya no podían trabajar, y cualquier mañana llegaban para llevárselas. Nunca más volvían a verlas, no llegaban a conocer la suerte que habían podido correr.

Cuando dejaban hijos, el resto de las mujeres, haciendo un esfuerzo sobrehumano, procuraban protegerlos como a los propios, hasta que éstos crecían y eran llevados con los hombres a otro komando o a otro campo.

Los coches llegaron a la explanada lentamente. El grupo de civiles que descendió de ellos parecía impaciente, mirando con curiosidad a su alrededor. Mauthausen estaba considerado como uno de los campos más importantes del Reich, un modelo seguido por otros campos.

Georg y Alfred se fundieron en un abrazo después de saludarse con el brazo extendido y decir el preceptivo «Heil, Hitler!». Antes de que los dos amigos se separaran, escucharon la exclamación alegre de Heinrich:

—¡Franz! ¡Dios santo, has venido!

—¡Franz! —Alfred se abrazó de inmediato a su amigo.

Los cuatro demostraron sin pudor la alegría que les producía el encuentro, sin importarles las miradas críticas del comandante de Mauthausen, Zieris, ni de los otros jefes de las SS. Se sabían seguros, intocables, favoritos del régimen.

El padre de Alfred fabricaba buena parte de los uniformes que necesitaban los soldados; el de Franz, abogado, se había convertido en un consumado diplomático a las órdenes de Hitler, habiendo conseguido, años atrás, convencer a un buen número de países para que participaran en los Juegos Olímpicos de Berlín, lo que le había convertido en un hombre de la máxima confianza del círculo del Führer; el padre de Heinrich era uno de los abogados que había puesto su talento para construir el entramado legal de la nueva Alemania, mientras que el padre de Georg era médico de confianza de los altos mandos de las SS.

Las mujeres observaban a esos cuatro jóvenes oficiales que destacaban sobre todos los demás, mientras algunas se estremecían y apretaban las manos de sus hijos, a los que les habían obligado a llevar a la explanada del campo junto a ellas.

Los niños apenas se sostenían en pie, agotados como estaban, pero obedecían a sus madres conscientes del horror que se podía desatar si contrariaban a aquellos hombres de negro.

Los cuatro oficiales que parecían tan contentos se acercaron a mirar a las prisioneras. El desprecio y el asco se reflejaba en los ojos de aquellos jóvenes ante la visión de aquellas mujeres que eran poco más que ruinas humanas.

—¡Menudo espectáculo! —dijo Franz.

—¡Vamos, amigo, ya verás cómo te diviertes! ¡Hoy será un gran día! —le aseguró Heinrich.

—Bueno, hemos venido a divertirnos, a ver qué nos habéis preparado —quiso saber Georg.

—Hoy será un día inolvidable, os lo aseguro —apostilló Alfred.

Luego Alfred Tannenberg hizo una seña a los kapos y éstos comenzaron a atar piedras a la espalda de las prisioneras.

Tannenberg volvió a decir:

—Nos divertiremos, esto no lo vais a olvidar nunca.

Las mujeres temblaron de miedo ante las palabras de aquellos oficiales de las SS, y un gesto de desolación aún mayor de la que llevaban reflejada en el rostro pareció adueñarse de ellas.

—Un día inolvidable —murmuró de nuevo el oficial de las SS mientras sonreía.

33

Clara observaba dormitar a su abuelo, aunque de cuando en cuando entreabría los ojos y parecía sonreír a seres imaginarios que no se encontraban allí.

Estaba cansada, pero la aparente recuperación de su abuelo la llenaba de esperanza. No es que creyera que Alfred Tannenberg pudiera volver a ser el mismo, pero al menos no estaba muerto, y, dadas las circunstancias, era más de lo que esperaba. Decidió acercarse a la excavación para hablar con Ayed Sahadi y luego invitaría a cenar a Picot, a Fabián y a Marta; también les diría a Gian Maria y a Salam Najeb que se unieran a ellos. El médico estaba agotado y le vendría bien distraerse un rato.

Con la ayuda de Aliya llevó a su abuelo al interior del hospital de campaña y le acostaron. Tannenberg intentaba resistirse, pero las dos mujeres se mostraron inflexibles; el anciano necesitaba descanso.

Después de cambiarle la botella del suero y darle una de las pastillas que había dejado preparadas el doctor Najeb, Aliya se sentó al lado del enfermo dispuesta a no perderlo de vista, tal y como Clara le había ordenado.

Salam Najeb se pasó por el hospital antes de ir a la cena dispuesta por Clara. Encontró al enfermo agitado, gritando órdenes en una lengua que se le antojó extraña. Cuando se acercó a inyectarle un calmante, el terror se dibujó en los ojos de Tannenberg, que intentó impedírselo con el brazo que podía mover. Entre Aliya y uno de los guardias le sujetaron para que el doctor Najeb pudiera ponerle la inyección. Ninguno entendía lo que les decía, pero sabían que les estaba insultando. Luego, cayó en un sueño agitado.

—No se mueva de su lado, Aliya, y si observa algún cambio avíseme enseguida.

—Así lo haré, doctor.

La enfermera se sentó junto a Tannenberg y sacó un libro para entretenerse mientras oía avivarse los ruidos del campamento en la hora de la cena. Suspiró resignada. A ella la habían contratado para eso, para cuidar al anciano mientras el resto se tomaba un respiro. Decidió no pensar y enfrascarse en la lectura, de manera que apagó todas las luces excepto una pequeña lámpara que le iluminaba las páginas del libro que sostenía en las rodillas.

No escuchó nada, tampoco vio a la figura que se abalanzó sobre ella tapándole la boca. Lo último que sintió fue el frío del acero abriéndole la garganta. No podía gritar, ni siquiera moverse. Murió sin saber quién la había matado.

Lion Doyle se dijo que sentía haber tenido que matar a Aliya. Pero no cabía otra opción. No podía dejar testigos.

Rápidamente se acercó a la cama donde dormía profundamente Alfred Tannenberg, aunque el suyo era un sueño cuajado de pesadillas. No perdió ni un segundo, le cortó la garganta lo mismo que había hecho con la enfermera y luego se aseguró de que no sobreviviría clavándole el cuchillo en el vientre de abajo arriba.

El anciano ni se enteró y Lion Doyle salió del hospital en silencio, con tanta rapidez como había entrado. Esa noche nadie le echaría en falta. Picot, Fabián y Marta estaban con Clara. El resto del equipo terminaba de hacer el equipaje, puesto que al día siguiente los helicópteros vendrían para llevarles a Bagdad. Él se iba, no habría encontrado ninguna excusa plausible para quedarse. En realidad, se reprochaba no haber liquidado a Tannenberg antes. Se había estado engañando a sí mismo diciendo que eran muchas las dificultades. En efecto, era verdad, pero también lo era que se había sentido a gusto en aquel lugar, integrado como uno más en el equipo de Picot. Sentía no ser quien decía ser. Sólo echaba de menos a Marian, pero sabía que de estar allí ella también habría sido feliz.

Se refugió en las sombras de la noche para deslizarse a un lugar del campamento donde esperar a que descubrieran los cadáveres. Fumaría, fumaría hasta escuchar la señal de alarma.

Cuando terminaron de cenar, Clara decidió acompañar al doctor Najeb al hospital para comprobar cómo seguía su abuelo.

Caminaron el uno junto al otro en silencio. La cena había sido agradable porque, sin haberse puesto de acuerdo, todos parecían haber decidido que era mejor no hablar de nada de lo sucedido en las últimas semanas.

Fabián les había distraído contando un montón de anécdotas de sus muchos años de enseñanza.

Los hombres que guardaban el hospital les dieron las buenas noches.

Clara entró la primera seguida del médico y su grito resonó en todo el campamento. Fue un grito agudo y prolongado que pareció interminable.

Aliya se hallaba en el suelo en medio de un charco de sangre. Alfred Tannenberg estaba blanco como la cera, con las manos crispadas agarradas a las sábanas teñidas de sangre.

El doctor Najeb intentó sacar a Clara de la habitación, pero ella no paraba de gritar y no le dejaba acercarse, y al ver entrar a los guardias se abalanzó sobre ellos dándoles puñetazos y patadas, insultándoles brutalmente.

Lo que no pudo impedir el doctor Najeb es que Clara se hiciera con una de las pistolas de los guardias y empezara a disparar indiscriminadamente mientras les insultaba, alcanzando a dos de ellos con sus balas.

—¡Cerdos! ¡Sois unos cerdos inútiles! ¡Os mataré a todos! ¡Cerdos!

Los gritos de Clara sonaron en el silencio de la noche como los de una bestia herida, estremeciendo a cuantos la escucharon. Picot, Fabián y Marta fueron corriendo hacia el hospital seguidos por Gian Maria y otros miembros de la expedición entre los que se encontraban Lion Doyle y Ante Plaskic, pero antes que todos ellos llegó Ayed Sahadi, que fue quien le pudo quitar el arma y sujetarla hasta inmovilizarla.

Gian Maria la sacó del hospital después de que el doctor Najeb lograra ponerle una inyección con un potente tranquilizante.

Fue una noche larga donde reinaron los gritos, los reproches y la confusión. Nadie había visto nada, ninguno de los guardias supervivientes a los disparos de Clara podía contar qué había pasado, porque nada habían visto ni oído. Ni los métodos brutales de Ayed Sahadi al interrogar a los guardias, ni los no menos brutales del comandante de la guarnición de Safran, sirvieron para obtener otra declaración salvo la de que no sabían nada.

—Tenemos un asesino entre nosotros —sentenció Picot.

—Sí, seguramente quien ha matado al señor Tannenberg y a Aliya sea el mismo que asesinó a Samira y a los dos guardias, y que casi acaba con la vida de Fátima —respondió una apesadumbrada Marta.

Lion Doyle escuchaba estas especulaciones con el mismo aire compungido que el resto de los miembros del equipo, aunque sentía la mirada fría de Ante Plaskic en su espalda.

—Tengo ganas de dejar este lugar.

—Yo también, Fabián, yo también —respondió Yves Picot a su amigo—. Afortunadamente sólo nos queda un día, el de hoy, mañana nos vamos; por nada del mundo me quedaría un minuto más aquí.

Clara no pudo despedirles. El doctor Najeb le había suministrado una buena dosis de tranquilizantes que la mantenían postrada sin enterarse de cuanto sucedía a su alrededor. Mientras Fátima, a pesar de su debilidad, se había hecho cargo de la situación.

Se habían ido todos los integrantes de la misión arqueológica salvo Gian Maria.

Lion Doyle sabía que aún tenía pendiente la muerte de Clara, pero intentarlo en esas circunstancias habría sido un suicidio.

Se reprochaba el no haber hecho su trabajo mucho antes, a pesar de que intentaba paliar el sentimiento de fracaso diciéndose que el encargo era harto complicado, casi imposible: matar a un protegido de Sadam y a su nieta, estando ambos custodiados las veinticuatro horas del día. De manera que a ratos pensaba que haber matado a Tannenberg era un éxito por el que le debían no sólo completar el pago, sino también, felicitar, aunque Tom Martin su jefe de Global Group, no era de los que daban palmadas en la espalda, simplemente esperaba que sus empleados cumplieran con su trabajo. Él había cumplido al menos con la mitad del encargo y esa mitad se le antojaba la más importante, porque no alcanzaba a imaginar qué podía haber hecho Clara para que alguien deseara verla muerta. Claro que aquél no era su problema ni era quién para meterse en las razones de los demás; él era un profesional y nada más.

Pero Lion Doyle no se engañaba demasiado a sí mismo, de

manera que reconocía que los meses pasados en Irak le habían dejado una huella difícil de borrar.

Ayed Sahadi había colocado seis hombres en la puerta de la habitación de Clara, además de haber ordenado rodear la casa sin dejar un palmo sin vigilar. El Coronel había anunciado su llegada y ya le había hecho saber del enfado del círculo de Sadam por el asesinato de Alfred Tannenberg. Le habían pedido una cabeza, y el Coronel estaba dispuesto a encontrarla.

Gian Maria rezaba en silencio rogando a Dios por el alma de Tannenberg y de la pobre Aliya, que al igual que la anterior enfermera, Samira, había encontrado la muerte sólo por cuidar al anciano en su agonía. Sabía que el asesino intentaría acabar con la vida de Clara y no se perdonaría a sí mismo si no era capaz de evitarlo.

Le había pedido a Fátima que le permitiera quedarse en la casa junto a Clara, pero la mujer se había negado, y Ayed Sahadi tampoco le había apoyado porque consideraba absurdo que el sacerdote intentara hacer el papel de guardián.

Hasta por la tarde no llegó el Coronel, provocando una auténtica conmoción en el campamento militar y en la aldea. Esta vez llegaba acompañado por un equipo más amplio, doce de sus mejores hombres, interrogadores curtidos con los más duros adversarios del régimen de Sadam, hombres que con sus métodos eran capaces de hacer hablar a las piedras.

Ahmed Huseini había dispuesto que el equipo de arqueólogos pasara dos días en Bagdad antes de trasladarles a la frontera con Jordania, desde donde viajarían a Ammán y de allí cada uno a su país de origen: Picot camino de París, Marta Gómez y Fabián a Madrid, otros profesores a Berlín, Londres, Roma...

A todos les había entrado una sensación claustrofóbica y deseaban dejar Irak cuanto antes, pero Ahmed les había pedido un poco de paciencia porque disponer de helicópteros en aquel momento no era sencillo y tampoco era aconsejable jugarse la vida camino de la frontera jordana.

En el vestíbulo del hotel Palestina encontraron a algunos de los periodistas que les habían visitado en Safran y que dijeron estar seguros de que la guerra empezaría en cuestión de días, al menos es lo que les comunicaban desde sus redacciones. Algunos se aprestaban a regresar antes de que se iniciara la invasión, pero la mayoría estaba organizándose para cuando comenzara la guerra y, por lo que pudiera pasar, haciendo acopio de víveres y de agua embotellada.

Lion Doyle envió un fax claro y rotundo a la sede de Photomundi: «Regreso mañana. Llevo material suficiente, pero no todo. En los últimos días ha sido difícil trabajar. Pero lo más importante está hecho».

Esa noche Picot y el resto del equipo de arqueólogos compartieron la cena con Miranda y otros periodistas.

—¿Por qué no te vienes? —propuso Picot a Miranda.

—Porque no sería yo si ahora me fuera. No he aguantado todo este tiempo para escapar en el último minuto.

—Te invito a pasar unos días conmigo en París, en realidad me gustaría que te quedaras todo el tiempo que quisieras.

Miranda miró a Picot con una sonrisa cómplice. A la periodista le gustaba el arqueólogo tanto como a él le gustaba ella, pero ambos sabían que las suyas eran vidas paralelas que nunca se cruzarían, y que de hacerlo podrían hacerse daño mutuamente.

—Déjalo estar, Yves.

—¿Por qué? Me dijiste que estabas sola.

—Y lo estoy.

—Entonces...

—Entonces nada. Eres un tipo estupendo, tanto que no me apetece que seas la aventura de una noche.

—No te estoy proponiendo una aventura de una noche —protestó Picot.

—Lo sé, pero dadas las circunstancias tuyas y mías dudo que pudiéramos darnos algo más.

—¡Por favor, Miranda, date una oportunidad y de paso dámela a mí!

—Cuando salga de la maldita guerra que está a punto de empezar iré a verte a París o dondequiera que estés, y entonces fríamente y con la distancia de este momento o nos reímos de lo que estamos hablando ahora y nos tomamos una copa y luego cada uno se va por su lado tan amigos o... o ya veremos.

Picot no insistió. Sabía que Miranda se quedaría en Bagdad y sintió una punzada de inquietud pensando en el peligro que seguro correría.

Ahmed Huseini, que les acompañaba en la cena, bebía compulsivamente un whisky tras otro. Fabián intentaba calmar a aquel individuo del que apenas parecía quedar rastro del hombre que fue.

El seguro y elegante director del departamento de Excavaciones Arqueológicas era ahora un ser desaliñado, con profundas ojeras y la angustia reflejada en la mirada inquieta, que paseaba de un lugar a otro como si temiera por su vida.

—¿Irá a Safran? —quiso saber Marta Gómez.

—No lo sé, el doctor Najeb no me ha dejado hablar con Clara, espero que me lo permita mañana. Haré lo que ella quiera, iré si le puedo ser de alguna ayuda.

—¡Pero es su mujer! ¿Cómo no le va a ser de ayuda en un momento como éste? —protestó Marta.

—No lo sé, profesora, no lo sé... yo... En fin, todo lo que ha pasado es terrible, y ahora la guerra... No sé qué va a pasar… En todo caso Clara debe regresar a Bagdad, no creo que pueda quedarse mucho tiempo sola.

Fabián hizo una seña a Marta instándola a que no insistiera, y desvió la conversación hacia la futura exposición que pensaban organizar.

—Es muy de agradecer que haya logrado convencer a las autoridades iraquíes para que permitan hacer una exposición con lo que hemos encontrado en Safran.

—Sí, el profesor Picot ya ha firmado los papeles —asintió Ahmed.

—Y usted, ¿cuándo se reunirá con nosotros? —le preguntó Fabián.

—¿Yo? No lo sé, depende de Clara, yo querría irme ya, mañana mismo, si pudiera… pero no es fácil irse de Irak, y ahora que Tannenberg ha muerto no me dejarán marcharme…

El pitido del teléfono móvil de Ahmed interrumpió la charla. Éste no se levantó para hablar discretamente en otro lugar, sino que escuchó en silencio la voz que desde el otro lado del teléfono parecía estar dándole órdenes.

Ahmed Huseini asentía sin rechistar con el gesto cada vez más crispado.

—¿Quién le ha llamado? —preguntó Marta sin importarle ser indiscreta.

—Era… era el Coronel, ustedes no saben quién es; bueno, es una persona muy importante…

—¿El Coronel? Sí, le conocemos, estuvo en Safran, llegó con un equipo de investigadores después de que apareciera muerta Samira y dos de los guardias —recordó Fabián.

—Parecía un hombre terrible —murmuró Marta.

—Mañana salgo a primera hora para Safran junto a una delegación de personalidades de mi país para asistir al entierro de Tannenberg. En el palacio presidencial quieren que se le entierre con todos los honores. Me han ordenado que vaya, que esté con Clara, y que la convenza para que regrese a Bagdad.

—Es lo más sensato —aseguró Lion Doyle.

—¿Y qué pasa con nosotros? —preguntó Picot con tono de preocupación.

—Ustedes saldrán en los helicópteros pasado mañana a primera hora, no hay cambios en su programa. Karim, mi ayudante, es sobrino del Coronel y se encargará de que no tengan ningún problema; él les acompañará a la base, si es que no llego a tiempo. Pero creo que regresaré mañana mismo, y a ser posible con Clara.

Ahmed Huseini dio por terminada la cena. No tenía ánimo para continuar allí, y el exceso de bebida le estaba haciendo efecto: la cabeza le daba vueltas, tenía ganas de vomitar y le escocían los ojos. Sabía que lo mejor que podía hacer era intentar dormir, si es que lo conseguía.

Picot estaba cansado pero no tenía ganas de acostarse, de manera que propuso al grupo tomar una copa en el bar, y casi todos aceptaron; en realidad, sólo Ante Plaskic se despidió para irse a dormir.

—Qué tipo más extraño —afirmó Miranda mientras Ante atravesaba el vestíbulo hacia los ascensores para ir a su habitación.

—Lo es —aseguró Picot.

—No ha hecho nada fuera de lo común —le defendió Marta.

—Tienes razón, pero durante estos meses se ha mostrado distante con todos nosotros, no ha hecho el menor intento por ser amable —le replicó Picot.

—Ha trabajado bien, se ha mostrado siempre educado, ha hecho todo lo que le hemos pedido… Me parece injusto reprocharle que no sea simpático, sobre todo porque era consciente de que no caía bien al equipo —insistió Marta.

—Bueno, da lo mismo, el caso es que es raro —insistió Picot.

Bebieron hasta tarde y hablaron de la guerra, seguros de que estaba a punto de comenzar. Nadie sabía cuándo, podía ser en unos días o en un mes, pero de lo que no les cabían dudas es de que Bush invadiría Irak.

Tres helicópteros se posaron sobre la tierra amarillenta, a unos cuantos metros de lo que quedaba del campamento de arqueólogos.

Clara, junto al Coronel, esperaba con aire ausente a que terminaran de descender de los aparatos aquellos hombres que representaban al régimen: varios generales y dos ministros, además de unos cuantos familiares cercanos al clan Sadam.

Todos le estrecharon la mano expresándole sus condolencias y asegurando que Irak había perdido a uno de sus mejores amigos y aliados. Apenas les escuchaba, en realidad le costaba entender lo que le decían, ya que era incapaz de prestar atención a nada que no fuera el dolor que la desgarraba de tal manera que creía que iba a dejar de respirar.

No podía quitarse de la cabeza la imagen de su abuelo degollado. Quien le había asesinado había buscado no sólo eliminarle sino hacerle daño, devolver quién sabía qué agravio.

Nunca se había sentido sola hasta ese momento, ni siquiera cuando sus padres murieron en aquel fatal y extraño accidente. No podía soportar el dolor de la evidencia de que su abuelo estaba muerto y no era capaz de encontrar consuelo en ninguna de las palabras que escuchaba, ni siquiera en las más sentidas de Fátima, que la estrechó entre sus brazos como cuando era niña intentando devolverle la serenidad perdida.

Ahmed se acercó a Clara y la besó suavemente en la mejilla, luego la agarró del brazo llevándola hacia la casa.

Clara no opuso resistencia. Tanto le daba que estuviera allí Ahmed, aunque Fátima le había anunciado su presencia, instándola a que se dejara acompañar por su marido al menos para cubrir las apariencias en un momento como ése.

Ya en el interior de la casa, Fátima sirvió té y dulces a los hombres a la espera de que se formara el cortejo camino del lugar donde sería enterrado Alfred Tannenberg.

En un primer momento Clara pensó pedirle al Coronel que un helicóptero la trasladara junto al ataúd de su abuelo hasta El Cairo para enterrarle allí; luego pensó que a su abuelo tanto le daría un lugar como otro: ella había llegado a conocerle bien y sabía que nunca había sentido verdadero aprecio por ningún sitio en especial. Pero ella sí creía en el valor de los símbolos, de manera que decidió enterrar a su abuelo cerca de las ruinas del templo donde con tanta ansia aún buscaban esas tablillas que habían sido la obsesión de su abuelo.

No se quedó con los hombres, sino que se encerró en el cuarto donde su abuelo yacía en el ataúd.

Fátima había lavado y preparado el cadáver del hombre al que le había sido leal durante cuarenta años, y lo había hecho con el mismo respeto y reverencia que si estuviera vivo.

Clara cogió la mano inerte de su abuelo y no pudo evitar llorar desesperadamente.

—Abuelo..., abuelo..., ¿por qué? ¿Por qué te han hecho esto? ¡Dios mío, ayúdame a encontrar al asesino! Abuelo, no me dejes... no me dejes, por favor...

Unos golpes suaves en la puerta le anunciaron la presencia de Fátima, que entró para decirle que había llegado el momento de llevarse el ataúd.

Clara rompió a llorar con más fuerza y se abrazó al cuerpo sin vida del anciano gritando su desesperación.

Con la ayuda de Ahmed, Fátima la apartó mientras el Coronel cerraba el féretro y, ayudado por otros hombres, lo sacaban de la casa hasta el coche que les conduciría a unos cientos de metros, donde ya estaba preparado el agujero en la tierra azafranada en el que Tannenberg descansaría el resto de la eternidad.

El doctor Najeb se acercó a Clara y le ofreció una pastilla, que ella rechazó. Quería salir de la penumbra en que estaba desde dos días atrás cuando encontró a su abuelo asesinado, por más que el dolor amenazara con romperla por dentro. Salam Najeb no insistió.

Las mañanas de marzo son cálidas en Irak, y aquélla no era una excepción. Todos los hombres y mujeres de Safran, además de los soldados de la guarnición, y las autoridades de los pueblos y ciudades cercanos, se apiñaban en torno al lugar donde se había preparado la tumba de Alfred Tannenberg.

Los aldeanos observaban con curiosidad a los generales y ministros llegados de Bagdad, y alguno murmuraba que en el último minuto podía aparecer el mismísimo Sadam.

No hubo rito religioso alguno, ni católico ni musulmán. Tampoco nadie dijo una palabra de despedida al difunto. Había sido un deseo expreso de Clara que a su abuelo le enterraran sin más solemnidad que la del dolor de quienes le querían, y ella sabía que de cuantos allí se congregaban sólo ella y Fátima le habían querido.

Los hombres bajaron el ataúd hasta depositarlo en la arena seca de la tumba y el grito de Clara rompió el aire límpido de la mañana. Ahmed la sujetó con fuerza, pero no pudo evitar que su mujer intentara lanzarse a la oquedad donde la tierra empezaba a cubrir el ataúd. Fue la mano firme del Coronel quien contuvo a Clara, impidiéndole consumar el gesto. Ella gritó y lloró sin pudor, hasta que se la llevaron de aquel lugar una vez que el ataúd quedó cubierto por la tierra.

El regreso a la casa transcurrió en silencio.

El Coronel acudió al cuarto que había servido de despacho a Alfred Tannenberg para hablar con Clara y Ahmed.

—¿Estás en condiciones de que tengamos una conversación? —le preguntó con afecto.

—Sí, sí… —respondió ella sorbiendo las lágrimas que aún le anegaban los ojos.

—Entonces escúchame, y acepta en mí al padre que ya no tienes, puesto que tu abuelo era todo para ti. Ahmed me ha dicho que estás al tanto de los negocios de tu abuelo; si es así, comprenderás que no podemos parar la operación que está en marcha. Tu marido se pondrá al frente de todo, y tú te irás; en mi opinión, cuanto antes salgas de Irak mejor. Creo que deberías irte a El Cairo, a la casa que tenéis allí. En El Cairo estarás segura hasta que pase todo. Luego puedes hacerte cargo de esa exposición que prepara el profesor Picot. No sé qué pasará dentro de un mes, ni si estaremos vivos, espero que sí, pero confío en que ese hombre, Picot, cumpla su palabra y te haga copartícipe de la exposición.

—No quiero irme —murmuró Clara.

—La guerra, niña, está a punto de comenzar. De manera que sería absurdo que te quedaras aquí, salvo que quieras morir. No te aconsejo que lo hagas, desde luego a tu abuelo no le gustaría que te mataran.

—Quiero quedarme unos días más.

—Hazlo, pero tienes que salir de Irak antes del 20 de marzo. De todas maneras no puedo seguir manteniendo aquí a muchos soldados, y todos los hombres disponibles, incluidos los de la aldea, serán llamados a cumplir su deber para con la patria.

—Clara, regresa conmigo a Bagdad —le pidió Ahmed.

—Me quedaré unos días más… quiero estar aquí. Regresaré el 17 o el 18…

—Si tardas más, no te podré sacar de Irak —sentenció el Coronel.

Cuando los helicópteros se marcharon Clara se sintió aliviada. El séquito de Bagdad apenas había permanecido cinco horas en Safran, pero ella sentía una imperiosa necesidad de estar sola, de no tener que hablar ni escuchar a nadie, de intentar recomponerse por dentro para afrontar la vida sin su abuelo.

Gian Maria se había mantenido a una respetuosa distancia durante el entierro y el tiempo en que habían estado los representantes del Gobierno de Sadam. Había podido hablar unos minutos con Ahmed, al que había asegurado que él cuidaría de Clara y la haría regresar cuanto antes a Bagdad.

Ahmed le había pedido que le llamara para enviarles algún transporte para trasladarles a la capital o directamente a la frontera con Jordania.

El comandante del contingente de soldados ordenó comenzar a desmantelar el campamento. La orden era regresar a su acuartelamiento.

El jefe de la aldea dudaba si acercarse a la casa para preguntar a Clara si los hombres iban a continuar trabajando en la excavación o tenían que regresar a sus anteriores quehaceres, algunos ya habían recibido la orden de movilización militar.

Clara se reunió con el hombre acompañada por Fátima, Ayed Sahadi y el doctor Najeb a los que el Coronel había encargado que la cuidaran.

Ante el asombro de Fátima y del doctor Najeb, Clara aseguro al jefe de la aldea que los trabajos arqueológicos continuarían durante unos días más y que necesitaba todos los hombres disponibles; estaba dispuesta a doblarles el salario si trabajaban noche y día.

Cuando el hombre se fue, Ayed Sahadi le preguntó preocupado si no sería mejor dar la misión por terminada.

—Nos quedaremos unos días, diez quizá, y en ese tiempo

trabajaremos sin descanso; puede que aún encontremos lo que busco.

Los hombres no se atrevieron a contrariarla dado su estado de desolación. Ayed Sahadi le aseguró que trabajarían con ahínco, pero le advirtió que con menos obreros de los que habían contado hasta el momento, ya que como les había anunciado el jefe de la aldea, muchos habían sido movilizados. Pero a Clara no pareció importarle, e hizo hincapié en que al menos ella continuaría trabajando.

Lion Doyle no lograba conciliar el sueño. Le daba vueltas a la idea de quedarse en Bagdad.

A su regreso de Safran, Ahmed les había contado que el Coronel quería que Clara volviera a Bagdad pero que ella había insistido en quedarse unos días más, aunque había aceptado regresar, y Doyle se preguntaba si merecía la pena arriesgarse a matarla en aquella ciudad en estado de guerra o esperar a que se reuniera con Picot en alguna capital europea donde no le resultaría complicado acabar con ella. Entrar en Irak había sido fácil, lo difícil sería largarse si estallaba la maldita guerra, de manera que o salía con el equipo de arqueólogos o ya no sabría ni cómo ni cuándo podría hacerlo, y sobre todo si podría cumplir la otra mitad del encargo.

Para quedarse necesitaba una excusa, pero eso, se dijo, no sería difícil, bastaba con decirles que se quedaba para seguir trabajando, sobre todo en ese momento en que los enviados especiales aseguraban que la guerra era inminente. Decidió llamar por teléfono a Londres, al director de Photomundi, y explicar al falso director de la agencia lo sucedido en las últimas horas. Ya habría recibido el fax, que seguro estaría en manos de Tom Martin, pero mejor sería tener una conversación en que no quedaran dudas de la muerte de Alfred Tannenberg.

Es más, se cubriría solicitando instrucciones; que fuera Tom Martin quien decidiera si se quedaba o volvía.

Quien sí había decidido quedarse era Ante Plaskic. El croata había escuchado las conversaciones cruzadas durante la cena, de manera que ahora sabía que Clara estaría pronto en Bagdad, y él tenía que asegurarse si la mujer volvía con algo, con esas malditas tablillas que llevaban meses buscando; de ser así él debería hacerse con ellas y sacarlas de Irak. Estaba decidido a cumplir con el encargo por el que tan generosamente le iban a pagar.

Plaskic se preguntaba quién sería el asesino de Tannenberg, y no podía quitarse de la cabeza que el hombre que había matado al anciano y a la enfermera era ese fotógrafo, Lion Doyle, aunque también sospechaba del capataz, de Ayed Sahadi. Pensó que era más probable que fuera Sahadi, al que cualquicra le podía haber pagado para perpetrar una venganza contra aquel hombre poderoso que había sido Alfred Tannenberg.

Era improbable que Clara Tannenberg encontrara las tablillas, pero no podía correr riesgos, de manera que se quedaría. A Picot le diría que había encontrado a unos amigos y que regresaría unos días más tarde; tanto le daba si le creía o no.

34

Tom Martin terminó de leer el fax que el director de Photomundi le había enviado aquella mañana. No había podido hacerlo antes porque acababa de llegar de París, donde había
pasado el día en reuniones con colegas de su sector. Su secretaria le había alertado sobre el fax y por eso había ido directamente al despacho. Decidió llamar de inmediato al director de
Photomundi.

El hombre estaba durmiendo cuando el pitido del teléfono
le arrancó de un sueño profundo.

—¿Diga?

—Hola, soy yo.

—¿Y usted quién es…? ¡Ah!, perdone, aún estoy dormido.
¿Qué hora es?

—Las dos de la mañana.

—¿Y usted comienza a trabajar a esta hora? —preguntó el
malhumorado director de la agencia de fotos.

—Antes, mucho antes, en realidad trabajo las veinticuatro
horas. Dígame, ¿ha recibido alguna otra comunicación de su
colaborador en Bagdad?

—No.

—¿Tampoco una llamada telefónica?

—Tampoco.

—Bien, pues levántese y vaya al despacho, estoy seguro de que volverá a comunicarse con usted.

—Sí, pero no a esta hora… —protestó el hombre.

—No pierda el tiempo, ni el suyo ni el mío, y haga lo que le he dicho. Estoy esperando noticias y sé que las tendremos esta misma noche.

El director de Photomundi masculló antes de aceptar cumplir la orden de Tom Martin. No le podía decir que no porque era un cliente fijo, uno de los mejores, de manera que si le pedía que se levantase a las dos de la madrugada y se fuera de inmediato a la oficina no tenía más remedio que hacerlo.

Claro que Lion Doyle tenía el número de su móvil, por tanto podía encontrarle en cualquier momento, incluso en un momento como aquel en que estaba plácidamente en la cama. De todas formas se levantó y se metió en la ducha para despejarse. Iría al despacho a esperar a que llamara el maldito Lion Doyle.

Se estaba poniendo la corbata cuando le alertó la llamada del móvil. La voz de Lion Doyle le resultó inconfundible y apretó la grabadora para luego entregar a Tom Martin la cinta con la conversación telefónica.

—Me alegro de saludarle, ¿recibió el fax?

—Efectivamente, ¿y usted cómo está?

—Sorprendido de que no me haya llamado y deseando regresar, sobre todo por los acontecimientos de los últimos días, no sabe lo terribles que han sido. Apareció asesinado el abuelo de Clara Tannenberg, sí, la arqueóloga que cofinanciaba la expedición con el profesor Picot. Su abuelo era un anciano enfermo y nadie se explica cómo alguien pudo matarle; tenía vigilancia las veinticuatro horas. Aun así, alguien burló a los guardias y le rebanó el cuello, lo mismo que a la enfermera que le cuidaba. Se puede imaginar la situación, aunque ahora afortunadamente estamos en Bagdad, preparados para regresar esta misma mañana a no ser que quiera usted que me quede a hacer algún reportaje especial, siempre queda algo por hacer. Por cierto, que aunque no servirán para nada, hice algunas fotos de la tragedia de Safran, bueno, nunca se sabe…

El director de Photomundi asintió a cuanto le decía, asegurándole que iba a hacer una ronda de llamadas a periódicos y revistas a ver si merecía la pena que se quedara. Más tarde le llamaría, sólo tenía que procurar mantener la línea del móvil desocupada.

A las tres en punto Tom Martin recibía en su despacho la cinta grabada con la conversación de Lion Doyle y el director de Photomundi, que uno de sus hombres había ido a recoger a casa de este último.

Sonrió al escuchar las explicaciones cínicas de su hombre. «Lion es un actor consumado», pensó el presidente de Global Group.

Lion había cumplido al menos la mitad del encargo, sin duda la parte más difícil, eliminar a Alfred Tannenberg, de manera que, pensó, sus clientes se podían dar por satisfechos; claro que tendría que consultarles de inmediato para saber si renunciaban a la muerte de Clara Tannenberg o era imprescindible que la mujer muriera. A él tanto le daba, pero creía que haber logrado la muerte del anciano era toda una hazaña en un país como Irak, sobre todo porque Tannenberg era un protegido del régimen de Sadam.

No tenía más remedio que llamar al falso señor Burton, a pesar de que eran las tres y diez de la madrugada.

El profesor Hausser dormía con el sueño ligero de quien ya ha dejado atrás la juventud y la madurez. Se despertó de inmediato al escuchar el sonido de uno de los móviles que tenía permanentemente encendidos. Prendió la luz de la lámpara y lo cogió.

—Al habla.

—¿Señor Burton?

—El mismo.

—Soy el señor Martin…

Hans Hausser sintió una punzada de acidez en la boca del estómago, mientras miraba el reloj que marcaba las cuatro y cuarto de la mañana.

—Dígame.

—El encargo está hecho, bueno, la mitad del encargo, digamos que la parte más importante. El principal objetivo está eliminado.

—¿Está seguro?

—Absolutamente seguro.

—¿Tiene pruebas?

—Desde luego.

—¿Y qué ha pasado con… con la otra parte?

—Conseguir lo que me pidió ha sido un milagro. ¿Sabe usted la situación del lugar del suceso?

—Bien, ¿cuándo terminarán del todo el encargo?

—Por eso le llamo, a lo mejor se podría realizar aquí en Europa. Allí las posibilidades son menores dadas las circunstancias, hay muchos riesgos, pero si usted quiere lo intentaremos allí. Por eso le llamo, necesito instrucciones: o bien se espera un poco para ver cumplida la segunda parte o bien lo intentamos de nuevo. Ya le digo que las posibilidades allí son menores.

El profesor respiró hondo para ganar tiempo, sin saber qué decir. No podía tomar él solo la decisión, necesitaba consultarlo con sus amigos.

—Deme unos minutos y le llamaré.

—De acuerdo, estaré esperando, pero debe darme una respuesta antes de las seis de la mañana.

—Se la daré mucho antes.

Carlo Cipriani estaba leyendo. Había asistido a una cena con viejos amigos médicos como él, y al regresar a casa se sentó a leer tranquilamente en el silencio de la noche. Al escuchar el sonido del teléfono se asustó y respondió de inmediato.

—Carlo…

—¿Hans?

—Sí, amigo mío, soy yo.

—¿Qué sucede? —preguntó temeroso el médico.

—Ya está. Ya no existe.

—¿Cómo? ¿Qué quieres decir…?

—Ha muerto, él ha muerto. Me acaban de llamar para decírmelo, y hay pruebas de que es así.

—Pero… ¿estás seguro, Hans?

—Estoy seguro. Ya está.

Se quedaron en silencio sin saber qué decir, buscando ambos dentro de su alma alguna emoción especial que no terminaban de encontrar, a pesar de llevar toda la vida aguardando ese instante.

—El monstruo está muerto —alcanzó a murmurar Carlo Cipriani.

—Sí, lo hemos conseguido. ¿Sabes?, me siento vacío por dentro —afirmó Hausser con voz exenta de emoción.

—Y sin embargo…

—Y sin embargo debíamos hacerlo, no habríamos muerto en paz si no lo hubiésemos hecho.

—¿Has llamado a Bruno y a Mercedes?

—No, te he llamado a ti el primero. Debemos tomar una decisión ahora mismo respecto a su nieta.

—¿Está viva? —preguntó Carlo Cipriani.

—Sí. Las dificultades para cumplir el encargo han sido enormes, y falta ella. Preguntan si deben seguir intentándolo allí o si pueden hacerlo aquí, en Europa, al parecer ella va a venir.

—¿Adónde?

—No lo sé, pero se va de allí.

—Hans, ¿qué crees que debemos hacer?

—No lo sé, podemos dejar las cosas como están o...

—Mercedes no se conformará —afirmó un apesadumbrado Carlo Cipriani.

—¿Y nosotros, Carlo? ¿Nos conformamos nosotros?

—¿Crees que nuestra conciencia puede con todo?

—La mía puede con esto, te lo aseguro, amigo mío —afirmó sin un ápice de duda el profesor Hausser.

—Tienes razón. Supongo que aún estoy en estado de shock...

—Yo también lo estoy —aseguró Hausser.

—Quizá deberíamos dejar que sean ellos quienes tomen la decisión sobre el lugar más adecuado para realizar el... el encargo —dijo el doctor Cipriani, pensando que Mercedes no renunciaría a que la venganza fuera completa.

—Estoy de acuerdo.

—En todo caso, diles que no renunciamos a la segunda parte.

—No podemos renunciar, hemos esperado toda una vida, y hoy Dios ha querido regalarnos la noticia del fin del monstruo.

—Dios nunca ha estado con nosotros, Hans, nunca; no estaba allí, no ha estado en todos estos años. Mercedes tiene razón: si existe, a nosotros nos abandonó.

Volvieron a quedarse en silencio cada uno perdido en sus propias reflexiones, haciendo frente a los fantasmas de un pasado que se resistía a desvanecerse.

—Llamaré a Bruno y después a Mercedes, si hay alguna novedad te volveré a llamar.

—Hazlo, Hans, hazlo, ésta será una noche muy larga.

—Yo dormiré en paz, Carlo.

—Buenas noches, Hans.

Deborah se sobresaltó con el timbre del teléfono y saltó de la cama.

—Deborah, tranquila, que sólo es el teléfono —le dijo su marido.

—Pero, Bruno, son casi las cuatro y media de la mañana, si llaman sólo puede ser para darnos una mala noticia, una desgracia…

Bruno Müller se levantó y se dirigió al salón para coger el teléfono. Deborah le seguía temerosa tiritando de frío, del frío que produce la incertidumbre.

—¿Quién es? —preguntó con voz firme Bruno Müller.

—Bruno…, soy Hans…

—Hans, ¿qué sucede? —preguntó Bruno alarmado.

—El monstruo está muerto.

—¡Dios mío! —exclamó el músico.

—Dios no ha tenido nada que ver con su muerte, hemos sido nosotros.

Bruno Müller sintió una oleada de calor recorrerle el cuerpo y luego como un frío helado que se le posaba en las entrañas. Su rostro reflejaba tantas emociones que parecía a punto de desvanecerse.

—¡Bruno! ¡Bruno! ¿Qué pasa? —preguntó Deborah muy alterada.

—Déjame, Deborah, vuelve a la cama.

—Pero, Bruno… —se quejó la mujer.

—¡Haz lo que te digo! —gritó el apacible violinista.

Hans Hausser escuchaba la conversación a través del teléfono sabiendo el sinfín de emociones que en ese momento cruzaban el alma de su amigo.

—Hans, ¿estás seguro? —preguntó temeroso Bruno.

—Sí, el monstruo ya no existe, hemos acabado con él.

—Hemos podido hacerlo, al final le hemos vencido… podré morir en paz conmigo mismo.

Hans Hausser asintió en silencio a las palabras de su amigo.

Mercedes dormía profundamente. Se había tomado una pastilla para descansar, ya que en los últimos meses apenas lograba conciliar el sueño unas horas.

El teléfono sonó insistentemente antes de que ella fuera capaz de oírlo y contestar.

—Sí…

—¿Mercedes?

—Sí…

A Hans Hausser le pareció que su amiga le hablaba desde ultratumba. El tono pastoso de la voz y la dificultad para articular palabras le preocuparon.

—¿Estás bien?

—¿Quién es? —alcanzó a decir Mercedes, a la que le costaba salir del mundo de los sueños.

—Soy Hans…

—¿Hans? Hans… ¡Dios mío!, ¿qué sucede?

—Buenas noticias, por eso te he llamado a esta hora, ya veo que tienes el sueño profundo.

—Hans…, dime.

—El monstruo ha muerto.

La mujer pegó un grito que más parecía un aullido. Un grito dolorido salido de las entrañas. Cogió el vaso de agua de la mesilla y bebió un sorbo, intentando despejar las brumas en que se encontraba. Luego, a duras penas logró sentarse en la cama y poner los pies en el suelo.

—¿Mercedes, estás bien? —quiso saber Hausser.

—Estaba… estaba muy dormida, me tomé una pastilla porque me cuesta dormir y… Hans, ¿es verdad?

—Sí, lo es, está muerto, y hay pruebas.

—¿Cómo ha sido? ¿Cuándo? —le apremió Mercedes.

—Ya le han enterrado.

—¿Sufrió?

—No lo sé, aún desconozco los detalles.

—Espero que haya sufrido, que en el último minuto supiera por qué moría. ¿Y ella? La nieta…

—Está viva.

—¿Por qué? No hay perdón para ninguno de sus descendientes —afirmó Mercedes con un deje de histeria.

—No hay perdón, tú lo has dicho, pero las cosas hay que hacerlas bien. Al parecer había dificultades para completar el encargo y ahora nos pregunta si debe seguir allí o puede intentarlo aquí, en Europa, porque ella tiene previsto venir.

—¿Y cómo vamos a saber nosotros lo que es mejor? —respondió enfadada Mercedes.

—Ya nos advirtieron que un trabajo bien hecho necesita tiempo, a veces meses, y así ha sido, han pasado unos cuantos meses, ¿ahora qué hacemos?

—Que hagan lo que hemos pedido, que cumplan todo el contrato y cuanto antes mejor.

—Entonces…

—Hans, ¿estás seguro? ¿De verdad que el monstruo ya no existe?

—Lo estoy, Mercedes, lo estoy.

Mercedes comenzó a llorar, y sus sollozos emocionaron de tal manera a su viejo amigo que éste tampoco pudo evitar que se le escaparan las lágrimas.

—Mercedes, no llores, por Dios, cálmate, Mercedes, no llores…, por favor, Mercedes, tienes que ser fuerte, Mercedes, no llores…

35

—Mercedes, no llores; por favor, hija, no llores.

La niña, agarrada a la mano de su madre y temblando de frío y de hambre, a duras penas se sostenía en pie. El guardia la había empujado por no estarse quieta en la fila donde las prisioneras y sus hijos estaban alineadas. Caída en el suelo, su carita había chocado contra el barro. Se había levantado de inmediato porque su madre había tirado de ella presa del horror. En los campos, los prisioneros procuraban fundirse con el gris del cielo para no llamar la atención de los SS, ni de los kapos, ni de ninguno de aquellos hombres dispuestos a hacerles sufrir.

Su madre le apretaba la mano mientras le pedía en voz baja y llena de angustia que no llorara. El guardia que la había empujado se había distraído con otro de los pequeños que se había salido de la fila, y en aquellos segundos preciosos Mercedes intentaba retener las lágrimas tal y como le pedía su madre.

Observó a un grupo de oficiales de las SS fundiéndose en abrazos con otros oficiales que acababan de bajar de unos coches negros. Los hombres parecían contentos, y uno de ellos le aseguraba a otro que aquél sería un día inolvidable.

Durante unos instantes Mercedes pensó en qué podían hacer aquellos hombres de especial para convertir el día en una jornada inolvidable, y de nuevo se estremeció.

Uno de los kapos de nombre Gustav se acercó a donde estaban y ordenó a los niños que formaran una fila frente a sus madres. Los más pequeños se resistían a soltarse de las manos de sus madres, pero uno de los guardias de las SS se acercó con un vergajo en la mano y empezó a repartir golpes, de manera que fueron las mujeres las que suplicaron a sus hijos para que obedecieran de inmediato.

—¡Escuchad! —gritó un oficial de las SS con un tono de voz que asustó a los pequeños—. Desde Berlín ha venido un comité científico para veros —continuó diciendo el SS—; vais a ayudar a la ciencia, al menos serviréis para eso. Todas vosotras bajaréis hasta la cantera, allí os espera un regalo con el que debéis subir de inmediato. Vuestros bastardos se quedarán aquí, para ellos tenemos otro regalito.

Alfred rió ante las palabras de su compañero de las SS, y Georg le preguntó con curiosidad por la duración de la prueba.

—Ya veremos de lo que son capaces esas perras —respondió.

Mercedes sorbía las lágrimas mientras su madre le sonreía, intentando tranquilizarla al tiempo que iniciaba el descenso a la cantera. La mujer estaba embarazada de ocho meses; hacía siete que la habían llevado a uno de los comandos dependientes de Mauthausen y ella misma se maravillaba de haber sobrevivido hasta aquel momento. Ella creía que su fortaleza era la herencia de sus padres, trabajadores del campo, como sus abuelos y todos sus antepasados hasta donde alcanzaba a saber. Otras mujeres en su estado habían muerto, incapaces de resistir las torturas y el trabajo de sol a sol. Algunas habían desaparecido al ser requeridas desde la enfermería para comprobar la marcha de su embarazo. Pero ella estaba aún más delgada que antes de quedarse embarazada, y su vientre apenas hinchado no llamaba la atención.

La había detenido la Gestapo en la Francia de Vichy cuando intentaba huir con su hija. Las deportaron a Austria en un tren de ganado, donde las encerraron en un vagón del que no las dejaron bajar ni de noche ni de día; allí, hacinadas junto a otros cientos de prisioneros, se decía que mientras estuvieran vivas no perderían la esperanza. Su marido era español y, como ella, colaboraba con la Resistencia. Le habían matado en un enfrentamiento con la Gestapo en pleno centro de París cuando intentaba huir de un control. Se había quedado sola sin saber que estaba embarazada. Intentó huir a España para refugiarse con la familia de su marido, diezmada durante la Guerra Civil. Pensaba ir a Barcelona y buscar a su madre, segura de que ésta las ayudaría. Los jefes de la Resistencia aceptaron trasladarla a la frontera, pero apenas había logrado llegar a la valla cuando la detuvieron.

Una vez en el campo, la mandaron desnudarse como al resto de las prisioneras y le entregaron la ropa que debía llevar con un triángulo rojo en medio del cual estaba la letra F. El triángulo rojo era el de los prisioneros políticos, la letra, la de su nacionalidad.

No supo hasta mucho después que estaba esperando un hijo. Pensaba que se le había retirado la regla por el miedo, las torturas, la falta de alimento y el agotamiento. Cuando fue consciente de que de nuevo iba a ser madre lloró desconsoladamente, culpándose por convertir al hijo que nacería en un prisionero desde su primer día de existencia. Luego la desesperación dio paso a la esperanza y a las ganas de vivir, pues el saberse embarazada también le dio nuevas fuerzas: tenía que mantenerse viva por el hijo que iba a nacer y por Mercedes; ambos la necesitarían, sólo la tenían a ella, aunque había hecho memorizar a Mercedes la dirección de su abuela en Barcelona por si algún día lograba salir de allí al menos una de ellas.

—¿Por qué esos bastardos no bajan también a por piedras? —preguntó Georg.

—Es una idea, pero a ellos les tenemos otra sorpresa reservada. Van a ducharse allí. Veremos lo que aguantan —respondió Heinrich entre risotadas.

—Bajemos a ver cómo van las perras —les propuso Alfred.

El feliz grupo de oficiales y civiles bajó unos cuantos escalones de las «escaleras de la muerte» para ver mejor lo que estaba pasando al fondo de la cantera, donde las mujeres a duras penas podían soportar las piedras que les ataban a la espalda. Algunos soldados las empujaban al tiempo que les gritaban para que no se pararan, pero muchas no podían soportar la carga y caían al suelo aplastadas por las piedras. De las cincuenta mujeres, quince murieron a causa de las patadas de los soldados que, además, las golpeaban con bastones para que se pusieran en pie y subieran los ciento ochenta y seis escalones que conducían de la cantera a la explanada del campo.

Chantal apenas podía respirar; sólo la imagen de Mercedes y el deseo de ver a nacer a su hijo le hacían sacar fuerzas de lo más recóndito de su alma. Caminaba doblada, arrastrando los pies al tiempo que intentaba contener las náuseas, y aunque su gesto era de dolor por dentro sonreía por ser capaz de superar cada paso.

Uno, dos, tres... De repente alzó la mirada y contempló con horror cómo los guardias empujaban a los niños para que bajaran hasta la cantera.

Apenas podía distinguir a Mercedes, pero la supuso asustada, a punto de llorar. Se irguió para que su hija la viera, intentando transmitirle la fuerza de la que en realidad carecía. Temía lo que los SS hubieran podido idear porque no alcanzaba a entender por qué empujaban a los niños hacia ellas.

La idea había sido del capitán Alfred Tannenberg y fue muy aplaudida por sus amigos. Los niños debían ir con palos dando en las nalgas a las mujeres como si de bestias de carga se trataran.

—Ellas son mulas —les dijo Alfred riendo— y vosotros los conductores. Tenéis que ser duros: si alguna tropieza y cae, le dais fuerte, no importa que sea vuestra madre; si no lo hacéis, os cargaremos las piedras a vosotros y haremos que os vayan azotando hasta que lleguéis arriba.

Los pequeños estaban aterrorizados pero apenas se atrevían a llorar, sabiendo que si lo hacían serían castigados. Cada uno cogió el palo que les daban y bajaron la escalera temerosos. Las mujeres que a duras penas pisaban los primeros escalones les miraron expectantes, hasta que comprendieron el juego cruel ideado por aquellas mentes perversas de los hombres de las SS.

—El que no dé a la mula será castigado —gritaba Alfred Tannenberg, ante las risotadas de sus amigos y del resto de los invitados a aquel espectáculo.

—¡Vamos, vamos! ¡Empezad! —gritaban los kapos.

Los niños miraban angustiados a sus madres sin atreverse a levantar los palos.

—¡Mercedes, dame con el palo, por Dios, hija, no te preocupes! —imploraba Chantal a su hija.

De repente una mujer se cayó y su rostro se hundió en el barro. Uno de los kapos se acercó y la pateó, pero Alfred le dio el alto buscando al hijo de la prisionera.

—¡Eh, tú! ¡Ven aquí! —ordenó a una niña cuya delgadez la hacía parecer un espectro.

La niña, de unos ochos años y que apenas tenía fuerzas para sostener el palo, se acercó temerosa a unos pasos de aquel oficial de las SS.

—¿Es tu madre? —preguntó el capitán Tannenberg.

La pequeña asintió sin palabras.

—Pues empieza a golpear a la mula hasta que se levante. ¡Vamos, hazlo!

Hubo unos segundos de silencio. La niña no se movió. Apenas había entendido lo que aquel hombre le decía porque era sorda y aún no era capaz de leer con rapidez los labios de quien le hablaba.

El capitán Tannenberg se enfadó al verla inmóvil y cogió el palo, con el que golpeó sin piedad a la mujer que yacía sobre el barro. La pequeña le miró con horror y se tiró al suelo junto a su madre, mientras los oficiales de las SS estallaban en risas.

De repente, un niño apenas dos años mayor que la pequeña se acercó intentando ayudar a la mujer y a la niña a levantarse. Tannenberg le miró con los ojos desorbitados por la rabia.

—¡Cómo te atreves! ¡Bastardo!

Un minuto después sacó la pistola de su funda y disparó sobre la niña tras derribar al pequeño de una patada; éste quedó tendido sobre el tercer escalón mientras que la madre apenas tenía fuerzas para gemir. La mujer intentó acercarse arrastrándose hasta el cuerpo inerte de su hija, pero una patada de Tannenberg en la cara la dejó convertida en un amasijo de carne sanguinolenta. El niño hizo ademán de incorporarse, pero no pudo porque el oficial le volvió a patear hasta dejarle inconsciente; quedó allá tirado, junto al cuerpo de su madre y de su hermana ya cadáveres.

—¡Vamos, mulas! ¡Vamos! La que no ande ligera terminará como ésa, y vosotros, o arreáis a las mulas u os pasará lo mismo que a ese desgraciado. Su madre era una maldita comunista, zorra italiana, pero ya hemos hecho justicia. La muy cerda había parido a ese ser al que llamaba hija. ¿Eso era una niña? ¡Era un monstruo! —gritaba Tannenberg encendido por el espectáculo del que él mismo era parte.

Mercedes empezó a temblar asustada al ver a su amigo Carlo tendido en el suelo sin moverse. Carlo era mayor que ella, tenía diez años, pero siempre se mostraba compasivo y amable y le decía que no debía tener miedo.

Los hombres de las SS les gritaban para que azotaran a las mujeres, y Mercedes dejó escapar una lágrima. No quería pegar a su madre y miró desesperada a su alrededor: ninguno de sus amigos tenía el palo levantado. Sintió una mano sobre su brazo. Era la mano de Hans, que con la mirada la instaba a caminar.

—Mercedes, por favor, no te pares; mueve el palo pero sin dar a tu madre.

—No, no… —gimoteó la niña.

Una mujer embarazada gritó mientras caía desesperada al suelo. Estaba abortando allí, en aquellas escaleras, presa de un terrible dolor y angustia. La señora Müller era austríaca, una austríaca judía, profesora de piano, que había estado escondida en casa de unos amigos, pero alguien la denunció y hacía cuatro meses que había llegado a aquel infierno junto a su pequeño hijo Bruno.

El capitán Tannenberg se acercó a ella y la miró fríamente. Luego hizo una seña a uno de los médicos del campo.

—Doctor, ¿cree que los fetos judíos son como los demás? Deberíamos comprobarlo, no creo que esta cerda sirva para mucho más.

Todos quedaron en silencio y expectantes, mientras el médico se agachaba y, con un bisturí, abría el vientre de la mujer mientras aullaba de dolor; luego arqueó el cuerpo y dejó de gritar, estaba muerta. Los otros médicos se habían acercado curiosos a participar de aquella cesárea improvisada, hecha sin ningún tipo de anestésico.

El pequeño Bruno rompió a llorar desesperado; intentó alejarse, pero un kapo le sujetó con fuerza obligándole a contemplar la carnicería a la que estaban sometiendo a su madre.

Algunos niños empezaron a vomitar, incapaces de soportar aquella escena dantesca, mientras los visitantes de Berlín aplaudían entusiasmados.

Habían subido quince escalones cuando Chantal tropezó y cayó; un hilo de sangre se le escapaba por la comisura de los labios.

El capitán Tannenberg empujó a Mercedes hacia su madre.

—¡Pégale! ¡Vamos! ¡Esa mujer es un animal! ¡Es sólo una mula! ¡Haz lo que te digo!

Mercedes estaba paralizada por el horror. No era capaz de emitir ningún sonido, y miraba con ojos desorbitados a aquel hombre que la empujaba.

—¡Pega a la mula! ¡Haz lo que te ordeno! —gritó el capitán Tannenberg cada vez más enfurecido.

Chantal no podía hablar, notaba cómo se le escapaba la vida y se sentía impotente para proteger a su hija y a aquel niño que iba a nacer; alcanzó a extender la mano hacia Mercedes y ésta se arrodilló junto a su madre rompiendo a llorar.

El capitán Tannenberg se acercó a Chantal y la propinó una patada en el vientre que la dejó inconsciente mientras la sangre le empezaba a fluir entre las piernas. Luego levantó el vergajo para golpearla, pero no pudo hacerlo. Unos dientes pequeños y afilados se clavaron en su muñeca con inusitada fuerza, provocando una carcajada en los espectadores llegados de Berlín.

Mercedes mordía con fuerza la mano del capitán. Tenía sólo cinco años y era un saco de huesos, pero de algún lugar había sacado la fuerza y el valor para enfrentarse a aquel animal.

El capitán Tannenberg la empujó y la tiró al suelo. Estaba furioso por haber sido atacado por aquella niña andrajosa, iba a dispararle pero desvió la pistola hacia el vientre de Chantal. Disparó sobre su vientre como si fuera un blanco, un disparo en el centro y cuatro disparos alrededor; luego desenvainó su cuchillo reglamentario de las SS y la abrió en canal como si de un animal se tratara, arrancando de las entrañas muertas el cadáver de aquel niño que nunca nacería. Después, se lo tiró a Mercedes dándole en la cara con los restos de aquella criatura.

Los gritos de la niña eran aterradores, pero el capitán Tannenberg aún no había terminado con ella: la levantó con una sola mano y la lanzó escaleras abajo. El cuerpo de la pequeña quedó desmadejado entre las piedras de granito, con la cabeza manando sangre.

El pequeño Hans Hausser corrió escaleras abajo para intentar socorrerla sin escuchar el gemido angustiado de su madre, que temía las represalias de aquel capitán de las SS.

Uno de los kapos le agarró en volandas y no le dejó llegar hasta donde yacía el cuerpo inerte de Mercedes.

—¡Tú, judío!, ¿quieres acabar como ella?

El kapo apaleó al pequeño Hans bajo la mirada indiferente del capitán Tannenberg y de sus amigos, que seguían expectantes las dificultades de las mujeres para alcanzar la «cumbre», el final de las escaleras.

De las cincuenta mujeres sólo habían llegado dieciséis, el resto o había tropezado cayendo escaleras abajo o, desesperadas, se habían dirigido a los centinelas esperando que les disparasen, tal y como habían oído que hacían con los hombres.

La señora Hausser fue una de las pocas en llegar a la explanada del campo, pero no se engañaba, sabía que con eso no compraba su vida. Miró hacia atrás intentando averiguar dónde estaba su hijo y lloró al ver cómo uno de los kapos le azotaba con un palo.

Marlene Hausser encontró fuerzas para gritar, intentando desesperada que su hijo pudiera oírla.

—¡Hans, tienes que vivir! ¡Hijo, no olvides nunca esto! ¡Vive! ¡Vive!

Un centinela la derribó de un golpe al suelo, lo primero que vio cuando abrió los ojos fue las botas brillantes de un oficial de las SS.

—Esta mujer padece del corazón, debemos operarla urgentemente —dijo aquel joven rubio con aspecto angelical enfundado en el odiado uniforme negro.

Uno de los kapos la levantó del suelo y, a empujones, la condujo a la enfermería junto al resto de las mujeres. Los médicos llegados de Berlín y sus colegas de Mauthausen estaban preparándose para operar a las supervivientes de dolencias que ninguna padecía.

—¿Vamos a malgastar la anestesia? —preguntó uno de los enfermeros ayudantes.

—Pongámosle la suficiente para que no se mueva demasiado, no me gusta operar escuchando gritos —respondió uno de los médicos.

Colocaron a Marlene Hausser sobre una camilla y le ataron las piernas y los brazos. La mujer sintió un pinchazo en el brazo y poco después la invadió el sueño; no podía evitar cerrar los ojos, aunque oía cuanto decían a su alrededor. Apenas pudo articular un grito cuando el bisturí se hundió en su pecho abriéndola hasta debajo de la caja torácica. El dolor era insoportable y lloraba impotente deseando morir.

Aun así logró articular una oración por su hijo Hans. Si Dios realmente existía no se cebaría más en el pequeño inocente y le permitiría vivir.

Sintió que le apretaban el corazón antes de exhalar el último suspiro.

El cadáver de Marlene Hausser fue descuartizado por aquellos hombres que se llamaban médicos y que ansiaban explorar los más recónditos lugares del cuerpo humano.

Una tras otra, las dieciséis supervivientes de la «escalera de la muerte» fueron operadas de enfermedades que no padecían. Corazón, cerebro, hígado, riñones... órganos vitales diseccionados en pequeños pedazos mientras los médicos participantes disertaban sobre sus conocimientos.

Aquellos hombres también se entretuvieron con algunos de los cadáveres de las mujeres que se habían quedado sobre los escalones de la muerte. Incluso le cortaron la cabeza a la pequeña italiana sorda, para estudiar con más sosiego los oídos de la pobre desgraciada.

Mientras los kapos, a instancias del capitán Tannenberg, habían ordenado a las niñas y niños que se desnudasen y se metieran en la ducha. Un estanque repleto de barro, con el agua helada que caía sobre las cabezas atormentadas de aquellas criaturas que acababan de quedarse huérfanas, fue el último entretenimiento con que Tannenberg obsequió a sus invitados de Berlín.

Algunos niños murieron congelados y otros sufrieron un colapso; apenas media docena logró sobrevivir, aunque murieron horas más tarde.

Esa noche los hombres de Berlín degustaron una copiosa cena y ninguno habló de lo relevante: Alemania estaba perdiendo la guerra. Todos se comportaron como si su ejército fuera un coloso que aún arrasaba las entumecidas tierras de Europa. Sólo más tarde, cuando Alfred Tannenberg se quedó a solas con Georg, Heinrich y Franz, dieron rienda suelta a su preocupación. Entonces se dijeron lo que no dirían jamás delante de otros que no fueran ellos, y empezaron a pensar en las vías de escape para cuando Hitler perdiera la guerra.

—Yo os avisaré —les aseguró Georg—, quiero que Heinrich y tú estéis preparados; a Franz ya le he dicho que debe pedir el traslado al cuartel general, la influencia de su padre y la de los míos será suficiente para conseguirlo. Lo que no puede es volver al frente.

—¿Tan seguro estás de que perderemos la guerra? —preguntó inquieto Alfred.

—Ya la hemos perdido, supongo que no creerás la propaganda de Goebbels. Nuestros soldados han empezado a desertar. Hitler ya no es el que era, no es capaz de entender lo que está pasando, y la gente que le rodea le tiene demasiado miedo para decírselo. Seamos prácticos y afrontemos la realidad: los aliados querrán hacer un escarmiento con Alemania, y pagaremos los hombres que hemos sido leales al Führer, de manera que hay que ir preparando las vías de escape. Ya conocéis a mi tío, es un sabio de verdad. Antes de la guerra un colega norteamericano le invitó a viajar a Estados Unidos a su universidad, a trabajar en uno de los laboratorios secretos del Gobierno. Mi tío lleva meses trabajando en una bomba que podría poner punto final a la guerra, me temo que no llegará a tiempo. Pero estamos de suerte, su colega norteamericano se las ha ingeniado para ponerse en contacto con él. Le ha ofrecido sacarle de Alemania, hay gente poderosa en su país dispuesta a ser generosa y perdonar a los científicos que quieran colaborar con Estados Unidos. Mi tío primero se asustó, luego me lo contó. Le he animado a que continuara en contacto con su amigo, y ahora puede sernos muy útil para huir.

—Pero, Georg, no creo que nos pueda sacar también a nosotros —afirmó Heinrich.

—Nosotros debemos empezar a preparar nuestro propio plan de fuga —le interrumpió Alfred.

—Necesitaremos identidades nuevas… —dijo Franz.

—Ya me he encargado de eso, hace meses que mandé preparar documentos falsos para unos amigos míos muy especiales —respondió riéndose Georg—. Lo bueno de trabajar en los servicios secretos es que conoces a una gentuza muy interesante con habilidades insospechadas. Os proporcionaré una nueva identidad, dejadlo de mi cuenta. Lo importante es que estéis preparados para escapar en cuanto os avise. Tú, Franz, has estado en el frente, pero a Heinrich y a Alfred les vengo informando de la situación, aunque a Alfred le cuesta terminar de creer que Alemania pueda ser derrotada. Pero es así, de manera que debéis tener listo el equipaje.

—No hay problema por nuestra parte —aseguró Heinrich, hablando por él y por Alfred.

—Yo estoy de permiso, de manera que nadie me va a reclamar por ahora en el frente, y mañana en cuanto lleguemos a Berlín pediré el traslado —les comentó Franz.

—Hecho —dijo Georg—, y ahora pongámonos a pensar qué haremos cuando salgamos de Alemania…

Mercedes deliraba. Carlo, Hans y Bruno la miraban asustados temiendo verla morir. Ellos habían sobrevivido de milagro, allí tirados sobre los fríos escalones donde habían caído sus madres, pateados por los guardias que les dieron por muertos. Después cuando los hombres importantes de Berlín se metieron en la enfermería para contemplar las operaciones en vivo, nadie pareció interesarse por los cadáveres que yacían en las «escaleras de la muerte», ni tampoco por aquellos niños heridos más muertos que vivos.

Cuando Hans se acercó a socorrer a Mercedes uno de los centinelas le había golpeado hasta hacerle perder el sentido. Aun así, pudo escuchar el grito de su madre pidiéndole que viviera.

Un equipo de prisioneros fue obligado a limpiar las «escaleras de la muerte» y, como pudieron, levantaron a aquellos niños y les trasladaron a uno de los pabellones. Les colocaron sobre un camastro y un médico polaco, llamado Lechw, intentó reanimarles con poco más que trozos de tela empapada en agua con los que les limpió la sangre.

La niña era la que se hallaba en peor estado. Estaba inconsciente y el prisionero polaco maldecía en voz baja, impotente por carecer de medios para poder curarla. Pensó que a los críos les dejarían allí puesto que habían perdido a sus madres, pero a la niña o bien la rematarían o la harían desaparecer en la enfermería, de la que pocos enfermos lograban salir con vida.

El médico polaco cosió la cabeza de Mercedes con la aguja y el hilo con los que los presos remendaban su ropa. Uno de los prisioneros, un ruso, sacó de no se sabía dónde una botella con restos de vodka que le tendió al doctor para desinfectar la cabeza de la niña. Ésta gemía y se retorcía de dolor, pero no lograba salir de la inconsciencia provocada por los golpes.

Uno de los prisioneros alertó sobre las consecuencias de tener allí a una niña.

—Si la descubren le pueden hacer cualquier cosa y a nosotros también…

—¿Y qué sugieres, que se la entreguemos al kapo? Ese hijo de puta de Gustav sería capaz de estrangularla con sus propias manos. Dudo de que la llevaran al comando de las mujeres de donde vinieron estos críos… —respondió el médico.

—En realidad, no se sabe si es una niña o un niño con este pelo rapado —terció otro de los prisioneros.

—¡Pero vosotros estáis locos! ¡Si la descubren nos molerán a palos! —dijo un hombre ya entrado en años.

—Yo no la voy a entregar, haced lo que queráis —respondió el polaco, mientras le limpiaba los restos de sangre de la cabeza.

Aquella niña le recordaba a la suya, que no sabía qué suerte había podido correr. Unos amigos le habían asegurado que protegerían a su mujer y a su hija, pero ¿habrían podido hacerlo o su pequeña estaría en un campo como el de Mauthausen? Si era así, pedía a Dios que alguien tuviera piedad de ella, la misma que él sentía por aquella chiquilla que yacía inconsciente y que no estaba seguro de que consiguiera sobrevivir.

—Por favor, no la entreguen.

Los hombres miraron al niño que horas antes había intentado defender a su madre y a su hermana en las escaleras de la muerte.

—¿Cómo te llamas? —le preguntó el médico polaco.

—Carlo Cipriani, señor.

—Pues bien, Carlo, tenéis que ayudarnos a que no nos descubran. Procurad que nadie se fije en vosotros, es difícil pasar inadvertidos para los kapos, pero no imposible —explicó el polaco.

—Sí, señor, lo haremos, ¿verdad? —dijo Carlo dirigiéndose a sus amigos Bruno y Hans.

Los niños asintieron, por nada del mundo harían nada que delatara a Mercedes. Luego se sentaron en el suelo, cerca del camastro donde se encontraba la pequeña, a la espera de que la vida volviera a ella. También ellos estaban heridos, aunque las que más sangraban eran las heridas del alma. Habían asesinado brutalmente a sus madres ante sus ojos, haciéndoles sentirse impotentes por no poder ayudarlas.

Aquella noche Mercedes estuvo en coma navegando por las espesuras de las tinieblas próximas a la muerte. Fue un milagro que a la mañana siguiente recuperara el conocimiento, según aseguró el médico polaco.

Carlo apretó la manita de Mercedes apenas la vio abrir los ojos. La había velado toda la noche junto a Hans y Bruno. Los tres habían rezado, pidiéndole a un Dios que no conocían que se apiadara de su amiga. El médico les dijo que Dios les había escuchado, arrancándola de la penumbra.

Cuando los kapos llegaron al pabellón ordenando a los hombres que salieran a formar, no prestaron atención a los niños heridos que se guarecían en un rincón aterrados.

Habían tapado a Mercedes y apenas se la distinguía, y nadie se acercó al camastro a ver el pequeño bulto que ni siquiera se movía.

En cuanto estuvieron solos, Hans le dio a Mercedes de beber un poco de agua. La niña le miró agradecida; le dolía la cabeza, estaba mareada, pero sobre todo tenía miedo, un miedo profundo que había anidado en sus entrañas. Sentía el sabor de la sangre en los labios, la sangre del hermano muerto que aquel hombre de las SS le había tirado a la cara.

—Tenemos que matarle —susurró Carlo y sus tres amigos le observaron expectantes.

Ellos apenas se podían mover por los golpes recibidos y las heridas mal curadas, pero se acercaron más para escuchar las palabras del niño dichas en apenas un murmullo.

—¿Matar? —preguntó Mercedes.

—Tenemos que matarle, él ha matado a nuestras madres —insistió Carlo.

—Y nuestros hermanitos ya… ya no podrán nacer —dijo Mercedes con los ojos llenos de lágrimas.

Ni Hans, ni Bruno ni Carlo dejaron escapar lágrima alguna, a pesar del enorme dolor que les atenazaba el alma.

—Mi madre decía que cuando deseas mucho algo se cumple —dijo tímidamente Hans.

—Yo quiero que le matemos —insistió Carlo.

—Y yo también —dijo Bruno.

—Y yo —afirmó Mercedes.

—Pues le mataremos —dijo por último Hans—, pero ¿cómo?

—En cuanto podamos —respondió Bruno.

—Aquí será difícil —señaló un apesadumbrado Hans.

—Pues cuando salgamos de aquí, no estaremos mucho tiempo —insistió Bruno.

—Eso es casi imposible, no creo que salgamos vivos de aquí —sentenció Hans.

—Mi madre decía que los aliados van a ganar, ella lo sabía —insistía Bruno.

—¿Quiénes son los aliados? —preguntó Mercedes.

—Pues los que están contra Hitler —le respondió Hans.

—Lo juraremos —propuso Carlo.

Colocaron sus manos sobre la de Mercedes y cerraron los ojos, conscientes de la solemnidad del momento.

—Juramos que mataremos a ese hombre malvado que ha matado a nuestras madres y a nuestros hermanos.

Los niños repitieron las palabras de Carlo y ratificaron con la mirada que cruzaron aquel juramento que les obligaría por el resto de sus vidas. Mantuvieron las manitas juntas, apretándolas para imprimir fuerza al juramento y darse ánimos.

Pasaron el resto del día imaginando el momento en que le matarían, discutiendo sobre el cómo y con qué. Cuando por la noche llegaron los hombres al barracón les encontraron ateridos de frío, hambrientos, pero con una mirada brillante en los ojos que no supieron explicarse más que por la fiebre que los cuatro tenían como consecuencia de las heridas sufridas.

El médico polaco les examinó y en su rostro se dibujó la preocupación. Mercedes tenía infectada una de las heridas de la cabeza. La volvió a lavar con restos del vodka de aquel prisionero ruso con dotes para hacerse con lo que no era suyo.

—Necesitamos medicamentos —sentenció el médico.

—No te atormentes, no hay nada que hacer —respondió otro prisionero polaco, un ingeniero de minas.

—¡No voy a rendirme! ¡Soy médico y lucharé por la vida de estos niños hasta el último aliento que me quede!

—No os enfadéis —terció otro polaco—. Éste de aquí —dijo señalando al ruso— conoce a los que limpian la enfermería, a lo mejor puede pedirles que nos traigan algo.

—Pero lo necesito ahora —se quejó el médico.

—Danos tiempo —pidió su amigo.

Amanecía cuando el médico polaco sintió que le presionaban el brazo. Se había quedado dormido mientras intentaba guardar el sueño de los niños. Su amigo y el ruso le entregaron un envoltorio y luego cada uno se fue a su catre.

El médico desenvolvió con cuidado el pequeño paquete y tuvo que reprimir un grito de alegría cuando vio el contenido. Vendas, desinfectante y analgésicos constituían el mejor botín jamás soñado.

Se levantó con cuidado para no despertar a nadie y observó el sueño inquieto de los cuatro niños. Quitó el trozo de tela con que había envuelto la cabeza de Mercedes y procedió a desinfectarle de nuevo la herida. La niña se despertó y él le hizo una seña para que no gritara y aguantara el dolor. La pequeña mordió la manta con que se tapaba y, pálida como la muerte, se quedó quieta mientras el médico parecía ensimismado curándole la herida. Luego aceptó el vaso de agua y las dos píldoras que éste le dio.

Hans, Bruno y Carlo también recibieron los cuidados del médico, que volvió a curarles las heridas que cubrían sus pequeños cuerpos. Asimismo, recibieron un analgésico para aguantar mejor el dolor, al que casi se habían acostumbrado.

—He escuchado a uno de los kapos decir que la guerra va mal —afirmó un comunista español mientras observaba cómo el médico polaco terminaba de curar a los niños.

—¿Y te lo crees? —le respondió el doctor.

—Sí, me lo creo. Se lo estaba contando a otro de los kapos, al parecer había escuchado un comentario de uno de los oficiales que vinieron de Berlín. Y tengo un amigo que limpia en la sala de radio que asegura que los alemanes están nerviosos, escuchan la BBC a todas las horas del día y que algunos empiezan a preguntarse qué será de ellos si Alemania pierde la guerra.

—¡Dios te oiga! —exclamó el polaco.

—¿Dios? ¿Qué tiene que ver Dios con esto? Si Dios existiera no habría permitido esta monstruosidad. Yo nunca creí en Dios, pero mi madre sí y supongo que estará rezando para verme regresar algún día. Pero si salimos de aquí no habrá sido Dios quien nos saque, sino los aliados. ¿Es que tú crees en Dios? —preguntó el español con un tono no exento de ironía.

—Yo sí, si no fuera así no habría soportado esto. Él me está ayudando a sobrevivir.

—¿Y por qué no ha echado una mano a las madres de estos pobres desgraciados? —le preguntó el español señalando a los niños.

Mercedes escuchaba la conversación sin perder palabra, haciendo un gran esfuerzo por entender lo que decían los dos hombres. Hablaban de Dios. Cuando estaba en París su madre a veces la llevaba a la iglesia, iban al Sacré Coeur, porque vivían cerca. Nunca permanecían dentro mucho tiempo, su madre entraba, hacía la señal de la cruz, parecía murmurar algo y luego se marchaban. Su madre le decía que Dios protegería a su papá y que iban a la iglesia a pedírselo a Dios. Pero su padre desapareció y ellas tuvieron que huir, y Dios no había hecho nada por evitarlo.

Pensó en lo que aquel español decía, que Dios no estaba allí, y en silencio le dio la razón. No, en Mauthausen no estaba Dios, de eso no había duda. Cerró los ojos y empezó a llorar procurando que nadie la oyera; veía a su madre, destrozada sobre las piedras de aquellas escaleras interminables.

La consoló escuchar a los hombres ponerse de acuerdo sobre lo que harían con ella. Sus amigos, Carlo, Hans y Bruno suplicaron a aquellos hombres que le permitieran estar con ellos, se comprometieron a cuidarla, juraron que no molestarían y asumieron el compromiso de no llorar para que no la descubrieran.

De manera que continuaría allí, en aquel pabellón, como si de un niño se tratara se tendría que comportar como tal, y sobre todo intentar pasar inadvertida, si la descubrían lo pagarían todos, y por nada del mundo ella haría nada que pudiera provocar daño alguno.

Alfred Tannenberg estaba nervioso. La llamada de Georg urgiéndole a viajar con Heinrich de inmediato a Berlín se había producido tan sólo una semana después de la visita a Mauthausen.

Georg no le había dado ninguna explicación salvo que le esperaba al día siguiente en su despacho, y a primera hora, le dijo.

Zieris, el comandante de Mauthausen había intentado sonsacarle cuando le anunció que se marchaba. Naturalmente le cortó en seco: él, Tannenberg, iba a Berlín por orden de la Oficina Central de Seguridad del Reich, lo mismo que su amigo Heinrich.

Viajaron buena parte de la noche y llegaron a Berlín cuando estaba a punto de amanecer. Heinrich propuso ir cada uno a la casa de sus padres, para darles un abrazo y asearse antes de presentarse en la oficina de la RSHA, y a Alfred le pareció una buena idea. Tenía ganas de abrazar a su padre, incluso escuchar el parloteo de su madre, que a buen seguro se quejaría al verle más delgado.

A las ocho en punto de la mañana los dos oficiales se presentaron en el despacho de Georg, donde también encontraron a Franz. Después del saludo hitleriano, los cuatro amigos se fundieron en un abrazo.

—Hemos perdido, es cuestión de días que esto se derrumbe, los rusos han cruzado nuestras posiciones. Hitler está fuera de sí, pero ha perdido la guerra y en Alemania ya no manda nadie. Debemos irnos.

—¿Y Himmler? —preguntó Alfred.

—A Himmler le he convencido de que debo ir a Suiza y reunirme allí con un grupo de nuestros agentes. En vista del rumbo que estaba tomando la guerra, hace meses que le convencí de la necesidad de prepararnos para lo que pudiera pasar. Por eso, en previsión de la caída del Reich, tenemos gente en varios países organizando la llegada de los nuestros.

Georg sacó de un cajón tres carpetas y les dio una a cada

uno de sus amigos. Las abrieron y examinaron sus nuevos documentos de identidad.

—Tú, Heinrich, saldrás para Lisboa, y de allí a España. Tenemos buenos amigos en el círculo del general Franco. Te llamarás Enrique Gómez Thomson. Tu padre es español, tu madre inglesa, por eso no hablas el idioma, pues has vivido siempre fuera de España. Ahí tienes el número de uno de mis mejores hombres, un agente, que hace tiempo ha ido organizando la infraestructura necesaria para acoger a unos cuantos amigos por si acaso perdíamos la guerra. Es un viejo amigo nuestro de la universidad, Eduard Kleen.

Heinrich asintió, sin despegar la mirada de aquellos documentos que le convertirían en otro hombre.

—¿Cómo llegaré a Lisboa?

—Te irás mañana por la tarde en avión, espero que los aliados no te derriben —respondió riendo Georg—. Oficialmente vas destinado a nuestra embajada en Lisboa, ahí tienes la orden con el nombramiento de ayudante del agregado militar. Pero en cuanto se anuncie el fin de la guerra, sal de Lisboa; antes te habrás puesto en contacto con nuestro amigo Eduard Kleen, él tendrá preparado tu viaje a España. Primero a Madrid, después él te dirá. Eduard ha hecho un buen trabajo, estos documentos son españoles de verdad, de nuestros amigos franquistas, no hay nada que los amigos no hagan si les pones un buen puñado de billetes encima de la mesa.

—Y a mí me envías a Brasil… —comentó Franz mientras leía los datos de su nuevo pasaporte.

—Sí. Tenemos que irnos a lugares donde nadie nos busque, donde tengamos amigos, donde los gobiernos hagan la vista gorda y no tengan ningún interés en indagar quiénes somos. Brasil es un buen escondite. Allí tengo a otro de mis agentes favoritos. Es un *bon vivant*, que como Eduard lleva meses preparando unos cuantos escondrijos para algunas personas relevantes que no tienen la más mínima intención de pasar el resto de sus días en una cárcel.

—Yo no hablo portugués —se quejó Franz.

—¡Qué le vamos a hacer! Es un buen destino, Franz, no te quejes. Lo que no podemos es irnos todos juntos y al mismo lugar. No sería inteligente, sino una locura estúpida.

—Tiene razón Georg —terció Alfred, que se sentía satisfecho de la identidad que le había facilitado. Suizo, sería un suizo de Zurich, pero su destino final sería El Cairo.

—¿Y tú, Georg? —quiso saber Franz.

—Yo me voy mañana mismo, ya os lo he dicho, primero a Suiza acompañando a mi tío, y de allí nuestros amigos norteamericanos nos llevarán a su maravilloso país. Mis padres se han ido hoy, se quedarán en Suiza con una falsa identidad. En cuanto a los vuestros, quiero que habléis con ellos y a lo sumo dentro de dos horas me digáis qué quieren hacer. Puedo pasarles a Suiza y darles documentos falsos, pero lo debemos hacer hoy, mañana ya no estaré y no confío en nadie salvo en mí mismo y en vosotros.

»Tenéis dos horas; id a casa, hablad con vuestra familia, pero que sean discretos, si alguien se entera y llega a oídos que no deben, nos fusilarán. Dentro de dos horas os espero aquí.

—Pero Himmler no aceptará que desaparezcas... —comentó Franz.

—Es que no voy a desaparecer. Voy a encargarme de supervisar los escondites que han ido eligiendo nuestros agentes. Y lógicamente también tenemos amigos en Estados Unidos, más de los que imagináis.

Alfred Tannenberg aguardaba impaciente la respuesta de su padre. Éste se había quedado en silencio, perdido en sus propios pensamientos, sin hacer caso a los requerimientos angustiosos de su mujer.

—Padre, por favor, quiero que os vayáis —insistió Alfred Tannenberg.

—Lo haremos, hijo, lo haremos, pero no quiero irme muy lejos de Alemania. Aunque perdamos la guerra, éste es nuestro país.

—Papá, no tenemos tiempo…

—Sea, vamos a prepararnos.

Ni a Franz ni a Heinrich les costó convencer a sus padres, estaban dispuestos a pasar la frontera e instalarse en Suiza, desde donde seguirían los acontecimientos. Hacía mucho tiempo que el dinero de todos ellos estaba a buen recaudo en los bancos suizos, de manera que para ninguno era un problema vivir en el país vecino.

Georg demostró sus enormes dotes de organización, porque cuando dos horas después sus amigos entraron en su despacho ya tenía los pases firmados para todos y cada uno de los miembros de sus familias. Debían salir esa misma tarde, por la noche a más tardar, porque, insistía, la guerra estaba a punto de terminar.

Luego les invitó a almorzar en su casa.

—Bien, ahora debemos abordar la segunda parte, y es qué haremos cuando estemos fuera de aquí.

—Casarnos —afirmó sin vacilar Franz.

—¿Casarnos? —preguntó Heinrich.

—Sí, lo he hablado con Alfred, y es lo más inteligente. Debemos casarnos de inmediato con alguna mujer del país en que nos toque residir. Él no puede, porque ya está casado con Greta, pero es una buena idea.

—Casaos vosotros, yo no tengo intención de contraer matrimonio —dijo Georg, y sus amigos no hicieron ningún comentario.

—Tengo un plan que proponeros.

Las palabras de Alfred concitaron la curiosidad de sus amigos. Todos sabían de su inteligencia retorcida, de su capacidad de improvisar en las circunstancias más difíciles. Bien que lo había demostrado.

—Nuestros padres tienen dinero, de manera que no deberíamos preocuparnos, pero me temo que a lo mejor no resultará tan sencillo conseguir fondos para vivir. Sí, ya sé que nosotros tenemos nuestro propio dinero, lo que hemos guardado estos años, pero puede que no podamos sacarlo todo. Además, no sabemos qué pasará, ni cuánto empeño pondrán los vencedores en perseguirnos. Somos oficiales de las SS, nuestros nombres son conocidos, no somos unos cualquiera, porque nuestros padres tampoco lo son. Creo que estarán más tiempo en Suiza del que ellos creen, y temo que si empiezan a buscar responsables de… lo que ha sucedido aquí alguien podría decidir que nosotros también tenemos nuestra parte de responsabilidad. Quiero decir que debemos montar nuestro propio negocio, y os aseguro que será un negocio próspero.

Le escuchaban expectantes sabiendo que la idea de Alfred sin duda les sorprendería.

—Vamos a dedicarnos al arte, a las antigüedades, a nuestra profesión, ¿no somos arqueólogos?

—Vamos, Alfred, ¿de qué se trata? —le preguntó Franz con tono impaciente.

—Mi destino es El Cairo, el de Georg Boston, tú te vas a Brasil y Heinrich a España: ¡es perfecto! —Alfred hablaba más para sí mismo que para sus amigos.

—Explícate —le apremió Georg.

—Aún tengo las tablillas que quitamos a los viejos en Jaran, además de las otras tablillas y objetos que trajimos, ¿os acordáis?

—Sí, claro —respondió Heinrich.

—Bueno, pues vamos a vender antigüedades, objetos únicos que constituyen el sueño de cualquier coleccionista. Oriente está lleno de antigüedades con más de dos mil años.

—¿Y de dónde vamos a sacar esos objetos? —preguntó Franz.

—Veo que en la universidad no fuiste un alumno aplicado. ¿No recuerdas ninguna lección sobre los ladrones de tumbas? Los países de Oriente tienen gobiernos corruptos, es cuestión de dinero, dinero para excavar dónde y cómo queramos, dinero para hacernos con lo que encontremos, dinero para comprar incluso algunos objetos que están en museos y que en esos países a nadie le importan, porque no saben ni lo que tienen. Os aseguro que hay gente en el mundo dispuesta a pagar lo que le pidamos por determinados objetos, con los que nosotros les tentaremos. De manera que yo organizo el negocio desde El Cairo. Me moveré por Siria, Transjordania, Irán, Palestina… yo suministraré la materia prima y vosotros la venderéis; tú, Georg, te encargarás del mercado norteamericano, Heinrich del europeo y Franz del latinoamericano. Naturalmente necesitamos tapaderas, pero en eso ya pensaremos cuando llegue el momento.

Alfred Tannenberg hablaba con tanto entusiasmo que contagió a sus amigos. Los cuatro hombres dejaron volar la imaginación haciendo planes para el futuro inmediato.

—En definitiva: vamos a robar a gran escala, vamos a quedarnos con los tesoros de esos ignorantes que no saben lo que tienen —aseguró Alfred.

—Deberíamos montar una empresa de importación y exportación, con oficinas en los sitios donde nos vamos a instalar —propuso Heinrich.

—Tú, Georg, que vas a vivir en Boston, deberías aprender cómo se pone en marcha una asociación cultural encargada de promover el arte. Los norteamericanos tienen fundaciones… no sé si una fundación nos puede servir de tapadera, pero necesitamos una pantalla relacionada con el arte, una asociación o fundación que con el tiempo financie expediciones arqueológicas, cuyos frutos naturalmente nos quedaremos. Una fundación siempre es opaca, de manera que desde ahí podemos operar para vender arte a quien lo quiera comprar —aseguró Alfred.

—Las fundaciones no son empresas —afirmó Franz.

—La nuestra lo será, aunque no lo parezca. Será como nosotros, parecerá una cosa pero será otra. Necesitamos respetabilidad —le respondió Alfred.

—Pero no es fácil tener una fundación; las fundaciones dependen de bancos, universidades, y yo no sé qué me voy a encontrar en Estados Unidos —comentó Georg con preocupación.

—Te vas a encontrar con que los norteamericanos pagarán bien a tu tío, le introducirán de inmediato en los círculos académicos, le pondrán a trabajar en proyectos secretos… conoceréis gente importante. Todo dependerá de cómo te organices, de que seas capaz de fundirte con el medio ambiente, de ir aprovechando la estela de tu tío. No, no podremos tener una fundación ni el primer año ni el segundo, antes debemos formar parte de la sociedad en la que a cada uno de nosotros nos toque vivir. Cuando no llamemos la atención, cuando seamos parte del paisaje, entonces empezaremos a poner en marcha nuestro plan. Mientras tanto, yo iré haciendo acopio de material para cuando llegue el momento. En cuanto a lo de tener una empresa de importación y exportación, me parece buena idea, en Europa van a necesitar de todo, les hemos arrasado, está todo por reconstruir, y tú acabas de decir que en Estados Unidos tenemos más amigos de los que imaginamos. La paz nos va a hacer ricos —dijo riéndose Alfred.

—¿Venderemos las tablillas de Jaran? —quiso saber Georg.

—No, no lo haremos. Quiero encontrar el resto. Si diéramos con las tablillas escritas por ese Shamas revolucionaríamos el mundo de la arqueología, además de hacernos inmensamente ricos. Pero no debemos precipitarnos, yo me encargaré de seguir excavando en Jaran, de buscar en la arena del desierto, donde quiera que se encuentren esas tablillas en que está escrita esa versión del Génesis que el patriarca Abraham le contó a ese tal Shamas. ¿Qué sabía Abraham de la Creación? ¿Su versión es la misma que la de la Biblia? Os aseguro que no pararé hasta dar con todas las tablillas; cuando las tenga decidiremos qué hacer, y lo que hagamos tendrá trascendencia mundial.

—No nos conviene hacernos visibles —respondió Georg inquieto.

—Tranquilo, no seremos visibles, recuerda que dentro de unos días ya seremos otros; además, siempre habrá gente que nos sirva de pantalla. No os lo he dicho, pero mi único sueño es hacerme con esas tablillas… ¡Dios, lo que daría por encontrarlas!

—Vosotros no le habéis tenido que aguantar estos años a cuenta de las tablillas de Jaran —se quejó Heinrich—, pero no ha habido día en que no haya dejado de hablarme de ellas, ¡está obsesionado!

—Lo que tenemos que tener claro es lo que vamos a hacer y cómo. Me parece importante que ideemos la manera de ponernos en contacto. En cuanto a las tablillas de Jaran… las compartiré con vosotros, claro está, pero dejad que sea yo quien me encargue primero de encontrarlas y después decidid qué hacer con ellas —exigió Alfred.

—Por mí, sea —concedió Heinrich.

—¿Qué será del Führer?

—Supongo que no te vas a poner sentimental, ¿verdad,

Franz? Tanto nos da. No podemos asociarnos con un perdedor. Tenía una idea grande para Alemania pero no ha sabido ganar la guerra, de manera que sería absurdo dejarnos vencer con él —fue la respuesta fría de Georg.

—Pero ¿dónde está? —insistió Franz.

—Parece que le han convencido para que se instale en el bunker, no lo sé, pero tampoco me importa; yo me largo de aquí lo mismo que vosotros. ¿Creéis que a él le preocupamos algo cualquiera de nosotros? Salvémonos los que podamos, es lo único que cabe hacer. Él ya tiene su sitio en la historia.

Se despidieron sabiendo que pasaría mucho tiempo antes de que pudiesen volver a verse, pero se juraron lealtad hasta el fin de sus días, regocijándose del negocio ideado por Alfred. Iban a robar, a arrebatar de las entrañas de Oriente sus más preciados tesoros; tanto les daba a quién pertenecieran, estaban dispuestos a venderlos al mejor postor, y sabían que siempre encontrarían coleccionistas carentes de escrúpulos y ansiosos por poseer piezas únicas, fuera del alcance del común de los mortales.

En Mauthausen no terminaba de llegar la primavera. Hacía frío y los prisioneros, más muertos que vivos, observaban la inquietud de sus guardianes convencidos de que estaba a punto de ocurrir algo. En los últimos días los centinelas se mostraban más brutales y les disparaban a poco que tropezaran.

Alfred Tannenberg contemplaba el exterior del campo desde la ventana del despacho de Zieris. La noche había traído consigo una helada y los centinelas que guardaban el campo se frotaban las manos inquietos. Alfred y Heinrich habían llegado apenas una hora antes a Mauthausen y acudieron de inmediato al despacho de Zieris para enseñarle los papeles con sus nuevas órdenes. El comandante del campo les había escuchado con curiosidad, sin atreverse a hacer preguntas que estaba seguro que aquellos oficiales tan bien relacionados esquivarían. Ya intentaría él averiguar por sus propios medios por qué los dos oficiales habían sido requeridos para misiones fuera de Austria, en un lugar indeterminado.

Apenas se despidieron de Zieris, Heinrich y Alfred Tannenberg se dirigieron a sus casas, situadas fuera del campo en el encantador pueblo que le daba nombre, Mauthausen.

En poco menos de dos horas Heinrich había hecho el equipaje y recogido todas sus pertenencias personales de la casa donde había vivido los últimos años bajo los cuidados de *fräulein* Heines. El ama de llaves había dejado escapar una lágrima al saber que aquel educado oficial de las SS se marchaba y previsiblemente no regresaría nunca más, pero entendió que no eran momentos para sentimentalismos y ayudó a su señor a guardar sus pertenencias en dos maletas y un baúl. Luego, en el momento de la despedida, él le deslizó unos cuantos billetes que, le dijo, la ayudarían hasta que encontrara otra casa donde prestar sus eficaces servicios.

Quince minutos después Heinrich llamaba con fuerza a la puerta de la casa de Tannenberg. Cuando su amigo abrió supo que pasaba algo que le preocupaba sobremanera. Sabía que Greta, la esposa de Alfred, estaba esperando un hijo, pero aún faltaban un par de meses para que diera a luz.

—¿Qué sucede? —preguntó Heinrich, sin ocultar la alarma que le producía el rostro circunspecto de Alfred.

—Greta…, está mal, muy mal. He mandado llamar al médico. Espero que no pierda a nuestro hijo, no se lo perdonaría…

—¡Vamos, no digas eso! Déjame verla…

—Pasa, pero no te aconsejo que entres en el cuarto, la criada está intentando ayudarla…

—Entonces no me quedo, debo irme y tú también. Recuerda que Georg quiere que mañana estemos lejos de aquí.

—No te preocupes, regresa a Berlín y coge tu avión a Lisboa, yo… yo veré qué puedo hacer, pero ahora no me queda otro remedio que permanecer aquí.

—¡Georg dijo que saliéramos cuanto antes!

—Georg no tiene una esposa embarazada, de manera que haré lo que pueda, y en este momento no puedo irme.

—Tienes que pasar la frontera mañana por la noche… —insistió Heinrich.

—No sé si podré, pero tú vete, hazme ese favor, vete cuanto antes de aquí; no estaré tranquilo hasta saberos a todos a salvo.

Se fundieron en un largo abrazo. Les unía no sólo la infancia y los años de universidad, también los años vividos en Mauthausen les habían marcado para siempre. Habían hecho del dolor ajeno su mejor diversión, tanto que habían perdido la memoria sobre el número de prisioneros a los que personalmente habían torturado y asesinado.

—Nos volveremos a ver —aseguró Alfred.

—De eso estoy seguro —le respondió Heinrich.

El médico tardó en llegar y cuando lo hizo Alfred le amenazó con que pagaría cara la tardanza. Greta lanzaba alaridos de dolor y la criada había sido incapaz de prestarle ayuda alguna.

Durante una hora Alfred esperó en la cocina bebiendo aguardiente mientras el médico luchaba por salvar la vida de su hijo y de Greta. No rezó pidiendo ayuda a Dios porque en nada creía, de manera que durante esa hora hizo un plan para intentar salir cuanto antes de Austria, ya que esa noche no podría hacerlo tal y como Georg lo había previsto.

Cuando vio al médico en el umbral de la puerta y detrás, llorando, a la criada, supo que algo había salido mal. Se levantó de la silla y acercándose al doctor esperó a que éste hablara.

—Lo siento, ha sido imposible salvar a la niña, y su mujer…

bueno, el estado de la señora Tannenberg es muy delicado. Debería trasladarla a un hospital, ha perdido mucha sangre; si la deja aquí, no creo que pueda aguantar.

—¿La niña? ¿Era una niña? —acertó a preguntar rojo de ira.

—Sí, era una niña.

Alfred Tannenberg abofeteó al médico y éste no se resistió. Nunca habría osado enfrentarse a un oficial de las SS y mucho menos a un hombre como aquél, cuya mirada revelaba que no conocía ningún límite.

Tampoco se atrevió a moverse, de manera que aguantó en pie, con el rostro enrojecido por el golpe y la vergüenza, sintiendo un dolor insoportable en el oído.

—Consiga una ambulancia, ¡hágalo ya! —gritó Tannenberg—. ¡Y usted —le dijo a la criada—, vaya con mi esposa!

La mujer salió deprisa de la cocina, temiendo que la golpeara también a ella. Greta gemía medio inconsciente llamando a la hija perdida.

La ambulancia tardó en llegar otra hora más y para entonces Greta había entrado en un estado de inconsciencia profundo que a Tannenberg se le antojaba cercano a la muerte.

Cuando llegaron al hospital Greta era ya cadáver y lo único que pudieron hacer los médicos fue certificar su muerte.

Tannenberg no demostró más emoción que furia, una furia que médicos y enfermeras creyeron que era por haber perdido a su esposa, aunque en realidad al capitán de las SS lo que le enfurecía era haber perdido unas horas preciosas en su planificada fuga.

Ahora debía avisar a los padres de Greta y esperar a que llegaran para asistir al entierro, lo que le retrasaría por lo menos un par de días, y Georg había dejado claro que tenían el tiempo en contra. Al menos, pensó, Heinrich y Franz cumplirían el plan previsto. Él tendría que quedarse hasta el entierro de Greta; lo contrario supondría afrentar a su poderoso suegro

Fritz Hermann, lo que sería tanto como disgustar a Himmler, y mientras Alemania no cayera definitivamente, esos hombres eran quienes movían los hilos de aquel ya desfallecido Reich.

Regresó a su casa con el cadáver de Greta y ordenó a la criada que amortajara el cuerpo de su mujer. No sentía demasiado su pérdida, aunque había sido una esposa entusiasta y leal que jamás le había defraudado porque se había sometido a todos sus caprichos sin cuestionarlos ni protestar. Habían tardado varios años en concebir un hijo, una hija, había dicho el doctor, y Greta se sentía inmensamente feliz por ello. Le había llegado a gustar la idea de tener descendencia y sentía que le turbaba saber que Greta albergaba un niño en su seno. Lo imaginaba rubio, de piel blanquísima y mirada azul, sonriente y feliz.

El comandante de Mauthausen se mostró solícito cuando se enteró de la muerte de Greta y le preguntó por su retrasada misión fuera de Austria, a lo que Tannenberg no respondió, simplemente le informó de que su suegro, Fritz Hermann, estaba a punto de llegar y debía disponer lo necesario para hacer los honores a uno de los hombres más cercanos a Himmler.

Zieris entendió el mensaje y no insistió, aunque aún le hizo una confidencia.

—En estas últimas horas he recibido una llamada de Berlín. La Cruz Roja está insistiendo a Himmler para que les permita visitar Mauthausen. Hace meses que están intentando entrar en los campos. Tengo amigos que me aseguran que nuestro Reichführer pretende negociar una salida con los aliados. Me temo que todo está perdido… los rusos ya han ocupado parte de Alemania y los aliados están a punto de ocupar Austria, pero supongo que usted ya sabe todo esto, ¿o me equivoco?

Tannenberg no respondió, sino que permaneció en silencio de pie mirando fijamente al comandante del campo.

—Es una pena que se vaya, viene un contingente de las SS a ayudarnos a evacuar el campo, debemos deshacernos de algunos prisioneros. Esto tiene que parecer… bueno, sólo un campo de prisioneros. El castillo de Hartheim va a ser transformado de inmediato en un orfanato. Y debemos borrar cualquier huella de las cámaras de gas, de los hornos crematorios…, en fin, nos espera una ardua tarea, siento que no nos pueda echar una mano porque no tenemos demasiado tiempo para hacer lo que nos han ordenado.

El comandante no logró sacar a Alfred Tannenberg del silencio en que se había instalado. No era difícil darse cuenta que para Alfred Tannenberg nada de lo que le contaba Zieris sería un problema.

Herr Hermann y su esposa lloraron desconsolados la muerte de su hija Greta y de la nieta no nacida. Ahora que se estaba derrumbando el Reich, a Tannenberg le pareció que su otrora influyente suegro era sólo un simple hombre sin ninguna imaginación para intentar salvarse. No le dijo que él se marchaba, sólo que tenía encomendada una misión para lograr que, pasara lo que pasase, las SS sobrevivieran y algún día intentaran devolver su grandeza a Alemania.

Fritz Hermann le escuchaba mientras se enjugaba las lágrimas.

Cuando sus suegros, más aturdidos que otra cosa, se despidieron de él para regresar a Berlín, Tannenberg suspiró aliviado. Por fin podía organizar su propia fuga, porque era evidente que no había tiempo que perder.

Buscó los documentos que le había dado Georg y los guardó en una cartera de piel. Luego, con una pequeña maleta donde guardaba las dos tablillas de Jaran y algo de ropa, más dos bolsas, una con dólares y otra repleta de anillos, relojes, y joyas arrebatadas a los prisioneros que llegaban al campo, se dispuso a dejar Mauthausen para siempre.

Un coche con un chófer le esperaba en la puerta de su casa. Salió sin siquiera despedirse de la criada y tampoco saludó al soldado que le había de trasladar a Suiza.

Cuando llegaron a la frontera sonrió aliviado. En cuanto llegara a Zurich buscaría a sus padres, pero no se quedaría mucho tiempo en Suiza. Una vez establecidos los contactos previstos por Georg, viajaría de inmediato a El Cairo. Pero lo primero era llegar a Zurich y allí adoptar la nueva personalidad que le había proporcionado su amigo.

Sus padres se habían instalado en un hotel discreto cerca del centro de la ciudad, que en aquellos días estaba abarrotada de agentes de todos los lugares del mundo en busca de información, pero sobre todo era una plataforma envidiable para contemplar el fin del III Reich.

Su madre le abrazó aliviada y su padre tampoco ocultó la emoción que sentía al verle, aunque su madre rompió a llorar cuando anunció el fallecimiento de Greta y la pérdida de su hija.

—¿Cuánto tiempo te quedarás? En Berlín sólo me dijiste que nos veríamos aquí y que te habían encargado una misión delicada —quiso saber su padre.

—No me quedaré más que un par de días, el tiempo necesario para encontrar un avión que me lleve a Lisboa o a Casablanca, y de allí a El Cairo.

—¿A El Cairo? ¿Por qué tienes que ir a Egipto?

—Padre, no hace falta que te diga que hemos perdido la guerra.

—¡No digas eso! ¡Alemania aún puede ganar! ¡Hitler no se rendirá jamás!

—Vamos, padre, aceptaste venir a Suiza porque eras consciente de la situación.

—Lo hice porque me convenciste de que era mejor esperar aquí el final de la guerra, pero no la doy aún por perdida.

—Pues hazlo, cuanto antes lo asumas mejor para la familia.

Y ya sé que querrás regresar cuando termine, pero yo en tu lugar no lo haría. Los aliados buscarán a todos aquellos que hayan tenido un papel relevante junto a Hitler y les juzgarán como al Führer. Es mejor aceptar la realidad, por eso me voy a El Cairo; iniciaré una nueva vida, lo dejo todo, ya no puedo hacer nada más por Alemania.

La pesadumbre se apoderó de herr Tannenberg, que miraba con incredulidad a su hijo.

—¿También nos dejas a nosotros? —le preguntó directamente su madre.

—De alguna manera sí, voy a dejaros. Tenemos que separarnos. No os puedo llevar conmigo; si me hicierais caso permaneceríais aquí, en Suiza. Papá, aquí tenemos dinero, dinero suficiente para vivir cómodamente el resto de vuestras vidas. Si regresas a Alemania cuando termine la guerra lo perderás todo.

—¿Estarás en contacto con nosotros? —le preguntó su madre.

—Sí, procuraré haceros saber cómo estoy y tener noticias vuestras y del resto de la familia. Pero no sé ni cuándo ni cómo podré hacerlo. Paso a la clandestinidad: voy a cambiar de nombre y tengo que asumir una nueva identidad, de manera que no me será fácil ponerme en contacto con vosotros con regularidad; lo haré cuando pueda, cuando no corra riesgos, ni tampoco os lo haga correr a vosotros.

Su madre comenzó a llorar mientras su padre, de pie, paseaba por la estancia, rumiando las palabras de su hijo.

—He hablado con los padres de Georg y los de Heinrich, los de Franz están en Ginebra —le dijo.

—Lo sé, Georg lo preparó todo meticulosamente. Aquí estaréis bien, hay muchos alemanes, muchos amigos que saben como nosotros que el Reich está acabado. Si yo fuera tú, padre, empezaría a pensar en montar algún negocio, algo que te permita arraigarte en Suiza y mantenerte ocupado. Y haría

algo más, empezaría a decir en voz alta que estás decepcionado con Hitler, que ha llevado a Alemania a la ruina, que te
sientes engañado.

—¡Pero eso sería una infamia!

—Eso sería aceptar la realidad. Dentro de unos meses
Hitler será un apestado, los aliados le juzgarán y le ahorca-
rán. Buscarán a todos los que han colaborado con él para hacer lo mismo, de manera que estás a tiempo de marcar dis-
tancias.

—Pensé que en las SS te habían inculcado el sentido del honor —se quejó su padre.

—En las SS me han enseñado sobre todo a sobrevivir, y eso
es lo que voy a hacer.

—¿Qué harás en El Cairo, hijo? —le preguntó suavemente su madre.

—Casarme en cuanto pueda.

—¡Dios mío! ¡Pero, hijo, no hace cuatro días que te has
quedado viudo!

—Lo sé, madre, lo sé. Pero de nada sirve guardar luto. Tengo que dejar de ser Alfred Tannenberg, tengo que empezar una
nueva vida, y para eso necesito que alguien me facilite vivir
acorde a mi nueva identidad.

—¿Dejarás de llamarte Tannenberg? ¿Te avergüenzas de tu
apellido? —preguntó rojo de ira su padre.

—No, no me avergüenzo de ser un Tannenberg, pero no
quiero que me fusilen por serlo, de manera que hasta que no sepamos qué sucede cuando caiga el Reich, lo mejor es pasar
inadvertido, y difícilmente puede pasar inadvertido un oficial
de las SS.

—Hijo —insistió su madre—, dinos qué harás en El Cairo,
qué necesitas, pídenos lo que sea…

—Necesito dinero, francos suizos, dólares, lo que puedas
darme, padre. En cuanto a lo que voy a hacer… bien, hemos

llegado a un acuerdo Heinrich, Georg, Franz y yo; en cuanto sea posible pondremos en marcha una empresa de importación y exportación, a ser posible de antigüedades. Pero eso será más adelante, lo primero es llegar a El Cairo, buscar al contacto que me indicó Georg, y fundirme con el paisaje hasta el final de la guerra. No sé a ciencia cierta qué pasos daré, tendré que improvisar, pero ten por seguro que la mejor manera de ser otro es encontrar una familia que me acoja y me proteja, por eso, en cuanto pueda, me casaré.

Aquella noche cenó con sus padres y sus hermanas, así como con los padres de Heinrich y de Georg. Éstos mostraron la misma preocupación que sus padres por la decisión adoptada por sus hijos, aunque en el caso de los padres de Georg les producía cierto alivio saber que su hijo estaba con su tío rumbo a Estados Unidos.

Todos se resistían a convertirse en exiliados y hablaban de regresar en cuanto acabara la guerra; decían estar convencidos de que al final los aliados no juzgarían a los civiles, porque de hacerlo tendrían que sentar en el banquillo a buena parte de Alemania.

—Ya veréis cómo los futuros jefes de Alemania serán algunos de los delincuentes políticos que hoy están prisioneros en los campos, salvo que alguien tenga el acierto de matarles antes —comentaba Alfred.

Dos días después, Alfred Tannenberg se despedía de sus padres. En su fuero interno sabía que era para siempre. No podría dar un paso atrás y mucho menos regresar a Alemania, de manera que fuera cual fuese el destino de sus padres, allí se separaban sus caminos de manera irremediable.

Cuando su avión aterrizó en El Cairo sintió un nudo en el estómago. En ese momento comenzaba el resto de su vida y no alcanzaba a ver más que incertidumbre. Había viajado con su pasaporte auténtico, tal y como le había recomendado

Georg; los papeles falsos debía utilizarlos cuando su instinto le dijera que había llegado el momento, es decir, cuando fuera oficial que Alemania había perdido la guerra, lo que sería en cuestión de semanas o acaso días.

Un taxi le llevó a un hotel discreto cercano a la embajaba norteamericana. Sonrió para sus adentros pensando en la cercanía de sus enemigos, que nunca sospecharían que un oficial de las SS se alojaría tan cerca de ellos.

El hotel olía a rancio y sus huéspedes eran mayormente europeos: refugiados, espías, diplomáticos, aventureros. Entregó su pasaporte al recepcionista.

—Veamos, señor Tannenberg, sólo me queda una habitación doble, si la quiere tendrá que pagar como si la fueran a ocupar dos personas —le dijo el hombre de la recepción, sabiendo de antemano que aquel alemán alto y de mirada de acero no se negaría a pagar el doble.

Alfred Tannenberg asintió, consciente de que ésas eran las reglas del juego y que de nada le serviría protestar y mucho menos llamar ladrón a aquel hombrecillo risueño.

—Me parece bien, además espero a otra persona —dijo tirándose un farol.

—¿Ah, sí? ¿Y cuándo llegará esa persona? —quiso saber el recepcionista

—Ya se lo diré —respondió Tannenberg con tono indiferente.

La habitación no era demasiado espaciosa, pero desde la ventana se divisaba el Nilo. Una cama grande, la mesilla con una lámpara, un sofá que podía hacer a su vez de cama, una mesa y dos sillas, además de un armario, eran todo el mobiliario. Una puerta daba a un pequeño baño. Tannenberg se dijo que aquél sería su hogar provisional hasta que encontrara al agente de Georg, un oficial de las SS, también encargado de encontrar escondrijos a otros camaradas que, sabedores de la situación en Alemania, habían buscado las excusas pertinentes para huir a tiempo.

En realidad, todos habían salido de Berlín con las bendiciones de sus jefes. Georg supuestamente para supervisar a los agentes en el extranjero, Franz para incorporarse a los efectivos de las SS en América del Sur, Heinrich para formar parte de la representación diplomática de Alemania en Portugal y él para trabajar con el grupo de agentes destacados en El Cairo. Todos tenían una cobertura oficial y además papeles falsos para en cualquier momento asumir su nueva identidad.

Decidió ser prudente, de manera que una vez estudió el mapa de El Cairo, salió a buscar el lugar donde, según Georg, encontraría a su contacto. Caminó durante una hora, comprobando que El Cairo era una ciudad repleta de europeos. Le llamó la atención la circulación caótica: los taxis cruzaban las calles sin mirar ni a derecha ni a izquierda, los automovilistas parecían tener el dedo pegado al claxon y los peatones sorteaban los peligros del tráfico con indiferencia.

Sonrió satisfecho al ver el letrero del restaurante: «Restaurante Kababgy».

Empujó la puerta y entró. Un camarero perfectamente uniformado se acercó solícito hablándole en inglés.

Alfred Tannenberg hablaba el inglés con soltura, pero le sorprendió que también lo hiciera aquel camarero cairota; éste confundió la perplejidad del nuevo cliente con desconocimiento de la lengua y le preguntó en qué idioma hablaba.

—¿Francés, alemán, italiano, español...?

—Alemán —acertó a decir Tannenberg.

—¡Ah, sea bienvenido! ¿Tiene reserva?

—No, no me ha dado tiempo, acabo de llegar y... bueno; un amigo me dijo que éste era uno de los mejores restaurantes de la ciudad.

—Gracias, señor, y... ¿puede decirme quién es su amigo?

—Bueno, es posible que usted no conozca el nombre, es... es alemán como yo...

—Entre nuestros clientes tenemos a muchos europeos como usted... Pero pase, le buscaré una mesa.

El comedor estaba a rebosar y sólo quedaba libre una pequeña mesa situada en un discreto rincón, que fue a la que le condujo el camarero.

Cenó con apetito, observando a los otros comensales del restaurante; desde luego la clientela era variopinta. Cuando regresó al hotel se dijo que al día siguiente saldría a buscar a su contacto. Georg le había dado una dirección cercana a Jan el Jalili, el lugar donde los viejos artesanos cairotas elaboran y guardan sus tesoros.

Se despertó poco antes del amanecer y se sintió lleno de vida. Estaba deseando seguir descubriendo la ciudad, ir a las pirámides, incluso viajar hasta Alejandría, pero se dijo que esas excursiones tendrían que esperar.

Jan el Jalili resultó ser una ciudad dentro de la ciudad, las calles estrechas, repletas de recovecos, se le antojaban iguales y el olor denso a especias le producía un agradable cosquilleo en el estómago. Anduvo largo rato incapaz de encontrar la dirección que buscaba, hasta decidirse a preguntar a un hombre que, sentado ante la puerta de su pequeña tienda, fumaba un largo cigarrillo aromático. El hombre le explicó amablemente por dónde tenía que ir y al despedirse le indicó que no se perdería porque todo el mundo conocía en El Cairo la tienda de Yasir Mubak.

El edificio de tres plantas parecía más cuidado que el resto de las casas de la zona. Un letrero explicaba que allí estaba la sede de un negocio de importación y exportación, además de una tienda donde prometían antigüedades auténticas.

Cuando empujó la puerta, le sorprendió verse en una tienda abigarrada de objetos. No había un centímetro donde no hubiese algo, aunque una rápida mirada le bastó para saber que aquellas antigüedades eran en realidad baratijas e imitaciones. Un joven de aspecto pulcro se acercó a él.

—¿En qué puedo ayudarle?

—Busco al señor Mubak.

—¿Le espera?

—No, en realidad no sabe que llegaba hoy, pero dígale que vengo de parte de herr Wolter.

El joven le miró de arriba abajo y titubeó, pero luego le señaló una silla para que aguardara, mientras él se perdía por una escalera que conducía a los pisos superiores.

Tannenberg estuvo esperando más de un cuarto de hora sabiéndose observado, antes de que Yasir Mubak bajara la escalera y se acercara sonriente a él.

—Pase, pase, los amigos de herr Wolter son siempre bienvenidos. ¿Quiere subir a mi despacho?

Siguió al hombre por las escaleras hasta el primer piso donde una puerta les condujo a una estancia amplia, decorada a la occidental, y otra puerta daba al despacho del señor Mubak. No sabía de dónde venían, pero escuchaba el susurro de voces y máquinas de escribir, lo que evidenciaba que en aquel lugar había más gente trabajando.

—Bien, señor… ¿Me ha dicho su nombre?

—No, no se lo he dicho. Soy Alfred Tannenberg y tengo cierta urgencia en encontrarme con el señor Wolter.

—Desde luego, desde luego… Verá, yo enviaré recado al señor Wolter de que usted le quiere ver y él se pondrá en contacto con usted. ¿Quiere que le dé alguna nota o le transmita algo especial?

Tannenberg sacó un sobre lacrado y se lo entregó a Yasir Mubak.

—Déselo de mi parte a herr Wolter, y dígale que estoy en el hotel Nacional.

—Lo haré, lo haré, ¿en qué otra cosa puedo servirle?

Iba a responder cuando la puerta del despacho se abrió y entró una mujer morena, con cierto parecido a Yasir Mubak y vestida como él a la occidental. La mujer llevaba un sobrio traje de chaqueta gris con una blusa blanca, zapatos negros de tacón y el pelo recogido en un moño.

—¡Lo siento! Pensé que estabas solo…

—Pasa, pasa… Alia, te presento al señor Tannenberg. Es mi hermana, además de una gran ayuda en el negocio.

Alfred Tannenberg se puso en pie y chocó los talones inclinando la cabeza. No se atrevía a darle la mano, porque aunque la mujer parecía estar occidentalizada, lo mismo consideraba una ofensa que un hombre la tocara.

—Señora…

—Encantada, señor Tannenberg —le respondió Alia en un aceptable alemán.

—¡Habla usted mi idioma!

—Sí, viví unos años en Hamburgo acompañando a mi hermana menor, casada con un hombre de negocios de su país.

—Mi cuñado es fabricante de ropa y nos compraba algodón, conoció a mi hermana y… bueno, se enamoraron, se casaron y han vivido felizmente en Hamburgo hasta hace un par de años. La guerra les ha obligado a dejar Alemania y ahora están aquí —explicó Yasir.

—Y yo he vivido largas temporadas en Hamburgo ayudando a mi hermana con sus cuatro traviesos hijos —explicó a su vez Alia.

Yasir Mubak invitó a Tannenberg a tomar el té y éste aceptó, sin dejar de observar a Alia. La mujer no era ni guapa ni fea, ni alta ni baja, pero tenía un atractivo especial, desde luego ejercía sobre él cierto magnetismo. Durante la hora que estuvo en las oficinas de Mubak, no dejó de observar de reojo a Alia. Tannenberg calculó que la mujer tendría alrededor de treinta años y parecía muy saludable. Fue en ese momento cuando tomó la decisión. Se casaría con Alia Mubak, si es que el agente de las SS le confirmaba que aquella era una familia de fiar, aunque debía de serlo puesto que las oficinas de Mubak eran el punto de encuentro entre los agentes de las SS que llegaban de Alemania.

Esa misma noche recibió la visita de herr Wolter, en realidad el comandante de las SS Helmut Wolter.

Tenían más o menos la misma edad y parecían hermanos gemelos. Wolter era rubio, con los ojos de azul acero y la piel blanca, ahora tostada por el sol. Alto, de complexión atlética, era el modelo de oficial que a Himmler le gustaba tener en las SS.

El comandante Wolter le puso al tanto de la situación en Egipto. Como el resto de los países de la zona, los egipcios simpatizaban con la causa de Hitler, y su odio a los judíos era proporcional al de los alemanes. Allí estaban seguros, no tenían nada que temer, y en esos años él y otros agentes habían establecido una tupida organización. Ahora que la guerra parecía perdida, la dedicarían a proteger a los suyos en espera de que la situación volviera a cambiar en Alemania. Las SS, le dijo, no se rendirían jamás.

Más allá del discurso patriótico, que Alfred supuso que Wolter se veía obligado a hacer, sintió simpatía por aquel agente que llevaba ya cinco largos años en El Cairo y que había viajado por Oriente estudiando el terreno, y repartiendo dinero para comprar voluntades.

—¿Yasir Mubak es de fiar? —preguntó Alfred.

—Sí, desde luego que sí. Es cuñado de un empresario alemán, nazi como nosotros, que ha hecho grandes servicios al Reich. Yasir y el resto de la familia simpatizan con nuestra causa y nos han prestado su ayuda de manera incondicional. Podemos confiar en Yasir como en nosotros mismos —le aseguró el comandante Wolter.

—¿Trabaja para nosotros?

—Colabora con nosotros, nos da mucha y buena información. Yasir tiene su propia red de agentes repartidos por todo Oriente Próximo. Es un comerciante y asegura que un comerciante tiene que estar bien informado. Su colaboración es gratuita, jamás ha aceptado dinero.

—No me gustan los hombres que no cobran por su trabajo —dijo Tannenberg.

—Es que él no trabaja para nosotros, trabaja con nosotros, ésa es la diferencia, capitán.

—¿Y su familia?

—Yasir está casado, tiene cinco o seis hijos, varias hermanas y hermanos, unos padres ya ancianos y un sinfín de tíos, primos y demás parientes. Si le cae bien algún día le invitará a que entre en su santuario familiar, le aseguro que es toda una experiencia.

—He conocido a su hermana Alia.

—¡Ah, sí, Alia! Es una mujer peculiar, la solterona de la familia, ayuda a Yasir en el negocio puesto que habla inglés y alemán. Lo aprendió en Hamburgo, estuvo allí haciendo de tía solterona con los cuatro hijos de su hermana.

—¿Solterona?

—Tiene treinta años y en Egipto si una mujer llega a esa edad sin casarse difícilmente encontrará marido, salvo que su familia le dé una dote extraordinaria. Pero ella no parece preocupada por quedarse soltera; además, aquí la encuentran un poco rara, no se quiere vestir como las demás mujeres, y no es bien vista por eso, aunque nadie se atreve a decir nada porque Yasir es un hombre bien relacionado con los jerarcas del Gobierno.

Alfred Tannenberg escuchó con atención la información que le daba el comandante Wolter sobre la familia Mubak; luego los dos hombres hablaron del futuro inmediato y del papel que el propio Alfred podía desempeñar en el servicio secreto de las SS en Egipto.

Los días posteriores, el capitán Tannenberg fue tejiendo su propio plan de acción. Las noticias que llegaban de Alemania eran contundentes, los aliados estaban cada vez más cerca de ganar la guerra y entre la comunidad internacional que en esos días abarrotaba los mejores hoteles de El Cairo tampoco había dudas: con la derrota de Alemania comenzaba una era nueva.

Una tarde en que Tannenberg visitó a Yasir en el edificio de Jan el Jalili, le hizo abiertamente dos propuestas.

—Yasir, amigo mío, discúlpeme si le ofende lo que voy a decirle, pero me gustaría tener su permiso para cortejar a Alia. Mis intenciones son claras como el agua: si ella quiere y su familia nos da su bendición, para mí sería un honor que se convirtiera en mi esposa.

Yasir se quedó mirándole asombrado. No podía entender que aquel hombre bien parecido, que además disponía de fortuna personal, se hubiera fijado en su querida hermana. Alia no era atractiva, pensó, ni destacaba por nada salvo por su conocimiento del inglés y del alemán, además de haber aprendido a escribir a máquina. Él dudaba que fuera a ser una buena esposa y en la familia ya se habían resignado a que Alia se quedara soltera, y, de repente aquel alemán le pedía permiso para cortejarla, ¿por qué?, se preguntó.

—No haré nada sin tu consentimiento —le dijo Tannenberg, al ver aflorar la duda en la mirada de su nuevo amigo.

—Hablaré con mi padre, es él quien tiene que darle permiso. Si mi padre quiere considerar su propuesta, se lo haré saber.

Pero a Yasir aún le quedaba otra sorpresa.

—Bien, amigo mío, ahora me gustaría que habláramos de negocios. Quiero poner en marcha una empresa… una empresa de antigüedades, y también quiero financiar excavaciones arqueológicas, ya sabe que soy arqueólogo, bueno, lo era antes de la guerra.

En el tiempo que llevaba en El Cairo Tannenberg había sopesado qué tipo de hombre era Yasir Mubak, llegando a la conclusión de que al comerciante lo único que le importaba era ganar dinero, cuanto más mejor. Con la ayuda de Yasir podría llevar a cabo algunas de sus ideas, en realidad podría cumplir con el objetivo compartido con sus camaradas, con Georg, Franz y Heinrich: saquear los tesoros arqueológicos de Oriente y ponerlos a la venta, y estaba seguro de haber encontrado en Yasir al socio adecuado para la empresa.

Después de cinco horas, durante las cuales Yasir exigió que nadie le molestase, llegaron a un acuerdo para formar una compañía dedicada a las antigüedades. Yasir continuaría con sus negocios y sería socio de Tannenberg en el que el capitán quería poner en marcha. Los contactos del uno junto a las ideas del otro podían hacerles aún más ricos de lo que eran; además, tenían algo en común: carecían de escrúpulos.

La respuesta del padre de Alia y Yasir le llegó una semana después a través de una nota enviada por el anciano, en la que le invitaba a almorzar el siguiente viernes con su familia.

Alfred Tannenberg sonrió satisfecho. Las cosas no podían irle mejor: acababa de poner un negocio en marcha y además iba a casarse. La boda con Alia tenía muchas ventajas, entre otras que él pasaría a formar parte del clan Mubak y eso le supondría estar bajo la protección de una de las familias principales de Egipto, e iba a necesitar protección ahora que la guerra estaba en su fase final. Asimismo, ser socio de Yasir le abriría las puertas en todo Oriente, donde podrían desconfiar de un extranjero, pero no de un miembro de la respetada familia Mubak.

La ventaja de vivir una época extraordinaria como la de la guerra le permitió convencer al padre de Alia para no retrasar demasiado la boda, pero aun así tuvo que aceptar dejar pasar unos meses.

El día en que el comandante Wolter le telefoneó para informarle del suicidio de Hitler se sorprendió a sí mismo pensando que tanto le daba, y que su única preocupación era la situación que debían afrontar los SS que estaban en Egipto y en otros lugares de Oriente. Pero el comandante Wolter le recordó que pondrían en marcha los planes previstos y pasarían a la clandestinidad; tenían documentación falsa y dinero para ello. La guerra había llegado a su fin y los aliados se habían encontrado con que el infierno existía en la tierra, y no era otro que los campos de concentración sembrados por Alemania, Austria, Polonia… por todos aquellos países en los que Hitler había puesto la bota.

—Sin los malditos norteamericanos no nos habrían vencido —se quejó el comandante Wolter.

—Empezamos a perder la guerra en Rusia, Hitler se equivocó, calibró mal a Stalin —le respondió Alfred.

—Me pregunto por qué Norteamérica no ha entendido a Hitler —insistió Wolter.

Alfred Tannenberg sopesó con Yasir y con Wolter si debía o no adoptar una nueva identidad. El comandante Wolter le instó a que lo hiciera; Yasir por su parte dijo que nadie le iría a buscar a Egipto, y que a su padre no le gustaría que una de sus hijas se casara con un hombre con identidad falsa. El argumento decidió a Alfred a seguir llamándose Tannenberg. Sabía que corría riesgos, pero coincidía con Yasir en que en Egipto podría sobrevivir con su propia identidad.

Un año después de acabada la guerra, Alfred Tannenberg ya se había casado con Alia Mubak y, lo que era mejor, los negocios empezaban a irle mejor de lo que esperaba. Había logrado ponerse en contacto con Georg que, bajo la protección de su tío, comenzaba a tejer su nueva vida en Estados Unidos. Heinrich estaba en Madrid disfrutando de su nueva identidad, bajo el manto protector del régimen de Franco, y Franz se mostraba exultante en Brasil, donde la red de las SS había demostrado ser harto eficaz para proteger a los suyos. Claro que aún debería pasar un tiempo antes de que el negocio del robo de antigüedades, tal y como lo habían concebido, empezara a funcionar, pero Tannenberg estaba haciendo lo que creía necesario, que consistía en empezar a buscar los objetos que pondrían en el mercado cuando llegara el momento oportuno.

Yasir le presentó a las personas adecuadas, ladrones de tumbas que conocían el Valle de los Reyes como la palma de la mano. Pero fue él, el propio Tannenberg, quien aplicando sus conocimientos de historia antigua hizo un plan detallado para financiar excavaciones en Siria, Jordania, Irak... sobre todo puso especial empeño en dirigir personalmente un equipo que se puso a trabajar en Jaran.

Soñaba con encontrar las tablillas de Abraham, las tablillas escritas por aquel Shamas que relataban las historias contadas por Abraham.

Tannenberg contagió a Alia de su pasión por las tablillas bíblicas y convenció a Yasir de la importancia de la empresa.

Aquellas tablillas eran su obsesión, el motor principal de su vida; estaba convencido de que el día que las reuniera todas, ese día, entraría por la puerta grande en la historia y a nadie le importaría lo que hubiese sido. No es que se arrepintiera de nada de lo hecho en Mauthausen, todo lo contrario, pero era consciente de que las potencias aliadas querían ver juzgados a todos aquellos que habían trabajado en los campos. A él le buscarían, pero pronto se dio cuenta de que no con el suficiente empeño y, como decía Yasir, nadie iría a buscarle a Egipto.

En Egipto, más tarde en Siria y en Irak, encontró un refugio seguro al igual que muchos de sus camaradas. Del juicio de Nuremberg fue sabiendo mientras excavaba de nuevo en Jaran soñando en encontrar las tablillas sobre la Creación del mundo. Allí en Jaran Alia concibió a su hijo Helmut, mientras su rastro se perdía entre las arenas de los desiertos de Oriente Próximo.

36

—Mercedes, por favor, no llores…

Las palabras de Bruno no lograban hacer mella en el ánimo de Mercedes, que no lograba contener las lágrimas.

Carlo le acercó un vaso de agua y Hans se sacó del bolsillo de la chaqueta un pañuelo blanco inmaculado y se lo dio a su amiga.

A aquella hora de la tarde en Barcelona el bullicio de la calle se colaba por los resquicios de las ventanas de la casa de Mercedes.

La idea de reunirse los cuatro había sido de Hans y en apenas unas horas todos habían aterrizado en Barcelona, preocupados, además, por el shock emocional en el que estaba sumida Mercedes desde que conociera la noticia de la muerte de Alfred Tannenberg.

—Lo siento, lo siento —se disculpó Mercedes—, no puedo evitarlo, no he dejado de llorar desde que me llamasteis…

—Mercedes, por favor, no llores —le insistió Carlo.

—¿Sabes?, me parece un milagro que hayamos podido matar al monstruo. Siempre pensé que algún día lo lograríamos, pero a veces me desesperaba y… —Mercedes volvió a dejar escapar las lágrimas.

—Vamos, vamos, por favor, no llores, debemos estar contentos, hemos cumplido con nuestro juramento y le hemos sobrevivido —dijo Bruno intentando buscar palabras de consuelo.

—Aún recuerdo el día en que llegaron los norteamericanos a Mauthausen… tú estabas escondida en aquel pabellón con nosotros. Parecías un niño, el buen médico polaco te salvó la vida y convenció a los otros para que te quedaras allí —recordó Carlo.

—Si te hubieran descubierto… —dijo Hans.

—No sé qué nos habrían hecho, pero seguramente aquellos bestias se lo habrían hecho pagar al doctor y a todos los hombres del pabellón —reflexionó Bruno.

—Entonces eras más dura que ahora y no llorabas tanto —intentó bromear Carlo.

Mercedes se limpió las lágrimas con el pañuelo de Hans y bebió un sorbo de agua.

—Perdonadme… voy… voy a lavarme la cara, ahora vengo.

Cuando la mujer salió del salón los tres amigos se miraron sin ocultar la angustia que sentían.

—Me pregunto cómo es posible que el monstruo haya podido vivir todos estos años en Oriente Próximo sin que nadie le denunciara —se lamentó Bruno.

—Muchos nazis se refugiaron en Siria, en Egipto, en Irak, lo mismo que en Brasil, Paraguay y otros países latinoamericanos. El caso de Tannenberg no es único, aún hay muchos nazis que viven tranquilamente convertidos en ancianos sin que nadie les moleste —dijo Hans.

—No olvidéis que el gran muftí de Jerusalén era un firme aliado de Hitler y que los árabes eran mayoritariamente partidarios del régimen nazi, así que ¿de qué nos sorprendemos? —respondió Carlo.

—¿Por qué no hemos logrado encontrarle en todos estos años? —se preguntó Bruno.

—Porque aunque haya cambiado de identidad encontrar a un hombre, en un país democrático es más fácil que en un país con un régimen feudal o dictatorial —respondió Carlo.

Mercedes regresó al salón más tranquila, aunque con los ojos enrojecidos por el llanto.

—Todavía no os he dado las gracias por haber venido —les dijo esbozando una sonrisa.

—Todos necesitábamos vernos y estar juntos —respondió Hans.

—¡Dios, qué largo camino hemos hecho! —exclamó Mercedes.

—Sí, pero ha merecido la pena. Todos estos años de sufrimiento, de pesadillas, al final han tenido la única compensación posible: la venganza —contestó Bruno.

—La venganza, sí, la venganza; ni un solo minuto en todos estos años he tenido dudas de que debíamos cumplir nuestro juramento. Lo que vivimos… aquello fue… fue el infierno, por eso pienso que si Dios existe y nos castiga nunca podrá ser peor que Mauthausen —dijo Mercedes de nuevo con los ojos anegados por las lágrimas.

—¿Volviste a hablar con Tom Martin? —preguntó Carlo a Hans para intentar distraer a Mercedes.

—Sí, y le dije que tenían que completar el trabajo, cuanto antes mejor. Me aseguró que su hombre cumpliría lo pactado, y me recalcó las enormes dificultades que había tenido que afrontar para cumplir el encargo. Cree que no sé apreciar lo que significa infiltrarse en Irak y matar a un hombre que estaba protegido por Sadam —respondió Hans.

—Le ha llevado su tiempo cumplir el encargo —comentó Bruno.

—Sí, pero por eso lo ha podido hacer y nos ha costado lo que nos ha costado. Global Group no es una agencia de vulgares asesinos, si lo fuera seguramente no habrían podido matar a Tannenberg. De todas formas le he insistido en que la segunda parte del trabajo, la eliminación de Clara Tannenberg, debería ser más rápida que la de su abuelo —explicó Hans.

—Puede que eliminar a Clara Tannenberg resulte más complicado, todos los periódicos parecen estar seguros de que Bush dará la orden de atacar Irak en cualquier momento, y, si es así, si empieza la guerra, al hombre de Tom Martin no le va a resultar fácil cumplir el encargo —manifestó Carlo con un deje de preocupación.

—Pero no sabemos si finalmente habrá guerra, por más que los periódicos digan que es inminente —respondió Bruno.

—La habrá, seguro; la Administración norteamericana lo tiene decidido. Es mucho lo que está en juego —respondió Carlo.

—¿Sabes?, siempre me ha maravillado que puedas ser comunista —le dijo Hans.

Carlo rió, aunque su risa estaba teñida de amargura.

—Mi madre estaba en Mauthausen por ser comunista; bueno, en realidad porque mi padre era comunista. Él murió antes de llegar al campo y mi madre... mi madre le adoraba y asumió su ideología como propia, porque también era la de sus padres. ¿Qué otra cosa podía ser yo? Pero además sigo creyendo que hay valores en la ideología comunista, a pesar del horror que padecieron detrás del Telón de Acero, con Stalin y los gulag.

—En cualquier caso, y no sé si me importan demasiado las razones, Bush va a librar al mundo de un miserable, de un asesino, porque eso es lo que es Sadam —comentó Hans.

—Pero para acabar con Sadam van a tener que morir muchos inocentes, y eso amigo mío es moralmente inaceptable, aunque yo nunca seré antinorteamericano, les debemos la vida —terció Bruno.

—¿Cuántos inocentes murieron para liberarnos a nosotros? —le respondió Hans—. Si Estados Unidos no hubiera sacrificado a miles de sus hombres, nosotros habríamos muerto en Mauthausen.

—Los dos tenéis razón —apostilló Mercedes.

Se quedaron en silencio, perdidos en sus pensamientos. Su visión de la realidad siempre había estado marcada por el horror de Mauthausen.

Carlo se levantó del sillón donde estaba sentado, dio una palmada y con un tono de voz que intentaba ser alegre propuso a sus amigos ir a celebrarlo con una buena comida.

—Eres nuestra anfitriona, de manera que sorpréndenos. Pero procura que este almuerzo sea memorable, nos lo hemos ganado, llevamos casi sesenta años esperando este momento.

Los cuatro eran conscientes de que debían hacer un esfuerzo y sobreponerse a la emoción de las últimas horas. Mercedes les prometió que les invitaría al mejor almuerzo que pudieran soñar.

Ninguno de los cuatro había superado nunca el hambre. Hacía muchos años que habían dejado atrás las penalidades de Mauthausen, pero llevaban grabado el dolor y el hambre en lo más hondo de su ser.

37

Gian Maria estaba limpiando cuidadosamente una tablilla en la que apenas se veían los signos cuneiformes, cuando un obrero entró gritando en la estancia donde se encontraba trabajando.

—¡Venga, señor! ¡Venga! ¡Hay otra habitación! ¡Se ha caído un muro! —gritó el hombre preso de una gran agitación.

—¿Qué ha pasado? ¿A qué muro se refiere?

Salió detrás del hombre, que casi corría en dirección a la excavación. Ayed Sahadi, muy alterado, daba órdenes al grupo de obreros que fortuitamente habían dado con otra estancia al golpear uno de ellos un muro con un zapapico.

—¿Qué ha pasado? —preguntó Gian Maria al capataz.

—Ese hombre de ahí golpeó el muro y éste se derrumbó; hemos encontrado otra habitación con algunos restos de tablillas. He mandado llamar a la señorita Clara.

En ese momento Clara llegaba corriendo seguida por Fátima.

—¿Qué han encontrado? —preguntó.

—Otra estancia y más tablillas —respondió Gian Maria.

Clara pidió a los obreros que apuntalaran aquella habitación, además de recoger todas las tablillas que hubiera. Gian Maria se sentó en el suelo para echar un vistazo a los nuevos hallazgos. Le dolían los ojos de tanto leer aquellos signos desdibujados por el paso del tiempo, pero sabía que tarde o temprano Clara le pediría que examinara las tablillas encontradas.

No halló ninguna que le llamara la atención y con cuidado empezó a alinearlas para que los obreros las trasladaran al campamento, donde desde los últimos días estaban guardando en un contenedor algunas de las piezas que Picot no se había llevado consigo.

Pensó en lo bien que les había venido el regreso de Ante Plaskic. Ahmed Huseini había llamado a Clara para anunciarle que el croata, en el último momento, había decidido quedarse en Irak y regresar a Safran sin hacer caso de la opinión de Picot que, enfadado, había dicho que se desentendía de la suerte que pudiera correr.

Ante Plaskic había convencido a Ahmed para que le facilitara el regreso a Safran, a pesar de que éste le aseguró que Clara no se quedaría más de una semana. Fue tanta su insistencia que pese a la situación caótica que se vivía en Bagdad logró enviarle de vuelta en un helicóptero militar. Desde que había llegado no había dejado de trabajar ayudando a Clara en su empeño por seguir excavando.

—¿Cuántas tablillas hay? —le preguntó Clara a Gian Maria, sobresaltando al sacerdote, que estaba concentrado en la clasificación de las tablillas bajo la atenta mirada de Ante Plaskic.

—¡Uy, qué susto me has dado! —exclamó Gian Maria.

—¿Merecen la pena? —insistió Clara.

—No lo sé, algunas son restos de transacciones comerciales, otras parecen oraciones, pero no me ha dado tiempo a examinarlas a fondo. De todas maneras mañana las meteremos en el contenedor, porque supongo que las querrás llevar a Bagdad.

—Sí, pero me gustaría que hicieras un esfuerzo y… bueno, las examinaras con atención, por si acaso…

—¡Clara! ¿Aún crees que vas a encontrar esas tablillas que buscaba tu abuelo?

—¡Están aquí! ¡Tienen que estar aquí! —le respondió Clara irritada.

—Vale, no te enfades. Al menos sé realista: apenas si quedan obreros; Ayed hace todo lo que puede, pero los hombres se están yendo. Les reclama el ejército, y otros… bueno, ya sabes lo que pasa, prefieren cuidar de sus casas, parece que huelen la guerra.

—Tenemos dos días, Gian Maria, sólo dos días; dentro de dos días Ahmed nos sacará de aquí. El ministerio da por cancelada la excavación.

Ante Plaskic asistía en silencio a la conversación entre Gian Maria y Clara. En realidad nunca decía nada, sólo estaba allí.

Clara estaba muy nerviosa y conmocionada desde el asesinato de su abuelo para preocuparse por nada ni por nadie que no fuera ella misma y su deseo de encontrar las tablillas de Shamas. De manera que poco le importaba que el croata hubiese regresado, ni siquiera se había preguntado los motivos; le había recibido con indiferencia, en realidad no le necesitaba para nada.

Su relación con Gian Maria era distinta. Había llegado a sentir afecto por el sacerdote, la clase de afecto que se tiene a un niño. Gian Maria siempre estaba cerca de ella, dispuesto a ayudarla, y ella se lo agradecía sin palabras.

Sólo habían pasado unos días desde que se habían ido Picot y el equipo de arqueólogos, pero a Clara se le antojaba una eternidad. Donde antes estaba el campamento siempre bullicioso ahora no había nada, excepto los almacenes vacíos y una calma permanente. El tiempo había vuelto a detenerse en aquel lugar perdido del sur de Irak.

Apenas quedaban obreros, ya que el ejército estaba movilizando a todos los hombres. Los que se habían quedado la miraban de manera diferente, o al menos eso percibía Clara, segura de que la ausencia de su abuelo había supuesto una merma en la consideración que le tenían aquellos hombres.

Sólo la presencia de Ayed Sahadi garantizaba cierto orden y que los obreros trabajaran sin apenas descanso.

Clara sabía que el 20 de marzo comenzaría la invasión y que debía estar fuera de Irak a lo más tardar el 19, pero sentía que algo la retenía en aquella tierra polvorienta y apuraba el tiempo, consciente de que si se quedaba podía morir. Los aviones de combate no distinguen a los amigos de los enemigos, a los traidores de los leales.

El reloj marcaba las cinco de la mañana cuando el timbre del teléfono móvil la despertó. Cuando escuchó la voz alarmada de Ahmed se asustó.

—Clara…

—¡Dios mío, Ahmed! ¿Qué sucede?

—Clara, debes venirte ya.

—¿Hay… hay alguna novedad?

—Estoy preocupado.

—Estás desbordado.

—Dilo como quieras, pero no deberías apurar el tiempo hasta el final. Anoche hablé con Picot, está exultante.

—¿Dónde está?

—En París.

—¿París? —suspiró Clara.

—Dice que ha empezado a moverse para poner en marcha la exposición y quiere saber si al final tú vas a ir.

—¿Ir adónde?

—No sé, supongo que a donde la vayan a organizar, no se lo he preguntado.

—¿Y tú, Ahmed, irás?

—Quiero acompañarte —respondió Ahmed con prudencia.

Sabía que el Ministerio del Interior grababa todas las conversaciones, y que después del asesinato de Alfred Tannenberg Palacio había ordenado una investigación exhaustiva. En el entorno de Sadam siempre habían estado obsesionados por la traición, de manera que creían que el asesino de Tannenberg pertenecía al círculo del anciano.

—Son las cinco de la mañana, si no tienes nada más que decirme…

—Sí, que debes de venir, hoy es 17 de marzo…

—Ya lo sé, me quedaré hasta el 19, hoy hemos encontrado otra estancia y varias decenas de tablillas.

—No, Clara, no debes quedarte. Debes estar en Bagdad, en tu casa. El ejército va a movilizar a todos los hombres, apenas tienes obreros que te ayuden.

—Dos días más, Ahmed.

—No, Clara, no; hoy te enviaré el helicóptero…

—Hoy no me iré, Ahmed, al menos espera a mañana.

—Mañana pues, al amanecer.

* * *

Gian Maria no había dormido en toda la noche. Se había quedado despierto para seguir clasificando las últimas tablillas halladas antes de que los obreros las embalaran para depositarlas en el contenedor que llevarían hasta Bagdad.

Le dolían los ojos de tanto fijar la mirada en los signos difusos grabados en el barro. Aún le quedaban unas cuantas tablillas por examinar cuando cogió al azar una de ellas. El sacerdote dio un respingo y a punto estuvo de que la tablilla se cayera y se hiciera añicos. En la parte superior de la tablilla aparecía el nombre de Shamas. Sintió que se le aceleraba la respiración y comenzó a leer pasando el dedo por las líneas regulares de los signos cuneiformes.

«En el principio creó Dios los cielos y la tierra. La tierra era caos y confusión y oscuridad por encima del abismo, y un viento de Dios aleteaba por encima de las aguas.

»Dijo Dios: "Haya luz", y hubo luz. Vio Dios que la luz

estaba bien, y apartó Dios la luz de la oscuridad; y llamó Dios a la luz "día", y a la oscuridad la llamó "noche". Y atardeció y amaneció: día primero.»*

Las lágrimas arrasaron los ojos del sacerdote. Se sentía profundamente conmovido y sintió la necesidad perentoria de ponerse de rodillas y dar gracias a Dios.

Abrazó aquel trozo de barro lleno de signos dibujados más de tres mil años atrás por un escriba que aseguraba que el patriarca Abraham le había dictado la historia de la Creación para que los hombres supieran la Verdad.

Aquella tablilla de barro recogía las palabras de Abraham inspiradas por Dios y que muchos siglos más tarde se recogerían en el libro por excelencia que es la Biblia.

Gian Maria a duras penas pudo seguir leyendo, tan grande era la emoción que sentía.

«Dijo Dios: "Haya un firmamento por en medio de las aguas, que las aparte unas de otras". E hizo Dios el firmamento; y apartó las aguas de por debajo del firmamento, de las aguas de por encima del firmamento. Y así fue. Y llamó Dios al firmamento "cielos". Y atardeció y amaneció: día segundo…».**

Continuó leyendo sin darse cuenta de que lo hacía en voz alta. Se sentía cerca de Dios como nunca antes se había sentido. Y supo que, además de aquella tablilla, en el montón que aún quedaba por clasificar encontraría otras con la firma de Shamas.

Comenzó a buscar, ansioso, fijándose en la parte superior de las tablillas allí donde los escribas ponían su nombre. Primero encontró un trozo de tablilla, luego otros, y así, logró juntar, entre pedazos y tablillas enteras, ocho, ocho trozos de barro con el nombre de Shamas.

---

* Biblia de Jerusalén, Génesis, I, 1-5.
** *Íbid.*, I, 6.

El sacerdote rezaba, reía, lloraba, tal era el cúmulo de emociones que le embargaban según iba encontrando las tablillas de barro en aquella pila descubierta hacía unas horas.

Sabía que debía avisar a Clara, pero sentía la necesidad de degustar en soledad aquel momento, para él cargado de espiritualidad. Aquello era un milagro, se decía, y daba gracias a Dios por haberle elegido para ser él quien diera con aquel barro cocido en que estaba impreso el rastro divino.

Intentaba descifrar aquellos signos cuidadosamente grabados por el cálamo de Shamas, y pensaba en quién sería aquel escriba, por qué conocía al patriarca Abraham y cómo éste había llegado a contarle la historia de la Creación.

Se preguntaba, también, por el extraño recorrido de aquel hombre cuyas primeras tablillas las escribió en Jaran, puesto que fue allí donde el abuelo de Clara encontró las dos tablillas que describían que el patriarca Abraham iba a relatarle el Génesis. Y, sin embargo, el mismo Shamas había dejado su huella también en Safran, en aquel templo cerca de Ur, donde habían encontrado restos de tablillas con disposiciones legales, comunicados oficiales, listas de plantas, poemas…

En algunas aparecía el nombre de Shamas, en otras los nombres de otros escribas.

La estancia donde habían aparecido los últimos restos de tablillas no era extraordinaria. Más bien pequeña, sin ninguna decoración, sólo las muescas en las paredes donde antaño habría habido las baldas en que los escribas colocaban las tablillas. Aunque Clara había dicho que aquélla parecía la habitación de un hombre, por las escasas dimensiones, y porque los restos de tablillas encontrados no eran los habituales; allí sólo habían encontrado fragmentos de poemas, lo que indicaba que aquélla no era una dependencia oficial del templo, acaso el lugar de trabajo del *un-mi-a*, el maestro.

Gian Maria pensó en el giro que había dado su vida en los

últimos meses. Había dejado atrás la seguridad de los muros vaticanos, la rutina confortable compartida con otros sacerdotes, la tranquilidad de espíritu.

Ya no recordaba cuándo fue la última vez que durmió de un tirón, porque desde antes de dejar Roma en busca de Clara, todas sus noches habían estado pobladas de miedos. Miedo a no ser capaz de detener la mano dispuesta a perpetrar un crimen.

De nuevo los ojos se le llenaron de lágrimas mientras leía las palabras que le transportaban al instante en que Dios creó al hombre:

«Y dijo Dios: "Hagamos al ser humano a nuestra imagen, como semejanza nuestra, y manden en los peces del mar, en las aves de los cielos, y en las bestias y en todas las alimañas terrestres, y en todas las sierpes que serpean por la tierra".

»Creó, pues, Dios al ser humano a imagen suya, a imagen de Dios le creó, macho y hembra los creó.

»Y bendíjolos Dios, y díjoles Dios: "Sed fecundos y multiplicaos y henchid la tierra y sometedla; mandad en los peces del mar y en las aves de los cielos y en todo animal que serpea sobre la tierra".

»Dijo Dios: "Ved que os he dado toda hierba de semilla que existe sobre la haz de toda la tierra, así como todo árbol que lleva fruto de semilla; para vosotros será de alimento".»*

La luz se filtraba por la ventana cuando Gian Maria se dio cuenta de que Ante Plaskic le observaba. No había percibido la llegada del croata, tan ensimismado estaba en la lectura de las tablillas.

—¡Ante, no imaginas lo que he encontrado!

—Dímelo —respondió con sequedad el croata.

* Biblia de Jerusalén, Génesis, I, 26.

—Tenía razón el abuelo de Clara, él siempre creyó que el patriarca Abraham nos legó la historia de la Creación, y aquí está, las tablillas existen, míralas...

El croata se acercó a Gian Maria y cogió una de las tablillas. Le parecía increíble que los hombres pudieran matar por aquel pedazo de barro, pero así era, y él tendría que hacerlo si alguien intentaba impedir que se hiciera con ellas.

—¿Cuántas son? —preguntó Ante.

—Ocho, he encontrado ocho. Doy gracias a Dios porque haya querido brindarme este favor —respondió alegre el sacerdote.

—Debemos envolverlas bien para que no sufran ningún daño, si quieres te ayudo —se ofreció el croata.

—No, no, antes debemos avisar a Clara. Sé que nada la puede compensar por la pérdida de su abuelo, pero al menos habrá cumplido su sueño. ¡Esto es un milagro!

En ese momento Ayed Sahadi entró en el almacén y miró de arriba abajo a los dos hombres.

—¿Qué pasa? —les preguntó con un tono de desconfianza.

—¡Ayed, tenemos las tablillas! —exclamó Gian Maria, contento como un niño.

—¿Las tablillas? ¿Qué tablillas? —preguntó Ayed.

—¡La *Biblia de Barro*! El señor Tannenberg tenía razón. Clara tenía razón. El patriarca Abraham explicó a un escriba su idea sobre el origen del mundo. Es un descubrimiento revolucionario, un gran descubrimiento en la historia de la humanidad —le aclaró cada vez más emocionado Gian Maria.

El capataz se acercó a la mesa donde estaban alineadas las ocho tablillas, tres de ellas reconstruidas porque estaban rotas en pedazos. Pedazos colocados por Gian Maria hasta hacerlas legibles. Allí no se podían restaurar, eso deberían hacerlo expertos, y Gian Maria soñaba con que Clara le permitiera llevar las tablillas a Roma, que las examinaran los científicos del

Vaticano, incluso que las reconstruyeran con las avanzadísimas técnicas con que contaban.

Aquélla había sido la noche más importante de su vida, pensó Gian Maria, que continuaba orando sin por eso dejar de hablar con Ayed Sahadi y con Ante Plaskic.

El capataz pidió a Gian Maria que se acercara hasta la casa de Clara. No quería dejar al croata a solas con las tablillas. El sacerdote aceptó sin rechistar y salió con paso presuroso hacia la casa de Clara. La encontró ya vestida y tomando una taza de té junto a Fátima.

—Veo que has madrugado —le dijo a modo de saludo.

—Clara, la *Biblia de Barro* existe —alcanzó a decir emocionado.

—¡Por supuesto que existe! Estoy segura de ello, al fin y al cabo tengo dos tablillas que lo demuestran.

—La tenemos, tenemos la *Biblia de Barro*, la hemos encontrado.

Clara le miró asombrada, sin acabar de entenderle. Gian Maria siempre decía cosas que la desconcertaban.

—Estaban allí, en esa estancia que descubristeis ayer; son ocho, ocho tablillas de veinte centímetros de largo. Son… ¡son la *Biblia de Barro*!

Clara Tannenberg se había puesto en pie, presa de una agitación incontrolada.

—Pero ¿qué dices? ¿Dónde están? ¡Dime qué hemos encontrado!

Gian Maria la cogió de la mano y tiró de ella. Salieron de la casa y fueron corriendo hasta el almacén, mientras el sacerdote le iba contando lo sucedido durante esa noche.

Ayed Sahadi y Ante Plaskic denotaban la tensión del momento. Los dos hombres se miraban midiéndose, pero Clara no les prestó atención. Se dirigió hacia la mesa donde estaban colocadas las ocho tablillas.

Cogió una de ellas buscando el nombre del escriba y sintió una oleada de emoción al ver en la parte superior los signos cuneiformes con el nombre de Shamas. Luego empezó a leer en silencio aquellos signos grabados como cuñas en el barro más de tres mil años atrás.

No pudo evitar las lágrimas y Gian Maria se contagió de la emoción de Clara. Lloraban y reían al tiempo, mientras revisaban una y otra vez las tablillas, tocándolas para sentirse seguros de que efectivamente estaban allí y no eran fruto de ningún sueño.

Después las envolvieron cuidadosamente y Clara insistió en tenerlas cerca.

—Las colocaré en la misma caja que las otras, no quiero separarme ni un segundo de ellas.

—Deberíamos ponerlas bajo vigilancia —sugirió Ayed Sahadi.

—Ayed, me tienes las veinticuatro horas bajo vigilancia, de manera que si las tablillas están conmigo estarán seguras.

Ayed Sahadi se encogió de hombros; no tenía ganas de pelear con aquella mujer testaruda a la que deseaba perder de vista cuanto antes. Si no fuera porque el Coronel le había exigido que la protegiera aun con su vida, se habría marchado dejándola a su suerte.

—¿Cuándo nos iremos de aquí? —preguntó Ante Plaskic.

—Acabas de llegar y ya te quieres ir —le respondió Clara.

—Bueno, pensé que aún podía serle útil, por eso regresé —se excusó el croata.

—Quiero que los obreros intenten despejar un poco más la zona en que hemos encontrado las tablillas; quizá nos iremos pasado mañana.

—No, nos iremos esta tarde. Acabo de telefonear al Coronel y nos envía un helicóptero para que regresemos a Bagdad esta misma tarde.

—¡Pero no podemos irnos ahora! ¡Debemos buscar más! —gritó Clara con desesperación.

—¡Usted sabe que no puede quedarse más tiempo, que debe irse! ¡No tiente a la suerte y no ponga en peligro la vida de los demás! —le gritó a su vez Ayed Sahadi ante el asombro de Clara.

—¡No me grite! —protestó Clara.

—No le he gritado, y si lo he hecho… Bien, yo tengo mis órdenes y las cumpliré. Prepárense, nos iremos esta tarde.

38

El hombre dormitaba con los ojos cerrados en la quietud de su despacho. Acababa de terminar una larga reunión y había decidido descansar unos minutos, de manera que había dicho a su secretario que no le pasara llamadas ni le molestaran hasta que él no le avisara.

El pitido del intercomunicador le sacó de su ensimismamiento. Abrió los ojos irritado. Despediría a todo el personal de su secretaría por haber osado molestarle. No soportaba que no se cumplieran a rajatabla sus órdenes. De nuevo se oyó el pitido, y la voz temerosa de su secretario quebró el silencio.

—Señor Wagner, es urgente…

Se levantó del sofá y se sentó detrás de su mesa. Apretó el botón que le comunicaba con su secretaría.

Rugió más que preguntó que por qué le molestaban.

—Es el señor Brown, señor, el presidente de la fundación Mundo Antiguo; dice que es muy urgente, que tiene que decirle algo que no puede esperar.

George Wagner descolgó el teléfono dispuesto a mandar al infierno al hombre al que había manejado como una marioneta durante los últimos cuarenta años.

—Habla —le dijo a Robert Brown.

—¡No sabes lo que ha pasado! ¡La han encontrado! ¡Existe! —gritó Brown.

—Pero ¿qué dices? ¡Habla y no balbucees sandeces!

Robert Brown tragó saliva intentando tranquilizarse; mientras Ralph Barry, a su lado, se bebió un vaso de whisky de un solo trago.

—La *Biblia de Barro*… existe… la han encontrado. Ocho tablillas con el Génesis, firmadas por Shamas… —acertó a decir Robert Brown.

George Wagner apretó los brazos del sillón; procurando no dejar traslucir ninguna emoción.

—¿De qué hablas? —insistió.

—Acabo de recibir una comunicación anunciando que ayer en Safran, en Irak, dejaron al descubierto otra estancia del templo. Al parecer se trataba de una habitación pequeña, como si fuera la de un escriba. Encontraron unas cuantas docenas de tablillas y no se percataron hasta hace unas horas de que entre ellas estaba la *Biblia de Barro*. Son ocho tablillas, tres de ellas en muy mal estado, habrá que reconstruirlas, pero no hay duda de que son parte de la *Biblia de Barro* —concluyó Robert Brown.

George Wagner se sintió conmocionado. Unos días antes Alfred Tannenberg había muerto asesinado, y ahora aparecía la *Biblia de Barro*… El destino se había querido burlar de su amigo negándole lo que más ansiaba en el mundo, en realidad lo que había sido la razón de su existencia.

—¿Dónde están las tablillas? —preguntó.

—En Safran; bueno, puede que a esta hora ya estén en Bagdad. Iban a trasladar a Clara a Bagdad. Nuestro hombre está con ella, y en cuanto pueda se hará con las tablillas, aunque la situación es muy delicada.

—Quiero que se haga ya con las tablillas, en cuanto las tenga le sacaremos de allí. Llama a Paul Dukais, dile que es una prioridad, que debe anteponer el conseguir las tablillas a cualquier otra cosa, incluido el resto de la operación.

—Pero… aún no he logrado hablar con nuestro hombre, han sido nuestros amigos los que me han enviado el mensaje —comentó Robert Brown.

—¿No se habrán equivocado? —preguntó desconfiado George Wagner.

—No, no hay ninguna equivocación, te lo aseguro. La *Biblia de Barro* existe.

—¿Qué sabemos de Ahmed Huseini?

—Tiene las mismas instrucciones que nuestro hombre, hacerse con las tablillas. No te preocupes, las conseguiremos —respondió Brown.

—Sí, sí me preocupo, aunque naturalmente que las conseguiremos o mandaré que os corten la cabeza.

Robert Brown se quedó unos segundos en silencio. Sabía que George Wagner no amenazaba en vano.

—Ahora mismo llamaré a Paul Dukais… —aseguró.

—Hazlo.

—¿Y si ella…? Bueno, ¿y si Clara se resiste…?

—Clara es una mota de arena en nuestras vidas —fue la respuesta del Mentor.

El Coronel acababa de llegar a la Casa Amarilla y sentía la presencia de Alfred Tannenberg en aquel despacho que fuera de su amigo y en el que ahora se encontraba hablando con Clara.

Ahmed Huseini asistía nervioso a la entrevista, temiendo la reacción de su mujer.

—Mi querida niña, lo mejor es que me entregues las tablillas; yo las sacaré de Irak y haré que las depositen en un lugar seguro.

—Pero si me acabas de decir que mañana mismo debo estar fuera de Irak… ¿Por qué no las puedo llevar conmigo?

El militar estaba demasiado preocupado por la situación como, para en esa ocasión, hacer alarde de sus dotes diplomáticas.

—Clara, tu abuelo tenía unos socios, y ya sabes lo que va a pasar en cuanto empiece la guerra… De manera que no seas tozuda y facilítanos nuestro trabajo.

—Estas tablillas no tienen nada que ver con los negocios de mi abuelo. Son mías, de nadie más.

—Los socios de tu abuelo no piensan lo mismo. Entrégalas y recibirás tu parte cuando llegue el momento.

—No, no están en venta, no lo estarán jamás —respondió Clara con un tono de voz lleno de desafío.

—¡Por favor, no hagas las cosas difíciles! —le suplicó Ahmed.

—No, no las hago difíciles, simplemente me niego a que me robéis. Mi abuelo me explicó detalladamente en qué consistían sus negocios, y me aseguró que estas tablillas, la *Biblia de Barro*, eran mías, de manera que no son parte del negocio.

El Coronel se puso en pie y se acercó a Clara. Ésta leyó en los ojos del hombre que estaba dispuesto a hacer cualquier cosa por hacerse con las tablillas. El miedo le recorrió la espina dorsal. Miró a Ahmed, pero en los ojos de su marido sólo había angustia y resignación. ¿Dónde estaba el hombre del que se había enamorado? Supo que tenía que ganar tiempo, o de lo contrario podía perderlo todo, incluso la vida.

—Si se las doy, ¿me promete que no harán nada hasta que yo pueda hablar con los socios de mi abuelo? —preguntó cambiando el registro de voz.

—Desde luego, desde luego… Los socios de tu abuelo son caballeros razonables. No quieren perjudicarte. Es una buena idea que discutas esto con ellos. Pero ahora no me hagas perder más tiempo. Sabes que sólo faltan dos días para que nos ataquen, y debemos salir de aquí, tanto tú como nosotros. A mí me es más difícil escapar, aunque lo haré. De manera que no me retrases.

—Bueno, le daré las tablillas mañana…

—No, mañana no, ahora; las quiero ahora, Clara.

Clara comprendió que no podía hacer otra cosa que entregárselas, puesto que el Coronel no se iría sin ellas.

—De acuerdo —respondió con tono cansino—, espéreme aquí.

Salió del despacho y subió de dos en dos las escaleras hacia su habitación. Fátima aún estaba deshaciendo el equipaje.

—¡Ve a tu cuarto y súbeme ropa tuya, nos vamos! —le ordenó a su vieja criada.

—Pero ¿adónde? ¿Qué pasa? —preguntó la mujer alarmada.

—Quieren quitarme la *Biblia de Barro*. Debemos huir ahora mismo. No puedo pedirte que me acompañes, porque si me cogen nos matarán… pero al menos date prisa y tráeme tu ropa.

—¿Y Gian Maria y el otro hombre, Ante Plaskic? Les he llevado a las habitaciones de invitados… Ellos te pueden ayudar…, les avisaré…

—¡No! ¡Haz lo que te he dicho! ¡Rápido!

Clara sacó una bolsa y la llenó de ropa cogida al azar; también metió el saquito en el que guardaba las tablillas. Temía que terminaran hechas pedazos, pero correría el riesgo; todo menos entregárselas al Coronel. Si lo hacía, no las volvería a ver jamás.

Fátima llegó presurosa con las prendas que Clara le había pedido. En un minuto Clara se colocó encima de la ropa que llevaba una túnica negra, además de cubrirse la cabeza con un velo negro que casi le arrastraba hasta los pies.

—¿Vienes? —le preguntó a Fátima.

—Sí, no te dejaré —respondió la atemorizada mujer.

Ayed Sahadi estaba en el descansillo de las escaleras, a la espera de ver aparecer a las dos mujeres. El Coronel le había ordenado que vigilara la escalera y él se había apostado en el descansillo, desde donde podía ver la puerta del cuarto de Clara.

Fátima reprimió un grito de miedo al ver al hombre del Coronel recostado en la pared y fumando uno de sus inconfundibles cigarros egipcios.

Clara clavó los ojos en los de Ayed Sahadi midiéndole, sopesando su posible reacción.

—¿Qué hace aquí? —le preguntó con un destello de ira.

—El Coronel me ha enviado —respondió él encogiéndose de hombros.

—El Coronel desconfía de mí —afirmó Clara.

—¿Cree que tiene motivos? —le preguntó con tono de burla el hombre que durante los últimos meses había sido su sombra.

—Quiere la *Biblia de Barro* —respondió Clara.

—La quieren los socios de su abuelo, es parte del negocio —respondió Ayed Sahadi.

—No, no lo es. Tú sabes mejor que nadie lo que hemos trabajado por conseguirlas; estas tablillas no son sólo un tesoro arqueológico, son el sueño de mi abuelo.

—No se meta en problemas: si no las entrega se las quitarán, de manera que actúe con inteligencia.

—¿Cuánto quieres por ayudarme?

La propuesta de Clara le sorprendió. No esperaba que ella intentara sobornarle, puesto que sabía que traicionar al Coronel era tanto como firmar su sentencia de muerte.

—Mi vida no tiene precio —respondió muy serio.

—Hasta tu vida tiene un precio. Dime cuánto quieres por ayudarme a salir de aquí.

—¿De esta casa?

—De Irak.

—Usted dispone de un pasaporte egipcio, puede irse cuando quiera; además, tiene el permiso del Coronel.

—De nada me sirve ese permiso si no le entrego las tablillas. ¿Doscientos cincuenta mil dólares son suficientes?

La codicia se reflejó en la sonrisa nerviosa de Ayed Sahadi. El hombre sentía correr por su sangre la tentación del dinero, aun sabiendo que aceptar era un acto de traición.

—De cualquier manera yo voy a ganar dinero, hace mucho tiempo que trabajo para el Coronel, y me sé las reglas del negocio.

—Entonces conoce las leyes de la oferta y la demanda. Yo necesito salir de Irak y usted puede ayudarme a salir. ¿Cuánto quiere? Fije la cantidad, se la pagaré.

—¿Puede pagarme medio millón de dólares?

—Puedo pagarle medio millón de dólares en Egipto o en Suiza, en cualquier lugar fuera de Irak, aquí no tengo ese dinero.

—¿Y cómo sé que me pagará?

—Porque si no lo hago usted me podría matar, o entregarme al Coronel, lo que vendría a ser lo mismo.

—También puedo entregarla ahora.

—Pues hágalo o acepte mi oferta, pero ya no hay tiempo que perder.

No le dio tiempo a responder. El ruido de la puerta al abrirse le distrajo tanto como a Clara. Gian Maria acababa de salir de la habitación de invitados y les observaba expectante.

—Pero ¿qué pasa? —preguntó sin entender por qué Clara vestía el ropaje de las shiíes lo mismo que Fátima.

—Es muy fácil de entender: el Coronel quiere la *Biblia de Barro* y yo no se la quiero dar, así que le estoy proponiendo a Ayed Sahadi que me ayude a escapar.

Gian Maria les miró asombrado, sin terminar de entender el alcance de las palabras de Clara.

Se quedaron en silencio durante unos segundos cruzando las miradas, hasta que Ayed Sahadi esbozó una mueca y con una seña les indicó que se metieran en el cuarto de Gian Maria. Una vez allí paseó nervioso por la habitación mientras meditaba la manera de conseguir el medio millón de dólares que le ofrecía Clara sin jugarse la vida. Llegó a la conclusión de que aquélla era una apuesta de casino: o todo o nada; si ayudaba a Clara podía perder la vida o ganar más dinero del que había soñado nunca.

—Si nos encuentra nos matará —murmuró Ayed Sahadi.

—Sí, lo hará —respondió Clara.

—Usted conoce esta casa mejor que yo, y sabe que hay soldados vigilándola.

—Puedo salir como si fuera Fátima, nadie se fijará en mí.

—Hágalo: vaya a la cocina, coja un cesto y salga por la puerta de atrás como si fuera a comprar. Fátima debe quedarse en su habitación y usted, Gian Maria, en la suya.

—Pero ¿adónde irá Clara? —preguntó Gian Maria aterrado.

—Creo que el único lugar donde puede estar segura, al menos durante unas horas, es en el hotel Palestina —respondió Ayed Sahadi.

—¡Está loco! El hotel está lleno de periodistas y muchos conocen a Clara —dijo Gian Maria, cada vez más asustado.

—Por eso debe buscar a alguien en quien crea que puede confiar, quizá aquella periodista, la que hizo tan buenas migas con el profesor Picot. Pídale que la oculte hasta que yo pueda ir a buscarla. Pero no salga de su habitación.

—¿Cree que puedo confiar en ella? —le preguntó Clara.

—Creo que a ella le gusta el profesor Picot y a él no le gustaría saber que a usted le ha pasado algo porque no la han ayudado; eso se interpondría entre los dos. De manera que aunque usted no le caiga demasiado simpática a la periodista, la ayudará.

—¡Vaya, es usted psicólogo! —respondió con acidez Clara.

—No perdamos el tiempo, váyase. Ocúltese la cara. Fátima le ayudará a colocarse el velo como lo llevan las mujeres shiíes. Y deje esa bolsa tan grande que lleva en la mano. Tendrá que ocultar las tablillas en otra parte. Busque algo más pequeño…

—Es que no caben… —protestó Clara.

—Tenemos un carro de la compra —recordó Fátima—; a lo mejor caben ahí.

—¡Buena idea! —exclamó Clara.

—Yo te acompañaré —afirmó Gian Maria.

—¡Ni se le ocurra! ¿Quiere que nos maten a todos? Márchese, Clara. Ustedes, hagan lo que les he dicho. Dentro de un rato esto será un infierno. El Coronel querrá interrogarles, y la peor parte se la va a llevar usted, Fátima…

—¡Ella viene conmigo! —afirmó Clara.

—No, no puede ir. Sólo tenemos una oportunidad, no la desaproveche. Ahora todo depende de Fátima. El Coronel ordenará que la torturen, seguro de que ella sabrá dónde ha podido usted escapar. Si ella habla estaremos todos muertos…, salvo que…

—¿Salvo qué? —preguntó Gian Maria.

—Que les hagamos creer que, o bien Clara se ha ido sin decirle nada, o que alguien la ha raptado a ella y se ha llevado también las tablillas… —dijo Ayed Sahadi pensando en voz alta.

—Pero los soldados dirán que han visto salir a una mujer, a la que creerán que es Fátima, de manera que lo del secuestro no se sostiene —comentó Clara desanimada.

—Bien, entonces juguémonos el todo por el todo. Intenten salir las dos, si los soldados no las detienen… diríjanse al hotel Palestina, allí las encontraré. Y usted, Gian Maria, enciérrese en su cuarto, hágase el dormido. ¿Dónde está el croata? —quiso saber Ayed Sahadi.

—En un cuarto que hay en la planta baja, cerca de la puerta que da al garaje —le informó Fátima.

—Mejor así. Esperemos que no se dé cuenta de nada.

Las dos mujeres se deslizaron sigilosamente hacia la cocina. Procuraban no hacer ruido y apenas se atrevían a respirar. Gian Maria, lleno de angustia, se refugió en su habitación, se puso de rodillas y comenzó a rezar pidiéndole a Dios que les ayudara. Sólo Dios podía salvarles, bien lo sabía él.

Clara vació el contenido de la bolsa en el carro de la compra, colocando lo mejor que pudo las tablillas para evitar que sufrieran ningún daño. Después abrazó a Fátima y al hacerlo sintió que la quería como a la madre que apenas había tenido tiempo de conocer.

Abrieron la puerta de la cocina que daba al jardín trasero y salieron con paso decidido y tranquilo hacia la cancela que daba a la puerta exterior. Nadie pareció reparar en ellas. Cuando salieron a la calle, Clara murmuró a Fátima que no apresurara el paso y que continuara tranquila, sin más prisa que la habitual. Caminaron en silencio, dejando atrás la Casa Amarilla.

Ayed Sahadi estaba encendiendo otro cigarrillo cuando Ahmed Huseini apareció al pie de la escalera preguntándole nervioso por Clara.

—No me he movido de aquí, de manera que estará en su cuarto —respondió Sahadi aspirando el humo del tabaco.

Ahmed Huseini subió la escalera con paso rápido, se acercó a la puerta del cuarto que también había sido suyo y llamó con los nudillos haciéndose anunciar. No hubo respuesta.

—¡Clara, ábreme!

Se volvió hacia donde estaba apoyado Ayed Sahadi y de nuevo le preguntó por Clara.

—Ya le he dicho que no me he movido de aquí desde que el Coronel me envió. Desde luego no la he visto salir, de manera que tiene que estar ahí.

Ahmed Huseini abrió la puerta y entró en la habitación. Fátima había puesto flores en un jarrón colocado sobre la cómoda; el olor de las flores junto con el del perfume de Clara impregnaban la estancia, provocándole una oleada de nostalgia.

—Clara... —susurró esperando que apareciera su mujer de entre las sombras que empezaban a apagar la tarde, aunque era evidente que no estaba allí.

Salió del cuarto y con gesto contrito volvió a preguntar a Ayed Sahadi.

—Pero ¿dónde está mi mujer?

—¿No está en la habitación? —Ayed Sahadi procuró imprimir un tono de alarma a su voz.

—No, no está, ha tenido que verla salir...

—No, no, no ha salido, se lo aseguro, aquí no se ha movido ni el aire desde que el Coronel me envió a vigilar. Tiene que estar ahí...

—¡No! ¡No está! —gritó Ahmed.

Ayed Sahadi se dirigió a la habitación y abrió la puerta. Entró como si realmente creyera que iba a encontrar a Clara.

—¡Tenemos que avisar al Coronel! —dijo Ahmed Huseini.

—Espere..., puede estar en algún otro lugar de la casa —respondió Ayed Sahadi.

Cada uno buscó por una parte de la casa, sin dar con ella ni con Fátima. Dos de las criadas dijeron que creían haber visto salir a Fátima con alguien, pensaron que con alguna de sus primas, puesto que iba vestida con la misma vestimenta que llevan las shiíes.

Cuando entraron en la sala de estar el Coronel hablaba por el teléfono móvil y por el tono no era difícil saber que discutía con alguien.

Al ver a los dos hombres solos, al Coronel no le costó imaginar que Clara había desaparecido.

—¿Dónde está? —les preguntó con un tono de voz frío como el hielo.

—No está en su cuarto —respondió Ahmed.

El Coronel preguntó directamente a Ayed Sahadi, y esta vez en su tono afloraba la desconfianza.

—¿Dónde está?

—No lo sé. Me situé en el descansillo de la escalera, y allí he estado hasta que ha venido Ahmed. Por tanto, se ha tenido que ir antes de que usted me enviara. Yo no me he movido de allí.

—La hemos buscado por toda la casa —dijo Ahmed, temiendo la reacción del Coronel.

—¡Hemos sido unos estúpidos! —gritó el Coronel—. ¡Es igual de astuta que su abuelo y nos ha burlado!

Salió de la sala gritando órdenes a los soldados que custodiaban la casa. Un minuto después las dos criadas eran interrogadas. Uno de los hombres del Coronel sacó de su cuarto a Gian Maria y casi a empujones le llevó hasta la sala, donde ya estaba Ante Plaskic respondiendo a las preguntas del Coronel.

—¡Usted la ha ayudado a huir! —bramó el militar.

—Le aseguro que no lo he hecho —aseguró sin demostrar miedo el croata.

—¡Sí, sí lo ha hecho y confesará! Y usted lo mismo —gritó el Coronel dirigiéndose a Gian Maria.

—¿Qué ha pasado? —preguntó Gian Maria pidiendo a Dios que le perdonara por mentir.

—¿Dónde está Clara Tannenberg? ¡Usted lo sabe! ¡Ella no daba un paso sin usted! ¡Dígame dónde está!

—Pero… pero… yo… yo no sé… Clara… Clara… —Gian Maria se sentía sobrecogido por la situación.

Uno de los soldados se acercó al Coronel y le susurró algo en voz baja. Las dos criadas no sabían nada. Habían visto salir a Fátima con otra mujer. Creyeron que se trataba de una de sus parientes. Llevaban el carro de la compra y no sospecharon nada.

—De manera que se ha vestido como las mujeres shiíes… Hay que buscar en las casas de los parientes de Fátima —ordenó el Coronel.

Gian Maria recibió unos cuantos golpes de uno de los hombres del militar. El sacerdote pensó que no soportaría el interrogatorio y una vez más se encomendó a Dios, pidiéndole que le diera fuerzas para no traicionar a Clara. No lo hizo, aunque perdió dos dientes y el oído le sangraba cuando el soldado terminó con él.

Ante Plaskic tampoco estaba en mejor estado después de pasar por las manos de su interrogador. La suerte, pensó el croata, estaba con él, porque lo normal hubiese sido que el hombre le hubiera destrozado, y se había conformado sólo con golpearle.

—No saben nada —afirmó Ayed Sahadi.

—¿Y tú cómo lo sabes? —le preguntó el Coronel.

—Porque si ha huido como parece, no se lo habrá dicho a nadie. Ella nos conoce, sabe que tenemos métodos para hacer hablar a cualquier hombre, por tanto no podía correr el riesgo de confiarse a nadie.

El Coronel pensó en las palabras de Ayed Sahadi y las hizo suyas. Su hombre de confianza tenía razón. Clara sabía que él interrogaría a todos los de la casa y que de ser preciso les mandaría matar, de manera que no podía permitirse el lujo de confiar sus planes a nadie.

—Tienes razón, Ayed, tienes razón… Bien, dejad a esos dos. Quiero que los hombres vigilen la casa —ordenó—; nos vamos al cuartel general, a comenzar la caza. La pequeña Tannenberg pagará caro el haberme desafiado.

—Coronel, faltan sólo dos días, ¿no deberíamos olvidarnos por ahora de Clara? —dijo Ahmed Huseini, haciendo un esfuerzo por parecer tranquilo ante el militar.

—¿Quieres salvarla? Pues quítatelo de la cabeza. ¡No voy a dejar que nadie se burle de mí!

—Dentro de dos días los norteamericanos y los ingleses comenzarán a bombardear Irak; se supone que tenemos un trabajo que hacer. Mike Fernández me ha llamado esta mañana. Está preocupado, y mucho; teme que la desaparición de Tannenberg dificulte la operación —añadió Ahmed Huseini.

—Ese boina verde siempre está preocupado. Nosotros haremos nuestro trabajo, que él haga el suyo —respondió el Coronel.

—Señor, insisto en que Clara no debería ser una prioridad. Lo importante es la operación. Lo que tenemos que hacer es difícil, nuestros hombres tienen que empezar a actuar en el momento en que empiecen a bombardearnos; no deberíamos distraernos con Clara. No puede ir muy lejos…

—Escucha, Ahmed, yo puedo ocuparme de Clara y de la operación, eres tú quien parece no ser capaz de controlar a una mujer. Nuestros amigos de Washington quieren la *Biblia de Barro*, es la parte más importante del negocio, de manera que la tendrán. Quiero verte en media hora en mi despacho; llama a mi sobrino para que venga también.

Cuando el Coronel se marchó, Ahmed Huseini intentó ayudar a Gian Maria a sentarse en un sillón. Luego pidió a una de las criadas que fuera al botiquín y buscara con qué curar las heridas del sacerdote.

Ante Plaskic estaba aún en el suelo, sin moverse, de manera que Huseini también intentó ayudarle a ponerse en pie, pero el croata se encontraba en peor estado que Gian Maria y apenas podía moverse, así que le dejó en el suelo.

Los dos soldados que se habían quedado en la habitación miraban impávidos sin hacer nada por ayudarle. Eran los mismos que acababan de interrogar al sacerdote y al croata y tanto les daba que éstos vivieran o murieran, ellos sólo hacían su trabajo, que era obedecer al Coronel.

Ayed Sahadi se hizo cargo de la situación y ordenó a los dos hombres que volvieran a registrar la casa y se aseguraran de que todas las puertas al exterior estaban vigiladas, tal y como había ordenado el Coronel.

—Gian Maria, ¿dónde está Clara? —preguntó Ahmed.

—No lo sé… —respondió el sacerdote en un murmullo.

—Ella confía en usted —insistió Ahmed.

—Sí, pero no sé dónde está, no la he visto desde que llegamos a la casa. Yo… yo también quisiera encontrarla. Estoy preocupado por lo que le pueda pasar. El Coronel… es un hombre terrible.

Ahmed Huseini se encogió de hombros en un gesto de cansancio. Tenía una sensación de náusea que le oprimía la boca del estomago.

—No quiero que le suceda nada a Clara; si usted sabe dónde está dígamelo para intentar ayudarla. Es mi esposa…

—No sé dónde está, temo por ella —respondió el sacerdote, buscando la mirada de Ayed Sahadi que acababa de levantar a Ante Plaskic, tumbándole en el sofá.

—Tengo que irme, el Coronel me espera en su despacho, y a usted también, Ayed; de manera que no podemos quedarnos aquí más tiempo. Las criadas les ayudarán. Márchense, márchense cuanto antes; si pueden, salgan hoy mismo de Irak. Llamaré a mi oficina para que vengan a entregarles un pase que les permita sortear los controles, si es que deciden salir de aquí por carretera. Pero si yo fuera ustedes, procuraría ponerme en camino cuanto antes.

Gian Maria asintió a las palabras de Ahmed Huseini. Apenas podía moverse, pero sabía que debía hacerlo.

—Iré al hotel Palestina —alcanzó a decir.

—¿Al Palestina? ¿Por qué? —quiso saber Ahmed.

—Porque allí están la mayoría de los extranjeros y quiero saber cómo salir de aquí: si puedo ir con alguien, si me pueden ayudar…

—Puedo intentar facilitarles un coche hasta la frontera con Jordania, aunque no estoy seguro de poder lograrlo dadas las circunstancias —afirmó Ahmed.

—Si no hay más remedio le pediré ayuda, pero si fuera posible me gustaría no tener que recurrir a usted. No creo que debamos tentar al Coronel —respondió Gian Maria.

—Vayan al Palestina, allí estarán mejor que aquí, y sigan el consejo del señor Huseini: salgan de Irak cuanto antes —sentenció Ayed Sahadi, intercambiando una mirada intencionada con Gian Maria que no se le escapó a Ante Plaskic.

Antes de irse, Sahadi se acercó al sacerdote y le advirtió en voz baja:

—No le diga a ese hombre dónde está Clara. No me fío de él, no es lo que parece.

Gian Maria ni siquiera respondió. Luego, cuando Ahmed Huseini y Ayed Sahadi se marcharon, se hizo el silencio en la casa; sólo del jardín llegaba el eco de algunas palabras intercambiadas por los soldados.

Tardaron más de media hora en poder moverse, mientras las dos criadas intentaban ayudarles; aunque, nerviosas por la situación, no sabían bien qué debían hacer.

Ante Plaskic les pidió que trajeran algún analgésico mientras terminaba de quitarse los restos de sangre de la cara. Aún tardaron un buen rato antes de ser capaces de levantarse y hasta de articular palabra.

Clara y Fátima entraron en el hotel Palestina con paso rápido antes de que nadie les preguntara dónde iban. Afortunadamente había cierta confusión en la entrada, donde un grupo de periodistas descargaban los equipos de televisión de un jeep, mientras otros acudían presurosos a echarles una mano.

En recepción les dijeron que Miranda estaba en su habitación, la 501, y que la avisarían de inmediato. Clara esperó a que el recepcionista tuviera a Miranda al otro lado del teléfono y pidió hablar con ella directamente, a pesar de que el hombre le insistía en que le dijera su nombre para transmitírselo a su cliente.

—Hola, Miranda, soy amiga del profesor Picot, nos conocimos en Safran, ¿puedo subir a verla?

Miranda reconoció la voz de Clara. Se extrañó de que la mujer no le dijera abiertamente quién era y que utilizara el artificio de nombrar a Picot, pero la invitó a subir.

Dos minutos más tarde, cuando abrió la puerta de su habitación se encontró con dos mujeres shiíes cubiertas de negro de la cabeza a los pies. Las invitó a entrar y cuando cerró la puerta aguardó expectante.

—Gracias, nos está salvando la vida —le dijo Clara al tiempo que se apartaba el velo de la cara e indicaba a Fátima con un gesto que se sentara en la única silla que parecía haber en la habitación.

—Sabía que era usted, le he reconocido la voz, pero ¿qué sucede?

—Tengo que salir de Irak, he encontrado la *Biblia de Barro* y me la quieren quitar.

—¡La *Biblia de Barro*! Entonces, ¿existe? ¡Dios mío, Yves no se lo va a creer!

A Clara no le pasó inadvertido que Miranda se refería a Picot por su nombre de pila. Ayed Sahadi había sido capaz de ver que entre la periodista y Picot había algo más que una corriente de simpatía, de manera que ésta la ayudaría para hacerle un favor a Picot.

—¿Me ayudará?

—Pero ¿en qué?

—Ya se lo he dicho, tengo que salir de aquí.

—Primero, cuénteme qué ha sucedido y quién le quiere quitar la *Biblia de Barro*. ¿La tiene aquí? ¿Me la enseñará?

Clara metió la mano en el carro de la compra y sacó cuidadosamente un paquete envuelto en varias telas. Lo colocó encima de la cama de Miranda y empezó a desenvolver su contenido hasta dejar al descubierto ocho tablillas de barro. En otro paquete más pequeño llevaba las dos tablillas que su abuelo encontró en Jaran.

Miranda se quedó extasiada ante aquellos trozos de barro grabados con signos ininteligibles para ella. Aquellas tablillas eran como aquellas ante las que se había extasiado tantas veces en el Louvre, donde su padre la llevaba de pequeña y le explicaba que los hombres habían aprendido a escribir en el barro.

Con voz pausada Clara fue leyendo el contenido de las tablillas y Miranda no pudo dejar de sentirse emocionada.

—¿Cómo las encontraron? —preguntó.

—Fue Gian Maria… Bueno, en realidad encontramos otra estancia en el templo y unas cuantas docenas de tablillas, algunas rotas. Gian Maria se puso a clasificarlas y descubrió que entre las tablillas estaban éstas.

—¿Quién se las quiere quitar? —quiso saber la periodista.

—Todos, mi marido, la gente de Sadam, el Coronel… creen que pertenecen a Irak —respondió a modo de excusa.

—Y es verdad, pertenecen a Irak —fue la respuesta seria de Miranda.

—¿Cree que en esta situación mi país está en condiciones de conservar estas tablillas? ¿Cree que a Sadam le importan algo? Usted sabe como yo que va a haber guerra, de manera que la última preocupación de nuestros gobernantes es la arqueología.

Miranda no parecía muy convencida de la explicación de Clara, intuía que había algo más que no le contaba.

—Llame a Picot... —le sugirió.

—Todas las comunicaciones están intervenidas. Si le llamo y le digo lo que he encontrado, me localizarán y nos quedaremos sin la *Biblia de Barro.*

—Pero usted, ¿qué es lo que quiere...?

—Sacarlas de Irak y mostrarlas al mundo —mintió Clara—, que sean parte de la exposición que el profesor Picot va a poner en marcha. Usted sabe que mi marido consiguió un permiso para que sacaran de Irak algunas de las piezas encontradas en Safran. Yo quiero que en esa exposición esté la *Biblia de Barro,* quiero que el mundo conozca el mayor descubrimiento arqueológico de los últimos cincuenta años. La *Biblia de Barro* va a hacer revisar muchas teorías históricas y arqueológicas. Asimismo, va a significar una gran conmoción entre los cristianos, pues es la prueba evidente de la existencia del patriarca Abraham, y que lo que sabemos del Génesis tal y como apareció en la Biblia que se encontró en el Templo de Jerusalén en tiempos del rey Josías, se lo debemos a él.

Las dos mujeres se miraron en silencio. Desconfiaban la una de la otra, quizá porque entre ellas había una rivalidad de la que ni siquiera eran conscientes a cuenta de Yves Picot. Aunque Clara también sabía que para la periodista ella era una protegida del régimen de Sadam, y por tanto no era una persona de fiar, por más que Miranda estuviera en contra de la guerra.

—No entiendo por qué no le permiten sacar estas tablillas, al fin y al cabo su marido obtuvo los permisos para sacar más de veinte piezas de las que encontraron en el templo, además de no sé cuántas tablillas.

—Estas tablillas tienen un valor religioso de primera magnitud, por no hablar del valor histórico y arqueológico. Usted no lo comprende, pero no son unas tablillas más, es la Biblia, la primera Biblia escrita por el hombre, inspirada por Dios al patriarca Abraham. ¿Cree que el régimen va a permitir que salgan de Irak? Son una pieza fundamental, incluso pueden significar una moneda de cambio si las cosas se ponen mal para Sadam... ¡Por favor, Miranda, ayúdeme!

—¿Me está pidiendo que saque estas tablillas de Irak?

—Sí..., y también a mí... no sé...

—¿Y Gian Maria?

—En la Casa Amarilla, se ha quedado allí con Ante Plaskic.

—¿Por qué? ¿Por qué no están ellos aquí?

—Porque he tenido que escaparme. Me ha ayudado Ayed Sahadi, pero si alguien se entera le matarán, lo mismo que a nosotras. Gian Maria se reunirá conmigo si le es posible.

—¿Y el croata?

—Él no sabe nada, no le he dicho nada.

—¿Por qué?

—No lo sé, yo... yo sólo confío en Gian Maria.

—¿Y el capataz?

—Me va a ayudar por dinero, por mucho dinero, aunque también podría entregarme si alguien le ofrece más.

—¿Y su marido?

—Mi marido no sabe que estoy aquí, no creo que me denunciara, pero tampoco quiero correr riesgos, ni hacérselos correr a él. Nos vamos a separar, hace meses que cada uno ha elegido su propio camino.

—Pero yo no puedo hacer nada —protestó Miranda.

—Puede dejar que me quede aquí con Fátima. Nadie nos buscará en su habitación. No la molestaremos, dormiremos en el suelo. Ayed Sahadi ha prometido venir a buscarnos, y si no viene... bueno, ya se nos ocurrirá algo.

—La buscarán aquí.

—No, nadie creerá que me he quedado en Bagdad, pensarán que estoy huyendo hacia alguna de las fronteras: como voy con Fátima, nos buscarán en la zona fronteriza con Irán, ya que en el otro lado Fátima tiene familia.

Miranda encendió un cigarro y se acercó a la ventana. Necesitaba pensar. Sabía que Clara no le estaba diciendo toda la verdad, aunque sí notaba que estaba asustada y mucho más Fátima. Había una pieza que no encajaba y su instinto le decía que por ayudar a aquella mujer se podía meter en un lío. Además, no estaba de acuerdo con que sacara la *Biblia de Barro* de Irak. Aquellas tablillas eran patrimonio de los iraquíes y sólo con permiso del pueblo iraquí debían salir del país. Era cierto que Irak estaba al borde de la guerra, que todas las noticias apuntaban a que el presidente Bush ordenaría en cualquier momento que comenzaran los bombardeos, pero aún quedaban esperanzas, aún se libraba una batalla en el Consejo de Seguridad de Naciones Unidas, donde países tan poderosos como Rusia, Francia y Alemania se oponían a cualquier acción bélica.

Clara fue consciente de las dudas de la periodista y se adelantó dándole una solución.

—Al menos permítanos estar aquí hasta que llegue Ayed Sahadi. Luego nos iremos, no la pondremos en ningún compromiso. De noche y con el toque de queda, nos detendrán.

—Me gustaría saber qué ha hecho usted para que su amigo Sadam la quiera detener —preguntó Miranda.

—No he hecho nada, de verdad. Si logro salir de Irak, podrá comprobar que no la he engañado, puesto que presentaré junto al profesor Picot este descubrimiento al mundo entero.

—Quédense esta noche, no hay mucho espacio, pero supongo que podremos arreglarnos. Ya hablaremos mañana, ahora tengo que salir, mis colegas me estarán esperando.

Cuando Miranda cerró la puerta de la habitación Clara sintió una oleada de alivio. Había logrado vencer la resistencia de la periodista, aunque era consciente de que ésta aún no había decidido hasta cuándo seguiría ayudándola. De lo que estaba segura es de que no la denunciaría, y eso en sí mismo era todo lo que necesitaba hasta que Ayed Sahadi se pusiera en contacto con ella o fuera a buscarla.

En el despacho del Coronel, en el cuartel general de los Servicios Secretos la actividad era más intensa de lo habitual. El militar gritaba a alguien que le escuchaba a través de la línea telefónica, mientras un soldado entraba y salía constantemente depositando sobre la mesa del Coronel papeles y documentos, que otro soldado cogía de inmediato y guardaba en carpetas clasificadoras que a continuación introducía en unas bolsas negras de nailon.

Ahmed Huseini apuraba el vaso de whisky y Ayed Sahadi fumaba uno de sus cigarros aromáticos, ambos a la espera de que el Coronel acabara la conversación telefónica.

Cuando por fin lo hizo los dos hombres aguardaron expectantes.

—No quieren dejarme ir, en Palacio prefieren que me quede aquí, en Bagdad. Le he dicho al ayudante del presidente que soy un soldado y quiero incorporarme a mi unidad, que está en Basora, y de paso evaluar personalmente la situación en la frontera con Kuwait. No sé si me permitirán hacerlo —les explicó sin ocultar su contrariedad.

—Debería estar en la frontera pasado mañana; Mike Fernández le espera en el punto convenido para sacarle de Irak y trasladarle hasta Egipto. En El Cairo tiene que establecer contacto con Haydar Annasir, ya sabe que es uno de los cerebros de la organización de Tannenberg. Es él quien le dará la documentación y el dinero necesario para que viva plácidamente el resto de su vida con la nueva identidad —le explicó con tono cansino Ahmed Huseini.

—Lo sé, lo sé… ¿me vas a explicar lo que debo hacer? Si no salimos de aquí antes del día 20, puede que no podamos hacerlo nunca —se quejó el Coronel.

—Yo me tengo que quedar —replicó Ahmed.

—¡Es tu obligación! Debes coordinar la operación, pero a ti los yanquis no te harán nada, los amigos de Tannenberg lo aseguraron —replicó el Coronel.

—Quién sabe lo que pasará —se quejó Ahmed.

—¡Nada! ¡No pasará nada! A ti te sacarán de aquí, y también a Ayed. Se quedará contigo, los dos os encargaréis de que la operación sea un éxito.

»Los hombres de Tannenberg están preparados, no puedes flaquear; si te ven débil, todo se vendrá abajo. Tannenberg ya no está, de manera que necesitan confiar en alguien, ¡tú eres el marido de su nieta, eres el jefe de familia, actúa como tal! —El tono del Coronel era de enfado.

—¿Dónde estará Clara? —se preguntó en voz alta Ahmed Huseini.

—La estamos buscando. He ordenado una alerta especial en todos los pasos fronterizos. Pero hemos de ser prudentes para no alertar a Palacio —dijo Ayed Sahadi.

—Tu esposa es muy lista, pero no tanto para que no seamos capaces de encontrarla —apostilló el Coronel.

—Si le parece, Coronel, podemos repasar de nuevo los detalles de la operación. He de verme con algunos de los hombres por si hay que darles nuevas instrucciones… —terció Ayed Sahadi.

—Pongámonos a ello —respondió el Coronel.

Miranda estuvo distraída durante la cena. No podía dejar de pensar en Clara. Tuvo la tentación de llamar a Picot a París, o a aquella arqueóloga, Marta Gómez, para preguntarles qué debía hacer, pero si los teléfonos estaban pinchados lo único que conseguiría es que detuvieran a Clara y también a ella por haberla ocultado.

—¿Te encuentras mal?

—No, no, es que estoy cansada.

El cámara de la televisión francesa se encogió de hombros ante la respuesta de Miranda. Era evidente que la mujer no había prestado atención a la conversación durante la cena y que su entrecejo fruncido era un signo evidente de que algo le preocupaba.

—Bueno, te diré lo que Lauren Bacall a Humphey Bogart: si me necesitas, silba…

—Gracias, Jean, pero estoy bien. Esto es agotador, llevamos demasiado tiempo aquí esperando a que los norteamericanos decidan comenzar la guerra; ya estoy harta.

—Pues más vale que te armes de paciencia, a no ser que quieras marcharte —respondió el francés.

—No, no quiero marcharme, pero casi quiero que pase algo de una vez, aunque sea la guerra.

—Como siempre, eres políticamente incorrecta —dijo una periodista inglesa con la que había coincidido en otros conflictos bélicos.

—Lo sé, Margaret, lo sé, pero estáis todos tan hartos como yo, y me apuesto lo que queráis a que estáis deseando que pase algo.

La discusión duró hasta la medianoche, de manera que enlazaron la cena con unas copas servidas generosamente en un local discreto situado cerca de la calle Baladiya.

Cuando regresó al hotel, Miranda rechazó tomar una última copa y se dirigió a su habitación, ansiosa por saber si Clara aún se encontraba allí.

Abrió la puerta con cuidado y encontró a las dos mujeres en el suelo acurrucadas junto a la pared, cubriéndose con la colcha. Tanto Clara como Fátima dormían profundamente, y vio reflejado en sus rostros una mezcla de cansancio y desesperanza.

Se desvistió con cuidado y dudó si decirles que compartieran la cama con ella. Luego pensó que de nada serviría despertarlas, puesto que la cama era pequeña y no cabrían las tres.

—¿Dónde está Clara?

Gian Maria esperaba que Ante Plaskic le hiciera la pregunta y estaba preparado para mentir.

—No lo sé, ojalá supiera dónde poder encontrarla. Temo por ella.

—Ella no se habría ido sin despedirse de usted —insistió el croata.

—¿Cree que si supiera dónde está no se lo diría? Se lo habría dicho a esos hombres que nos han pegado… yo… yo no estoy acostumbrado a la violencia, y si lo hubiese sabido…

—No lo habría dicho, estoy seguro —le cortó Ante Plaskic.

—¡Vaya, sabe usted mucho!

—Sí, sé de lo que es capaz un hombre.

—Soy un sacerdote.

—También sé de lo que es capaz un sacerdote. En la guerra, el sacerdote de mi pueblo ayudaba a la gente. Un día llegó una patrulla de paramilitares buscando a un hombre, a un jefe de nuestras milicias. Le había escondido en la iglesia, pero no lo dijo; le torturaron delante de todo el pueblo arrancándole la piel a tiras, pero no lo dijo. Su sacrificio no sirvió de nada: encontraron al hombre y lo mataron después de arrasar el pueblo.

Gian Maria no pudo ocultar la impresión que le había provocado el relato del croata y haciendo un esfuerzo se acercó a él y le puso una mano en el hombro.

—No busco compasión —le respondió Ante Plaskic.

—Todos necesitamos piedad y compasión —respondió el sacerdote.

—Yo no.

Ya había caído la noche y ambos parecían haberse recuperado lo suficiente como para intentar abandonar la Casa Amarilla. Las dos criadas les habían ayudado a ordenar el exiguo equipaje que llevaban. Una de ellas les dijo que tenía un primo que vivía cerca y que, si le pagaban bien, podría llevarles con el coche hasta el hotel Palestina. Aceptaron y en esos momentos aguardaban a que la mujer regresara con su primo.

—¿Por qué no confía en mí? —preguntó el croata.

—¿Qué le hace pensar que no confío en usted?

—Nadie confía en mí. No hace falta ser un lince para darse cuenta de que en Safran yo estaba de más; procuraban esquivarme cuanto podían.

—Si hubiese sido así, el profesor Picot no le habría aceptado en el equipo y Clara no habría consentido que se quedara.

—Pero yo soy tan insignificante que a pesar del malestar que les provocaba no me tenían en cuenta. Si desaparecía de su vista dejaban de pensar en mí; en realidad me pasaba los días encerrado en el almacén.

—Veo que se autocompadece.

—Se equivoca, describo la realidad. Ni yo le gustaba a ellos, ni ellos me importaban a mí.

—¿Y entonces por qué aceptó el trabajo?

—Porque era eso, trabajo, y todos necesitamos trabajar.

Por fin llegó la criada con su primo, que les ayudó a meterse en el coche. No tardaron más de un cuarto de hora en llegar al hotel Palestina. Aún había gente rezagada entre el vestíbulo y el bar. El recepcionista les juró que no tenía ninguna habitación libre; sólo después de mucho insistir, y aceptar unos cuantos billetes de dólar que le entregaron discretamente, accedió a enseñarles dos habitaciones, que les anunció estaban en malas condiciones porque debían ser restauradas, pero las circunstancias lo habían impedido.

Tenía razón el hombre de la recepción. Las habitaciones a las que les llevó necesitaban no sólo una mano de pintura; también la moqueta había conocido tiempos mejores y los cuartos de baño no estaban muy limpios.

—Tendrán que arreglarse con esto. Ahora les traeré unas mantas.

Gian Maria quiso saber si Miranda y el resto de los periodistas que habían estado en Safran seguían en el hotel. El recepcionista les aseguró que sí.

—Bueno, a lo mejor mañana a alguno de ellos no les importa compartir sus habitaciones con nosotros… —dijo el sacerdote con un deje de esperanza.

Miranda dormía profundamente cuando la insistencia de unos golpes secos en la puerta la devolvieron a la realidad.

Se levantó de un salto y al ir hacia la puerta tropezó con Clara, que dormía profundamente al igual que Fátima.

—¿Quién es? —preguntó en voz baja y la respuesta la sorprendió.

—Gian Maria; por favor, ábreme, deprisa.

El sacerdote entró en la habitación mirando hacia atrás; preocupado por si alguien le seguía.

—¿Están aquí? ¡Gracias a Dios! —dijo al comprobar los dos bultos acurrucados en el suelo.

—Espero que usted sea capaz de darme una explicación sobre lo que está pasando —le requirió la periodista.

—Si la encuentran pueden matarla —fue la respuesta de Gian Maria señalando a Clara, que en ese momento parecía salir del sueño profundo en que había estado sumida.

—¿Por qué? —insistió Miranda.

—Porque ha encontrado la *Biblia de Barro* y se la quieren quitar —respondió Gian Maria.

—Esas tablillas no son suyas, pertenecen a los iraquíes, de manera que en esto no les sigo —replicó Miranda.

—¿No nos va a ayudar? —preguntó Clara, ya totalmente despierta.

—Usted quiere llevarse algo que no le pertenece, de manera que eso es un robo. No puedo justificar que nadie robe, aunque estemos en vísperas de una guerra.

—¡La Biblia es mía! —respondió Clara con la voz cargada de angustia.

—La *Biblia de Barro* es de Irak por más que la haya encontrado usted. Pero además, no me está diciendo la verdad. Su abuelo y usted son dos personas de confianza del régimen de Sadam, tanto es así que a su marido no le costó nada conseguir los permisos y todas las bendiciones del régimen para que el profesor Picot pudiera sacar de Irak buena parte de las piezas que encontraron en Safran; entonces, ¿por qué no le van a dar permiso para sacar estas tablillas? Ya, ya sé que son un descubrimiento extraordinario, pero eso no significa que no pueda conseguir la autorización para presentarlas al mundo entero en esa exposición que prepara Picot. Tampoco entiendo por qué la persiguen y mucho menos por qué una chica del régimen dice que su vida corre peligro. Salvo, claro está, que usted se quiera quedar con lo que no es suyo, y eso la convierte en una ladrona, aquí y en cualquier parte del mundo. De manera que me gustaría que mañana encuentre otro lugar donde esconderse. No quiero tener nada que ver con un robo, y dudo que el profesor Picot apruebe su actitud.

Las palabras de Miranda cayeron sobre Clara como un jarro de agua fría. Fátima, que se había despertado y observaba la escena sentada en el suelo, se tapó la cara con las manos.

—Y usted, Gian Maria..., me extraña su actitud. Es un

sacerdote y resulta que no se inmuta ante un robo; no sólo eso, sino que quiere ayudar al ladrón, en este caso a la ladrona. Sinceramente, no le entiendo —continuó diciendo Miranda.

Las palabras de la periodista conmocionaron al sacerdote que en ningún momento había cuestionado que aquellas tablillas no fueran de Clara. Después de unos segundos de perplejidad, respondió a Miranda:

—Tiene razón, o al menos parte de razón. Pero… bueno, creo que las cosas no son sólo como parecen, como usted las está describiendo. Mire mi cara, encienda la luz.

Miranda encendió la luz de la lámpara situada en la mesilla de noche y alcanzó a ver el rostro golpeado del sacerdote, así como una mano amoratada.

—¿Qué le ha sucedido? —preguntó alarmada.

—El Coronel quería saber dónde estaba Clara —respondió el sacerdote.

—¿El Coronel?

—No sé si usted llegó a conocerle en Safran. Es un hombre muy poderoso, y quiere las tablillas, pero no para Irak, las quiere para hacer algún negocio. Supongo que Clara nos lo podrá explicar, pero lo que escuché en la Casa Amarilla fue algo de unos amigos de Washington y de que la guerra empezaba mañana, y cosas por el estilo.

—¿La guerra comienza mañana? ¿Y ese Coronel cómo lo sabe? No entiendo nada —dijo Miranda.

—Es muy complicado de explicar. Quiere la *Biblia de Barro* para venderla, por eso me persigue, para quitármela. Yo no la voy a robar, sólo quiero darla a conocer al mundo y dejarla en un lugar seguro hasta que termine la guerra y pueda volver a Irak —explicó Clara, que sobre la marcha había elaborado esa excusa para aplacar la desconfianza de Miranda.

—O sea, que tenemos un coronel corrupto que quiere estas tablillas… bueno, pues denúnciele y entrégueselas a las autoridades. Por ejemplo a su marido, que yo sepa es el director del departamento arqueológico o algo así, ¿no?

—No puedo —protestó Clara.

—¿Su marido también es un corrupto? ¡Vamos, Clara!

—Piense lo que quiera. Entiendo que no me quiera ayudar, así que Fátima y yo nos iremos, pero permítanos quedarnos hasta que se haga de día. Si salimos ahora a la calle nos detendrán. Ayed Sahadi nos prometió sacarnos de aquí, fue él quien nos sugirió que nos refugiáramos en este hotel. Pero no se preocupe, en cuanto se haga de día nos iremos, se lo prometo.

Miranda se quedó mirando a Clara sin saber qué hacer. No se fiaba de ella, en realidad no le gustaba Clara. Su instinto le decía que aquella mujer no era sincera, que detrás de aquellas palabras desesperadas había una impostura.

—En cuanto amanezca, se marchan —sentenció Miranda.

—Por favor, ayude a Gian Maria —pidió Clara con voz suplicante.

—No, no necesito ayuda, no se preocupe —respondió Gian Maria.

—Sí, sí la necesita. Debe salir de Irak mañana mismo, antes de que comiencen los bombardeos. No sabemos cuánto va a durar la guerra. Márchese, si se queda aquí le matarán. ¿El Coronel le ha permitido venir aquí? —quiso saber Clara.

—Nos dejó tirados a Ante Plaskic y a mí después de haber ordenado a sus hombres que nos interrogaran. Ayed Sahadi le persuadió de que usted le conoce bien y que por tanto no nos habría dicho jamás dónde pensaba huir. Eso pareció convencerle, y nos dejó allí en la Casa Amarilla. Su marido daba la impresión de sentirse desesperado; aunque está con el Coronel creo que quiere ayudarla.

—No, no quiere ayudarme, quiere la *Biblia de Barro*.

—Ahmed no es un mal hombre, Clara —le respondió Gian Maria.

—Hágame un favor y márchese. Yo no puedo salir de aquí fácilmente, puede que tarde días, o incluso meses, pero usted tiene que irse; si se queda sólo aumentará mi angustia —afirmó Clara.

—¡Muy conmovedor! —les interrumpió Miranda—. Pero son ustedes… No lo entiendo, Gian Maria, no entiendo lo que está haciendo.

—No puedo explicárselo, no sé explicárselo, pero le aseguro que actúo de acuerdo a mi conciencia, y estoy convencido de no estar haciendo nada malo. Yo… yo creo que Clara no se quedará con esas tablillas, que algún día las devolverá, ella sabe que no son suyas, pero en estas circunstancias… Miranda, a veces es tan difícil dar respuestas…

—Hasta ahora, ni usted ni Clara me han dado ninguna respuesta, de manera que no quiero tener nada que ver con este robo. En cuanto a lo de que mañana empieza la guerra, ¿están seguros?

—En realidad comenzará el día 20, es decir, mañana todavía hay tiempo para que Gian Maria salga de Irak —afirmó Clara.

—¿Cómo puede estar segura de que la guerra comenzará el día 20? —insistió la periodista.

—Lo ha dicho el Coronel…

—Pero que yo sepa ese Coronel lo es del ejército de Sadam, no de Estados Unidos, de manera que dudo que conozca la fecha en que Bush va a ordenar atacar, a no ser…

—¿En qué mundo vive, Miranda? —le preguntó Clara con amargura.

—¿Y usted?

—En uno en el que los hombres deciden sobre la vida y la muerte de los demás por negocios, por hacer buenos y rentables negocios. Con esta guerra muchos ganarán dinero a espuertas —fue la respuesta airada de Clara.

—Yo lo único que sé es que si hay guerra la gente morirá, morirá por nada —dijo Miranda con furia.

—¿Por nada? No, no se equivoque, se lo acabo de decir: morirán porque algunos hombres van a ganar dinero, mucho dinero, y además aumentarán su poder, el que ya tienen ahora y el que tendrán en el futuro. Por eso se va a hacer esta guerra, por eso se han hecho todas las guerras. Ni usted ni yo podemos pararlas, además, si no fuera ésta, sería otra; es la historia, Miranda, la historia de la humanidad. Si algo aprendes con la arqueología es que la mayoría de las ciudades que rescatamos del fondo de la tierra han sido destruidas en una guerra, o abandonadas después de una guerra. Hay cosas que no se pueden cambiar.

Clara hablaba con dureza, dejando ver que sentía conmiseración por Miranda, que parecía no entender la realidad que la rodeaba.

—¿Sabe?, usted y yo siempre estaremos en frentes diferentes. Son las personas como usted las que provocan la desgracia a sus congéneres —respondió la periodista sin ocultar el desprecio que sentía por Clara.

—¡Por favor! ¡Por favor! —intentó terciar Gian Maria—. Esta pelea es absurda, estamos todos nerviosos…

—¿Nerviosos? ¿Usted ha escuchado lo que dice Clara? A esta mujer no le importa nada ni nadie, sólo realizar sus deseos y por supuesto ella misma. A mí me parece… a mí me parece un monstruo.

La afirmación de Miranda fue como una sacudida que les dejó a todos en silencio. Aún faltaban unas horas para que amaneciera, y la tensión en la habitación empezaba a resultarles a todos igualmente insoportable.

Clara hizo caso omiso de Miranda y se acercó a Gian Maria.

—¿Te irás como te he pedido?

—Pero ¿y tú? Quiero ayudarte…

—¿Crees que puedo huir a través de Irak con un sacerdote? ¿Cuánto tiempo crees que tardaría el Coronel en encontrarnos? Sólo tengo una oportunidad, y no puedo jugármela por ti.

—Yo no quiero que te pase nada por mi culpa, quiero ayudarte —protestó Gian Maria.

Unos golpes secos en la puerta les sobresaltaron sumiéndoles en el silencio. Miranda les hizo un gesto para que entraran en el cuarto de baño. Luego abrió la puerta.

Ayed Sahadi parecía nervioso y entró empujándola sin decir ni una palabra hasta que la puerta estuvo cerrada.

—¿Dónde están? —preguntó.

—¿Dónde están quiénes?

—¡No tengo tiempo que perder! ¿Dónde está Clara?

Empujó la puerta del baño y sonrió. Gian Maria, Clara y Fátima estaban pegados a la pared. En el rostro de Fátima se reflejaba el miedo, en el de Gian Maria preocupación, en el de Clara desafío.

—Salgan, nos vamos —ordenó a Clara y a Fátima.

—Quiero ir con ustedes —pidió Gian Maria.

—Sería un estorbo —dijo Clara.

—¿Por qué no le ayuda a irse de aquí? —preguntó Ayed a Miranda.

—¿Y cómo? Dígame cómo le saco de aquí. Según me acaban de contar mañana empieza la guerra, así que intentar llegar a la frontera sería un suicidio.

Ayed Sahadi miró a Clara con un mudo reproche. ¿Por qué había tenido que contar a la periodista que la guerra estaba a punto de comenzar?

—Pues que se quede aquí, los norteamericanos saben que éste es el hotel de los periodistas, de manera que no les bombardearán.

—Quiero acompañarles —insistió Gian Maria.

—No creo que nos sea útil… —dijo Ayed pensando en voz alta.

—Gian Maria, no vendrás. Es mi vida la que está en peligro, de manera que no vendrás.

La afirmación de Clara parecía no dejar lugar a ninguna duda, pero Ayed Sahadi seguía meditando sobre la conveniencia o no de sacar provecho de la presencia del sacerdote.

—¿Dónde las va a llevar? —preguntó Gian Maria.

—No se lo diré, si el Coronel decide volver a interrogarle puede que no sea tan benevolente como la última vez —respondió Ayed.

—Pero si le torturan puede decir que Clara se fue con usted —dijo Miranda.

—Pero no sabe adónde, de manera que nos vamos. Tápense la cara y sigan todos mis instrucciones. Hay hombres del servicio secreto por todas partes —explicó Ayed Sahadi.

—¿Y cómo vamos a salir? —quiso saber Clara.

—En una alfombra, en realidad, en dos alfombras. Hay un camión en la puerta de servicio, que está esperando para cargar algunas alfombras; así saldrán del hotel. Se reunirán conmigo más tarde. Ahora vamos al ascensor de servicio.

Salieron de la habitación dejando allí a Miranda y a Gian Maria. La periodista parecía aliviada, mientras que el sacerdote tenía un aire de desolación.

—¿Quiere una copa? —le ofreció Miranda a Gian Maria.

—No bebo —respondió éste con apenas un susurro.

—Yo tampoco; tengo algunas botellas porque ayudan a comprar voluntades. Pero esta noche creo que sí voy a tomar un trago.

Buscó en el cuarto de baño un vaso y abrió una botella de bourbon que guardaba en el armario. Se sirvió dos dedos y se llevó el vaso a los labios, sintiendo cómo el líquido le quemaba la garganta y segundos después le calentaba las entrañas.

—¿Qué significa Clara para usted? —preguntó de sopetón al sacerdote.

Gian Maria la miró sin saber qué responder. No podía decirle la verdad.

—Nada, nada de lo que usted pueda imaginar. Tengo una obligación moral para con ella, eso es todo.

—¿Una obligación moral? ¿Por qué?

—Porque soy sacerdote, por eso, Miranda, por eso. A veces Dios nos coloca en circunstancias que nunca habíamos sospechado. Siento no poder darle otra respuesta.

Miranda aceptó la explicación de Gian Maria. Sabía que el sacerdote no la engañaba y notaba la convulsión interna que parecía hacerle sufrir.

—¿Es verdad que mañana comienza la guerra? —le preguntó.

—Eso dijeron el Coronel y Ahmed.

—Hoy es diecinueve…

—Pues mañana comenzarán a bombardear.

—¿Cómo lo sabían?

—No lo sé, hablaron de unos hombres de Washington, pero lo cierto es que no lo sé. Acababan de darme la paliza más horrible que pueda imaginar.

—Sí, ya lo veo, ¿y dónde está Ante Plaskic?

—En su habitación. Con él se ensañaron más, nos ha costado ponernos en pie y llegar hasta aquí.

—¿Quién les trajo?

—El primo de una de las criadas de Clara.

—¿Y ahora qué quiere hacer?

—¿Yo? No lo sé. Siento que… siento que estoy a punto de fracasar. No soy capaz de irme de Irak sin saber que Clara está bien.

—Pero ella se tiene que ocultar, no se pondrá en contacto con usted.

Unos golpes en la puerta interrumpieron la conversación. Miranda y Gian Maria se quedaron quietos, como si quisieran asegurarse de que aquella llamada había sido un error. De nuevo escucharon los golpes y una voz conminando a abrir la puerta.

Clara estaba pálida, Fátima temblaba y Ayed Sahadi parecía furioso.

—¡Es imposible salir de aquí! El Coronel no se fía de nadie, tiene el hotel rodeado. Han registrado el camión y los soldados lo están vigilando. No nos han descubierto porque el chófer no sabe nada, sólo que tenía que transportar una carga. Se tienen que quedar aquí.

—¿Aquí? No, le aseguro que aquí no van a quedarse. Busque otro lugar, pero no se quedarán en mi habitación —replicó Miranda.

—Salga y dígale a los soldados que las detengan —la retó Ayed—; o se quedan aquí hasta que las pueda sacar o las detendrán.

—¡No pueden quedarse en mi habitación! —afirmó la periodista.

—Que vengan a la mía —les ofreció Gian Maria.

—¿Consiguió un cuarto? ¿En qué planta? —preguntó Ayed Sahadi.

—En la cuarta. Es una habitación horrible, con una sola cama, y la ducha no funciona muy bien, pero nos podemos arreglar.

—¿Y Ante Plaskic? —quiso saber Clara.

—Está en la primera planta.

—Pero puede querer verle, no sería extraño que se acercara a su habitación —dijo Ayed.

—Puede ser, pero si lo hace, no le dejaré entrar.

—¿Y el servicio de limpieza del hotel? ¿Qué dirán cuando vean en una habitación a dos mujeres shiíes que no están registradas en el hotel? —preguntó Miranda.

—Escuchen, la situación es la que es, de manera que tenemos que improvisar. Si usted no las deja estar aquí, irán a la habitación de Gian Maria. Ojalá el Coronel no haga registrar el hotel. Ahora díganos cómo se va a su cuarto.

Volvieron a salir seguidos de Gian Maria. Miranda se sirvió otros dos dedos de bourbon, se los bebió de golpe y se acostó. Estaba agotada, necesitaba dormir, aunque le iba a ser difícil. No podía dejar de darle vueltas al anuncio de que en unas horas comenzaría la guerra. ¿Cómo lo sabían Clara y Ayed?

La despertó el sonido del teléfono. Sus compañeros la esperaban para desayunar y salir a grabar por las calles de Bagdad. Quince minutos más tarde y con el pelo mojado de la ducha, estaba en el vestíbulo.

Pasó el resto del día nerviosa, sin saber qué hacer: ¿debía compartir con sus colegas lo que sabía, que la guerra comenzaría unas horas después, o debía permanecer en silencio?

Llamó a su jefe en Londres y éste le aseguró que había fuertes rumores de que la guerra sería inminente. Cuando le preguntó si ese mismo día, él rió.

—Si lo supiera, ¡menuda exclusiva! Estamos a 19, hace dos días que el presidente Bush le lanzó el ultimátum a Sadam; ya sabes que todas las embajadas están siendo evacuadas y recomendando a sus compatriotas que salgan, de manera que en cualquier momento puede empezar la traca, pero no sabemos cuándo. Te llamaré, aunque imagino que me llamarás tú antes, en cuanto os empiecen a bombardear.

Miranda no hizo nada por tener noticias de Clara ni de Gian Maria. Les sabía en el hotel, un piso más abajo de donde estaba su habitación, y le preocupaba lo que les pudiera suceder, pero al mismo tiempo se decía que no quería ser cómplice de un robo, y eso es lo que Clara quería perpetrar, el robo de la *Biblia de Barro*.

Aquella noche alargó la conversación con el resto de sus

colegas, segura de que el ruido de las bombas no tardaría en hacerse presente. Cuando de repente el cielo empezó a iluminarse con ráfagas de fuego y un ruido ensordecedor lo inundó todo sintió miedo. Era 20 de marzo, la guerra había comenzado.

Horas más tarde, y a través de sus redacciones, los periodistas destacados en Bagdad supieron que las fuerzas de la coalición habían entrado en Irak. La suerte estaba echada.

39

Mike Fernández miró impaciente el reloj. Las tropas norteamericanas y británicas habían comenzado la invasión terrestre de Irak; también a esa hora iba a iniciarse la operación que Tannenberg y él habían preparado minuciosamente durante el último año. El ex coronel de los boinas verdes se dijo que nada podía salir mal, que ni siquiera la muerte de Alfred Tannenberg era motivo suficiente para que algo fallara. Había mucho dinero en juego; los hombres sabían que cobrarían cantidades sustanciosas si se hacían con el botín y llegaban al lugar de encuentro. En cuestión de horas habrían salido todos de Irak.

En Bagdad, en ese mismo instante, un grupo de hombres con uniformes militares y pasamontañas que les cubrían el rostro esperaban la señal de su jefe para abandonar el almacén donde se habían ocultado unas horas antes.

Todos ellos habían servido durante años a Alfred Tannenberg. El asesinato del hombre que había sido su jefe les había sumido en el desconcierto, pero el yerno de Tannenberg les aseguró que no habría ningún cambio en la operación, y lo más importante: todos cobrarían de acuerdo al trabajo que iban a realizar. Él, les dijo, era ahora el jefe de la familia Tannenberg y esperaba de ellos la misma eficacia y lealtad que habían mostrado en el pasado con el anciano señor.

El dinero que se embolsarían por la operación les aseguraba un futuro sin problemas, de manera que no dudaron en aceptar seguir con el encargo. Lo que hicieran después de la operación, sólo el tiempo lo diría. Serían leales hasta el momento en que traspasaran la frontera con Kuwait y entregaran el botín a aquel ex oficial norteamericano, un buen tipo, que sabía mandar y hacerse obedecer.

El pitido del teléfono móvil del jefe les alertó de que había llegado la hora. Éste descolgó y escuchó la orden que esperaban para iniciar la operación.

—Nos vamos —les dijo.

Se pusieron en pie y comprobaron una vez más las armas, se bajaron los pasamontañas para cubrirse el rostro y con sus monos de camuflaje color negro se hicieron invisibles en las sombras de la noche mientras subían al camión militar que les esperaba.

Las bombas y las baterías antiaéreas iluminaban el cielo de Bagdad, y las sirenas provocaban el miedo de los ciudadanos encerrados en sus casas.

Se cruzaron con otros vehículos militares sin llamar la atención y por fin desembocaron en la puerta trasera del Museo Nacional de Bagdad. En cuestión de segundos estaban dentro.

Algunos de los guardias que custodiaban el museo se habían marchado hacía horas, otros habían insistido en trabajar aquella noche. El ruido de las bombas y los apagones de luz no parecían amedrentarles. Habían desconectado todas las alarmas y el museo había quedado librado a su suerte.

Los hombres de los pasamontañas, cargados con unos sacos de nailon fueron planta por planta recogiendo cuidadosamente los objetos señalados en las listas que llevaban. No hablaban entre sí. El que parecía el jefe se aseguraba de que todos los objetos no sufrieran ni un rasguño, y sobre todo que los hombres no incurrieran en la tentación de deslizarlos fuera de los sacos de nailon.

En menos de un cuarto de hora los hombres se habían hecho con paneles de marfil finamente cincelados, armas, herramientas, jarras de terracota, tablillas, estatuas y esculturas en basalto, arenisca, diorita y alabastro, en oro y plata, objetos de madera, sellos cilíndricos... Era tal el volumen de objetos que apenas podían cargar con todos ellos.

Luego, con la misma rapidez que habían entrado, volvieron a salir del museo. Ningún bagdadí podía pensar que aquella noche les estaban robando su patrimonio, sólo rezaban por sobrevivir.

Ahmed Huseini esperaba impaciente en la oscuridad de su despacho. Sintió que se le aceleraba el corazón al escuchar el pitido de su móvil.

—Ya está, nos vamos —le anunció el jefe del comando.

—¿Todo ha salido bien?

—Sin contratiempos.

Dos minutos más tarde otro hombre le dio el parte: acababa de salir con sus hombres del museo de Mosul. Al igual que en Bagdad, no tuvieron ningún problema para entrar y salir del museo en un tiempo récord. Era una ventaja saber lo que tenían que llevarse. La lista preparada por Ahmed Huseini evitaba a los hombres cargar con objetos innecesarios.

El director del departamento de Antigüedades había dado muestras de sus profundos conocimientos a la hora de elaborar listas con instrucciones precisas sobre los objetos con que debían hacerse.

Otras llamadas, éstas desde Kairah, Tikrit y Basora, se unieron a las recibidas anteriormente. A lo largo y ancho del país los comandos de Alfred Tannenberg habían cumplido con éxito su misión: llevaban en las bolsas de nailon el alma de Irak, su historia; en realidad, iban cargados con buena parte de la historia de la humanidad.

Ahmed Huseini encendió un cigarro. A su lado, el sobrino del Coronel hablaba por otro teléfono para informar a su tío del éxito de la misión, aunque en realidad ésta no habría terminado hasta que cada comando llegara a su destino: Kuwait, Siria, Jordania...

Las luces del despacho permanecían apagadas. Estaban solos en el ministerio, o eso creían. El Coronel les había ordenado que no se movieran de allí para coordinar la operación, de manera que habían bajado las persianas y cerrado las ventanas para evitar convertirse en blanco involuntario de las bombas que caían por doquier.

¿Cómo y cuándo saldrían de Irak? El Coronel le había asegurado a Ahmed que su mejor hombre, Ayed Sahadi, le sacaría en el momento oportuno, pero Ayed no había dado señales de vida y a esas horas podía estar luchando con su unidad, o incluso haberse ido con el Coronel hacia Basora y de allí intentar llegar a Kuwait. Muerto Tannenberg, Huseini no se fiaba del Coronel; en realidad no se fiaba de nadie, porque sabía que no le concedían la autoridad que había tenido el abuelo de Clara; de modo que si le tenían que sacrificar lo harían sin dudar. Pero aún pasarían unas horas antes de saber si le iban a abandonar a su suerte o si efectivamente Ayed iría a buscarles.

Paul Dukais encendió un cigarro. Acababa de recibir una llamada de Mike Fernández confirmándole el éxito de la operación.

—Nosotros hemos hecho lo imposible, ahora le toca a usted hacer sólo lo difícil —bromeó el ex boina verde.

—Espero no meter la pata, chico —le siguió la broma Dukais—. Vosotros habéis hecho un buen trabajo.

—Sí que lo hemos hecho, señor.

—¿Alguna baja?

—Algunos equipos se han visto obligados a defenderse, pero nada grave, señor.

—Bien, en cuanto puedas vuelve a casa, tu misión ha terminado.

—Quiero asegurarme antes de que las cargas estén donde deben estar.

—Hazlo.

El presidente de Planet Security se frotó las manos satisfecho. El suyo no era el negocio de las antigüedades, pero depositar la preciada carga en su destino le iba a reportar grandes beneficios, además de cobrar una prima del dos por ciento por el total del valor de los objetos vendidos.

Robert Brown y Ralph Barry estaban preparando la reunión anual del patronato de la fundación cuando Paul Dukais les comunicó la buena nueva. Los dos hombres lo celebraron de inmediato sirviéndose un whisky largo. Si ante una noticia como ésa su Mentor, George Wagner, no sonreía, es que a ese hombre nada ni nadie sería capaz de conmoverle.

—Dime, Paul, ¿y ahora qué? —quiso saber Robert Brown.

—Ahora la carga se embalará debidamente y dentro de unos días, espero que no más de dos o tres, llegará a su destino. Una parte irá directamente a España, otra a Brasil y otra aquí.

»Alfred ya no está entre nosotros, pero Haydar Annasir, su mano derecha, tiene una lista detallada con los lotes que debe de hacer para cada destino. Si no hay ningún contratiempo, y no tiene por qué haberlos, habremos hecho lo imposible y lo difícil.

—¿Qué hay de Ahmed Huseini y de Clara?

—Mike dice que Clara ha desaparecido, y con ella las tablillas, aunque tarde o temprano daremos con ella. Ninguna mujer puede desaparecer para siempre si esconde un tesoro arqueológico. En cuanto al bueno de Ahmed, está previsto que le saquen de Irak en cuanto lleguen nuestros chicos, es cuestión de días.

—¿Estás seguro de que le podrán sacar? Era un hombre del régimen…

—Ahmed era un hombre de Tannenberg situado cerca de Sadam, no le juzguemos mal… —respondió con cinismo Dukais.

—Desde luego, desde luego, yo aprecio sus conocimientos y su talla intelectual —respondió Robert Brown, el presidente de Mundo Antiguo.

—En cuanto a Clara, no te preocupes, la encontraremos; además del Coronel, tengo a un hombre muy especial buscándola. Ha estado cerca de ella los últimos meses. Si alguien puede encontrar su pista es él.

—¿Y está en Bagdad?

—¿Mi hombre? Sí, se quedó allí junto a Clara. No te preocupes, dará con ella.

—Lo que me preocupa es la *Biblia de Barro*…

—Si encontramos a Clara nos haremos con las tablillas, no podrá resistir nuestra oferta —dijo entre risotadas Paul Dukais.

Clara se desesperaba encerrada en la pequeña habitación del hotel, de la que no había salido en los últimos días. Temía que en cualquier momento se abriera la puerta y entrara el Coronel para matarla. No había vuelto a ver a Miranda, aunque sabía por Gian Maria que preguntaba por ella. Al menos la periodista había guardado el secreto de su estancia en aquella habitación.

Por su parte, Gian Maria esquivaba a diario las preguntas de Ante Plaskic sobre el paradero de Clara. El croata desconfiaba de él y el sacerdote había terminado por desconfiar del croata debido a sus insistentes preguntas sobre Clara. Afortunadamente, la confusión originada por la guerra le daba un respiro a Gian Maria. Bastante tenían con sobrevivir.

—Ayed no ha vuelto —se quejó Clara.

—No te preocupes, de alguna manera saldremos de aquí —la consoló el sacerdote.

—Pero ¿cómo? ¿No te das cuenta de que estamos en medio de una guerra? Si ganan los norteamericanos me detendrán y si sale victorioso Sadam tampoco me podré marchar.

—Confía en Dios. Gracias a Él nos hemos salvado hasta ahora.

Clara no quería herir sus sentimientos diciéndole que ella no confiaba en Dios, que sólo confiaba en sus propias fuerzas, de manera que asentía y guardaba silencio.

Le preocupaba el estado de Fátima. La mujer apenas comía y estaba adelgazando a ojos vista. No se quejaba, pero su rostro reflejaba un gran sufrimiento. Clara le insistía para que le contara lo que le sucedía además de la angustia de la incertidumbre, pero Fátima no respondía, tan sólo le acariciaba la cara mientras se le anegaban los ojos de lágrimas.

Escuchaba la radio, la BBC y otras emisoras que lograba conectar a través de la onda corta, pero era Gian Maria el que les proporcionaba la mejor información, la que a los corresponsales en Bagdad les transmitían desde sus redacciones.

El 2 de abril Gian Maria entró en el cuarto anunciando que las tropas estadounidenses estaban a las afueras de Bagdad y al día siguiente aseguró que los norteamericanos se habían hecho con el control del aeropuerto internacional de Sadam, al sur de la ciudad.

—¿Dónde está Ayed Sahadi? ¿Por qué no ha regresado? —se preguntaba Clara.

Gian Maria no tenía respuesta. Había telefoneado varias veces a los números de teléfono de Ayed, y al principio respondía un hombre de voz crispada, pero en los últimos días el timbre sonaba sin que nadie respondiera.

—¿Me habrá traicionado?

—Si lo hubiera hecho nos habrían detenido —argumentó Gian Maria.

—Entonces, ¿por qué no ha venido o me ha mandado un aviso?

—No habrá podido, puede que el Coronel le tenga vigilado.

Una tarde Gian Maria llegó a la habitación acompañado de Miranda.

—Su amigo el croata hace muchas preguntas sobre usted —le dijo a Clara.

—Lo sé, pero Ayed Sahadi me advirtió sobre él, dijo que no se fiaba.

—Ya sabe que está usted aquí, era imposible mantener el secreto —afirmó la periodista.

—¿Quién se lo ha dicho? —preguntó Clara.

—En realidad el hotel está lleno de iraquíes. Muchos de mis compañeros han acogido a sus intérpretes, otros a amigos, incluso los propios empleados del hotel han dado cobijo a familiares, sabiendo que aquí hay una posibilidad de sobrevivir. Los norteamericanos y los británicos saben que los periodistas estamos aquí. Por eso el servicio del hotel no se ha sorprendido de su presencia. No hacía falta que Gian Maria fuera generoso dando propinas para que hicieran la vista gorda sobre Fátima y usted. Pero tarde o temprano era inevitable que su amigo Ante Plaskic se enterara. Me acaba de abordar para preguntarme por usted, y cuando le he dicho que no sabía nada, me ha soltado que sabía que estaba aquí, refugiada en el cuarto de Gian Maria. Le he mentido, le he dicho que Gian Maria había cobijado a unas personas que conocía, pero supongo que no me ha creído, yo tampoco lo habría hecho. Sólo quería avisarles para que tengan cuidado.

—¿Qué podemos hacer? —le preguntó Gian Maria a Miranda.

—No lo sé, sólo he querido avisarles. No entiendo por qué no se fían de Plaskic; en todo caso él insiste en encontrarles, de manera que se presentará aquí en cualquier momento para comprobar si le he mentido, si efectivamente en este cuarto hay personas desconocidas para él o está Clara.

—Entonces tengo que irme de aquí —afirmó Clara.

—¡Pero no puedes irte! ¡Te cogerán! —exclamó asustado Gian Maria.

—¡Estoy harta! —gritó Clara.

—¡Cálmese! —le ordenó Miranda—. Poniéndose histérica no va a conseguir nada.

—Déjela esconderse en su habitación —le imploró Gian Maria a Miranda.

—No, lo siento, ya les dije que no comparto lo que están haciendo.

—No hemos hecho nada malo —se defendió Gian Maria.

—Robar —fue la respuesta contundente de Miranda.

—¡Yo no he robado! La excavación la pagaron el profesor Picot y mi abuelo, aunque la mayor parte de los medios y de la inversión los puso mi abuelo. Ya le he dicho que devolveré estas piezas el día en que éste vuelva a ser un país. ¿Adónde quiere que vaya? Gian Maria me ha dicho que ustedes, los periodistas que están aquí, aseguran que ha sido asaltado el Museo Nacional, de manera que ¿a quién le entrego las tablillas, a Sadam?

Miranda se quedó en silencio, sopesando la angustia manifestada por Clara.

—De acuerdo, vayan a mi habitación, pero el tiempo justo para que su amigo el croata se convenza de que no está aquí. Tenga la llave y suba, yo me voy, me están esperando mis colegas; por si no lo sabe ya hay unidades de norteamericanos en algunos barrios periféricos de Bagdad. En cualquier momento llegarán al centro de la ciudad.

—Tenga cuidado —le pidió Gian Maria.

Miranda le sonrió agradecida y salió de la habitación sin despedirse.

Cuando la periodista regresó horas después, encontró a Clara y a Fátima sentadas sobre la cama de su cuarto.

—Han comenzado a derribar las estatuas de su amigo Sadam —les dijo a modo de saludo.

—¿Quiénes? —quiso saber Clara.

—Iraquíes.

—Les habrán pagado —meditó en voz alta Clara, mientras Fátima se ponía de nuevo a llorar.

—La escena ha sido filmada por las televisiones de medio mundo. ¡Ah!, y los norteamericanos ya se han hecho con prácticamente el control de la ciudad. Este 9 de abril pasará a la historia —les dijo con tono cáustico Miranda.

—No sé qué hacer… —dijo Clara en voz baja.

—Pregúntese qué puede hacer —le respondió Miranda.

—¿Dónde está Sadam? —preguntó de repente Fátima sorprendiendo a las dos mujeres.

—Nadie lo sabe, supongo que escondido. Oficialmente la guerra ya la han ganado las tropas de la coalición, pero hay gente por ahí pegando tiros y todavía quedan algunas unidades del ejército iraquí que no se han rendido —respondió Miranda.

—Pero ¿quién manda en Irak? —insistió Fátima.

—Ahora mismo, nadie. Bagdad es una ciudad en guerra en la que los ganadores aún no se han hecho con el control y los perdedores aún no se han rendido del todo, aunque muchos iraquíes han salido a la calle para saludar a los soldados norteamericanos. En situaciones como ésta es difícil saber lo que está pasando, sobre todo hay confusión —explicó la periodista.

—¿Las fronteras están abiertas? —preguntó Clara.

—No lo sé, supongo que no, aunque imagino que habrá muchos iraquíes intentando huir a los países vecinos.

—¿Y usted hasta cuándo se quedará en Irak? —quiso saber Clara.

—Hasta que me lo permita mi jefe. Cuando esto deje de ser noticia me marcharé, no sé si será dentro de una semana o de un mes.

Gian Maria sabía que no había logrado convencer a Ante Plaskic de que no sabía nada de Clara. Había mantenido una larga conversación con el croata en la que sólo le había dicho mentira tras mentira.

—Pero ¡cómo puedes pensar que Clara está en mi cuarto! —le reprochó—. He dado cobijo a dos personas que conocí cuando estuve aquí trabajando para una ONG. Me pidieron ayuda porque este hotel ha sido el único lugar seguro en Bagdad.

Luego le invitó a echar un vistazo a la habitación, pensando que Ante Plaskic se daría por satisfecho, aunque no era difícil ver que no era así.

—¿No crees que ha llegado el momento de irnos, Gian Maria?

—Veo difícil el salir ahora de Irak. Primero tendrán que restablecer las comunicaciones, y meternos en un coche para llegar a la frontera… no sé, me parece peligroso.

—Preguntemos a Miranda, he oído comentar a algunos periodistas que en cuanto los norteamericanos den la guerra por ganada ellos se irán —insistió el croata.

—Bueno, pues podemos intentar irnos con ellos, aunque yo a lo mejor me quedo a echar una mano, aquí la gente va a necesitar que la ayuden, los efectos de la guerra son terribles. Hay familias enteras destrozadas, niños que han perdido a sus padres, hombres y mujeres mutilados… soy sacerdote, Ante, y aquí me necesitan —se justificaba Gian Maria.

El 15 de abril las fuerzas de la coalición dieron la guerra por terminada y ganada. Bagdad era un caos y los iraquíes se lamentaban del expolio sufrido. El Museo Nacional había sido arrasado, así como también otros museos de Irak, y muchos iraquíes sentían ultrajado su orgullo nacional.

Ahmed Huseini se sentía culpable de la felonía que él mismo había protagonizado. Ayed Sahadi le había explicado que las piezas robadas estaban fuera de Irak, en lugares seguros, y que muy pronto ambos serían inmensamente ricos. Sólo tenían que esperar a que llegara su hombre de contacto. Paul Dukais lo tenía todo perfectamente planeado: uno de sus hombres les iría a recoger con los permisos pertinentes para sacarles del país sin que nadie hiciera preguntas comprometidas.

Ayed Sahadi tampoco estaba dispuesto a renunciar al dinero prometido por Clara. No había ido a buscarla al hotel, sabiendo que allí estaría más segura que en cualquier otro lugar donde él la pudiera llevar, habida cuenta de que el Coronel tenía ojos y oídos en todas partes. Había corrido un riesgo innecesario la noche que había ido a buscarla, de manera que decidió dejarla a su suerte hasta que la situación se aclarara. Ahora el Coronel estaba a salvo, había cruzado la frontera con Kuwait; donde, con un pasaporte falso, se había convertido en alguien distinto, un ciudadano que en esos momentos descansaba en un lujoso hotel cerca de El Cairo.

Cuando Ayed Sahadi entró en el vestíbulo del hotel Palestina reconoció a Miranda entre un grupo de periodistas que discutían acaloradamente con unos oficiales norteamericanos. Aguardó a que la periodista se alejara del grupo para acercarse a ella.

—Señorita Miranda…

—¡Ayed! Vaya, creía que había desaparecido para siempre. Sus amigos le han echado de menos…

—Lo supongo, pero si hubiese venido habría puesto en peligro su vida; además, sabía que con usted y Gian Maria estaban en buenas manos.

—¡Estupendo! Usted es de los que cargan los muertos a los demás —protestó Miranda, lo que provocó una risotada de Ayed.

—Bueno, dígame dónde están.

—De nuevo en mi habitación. El croata anda desesperado preguntando por Clara, y ni Gian Maria ni Clara quieren que lo sepa, de manera que he tenido que volver a darle cobijo.

—No se preocupe, vengo a llevármela.

—¿Y adónde van, si puede decírmelo?

—Primero a Jordania, después a Egipto. La señorita Clara tiene una hermosa casa en El Cairo, y allí la aguarda la fortuna de su abuelo, ¿no se lo ha dicho?

—¿Y cómo van a ir hasta Jordania?

—Unos amigos nos trasladarán.

—¿Y Gian Maria?

Ayed Sahadi se encogió de hombros. No tenía ninguna intención de cargar con el sacerdote. No entraba en el trato que había hecho con Clara, de modo que por él el sacerdote podía irse al infierno.

Miranda le acompañó a su habitación, deseosa de perder de vista a Clara cuanto antes.

Clara escuchó en silencio las explicaciones que le daba Ayed Sahadi.

—Yo me encargaré de que no le ocurra nada —le aseguró.

—De lo contrario no cobrará ni un dólar —le amenazó Clara.

—Lo sé.

—Quiero acompañarles —les interrumpió Gian Maria.

Clara miró a Ayed y no le dio opción a responder.

—Vendrá con nosotros. Entra en el paquete.

—Tendré que cobrar más, y ya veremos si los hombres que nos manden para sacarnos de aquí quieren hacerse cargo de alguien más.

—Él viene conmigo —afirmó Clara señalando a Gian Maria.

—¿Y qué harán con su amigo Ante Plaskic? —preguntó Miranda.

—Despídanos usted de él —respondió Ayed Sahadi.

—¡Muy gracioso! —exclamó Miranda.

Cuando salieron del hotel nadie pareció fijarse en Ayed Sahadi y las dos mujeres vestidas de negro de la cabeza a los pies. Ninguno de los tres se percató de que Ante Plaskic les acechaba oculto en un recodo del vestíbulo.

Al croata no se le pasó por alto que Clara llevaba una bolsa a la que agarraba con fuerza, donde, estaba seguro, guardaría las tablillas, la *Biblia de Barro*. Sólo tenía que seguirla y arrebatárselas por las buenas o por las malas, aunque tuviera que matar al falso capataz.

Pero sus intenciones se vieron frustradas de inmediato. Los dos hombres y las dos mujeres montaron en un coche que desapareció en el caos de la ciudad. Había vuelto a perder a Clara, ahora tendría que buscarla fuera de Irak, y él sabía dónde: tarde o temprano la mujer se reuniría con Yves Picot, de manera que era cuestión de llegar antes que ella y esperar.

A la misma conclusión que Ante Plaskic había llegado mucho antes Lion Doyle, que estaba dispuesto a llevar a buen término lo que le faltaba del encargo: la eliminación de Clara. El profesor Picot era el hilo de Ariadna.

40

Roma estaba igual de hermosa que siempre. Gian Maria pensaba en cómo había podido vivir tan lejos de su ciudad en los últimos meses. Ahora se daba cuenta de lo que había echado de menos su apacible cotidianidad. Los rezos al amanecer, la lectura tranquila…

Gian Maria entró en la clínica y se dirigió al despacho de su padre. Maria, la secretaria del doctor Carlo Cipriani, le saludó con afecto.

—¡Gian Maria, qué alegría!

—Gracias, Maria.

—Pase, pase. Su padre está solo aunque no me ha dicho que iba a venir usted…

—Le voy a dar una sorpresa; no le avise, por favor.

Tocó suavemente en la puerta con los nudillos para anunciarse y a continuación entró.

Carlo Cipriani se quedó petrificado cuando vio a su hijo. Se levantó como si le costará moverse, sin saber qué hacer ni decir. Gian Maria le miraba sin pestañear, plantado en mitad del despacho. Su padre observó que había adelgazado y tenía la piel curtida por el aire y el sol. Ya no parecía el joven enclenque con aspecto enfermizo que había sido siempre; ahora era un hombre, un hombre distinto que le estaba midiendo con la mirada.

—¡Hijo mío! —exclamó temeroso; acto seguido se acercó a él y se fundió en un abrazo emocionado.

El sacerdote respondió al abrazo de su padre y éste se sintió aliviado.

—Siéntate, siéntate, llamaré a tus hermanos. Antonino y Lara han estado muy preocupados por ti. Tu superior apenas nos daba noticias tuyas, todo lo más que te encontrabas bien, pero no quiso decirnos dónde estabas. ¿Por qué te fuiste, hijo mío?

—Para evitar que cometieras un crimen, padre.

Carlo Cipriani sintió en ese instante el peso de su existencia sobre la espalda y, encorvándose, fue a sentarse en un sillón.

—Tú conoces mi historia, nunca os la he ocultado ni a ti ni a tus hermanos. ¿Cómo puedes juzgarme? Fui a implorar tu perdón y el perdón de Dios.

—Alfred Tannenberg está muerto, asesinado. Supongo que ya lo sabes.

—Lo sé, lo sé, y no me pidas que…

—¿Que pidas perdón? ¿No acabas de decirme que fuiste al confesionario buscando el perdón por ese crimen?

—¡Hijo mío!

—He hecho lo que no imaginas por intentar evitarte ese peso en la conciencia, pero he fracasado. Te aseguro que habría dado mi vida con tal de que no condenaras la tuya.

—Lo siento, siento el daño que te haya podido causar, pero no creo que Dios me condene por haber… por haber querido la muerte del monstruo.

—Hasta la vida del monstruo era de Dios, y sólo Él podía quitársela.

—Veo que no me has perdonado.

—¿Te arrepientes, padre?

—No.

La voz de Carlo Cipriani sonó fuerte y rotunda, sin un deje de duda, mientras clavaba la mirada en los ojos de su hijo.

—¿Qué has conseguido, padre?

—Hacer justicia, la justicia que se nos negó cuando éramos niños indefensos y ese monstruo nos pedía que azotáramos a nuestras madres porque decía que eran mulas de carga. La vi morir sin poder hacer nada, lo mismo que a mi hermana. No eres quién para juzgarme.

—Sólo soy un sacerdote y tu hijo, y te quiero, padre.

Gian Maria se acercó al anciano y volvió a abrazarle mientras ambos rompían a llorar.

—¿Dónde has estado, hijo?

—En Irak, en un pequeño pueblo llamado Safran, intentando evitar que mataras a Alfred Tannenberg. Temiendo también por la vida de Clara.

—Él no dudó en asesinar a mi hermana. Era sorda y no entendía las órdenes del monstruo. La destrozó.

—¿Clara ha de pagar por la muerte de tu hermana? —preguntó Gian Maria muy serio alejándose de su padre.

El médico no respondió. Se levantó del sillón y le dio la espalda, comenzando a pasear por el despacho sin mirar a su hijo.

—Ella es inocente, no os ha hecho ningún mal —le suplicó.

—Gian Maria, no lo entiendes, eres sacerdote, pero yo sólo soy un hombre, puede que a tus ojos el peor de los hombres, pero no me juzgues, hijo, sólo perdóname.

—¿A quién estás pidiendo perdón, a tu hijo o al sacerdote?

—A los dos, hijo, a los dos.

Carlo Cipriani se quedó en silencio deseando que su hijo volviera a abrazarle, pero Gian Maria se levantó del asiento y abandonó el despacho sin despedirse de su padre, reprochándose la ira que le atravesaba el alma.

* * *

—¿Dónde está Clara?

La voz de Enrique llegaba con interferencias a través de la línea telefónica, aunque estaban utilizando la de máxima seguridad, de manera que George Wagner respondió irritado.

—En París con el profesor Picot. Pero no te preocupes, acabo de hablar con Paul Dukais y me asegura que sigue teniendo un hombre infiltrado en el entorno de Picot, y que dicho hombre se hará con las tablillas.

—Debería haberse hecho con ellas antes —protestó Enrique Gómez desde la quietud de su casa sevillana.

—Sí, debería haberlo hecho, y ya le he dicho a Dukais que no le pague si no nos entrega la *Biblia de Barro*. Al parecer este hombre acaba de regresar de Irak y de nuevo ha logrado acercarse a Picot, de manera que sabrá en todo momento dónde están las tablillas.

—Organiza un grupo... —le propuso Enrique.

—Es lo mismo que me ha dicho Frankie. Lo haremos a su debido tiempo. Por lo que sé, el profesor Picot quiere montar una exposición con todo lo que han encontrado, y presentar a la comunidad científica y al público en general la *Biblia de Barro*. Pero hasta entonces la tienen oculta en la caja fuerte de un banco. Allí estarán las tablillas hasta que inauguren la exposición, de manera que tenemos que esperar ese momento. Hasta entonces nos será útil el hombre de Dukais, ya que forma parte del grupo que estuvo con el profesor en Irak, de modo que puede ir informándonos de los pasos que dan Clara y Picot.

—¿Y el marido?

—¿Ahmed? Le hemos pedido que no pierda de vista a Clara, pero al parecer están prácticamente separados y la chica no se fía de él, sabe que trabaja para nosotros; así que no sé si nos será útil.

—Vamos, George; Ahmed nos ha sido extraordinariamente útil. Si no hubiese sido por él, la operación de vaciar los museos no habría resultado un éxito.

—Lo planificó Alfred —respondió George casi en un susurro.

—Pero lo ha ejecutado él, con la ayuda del Coronel, de manera que reconozcámosles lo que han hecho.

—Van a recibir mucho dinero, pero ahora, amigo mío, la prioridad es hacernos con la *Biblia de Barro*. Tengo un comprador muy especial, alguien que está dispuesto a pagar muchos millones de dólares por poseer la prueba de que Abraham existió y a través de él se difundió el Génesis.

—Seamos prudentes, George; sería una locura poner en el mercado los objetos que nos han traído.

—Esperaremos, te lo prometo, pero te aseguro que quien quiere la *Biblia de Barro* no tiene ninguna intención de exhibirla ni exponerla en ningún museo.

—¿Tu gente de la fundación Mundo Antiguo ha inventariado el material? —quiso saber Enrique.

—Está en ello con la ayuda de Ahmed.

—Yo también necesito que me echen una mano con lo que me has enviado.

—Lo mismo que Frankie; no te preocupes, ya se lo he ordenado a Robert Brown y a Ralph Barry, ellos se encargarán. De todas maneras si quieres ir adelantando, Ahmed puede viajar a Sevilla.

—¿Qué haremos con Clara?

—Nos está dando muchos problemas, además de desafiarnos… Es un mal ejemplo…

—Tienes razón, viejo amigo.

* * *

Yves Picot escuchaba en silencio a su interlocutor que, al otro lado del teléfono, parecía no tener prisa por dejar de hablar. Hacía más de diez minutos que el profesor no había dicho ni una palabra, atento como estaba a lo que le decían. Cuando por fin colgó, suspiró aliviado. Clara presionaba para que la exposición con los objetos del templo de Safran se hiciera cuanto antes, sin atender a razones sobre las dificultades de una empresa como la que querían poner en marcha. Pero Clara Tannenberg insistía en que no ponían suficiente empeño para lograrlo. Los objetos estaban embalados, las fotografías de Lion Doyle listas, cada uno de los arqueólogos participantes en la misión arqueológica habían escrito un texto sobre aspectos concretos de la excavación y los objetos encontrados, y además, por si fuera poco, tenían la *Biblia de Barro*. Clara necesitaba presentar al mundo aquellas tablillas que le quemaban en las manos, ya que sabía que con cada día que pasaba aumentaba el peligro de que se las arrebataran, aunque estuvieran en la caja fuerte de un banco suizo.

De manera que Clara no le había permitido disfrutar de un merecido descanso, y desde que ella se presentara en París, le presionaba a diario.

Menos mal, pensó, que Marta Gómez era la quintaesencia de la eficacia y además compartía el mismo empeño de Clara por poner en marcha la organización de la exposición. En pocas semanas había movilizado a fundaciones y universidades buscando apoyo y dinero. En realidad él también había puesto su grano de arena llamando a amigos influyentes del mundo académico y de las finanzas, a los que había tentado con el anuncio de que en la exposición se daría a conocer un gran descubrimiento.

Por lo que le acababa de decir Fabián, Marta había conseguido que el primer destino de la exposición fuera Madrid. Él hubiese preferido que la inauguración se hiciese en París, en el

Louvre, pero para ello debían esperar unos meses. El Louvre programaba con mucha antelación todas sus exposiciones y actos extraordinarios.

Fabián le había anunciado que una entidad bancaria española y dos grandes empresas habían aceptado financiar la puesta en marcha de la exposición. Eso sin contar con que las autoridades académicas de la Universidad Complutense, así como los responsables del Ministerio de Educación y Cultura, también se habían mostrado entusiasmados. Era una gran oportunidad para Madrid, sería la primera capital que albergara la exposición nada menos que en el Museo Arqueológico Nacional; después iría a París, Berlín, Amsterdam, Londres y Nueva York.

Llamaría a Clara para darle las buenas nuevas, aunque estaba casi seguro de que Marta ya la habría llamado. Las dos mujeres parecían haber estrechado su relación a cuenta del empeño que tenían en inaugurar cuanto antes la exposición.

* * *

Los cuatro amigos se habían reunido en Berlín. Hans Hausser les había pedido que se desplazaran hasta su ciudad porque en los últimos días no se sentía bien. A Mercedes le preocupó que Hans hubiera adelgazado tanto y la palidez enfermiza de su rostro.

—Fui a Londres, como quedamos, a ver a Tom Martin, el presidente de Global Group. Le dije que no le pagaríamos lo que faltaba hasta que el encargo no estuviera acabado. Ya se lo había adelantado por teléfono, pero así ya no le caben dudas de que hablamos en serio.

—¿Y qué te dijo? —preguntó Mercedes.

—Que el precio había subido porque su hombre llevaba más tiempo de lo previsto dedicado a cumplir la misión, dadas las enormes dificultades de ésta. Pero le dije que no, que no le daríamos ni un euro más si no cumplían con su parte del contrato, al que pusimos un precio cerrado. Discutimos, pero llegamos a un acuerdo. Si su hombre resuelve el problema en los próximos días, le daremos una prima; de lo contrario, cobrará lo que estaba estipulado.

—¿Dónde está Clara Tannenberg? —quiso saber Bruno Müller.

—Hasta hace unos días en París, pero ahora está en Madrid organizando una exposición con los objetos de un templo en el que al parecer llevaba meses excavando con un grupo de arqueólogos de media Europa. No sé cómo lo harían, habida cuenta de la situación en Irak —respondió Hans Hausser.

Carlo Cipriani parecía triste y ausente, apenas hablaba y dejaba vagar la mirada sin detenerla en sus amigos.

—¿Qué te preocupa, Carlo? —le preguntó Hans.

—Nada… En realidad, pienso que quizá deberíamos dejarlo ya. Alfred Tannenberg está muerto, hemos cumplido nuestro juramento.

—¡No! —gritó Mercedes—. ¡No vamos a echarnos atrás! Juramos que le mataríamos a él y a sus descendientes. Clara Tannenberg es su única nieta, la última Tannenberg, y tiene que morir.

Bruno Müller y Hans Hausser bajaron la cabeza, sabiendo que nada ni nadie convencería a Mercedes de lo contrario.

—Lo haremos, lo haremos, pero yo entiendo lo que dice Carlo, esa chica es inocente…

—¿Inocente? Inocente era mi madre, y la vuestra, y nuestros hermanos. Inocentes éramos todos los que estábamos en Mauthausen. No, ella no es inocente, ella es parte de la semilla del monstruo. Si os vais a echar atrás… decídmelo… yo continúo adelante, no me importa que me dejéis sola —respondió Mercedes con ira.

—¡Por favor, Mercedes, no discutamos! Haremos lo que

hemos dicho que haríamos, pero la reflexión de Carlo merece tenerse en cuenta —la cortó Bruno.

—Clara Tannenberg morirá, queráis o no, os lo aseguro —afirmó Mercedes.

Ellos comprendieron que nada ni nadie evitaría la muerte de la joven.

* * *

Ante Plaskic sacaba de las cajas los libros y los colocaba con cuidado en los estantes vacíos, bajo la atenta mirada de uno de los guardias de seguridad del Museo Arqueológico.

Pensó que Yves Picot era en realidad un sentimental, puesto que pese a las reticencias de Clara en aceptarle para colaborar en la organización de la exposición, el profesor había argumentado que no sería justo excluirle ni a él ni a ninguno de los que habían trabajado en Safran. La profesora Gómez había apoyado la decisión de Picot.

De manera que llevaba dos semanas en Madrid haciendo de todo; realmente Picot le había puesto a las órdenes de Marta Gómez, y ésta había aceptado lo mismo que el profesor su versión de que se sentía orgulloso de poder participar en la puesta en marcha del acontecimiento fruto de los meses pasados en Irak.

Fabián y Marta habían logrado en un tiempo igualmente récord la edición de un catálogo: un libro de doscientas páginas sobre el templo de Safran. Picot estaba seguro de que las ventas del catálogo serían importantes.

Observó de reojo a Lion Doyle. No le había sorprendido encontrarle participando en la puesta en marcha de la exposición. Lion, a diferencia de él, concitaba simpatía en todos los que creían ver en él a un fotógrafo de fortuna. Pero Ante se decía que Lion no era lo que parecía, lo mismo que Ayed Sahadi tampoco era un simple capataz.

Por retazos de conversaciones escuchadas al azar, se había enterado de que Sahadi había logrado sacar a Clara sana y salva de Irak junto a su marido, Ahmed Huseini, y los había trasladado hasta El Cairo, donde al parecer había decidido quedarse hasta que la situación se aclarara en Bagdad. El Cairo parecía haber sido también la ciudad donde Clara había roto con su marido, puesto que Ahmed Huseini no estaba en Madrid, aunque había oído decir que acudiría a la inauguración de la exposición.

Mientras alineaba los libros se dijo que no podía volver a fracasar.

El hombre de Planet Security, la compañía que le había contratado para hacerse con la *Biblia de Barro*, se lo había dejado bien claro: debía hacerse con las tablillas de inmediato; para ello contaría con la ayuda de un grupo de expertos en robos que esperarían su señal para intervenir cuando estimara llegado el momento oportuno.

En las dos últimas semanas apenas había salido del Museo Arqueológico, de manera que lo había llegado a conocer bien, y lo más importante, los trabajadores y guardianes del museo se habían acostumbrado a su ir y venir por el edificio.

Había puesto especial empeño en trabar conversación con los guardias que se encargaban de la sala donde estaba el sistema de alarma y los monitores desde los que controlaban todos los rincones del museo.

Había pedido a los hombres que formarían el comando que se familiarizaran con el edificio, pero sin llamar la atención, de modo que casi todos ellos habían ido a visitarlo como simples turistas. No dispondrían de mucho tiempo para hacerse con las tablillas y huir sería lo más complicado. Su plan consistía en robar las tablillas antes de que abrieran la sala donde iban a ser exhibidas; llevárselas después sería casi imposible, porque no sabía si las dejarían mucho tiempo. Picot había mandado hacer unas réplicas exactas, y eso podía significar que después de la inauguración de la exposición, pensaban dejar en el museo las réplicas y volver a guardar las originales, de manera que no podía correr ese riesgo.

Le preocupaba no haber logrado que le dijeran cuándo iban a trasladar al Museo Arqueológico la *Biblia de Barro*, ahora en la caja fuerte de un banco madrileño. Marta le contó que guardaban como un gran secreto la existencia de las tablillas y que hasta el día de la inauguración no harían público el descubrimiento ante la prensa de todo el mundo.

Clara ni siquiera había permitido que las tablillas fueran a Roma para ser analizadas por los científicos del Vaticano. Gian Maria había insistido en que el mejor aval de las tablillas sería que la Santa Sede las reconociera como auténticas, pero al parecer Clara Tannenberg había respondido que el Vaticano no tendría más remedio que rendirse ante la evidencia.

Faltaban dos días para la inauguración, y los responsables del museo habían habilitado una sala dotándola con medidas de seguridad extraordinarias que impedirían que las tablillas corrieran ningún peligro.

Clara y Picot, junto a Fabián y Marta, se habían encargado personalmente de organizar la sala, desde las luces a los paneles, pasando por la vitrina donde expondrían las tablillas, aunque éstas no serían depositadas en el lugar hasta una hora antes de que se abrieran las puertas del museo para la inauguración de la exposición.

—¿Nerviosa? —preguntó Yves Picot a Clara.

—Sí, un poco, nos ha costado tanto llegar hasta aquí… ¿Sabes?, echo de menos a mi abuelo; no merecía morir así ni que le arrebataran este momento.

—¿Aún no sabes nada sobre quién pudo asesinarle?

Clara negó con la cabeza mientras procuraba contener las lágrimas.

—¡Vamos! Hablemos de otra cosa —la consoló Picot pasándole la mano por el hombro.

—¿Interrumpo algo?

Yves Picot soltó a Clara y se quedó mirando a Miranda sin saber qué hacer. La periodista se las había ingeniado para que la dejaran entrar en el museo aun cuando faltaban unas cuantas horas para la inauguración.

Clara se acercó a Miranda y le dio un beso en la mejilla, al tiempo que le aseguraba que se alegraba de verla. Luego salió de la sala, dejándola sola con Picot.

—Parece que no te alegras de verme... —le dijo la periodista al atónito profesor.

—Te he buscado sin éxito, supongo que te lo habrán dicho en tu empresa —respondió éste a modo de protesta.

—Lo sé, pero tuve que quedarme más tiempo del previsto en Irak, ya sabes cómo está la situación allí.

—¿Cómo te has enterado de esto?

—¡Vamos, profesor, que soy periodista y leo los periódicos! En Londres aseguran que vais a mostrar un descubrimiento extraordinario.

—Sí, la *Biblia de Barro*...

—Lo sé, Clara y yo tuvimos serias diferencias a cuenta de esas tablillas.

—¿Por qué?

—Porque a mi juicio las ha robado, quiero decir que son de Irak y que no debió sacarlas sin permiso.

—Dime quién podía haberle dado ese permiso; te recuerdo que había comenzado la guerra.

—Su propio marido, Ahmed Huseini se llama, ¿no? Al fin y al cabo, era el jefe del departamento de Antigüedades.

—¡Por favor, Miranda, no seas ingenua! En todo caso no nos vamos a quedar con las tablillas. Cuando la situación en Irak se aclare esas tablillas volverán allí. Mientras tanto se quedarán en depósito en el Louvre, que es el museo más importante de arte mesopotámico.

Fabián les interrumpió nervioso.

—Yves, acaban de llamar del banco; ha salido el camión blindado hacia aquí.

—Vamos a la puerta; acompáñanos, Miranda.

Una vez depositadas las tablillas Clara cerró con llave la vitrina y apretó emocionada el brazo de Gian Maria; luego se volvió hacia donde estaban Picot, Fabián y Marta, y les sonrió.

El jefe de seguridad del museo les volvió a explicar las medidas extraordinarias que habían adoptado para aquella sala y Clara pareció satisfecha de lo que oía.

—Estás muy guapa —le piropeó Fabián.

Ella, agradecida, le dio un beso en la frente. El traje de chaqueta de color rojo fuego iluminaba su rostro bronceado, en el que destacaba su mirada azul acero.

Diez minutos más tarde se abrían las puertas del museo ante la llegada de los miembros del Gobierno español, la Vicepresidenta y dos ministros, además de autoridades académicas llegadas de todas partes del mundo para asistir a la inauguración de una exposición que prometía ser extraordinaria.

Arqueólogos y profesores europeos y norteamericanos alababan los objetos encontrados distribuidos por las vitrinas en distintas salas del museo. Mientras tanto, la profesora Gómez y Fabián Tudela explicaban a las autoridades españolas los pormenores de los objetos hallados.

Los camareros, cargados con bandejas repletas de bebidas y canapés, se paseaban entre los invitados a los que la visión de tanta belleza parecía haberles abierto el apetito.

Picot y Clara habían decidido que hasta una hora más tarde no mostrarían solemnemente a invitados y prensa la sala donde guardaban la *Biblia de Barro*.

Los invitados comentaban entre sí en qué consistiría la sorpresa que les habían prometido para esa tarde de sábado.

Ante Plaskic divisó al equipo de hombres de Planet Security dispersos por el museo: unos camuflados como camareros, otros como guardias de seguridad, incluso como invitados. Tampoco se le escapó que Lion Doyle, a pesar de llevar la sonrisa dibujada permanentemente en el rostro, tenía un rictus que delataba tensión.

Tal y como había organizado el robo, no tenían más remedio que intentar hacerse con las tablillas antes de que se abrieran las puertas de la sala donde estaban expuestas. Correrían un gran riesgo, pero no tendrían otra oportunidad de hacerse con la *Biblia de Barro*. Repasó mentalmente las estrictas medidas de seguridad a las que deberían enfrentarse, y se dirigió hacia la sala donde estaba la alarma. Tenía diez minutos para hacerse con las tablillas y salir del museo.

—Señoras y señores, un minuto de silencio, por favor —pidió Yves Picot—. Les ruego que terminen su visita por estas salas, porque en quince minutos les pediré que nos acompañen a una sala muy especial donde hemos depositado un tesoro arqueológico de valor incalculable, cuyo descubrimiento tendrá una repercusión trascendental, no sólo en la comunidad académica, sino también en la sociedad y en la Iglesia. Acompáñennos, por favor.

El profesor Yves Picot, Marta Gómez y Fabián Tudela explicaban a la Vicepresidenta del Gobierno español la importancia del descubrimiento de la *Biblia de Barro*; más atrás les seguía Clara, junto a un ministro y el rector de la Universidad de Madrid.

Una mujer elegantemente vestida, con un traje de chaqueta de Chanel, y con un rostro tan bello como sereno a pesar de la edad se acercaba despreocupadamente hacia Clara. La mujer le sonrió y Clara respondió a la sonrisa amable de la desconocida. Alguien debió de empujar a la mujer porque ésta pareció tropezar, lo que la llevó a chocar con Clara. Al separarse de aquella mujer, una mueca de dolor cruzó por el rostro de Clara mientras la mujer se disculpaba y seguía andando con una sonrisa dibujada en los labios.

Clara estaba explicando al rector que lo que iba a ver eran unas tablillas con un contenido extraordinario cuando, de repente, se llevó la mano al pecho y cayó al suelo ante el estupor de cuantos la rodeaban.

Yves Picot y Fabián se arrodillaron de inmediato intentando hacer reaccionar el cuerpo desmadejado de Clara, que abría y cerraba los ojos como si estuviera conjurando una pesadilla.

Fabián gritó pidiendo un médico y una ambulancia, mientras Miranda intuía que algo extraordinario acababa de suceder. Ante Plaskic hizo una seña a los hombres de la compañía, y éstos entendieron que debían aprovechar la oportunidad que se les brindaba.

Uno de los invitados dijo ser médico y se acercó a examinar a Clara, descubriendo un minúsculo pinchazo en la zona del corazón.

—¡Rápido, una ambulancia! ¡Se está muriendo!

Dos guardias de seguridad, seguidos por un elegante invitado, se escabulleron del lugar dirigiéndose a la sala donde estaba custodiada la *Biblia de Barro*.

Ante fue con paso veloz a la pequeña sala donde los monitores enseñaban hasta el último rincón del museo. Entró sin llamar a la puerta y disparó dos veces al guardia que vigilaba los paneles. Apartó el cuerpo del hombre ocultándolo en un rincón y cerró la puerta dispuesto a no dejar pasar a nadie. Desconectó todas las alarmas del museo. Pudo ver con nitidez cómo sus compañeros entraron en la sala y cómo antes de que el guardia de seguridad pudiera reaccionar le dispararon con una pistola con silenciador. En menos de dos minutos habían guardado las tablillas en una bolsa y salieron de la estancia.

El croata sonrió para sus adentros. Estaba a punto de culminar la misión. Sin él como topo, la operación no habría podido hacerse en aquellas circunstancias.

Luego clavó los ojos en otro monitor, donde se veía a Clara en brazos de Picot al que Fabián y los guardias de seguridad auténticos abrían paso hacia la salida.

No supo por qué, acaso por su indiferencia, le llamó la atención la figura de una mujer entrada en años que aparecía en otro de los monitores. La mujer no parecía prestar atención a lo que estaba pasando, en realidad era la única que no mostraba ninguna preocupación mientras caminaba lentamente abriéndose paso hacia la salida.

Se preguntó qué llevaría la mujer en la mano, puesto que parecía guardar algo, pero no alcanzaba a verlo.

Mercedes Barreda salió del museo y respiró con agrado el aire cálido de la primavera de Madrid. Siempre le había gustado la armonía del barrio de Salamanca, donde estaba situado el Museo Arqueológico. Comenzó a caminar sin rumbo, tranquila e íntimamente satisfecha por el momento vivido. No se fijó en dos hombres elegantemente vestidos, que se metían en un coche que les estaba esperando. Lo único que le preocupaba era cómo deshacerse del punzón que había clavado en el corazón de Clara. No había dejado huellas porque llevaba unos finísimos guantes de piel, de manera que lo tiraría a cualquier alcantarilla, Pero no lo haría en aquel barrio, sino en cualquier otro lugar, lejos de allí.

Paseó sin rumbo durante una hora y después paró un taxi, al que pidió que la llevara al hotel Ritz, donde estaba alojada.

Pensó en regresar a Barcelona, pero cambió de idea; no tenía por qué huir, nadie la buscaba, nadie la relacionaba con la muerte de Clara Tannenberg. No obstante, se cambió de ropa y volvió a salir a la calle en dirección a la estación. Encontró una alcantarilla cerca del Museo del Prado y arrojó el punzón. Ya de regreso al hotel pensaba satisfecha en lo fácil que le había resultado acabar con la vida de Clara.

No había dudado en la manera en que debía matarla. Cuando era una adolescente y vivía en Barcelona su abuela le había relatado el asesinato de Isabel de Austria.

Un hombre se había acercado a la emperatriz y le había clavado un punzón; ésta había caído muerta al poco tiempo, con apenas unas gotas de sangre manchándole el vestido.

Cuando comenzó a soñar en matar a Clara había visualizado el momento en que le clavaría el punzón en el corazón. No había sido fácil encontrar el arma. Había buscado el objeto en las tiendas de los chamarileros, e incluso había rebuscado entre el material utilizado por los obreros de su empresa. Fue entre el material de desecho donde encontró el objeto deseado, que limpió y pulió como si de una obra de arte se tratara.

Ya en la habitación del hotel abrió la nevera, sacó una botella de champán y se obsequió con una copa. Por primera vez en sus muchos años se sentía pletórica y satisfecha.

* * *

Lion Doyle estaba furioso. Clara Tannenberg estaba muerta, pero no la había matado él y eso podía significar no cobrar lo que restaba de sus honorarios. Pensó que el asesino había sido un profesional; de lo contrario no imaginaba quién podía haber tenido el valor y la sangre fría de asesinar a Clara delante de cientos de personas. Le habían clavado algo en el corazón, un objeto fino y alargado que le había atravesado el órgano vital. Pero ¿quién había sido?

Él pensaba haberla matado aquella noche. Sabía que se alojaba en casa de Marta Gómez y que nadie sospecharía nada extraño si se presentaba allí. Le dejarían pasar y una vez dentro acabaría con la vida de la Tannenberg que le faltaba. Había pensado en que también tendría que matar a la profesora Gómez, pero ése habría sido sólo un inconveniente más. El problema es que ahora no podía decir a Tom Martin que había rematado el encargo. A Lion le irritaba ver llorar a Gian Maria, quien, desolado, salía del museo acompañado de Miranda camino del hospital, donde habían llevado el cadáver de Clara para que certificaran la muerte y le hicieran la autopsia.

George Wagner acababa de terminar una reunión cuando su secretaria le pasó la llamada urgente de Paul Dukais.

—Ya está, misión cumplida —le dijo.

—¿Todo?

—Sí, tenemos lo que querías. Por cierto que… que la nieta de tu amigo ha sufrido un accidente. Alguien la ha asesinado.

—¿Cuándo llegará el paquete?

—Está viajando, llegará mañana.

Wagner no hizo ningún comentario. Tampoco Enrique Gómez ni Frankie Dos Santos pusieron ninguna objeción por el asesinato de Clara. No les importaba y además no tenían nada que ver con ello.

Su única preocupación era comenzar a sacar al mercado los objetos de la rapiña perpetrada en los museos iraquíes. George había propuesto que excepcionalmente se reunieran para brindar por el éxito de la empresa y haberse hecho con la *Biblia de Barro*. Ansiaba tenerla en sus manos antes de entregársela al comprador.

Lion Doyle telefoneó a Tom Martin desde una cabina.

—Han matado a Clara Tannenberg —le dijo.

—¿Y...?

—No sé quién ha sido —respondió compungido.

—Vente para aquí, tenemos que hablar.

—Llegaré mañana.

En el hospital, Yves paseaba de un lado a otro de la sala de espera, incapaz de decir palabra. Tampoco Miranda, Fabián y Marta tenían ganas de hablar y Gian Maria sólo era capaz de llorar.

Dos inspectores de policía aguardaban, como ellos, el resultado de la autopsia. El inspector García les había pedido que, una vez les hubieran informado, le gustaría que le acompañaran a la comisaría para tratar de esclarecer los hechos.

El forense salió de la sala donde acababa de practicar la autopsia a Clara.

—¿Hay algún familiar de la señora Tannenberg?

Picot y Fabián se miraron, sin saber qué responder. Marta se hizo cargo de la situación.

—Nosotros somos sus amigos, no tiene a nadie más aquí. Hemos intentado ponernos en contacto con su marido, pero hasta el momento no le hemos localizado.

—Bien; a la señora Tannenberg la han asesinado con un objeto punzante, un estilete, un punzón... algo afilado y alargado que le ha llegado hasta el mismísimo corazón. Lo siento.

El médico les dio algunos detalles más sobre el resultado de la autopsia, y luego entregó el informe al inspector García.

—Inspector, estaré aquí un rato más; si necesita alguna aclaración, llámeme.

El inspector García, un hombre de mediana edad, asintió. Aquel caso parecía ser más complicado de lo que a simple vista parecía, y necesitaba resultados rápidos. La prensa estaba llamando al ministerio para recabar información. El suceso no podía ser más llamativo: una arqueóloga iraquí, asesinada en el Museo Arqueológico de Madrid cuando inauguraba una exposición a la que asistían autoridades políticas y académicas, y en la que se proponía desvelar un tesoro, que a su vez había sido robado ante los ojos de doscientos invitados, incluidos la vicepresidenta y dos miembros del Gobierno.

Imaginaba los titulares de los periódicos del día siguiente, no sólo de la prensa española; también los medios de comunicación de todo el mundo se harían eco del suceso. Ya había recibido dos llamadas de sus superiores instándole a que explicara si había encontrado alguna pista del asesino y sobre todo del móvil del crimen, que imaginaban estaba relacionado con el robo del misterioso tesoro. La Vicepresidenta se había mostrado tajante: quería resultados de inmediato.

Precisamente eso era lo que se disponía a hacer interrogando a los amigos de la arqueóloga.

En la comisaría hacía calor, de manera que abrió la ventana para dejar entrar un poco de aire fresco, al tiempo que invitaba a Picot y a sus acompañantes a sentarse. El joven sacerdote estaba hundido y no había parado de llorar; se agarraba a Marta como un niño perdido.

La noche sería larga, puesto que todos ellos iban a ser interrogados por el policía para intentar despejar dos preguntas: ¿quién y por qué habían matado a Clara Tannenberg?

El ayudante del inspector tenía el televisor del despacho encendido y en ese momento comenzaban a dar las noticias de las nueve. Se quedaron todos en silencio, viendo desfilar ante sus ojos las imágenes de aquella tarde que no olvidarían el resto de su vida.

El locutor anunció que, además del asesinato de la arqueóloga iraquí, se había producido un importante robo en el Museo Arqueológico: unas tablillas de valor incalculable a las que denominaban la *Biblia de Barro*. Se trataba de la pieza secreta que esa noche iba a ser mostrada a la prensa y a la sociedad.

Yves Picot dio un puñetazo sobre la mesa y Fabián soltó un taco. Habían matado a Clara para llevarse la *Biblia de Barro*, dijo Picot, y ni Fabián ni Marta ni Miranda tuvieron la menor duda de que ésa había sido la causa.

El grito de Gian Maria les desconcertó. El sacerdote miraba la pantalla y una mueca de horror había aflorado en su rostro aniñado.

En la pantalla Clara caminaba junto al ministro rodeados de gente; de repente ella parecía tropezar, pero luego continuaba andando, hasta que segundos después caía fulminada.

Lo que veían los ojos de Gian Maria no eran capaces de verlo los del inspector García, ni los de Picot, o Marta. En medio del tumulto y durante una ráfaga de segundo, Gian Maria había divisado el perfil de una mujer a la que conocía bien.

Mercedes Barreda, la niña de Mauthausen, la niña que había sufrido junto a su padre la crueldad sin límites de la locura de Hitler.

Gian Maria comprendió en ese momento que Mercedes era la asesina de Clara y sintió un dolor agudo en el pecho, que en realidad era un reflejo del dolor del alma. No podía denunciarla, se dijo, porque eso sería tanto como denunciar a su padre, pero no hacerlo le hacía sentirse cómplice del asesinato de Clara.

El inspector García le pidió que le dijera qué había visto en la pantalla y el sacerdote, con un hilo de voz, aseguró que no había visto nada, que simplemente se sentía incapaz de revivir el asesinato de Clara.

Le creyeron. Yves Picot, Marta Gómez y Fabián Tudela le creyeron, pero la actitud de Gian Maria había sembrado la duda en el ánimo del inspector García y también en Miranda.

El policía estaba seguro de que Gian Maria había visto algo

o a alguien que le había arrancado ese grito de angustia, y Miranda se decía mentalmente que debía hacerse con el vídeo de la noticia para desmenuzarlo hasta encontrar un indicio que explicara la actitud del sacerdote.

Yves Picot le explicó al policía con todo lujo de detalles cómo eran las ocho tablillas que llamaban la *Biblia de Barro*, además de alertarle no sólo sobre el valor arqueológico de las piezas, sino también sobre el religioso.

El inspector García se encontró con una historia extraordinaria: la vivida por los tres arqueólogos y la periodista los últimos meses en Irak. De Gian Maria apenas logró unas cuantas palabras más.

Sus superiores seguían presionándole: tenían que decirles algo a los medios de comunicación. El suceso era un escándalo; un robo y un asesinato al mismo tiempo parecían algo irreal.

Una y otra vez el inspector les pidió a Picot y a sus colegas que le volvieran a relatar lo sucedido en las últimas horas: a quién habían visto, quién sabía de la existencia de las tablillas, de quién sospechaban. Además, les pidió una relación de todas las personas que habían tenido un contacto directo con las tablillas. Salieron de la comisaría exhaustos, convencidos de que en algún lugar que no alcanzaban a ver se enredaba el hilo de Ariadna.

«¿Qué va a ser de mí después de esto?», pensó el sacerdote desesperado cuando, entrada la noche, regresaba al hotel acompañado por Miranda y Picot.

* * *

Carlo Cipriani entró en el taxi. Se sentía agotado, a pesar de que el vuelo desde Barcelona apenas duraba dos horas.

Le había costado despedirse de Mercedes, de Hans y de

Bruno. Ellos habían protestado intentando convencerle de que lo que les unía era más fuerte que la vida y la muerte. Tenían razón: salvo a sus hijos, a nadie quería como a sus amigos, por los que sacrificaría cuanto tenía, pero creía que había llegado el momento de buscar la paz, y sólo podría lograrlo distanciándose de ellos.

No le había hecho ningún reproche a Mercedes. Tampoco se lo hicieron ni Bruno ni Hans. Ella no les contó lo que había hecho, porque no hacía falta que lo hiciera; ellos lo habían sabido tan sólo con mirarla.

Mercedes les confesó que en los últimos días dormía tranquila, en paz consigo misma. Bruno no supo decirle cómo se sentía y Hans rompió a llorar.

Ahora, de regreso a Roma, Carlo Cipriani se decía a sí mismo que tenía que afrontar de manera distinta lo que le quedara de vida. Se dirigió hacia la plaza de San Pedro del Vaticano.

Cuando entró en la basílica sintió el alivio de la penumbra.

En ese mismo instante también el inspector García, acompañado de un sacerdote, se dirigía al interior del templo en busca de Gian Maria. Había convencido a sus jefes de que le permitieran seguir una corazonada y obtuvo permiso para ir a Roma y tratar de volver a hablar con Gian Maria.

El inspector García no prestó atención al hombre que con paso cansino se dirigía al confesionario, donde el sacerdote que le acompañaba le había señalado que estaba Gian Maria.

Carlo Cipriani llegó antes que el inspector al confesionario y mientras se arrodillaba pudo ver cómo el joven había envejecido y un rictus amargo se había apoderado de su rostro.

—Ave María Purísima.

—Sin pecado concebida.

—Padre, soy culpable de la muerte de dos personas. ¡Ojalá Dios pueda perdonarme y ojalá mi hijo también lo haga!

—¿Te arrepientes?

—Sí, padre.

—Entonces, que Dios te perdone y que me perdone a mí por no ser capaz de perdonarte.

El inspector García vio levantarse al anciano con los ojos llenos de lágrimas. Parecía que al hombre le faltaba el aire y estaba a punto de desmayarse.

—¿Se siente mal?

—No, no, no se preocupe —dijo Cipriani mientras continuaba andando sin volver la vista atrás.

Gian Maria salió del confesionario y estrechó la mano del policía.

—Perdone que haya venido hasta aquí para molestarle, he pedido permiso a sus superiores para verle. Me gustaría volver a hablar con usted. No está obligado si no quiere… —le dijo el inspector.

Gian Maria le miró sin responder y echó a andar a su lado mientras veía a su padre caer de rodillas ante la *Piedad* de Miguel Ángel y esconder el rostro entre las manos. Sintió una oleada de piedad por él y por sí mismo. También aquel día estaba lloviendo sobre Roma.